全国高等院校电子商务类规划教材

电子商务概论

主　编　苗成栋　于　帅
副主编　刘晓佳　邱新泉　阮伟卿
毕　燕　庞立伟

北京大学出版社
PEKING UNIVERSITY PRESS

内 容 简 介

本书是根据教育部教育教学改革的需要，按照电子商务人才培养方案，吸收近年来电子商务专业教学的创新经验，以电子商务职业岗位能力培养为目标，依据“电子商务师”职业标准，采用任务驱动的形式，构建学习情境，以角色扮演的形式，体现基于工作过程系统化的教学模式，编撰而成的教材。从某种角度来讲，这是体现基于工作过程系统化的一部典型教材。

本书共分五大模块，分别为网络信息收集、网络信息发布、网络商品交易、网络商品转移和网络客户关系管理。每个模块都列出了相应的学习情境，学习情境之间是平行的关系，体现了基于工作过程系统化的教学思想。每个学习情境是由“学习目标”，“情境描述”，“角色扮演”，“岗位职责”，“岗位能力”，“工作分析”，“工作实施”，“注意事项”，“相关知识”，“工作训练”和“情景思考”构成的，力求实现学生在真实的工作情景中来学习相关知识，并理解工作岗位上的相关工作内容，从而培养学生的职业岗位能力。

本书可作为高等职业院校、高等专科学校、成人高校、民办高校及本科院校举办的二级职业技术学院相关专业学生学习电子商务概论课程的教材，也可供本科院校电子商务及相关专业学生学习电子商务实用课程使用，同时也可供电子商务职业岗位培训相关人士使用。

图书在版编目(CIP)数据

电子商务概论/苗成栋，于帅主编.—北京：北京大学出版社，2009.9

(全国高等院校电子商务类规划教材)

ISBN 978-7-301-15774-9

Ⅰ. 电…　Ⅱ. ①苗…②于…　Ⅲ. 电子商务－高等学校：技术学校－教材　Ⅳ.F713.36

中国版本图书馆 CIP 数据核字（2009）第 167109 号

书　　名： 电子商务概论
著作责任者： 苗成栋　于　帅　主编
责 任 编 辑： 葛昊晗
标 准 书 号： ISBN 978-7-301-15774-9/F・2283
出　版　者： 北京大学出版社
地　　址： 北京市海淀区成府路 205 号　100871
网　　址： http://www.pup.cn
电　　话： 邮购部 62752015　发行部 62750672　编辑部 62756923　出版部 62754962
电 子 信 箱： xxjs@pup.pku.edu.cn
印　刷　者： 三河市欣欣印刷有限公司
发　行　者： 北京大学出版社
经　销　者： 新华书店
787 毫米×980 毫米　16 开本　24.75 印张　538 千字
2009 年 9 月第 1 版　2009 年 9 月第 1 次印刷
定　　价： 42.00 元

未经许可，不得以任何方式复制或抄袭本书之部分或全部内容。

版权所有，侵权必究

举报电话：010-62752024；电子信箱：fd@pup.pku.edu.cn

前　言

21世纪高等职业教育电子商务专业人才的培养应当以企业电子商务岗位职业能力培养为目标，与电子商务岗位工作实际内容相适应。因而，体现基于工作过程系统化的教学模式无疑是目前最适合的教学模式，而就目前的教材建设而言，电子商务专业的高等职业教育急需一部适合这种教学模式并与之相配套的教材。

本书正是基于这一需要，由首批国家示范性高等职业院校项目建设单位威海职业学院电子商务课程教学研究组总体设计，与企业深度合作，并组织相关院校合作编写，体现基于工作过程系统化教学模式的电子商务教材。

本书的特色是突破了原有教材在知识传播上“填鸭式”的教学模式，而是以电子商务工作岗位为依据，以培养电子商务岗位职业能力为目标，重新构建了工作情境，以角色扮演的形式，使读者在进行工作岗位任务分析的基础上，进行电子商务的工作实施，从而最大限度地让读者体会到真实的工作过程。在工作实施后配以必要的行业背景知识与理论基础知识的讲解，真正给读者创造了在“做中学”的学习环境，另外深化拓展知识环节便于读者对于高层次研究学习使用，可以根据自身实际情况进行选择性学习。在相关知识之后又配备了切实可行的工作训练，从而又达到了读者在“学中做”的工作效果，因而将基于工作过程的教学理念充分地展现在读者面前。本书从某种意义上说，可以称作是高等教育教材建设史上一部以工作任务驱动的情境教学的典型教材作品。

本书的另一特色，体现为科学的体系结构。本书共分为五大模块，分别是网络信息收集、网络信息发布、网络商品交易、网络商品转移和网络客户关系管理。模块与模块之间其实是电子商务工作在时间顺序上的发生过程；另外，每个模块中又构建了相应的学习情境，每个情境之间又都是平行的关系，再次体现了工作过程系统化的设计理念。

本书编写人员均为电子商务的教学研究与实际工作者，同时吸纳了企业电子商务一线工作人员的编写思路和意见。由苗成栋、于帅担任本书主编，刘晓佳、邱新泉、阮伟卿、毕燕、庞立伟担任副主编。威海职业学院苗成栋、于帅负责对本书编写体例总体设计并组织编写，编写人员在分别完成初稿后，由于帅进行了统稿编辑，苗成栋进行了审阅，参加编写工作的人员及编写工作如下：编写体例总体设计（苗成栋、于帅），前言及审阅（苗成栋），模块一（于帅、苗成栋），模块二（阮伟卿、毕燕），模块三（刘晓佳、于帅），模块四（邱新泉、于帅），模块五（庞立伟、苗成栋），另外，感谢中国建设银行威海市分行以及中企动力等电子商务企业对本书在编辑、出版过程中给予的大力支持。

在本书的编写过程中，作者参考了许多国内外有关资料，由于编写体例所限，无法在文中一一注明，只在最后的参考文献中注明，在此，谨向各位专家学者表示由衷的敬意和感谢。由于电子商务在不断发展和作者水平有限，书中问题在所难免，欢迎读者批评指正。

另外，本书基于工作过程系统化编写体例、情境设计及内容属于威海职业学院电子商务课程教学研究组集体智慧结晶，属于本书特色所在，体现教学改革特色成果，其他单位及个人未经授权请勿复制用于出版、精品课设计申报或其他教学作品中。

编者

2009 年 6 月

目　录

模块一　网络信息收集……1

情境 1：综合网站信息收集……1

情境 2：行业网站信息收集……33

情境 3：搜索引擎信息收集……52

模块二　网络信息发布……76

情境 1：自建网站信息发布……76

情境 2：综合网站信息发布……105

情境 3：论坛信息发布……135

情境 4：搜索引擎信息发布……151

模块三　网络商品交易……173

情境 1：B to B 电子商务网络商品交易……173

场景一：合作型 B to B 电子商务网络商品交易……173

场景二：销售采购型 B to B 电子商务网络商品交易……181

情境 2：B to C 电子商务网络商品交易……206

情境 3：C to C 电子商务网络商品交易……232

模块四　网络商品转移……258

情境 1：第三方物流实现网络商品转移……258

情境 2：自营物流实现网络商品转移……297

模块五　网络客户关系管理……326

情境 1：网站自带的客户关系管理软件　实现网络客户关系管理……326

情境 2：专业的客户关系管理软件　实现网络客户关系管理……358

参考文献……388

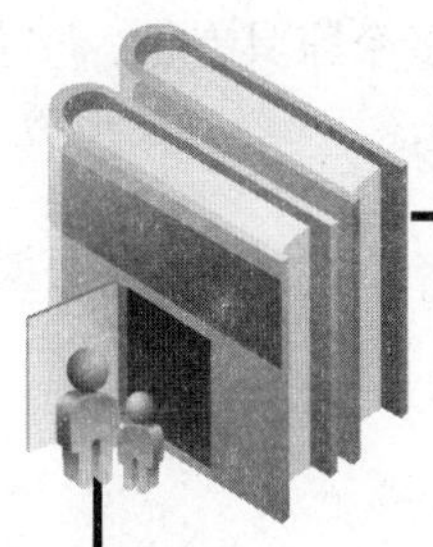

模块一 网络信息收集

情境 1：综合网站信息收集

学习目标

1. 掌握综合网站信息收集的相关知识。

2. 会根据企业业务特点选择合适综合网站进行产品信息查询，并采用合适的查询信息的方法获取有效信息。

3. 小组成员能够共同创设综合网站信息收集工作情境，扮演相应角色，实现工作过程。

情境描述

山东省某家具销售企业，专门销售松木家具，经营多年，行业内拥有一定的市场知名度。企业位于山东省青岛市，在海博家具城等岛城大型家具超市拥有多个家具专柜，多年来企业寻求货源一直采用电子商务形式寻找供货商，效果显著。

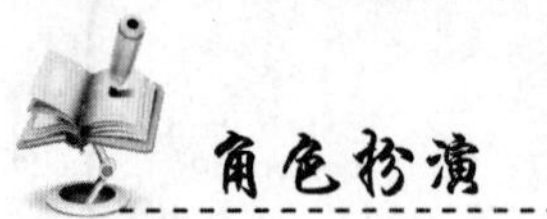

角色扮演

扮演松木家具销售企业的网上信息收集员，寻找货源。

岗位职责

从互联网上寻找合适的松木家具供货信息，从而寻找合适的松木家具供货商。

岗位能力

专业能力：

具备熟练运用信息查询的方法在综合网站上查询、比较、获取信息的能力，为企业寻找合适的供货渠道。

社会能力：

1．具备良好团队协作精神

2．具备良好语言表达能力

3．具备良好情感沟通能力

任务分析

（一）选择网站。

首先从综合网站下手，综合评价，考虑选择合适的综合网站进行信息收集。

（二）选择信息收集的方法。

考虑选用关键字、分类等综合网站信息搜集的方法。

（三）对产品信息进行精确搜集。

（四）对搜索得到的产品信息进行比较。

（五）确定选择的产品，得到产品详细信息。

（六）最终得到供应商信息。

任务实施

（一）综合网络人气，以及在多个方面的综合评价，首选在阿里巴巴网站进行搜寻信息。

（二）登录阿里巴巴网站，确定采用关键词搜索方式进行查询信息。

（三）产品信息精确搜寻。

（1）在产品栏内，以“松木家具”为关键词进行搜索（如图 1-1-1 所示）。

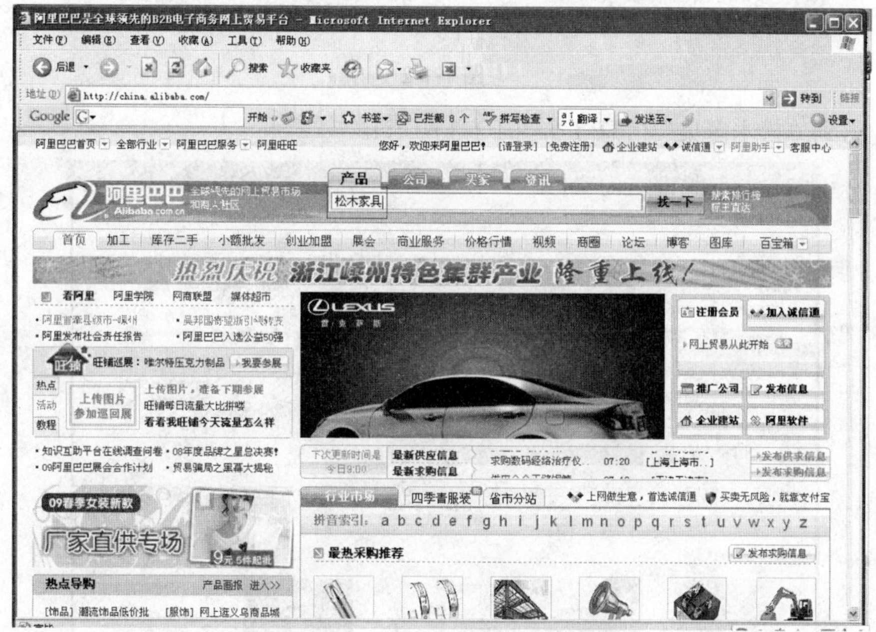

图 1-1-1

（2）在“按类目选择”栏内的“家居用品”中，选择“餐桌”（如图 1-1-2 所示）。

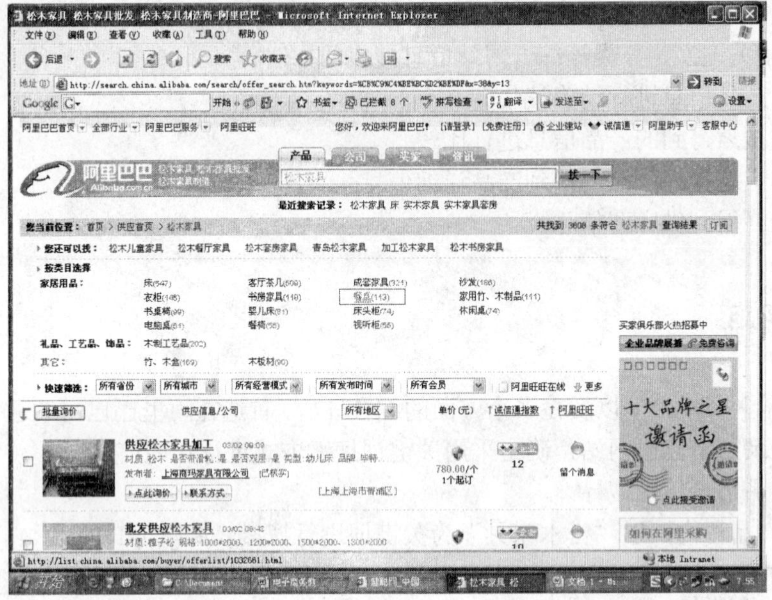

图 1-1-2

（3）得到“松木餐桌”信息（如图 1-1-3 所示）。

图 1-1-3

（4）在接下来的页面中，利用快速筛选确定选择的范围。

① 首先圈定提供商品的企业为“山东省”内企业（如图 1-1-4 所示）。

图 1-1-4

② 进一步圈定为“青岛市”（如图 1-1-5 所示）。

图 1-1-5

③ 设定企业经营模式为“生产加工”（如图 1-1-6 所示）。

图 1-1-6

④ 最终设定企业是“诚信通企业会员”（如图 1-1-7 所示）。

图 1-1-7

（四）通过以上的操作，最终寻找到合适的企业所提供的“松木家具餐桌”，从中进行挑选，比较价格、款式和起订套数后，确定选择第一排第三列的以“450 元”、“1 套起订”的松木家具餐桌产品（如图 1-1-8 所示）。

图 1-1-8

（五）选择后，进入产品详细信息页面（如图 1-1-9 所示）。

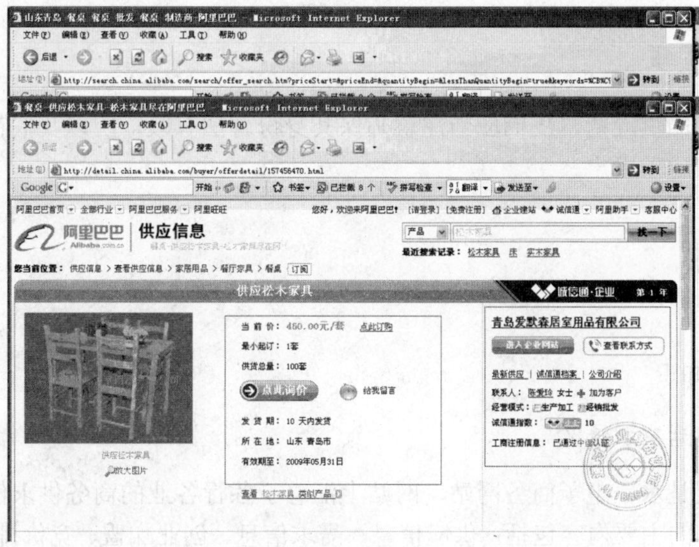

图 1-1-9

收集产品价格、质地、款式、生产厂家、联系人、联系方式等信息。

（六）选择生产厂家“查看联系方式”，得到如下关键信息（如图 1-1-10 所示）。

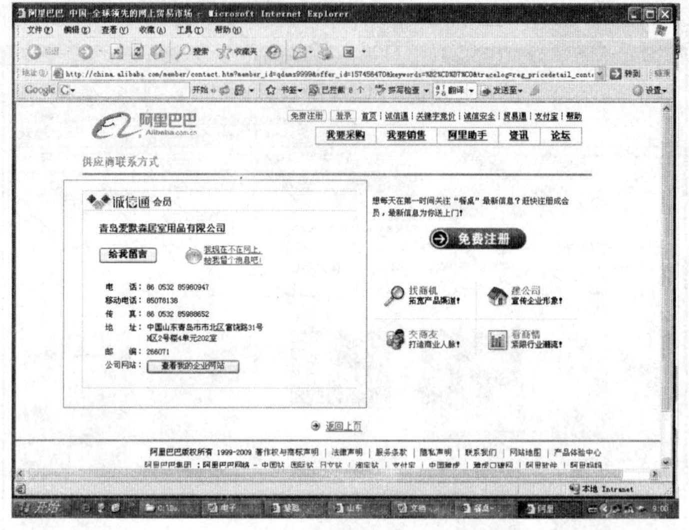

图 1-1-10

作为一个家具销售企业，在完成以上任务实施过程后，就可以找到合适的产品供应商

注意事项

对于要选择的供应商，我们应当注意确保其身份合法有效，所以我们在选择供应商时最好选择“诚信通”用户。

相关知识

（一）行业背景知识

一、综合网站基本情况

综合网站就是水平电子商务网站，网站上汇总了各行各业的商务供求信息。大多数电子商务综合网站的主要内容包括：供应信息、需求信息、创业加盟、竞价排名、行业资讯、论坛等。

在中国，著名的电子商务类综合网站包括阿里巴巴网站、慧聪网、中国供应商等。

“阿里巴巴”是目前全球最大的 B to B 综合类网站，是基于 Internet 的国际贸易供求交流市场，提供来自全球 178 个国家（地区）的最新商业机会信息和一个高速发展的商人社区。用户可以获得来自全球范围各行各业的即时商业机会、公司产品展示、信用管理等贸易服务。

“慧聪网”(www.hc360.com)是中国领先的 B to B 电子商务平台，专门为中小企业提供 B to B 电子商务服务的网上贸易平台，是企业寻求电子商务网络贸易信息的首选行业门户。中小企业通过慧聪网可以快速发布产品供求信息并达成交易。

“中国供应商”(cn.china.cn)是中国政府为推动中国制造及对外贸易产业重拳打造的电子商务平台。在国务院新闻办公室、商务部和国家发展和改革委员会指导下，由中国互联网新闻中心推出的中国唯一对外的官方电子商务平台。

二、综合网站平台的选择方法

1. 评价知名度。各种媒体、各大网址导航站上重复出现的都是一些知名度比较高的 B to B 平台，这就为选择 B to B 平台提供了一种思路。

2. 查询商家数量。用户在 B to B 平台上一般都可以查询到商家刊登的发盘。用你所在行业的关键词查查，看看站上买家询盘所在数量和发布的时间，对比一下其他站点，就会对这个平台有个基本的评估，可以知道所需产品是否适合在这个平台寻找。

3. 关注论坛讨论。国内有几个外贸人聚集的论坛，上面经常讨论和 B to B 平台相关内容，评价各个平台的优缺点，有很好的导向作用，比如“贸易人”、“福步”、“合众”都是很好的外贸论坛。

三、著名综合商务网站案例介绍

案例一：阿里巴巴网站

1. 背景资料

阿里巴巴是《天方夜谭》里的人物，我们所说的阿里巴巴网站（www. alibaba.com）却不是天方夜谭。阿里巴巴网站成立于 1999 年 3 月，是互联网上一个国际贸易的平台。阿里巴巴创办人、首席执行官（CEO）马云根据他以往的经验和体会，在网站成立的开始就明确了他的发展方向是为商人建立一个全球最大的网上商业机会信息交流站点，这种为商人与商人之间实现电子商务的服务很快就引起了美国硅谷和互联网风险投资者的关注。当时被国内外媒体、硅谷和国外风险投资家誉为与 Yahoo, Amazon, eBay 比肩的互联网第四种模式。

1999 年 10 月，美国著名投资公司高盛(Goldman Sachs)牵头的国际财团向阿里巴巴注

入 500 万美元风险资金。

2000 年 1 月，日本互联网投资公司软库(Softbank)以 2000 万美元与阿里巴巴结盟。软库公司首席执行官、亚洲首富孙正义亲自担任阿里巴巴的首席顾问。

2000 年 4 月，世界贸易组织前任总干事彼得 •萨瑟兰加入阿里巴巴的顾问委员会。2000 年 1 月，中国互联网络大赛组织委员会将阿里巴巴评为商务类优秀网站。2000 年 6 月，获互联网周刊授予的 2000 年度中国百家优秀网站。

2000 年 6 月，美国权威财经杂志《福布斯》将阿里巴巴选为全球最佳 B to B 站点之一。

2000 年 11 月被《远东经济评论》读者评为全球最佳 B to B 网站创造了一个网站一分钱收入没有，而每日品牌增值 100 万人民币的奇迹。

2004 年，美国权威财经杂志《福布斯》再次评选阿里巴巴为 2004 年度全球最佳 B to B（企业对企业）网站，综合类排名第一，超过了亚马逊、环球资源等网站的表现。据了解，这也是阿里巴巴公司连续第五年当选《福布斯》评选的全球最佳 B to B 网站。

2．阿里巴巴网站

阿里巴巴网站目前共运作四个相连网站：国际站、中文站、日文站、淘宝站。阿里巴巴网站负责将贸易机会、产品及企业信息过滤，按照 27 个行业类别及 1000 多类产品分类整理、发布。其中交易信息最为活跃的行业包括农业、纺织及成衣、化学品、电脑及软件、家庭电器及工业用制品等。阿里巴巴网站还提供多个行业资讯、价格行情和相关贸易服务，以及商务推广服务、网站建设服务、电子商务解决方案服务。

阿里巴巴主要会员在亚洲，受亚洲电子商务基础设施的制约，但他是我国最大的全球定位的网站，因此受到的挑战和竞争是世界性的。但是阿里巴巴既没有害怕，也没有盲目的模仿欧美国家的 B to B 模式，而是针对亚洲市场的特点，走自己的电子商务的道路。借用阿里巴巴首席执行官马云的话：“阿里巴巴抓的是小虾，美国人是抓鲸鱼的，他们到亚洲来不一定能成功，在亚洲大的鲸鱼本来就不多，有些鲸鱼里面并不健康，而且国有企业这样的鲸鱼贸易流程跟国外公司也不一样。”美国的经济是大企业一统天下的局面，但是在亚洲，情况正好相反。据不完全统计，中国中小企业总数超过 1300 万家，国外数量更大，仅亚洲的中小企业占了全球的 70%；而随着中国经济的发展，中小企业将成为中国经济发展的引擎。而阿里巴巴正是抓住这个切入点，做全球中小企业进出口贸易的网上交易市场。

阿里巴巴网站是从最简单、易行的 BBS 模式发展起来的，买卖双方在网上阅读和发布供求信息。阿里巴巴的领导者认为：商人、尤其是中小企业的商人注重的是实际和实用，对亚洲中小企业来说，最缺乏的正是商业信息。利用国内企业在面对国际市场时信息匮乏的弱点进行欺诈活动的案例时有发生，而阿里巴巴做的正是汇聚信息流这项工作。更重要的是阿里巴巴自身不是中间商，它不在买卖双方之间设置任何信息屏障。许多事情实际有企业和商人自己去处理和把握。

阿里巴巴目前拥有着全球最大最活跃的网上市场和商人社区，拥有来自全球 200 多个国家和地区的会员，会员人数从 2002 年的 100 多万增长到 500 多万。每天向全球发布近 10 万条最新供求信息。在这种基础上，才有全球最佳表现的 B to B 网站。

在前几年有人说阿里巴巴只是一个充满了各种商业信息的 BBS，商务活动纵深的延伸方面似乎没有什么进展。因为阿里巴巴最初一直沿用免费的策略，所以，当时网站几乎没有收入。也有人人批评阿里巴巴提供的信息太庞杂，根本无法促成有效的成交。阿里巴巴纯粹信息发布的功能肯定是不足以支撑投资者对它的期望的。所以，阿里巴巴意识到这个问题，于是推出了“中国供应商”和“诚信通”服务。现在，又推出了免费的“贸易通”服务。

“中国供应商”就是人们常用来形容阿里巴巴的那个网上大集市。在这个超大型的平台上，中国企业展示自己的产品与服务，而同为会员的国内外需求者都可以看到详细资料和联系方法。这是让供需信息在全世界范围内最快速传递的一个捷径。2000 年 9 月，阿里巴巴的会员达了一定规模，“中国供应商”一经推出就轻松实现了收费。而且，随着服务的不断提高，“中国供应商”的收费也不断的调整。

电子商务发展到一定时候，差不多所有的 B to B 公司都对盈利模式达成一种共识，它的方向应该是直接为企业提供交易平台，节约时间提高效率，而网络公司提取与交易额相应的佣金。阿里巴巴认为网络公司所需要做的只是提供一个尽可能诚信安全的平台，让这些商人、银行和物流公司在上面自由运作。针对人们害怕网上交易中风险隐患。阿里巴巴决定从为企业建立诚信档案。2001 年 9 月 10 日，阿里巴巴与全球领先的企业资信调查机构邓白氏 Dun＆Bradstreet、澳美资讯有限公司（Asian CIS）、华夏国际企业信用咨询有限公司合作，推出了诚信通。它要求展示产品的企业先建立信用记录，这个活档案将在阿里巴巴上终身跟随每一个使用者，它既有权威机构认证又有网络实时互动，可以从传统的第三方认证、合作商的反馈和评价、企业在阿里巴巴的活动记录等多角度，不间断地展现企业在电子商务中的行为，为会员提供最好的信用度佐证。可以说，这个当时价格仅 2000 元的“诚信通”为阿里巴巴日后的发展打下了坚实的基础。

而“贸易通”是一款阿里巴巴的免费软件，他提供在线谈生意的功能，您只要看到感兴趣的信息，就能直接与对方联系。但是，求购信息的在线洽谈功能只提供给诚信通会员使用。

可以看出来，阿里巴巴从最基础的替企业架设站点，到随之而来的信息流的不断完善、网站推广、以及对在线贸易资信的辅助服务，交易本身的订单管理，不断延伸。他的营运模式遵循了一个循序渐进的过程。首先抓住了基础的，然后在实施过程中不断捕捉新出现的机会，最终走向赢利。

案例二：环球资源网

环球资源集团自身拥有并维护着一个规模庞大的亚洲产品及供应商数据库，拥有 27 个行业网站及 14 个地区入口网站，拥有庞大而稳固的贸易社群，是亚洲最大的独立商贸信息资源。2001 年，美国福布斯杂志评选出全球“最佳 B to B 网站”，环球资源与 IBM，Oracle 共同跻身于前十名中。据第三方研究公司评估，作为全球贸易的促成者，环球资源是目前亚洲最大、全球第八大网上市场交易中枢，也是唯一在美国纳斯达克上市并盈利的 B to B 公司。

环球资源集团成立于 1971 年，辛瑞契与合伙人共同创办亚洲资源公司，并一直出任行政总裁。亚洲成为他事业的突破口，亚洲资源公司首先推出了《亚洲资源》杂志，1985 年针对中国市场推出了第一本杂志。1995 年创建了第一个 B to B 网上市场交易中枢，推出了专用买家目录服务。1999 年为适应全球贸易发展的要求，公司更名为“环球资源”，2000 年电子商务收入已超过环球资源总收入的 50%。到 2001 年 9 月，环球资源的供应商社群已达 123 000 个，买家社群遍布 230 个国家和地区，规模已达 288 018 个，买家社群年进口额达 1.7 万亿美元，这在同业中是个骄人的数字。

1．环球资源的发展历程

简单来说，环球资源在发展的 30 多年历程中大致经历了三个重要的阶段：

（1）出版和发行传统贸易杂志；

（2）信息光盘的推出以及 EDI 和其他贸易软件的开发，补充和完善了传统贸易杂志的功能；

（3）环球资源网站以及全套电子贸易管理软件的不断完善，实现了公司从传统贸易杂志出版商向电子贸易市场交易中枢的成功转型。

2．成功法宝

引用“环球资源”的辛瑞契介绍的他制胜的五大法宝：“第一，我们理解如何帮助买卖双方进行沟通，因为我们了解市场，了解供应商的需要，买家的需要；第二，我们了解产业的发展，做衣服的贸易方式和做电脑的贸易方式是截然不同的，环球资源目前已经拥有 27 个行业网站及 14 个地区门户网站；第三，我们深入了解每一个国家和地区的情况；第四，我们知道什么情况用何种媒介才是恰当的传播方式，光碟、网络还是杂志？第五，我们有为供应商量身定做的整体方案。”

目前环球资源已经成功地从贸易杂志的出版商转型为电子贸易服务供应商。公司只有小部分收入是来自于传统贸易杂志和信息光盘中的广告收入，而大部分收入是完全来自于网上市场交易中枢的业务。当然环球资源不完全仅靠电子贸易手段，而是有一个多媒体的赢利系统，既有杂志，又有光盘和网上媒体，这都是帮助企业和企业间沟通的工具。很多人认为电子商务可以取代传统工具，只靠单一的手段，这是他们失败的原因之一。很多的

网络公司，他们不了解国际贸易，不懂买与卖，只是利用了科技手段，建立了一个网站，而没有把这种内容放进去。

环球资源网（www.globalsources.com）作为一个综合商务网站，以满足买家的采购需求为出发点，已经为买方提了详尽而专业的供应商数据以及符合贸易标准的贸易信息；网站拥有超过 12 万名供应商和超过 10 万种产品的详细资料；环球资源的专用供应商目录也相当规格化和标准化，提供包括基本的公司背景、产品规格、图像，以及如安全标准、生产设备、公司研发力量等重要信息。另外，环球资源提供各种增值服务和电子贸易工具，方便买卖双方在网上进行采购和交易，实现增加贸易、提高效率和降低成本。

3．环球资源网的构成和服务

环球资源网实际上不是一个单独的网站，他是由产品行业网站、地区入口网站、技术管理及其他网站三大部分构成。行业网站按照行业来划分，包括：电脑产品、五金产品、时尚服饰及供给品、电子产品、电子零件、钟表工业等，每个产品行业网站包含比较全面的行业信息每日更新，使客户可以快速进入互联网上最大的产品和供应商数据库；地区入口网站按地区分类，包括中国、中国香港、中国台湾、墨西哥、印度、印度尼西亚等十几个国家和地区；技术管理及其他网站主要是链接技术、管理类的网站。

从商业模式的角度说，环球资源可以漏斗图形直观地描述国际贸易买卖双方必须经历的流程以及环球资源提供的与之对应的服务模式。过去环球资源的服务范围，即现在众多 B to B 努力想涉足的是漏斗图的上半部分：从买方的贸易信息索取、买卖双方的贸易洽谈，到漏斗中心的采购订单阶段为止，此为采购前期的资讯流。接下来贸易后期的交易过程只能由买卖双方各自处理。但是现在可以说环球资源已成功地提供从漏斗顶端到漏斗底端，也即从贸易前期的资讯流至后期的交易流程这一完整的贸易过程的电子贸易服务。

四、网络商务信息收集的含义

网络商务信息收集是指在网络上对商务信息的寻找和调取工作。这是一种有目的、有步骤地从各个网络站点查找和获取信息的行为。一个完整的企业网络商务信息收集系统包括先进的网络检索设备、科学的信息收集方法和业务精通的网络信息检索员。

网络营销离不开信息。有效的网络商务信息必须能够保证源源不断地提供适合于网络营销决策的信息。网络营销对网络商务信息收集的要求是：及时、准确、适度和经济。

五、网络商务信息收集的基本要求

1．及时性原则。所谓及时，就是迅速、灵敏地反映销售市场发展各方面的最新动态。信息都是有时效性的，其价值与时间成反比。及时性要求信息流与物流尽可能同步。由于信息的识别、记录、传递、反馈都要花费一定的时间，因此，信息流与物流之间一般会存在一个时滞。尽可能地减少信息流滞后于物流的时间，提高时效性，是网络商务信息收集的主要目标之一。

2．准确性原则。所谓准确，是指信息应真实地反映客观现实，失真度小。

在网络营销中，由于买卖双方不直接见面，准确的信息就显得尤为重要。准确的信息才可能导致正确的市场决策。信息失真，轻则会贻误商机，重则会造成重大的损失。信息的失真通常有三个方面的原因：一是信源提供的信息不完全、不准确；二是信息在编码、译码和传递过程中受到干扰；三是信宿（信箱）接受信息出现偏差。为减少网络商务信息的失真，必须在上述三个环节上提高管理水平。

3．适度性原则。适度是指提供信息要有针对性和目的性，不要无的放矢。没有信息，企业的营销活动就会完全处于一种盲目的状态。信息过多过滥也会使得营销人员无所适从。在当今的信息时代，信息量越来越大，范围越来越广，不同的管理层次又对信息提出不同的要求。在这种情况下，网络商务信息的收集必须目标明确，方法恰当，信息收集的范围和数量要适度。

4．经济性原则。这里的“经济”是指如何以最低的费用获得必要的信息。追求经济效益是一切经济活动的中心，也是网络商务信息收集的原则。许多人上网后，看到网上大量的可用信息，往往想把它们全部复制下来，但到月底才发现上网费用十分高昂。应当明确，我们没有力量，也不可能把网上所有的信息全部收集起来，信息的及时性、准确性和适度性都要求建立在经济性基础之上。此外，提高经济性，还要注意使所获得的信息发挥最大的效用。

六、网络商务信息收集的困难

互联网所涵盖的信息远远大于任何传统媒体所涵盖的信息。人们在互联网上遇到的最大的困难是如何快速、准确地从浩如烟海的信息资源中找到自己最需要的信息，这已成为困扰全球网络用户的最主要的问题。调查显示，80%被调查者认为互联网非常有用，但为了查找所需要的信息他们必须花费大量时间和金钱。很多人表示，在查询 WWW 时仍然需要专家的指导和帮助。对于我国用户来说，面临的问题比国外用户还要严重。我们除了和国外用户面临同样的问题之外，还有信道拥挤、检索费用高、远程检索国外信息系统反应速度慢、语言和文化障碍及大多数用户没有受过网络检索专业培训等多种困难。

在互联网上检索信息困难与下列几个因素有关。

1．互联网信息资源多而分散。Web 是一个巨大的资源宝库，目前页面数目已超过 800 亿，每小时还以惊人的速度增长。同时，互联网是一个全球性分布式网络结构，大量信息分别存储在世界各国的服务器和主机上。信息资源分布的分散性、远程通信的距离和信道的宽窄都直接影响了信息的传输速率。可是网络关键信息都是以半结构化或自由文本形式存在于大量的 HTML 网页中，很难直接加以利用，或者网络信息许多都是储存在深层的网

络之中，在用户面前显示的可能只有它的1%。这些问题都给我们网络商务信息收集带来许多困难。

2. 网络资源缺乏有效的管理。和网络飞速发展形成鲜明对照的是至今还找不到一种方法对网络资源进行有效的管理。目前，对WWW的网页和网址的管理主要依靠两个方面的力量：一是图书馆和信息专业人员通过对Internet的信息进行筛选、组织和评论，编制超文本的主题目录，这些目录虽然质量很高，但编制速度无法适应Internet的增长速度；二是计算机人员设计开发巡视软件和检索软件，对网页进行自动搜集、加工和标引。这种方式省时、省力，加工信息的速度快、范围广，可向用户提供关键词、词组或自然语言的检索。但由于计算机软件在人工智能方面与人脑的思维还有很大差距，在检索的准确性和相关性判断上质量不高。因此，现在很多检索软件都是将人工编制的主题目录和计算机检索软件提供的关键词检索结合起来，以充分发挥两者的优势。但由于Internet的范围和数量过大，没有建立统一的信息管理和组织机制，使得现有的任何一种检索工具都没有能力提供对网络信息的全面检索。

3. 网络信息鱼目混珠。互联网上的信息质量参差不齐，良莠不一。在西方国家，特别是美国，任何人都可以在网上不受限制地自由发布自己的网页。在这种环境下，有价值的信息和无价值的信息，高质量的学术资料或商业信息与劣质、甚至违法的信息都混杂在一起。但目前，还没有人开发出一种强有力的工具对互联网上的信息的质量进行选择和过滤。这样，用户会发现大量毫无用途的信息混杂在检索结果中，大大降低了搜索的准确性，浪费了用户的时间。

（二）基础理论知识

一、电子商务的概念

电子商务，是指对整个贸易活动实现电子化。

从涵盖范围方面可以定义为：交易各方以电子交易方式而不是通过当面交换或直接面谈方式进行的任何形式的商业交易；从技术方面可以定义为：电子商务是一种多技术的集合体，包括交换数据（如电子数据交换、电子邮件）、获得数据（共享数据库、电子公告牌）以及自动捕获数据（条形码）等。

二、电子商务的内涵

电子商务的内涵包括：信息技术特别是Internet技术的产生和发展是电子商务开展的前提条件；掌握现代信息技术和商务理论与实务的人是电子商务活动的核心；系列化、系统化电子工具是电子商务活动的基础；以商品贸易为中心的各种经济事务活动是电子商务的主要对象；高效率、低成本是电子商务的目的。

1．电子商务的前提

电子商务是应用现代信息技术在Internet上进行的商务活动，从本质上讲电子商务是一组电子工具在商务过程中的应用。而应用的前提和基础是完善的现代通信网络和人们的思想意识的提高以及管理体制的转变。因此，没有现代信息技术及网络技术的产生和发展就不可能有电子商务。

2．电子商务的核心

电子商务是一个社会系统，是信息现代化与商贸的有机结合，在电子商务活动中，虽然我们充分强调工具的作用，但归根结底起关键作用的仍是人。因为工具的制造发明、工具的应用、效果的实现都是靠人来完成的，所以，我们必须强调人在电子商务中的决定性作用。也正因为人是电子商务的主宰者，所以能够掌握运用电子商务理论与技术的人必然是掌握现代信息技术、掌握现代商贸理论与实务的复合型人才。而一个国家、一个地区能否培养出大批这样的复合型人才就成为该国、该地区发展电子商务最关键的因素。

3．电子商务的工具

从广义电子商务定义讲，凡应用电子工具，如电话、电报等从事商务活动就可被称为电子商务。但是，我们在此研究的是狭义的电子商务，即：具有很强时代烙印的高效率、低成本、高效益的电子商务。因而，这里所说的电子商务使用的电子工具就不是一般泛泛而言的电子工具，而是能跟上信息时代发展步伐的成系列、成系统的电子工具。

从系列化讲，我们强调的电子工具应该是从商品需求咨询、商品配送、商品订货、商品买卖、货款结算、商品售后服务等伴随商品生产、流通、消费，甚至再生产的全过程的电子工具。这些工具主要包括：Internet、Intranet（企业内部网）、Extranet（企业外部网）、EDI（电子数据交换Electronic Data Interchange）、Email（电子邮件）、BBS（电子公告系统）、Barcode（条码）、EOS（电子订购系统）、POS（销售终端）、ERP（企业资源计划）、DSS（决策支持系统）、SCM（供应链管理）、CRM（客户关系管理）、IC卡（智能卡）、E-Currency（电子货币）、电子商品配送系统、售后服务系统等。

从系统化讲，我们强调商品的需求、生产、交换要构成一个有机整体，构成一个大系统，同时，我们还要将政府对商品生产、交换的调控引入该系统。而能达此目的的电子工具主要为：LAN（局域网）、MAN（城域网）和WAN（广域网）等。它们是纵横相连、宏微结合、反应灵敏、安全可靠的电子网络，有利于大到国家间、小到零售商与顾客间方便、可靠的电子商务活动。

如果没有上述的系列化、系统化电子工具，电子商务也就无法进行。

4．电子商务的主要对象

从社会再生产发展的环节看，在生产、流通、分配、交换、消费这个链条中，发展变化最快、最活跃的就是中间环节的流通、分配和交换。这些中间环节我们又可以把它们看

成是以商品或服务的贸易为中心来展开的，即：商品或服务的生产主要是为了交换，围绕交换必然产生流通、分配等活动，它连接了生产和消费等活动。所以，电子商务的主要对象是以商品或服务的贸易为中心的各种经济事务活动。

5．电子商务的目的

商务是核心，电子是手段，因此，电子商务的目的必然是高效率、高效益、低成本的进行产品生产与产品服务，提高整个社会的运行效率和企业的整体竞争能力。

三、电子商务活动的特点

1．虚拟性

电子商务是依托 Internet 开展的一种商务活动，它将整个活动中的大部分流程转移到虚拟空间，通过信息的推拉互动，贸易双方从贸易磋商、签订电子合同，完成交易并进行电子支付，均通过计算机 Internet 仅仅通过数字信息的传递即完成商务过程。整个交易都在网络这个虚拟的环境中进行，交易完全虚拟化，并且在组织形式上出现了虚拟的商店、虚拟的企业。

2．成本低

电子商务使得买卖双方的交易成本大大降低，具体表现在以下几个方面。

（1）距离越远，网络上进行信息传递的成本相对于信件、电话、传真而言就越低。此外，缩短时间及减少重复的数据录入也降低了信息成本。

（2）买卖双方通过网络进行商务活动，无需中介者参与，减少了交易的有关环节。

（3）卖方可通过 Internet 进行产品介绍、宣传，避免了在传统方式下做广告、发印刷产品等大量费用。

（4）电子商务实行“无纸贸易”，可减少 90%的文件处理费用。

（5）Internet 使买卖双方即时沟通供需信息，使无库存生产和无库存销售成为可能，从而使库存成本降为零。

（6）企业利用内部网可实现“无纸办公（OA）”，提高了内部信息传递的效率，节省时间，并降低管理成本。通过 Internet 把其公司总部、代理商以及分布在其他国家或地区的子公司、分公司联系在一起，及时对各地市场情况做出反应，即时生产，即时销售，降低存货费用，采用快捷的配送公司提供交货服务，从而降低产品成本。

（7）传统的贸易平台是地面店铺，新的电子商务贸易平台则是网吧或办公室。

3．高效性

由于 Internet 将贸易中的商业报文标准化，使商业报文能在世界各地瞬间完成传递与计算机自动处理，将原料采购，产品生产、需求与销售、银行汇兑、保险，货物托运及申报等过程无须人员干预，而在最短的时间内完成。通过电子商务开展商品和服务的贸易，可以大幅度地减少不必要的商品流动、物资流动、人员流动和货币流动，减少商品生产和消

费的盲目性，减少有限物质资源、能源资源的消耗和浪费。公众、企业与政府之间也能以方便、快捷、高效的方式进行相互之间的经济、管理活动，降低社会经营成本、提高社会生产效率、优化社会资源配置，从而促进实现社会财富的最大化利用。

4．透明性

Internet 是一个开放的网络，从而使社会信息、政府的公共政策、经济状况的数据等得到充分开放与共享，并得到社会舆论和公众的监督。通畅、快捷的信息传输、各种相关数据库之间的相互对接，可以使各种相同信息之间自动互相核对，保证信息的真实性和准确性、防止伪造信息的流通。网络招标体现了“公开、公平、竞争、效益”的原则，电子招标系统可以避免招投标过程中的暗箱操作现象。例如，在典型的许可证 EDI 系统中，由于加强了发证单位和验证单位的通信、核对，假许可证就不易漏网。实行电子报关与银行的联网有助于帮助杜绝边境的假出口、“兜圈子”、骗退税等行径。

5．方便性

显而易见，电子商务提供的服务具有一个明显的特性——方便。人们不再受地域、场所、时间和方式的限制，客户与商家之间、企业与企业之间、公众、企业与政府之间都能以非常简捷的方式完成过去较为繁杂的活动过程。

6．安全敏感性

安全性是电子商务中必须考虑的核心问题。由于电子商务是建立在开放的 Internet 基础上的，在带来极大方便的同时，也面临窃取、篡改、欺骗、抵赖、阻断、病毒和入侵等的潜在威胁，尤其是在资金、商业机密、政务办公等方面的安全以及合同、文件签名等方面的真实性和有效性。对于客户而言，无论网上购物如何具有吸引力，如果他们对交易安全性缺乏把握，他们根本就不敢在网上进行买卖，企业和企业间的交易更是如此。

7．技术依赖性

计算机技术、网络通信技术、信息技术和多媒体技术的发展才导致了电子商务的出现和发展。网络基础设施提供了电子商务所需的传输线路；文本、声音、图像等最常用的信息发布所应用的是 WWW（万维网）及应用 HTML（超文本标记语言）、Java 等技术将信息内容发布在 WWW 上；HTTP（超文本传输协议）是 Internet 上通用的信息传播工具，它以统一的显示方式，在多种环境下显示非格式化的多媒体信息；各种技术标准及相应的网络协议对于保证兼容性和通用性是十分重要的；使用 CA 认证、SET（安全电子交易协议）和 SSL（安全套接层协议）等协议标准提供一种端到端的方案解决安全性问题，如加密机制、签名机制、安全管理、存取控制、防火墙、防病毒保护等等。由此可见，上述各种技术是保证电子商务能够顺利实施的技术保证。

8．协作性

商务活动是一种协调过程，它需要参与交易的各方，如客户、生产商、批发商、零售商、物流商按照一定的规则来协调完成。随着电子商务应用领域的不断拓宽，这种协调范围也不断扩大，过程也更加自动化。在电子商务环境中，它更要求从社会上的银行、交通、通信、保险、政府等多个部门通力协作，到企业内部各个业务部门之间的相互协调、配合，才能实现全过程的电子商务，才能真正体现电子商务的优势与价值。

四、电子商务的概念模型

1．电子商务的模型

电子商务的概念模型是对现实生活中电子商务活动的抽象描述，它由交易主体、电子市场、交易事务以及信息流、资金流、物流和商流等基本要素构成。

交易主体是指从事电子商务活动的对象，是电子商务活动的实际参与主体，包括买卖双方和交易活动必须的第三方中介机构，如企业、银行、政府机构、认证机构和个人等；电子市场是指电子商务参与各方从事商品和服务交换的场所，它是由商务活动参与主体，利用通信网络连接成的虚拟的统一经济整体；交易事务是指电子商务参与各方所从事的具体的商务活动的内容，例如，询价、报价、转账支付、广告宣传、商品运输等。

2．电子商务的信息流、资金流、物流和商流

电子商务的应用是信息流、资金流、物流和商流的整合。其中，信息流最为重要，它对整个流程起着监控作用，而物流、资金流则是实现电子商务的保证，商流代表着货物所有权的转移，标志着交易的达成。图 1-1-11 给出了这四种流的基本功能。

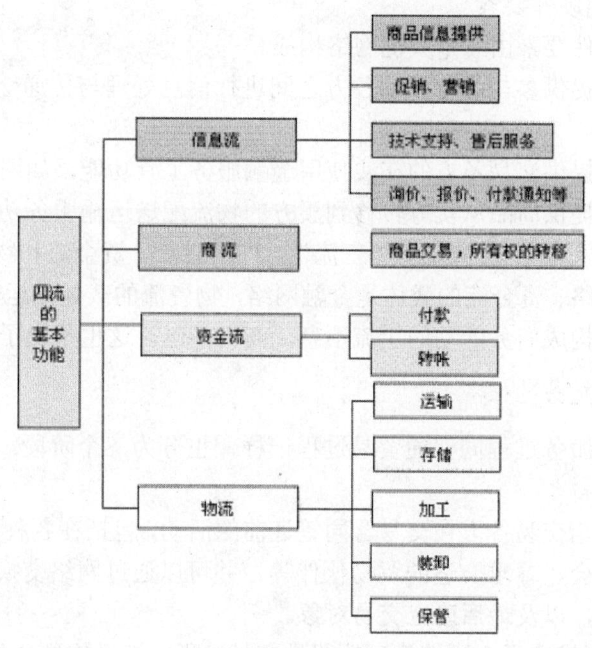

图 1-1-11

信息流在电子商务活动中最基本也最普遍，既包括商品信息、营销信息、技术支持、售后服务等内容，也包括诸如询价单、报价单、付款通知单、转账通知单等商业贸易单证，还包括交易方的支付能力、支付信誉、中介信誉等。

资金流主要是指资金在银行之间的转移过程，包括付款、转账、兑换等过程。

物流主要是指商品和服务的存储、保管、加工、配送、和运输、装卸。在电子商务交易中，通过网络实现物流的能力十分有限，只能直接传输如软件、有价信息等信息类商品和服务。对于大多数实体商品和服务来说，物流仍然要经由传统的配送渠道和方式。

商流是指商品在购、销之间进行交易和商品所有权转移的过程，具体包括商品交易的一系列活动，它是在电子交易的过程完成之后，通过物流来实现的。

在电子商务的应用中，十分强调物流、资金流、商流和信息流的整合。在网络环境下，虽然商务活动的顺序并没有改变，但进行交易和联络的工具改变了，要处理的信息形式也发生了重要改变，即信息流的电子化，如从以前的纸面单证变为现在的电子单证。信息流的作用更为重要了，它贯穿于商品交易过程的始终，对商品流通的整个过程进行控制，记录整个商务活动过程，是分析物流、导向资金流、进行经营决策的重要依据。由于电子工具和网络通信技术的应用，使交易各方突破了时空的限制，有利于促进物流、资金流和信息流的有机结合，加快流转速度。而商流也通过方便快捷的物流得以快速实现。

3．电子商务应用硬件要素

电子商务应用硬件要素由三个关键网络构成。

（1）信息网络：提供参与商务活动各方之间进行信息处理与传递交流的功能，多以网站的形式出现。

（2）金融网络：提供交易各方的在线使用金融服务工具功能，如网上电子支付等。

（3）物流网络：提供商品从卖方转移到买方的物流配送运输服务功能。

这三个网络实际上是电子商务的“三流”，即信息流、资金流和物流的基础环境。信息流的载体是信息网络、资金流的载体是金融网络，物资流的载体是运输网络，三流互动，各种网络有机融合，构成商务活动的川流不息，商机不已，这也是电子商务营运的基础。

五、电子商务的交易过程

电子商务的交易服务过程同普通贸易过程一样，也分为三个阶段：交易前、交易中和交易后。

1. 交易前：主要指交易各方在交易合同签订前的活动，包括在各种商务网络和 Internet 上发布和寻找交易机会，寻求合适的贸易伙伴等，并可以通过网络交换信息比较价格，了解对方的信誉和条件，以及最后确定交易对象。

2．交易中：主要指电子合同签订后的贸易交易过程，涉及银行、税务、海关、商检、

物流等方面的电子单证交换，这种交换通常是通过 EDI 电子数据交换系统来实现的。

3．交易后：在交易双方办完各种手续后，商品交付运输公司起运，物流过程可以通过电子商务网络跟踪货物的行程。银行则按照合同，依据贸易方提供的单证向另一方支付交易资金，出具相应的银行单证，实现整个交易过程。

六、电子商务的交易功能

电子商务通过 Internet 可提供在网上的交易和管理的全过程的服务，具有对企业和商品的广告宣传、交易的咨询洽谈、客户的网上订购和网上支付、电子账户、销售前后的服务传递、客户的信息征询、对交易过程的管理等各项功能。

1．广告宣传

电子商务使企业可通过自己的 Web 服务器、Home Page（网络主页）和 Email，利用 Internet 在全球范围做广告宣传，宣传企业形象和发布各种商品、服务信息，客户可借助网上的检索工具(Search)迅速地找到所需商品信息。与其他各种广告形式相比，在网上的广告成本最为低廉，而给顾客的信息量却最为丰富。

2．咨询洽谈

电子商务使企业可借助非实时的 Email、News Group（新闻组）和 Chat（实时的讨论组）来了解市场和商品信息、洽谈交易事务。如有进一步的需求，还可用网上的 Whiteboard Conference（白板会议）、BBS 来交流即时的信息。在网上的咨询和洽谈能超越人们面对面洽谈的限制、提供多种方便的异地交谈形式。

3．网上订购与招标

企业在网上开通网上订购、查询系统，上网的客户就可以进行网上电子采购。当客户填写并确认订购单后，系统会回复确认信息给客户表示订购信息已收悉，并将客户的订单传输给企业的相关业务部门。从而，一方面企业实时地操作订购、生产、销售业务和电子商务全过程，保证企业可以对销售活动进行紧密的跟踪。另一方面，客户也需要在线实时了解自己在网上订单的实施进展状况，以及查阅账户报告书，实现网上电子采购。

企业在网上开通招标系统，可以将自己需要外包的业务通过网上招标系统，面向全球进行招标、竞标、发标。

4．电子账户与网上支付

网上支付是电子商务交易过程中的重要环节，企业在网络银行开设电子账户，客户就可以采用信用卡、电子钱包、电子支票和电子现金等多种电子支付方式进行网上支付。建立网上电子账户采用在网上电子支付的方式，可以提高企业品牌形象，密切客户关系，提高支付效率，节省了交易的开销。

网上的支付必须要有电子金融来支持，即银行或信用卡公司及保险 公司等金融单位要

为金融服务提供网上操作的服务。而电子账户管理是其基本的组成部分。信用卡号或银行账号都是电子账户的一种标志。而其可信度需配以必要技术措施来保证。如数字凭证、数字签名、加密等手段的应用提供了电子账户操作的安全性。

5．服务传递

电子商务通过服务传递系统将商品尽快地传递到已订货并付款的客户手中。对于有形的商品，服务传递系统可以对本地和异地的仓库在网络中进行物流的调配并通过快递业完成商品的传送；而无形的信息产品如软件、电子读物、信息服务等则立即从电子仓库中将商品通过网上直接传递给客户。

6．信息征询

企业的电子商务系统可以采用网页上的“选择”、“填空”等及时收集客户对商品和销售服务的反馈意见以及需求信息，客户的反馈信息能提高网上交易、售后服务的水平，使企业获得改进产品、发现市场的商业机会，使企业的市场运营形成一个良性的封闭回路。

7．交易管理

整个交易的管理将涉及人、财、物多个方面，还包括企业和企业、企业和客户及企业内部等各方面的协调和管理。因此，交易管理是涉及商务活动全过程的管理。电子商务的发展，将会提供一个良好的交易管理的网络环境及多种多样的应用服务系统。这样，能保障电子商务获得更广泛的应用。

（三）深化拓展知识——电子商务系统

电子商务的实施和应用需要有一完善的系统进行保证。本章主要介绍电子商务的系统、框架、功能、机理以及开展电子商务所需要的环境。通过对电子商务系统、功能及机理的了解，可以对电子商务有进一步的认识。营造电子商务发展的良好环境，对推进电子商务在我国的开展是极其重要的。因而，本章对这些问题进行了探讨。

一、电子商务系统的组成

电子商务系统是保证以电子商务为基础的网上交易实现的体系保证。市场交易是由参与交易双方在平等、自由、互利的基础上进行的基于价值的交换。网上交易同样遵循上述原则。作为交易中两个有机组成部分，一是交易双方信息沟通，二是双方进行等价交换。在网上交易，其信息沟通是通过数字化的信息沟通渠道而实现的，一个首要条件是交易双方必须拥有相应信息技术工具，才有可能利用基于信息技术的沟通渠道进行沟通。同时要保证能通过 Internet 进行交易，必须要求企业、组织和消费者连接到 Internet，否则无法利用 Internet 进行交易。在网上进行交易，交易双方在空间上是分离的，为保证交易双方进行等价交换，必须提供相应货物配送手段和支付结算手段。货物配送仍然依赖传统物流渠道，而支付与结算既可以利用传统手段，也可以利用先进的网上支付手段。此外，为保证企业、组织和消费者能够利用数字化沟通渠道，保证交易顺利进行的配送和支付，需要由专门提供这方面服务的中间商参与，即电子商务服务商。

1. 基础电子商务系统

图 1-1-12 显示的是一个完整的基础电子商务系统，它在 Internet 信息系统的基础上，由参与交易主体的信息化企业、信息化组织和使用 Internet 的消费者主体，提供实物配送服务和支付服务的机构，以及提供网上商务服务的电子商务服务商组成。由上述几部分组成的基础电子商务系统，将受到一些市场环境的影响，这些市场环境包括经济环境、政策环境、法律环境和技术环境等几个方面。

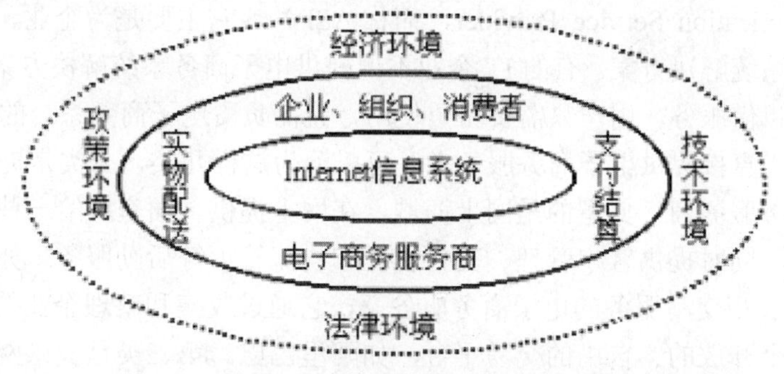

图 1-1-12　电子商务系统

（1）Internet 信息系统

电子商务系统的基础是 Internet 信息系统，它是进行交易的平台，交易中所涉及的信息流、物流和货币流都与信息系统紧密相关。Internet 信息系统是指企业、组织和电子商务服务商，在 Internet 网络的基础上开发设计的信息系统，它可以成为企业、组织和个人消费者之间跨越时空进行信息交换的平台，在信息系统的安全和控制措施保证下，通过基于 Internet 的支付系统进行网上支付，通过基于 Internet 物流信息系统控制物流的顺利进行，最终保证网上交易的实现。因此，Internet 信息系统的主要作用是提供一开放的、安全的和可控制的信息交换平台，它是电子商务系统的核心和基石。

（2）电子商务服务商

Internet 作为一个蕴藏巨大商机的平台，需要有一大批专业化分工者进行相互协作，为企业、组织与消费者在 Internet 上进行交易提供支持。电子商务服务商便是起着这种作用。根据服务层次和内容的不同，可以将电子商务服务商分为两大类：一类为电子商务系统提供系统支持服务的，它主要为企业、组织和消费者在网上交易提供技术和物质基础；另一类是直接提供电子商务服务者，它为企业、组织与消费者之间的交易提供沟通渠道和商务活动服务。

对于第一大类为电子商务系统提供系统支付服务的，根据技术与应用层次不同，提供系统支持服务的电子商务服务商可以分为三类，一类是接入服务商（Internet Access Provider，简称 IAP），它主要提供 Internet 通信和线路租借服务，如我国电信企业中国电信、中国联通提供的线路租借服务；第二类是服务提供商（Interne Service Provider，简称 ISP），它主要为企业建立电子商务系统提供全面支持，一般企业、组织与消费者上网时只通过 ISP 接入 Internet，由 ISP 向 IAP 租借线路；第三类是内容服务提供商（Internet Content Provider，简称 ICP），它主要为企业提供信息内容服务，如财经信息、搜索引擎，这类服务一般都是免费的，ICP 主要通过其他方式如发布网络广告获取收入；第四类是应用服务系统提供商（Application Service Provider，简称 ASP），它主要是为企业、组织建设电子商务系统时提供系统解决方案。有的 IT 企业不但提供电子商务系统解决方案，还为企业提供电子商务系统租借服务，用户只需要租赁使用，无需负责电子商务系统的维护工作。

对于第二大类直接提供电子商务服务者，可以分为这样几类，一类是提供 B to C 型交易服务的电子商务服务商，典型的是网上商城，在网上提供页面空间给一些传统的零售商在网上销售产品，同时提供客户管理、支付管理和物流管理等后勤服务，如新浪商城。第二类是提供 B to B 型交易服务的电子商务服务商，它通过收集和整理企业的供求信息，为供求双方提供一个开放的、自由的交易平台，如阿里巴巴。第三类是提供网上拍卖服务的电子商务服务公司，有提供消费者之间拍卖中介服务的，消费者拍卖商家产品中介服务的，以及商家之间的拍卖服务的，如雅宝，它提供消费者之间的个人竞价服务，还有从消费者到商家的集体竞价服务。

电子商务服务商起着中间商的作用，但它不直接参与网上的交易。一方面，它为网上交易的实现提供信息系统支持和配套的资源管理等服务，是企业、组织和消费者之间交易的技术物质基础。另一方面，它为网上交易提供商务平台，是企业、组织与消费者之间交易的商务活动基础。

（3）企业、组织与消费者

企业、组织与消费者是 Internet 网上市场交易主体，他们是进行网上交易的基础。由于 Internet 本身的特点及加入 Internet 的网民的高速增长趋势，使得 Internet 成为非常具有吸引力的新兴市场。一般说来，组织与消费者上网比较简单，因为他们主要是使用电子商务服务商提供的 Internet 服务来参与交易。企业上网则是非常重要而且是很复杂的。这是因为，一方面企业作为市场交易一方，只有上网才可能参与网上交易；另一方面，企业作为交易主体地位，必须为其他参与交易方提供服务和支持，如提供产品信息查询服务、商品配送服务、支付结算服务。因此，企业上网开展网上交易，必须进行系统规划建设好自己的电子商务系统。

图 1-1-13 是一基于 Internet 基础上的企业电子商务系统的组成结构图。电子商务系统是由基于 Intranet（企业内部网）基础上的企业管理信息系统、电子商务站点和企业经营管理组织人员组成。

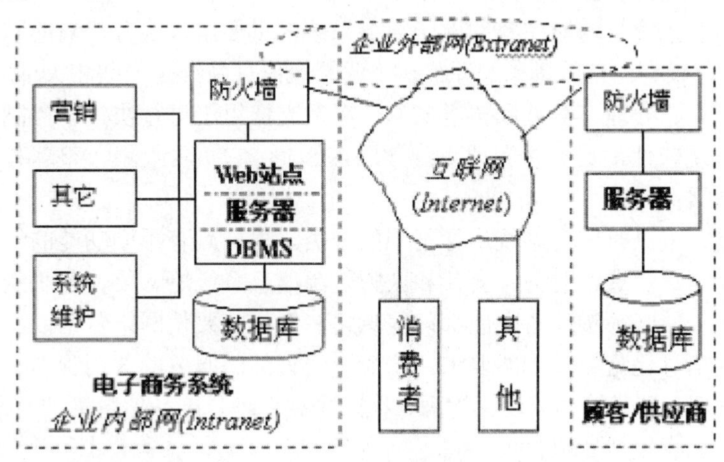

图 1-1-13　企业电子商务系统组成结构图

① 企业内部网络系统

当今时代是信息时代，而跨越时空的信息交流传播是需要通过一定的媒介来实现的，计算机网络恰好充当了信息时代的“公路”。计算机网络是通过一定的媒体（如电线、光缆等）将单个计算机按照一定的拓扑结构联结起来的，在网络管理软件的统一协调管理下，实现资源共享的网络系统。根据网络覆盖范围，一般可分为局域网和广域网。由于不同计算机硬件不一样，为方便联网和信息共享，需要将 Internet 的联网技术应用到 LAN 中组建企业内部网（Intranet），它的组网方式与 Internet 一样，但使用范围局限在企业内部。为方便企业同业务紧密的合作伙伴进行信息资源共享，为保证交易安全在 Internet 上通过防火墙来控制不相关的人员和非法人员进入企业网络系统，只有那些经过授权的成员才可以进入网络，一般将这种网络称为企业外部网（Extranet）。如果企业的信息可以对外界进行公开，那么企业可以直接连接到 Internet 上，实现信息资源最大限度的开放和共享。

企业在组建电子商务系统时，应该考虑企业的经营对象是谁，如何采用不同的策略通过网络与这些客户进行联系。一般说来，将客户可以分为三个层次并采取相应的对策，对于特别重要的战略合作伙伴关系，企业允许他们进入企业的 Intranet 系统直接访问有关信息；对于与企业业务相关的合作企业，企业同他们共同建设 Extranet 实现企业之间的信息共享；对普通的大众市场客户，则可以直接连接到 Internet。由于 Internet 技术的开放、自由特性，在 Internet 上进行交易很容易受到外来的攻击，因此企业在建设电子商务时必须考虑到经营目标的需要，以及保障企业电子商务安全。否则，可能由于非法入侵而妨碍企业电子商务系统正常运转，甚至会出现致命的危险后果。

② 企业管理信息系统

企业管理信息系统是功能完整的电子商务系统的重要组成部分，它的基础是企业内部信息化，即企业建设有内部管理信息系统。企业管理信息系统是一些相关部分的有机整体，在组织中发挥收集、处理、存储和传送信息，以及支持组织进行决策和控制。企业管理信息系统最基本系统软件是数据库管理系统（DBMS），它负责收集、整理和存储与企业经营相关的一切数据资料。

从不同角度，可以对信息系统进行不同的分类。根据具有不同功能的组织，可以将信息系统划分为营销、制造、财务、会计和人力资源信息系统等。要使各职能部门的信息系统能够有效的运转，必须实现各职能部门信息化。例如，要使网络营销信息系统能有效运转，营销部门的信息化是最基础的要求。一般为营销部门服务的营销管理信息系统主要功能包括：客户管理、订货管理、库存管理、往来账款管理、产品信息管理、销售人员管理，以及市场有关信息收集与处理。

根据组织内部不同组织层次，企业管理信息系统可划分为四种信息系统：操作层、知识层、管理层、战略层系统。操作层管理系统是支持日常管理人员对基本经营活动和交易进行跟踪和记录，如销售、接受、现金、工资、原材料进出等数据。系统的主要原则是记录日常交易活动解决日常规范问题。知识层系统是用来支持知识和数据工作人员进行工作，帮助公司整理和提炼有用信息和知识。信息系统可以减少对纸张依赖，提高信息处理的效率和效用。管理层系统设计是用来为中层经理的监督、控制、决策以及管理活动提供服务，充分发挥组织内部效用。战略管理层，主要是注视外部环境和企业内部制订和规划的长期发展方向，关心现有组织能力能否适应外部环境变化，以及企业的长期发展和行业发展趋势问题。

③ 电子商务站点

电子商务站点是指在企业 Intranet 上建设的具有销售功能的，能连接到 Internet 上的 WWW 站点。电子商务站点起着承上启下的作用，一方面它可以直接连接到 Internet，企业的顾客或者供应商可以直接通过网站了解企业信息，并直接通过网站与企业进行交易。另一方面，它将市场信息同企业内部管理信息系统连接在一起，将市场需求信息传送到企业管理信息系统，然后，企业根据市场的变化组织经营管理活动；它还可以将企业有关经营管理信息在网站上进行公布，使企业业务相关者和消费者可以通过网上直接了解企业经营管理情况。

企业电子商务系统是由上述三个部分有机组成的，企业内部网络系统是信息传输的媒

介，企业管理信息系统是信息加工、处理的工具，电子商务站点是企业拓展网上市场的窗口。因此，企业的信息化和上网是一复杂的系统工程，它直接影响着整个电子商务的发展。

（4）实物配送

进行网上交易时，如果用户与消费者通过 Internet 订货、付款后，不能及时送货上门，便不能实现满足消费者的需求。因此，一个完整的电子商务系统，如果没有高效的实物配送物流系统支撑，是难以维系交易顺利进行的。

（5）支付结算

支付结算是网上交易完整实现的很重要一环，关系到购买者是否讲信用，能否按时支付；卖者能否按时回收资金，促进企业经营良性循环的问题。一个完整的网上交易，它的支付应是在网上进行的。但由于目前电子虚拟市场尚处在演变过程中，网上交易还处于初级阶段，诸多问题尚未解决，如信用问题及网上安全问题，导致许多电子虚拟市场交易并不是完全在网上完成交易的，许多交易只是在网上通过了解信息撮合交易，然后利用传统手段进行支付结算。在传统的交易中，个人购物时支付手段主要是现金，即一手交钱，一手交货的交易方式，双方在交易过程中可以面对面的进行沟通和完成交易。网上交易是在网上完成的，交易时交货和付款在空间和时间上是分割的，消费者购买时一般必须先付款后送货，可以采用传统支付方式，亦可以采用网上支付方式。

上述五个方面有机结合在一起，构成了电子虚拟市场交易系统的基础，缺少任何一个部分都可能影响对网上交易的顺利进行。

2. 电子商务系统环境

与传统市场一样，电子商务系统在提供交易所必须的信息交换、支付结算和实物配送这些基础服务的同时，还将面临使用信息技术作为交易平台带来的新问题。如信息安全问题、身份识别问题、信用问题、法律问题、隐私问题、税收问题等。

此外，电子商务发展还面临着企业、组织与消费者是否愿意上网问题，只有交易双方都上网，才有可能推动网上交易的发展。其次，消费者的习惯往往会影响消费者是否愿意进行网上购物，以及购物时是否愿意使用网上支付手段进行支付。这些都是发展电子商务时必须解决的问题。

解决上述问题，必须从外部市场环境着手解决。对于信用问题、税收问题需要通过制定相关经济政策进行推进。对于安全问题和身份识别问题需要通过加强技术进步来保证。对于法律问题和隐私问题则需要加强对与电子商务相关的立法。对于推动消费者上网购物，则需要全社会参与和引导。因此，发展电子商务是一项系统性的工程，它需要企业主导、政府引导和社会参与。

二、电子商务系统的结构

上面详细分析了电子商务系统的组成，下面从整体分析一下电子商务系统结构（如图

1-1-14 所示），也就电子商务系统层次关系。电子商务整体结构分为电子商务应用层结构和支持应用实现的基础结构，基础结构包括三个层次和两个支柱。三个层次自下而上分别为网络层、多媒体消息/信息发布层、一般业务服务层，两个支柱分别是技术标准和政策、法规。三个层次之上是各种特定的电子商务应用，可见三个基础层次和两个支柱是电子商务应用的条件。为不失一般性，在此仅对电子商务的基础结构作概括说明。

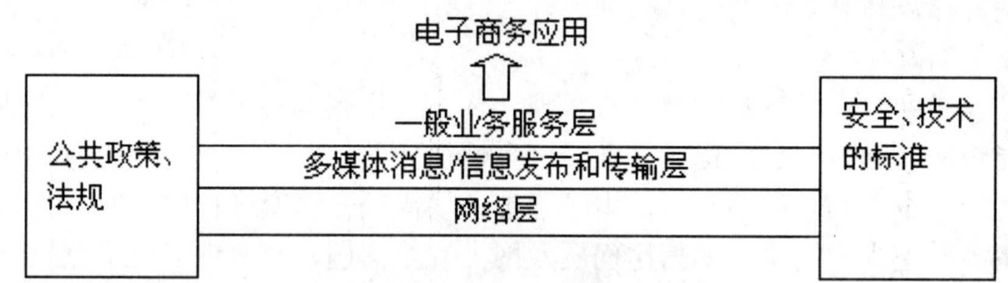

图 1-1-14　电子商务系统的结构

（一）网络层

网络层是电子商务的硬件基础设施，是信息传输系统，包括远程通信网（Telecom）、有线电视网（Cable TV）、无线通信网（Wireless）和互联网（Internet）。其中，远程通信包括电话、电报；无线通信网包括移动通信和卫星网；互联网是计算机网络。目前，这些网络基本上是独立的，研究部门正在研究将这些网络连接在一起，到那时传输线路的拥挤将会彻底改变。

这些不同的网络都提供了电子商务信息传输线路，但是，当前大部分的电子商务应用还是基于 Internet。互联网络上包括的主要硬件有：基于计算机的电话设备、集线器（Hub）、数字交换机、路由器（Router）、调制解调器、有线电视的机顶盒（Set-top Box）、电缆调制解调器（Cable Modem）。

经营计算机网络服务的是 Internet 网络接入服务供应商（IAP）和内容服务供应商（ICP），他们统称为网络服务供应商（ISP）。IAP 只向用户提供拨号入网服务，它的规模一般较小，向用户提供的服务有限，一般没有自己的骨干网络和信息源，用户仅将其作为一个上网的接入点看待。ICP 能为用户提供全方位的服务，可以提供专线、拨号上网，提供各类信息服务和培训等，拥有自己的特色信息源，它是 ISP 今后发展的主要方向，也是发展电子商务的重要力量。

（二）多媒体消息/信息发布、传输层

网络层提供了信息传输的线路，线路上传输的最复杂的信息就是多媒体信息，它是文本、声音、图像的综合。最常用的信息发布应用就是 WWW，用 HTML 或 Java 将多媒体内容发布在 Web 服务器上，然后通过一些传输协议将发布的信息传送到接收者。

（三）一般业务服务层

这一层实现标准的网上商务活动服务，以方便交易，如标准的商品目录/价目表建立、电子支付工具的开发、保证商业信息安全传送的方法、认证买卖双方的合法性方法。

（四）公共政策，法规和安全、技术标准

1．公共政策

公共政策需要由政府和行业部门制定，包括围绕电子商务的税收制度、信息的定价、信息访问的收费、信息传输成本、隐私问题等。

2．法规

法规维系着商务活动的正常运作。网上商务活动有其独特性，买卖双方很可能存在地域的差别，如果没有一个成熟的、统一的法律系统进行仲裁，产生的纠纷就不可能解决。法规制定的成功与否直接关系到电子商务活动能否顺利开展。

3．安全标准

安全问题可以说是电子商务的中心问题。如何保障电子商务活动的安全，一直是电子商务能否正常开展的核心问题。作为一个安全的电子商务系统，首先必须具有一个安全、可靠的通信网络，以保证交易信息安全、迅速地传递；其次必须保证数据库服务器的绝对安全，防止网络黑客闯入盗取信息。目前，电子签名和认证是网上比较成熟的安全手段。同时，人们还制定了一些安全标准，如安全套接层、安全 HTTP 协议、安全电子交易等。

4．技术标准

技术标准是信息发布、传递的基础，是网络上信息一致性的保证。如果没有统一的技术标准，将会限制许多产品在世界范围的使用。EDI 标准的建立就是电子商务技术标准的一个例子。

三、电子商务系统的功能

企业通过实施电子商务实现企业经营目标，需要电子商务系统能提供网上交易和管理等全过程的服务。因此，电子商务系统应具有广告宣传、咨询洽谈、网上订购、网上支付、电子账户、服务传递、意见征询、业务管理等各项功能。

（一）网上订购

电子商务可借助 Web 中的邮件或表单交互传送信息，实现网上的订购。网上订购通常都在产品介绍的页面上提供十分友好的订购提示信息和订购交互表单。当客户填完订购单后，通常系统会回复确认信息来保证订购信息的收悉。订购信息也可采用加密的方式使客户和商家的商业信息不会泄漏。

（二）货物传递

对于已付了款的客户应将其订购的货物尽快地传递到他们的手中。若有些货物在本地，有些货物在异地，电子邮件将能在网络中进行物流的调配。而最适合在网上直接传递的货物是信息产品，如软件、电子读物、信息服务等。它能直接从电子仓库中将货物发到用户端。

（三）咨询洽谈

电子商务借助非实时的电子邮件、新闻组和实时的讨论组来了解市场和商品信息，洽谈交易事务，如有进一步的需求，还可用网上的白板会议来交流即时的图形信息。网上的咨询和洽谈能超越人们面对面洽谈的限制，提供多种方便的异地交谈形式。

（四）网上支付

电子商务要成为一个完整的过程，网上支付是重要的环节。客户和商家之间可采用多种支付方式，省去交易中很多人员的开销。网上支付需要更为可靠的信息传输安全性控制，以防止欺骗、窃听、冒用等非法行为。

（五）电子银行

网上的支付必须要有电子金融来支持，即银行、信用卡公司等金融单位要为金融服务提供网上操作的服务。

（六）广告宣传

电子商务可凭借企业的 Web 服务器和客户的浏览，在 Internet 上发布各类商业信息。客户可借助网上的检索工具迅速地找到所需商品信息，而商家可利用网页和电子邮件在全球范围内做广告宣传。与以往的各类广告相比，网上的广告成本最为低廉，而给顾客的信息量却最为丰富。

（七）意见征询

电子商务能十分方便地采用网页上的“选择”、“填空”等格式文件来收集用户对销售服务的反馈意见。这样，使企业的市场运营能形成一个封闭的回路。客户的反馈意见不仅能提高售后服务的水平，更能使企业获得改进产品、发现市场的商业机会。

（八）业务管理

企业的整个业务管理将涉及人、财、物多个方面，如企业和企业、企业和消费者及企业内部等各方面的协调和管理。因此，业务管理是涉及商务活动全过程的管理。

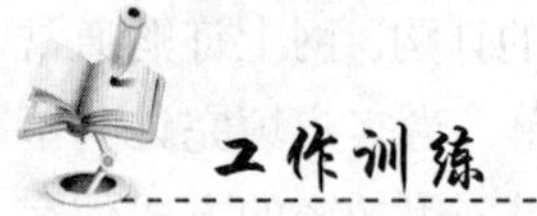

工作训练

学生以 5～6 人为一个工作小组，选出组长。由组长带领，组员共同讨论，以综合网站

信息收集为目标，基于工作过程，以小组为单位，进行工作训练。

（1）设计工作情境，扮演工作角色，实施工作任务。

（2）汇报工作过程，进行工作任务自我评估，完成任务考核评价表。

工作训练

步骤	工作内容	工作方法	时间 （120分钟）
情境设计	**学生：**（以小组为单位） 由组长带领组员共同讨论，设计工作情境。 **教师：** 教师利用案例启发引导，强调工作情景设计时应注意的问题。	小组讨论法 案例引导教学法	10
任务确定	**学生：**（以小组为单位） 由项目组长确定工作情境，负责分配队员所扮演的角色，设定每个队员的工作任务，确定收集商品的类型和厂家的范围。 **教师：** 对各个小组的工作进度进行监督和指导。	小组讨论法	10
任务实施	**学生：**（以小组为单位） 登录综合网站，结合每个小组设计的工作情境及在工作中所扮演的角色，按照老师提出的收集信息的要求，利用综合网站收集信息的方法，开始选择、收集信息。 **教师：** 对各个小组的工作进度进行监督、指导和评价。	角色扮演法	20
工作汇报	**学生：**（以小组为单位） 将收集到的信息，进行遴选，最终确定收集信息的内容，将内容进行整理，以小组为单位，进行工作情境设计与工作实施过程汇报。 **教师：** 点评学生的情境设计与任务实施过程，提出指导意见。	团队汇报法 讲授法	30

续表

工作训练			
步骤	工作内容	工作方法	时间（120 分钟）
完善情境设计工作实施方案	**学生：** 学生在教师点评的基础上，对初次汇报的综合网站信息收集情境设计与工作实施方案，进行反复的讨论和修改，形成方案修改稿；与（企业）教师进行再次的方案沟通与交流，双方认同方案，最终形成综合网站信息收集情境设计与工作实施方案定稿，制成演示文稿。 **教师：** 评价每个小组在设计综合网站信息收集方案过程中的总体表现，并点出每个小组所存在的问题。	团队汇报法	20
工作任务评估	**学生：** 每个小组派一名队员进行工作项目汇报总结与交流，并对自己小组的最终工作结果进行客观评价，填写《学生——综合网站信息收集考核表》。 **教师：** 根据汇报情况进行提问、评价并简单总结；填写《教师——综合网站信息收集考核表》。	团队汇报法	30

学生——综合网站信息收集考核表

考核内容 / 队员姓名	分配任务是否按时完成（10%）	任务完成评价（20%）	团队讨论参与是否积极（20%）	方案设计所负责部分（20%）	是否积极参与企业沟通交流（30%）	得分（满分100）

教师——综合网站信息收集考核表

考核内容 / 序号	方案完成提交情况（15%）	方案结构是否完整（15%）	排版是否符合要求（20%）	PPT 制作情况（20%）	方案汇报情况（30%）	得分（满分 100）

情境思考

1．请利用综合网站（阿里巴巴）的分类搜索来搜索青岛海尔电冰箱产品信息，体会分类搜索信息的工作过程。

2．通过工作情境设计，试对比综合网站（阿里巴巴）信息收集的关键字搜索与分类搜索的区别。

3．综合网站（阿里巴巴）信息收集除了可以选用关键字搜索、分类搜索外，还可以通过哪些方式搜索产品信息？

情境 2：行业网站信息收集

学习目标

1．掌握行业网站信息收集的相关知识。

2. 会根据企业业务特点选择合适行业网站进行产品信息查询，并采用合适的查询信息的方法获取有效信息。

3. 小组成员能够共同创设行业网站信息收集工作情境，扮演相应角色，实现工作过程。

情境描述

作为山东的一家体育用品销售企业，公司的经营过程是从互联网上寻找到合适的供应商，以较低的采购成本获得质量上乘的货源，再将产品通过网络进行销售，从中获取利润。因此，作为本公司的网上采购员，就应该掌握网上行业网站信息收集的方法。

角色扮演

扮演体育用品销售企业的网上信息收集员，寻找货源。

岗位职责

从互联网上寻找合适的体育用品供货信息，从而寻找合适的体育用品供货商。

岗位能力

专业能力：

具备熟练运用信息查询的方法在行业网站上查询、比较、获取信息的能力，为企业寻找合适的供货渠道。

社会能力：

1. 具备良好团队协作精神

2. 具备良好语言表达能力

3. 具备良好情感沟通能力

任务分析

（一）选择网站

首先从行业网站下手，综合评价，考虑选择合适的综合网站进行信息收集。

（二）选择信息收集的方法

考虑选用关键字、分类等综合网站信息搜集的方法。

（三）对产品信息进行精确搜集。

（四）针对不同的消费群体，对搜索得到的产品信息进行比较。

（五）确定选择的产品，得到产品详细信息。

（六）最终得到供应商信息。

任务实施

（一）综合网络人气以及在多个方面的评价，首选在中国体育用品网进行搜寻信息。

（二）登录中国体育用品网网站，确定采用行业分类搜索信息的方式进行查询信息（如图 1-2-1 所示）。

图 1-2-1

（三）产品信息精确搜寻

（1）采用行业分类搜索信息的方式，选择“竞技器材”中的“羽毛球”进行查询信息（如图 1-2-2 所示）。

图 1-2-2

（2）查询后得到“羽毛球”产品信息（如图 1-2-3 所示）。

图 1-2-3

（四）对搜索得到的产品信息进行比较

由于本公司面向的消费者分为两大类群体：以追求实惠消费为主的大众客户和以追求品味消费为主的高端客户，因此在采购时应该区别对待。

假定先来考虑第一类大众消费群体。在面向中低端客户时，应当采取低成本战略，选择价格较低的产品。

通过滚动条浏览页面基本信息所提供的产品，发现“玉辉羽毛球”系列属于大众消费产品。然后，同类产品进行比较，最终选择“玉辉羽毛球 202 型号”的货源（如图 1-2-4 所示）。

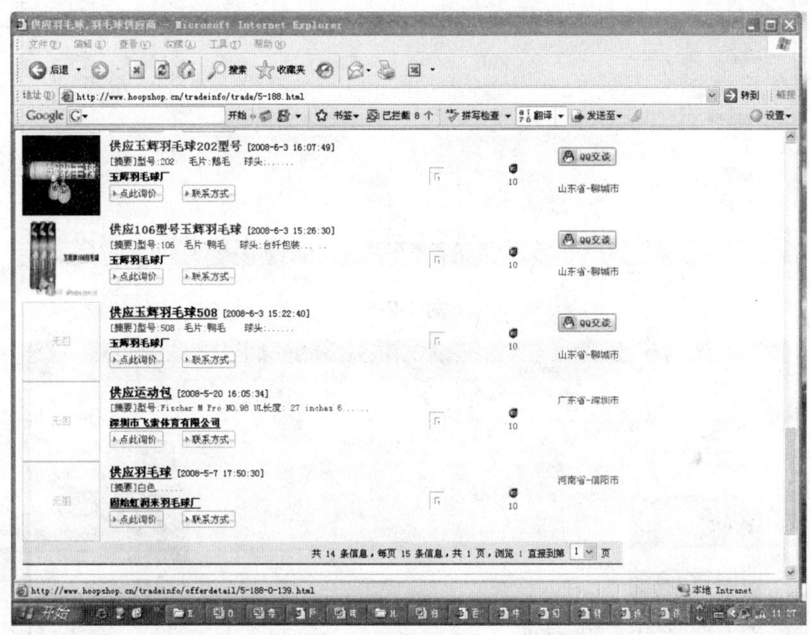

图 1-2-4

（五）确定选择的产品，得到产品详细信息（如图 1-2-5 所示），从中收集产品价格、型号、包装、材质、生产厂家等信息。

（六）最终得到供应商信息。

（1）选择公司名称“玉辉羽毛球厂”（如图 1-2-6 所示）。

供应玉辉羽毛球202型号 - Microsoft Internet Explorer
文件(F) 编辑(E) 查看(V) 收藏(A) 工具(T) 帮助(H)
http://www.hoopshop.cn/tradeinfo/offerdetail/5-188-0-139.html
供应玉辉羽毛球202型号
信息标题： 供应玉辉羽毛球202型号
有 效 期：2009年01月31日
公司名称：玉辉羽毛球厂
其它信息：
产品数量：100000
包装说明：12只/打 50打/箱
价格说明：25元/打
黄金展位
您还在为高血压发愁吗
www.emsl58.net.cn
高血压
中医最新治疗方法
请及时找专家咨询
010-85827156
详细说明
型号:202 毛片:鹅毛 球头:台纤
包装:12只/打 50打/箱
该公司其它信息
该公司供应信息推荐
供应玉辉羽毛球202型号
2008/06/03
供应玉辉羽毛球508
2008/06/03

图 1-2-5

供应玉辉羽毛球202型号 - Microsoft Internet Explorer
文件(F) 编辑(E) 查看(V) 收藏(A) 工具(T) 帮助(H)
http://www.hoopshop.cn/tradeinfo/offerdetail/5-188-0-139.html
供应玉辉羽毛球202型号
信息标题： 供应玉辉羽毛球202型号
有 效 期：2009年01月31日
公司名称：玉辉羽毛球厂
其它信息：
产品数量：100000
包装说明：12只/打 50打/箱
价格说明：25元/打
黄金展位
比天数据服务器托管..
汽油增标剂一淄博市..
免费参加英语培训的..
详细说明
型号:202 毛片:鹅毛 球头 台纤
包装:12只/打 50打/箱
该公司其它信息
该公司供应信息推荐
供应玉辉羽毛球202型号
2008/06/03
供应玉辉羽毛球508
2008/06/03
http://www.hoopshop.cn/Ptcom/taibaiq.html

图 1-2-6

（2）进入供应商详细信息页面（如图 1-2-7 所示）。

图 1-2-7

（3）进行信息收集，收集到供应商信息，包括联系人、地址、邮编、电话、传真、公司主页和公司简介等信息，以便进一步洽谈。

作为一个体育用品销售企业，在以上任务实施过程前，首先应当进行市场调查，确定本企业所面对的客户，根据客户的消费特点来选择合适的货源。

另外，选择货源时，应综合考虑货源的品牌、价格等特点。譬如，本工作情境如若针对的客户属于高端消费群体时，就可以考虑品牌效应来选择货源。

相关知识

（一）行业背景知识

一、行业网站的概念

行业网站就是垂直电子商务网站，它是反应本行业内供应链上的供求信息的商务性网站。

行业网站是通过商品产业链环节信息的集成网站开展的电子商务。它可以分为两个方向，即上游和下游。行业网站将特定产业的上下游厂商聚集在一起，让各阶层的厂商都能很容易地找到原料供应商或买主。之所以称之为“行业”网站，是因为这些网站的专业性很强，它们将自己定位在一个特定的专业领域内，如IT、化学工业、流通业或钢铁业。生产商或商业零售商可以与上游的供货商之间形成供货关系，如Dell电脑公司与上游的芯片和主板制造商就是通过这种关系进行合作；生产商与下游的经销商也可以形成销货关系，如Cisco与其分销商之间进行的交易。

汽车厂所构建的汽车零件交易网是一种典型的垂直市场，汽车厂不但能很快地找到有足够货源的零件供应商，供应商也可更迅速地将产品销售出去，甚至库存品也可通过拍卖的方式售出。在国内也有不少行业的B to B网站，如中国粮油食品信息网(www.cof.net.cn)、中国纺织在线(www.vertinfo.com/textileonline)和中国纸网(www.paper.com.cn)等。

二、行业网站的经营模式

行业网站经营模式追求的是“专”。行业网站吸引的是针对性较强的客户，这批针对性较强的客户是这些网站最有价值的财富，是真正的潜在商家，这种市场一旦形成，就具有极大的竞争优势。所以垂直型网站更有聚集性、定向性。它们较喜欢收留团体会员，这样易于建立起忠实的用户群体，吸引着固定的回头客。结果是垂直网站形成了一个集约化市场，它拥有真正有效的客户。

不同行业的B to B网站在功能上可能有一定的差别，但总的来说仍然属于信息发布平台类网站。垂直B to B交易网站除了在行业集中方面与水平B to B交易平台不同外，二者的经营模式基本相同。同时，由于行业网站的专业性强，因此其面临的客户很多都是本行业的，潜在购买力比较强，其广告的效用也会比较大。也正因为如此，行业网站的广告费较水平网站要高。除了广告外，行业网站还可以通过产品列表以及网上商店门面收费。同水平网站一样，行业网站也可以举办一些拍卖会，并向交易成功的卖方收取一定比例的交易费。此外还可以收取客户的信息费，即数据库使用费。

三、从哪些方面挑选行业网站进行信息查询

1．信息范围。行业网站的信息范围覆盖面越大越好，比如，同为国际贸易平台，一个贸易平台覆盖全球几个国家，而另一个贸易平台从语言到实际覆盖面积达到了几十或上百个国家，那么这时候我们可以说后者占有更强的优势。

2．活跃度。我们经常会看到和听到某某行业网站会员数量和信息发布数量到了什么什么数量级别，或百万或千万，而我们通过一些数据进行分析后，我们会发现有些行业网站存在有大量的死数据，而这些死数据只能造成表面上的繁荣和热闹，并不能给加盟这个平台的会员带来什么好处，这也从质的层次来考察一个行业网站。

3．针对性，对于行业网站针对性指标，我们一定程度上是作为从企业的角度来考察该行业网站，比如行业网站今日五金，企业需要分析出该平台上哪些产品或企业活跃度比较高、交易量比较高，哪些产品或企业活跃度比较低、交易量比较少。

这样对于企业就可以做出一些选择，选择最适合企业自身的行业网站。

（二）基础理论知识

一、电子商务的应用类型与应用领域

1．电子商务的应用类型

电子商务的应用可以分为以下几个类型。

第一种类型是面向市场的以市场交易为中心的活动，称为市场电子商务应用。第二种类型是指如何利用 Internet 来重组企业内部经营管理活动，与企业开展的电子商务活动保持协调一致，称为企业电子商务应用。最典型的是供应链管理，它从市场需求出发利用网络将企业的销、产、供、研等活动串在一起，实现企业网络化数字化管理，最大限度适应网络时代市场需求的变化，也就是企业内部的电子商务实现。第三种类型是指整个社会的经济、生活、管理等都以 Internet 为基础来开展，称为社会电子商务应用。如电子政务是指政府活动的电子化，它包括政府通过 Internet 处理政府事务、进行招投标实现政府采购、收缴税费进行社会公共事务管理等。

第三种类型的电子商务应用的建设与发展为第一种和第二种电子商务应用提供了支撑环境。企业是开展电子商务的主角，企业开展电子商务应用的三个基本要素是：①企业自身内部管理的现代化和计算机化，以及业务操作的电子化；②企业的计算机网络基础设施和开展电子商务活动所依赖的连接网络；③企业要建立开展电子商务业务的应用系统。市场是电子商务应用的落脚点，市场电子商务应用的需求决定了电子商务发展的规模和速度。只有当三种类型的电子商务共同协调发展，才可能推动电子商务朝着良性循环方向发展。

2．电子商务的应用领域

电子商务应用的行业和部门主要包括：信息、中介组织、咨询服务业；出版社和电子书刊、音像出版发行部门；计算机、网络、数据通信、软件和硬件生产等高新技术领域；各种传统商品生产企业；批发、零售商店；旅游、餐饮业；娱乐和体育业；物流与交通运输业；商业银行、证券公司、投资公司、保险公司等金融机构；政府部门和社会公共事务管理、公共服务领域；教育部门和医疗卫生行业；非盈利性的慈善机构、基金会等等。可以说，今后电子商务的应用将渗透到人类社会活动的各个领域。

二、电子商务活动的类型

1．按照电子商务交易的商业活动运作方式分类

（1）间接交易型电子商务

间接交易型电子商务，是指在网上直接对有形货物的电子订货以及交易过程中的一系列服务活动，它无法完全依靠电子商务方式实现和完成完整交易过程。电子商务提供的有形商品及有关服务由于要求做到在很广的地域范围和严格的时限内送达，一般均需要委托具有相当规模，拥有很强运输能力，采用自动化手段，特别是充分运用 Internet 进行信息管理现代物流配送公司和专业服务机构去完成配送工作。

（2）直接交易型电子商务

直接交易型电子商务，是指在网上直接对无形的数字化产品和服务的交易活动，它可以完全通过电子商务方式实现和完成整个交易过程。它包括计算机软件、研究性咨询性的报告、数字化产品、各种信息服务、娱乐内容的联机订购、付款和支付；兑汇及银行有关业务、证券及期货的有关交易、在线游戏、娱乐的实时服务等一系列的交易与服务以及全球规模的信息服务。直接交易型电子商务能使双方越过地理界线直接进行交易，而不需要受到时间、疆域的种种限制，更有利于企业在全球寻找贸易机会，发掘市场潜力。这种模式突出的好处是快速简便及十分便宜，深受客户欢迎，企业的运作成本显著降低。受限之处是只能经营适合在网上传输的商品和服务。

2．按使用的网络类型分类

（1）EDI 网络电子商务

EDI 是按照一个公认的标准和协议，将商务活动中涉及的文件标准化和格式化，通过计算机网络，在贸易伙伴的计算机网络系统之间进行数据交换和自动处理。EDI 主要应用于企业与企业、企业与批发商、批发商与零售商之间的单、证业务传递联系。EDI 电子商务在 20 世纪 90 年代已得到较大的发展，技术上也较为成熟，但是因为开展 EDI 对企业有较高的管理、资金和技术的要求，因此至今尚不太普及。

（2）Internet 电子商务

基于 Internet 的电子商务是目前电子商务的主要形式。它采用了当今先进的计算机技术、通信技术、多媒体技术、数据库技术，通过 Internet 在网上实现营销、购物等商业服务。它突破了传统商业生产、批发、零售以及进、销、存、调的流转程序和营销模式，实现了少投入、低成本、零库存、高效率。目前，还出现了利用手机、掌上电脑、PAD 等移动通信设备，通过连接 Internet 和专用网络，进行的电子商务活动，包括经营、管理、交易、娱乐等。移动电子商务具体包括移动支付、移动股市、移动办公、移动营销和无线 CRM 等功能。如目前中国移动通信公司就已经推出了手机支付、手机炒股、手机彩票、GPS 位置服务、移动办公、统一消息服务（UM）、个人信息管理（PIM）和无线广告等移动电子商务服务。移动电子商务的运行需要构建在由计算机网络与 Internet、电信服务、传统电子商务系统共同支撑的应用系统之上。

（3）内部网络电子商务

基于企业网络环境（Intranet/Extranet）的电子商务，是指在一个大型企业的内部或一个行业内开展的电子商务活动。它能够有效地实现企业部门内部之间、企业与企业之间、企业与合作伙伴及客户之间的授权内数据共享和数据交换，并将每一个各自独立的网络通过互联延伸形成共享的企业资源，方便地查询关联企业的相关数据，形成一个商务活动链。

3．按应用服务的领域范围分类

按电子商务应用服务的领域范围分类，即按参与电子商务活动涉及的主体对象，电子商务可以分为以下五种基本类型。

（1）企业与消费者之间的电子商务（Business to Customer，即 B to C）

此种类型的商务类似于零售业，类同于商业电子化的零售商务。企业或商业机构借助 Internet 开展在线销售，为广大客户提供很好的搜索和浏览功能，提供各种与商品销售有关的服务，使消费者很容易了解到所需商品的品质和价格，在网上直接订购，支付手段通常采用电子信用卡、智能卡、电子现金及电子支票等。目前，在 Internet 上遍布这种类型的购物网站，通过网上商店买卖的商品可以是实体化的，如书籍、鲜花、服装、食品、汽车、电视等等；也可以是数字化的，如新闻、音乐、电影、数据库、软件及各类基于知识的商品；还有提供的各类服务，如安排旅游、住宿、订票、在线医疗诊断和在线教育与培训、网上游戏和娱乐等。B to C 对于企业来说是扩大企业产品的知名度，拥有更大的市场，以及利用网络的跨地域性，在销售通道上，更易控制和掌握。而对于个人来说，进行电子消费，不受时间及地域限制，有更多的自主权。在消费变的方便的同时，消费者作为个体，将有更多的时间及精力来完成其他生活事务。

（2）企业与企业之间的电子商务（Business to Business，即 B to B）

B to B 方式是电子商务应用最重和最受企业重视的形式，这是电子商务的主流，主要

着重企业的经营效率，利用网络整体提高企业的管理，经销，产品推广实力水平。从而改善传统商业模式所带来的弊端，对于企业的新产品推广，更易快速打入市场。企业可以使用 Internet 或其他网络寻找最佳合作伙伴，完成从订购到结算的全部交易行为，包括向供应商订货、签约、接受发票和使用电子资金转移、信用证、银行托收等方式进行付款，以及在商贸过程中发生的其他问题如索赔、商品发送管理和运输跟踪等。这类电子商务除当事人双方之外，更需要涉及相关的银行、认证、税务、保险、物流配送、通信等行业部门；对于国际间的 B to B，还要涉及海关、商检、担保、外运、外汇等行业部门。总之，必须有各参与方的有机配合和实时响应，可以说，这些行业部门也都是参与对象。

这种模式的电子商务又包括特定企业间的电子商务和非特定企业间的电子商务。特定企业间电子商务是指以往一直有交易关系的或者今后肯定要继续进行交易的特定企业为了共同的经济利益，彼此在市场开拓、库存管理、订供货、收付款等方面仍会进行更紧密的默契式的合作，保持相当程度的信任。非特定企业间的电子商务是在开放的网络中对每笔交易寻找最佳伙伴，与伙伴进行从订购到结算的全部交易行为。这里，虽说是非特定企业，但由于加入该网络的只限于需要这些商品的企业，可以设想是限于某一行业的企业，不过，它不以持续交易为前提。

（3）消费者与消费者之间的电子商务（Customer to Customer，即 C to C）

这是 Internet 上产生的一种新模式，是一种个人对个人的网上商务交易方式，也有人称之为 P to P。消费者可以在网上卖出自己多余或不再使用的商品，亦可以在网上买到自己所需要的商品和所喜爱的物品，甚至可以进行物物的直接交换。其中最典型的是在网上拍卖或竞买，开展网上竞价交易，如著名的竞买网站 eBay。由于这种模式为消费者之间直接交易的开展提供了信息和交易的平台，不仅大大节省了消费者之间交易的时间和成本，也提高了社会效益，受到消费者的喜爱，使得 C2C 电子商务的发展非常迅速。

（4）政府与企业的电子商务（Government to Business，即 G to B）

它覆盖企业与政府之间的各种事务。政府通过网上服务，为企业创造良好的电子商务环境，诸如网上报批、网上报税、电子缴税、网上报关、EDI 报关、电子通关等；企业对政府发布的采购清单，以电子化方式回应；企业对政府的工程招标，进行投标及竞标；政府可经过网络实施行政事务的管理，诸如政府管理条例和各类信息的发布；涉及经贸的电子化管理；价格管理信息系统的查询；工商登记信息、统计信息、社会保障信息的获取；咨询服务、政策指导；政策法规和议案制订中的意见收集；网上产权交易，各种经济政策的推行等等。

（5）政府与消费者的电子商务（Government to Customer，即 G to C）

在现代社会中，政府势必要将对个人的繁杂的事务处理转到网上进行。这也正是电子商务中政府作为参与方所要从事的管理活动。这包括政府对个人身份的核实；对公民福利基金、生活保障费的发放；收集民意和处理公民的信访及举报；政府主持的拍卖；公民的自我估税、报税及电子纳税；公民行使对政府机构和官员的监督；政策法规的查询等。

4．按开展电子交易的信息网络范围分类

（1）企业内部电子商务

即企业内部之间（注：企业的各个部分可以在不同的地域），通过企业内部网的方式处理与交换经营管理信息。企业内部网是一种有效商务工具，通过防火墙，企业将自己的内部网与Internet隔离，它可以用来自动处理商务操作及工作流，增强对重要系统和关键数据的存取，共享经验，共同解决客户问题，并保持组织间的联系。通过企业内部的电子商务，可以增加商务活动处理的敏捷性，对市场状况能更快的做出反应，能更好地为客户提供服务。

（2）本地电子商务

本地电子商务通常是指利用本城市内或本地区内的信息网络实现的电子商务活动，电子交易的地域范围较小。本地电子商务系统是利用 Internet、Intranet 或专用网将下列系统联结在一起的网络系统：一是参加交易各方的电子商务信息系统，包括买方、卖方及其他各方的电子商务信息系统；二是银行金融机构电子信息系统；三是保险公司信息系统；是商品检验信息系统；五是税务管理信息系统；六是货物运输信息系统；七是本地区 EDI 中心系统（实际上，本地区 EDI 中心系统联结各个信息系统的中心）。本地电子商务系统是开展有远程国内电子商务和全球电子商务的基础系统。

（3）远程国内电子商务

远程国内电子商务是指在本国范围内进行的网上电子交易活动，其交易的地域范围较大，对软硬件和技术要求较高，要求在全国范围内实现商业电子化、自动化，实现金融电子化，交易各方具备一定的电子商务知识、经济能力和技术能力，并具有一定的管理水平和能力等。

（4）全球电子商务

全球电子商务是指在全世界范围内进行的电子交易活动，参加电子交易各方通过网络进行贸易。全球电子商务业务内容繁杂，数据来往频繁，要求电子商务系统严格、准确、安全、可靠，应制定出世界统一的电子商务标准和电子商务（贸易）协议，使全球电子商务得到顺利发展。

（三）深化拓展知识——电子商务的产生与发展

一、电子商务的产生与起步

目前，人们所提及的电子商务多指在网络上开展的商务活动，即通过企业内部网

（Intranet ），外部网（Extranet）以及 Internet 进行的商务活动就是电子商务。然而，在电子商务的定义中已经阐述过，电子商务还有广义的定义，即一切利用电子通讯技术使用电子工具进行的商务活动，都可以称为电子商务。对于广义定义的电子商务，纵观其发展历史，可以分为三个发展阶段。

其实，并非计算机技术及网络技术产生之后才有电子商务的产生。实际上早在 1839 年，当电报刚出现的时候，人们就开始了运用电子手段进行商务活动，当买卖双方贸易过程中的意见交换、贸易文件等开始以摩尔斯码形式在电线中传输的时候，就有了电子商务的萌芽。随着电话、传真、电视等电子工具的诞生，商务活动中可应用的电子工具进一步扩充。

电报是最早的电子商务工具，是用电信号传递文字、照片、图表等的一种通信方式。随着社会的进步发展，传统的用户电报在速率和效率上不能满足日益增长的文件往来的需要，特别是办公室自动化的发展，因此产生了智能用户电报（Teletex）。智能用户电报是在具有某些智能处理功能的用户终端之间，经公用电信网，以标准化速率自动传送和交换文本的一种电信业务。从本质上说，智能用户电报是将基于计算机的文本编辑、字处理技术与通信相结合的产物。

电话是一种广泛使用的电子商务工具。电话是一种多功能工具：通过电话可以为商品和服务做广告，可以在购买商品和服务同时进行支付（与信用卡一起使用）；经过选择的服务甚至可以通过电话进行销售然后通过电话支付（与信用卡一起使用）。如：电话银行，电话查询服务，叫孩子起床的定时呼叫服务和其他的为成年人娱乐的服务。在非标准的交易活动中，用电话要比通过信函更容易进行谈判。电话的设备较便宜，操作简便。 电话所需的带宽很窄，较窄的带宽就可以满足数据交换的要求。然而，在许多情况下，电话仅是为书面的交易合同或者是为产品实际送交做准备。电话的通讯原来一直局限于两人之间的声音交流，而现在，用可视电话进行可视商务对话已经成为现实。然而高质量的可视电话需要大量的投资以购买设备和带宽。后者不能在电话线上取得，甚至在功能更强大的数字 ISDN 通路上也不能得到。由于技术和经济的原因，以及在一定程度上处于对个人或家庭隐私权的考虑等因素，可视电话业务的发展相对迟缓，因此可视电话和可视会议仍有很大的局限性。

传真提供了一种快速进行商务通讯和文件传输的方式。传真与传统的信函服务相比，主要的优势在于传输文件的速度更快。自 1843 年贝尔发明传真以来，传真技术曾有过几次大的飞跃。传真在新闻、气象、公安、商贸、办公室自动化等领域的应用日益广泛，并已开始进入家庭。尽管传真可以做广告、购物或进行支付，但传真缺乏传送声音和复杂图形的能力，也不能实现相互通讯，传送时还需要另一个传真机或电话。尽管传真机比电话机略贵，但传真的费用，网络进入，需求带宽，以及简便的操作都与电话相同。这些特点使传真在通讯和商务活动中显得非常重要，但在个体的消费者中就用的较少。

随着电视进入越来越多的家庭，电视广告和电视直销在商务活动中越来越重要。但是，消费者还必须通过电话认购。换句话说，电视是一种“单通道”的通信方式，消费者不能积极的寻求出售的货物或者与卖家谈判交易条件。除此之外，在电视节目中插播广告的成本相当高。

由电报、电话、传真和电视带来的商业交易在过去的几十年间日益受到重视，由于它们各有其优缺点，所以人们互为补充地使用电报、电话、传真、电视于商务活动之中。今天，这些传统的电子通讯工具仍然在商务活动中发挥着重要作用。

二、专用网络与 EDI 电子商务

EDI 是 Electronic Data Interchange 的缩写，中文一般译为“电子数据交换”，有时也称为“无纸贸易”。国际标准化组织将 EDI 定义为一种电子传输方法，使用这种方法，首先将商业或行政事务处理中的报文数据按照一个公认的标准，形成结构化的事务处理的报文数据格式，进而将这些结构化的报文数据经由网络，从计算机传输到计算机。从 EDI 的定义中可以看出它显然是商务往来的重要工具，所以，EDI 系统就是电子商务系统，EDI 被认为是电子商务早期形式，称它为 EDI 电子商务。

对于大型企业来说，EDI 这种从企业应用系统到企业应用系统、没有人为干涉、采用标准格式的交易方式对企业降低库存、减少错误、实现高效率管理是十分有效的。传统的基于专用 VAN（Value Added Network）的 EDI 技术使大型企业的业务发展取得了很大的成功，但对于中小企业使用该技术却有一定困难，因为这类用户需要一个价格较低、易操作、易接入的支持人机交互的 EDI 平台，而这些是传统的基于 VAN 的 EDI 系统所无法实行的。然而，当今社会经济活动中，中小企业的作用越来越大，它们与大公司有许多贸易单证往来。因此让中小型企业能够顺利使用 EDI，使传统 EDI 走出困境，重新焕发青春，显得十分必要。有关专家正在从下述两个方面进行努力。

1．基于 Internet 的 EDI

Internet 是世界上最大的计算机网络，近年来得到迅速发展，它对 EDI 产生了重大影响。Internet 是全球网络结构，可 以大大扩大参与交易的范围；相对于私有网络和传统的增值网来说，Internet 可以实现世界范围的连接，花费很少；Internet 对数据交换提供了许多简单而且易于实现的方法，用户可以使用 Web 完成交易；ISP 提供了多种服务方式，这些服务方式过去都必须从传统的 VAN 那里购买，费用很大。

Internet 和 EDI 的联系，为 EDI 发展带来了生机，基于 Internet 的 EDI（简称 Internet-EDI）成为新一代的 EDI，前景诱人。据一家研究公司调查显示，近半数的企业打算在本世纪末之前使用 Internet EDI。用 VAN 进行网络传输、交易和将 EDI 信息输入传统处理系统的 EDI 用户，正在转向使用基于 Internet 的系统，以取代昂贵的 VAN。

2．Web-EDI

Email 最早把 EDI 带入 Internet，用 ISP 代替了传统 EDI 依赖的 VAN，解决了原来通信信道的价格昂贵问题。但是，简单电子邮件协议（STMP）在安全方面存在几个严重的问题。第一，保密性问题，Email 在 Internet 上传送明文，保密性较差。第二，不可抵赖问题，Email 很容易伪造，并且发送者可以否认自己是 Email 的作者。第三，确认交付问题，STMP 不能保证买卖双方正确交付了 Email，无法知道是否丢失。

为了解决上述问题，除广泛采用电文加密、电子认证技术外，InternetEDIINT 工作小组发布了在 Internet 上进行安全 EDI 的标准。针对 EDI 标准在许多应用中过于复杂的情况，标准化组织对一些特定的应用制订了简单标准，它既不同于过去的行业、国家标准，也不同于过去制定的国际标准。它是一种特殊的跨行业的国际标准，相对比较简单，并考虑了 IC（Internet Commerce，网上商务）的一些需求。例如 OBI（Open Buying on the Internet）就是一个成功的例子，OBI 针对大量的、低价格的交易定义了一组简洁的消息，这些交易占所有交易的 80%以上，实现了 EDI 节省费用的目标。

Web-EDI 方式被认为是目前 Internet-EDI 中最好的方式。标准 IC 商业方式的 EDI 不能减少那些仅有很少贸易单证的中小企业的费用，Web-EDI 的目标是允许中小企业只需通过浏览器和 Internet 连接去执行 EDI 交换。Web 是 EDI 消息的接口，典型情况下，其中一个参与者一般是较大的公司，针对每个 EDI 信息开发或购买相应的 Web 表单，改造成适合自己的 IC，然后把它们放在 Web 站点上，选择他们所感兴趣的表单，然后填写结果提交给 Web 服务器后，通过服务器端程序进行合法性检查，把它变成通常的 EDI 消息，此后消息处理就与传统的 EDI 消息处理一样了。很明显，这种解决方案对中小企业来说是负担得起的，只需一个浏览器和 Internet 连接就可完成，EDI 软件和映射的费用则花在服务器端。Web-EDI 方式对现有企业应用只需做很小改动，就可以方便快速地扩展成为 EDI 系统应用。

总之，Internet 的出现使得传统的 EDI 从专用网络扩大到了 Internet，以 Internet 作为互联手段，将它同 EDI 技术相结合，提供一个较为廉价的服务环境可以满足大量中小型企业对 EDI 的需求，使得 EDI 在当今的电子商务中仍起着重要作用。

三、Internet 的电子商务发展

Internet 是一个连接无数个、遍及全球范围的广域网和局域网的互联网络。Internet 的兴起将分布于世界各地的信息网络、网络站点、数据资源和用户有机地联为一个整体，在全球范围内实现了信息资源共享、通信方便快捷，因而它已经成为目前人们工作、学习、休闲、娱乐，相互交流以及从事商业活动的主要工具。

目前，随着 Internet 技术的不断发展，各种商务活动都可以利用 Internet 实现，Internet 为电子商务发展提供了强有力的工具和广阔的发展空间。Internet 电子商务有着广阔的发展前景。

我国电子商务活动开展时间不长，但发展态势很好。我国政府对电子商务给予了高度的重视。从20世纪90年代初开始，相继实施了“金桥”、“金卡”、“金关”、“金税”、“金宏”、“金卫”、“金智”、“金企”等一系列“金字工程”。从1994年起，我国部分企业就开始涉足电子商务，并取得了喜人成绩。1998年3月6日，我国国内第一笔Internet网上电子商务交易成功。它是由世纪互联通讯技术有限公司和中国银行携手完成的。这标志着我国电子商务已经开始进入实用阶段。早在1999年，我国的电子证券交易就已覆盖全国，连接了全国300多家证券公司的近2600个营业部，开户投资者超过5000万户，最高日成交量达到300多亿元人民币，有力地保证了我国当时证券市场的发展。我国的电子金融结算系统连接着600多个地面卫星小站和1000多个收发站，覆盖全国所有地级以上城市及700多个县，平均每天往来业务5～6万笔，大大提高了转汇效率，缩短了资金在途时间。以现代信息网络为依托的中国民航电子订票系统、金融信用卡、非银行IC储值卡、中国商品交易中心（CCEC）、中国商品订货系统（COSG）、中国远洋运输集装箱信息系统、库存商品调剂网络等商务系统都在有效运营之中。这些充分说明我国的电子商务虽然起步较晚，却以令人惊喜的速度广泛、深入地发展着。

工作训练

学生以5～6人为一个工作小组，选出组长。由组长带领，组员共同讨论，以行业网站信息收集为目标，基于工作过程，以小组为单位，进行工作训练。

（1）设计工作情境，扮演工作角色，实施工作任务。

（2）汇报工作过程，进行工作任务自我评估，完成任务考核评价表。

工作训练			
步骤	工作内容	工作方法	时间（120分钟）
情境设计	**学生：**（以小组为单位） 由组长带领组员共同讨论，设计工作情境。 **教师：** 教师利用案例启发引导，强调工作情景设计时应注意的问题。	小组讨论法 案例引导教学法	10

续表

工作训练			
步骤	工作内容	工作方法	时间（120 分钟）
任务确定	**学生：**（以小组为单位） 由项目组长确定工作情境，负责分配队员所扮演的角色，设定每个队员的工作任务，确定收集商品的类型和厂家的范围。 **教师：** 对各个小组的工作进度进行监督和指导。	小组讨论法	10
任务实施	**学生：**（以小组为单位） 登录行业网站，结合每个小组设计的工作情境及在工作中所扮演的角色，按照老师提出的收集信息的要求，利用行业网站收集信息的方法，开始选择、收集信息。 **教师：** 对各个小组的工作进度进行监督、指导和评价。	角色扮演法	20
工作汇报	**学生：**（以小组为单位） 将收集到的信息，进行遴选，最终确定收集信息的内容，将内容进行整理，以小组为单位，进行工作情境设计与工作实施过程汇报。 **教师：** 点评学生的情境设计与任务实施过程，提出指导意见。	团队汇报法 讲授法	30
完善情境设计工作实施方案	**学生：** 学生在教师点评的基础上，对初次汇报的行业网站信息收集情境设计与工作实施方案，进行反复的讨论和修改，形成方案修改稿；与（企业）教师进行再次的方案沟通与交流，双方认同方案，最终形成行业网站信息收集情境设计与工作实施方案定稿，制成演示文稿。 **教师：** 评价每个小组在设计行业网站信息收集方案过程中的总体表现，并点出每个小组所存在的问题。	团队汇报法	20
工作任务评估	**学生：** 每个小组派一名队员进行工作项目汇报总结与交流，并对自己小组的最终工作结果进行客观评价，填写《学生——行业网站信息收集考核表》。 **教师：** 根据汇报情况进行提问、评价并简单总结；填写《教师——行业网站信息收集考核表》。	团队汇报法	30

学生——行业网站信息收集考核表

考核内容 / 队员姓名	分配任务是否按时完成（10%）	任务完成评价（20%）	团队讨论参与是否积极（20%）	方案设计所负责部分（20%）	是否积极参与企业沟通交流（30%）	得分（满分100）

教师——行业网站信息收集考核表

考核内容 / 序号	方案完成提交情况（15%）	方案结构是否完整（15%）	排版是否符合要求（20%）	PPT 制作情况（20%）	方案汇报情况（30%）	得分（满分100）

情境思考

1．作为一家体育器材销售企业，分别针对高端消费者与低端消费者，利用行业网站的分类搜索来搜索羽毛球产品信息，要求体会分类搜索信息的工作过程。

2．通过工作情境设计，试对比行业网站信息收集的关键字搜索与分类搜索的区别。

3．作为五金行业的一家销售企业，创设工作情境，在五金行业的行业网站上寻找合适的货源信息，并寻找供应商。

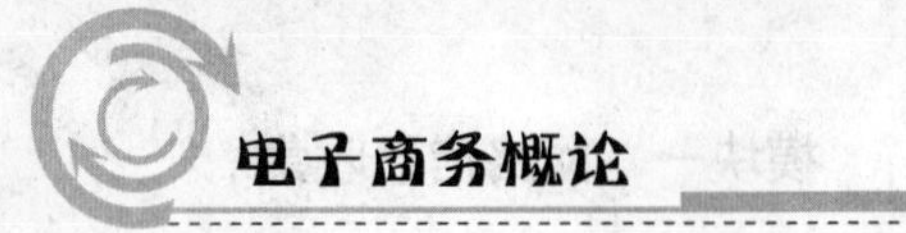

情境 3：搜索引擎信息收集

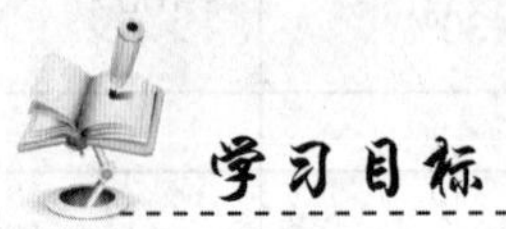

学习目标

1. 掌握搜索引擎信息收集的相关知识。

2. 会根据企业业务特点选择合适搜索引擎进行产品信息查询，并采用合适的查询信息的方法获取有效信息。

3. 小组成员能够共同创设搜索引擎信息收集工作情境，扮演相应角色，实现工作过程。

情境描述

山东省的一家水果销售公司，按季节专门销售山东省内的知名水果，譬如烟台苹果、莱阳梨、肥城桃、大泽山葡萄等，经营多年，在市区内拥有一定的市场知名度。企业位于山东省烟台市芝罘区，多年来企业寻求货源一直采用电子商务形式寻找供货商，交易成本低，经济效益明显。

角色扮演

扮演水果销售企业的网上信息收集员，寻找货源。

岗位职责

从互联网上寻找合适的水果供货信息，从而寻找合适的水果供货商。

岗位能力

专业能力：

具备熟练运用信息查询的方法在搜索引擎上查询、比较、获取信息的能力，为企业寻找合适的供货渠道。

社会能力：

1．具备良好团队协作精神

2．具备良好语言表达能力

3．具备良好情感沟通能力

任务分析

（一）选择网站

首先从搜索引擎下手，综合评价，考虑选择合适的搜索引擎进行信息收集。

（二）选择信息收集的方法

考虑选用关键字、分类等搜索引擎信息搜集的方法。

（三）对产品信息进行精确搜集。

（四）对搜索到的产品信息进行比较。

（五）确定选择的产品，得到产品详细信息。

（六）最终得到供应商信息。

任务实施

（一）综合网络人气以及在多个方面的评价，首选在谷歌网站进行搜寻信息（如图 1-3-1 所示）。

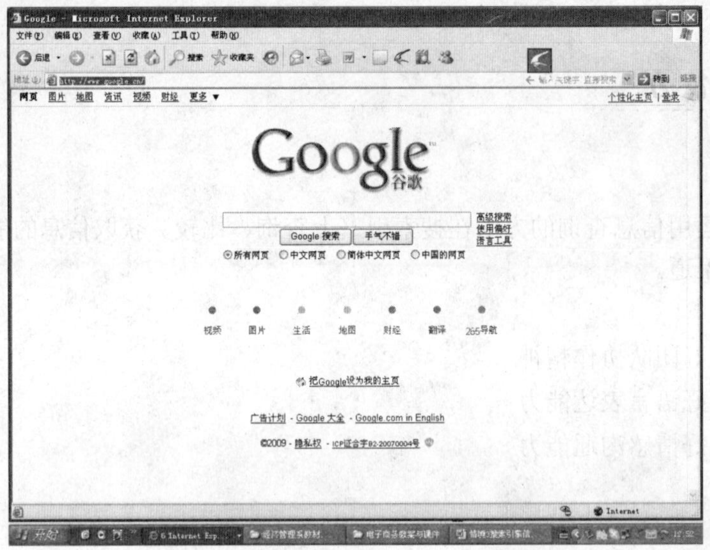

图 1-3-1

（二）登录谷歌网站，确定采用关键词搜索方式进行查询信息。

在文本框内输入“山东苹果”，进行搜索（如图 1-3-2 所示）。

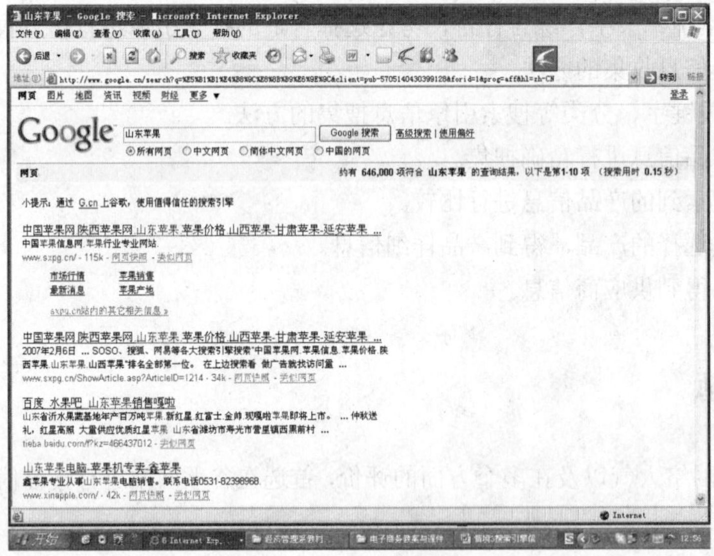

图 1-3-2

搜索得到相应信息，属于初步信息确定，发现需要进一步精确搜索。

（三）产品信息精确搜索

（1）在文本框内，将关键词“山东苹果”改为“山东烟台苹果”为进行搜索（如图 1-3-3 所示）。

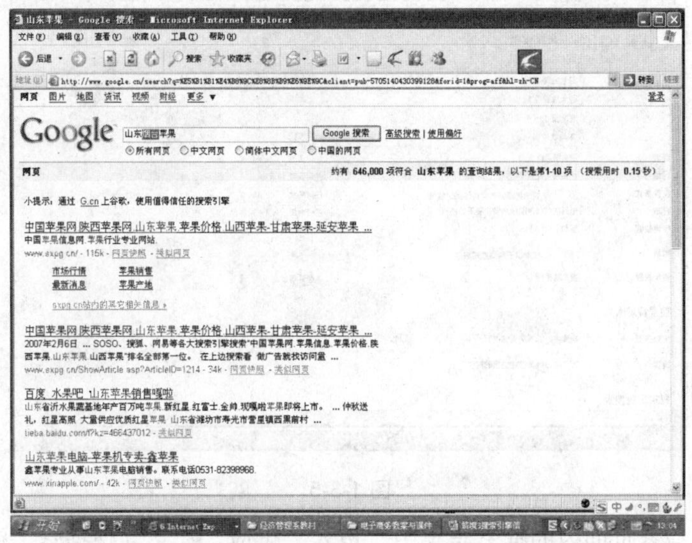

图 1-3-3

（2）点击搜索按钮，得到相应信息（如图 1-3-4 所示）。

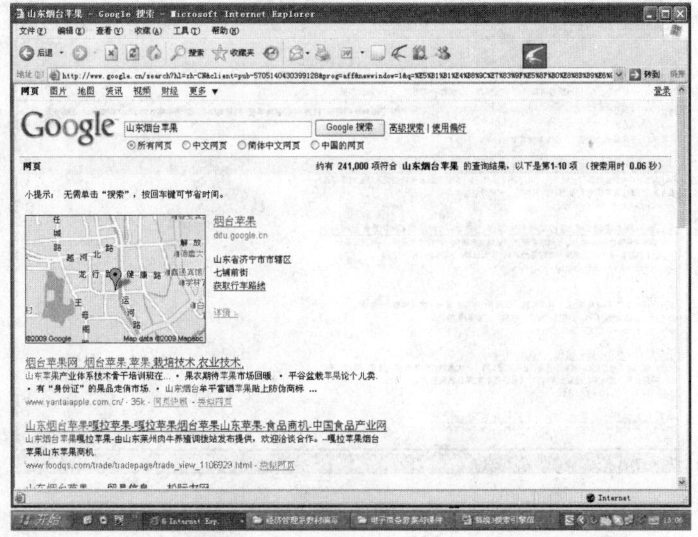

图 1-3-4

（3）进一步确定信息，点击“高级搜索”，进行高级查询（如图 1-3-5 所示）。

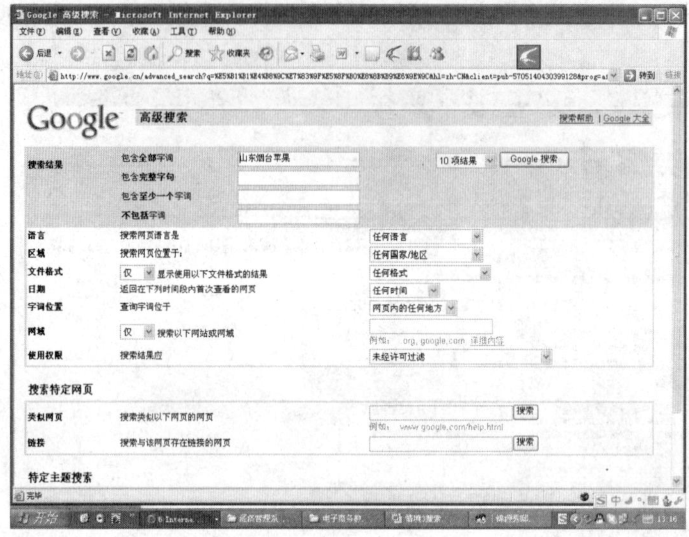

图 1-3-5

（4）在高级搜索页面内的搜索结果中，填入“供应”二字，使搜索关键词成为“供应山东烟台苹果”，进行信息查询，得到如图 1-3-6 所示信息页面。

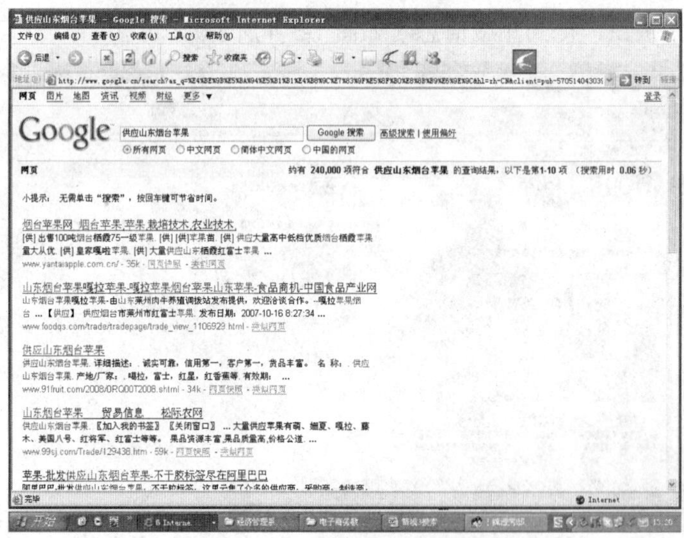

图 1-3-6

（5）此时得到的信息基本就属于比较精确的信息，如果还需要进一步确定搜索信息，可以修改搜索信息的其他设定条件。

可以点击高级搜索，进入高级搜索页面，进行设置。如若希望搜索到最近供应商发布的信息，可以在日期下拉列表中进行设置（如图 1-3-7 所示）。

图 1-3-7

（6）选择在一周内供应商发布的信息（如图 1-3-8 所示）。

图 1-3-8

（7）搜索得到一周内，供应商发布的信息页面链接（如图 1-3-9 所示）。

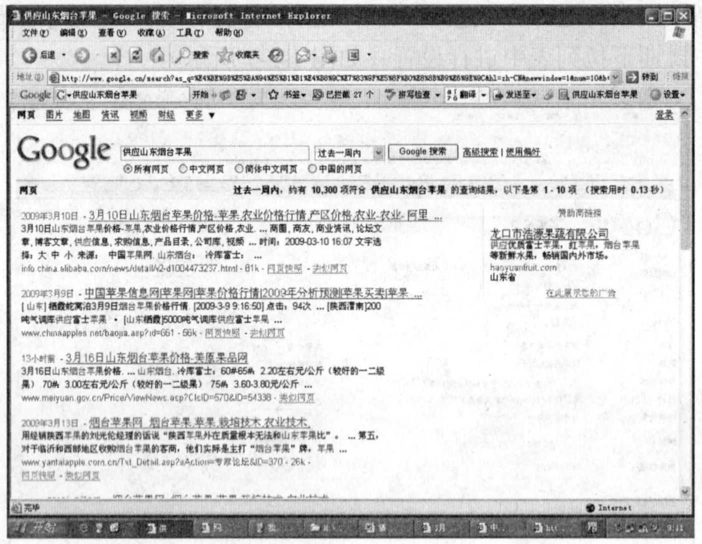

图 1-3-9

（四）通过以上的操作，最终寻找到信息搜索页面，在页面中，进行初步筛选，分别进入相关页面。

（五）选择其中一个链接页面，进入产品详细信息页面收集信息（如图 1-3-10 所示）。

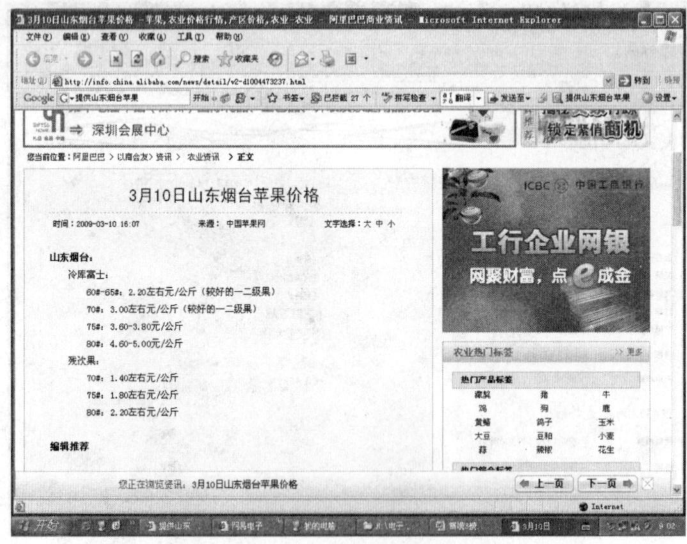

图 1-3-10

（六）得到供应商信息

（1）点击“来源：中国苹果网”寻找供应商详细信息（如图 1-3-11 所示）。

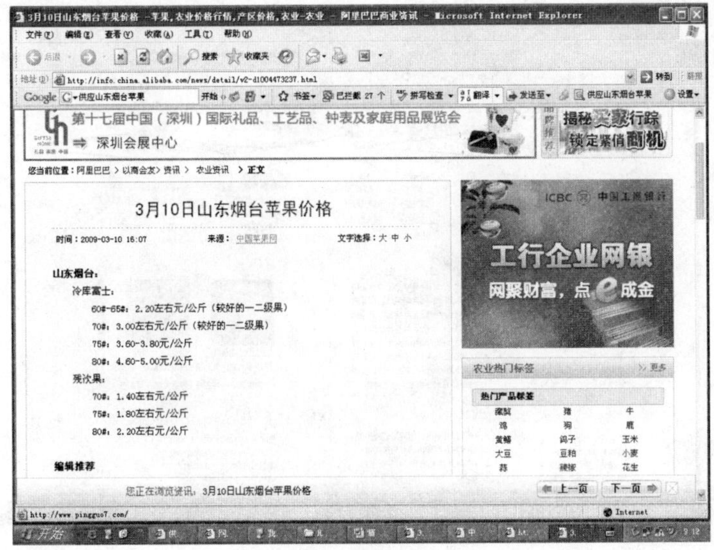

图 1-3-11

（2）进入“中国苹果网”，寻找到“现货挂牌交易市场”（如图 1-3-12 所示）。

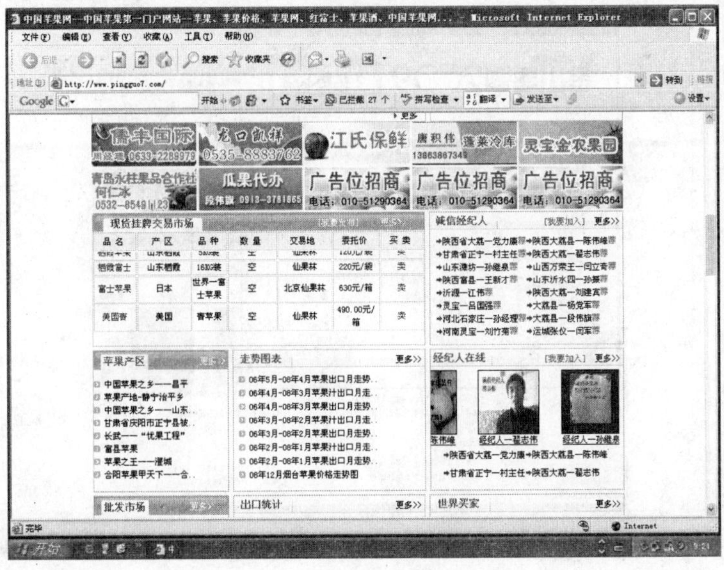

图 1-3-12

（3）选择品名“红富士”，产区“山东烟台”货源信息（如图 1-3-13 所示）。

图 1-3-13

（4）点击后，弹出产品供应商详细信息页面（如图 1-3-14 所示）。

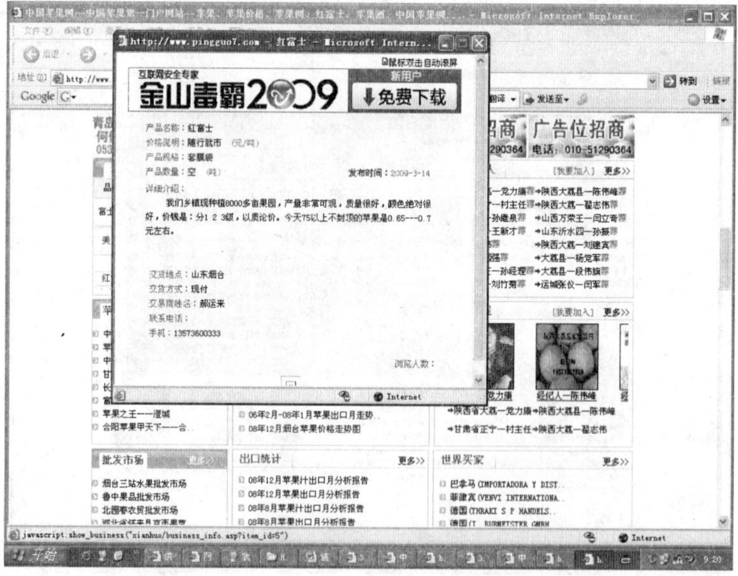

图 1-3-14

（5）收集产品及供应商详细信息，包括“产品名称”、“价格说明”、“产品规格”、“产品数量”、“交货地点”、“交易方式”、“交易者姓名”、“手机”等信息。

在搜索信息的时候，为了提高搜索信息的准确性，可以在搜索引擎的高级搜索中进行设置。譬如将“供应山东烟台苹果”信息的字词位置设置为“网页的标题”，这样查询出的信息会更具有针对性。

（一）行业背景知识

一、搜索引擎的概念

搜索引擎(Search Engine)是一类运行特殊程序的、专用于帮助用户查询 Internet 上的 WWW 服务信息的 Web 站点。同时，搜索引擎也是通过获得网站网页资料，建立数据库并提供查询的系统。它以一定的策略在 Internet 中搜集、发现信息，对信息进行理解、提取、组织和处理，并为用户提供检索服务，从而起到信息导航的目的。

按照工作原理的不同，可以把它们分为两类：全文搜索引擎（Full Text Search Engine）和分类目录（Directory）。全文搜索引擎的数据库是依靠一个叫“网络机器人”或叫“网络蜘蛛”的软件，通过网络上的各种链接自动获取大量网页信息内容，并按一定的规则分析整理形成的。Google、百度都是比较典型的全文搜索引擎系统。分类目录则是通过人工的方式收集整理网站资料形成数据库的，比如雅虎中国以及国内的搜狐、新浪、网易分类目录。另外，在网上的一些导航站点，也可以归属为原始的分类目录，比如“网址之家”。

二、搜索引擎基本情况

目前，较为著名的搜索引擎有：百度、Google、Yahoo 等。百度是全球最大的中文搜索引擎，在中国互联网经济迅猛发展的今天，百度公司结合世界先进的网络技术、中国语言特色以及中国互联网经济发展的现状，开发出了中国互联网信息检索和传递基础设施平台，并且运用最先进的商业模式，直接为整个中国的互联网提供高价值的技术性服务互联网产品，是中国最优秀的互联网技术提供商。

Google 是全球最大、最受欢迎的搜索引擎。Google 秉持着开发“完美的搜索引擎”的信念，在业界独树一帜。最近，微软公司也不甘寂寞地推出了自主开发的网络搜索引擎——必应（Bing）。可见，搜索引擎拥有着巨大的市场潜力。

三、搜索引擎的工作特点

1．搜索引擎使用自动索引软件来发现、收集并标引网页，建立数据库。

2．搜索引擎以 Web 形式提供给用户一个检索界面，供用户输入检索关键词、词组或短语等检索项。

3．搜索引擎代替用户在数据库中查找出与提问匹配的记录，并返回结果且按相关度顺序排出。

目前 Internet 上有多种文字的至少数以千计的搜索引擎，它们基本上都是由信息查询系统、信息管理系统和信息检索系统三个部分组成的。其特点是,由自动索引软件生成数据库,收录、加工信息的范围广、速度快，能及时地向用户提供新增信息。搜索引擎提供的导航服务已经成为 Internet 上非常重要的网络服务，搜索引擎站点也被美誉为“网络门户”。

四、搜索引擎的分类

1．目录索引搜索引擎。目录索引是以人工方式或半自动方式搜集信息，由编辑员查看信息之后，人工形成信息摘要，并将信息置于事先确定的分类框架中，仅仅是按目录分类的网站链接列表而已。信息大多面向网站，提供目录浏览服务和直接检索服务，用户完全可以不用进行关键词(Keywords)查询，仅靠分类目录也可找到需要的信息。这类搜索引擎由于加入人工处理，所以信息准确、导航质量高，缺点是需要人工介入、维护量大、信息量少，信息更新不及时。目录索引中最具代表性的莫过于大名鼎鼎的 Yahoo，其他著名的还有 Open Directory（DMOZ）、LookSsmart、About 等。国内的搜狐、新浪、网易也属于这一类。图 1-3-15 为目录索引搜索引擎图标。

YAHOO!　About　dmoz open directory project　looksmart

图 1-3-15

2．全文搜索引擎。全文搜索引擎是名副其实的搜索引擎，它们都是从 Internet 上的各个网站提取信息（以网页文字为主），按一定的规则置入数据库中，用户使用查询条件检索数据库中相匹配的记录，然后按一定的排列顺序将结果返回给用户。搜索引擎通常由一个称为蜘蛛（Spider）的机器人程序以某种策略自动地在 Internet 中搜集和发现信息，由索引器为搜集到的信息建立索引，由检索器根据用户的查询输入检索索引库，并将查询结果

返回给用户，其服务方式是面向网页的全文检索服务。这类搜索引擎的优点是信息量大、更新及时、无须人工干预，缺点是返回信息过多，有很多无关信息，用户必须从结果中筛选。这类搜索引擎国外具代表性的有Google，Fast/ALLTheWeb、AltaVista、Inktomi、Teoma、WiseNut，国内著名的有百度（Baidu）。图1-3-16为全文搜索引擎图标。

图1-3-16

3．元搜索引擎。元搜索引擎在接受用户查询请求时，同时在其他多个引擎上进行搜索，并将结果返回给用户。这类搜索引擎没有自己的数据库，而是将用户的查询请求同时向多个搜索引擎递交，将返回的结果进行重复排除、重新排序等处理后，作为自己的结果返回给用户。服务方式为面向网页的全文检索。这类搜索引擎的优点是返回结果的信息更大、更全，缺点是不能够充分使用元搜索引擎的功能，用户需要做更多的筛选。这类搜索引擎的代表是InfoSpace、Dogpile、Vivisimo等，中文元搜索引擎中具代表性的有搜星搜索引擎。

4．其他非主流搜索引擎

（1）集合式搜索引擎：如HotBot在2002年底推出的引擎。该引擎类似META搜索引擎，但区别在于不是同时调用多个引擎进行搜索，而是由用户从提供的4个引擎当中选择。

（2）门户搜索引擎：如AOL Search、MSN Search等虽然提供搜索服务，但自身既有分类目录也没有网页数据库，其搜索结果完全来自其他引擎。

（3）免费链接列表（Free For All Links，简称FFA）：这类网站一般只简单地滚动排列链接条目，少部分有简单的分类目录，不过规模比起Yahoo等目录索引来要小得多。

五、搜索引擎的选择方法

现在全球范围内已经有了几千个搜索引擎站点，而且这个数量还在不断地增加，在这些站点中，既有搜索引擎中的精品，也不乏一些质量不高的粗糙之作。一般来说，可以用以下几条选择的标准。

1．速度

速度包括两个方面，一个是信息查询的速度，当然是越快越好了，否则的话，输入一关键词，等了半天才看到结果，你心里一定不会高兴；另一个是信息的更新速度，这反映了一个站点数据更新的频率，搜索引擎数据库中搜集的应当是最新的信息，因为互联网上的信息更新非常快，每天都有新站点产生，同时也有站点消失，所以要及时更新数据库内容。

2．返回的信息量

这是衡量一个搜索引擎数据库内容大小的重要指标，如果它返回的有效信息量多，就

说明这个站点收录的信息范围广，数据容量大，就能给用户提供更多的信息资源。

3．信息相关度

一个搜索引擎站点不仅要对查询的信息数据返回量大，而且要求准确，与用户所要求的信息关联度高，不然返回一大堆垃圾信息，再多又有何用。

4．易用性

查询操作的方式是否简便易行，对查询结果我们能否实施控制和选择，改变显示的方式和数量等等，这也是衡量一个搜索引擎站点的重要指标，因为互联网是面向大众的，只有操作简单，才能为大多数人所接受。

5．稳定性

一个好的搜索引擎站点，它的服务器和数据库应非常稳定，这样才能保证为用户提供安全可靠的查询服务。

（二）基础理论知识

一、电子商务下生产者和消费者思维的变革

1．时空观念的转换

传统的时空观念正在生产者和消费者中发生变化，电子商务通过虚拟手段改变和缩小了传统市场的时间和空间界限，时间和空间的限制因素大大削弱。我们各方可以在任何时间、任何地点、以任何方式，在电子商务环境下从事商务活动。

2．成本扩张的可能性

网络经济和电子商务从根本上缩短了中间路径，即缩小了生产和消费之间的时间路径、空间路径和人际路径，使低成本扩张成为可能。

3．营销观念的变革

未来的网络营销的观念主要具有以下三个特点：速度、信用、服务。

4．学习的重要性

未来的优势企业组织是动态协作组织，是知识联网组织。而且，由于网络技术的迅速发展、日益更新，都要求企业组织要不停顿地学习，尽快掌握新的技术与思维方式。

二、电子商务产生的影响

1．电子商务对社会经济的影响

电子商务是 Internet 技术发展日益成熟的直接结果，是网络技术发展的新方向。它不仅改变了企业本身的生产、经营和管理，而且对传统的贸易方式带来了巨大的冲击。电子商务最明显的标志便是增加了贸易机会、降低了贸易成本、提高了贸易的效益。它大大改变了商务模式，带动了经济结构的变革，对现代经济活动产生了巨大的影响。

（1）促使全球经济的发展。电子商务使贸易的范围空前扩大，从而引起全球贸易活动的大幅度增加，促使全球范围内的经济有一个良好的发展趋势。

（2）促使知识经济的发展。信息产业是知识经济的核心和最主要的推动力．而电子商务又站在信息产业的最前列，因此电子商务的发展必将直接或间接推动知识经济的发展。

（3）促使新兴行业的产生。在电子商务环境下，传统的商务模式发生了根本性的变化，社会分工将重新组合，因而会产生许多新兴行业来配合电子商务的顺利运转。例如，Internet 服务提供商、Internet 内容提供商、网上商店、网络银行和各种类型的网上搜索引擎等。还有，网上购物使得送货上门成为一项极为重要的服务业务，导致出现快递公司、物流公司等专门从事送、配货业务的行业。因此，电子商务为社会创造了更多的就业机会和社会财富。

2．电子商务对政府的影响

政府对电子商务的支持态度将直接影响电子商务的发展，反过来，电子商务的发展也在一定程度上影响政府机构的职能，转变政府行为。在电子商务时代，当企业应用电子商务进行生产经营，银行力争实现金融电子化，以及消费者实现网上消费的同时，将同样对政府管理行提出新的要求，电子政府或称网上政府，将随着电子商务的发展而成为一个重要的社会角色。

（1）影响政府的政策导向

电子商务具有全球性的特点，一切商务活动均建立在 Internet 上，其结果必然带来贸易环境的开放。因此，一个国家要发展市场经济，要发展电子商务，就必须施行开放政策，但这些和保护民族工业、保证信息安全和保护个人隐私等问题都有一定的矛盾，需要国家采取相应措施、制定相关的法律和政策来予以解决。

（2）政府机构的业务转型

电子商务的发展需要政府部门介入到企业的商务交易活动中，政府部门在这个加入过程中存在着相应的业务转型。例如，工商管理部门在电子商务环境下需对各类企业的经营活动进行管理，由于被管理对象已经集成到电子商务系统中，工商管理部门无法像从前一样来监督企业活动，就必须加入到企业的电子商务交易活动中才能完成相关的工作；同样，国家税务部门也必须在电子商务环境下进行相关的业务转型，才能完成对电子商务交易活动的征税工作。管理者加入电子商务，可以更及时准确地获得企业信息，更严密地监督企业活动，并可以采用相应的技术手段进行执法，从而维护正常的经济秩序。同时，政府行政执法部门也通过网络为社会提供了更加便捷、高效率、高质量的服务，如：海关、商检、教育等部门。

（3）政府机构在安全认证中的权威作用

在电子商务活动中，一切商务活动均在网上进行，交易的双方都无法确认对方的身份，如何取得对方的信任和保证电子交易的安全则是电子商务中最关键的问题。如何在网上确定对方的身份，一般采用第三方认证的方法。认证机构 CA 就是这样的第三方，它是一个权威机构，专门验证交易双方的身份。这一角色应该由政府承担或指定相关部门机构来担当，它必须具备法律效力和权威性，才能进行电子商务活动的仲裁和各方信誉的保证。

3. 电子商务对企业的影响

（1）电子商务将改变企业的生产方式

电子商务直接促成了直接经济的产生，取消了许多中间环节，一切将更加直接。大大缩短了生产厂家与消费者之间供应链的距离，改变了传统市场的结构，使敏捷生产战略得以实现。在信息经济中，零库存可能成为现实。中小企业都可进入这个开放的大市场，在 Internet 上，大家的机会是均等的，任何一家小公司都可能获得与 IBM 这种巨人一样的市场机会。这种市场进人方式的变化，降低了市场进入的壁垒。

（2）电子商务将对传统行业带来一场革命

电子商务是一种崭新的贸易形式，通过人机结合方式，可极大地提高商务活动的效率，减少不必要的中间环节。传统大批量生产的制造业进入小批量、多品种、个性化的大规模定制时代，“无店铺”和“网上营销”的新模式为传统企业的重新崛起提供了全新的工具。

（3）电子商务将带来一个全新的电子金融业

由于在线电子支付是电子商务的关键环节，也是电子商务得以顺利发展的基础条件，随着电子商务在电子交易环节上的突破，网上银行、银行卡支付网络、银行电子支付系统，以及电子支票、电子现金等服务，将传统的金融业带入一个全新的领域。

（4）电子商务改变了企业的管理模式

电子商务将在一个广泛的领域中建立从消费者到企业，以及整个贸易过程中所有相关角色之间的协同组合，把生产、采购、销售、广告、洽谈、成交、支付、税收等所有的过程都集成在一个系统中，这样使企业可以缩短生产周期、降低成本、减少库存和产品的积压，同时通过与消费者和客户的直接沟通，及时了解市场动向，创造更多的销售机会，从而形成流通市场的良性循环。

电子商务对企业管理的影响体现在以下几个方面。

① 电子商务给消费者提供了更多消费机会的选择和给了企业更多的开拓市场的机会，而且也提供了更加密切的信息交流场所，从而给企业提供了把握市场和消费者需求的能力。

② 电子商务促进了企业开发新产品和提供新型服务的能力，使企业决策者能及时也了解消费者的爱好、需求和购物习惯，从而促进了企业开发新产品的能力，缩短了企业开发新产品的周期。

③ 电子商务扩大了企业的竞争领域，使竞争从常规的广告、促销、产品设计与包装等扩大到无形的虚拟市场的竞争。

④ 电子商务消除了企业竞争的无形壁垒。主要表现在降低了中小型企业和新型企业进入市场的初始成本。

⑤ 电子商务改变了企业的竞争基础，电子商务也使人们对企业规模的看法发生了变化，不再盲目追求大而全。

⑥ 电子商务的开展，消除了时空限制。企业必须随时提供客户服务，这也是企业竞争力的另一种体现。

⑦ 以 Internet 为基础的电子商务给传统的企业组织形式带来了很大的冲击。它打破了传统职能部门依赖于通过分工与协作完成整个工作的过程，而形成了并行的思想，改变了过去间接接触的状况。相互沟通、相互学习的网状结构取代了原来的业务单元之间的组织结构。有利于进行信息交流，共享信息资源，减少内部摩擦，提高工作效率。

⑧ 在电子商务的构架下，企业组织信息传递的方式由单向的“一对多式”向双向的“多对多式”转换。可以看出，网络式的企业组织结构里的信息传递的方式是“多对多式”，在扁平化的组织结构中，信息无需经过中间环节就可以达到沟通的双方，大大提高了工作效率。

⑨ 由集权制向分权制转换。电子商务的推行，使企业过去高度集中的决策中心组织改变为分散的多中心决策组织。企业的决策都由跨部门、跨职能的多功能型的组织单元来制定。这种多组织单元共同参与、共担责任、并由共同利益驱动的决策过程使员工的参与感和决策能力大大提高，充分发挥了员工的主观能动性，从而提高了整个企业的决策能力。

⑩ 企业的人员构成表现为：年轻化、高素质、跨学科、跨文化。他们大都是工商管理、金融财经、信息管理、计算机网络专业的综合人才。

4. 电子商务对个人的影响

（1）生活方面

随着电子商务的发展，在 Internet 上已形成了一个没有国界的虚拟社会，人们在这个虚拟社会中可以做许许多多从未想过的事情。坐在家里的电脑前，我们可以走进世界上任何一家网络商店，浏览所有的商品。再不用考虑是步行还是乘车到商店去购物，也不用担心时间太晚商店要关门，消费者只需要拥有一个银行账号，就可以在任何地点、任何时间、任何一家网上商店中购买自己所需要的商品，甚至是专门定做服装、首饰、皮鞋和最喜的食品等。我们还可以通过网络预订酒店房间、购买车船机票、获得医疗咨询服务等。

在网上人们可以更广泛地交流，获得更多、更具体的信息：人们可以通过 Internet 与世界各地的人交朋友，足不出户与朋友们一起聊天，不受时间、地点的限制。与传统传媒方式（如电视、广播、报纸、杂志等）相比，网上传播新闻和信息，不仅快捷、时效性好，而且还具有双向性（交互性），人们可以根据自己的需要来查询搜索获取新闻信息，并可以提出疑问、发表自己的观点和意见。

网上娱乐方式更加丰富多彩，人们坐在家中就可以点播自己所喜爱的电影和歌曲，在网上玩电子游戏，还可以在网上欣赏纽约百老汇的歌舞、维也纳金色大厅的交响乐和北京中国大剧院的京剧，甚至可以远隔重洋与某位高手下一盘围棋等。

总之，电子商务给我们带来更多的选择和更多的便利，改变着人们的生活方式、消费观念和娱乐形式，使我们的生活质量得到空前的提高，使人的个性得到充分的发挥。

（2）工作方面

由于网络通信的快捷、安全和广域性，因此在电子商务环境下，办公的方式是灵活的SOHO（Small Office Home Office）。对于营销人员来说，整个交易过程都可以在网上进行，包括业务洽谈、签合同、发货和运输、结算支付等，不必把宝贵的时间花在旅途和谈判桌上。对于企业的老板来说，可以方便地坐在家或在旅途中处理各种事务，通过网络了解企业的生产和销售情况，了解客户对产品的需求，应用电子邮件来传递对各级管理人员的指令或计划，远程监控企业的正常运营。对于专业设计人员来说，通过电子邮件与客户联络业务，在网上与客户对设计方案进行讨论和交流，及时把设计成果传递给客户。许多职业可以在家中开展工作，如：教师在家中网上指导学生学习；医生在家中网上提供医疗咨询服务；各类咨询人员在家中网上提供咨询服务；编辑在家中网上编审、传送稿件；职业炒股、期货人员在家中网上从事交易等等。

（3）学习方面

随着Internet的广泛应用，促使教育的内容和形式发生了革命性的变化。在Internet上开设网络大学进行远程教育已为国内外众多大学所采用，在美国、欧洲，许多知名的大学均开设了自己的网络大学，国内的清华大学、中国人民大学、北京邮电大学、哈尔滨工业大学、浙江大学、湖南大学等也陆续开设了网络大学并受到人们的欢迎。网络大学以计算机技术和网络通信技术为依托。在教育方式方面，交互式的网络多媒体技术给人们的教育带来了很大的方便，远程的数字化课堂让很多人的教育问题得到解决。讲课、作业、讲评，一切都在网络上进行。网络大学作为远程教育的一种方式，打破了时间和空间的限制，为越来越多的人所接受。网络大学需要的管理机构和人员少，教育成本低、效果好，可以充分发挥名校师资和教材的优势，低投入、高产出地完成高质量的教育。

目前，各个大学的国家精品课程、省级精品课程、校级精品课程也均通过网络对全社会免费开放，使得任何人都可以通过网络免费的自修学习自己最需要和最感兴趣的最好的课程。

网上许多个人的免费教学网站、专业的收费或免费的教学网站与培训网站，亦为社会提供了大量的教育与培训资源，为需要学习和培训的人们以及从事教育培训的人们提供了便利，如北大青鸟、21世纪电子商务网校、高等教育出版社等。

（三）深化拓展知识——网上市场调查

一、网上市场调查的特点与方法

调研市场信息，从中发现消费者需求动向，从而为企业细分市场提供依据，是企业开展市场营销的重要内容。网络首先是一个信息媒体，为企业开展网上市场调查提供了一条便利途径。网上市场调查又称联机市场调查(Online survey、Web-based survey)，即通过网络（Internet/Intranet 等）对网上市场的特征进行的有系统、有计划、有组织收集、调查、记录、整理、分析有关产品、劳务等市场数据信息，客观地测定、评价及发现各种事实，获得竞争对手的资料，摸清目标市场和营销环境，为经营者细分市场、识别受众需求和确定营销目标提供相对准确的决策依据，以提高企业网络营销的效用和效率。在当今网络与传统商业业务不断融合的趋势下，国内外越来越多的网络服务商和市场研究机构开始涉足联机市场调查领域。

1．网上市场调查的特点

通过Internet进行市场调查，可以借鉴传统市场调查的理论、方式和方法，但由于Internet自身的特性，网上调查也有一些与传统市场调查不同的特点。

（1）无时空的限制

这是网上调查所独有的优势。如，澳大利亚的市场调查公司在中国与十多家访问率较高的 ICP 和网络广告站点联合进行了“1999 中国网络公民在线调查活动”，如果利用传统的方式进行这样的调查活动，其难度是无法想象的。

（2）高效率

传统的市场调查周期一般都较长，网上调查利用覆盖全球的 Internet 的优势弥补了这一不足。Web 和电子邮件大大缩短了调查的时间，这比用几周或几个月来邮寄调查表或是通过电话方式联系调查对象获得反馈信息快得多，Internet 只需几个小时。以零点－搜狐网上调查系统为例，目前该调查专页每天有约 400～600 位主动浏览的访问者，10 天内可以获得约 5000 位受访对象，而通过街头拦访或电话访问来获得同样样本量的访问量，至少需要 2～3 倍的时间。因此，借助 Internet 进行市场调查正在成为更佳的解决方案。

（3）组织简单、费用低廉

网上调查在信息采集过程中不需要派出调查人员、不需要印刷调查问卷，调查过程中最繁重、最关键的信息采集和录入工作分布到众多网上用户的终端上完成，可以无人值守和不间断地接受调查填表，信息检验和信息处理由计算机自动完成。

在传统调查方式中，纸张、印刷、邮资、电话、人员培训、劳务，以及后期统计整理等要耗费大量的人力和财力。虽然通过 Internet 进行联机调查没有降低调查的基本费用，如设计调查问卷表、分析调查结果等，但网上调查确实降低了调查实施的附加成本、接触成本以及数据分析处理方面的费用。网上调查的初期费用仅有组织核对 Email 地址、创建调查网页与数据库等，对于座谈场地、访问场合的要求均简单地在网上实现。

（4）更加准确的统计

在调查信息的处理上，网上调查省去了额外的编码录入环节，被调查者直接通过 Internet 将信息以电子格式输入数据库，从而减少了数据录入过程中的遗漏或错误，在自动统计软件配合更为完善的情况下，用很短的时间就能完成标准化的统计分析工作。

（5）时效性强

网上调查的数据来源直接，而且可以事先编制好软件进行处理，所以在一些网上调查中，一旦应答者填写完毕，即可迅速被确认或显示出调查的简要结果。例如，对调查满意的响应者可以通过电子邮件来表达感谢；而对于那些不满意的响应者可以返回一些表示抱歉的信息；反馈信息也可包括要求提供的产品信息等。

（6）更加方便

早在 20 世纪 90 年代初，美国路易斯安那州立大学教授 Donna Mitchell 就对网上调查与传统纸笔调查效果进行了对比研究。结果表明，被调查者认为网上调查更重要、更有趣、更愉快、更轻松。他们不仅愿意回答更多的问题，而且反馈的信息更坦白。与传统方式不同，调查对象可以在一种无调查人员在场的相对轻松和从容的气氛中填写问卷，达到面对面提问无法比拟的效果。此外由于网上调查一般都是在线封闭式填写，所以回答非常方便。

（7）更好的保密效果

网上调查使用匿名提交的方法，因此比其他传统的调查方法拥有更加彻底的保密性能。

（8）调查结果受制于调查对象

在传统调查中，一般是调查者主动向被调查者提出问题或要求。而在 Internet 上，被调查者是在完全自愿的原则下参与调查，调查的针对性更强。但网上调查的问卷能否收回，取决于被调查者对调查项目的兴趣。这种区别将会在一定程度上影响调查结果的可靠性和样本的准确性，因此可能会出现下面两种情况：

一方面，通过电子邮件或 Web 方式进行调查，其调查结果均由调查对象自己填写，而且不可能更改，所以能够保持其真实性。另外由于被调查者在完全独立思考的环境下接受调查，不会受到调查员及其他外在因素的误导和干预，这将能提高调查结果的客观性。

但另一方面，由于网上调查是在非面对面的情况下进行的，调查对象没有任何的压力和责任，这也很容易导致他在回答问题上的随意性，甚至还可能故弄虚假，再加上网上的调查对象来源具有不确定性，在调查过程中很难进行复核。另外，网上调查中往往会出现回答不完整，甚至重复回答的现象，这些在数据处理中很难剔除。而且，网上调查不像传统方式面对面容易判断答案的准确性，这需要在分析调查结果阶段根据所得到的数据加以论证分析，去伪存真。

（9）调查对象群体受到限制

市场调查中的抽样调查，如入户调查和街头拦访等，能保证以小部分人的意见代替全体人（目标群体）的意见，这小部分人在群体中是随机产生的，具有数理上的科学性。但在网上调查中情况就不同了，首先，Internet 是一个极为开放的空间，任何人都可参与，其次，目前上网的消费者人数很少，这意味着被调查对象的规模不大，而且上网者是一个高收入、城市化和高学历的群体，难以具有真正的代表性。因此，网上调查受网上受众特征的限制，其调查结果一般只反映网民中对特定问题有兴趣的“舆论积极分子”的意见，它所能代表的群体可能是有限的。所以，网上调查要看具体的调查项目和被调查者群体的定位，如果被调查对象规模不够大，就意味着不适合于在网上进行调查。

2．网上市场调查的基本方法

按照调查者组织调查样本的行为，目前在网上采用的调查方法基本上可分为主动调查和被动调查两类。调查者主动组织调查样本，完成统计调查的方法称为主动调查法。调查者被动地等待调查样本造访，完成统计调查的方法称为被动调查法。

按网上调查采用的技术可以分为站点法、电子邮件法、随机 IP 法和视频会议法等。

（1）站点法

是将调查问卷设计成网页形式，附加到一个或几个网站的 Web 页上，由浏览这些站点的用户在线回答调查问题的方法。站点法属于被动调查法，这是目前网上调查的基本方法，也将成为近期网上调查的主要方法。

（2）电子邮件法

是通过给被调查者发送电子邮件的形式将调查问卷发给一些特定的网上用户，由用户填写后以电子邮件的形式再反馈给调查者的调查方法。电子邮件法属于主动调查法，与传统邮件法相似，优点是邮件传送的时效性大大提高了。

（3）随机 IP 法

是以产生一批随机 IP 地址作为抽样样本的调查方法。随机 IP 法属于主动调查法，其理论基础是随机抽样。利用该方法可以进行纯随机抽样，也可以依据一定的标志排队进行分层抽样和分段抽样。

（4）视讯会议法

是基于 Web 的计算机辅助访问（Computer Assisted Web Interviewing，简称 CAWI）。是将分散在不同地域的被调查者通过互联网视讯会议功能虚拟地组织起来，在主持人的引导下讨论调查问题的调查方法，适合于对关键问题的调查研究。该方法属于主动调查法，其原理与传统调查法中的专家调查法相似，不同之处是参与调查的专家不必实际地聚集在一起，而是分散在任何可以连通 Internet 的地方，如家中、办公室等，因此，网上视讯会议调查的组织比传统的专家调查法简单得多。

二、网上直接市场调查

网上直接市场调查主要采用站点法辅助以电子邮件法通过 Internet 直接进行。与传统的市场调查相同，进行网上调查首先要确定调查目标、方法、步骤，在实施调查后要分析调查的数据和结果，并进行相关的定量和定性分析，最后形成调研结论。

网上直接调查的突出特点是：时效性和效率性很高，初步调查结果可以在调查过程中得出，便于实时跟踪调查过程，分析深层次原因。与一般调查方式相比，网上直接调查可以节省大量调查费用和人力，其费用主要集中在建立调查问卷网页的链接方面。不足之处是被调查对象难以控制和选择，不一定能满足调查样本要求，有时甚至可能出现样本重复、调查数据不真实，以及调查数据无法进行抽样核实。因此，有效、可靠的网上直接调查方法还需要进一步从技术上、方法上和控制上进行完善。

一般企业开展网上直接市场调查活动可通过以下几种方式进行：

1．电子邮件问卷

以较为完整的 Email 地址清单作为样本框，使用随机抽样的方法通过电子邮件发放问卷，并请调查对象以电子邮件反馈答卷。这种调查方式较具定量价值。在样本框较为全面的情况下，可以将调查结果用以推论研究总体，一般用于对特定群体网民的多方面的行为模式、消费规模、网络广告效果、网上消费者消费心理特征的研究。

2．网上焦点团体座谈（Focus Groups）

直接在上网人士中征集与会者，并在约定时间利用网上视频会议系统举行网上座谈会。该方法适合于需要进行深度或探索性研究的主题，通过座谈获得目标群体描述某类问题的通常语言、思维模式以及理解目标问题的心理脉络。该方法也可与定量电子邮件调查配合使用。

3．在网站上设置调查专项

在那些访问率高的网站或自己的网站上设置调查专项网页，访问者按其个人兴趣，选择是否访问有关主题，并以在线方式直接在调查问卷上进行填写和选择，完成后提交调查表，调查即可完成。此方式所获得的调查对象属于该网页受众中的特殊兴趣群体，它可以反映调查对象对所调查问题的态度，但不能就此推论一般网民的态度。调查专项所在网页的访问率越高，调查结果反映更大范围的上网人士意见的可能性也越大。因此为获取足够多的样本数量，一般设计成调查问卷网页都要与热门站点进行直接链接，如 CNNIC 的网上调查就与国内著名的站点都进行链接。由于网上调查的数据可以就可保存到数据库中，调查对象在填写完调查表后，一般就能看到初步的调查结果。这种调查方式适用于对待某些问题的参考性态度研究。目前许多 Web 站点都是通过设置调查专页以征询用户意见、了解受众需求。

在实施网上调查时应充分利用多媒体技术，在调查问卷上附加多种形式的背景资料，可以是文字、图片、图像或声音资料。例如，对每个调查指标附加规范的指标解释，便于调查对象正确理解调查指标的含义和口径，这对于市场调查和民意调查是一项十分重要的功能。

工作训练

学生以 5～6 人为一个工作小组，选出组长。由组长带领，组员共同讨论，以搜索引擎信息收集为目标，基于工作过程，以小组为单位，进行工作训练。

（1）设计工作情境，扮演工作角色，实施工作任务。

（2）汇报工作过程，进行工作任务自我评估，完成任务考核评价表。

工作训练

步骤	工作内容	工作方法	时间（120 分钟）
情境设计	**学生：**（以小组为单位） 由组长带领组员共同讨论，设计工作情境。 **教师：** 教师利用案例启发引导，强调工作情景设计时应注意的问题。	小组讨论法 案例引导教学法	10
任务确定	**学生：**（以小组为单位） 由项目组长确定工作情境，负责分配队员所扮演的角色，设定每个队员的工作任务，确定收集商品的类型和厂家的范围。 **教师：** 对各个小组的工作进度进行监督和指导。	小组讨论法	10
任务实施	**学生：**（以小组为单位） 登录搜索引擎，结合每个小组设计的工作情境及在工作中所扮演的角色，按照老师提出的收集信息的要求，利用搜索引擎收集信息的方法，开始选择、收集信息。 **教师：** 对各个小组的工作进度进行监督、指导和评价。	角色扮演法	20

续表

工作训练			
步骤	工作内容	工作方法	时间（120 分钟）
工作汇报	**学生：**（以小组为单位） 将收集到的信息，进行遴选，最终确定收集信息的内容，将内容进行整理，以小组为单位，进行工作情境设计与工作实施过程汇报。 **教师：** 点评学生的情境设计与任务实施过程，提出指导意见。	团队汇报法 讲授法	30
完善情境设计工作实施方案	**学生：** 学生在教师点评的基础上，对初次汇报的搜索引擎信息收集情境设计与工作实施方案，进行反复的讨论和修改，形成方案修改稿；与（企业）教师进行再次的方案沟通与交流，双方认同方案，最终形成搜索引擎信息收集情境设计与工作实施方案定稿，制成演示文稿。 **教师：** 评价每个小组在设计搜索引擎信息收集方案过程中的总体表现，并点出每个小组所存在的问题。	团队汇报法	20
工作任务评估	**学生：** 每个小组派一名队员进行工作项目汇报总结与交流，并对自己小组的最终工作结果进行客观评价，填写《学生——搜索引擎信息收集考核表》。 **教师：** 根据汇报情况进行提问、评价并简单总结；填写《教师——搜索引擎信息收集考核表》。	团队汇报法	30

学生——搜索引擎信息收集考核表

考核内容 / 队员姓名	分配任务是否按时完成（10%）	任务完成评价（20%）	团队讨论参与是否积极（20%）	方案设计所负责部分（20%）	是否积极参与企业沟通交流（30%）	得分（满分100）

教师——搜索引擎信息收集考核表

考核内容 / 序号	方案完成提交情况（15%）	方案结构是否完整（15%）	排版是否符合要求（20%）	PPT 制作情况（20%）	方案汇报情况（30%）	得分（满分100）

情境思考

1．请利用搜索引擎来搜索一种农作物产品信息，体会利用搜索引擎收集信息的工作过程。

2．通过工作情境设计，试体会并说明综合网站信息收集、行业网站信息收集和搜索引擎信息收集的区别。

3．搜索引擎信息收集的过程中，利用高级搜索可以设置哪些精确搜索条件来搜索信息？

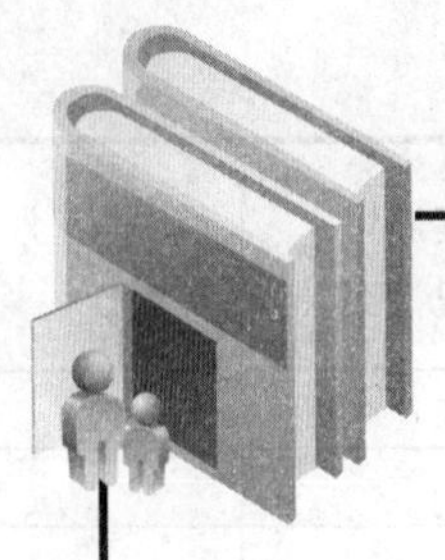

模块二 网络信息发布

情境 1：自建网站信息发布

学习目标

1. 掌握自建网站信息发布的相关知识。
2. 会根据企业业务特点自建网站，进行产品信息发布。
3. 小组成员能够共同创设自建网站信息发布工作情境，扮演相应角色，实现工作过程。

情境描述

浩林机械有限公司是一家生产搅拌设备的企业，为扩展业务，融入互联网运营策略，经和机械商贸网合作建立了公司的网站。近几年来，机械行业人才紧缺，为此公司希望采

取网络招聘的形式招收人才，同时，为方便客户了解公司的经营理念和经营过程，也希望能够在公司的网站发布一些与公司有关的新闻。

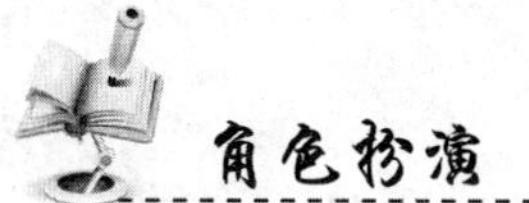

角色扮演

扮演浩林机械有限公司的网上信息发布员，在公司网站上发布招聘广告和企业新闻。

岗位职责

利用公司的网站，宣传企业、产品信息，树立公司的正面形象。

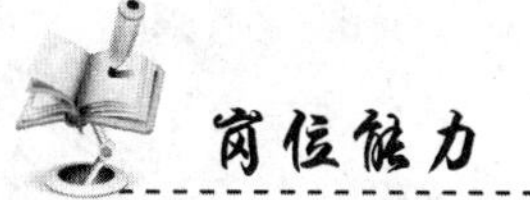

岗位能力

专业能力：

具备在公司网站发布信息并运用网站后台管理信息的能力。

社会能力：

1．具备良好团队协作精神

2．具备良好语言表达能力

3．具备良好情感沟通能力

任务分析

（一）发布信息的准备

收集资料，熟悉信息发布的工具。

（二）选择发布信息的工具

结合网站提供的功能，采用合适的方式发布企业的信息。

（三）注意收集客户的反馈信息，为决策提供依据，并提出合理化建议。

（四）对发布信息的效果进行评价。

（五）提出改进措施。

任务实施

一、登录后台

1. 访问公司网站后台管理地址，进入网站后台管理系统。根据提示，输入网站后台管理的管理员账号与密码，登录后台管理系统（如图 2-1-1 所示）。

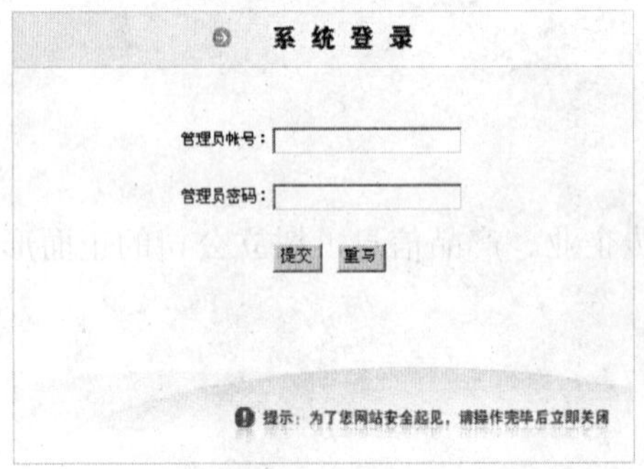

图 2-1-1

2. 登录成功后，系统提醒如下信息时，便可对网站的可管理信息进行管理（如图 2-1-2 所示）。

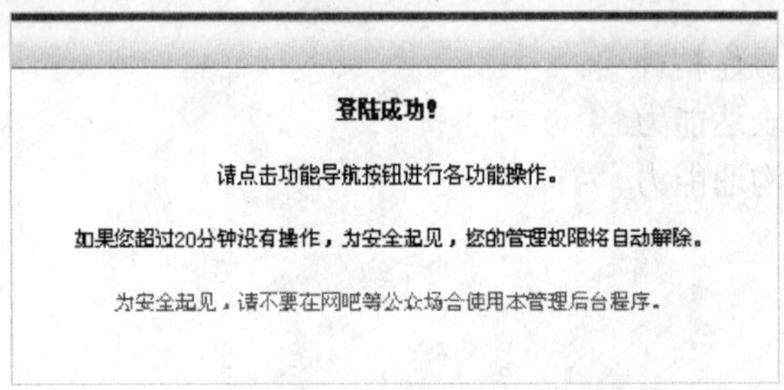

图 2-1-2

3. 根据网站的内容，点击后台管理界面的对应导航栏进入。

（二）发布信息

1. 新闻信息管理

（1）点击新闻信息管理，进入新闻信息管理系统（如图 2-1-3 所示）。

（2）在新闻信息管理系统中，可以自己编写，修改，删除自己公司的新闻，也可以更改某条新闻信息的发布状态。点击发布新闻按钮，进行新的新闻信息的编写与发布操作，点击新闻标题可以对以往的新闻信息进行修改（如图 2-1-4 所示）。

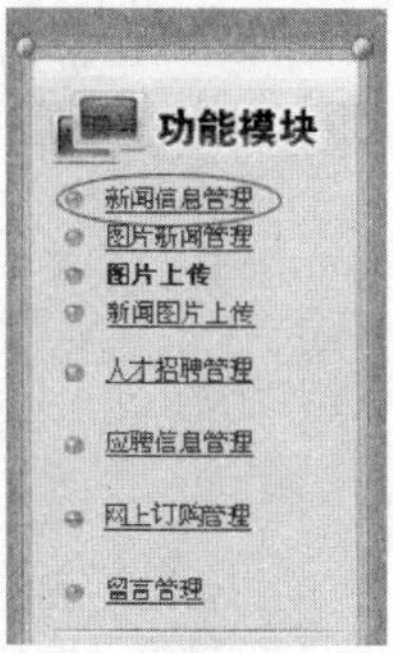

功能模块
新闻信息管理
图片新闻管理
图片上传
新闻图片上传
人才招聘管理
应聘信息管理
网上订购管理
留言管理

图 2-1-3

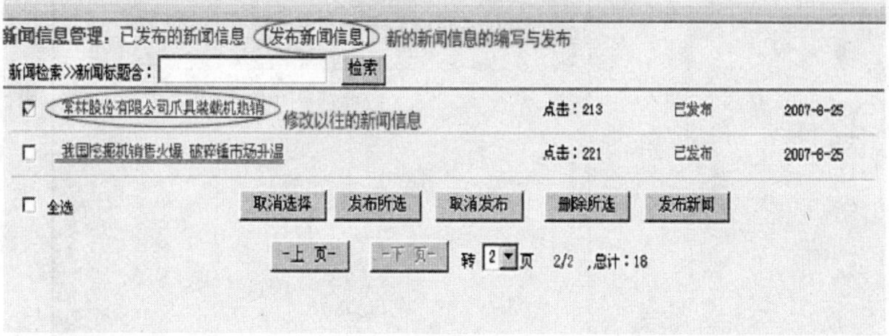

新闻信息管理：已发布的新闻信息　发布新闻信息　新的新闻信息的编写与发布
新闻检索>>新闻标题含：　检索
常林股份有限公司爪具装载机热销　修改以往的新闻信息　点击：213　已发布　2007-6-25
我国挖掘机销售火爆 破碎锤市场升温　点击：221　已发布　2007-6-25
全选　取消选择　发布所选　取消发布　删除所选　发布新闻
-上 页-　-下 页-　转 2 页　2/2 ,总计：18

图 2-1-4

（3）在新闻信息中，可以自己定义新闻标题是否显示红色，是否在新闻标题后添加 new 标志。同时，每条新闻可以插入 6 幅图片。

如果新闻信息需要插入图片，可点击上传图片上传按钮。新闻图片在网站中显示时，压题图片在标题下面正文开始之前显示，在正文后面依次显示（如图 2-1-5 所示）。

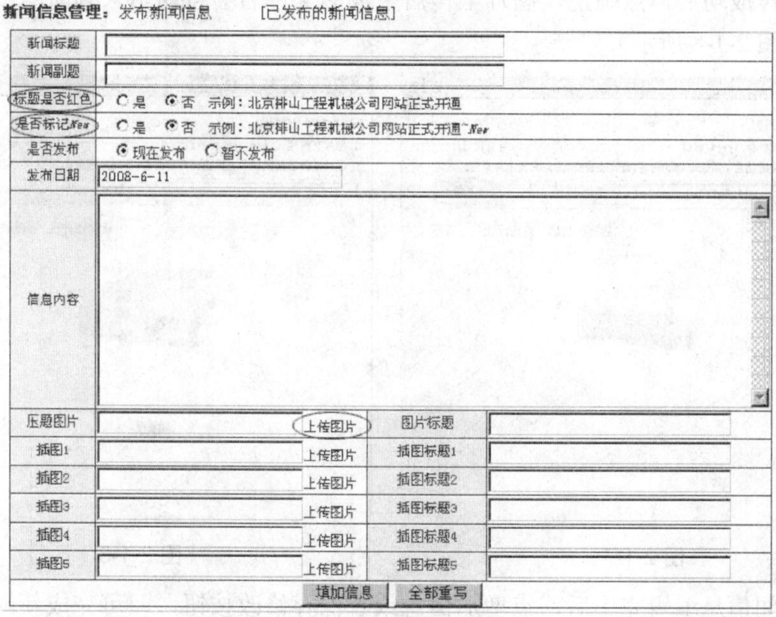

新闻信息管理：发布新闻信息　[已发布的新闻信息]

新闻标题			
新闻副题			
标题是否红色	○是 ⊙否 示例：北京排山工程机械公司网站正式开通		
是否标记New	○是 ⊙否 示例：北京排山工程机械公司网站正式开通 New		
是否发布	⊙现在发布 ○暂不发布		
发布日期	2008-6-11		
信息内容			
压题图片	上传图片	图片标题	
插图1	上传图片	插图标题1	
插图2	上传图片	插图标题2	
插图3	上传图片	插图标题3	
插图4	上传图片	插图标题4	
插图5	上传图片	插图标题5	
	填加信息	全部重写	

图 2-1-5

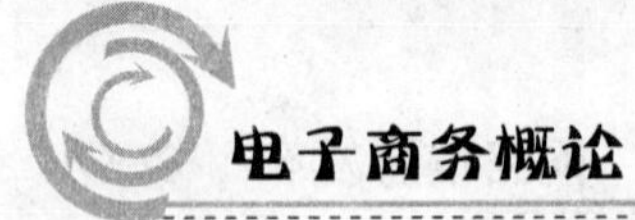

（4）点击上传图片后，系统会弹出图片上传窗口，点击浏览，选择要上传的图片（如图 2-1-6 所示）。

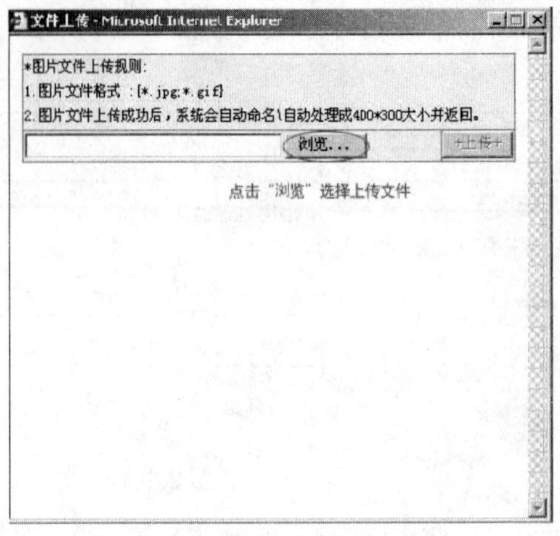

图 2-1-6

（5）系统会自动显示要上传的图片，以便确认，图片确认无误后，点上传按钮上传图片（如图 2-1-7 所示）。

（6）上传成功后，点确定，图片上传后生成的文件名会自动填入到新闻发布页面的相应位置（如图 2-1-8 所示）。

图 2-1-7

图 2-1-8

（7）新闻信息编辑完毕后，点增加信息或者保存修改按钮，即可完成新闻信息的发布或修改（如图 2-1-9）。

新闻信息管理：发布新闻信息 [已发布的新闻信息]

新闻标题			
新闻副题			
标题是否红色	○是 ⊙否 示例：北京排山工程机械公司网站正式开通		
是否标记New	○是 ⊙否 示例：北京排山工程机械公司网站正式开通~New		
是否发布	⊙现在发布 ○暂不发布		
发布日期	2008-6-11		
信息内容			
压题图片	776200806118350814.JPG 上传图片	图片标题	
插图1	上传图片	插图标题1	
插图2	上传图片	插图标题2	
插图3	上传图片	插图标题3	
插图4	上传图片	插图标题4	
插图5	上传图片	插图标题5	

填加信息 全部重写

图 2-1-9

2．人才招聘信息发布

（1）点击人才招聘信息管理，进入人才招聘信息管理系统（如图 2-1-10 所示）。

（2）在人才招聘信息管理系统中，可以自己编写、修改、删除自己公司的人才招聘信息，也可以更改某条人才招聘信息的发布状态（如图 2-1-11 所示）。

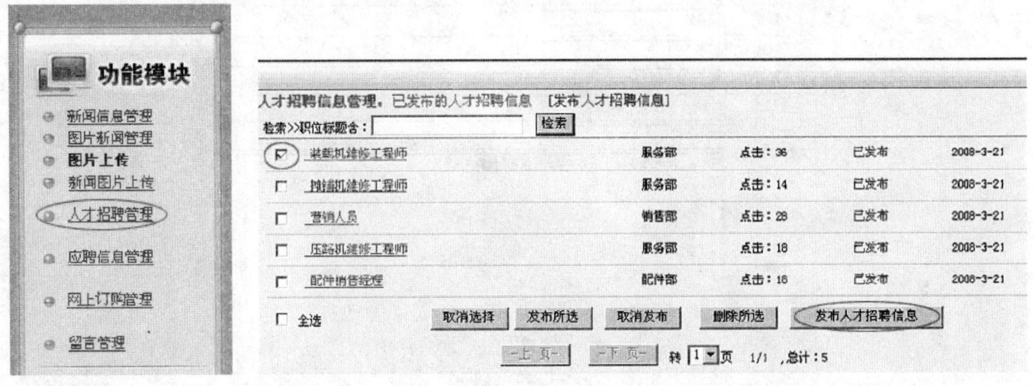

人才招聘信息管理：已发布的人才招聘信息 [发布人才招聘信息]

检索>>职位标题含： 检索

	职位	部门	点击	状态	日期
☑	装载机维修工程师	服务部	点击：36	已发布	2008-3-21
☐	推铺机维修工程师	服务部	点击：14	已发布	2008-3-21
☐	营销人员	销售部	点击：28	已发布	2008-3-21
☐	压路机维修工程师	服务部	点击：18	已发布	2008-3-21
☐	配件销售经理	配件部	点击：16	已发布	2008-3-21

☐ 全选 取消选择 发布所选 取消发布 删除所选 发布人才招聘信息

-上一页- -下一页- 转 1 页 1/1 ,总计：5

图 2-1-10　　图 2-1-11

（3）点击发布人才招聘信息按钮，可以即时地发布本公司的人才招聘信息，按照提示分别填写对应的信息后，然后点增加信息即可完成人才招聘信息的发布（如图 2-1-12 所示）。

人才招聘信息管理：发布人才招聘信息　[已发布的人才招聘信息]

招聘职位标题	
所属部门	
工作地点	
招聘人数	
是否发布	◉现在发布 ○暂不发布
发布日期	2008-5-25
职位描述 招聘要求	
	增加信息　全部重写

图 2-1-12

（4）在招聘信息管理首页中，点击对应的招聘职位标题，可以对该条招聘信息进行修改。按照提示进行修改后，点击保存修改，即可完成对招聘信息的修改工作（如图 2-1-13 所示）。

人才招聘信息管理：修改人才招聘信息　[已发布的人才招聘信息]　[发布人才招聘信息]

招聘职位标题	装载机维修工程师
所属部门	服务部
工作地点	广东
招聘人数	5
是否发布	◉现在发布 ○暂不发布
发布日期	2008-3-21
职位描述 招聘要求	中专以上学历，35岁以下，有各类装载机修理经验的优先考虑
	保存修改　全部重写

图 2-1-13

（5）在招聘信息管理系统中，系统支持招聘信息状态批量修改和招聘信息批量删除功能。勾选招聘标题前面的多选框，选择要修改发布状态或者要删除的招聘信息，然后点对应的按钮即可完成相应得操作（如图 2-1-14）。

人才招聘信息管理。 已发布的人才招聘信息　[发布人才招聘信息]

检索>>职位标题含：[　　] [检索]

☑	装载机维修工程师	服务部	点击：36	已发布	2008-3-21
☑	摊铺机维修工程师	服务部	点击：14	已发布	2008-3-21
☑	营销人员	销售部	点击：28	已发布	2008-3-21
☑	压路机维修工程师	服务部	点击：18	已发布	2008-3-21
☑	配件销售经理	配件部	点击：16	已发布	2008-3-21

☑ 全选　[取消选择] [发布所选] [取消发布] [删除所选] [发布人才招聘信息]

[-上 页-] [-下 页-] 转 [1]页　1/1　,总计：5

图 2-1-14

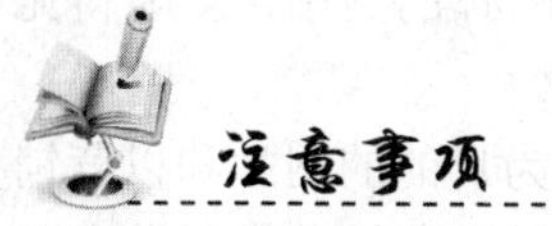

发布信息以前，一定要准备好相关的资料，而且要是企业最新的信息，如果发布的信息比较旧，容易引起不必要的误会，影响公司的形象。在发布招聘信息后，对于提交的简历，要及时回复。信息发布员要提供多种和客户联系的工具，既要有电子邮箱，也要有 QQ、MSN、在线客服系统、语音系统等即时通信工具，同时要保持经常能够在线。对于客户提出的问题，要尽可能地给与解答，而且要做到态度和蔼、语言得体。

（一）行业背景知识

一、网站的前台

网站前台是面向网站访问用户的，通俗地说也就是给访问网站的人看的内容和页面，网站前台访问可以浏览公开发布的内容，如产品信息、新闻信息、企业介绍、企业联系方式、提交留言等操作。

二、网站的后台

网站后台，有时也称为网站管理后台，是指用于管理网站前台的一系列操作，如：产品、企业信息的增加、更新、删除等。通过网站管理后台，可以有效地管理网站供浏览者查阅的信息。网站的后台通常需要账号及密码等信息的登录验证，登录信息通过验证后进入网站后台的管理界面进行相关的一系列操作。

当然，前台和后台都是程序人员开发的网站页面，通常开发带网站管理后台功能的网站必须支持交互式程序语言和数据库运行功能。

三、企业网站的功能

一个成功的网站，可以将企业的信息、产品信息等最完整、最形象地展示在大众面前。通过网站，可以带给企业不分地域、不分国别的大量的潜在客户，带来无限的商机。利用互联网进行信息的发布，已经成为许多企业的成功发布信息的有效方式。而且，企业通过博客、搜索引擎、社区论坛等网络营销工具发布信息，最终，都要有企业的网站作为基础。因此，企业建立一个具有自己特色的、精美完善的、集多种功能于一体的网站，就显得尤为重要。

根据企业建立网站的侧重点不同，可以把网站分为以企业宣传为目的的网站和以营销为目的的网站。营销型网站是指基于企业营销目标进行站点规划，具有良好搜索引擎表现和用户体验、完备的效果评估体系、能够有机利用多种手段将访客转化为顾客服务于企业营销目的网站。

组建企业营销网站，可以把企业信息和产品信息推广到网上，以获取更多的贸易机会和市场竞争力。通过自建网站，企业可以及时提供最新消息，如新产品开发、经营理念和销售政策等。还可以将网站作为营销的辅助工具，一方面支援销售活动并与销售人员随时保持沟通联系，降低市场失误，避免市场损失；另一方面，也可以为客户提供服务。比如，可以在网站准备一些FAQ答案，方便用户的查找，解答客户的疑难问题。营销型网站涵盖了网站策划、用户体验、SEO网站优化、功能性营销等网络营销手段；能增加用户的体验度，提高用户转化率（成交率）。

四、商务网站的基本功能模块

商务营销网站一般需要有以下几个功能模块。

在线网络客服系统：采用即时通信工具加强和客户的互动，采用非即时通工具加强和客户的沟通，提高客户满意度。

新闻发布系统：信息发布系统，是将企业文化、企业新闻、行业动态、公司图片、产品信息等需要及时更新的信息发布到前台页面。这些信息可以通过后台程序把信息保存到

数据库，然后通过已有的网页布局和格式发布到网站上。只需录入信息的文字和上传图片，便可实现对网站内容的更新维护，在某些专业的新闻站点，如搜狐、新浪等门户网站的新闻频道，新闻的更新速度已经缩短到以分钟为单位的更新间隔，以保持网站新闻信息的时效性，使网站的发展充满了活力。

信息检索系统：在网站中，提供方便、高效的查询服务，查询可以按照分类、关键词等进行，也可以基于全文内容的全文检索。支持对任意字段的复杂组合检索；支持中英文混合检索；支持智能化模糊检索。

网上商城：提供企业在线针对企业客户、个人顾客的产品销售需要和供应商的管理功能。应该包括：产品目录、产品分类、会员注册、登录系统、购物车、订单处理系统、库存统计、管理系统、在线支付系统、销售统计分析系统等功能，能够实现在线销售。

人才招聘系统：本系统可以使客户在其网站上实现在线招聘的功能，通过后台管理界面将企业招聘信息加入数据库，再通过可定制的网页模板将招聘信息发布，管理员可以对招聘信息进行管理、统计、检索、分析等等。应聘者将简历提交后存入简历数据库，并可依据职位、时间、学历等进行检索。

会员系统：浏览者在线填写注册表，经系统审核后成为网站会员。页面具备登录验证功能，前台会员可自行维护个人注册信息，可对个人注册信息进行修改和删除，如遗忘密码可在线查询密码。后台设置会员管理界面，管理员可对会员信息进行分类查询和删除。

网站访问流量统计系统：针对网站访问者的信息进行数据统计，能够获得网站每日、每周、每月、每年的页面访问量和 IP 访问量，是一个网站发展不可或缺的工具。该系统通过与数据库的紧密结合，可进行访问量统计分析、访问者统计分析、页面统计分析、流量统计分析、IP 数量统计分析、会话数量统计分析、时间段统计、用户行为跟踪统计分析等。

网上业务办理：以满足企业内部流程管理为目的，实现企业内部工作流程的办公自动化。为企业提供成熟、稳定、安全的企业内部工作流管理系统，比如：文件管理、个人日程安排等。

反馈调查系统：通过此系统便于收集客户反馈的信息和网上留言，及时回馈客户的咨询等，同时也可在线调查，做市场调研。

下载中心：管理员可上传、删除和修改供前台用户下载的各种资料，包括文件、应用工具软件、视频等。

五、网站的建设步骤

1．分析

经过对客户、行业市场的特点，以及竞争对手的分析，结合公司的内部条件的分析，确定网站服务目标是经销商还是个体消费者，因此在网站的定位上要考虑具备 B to B 还是

B to C 的功能，具体内容包括产品宣传、网上营销和客户服务；确定网站是以服务于客户为中心，在网站的结构及各栏目页面结构上，要从方便客户使用的角度出发设计。

2．准备材料

要完成一个成功的网站建设，需要做好充分的准备工作，做好这些准备工作。这不仅可以提高网站建设质量和效率，而且会直接影响到网站建设的经济效益。首先要准备在网站上发布的网站文件、文件名、图片及说明，以及其他资料。图片、文字是网站内容的核心构成体，因此，在着手网站建设前，须准备好丰富的文字图片资料，文字誉写必须清楚，图片清晰。其次，要设计好 LOGO，如果是动态的 LOGO，比文字形式的链接更能吸引人的注意。最后，还要确定和申请域名。

3．网站技术解决方案的确定

（1）采用自建服务器，还是租用虚拟主机。

（2）选择操作系统，用 Unix，Linux 还是 Window2000/NT。分析投入成本、功能、开发、稳定性和安全性等。

（3）采用系统性的解决方案，外包还是自己开发。

（4）网站安全性措施，防黑客、防病毒方案。

（5）相关程序开发，如网页程序 ASP.Net、JSP、CGI、数据库程序等。

4．网站内容规划

一般企业网站应包括：公司简介、产品介绍、服务内容、价格信息、联系方式、网上订单、会员注册、详细的商品服务信息、信息搜索查询、订单确认、付款、个人信息保密措施、相关帮助等。

5．网页设计

网页美术设计一般要与企业整体形象一致，要符合 CI 规范。要注意网页色彩、图片的应用及版面规划，保持网页的整体一致性。要考虑主要目标访问群体的分布地域、年龄阶段、文化层次、阅读习惯等。

6．网站的测试和应用

网站发布前要进行细致周密的测试，以保证正常浏览和使用。主要测试内容：服务器稳定性、安全性，程序及数据库测试，网页兼容性测试以及根据需要的其他测试。

7．网站维护

首先是对服务器及相关软硬件的维护，对可能出现的问题进行评估，确定响应时间。其次是数据库的维护，有效地利用数据是网站维护的重要内容。第三是内容的更新、调整等。最后还要制订相关网站维护的规定，将网站维护制度化、规范化。

8．网站发布与推广

如果网站在总体结构、业务介绍流程、产品的描述文案、排版、网页技术等方面的设计符合搜索引擎优化，那么不用花钱就可以能够在 Google、百度、Yahoo 等搜索引擎中获得较好的排名，从而吸引到更多的客户。但很多网站达不到这个层次，因此网站就需要推广，需要专业的网络营销工具。

9．预算

根据以上的步骤，做出预算，在实施的过程中，以预算为标准，控制、监督网站的建设。

六、网站的推广

网站宣传推广是一门综合性很强的营销活动，方式也很多，百度竞价、邮件群发、Banner 广告、论坛发帖、博客宣传、病毒式推广等。百度竞价，具有成本高、见效快的特点。邮件群发、Banner 广告、论坛发帖、博客宣传、病毒式推广等则是低成本的推广方法，其中的推广效果各有不同。

营销型网站的一个显著特点就是具有良好的搜索引擎表现（SEO，在搜索引擎搜索相关关键词能够取得较为理想的自然排名）。搜索引擎优化通常涉及页面结构、内容设计、外部链接等方面，是一个系统工程，也是营销型网站建设重点需要解决的问题。

营销型网站另一个显著特点就是考虑用户体验，是指一个用户访问一个网站或者使用一个产品时的感觉。用户体验包括印象和感觉（满意度）、忍受和质疑（忍受度）、期望和收益（回馈度）三个部分。营销型网站的目标访客就是企业的潜在客户。让潜在客户快速找到感兴趣的产品或服务，充分了解细节内容和服务特点，通过各种互动方式与企业建立联系，这是营销型网站用户体验的基本内容。

营销型网站还需要完备的效果评估体系，它包括流量统计、网站分析、广告分析等内容。通过效果评估体系将帮助企业及时了解网站运营过程中的各项指标和发展趋势，清楚当前的广告投入和回报情况。效果评估体系对于企业调整网络营销策略、正确评价网络营销的投入产出比有非常重要的作用。

（二）基础理论知识

一、网络营销的概念

网络营销，英文为 Cyber marketing，或 Online marketing，是在计算机网络，特别是 Internet 技术和电子商务系统出现后所产生的新型营销方式。与许多新兴学科一样，网络营销目前还没有一个公认的、完善的定义。从营销的角度出发，可以将网络营销定义为：网络营销是企业整体营销战略的一个组成部分，是建立在计算机网络技术，特别是 Internet 技术之上以实现一定营销目标的一种营销手段。网络营销与传统的市场营销并没有什么根本性的不同，它们都要实现营销的目标，即将潜在的交换转换为现实的交换。

根据这一定义，我们可以得出下列认识：

首先，网络营销不等同于网上销售。网上销售是网络营销发展到一定阶段的产物，但网络营销的效果除了网上销售外，还体现在多个方面，例如企业品牌价值的提升、加强与客户之间的沟通、作为一种对外发布信息的工具等。在某些情况下，网络营销并不一定能实现网上直接销售的目的，但是，有利于增加总的销售；同时，网上销售的推广手段也不仅仅靠网络营销，往往还要采取许多传统的方式，如传统媒体广告、发布新闻、印发宣传册等。

其次，网络营销不仅限于网上。这是因为网络营销本身还处于发展的初级阶段。一个完整的网络营销方案，除了在网上做推广之外，还很有必要利用传统营销方法进行网下推广。这可以理解为关于网络营销本身的营销，正如关于广告的广告。

第三，网络营销建立在传统营销理论基础之上。因为网络营销是企业整体营销战略的一个组成部分，它不可能脱离一般营销环境而独立存在，网络营销理论是传统营销理论在 Internet 环境中的应用和发展。网络强大的通信能力和电子商务系统便利的商品交易环境，改变了原有市场营销理论的根基。在网络和电子商务环境下，网络营销较之传统市场营销，从理论到方法都有了很大的改变。

其主要内容有：

1. 网络营销环境分析
2. 网上市场调查
3. 网络客户行为分析
4. 网络目标市场的选择
5. 网络营销策略的制定、执行
6. 网络推广
7. 网络营销的管理和控制

通过网络实现营销的职能：

1. 品牌的建立和维护
2. 网站的推广
3. 网上信息的发布
4. 销售的促进
5. 客户关系的建立和维护

6．为客户提供服务

7．网上调研

二、网络营销的特点

由于 Internet 的特性，网络营销在许多方面表现出传统市场营销所没有的特点，主要表现在以下几个方面：

1．消除了时间和空间的限制。Internet 使企业脱离时空限制达成交易成为可能，企业可以在全球范围内以更多时间和更大的空间进行营销，可 24 小时随时随地提供全球性营销服务。

2．高效的交互式信息服务。Internet 可以传输多种媒体的信息，如文字、声音、图像等，信息交换可以以多种形式存在和交换。另外，通过网络可传送的信息数量与精确度，远超过其他媒体，更能应市场需求，及时更新产品或调整价格，有效满足客户的需求。

3．可以实现企业营销整合。网络营销可以完成从商品信息的发布、订单确定、网络支付到售后服务和技术支持的所有营销环节，因此是一种全程营销渠道。同时，企业可以将传统营销与网络营销活动统一设计规划和协调实施，以统一的传播方式向消费者传达信息，避免不同的传播渠道导致信息的不一致性。

4．可以实现个性化营销。网络营销同时兼具渠道、促销、电子交易、交互式客户服务，以及市场信息分析与提供的多种功能。它所具备的一对一营销能力，正是符合个性化营销与直复营销的未来趋势。

5．降低营销成本。通过 Internet 进行信息交换，代替以前的实物交换，一方面可以减少印刷与邮递成本，可以无店面销售，免交租金，节约水电与人工成本，另一方面可以减少由于迂回多次交换带来的损耗。

6．技术性。网络营销是建立在高技术作为支撑的 Internet 的基础之上，企业实施网络营销必须有一定的技术投入和技术支持，改变传统的组织形态，提升信息管理部门的功能，引进熟悉营销与电脑技术的复合型人才，未来才能具备市场的竞争优势。

三、网络营销产生的基础

网络营销的产生有其特殊性和必然性。它是计算机网络技术和 Internet 的应用、消费者价值观念变革、商业竞争激化等综合因素所促成的。

1．Internet 的出现与应用是网络营销产生的技术基础。

Internet 是推动人类进入信息社会的最基本的技术手段，是计算机网络技术与信息处理技术结合的典范。WWW 是 Internet 上最重要的应用，由于 WWW 的出现，Internet 才迅速在全世界各行各业，特别是商业领域得到普及和广泛应用。在世界范围内各国有数以百万计的公司纷纷设立了主页，介绍公司发展的最新动态，提供产品信息，甚至为用户免费联机试用商品和服务。一些公司还在 Internet 站点上开辟了电子商场。Internet 将成为“世界上最多的、效率最高的、最安全的市场”，这是过去一百多年来影响世界商业的最大变化。当 Internet 成为人们工作和生活的一部分时，网络营销就有了其广泛的基础。

2．消费者价值观念的变革是网络营销产生的观念基础

随着社会生产力的突飞猛进，物质的极大丰富，市场正由卖方垄断向买方垄断演变，而营销则由生产者主导向由消费者主导演变。这种变化使消费者的价值观念和消费心理出现了一些新的趋势和特点。首先，个性化消费渐成潮流。从理论上来讲，没有任何两个消费者是完全一样的。因此，每一个消费者都是一个目标市场。网络营销的出现，使大规模目标市场向个人目标市场转化成为可能。通过网络，企业可以收集大量信息，来反映消费者的不同需求，从而使企业的产品更能满足客户的个性化需求。其次，消费主动性的增强。这来源于现代社会不确定性的增加和人类追求心理稳定和平衡的欲望。在社会分工日益细分化和专业化的趋势下，消费者对购买的风险感随选择的增多而上升，而且对单向的“填鸭式”营销沟通感到厌倦和不信任。在许多日常生活用品的购买中，尤其在一些大件耐用消费品（如电脑）的购买上，消费者会主动通过各种可能的途径获取与商品有关的信息并进行分析比较。第三，对购买方便性的需求与购物乐趣的追求并存。一部分追求节省时间和劳动成本的消费者会以购物的方便性为目标，特别是对于需求和品牌选择都相对稳定的日常消费者。另一些消费者则恰好相反，希望通过购物来消遣时间，寻找生活乐趣，保持与社会的联系，减少心理孤独感。因此他们愿意多花时间和体力进行购物，而前提必须是购物能为他们带来乐趣，能满足心理需求。这两种相反的心理将会在今后较长时间内并存和发展。第四，价格仍然是影响消费心理的重要因素。在当代发达的营销技术面前，价格的作用仍旧不可忽视。只要价格降幅超过消费者的心理界限，消费者也难免会怦然心动地改变既定的购物原则。可见，在现代社会里，消费者价值观发生了很大变革，而网络营销正是在上述方面满足了消费者的需求。

3．现代企业面临着前所未有的激烈竞争是网络营销产生的现实基础

当今市场正由卖方市场向买方市场转变，大多数产品无论在数量上还是在品种上都极大丰富，消费者可以根据自己的需要选购商品和服务。因此，现代企业单一产品的营销策略已不能再为企业获得高额利润。如何为消费者提供更满意、更便捷的服务，建立以顾客为中心的现代营销理念，成为企业取胜的关键。为了在竞争中占优势，网络营销已经成为许多企业，特别是跨国公司市场营销的重要组成部分。开展网络营销，可以节约大量昂贵的店面租金，减少库存商品资金占用，使经营规模不受场地限制，便于采集客户信息等，这些都使得企业经营的成本和费用降低，运作周期变短，从根本上增强企业的竞争优势，

增加盈利。

总之，网络营销的产生有其技术基础、观念基础、现实基础，是多种因素综合作用的结果。

（三）深化拓展知识——电子商务站点的建设

一、电子商务站点的实施方式

电子商务站点的实施，主要有三种方式：外包、租借和自建。

1．外包

有许多专业化的公司可以帮助企业迅速建立电子商务站点体系。在互联网上，速度就是胜利。企业如果可以先于竞争对手建立自己的电子商务站点，就可以取得在互联网上的优势。比较而言，将电子商务站点的实施工作外包出去，具有如下优势。

（1）迅速建立电子商务站点

速度也意味着减少花费。专业公司有专业人员负责站点的策划、设计、开发、维护和推广。并且他们有着丰富的经验，使用专业化工具，与同业有着密切的工作联系和技术交流，可以及时解决开发过程中意想不到的问题。在很多情况下，企业自行建立电子商务站点，可能要花上 6 个月还不止，而专业公司可以在几天之内完成主页的设计制作。

（2）获得定制的电子商务方案

与单纯购买电子商务软件包不同，将任务外包出去，可以要求专业公司根据企业的实际需要定制专用的电子商务解决方案，比如在方案中集成自动付费、税收和运输跟踪等功能。如果企业的运作方式与软件包提供的功能很匹配，购买软件包固然可以实现电子商务。但是这样的系统不能为企业提供所要求的一些特征；即使方案现在可能很适用，但是将来可能过时。为现有系统增加新特征意味着对软件进行重新定制和相关的培训。而承担建设网站的专业公司则不同，会根据企业不同时期的需要对电子商务站点进行调整甚至重新设计，这在提倡增值服务的今天是一种流行趋势。

（3）可以节省开发费用

专业公司有许多完善的通用的模块，可以很方便的根据客户需要调整，因而减少了开发设计的工作量。同时，他们有一套比较成熟的开发程序、方法，避免了自行设计时的弯路。在需要其他同行协助的情况下，他们可以凭借自身对行业的了解，以比较合理的价格获取服务，因此有助于整体费用的节约。

（4）可以获得专业化的服务

或许这才是企业将电子商务站点的实施外包出去的真正原因。

企业的电子商务站点建设是一个系统，不仅仅是主页、电子邮件和在线订购而已。将电子商务站点的实施外包出去，一方面是委托专业公司设计站点，另一方面，也是更为重要的方面，可以获得专业公司提供的网上支付和物流配送服务。对于很多打算进行电子商务的公司来说，最大的问题不是建立站点并接受订单，运输和生意的完满结束才是企业面临的最大困难。通过将工作外包出去，公司可以不需自己的卡车，仅仅需要将客户订购的货物委托专业运输公司去做。类似的，通过专业公司，可以获得在电子邮件处理、建立虚拟销售网点等方面获得专业服务，大大提高工作效率。

2．租借

企业也可以在由所谓的门户站点提供的电子商务方案中租用甚至免费获得空间。这是一种最简单的电子商务建设方案，企业只需要提供企业及产品的资料，其余如网站的维护等技术性事务，甚至促销、收款以及物流配送均可由门户站点提供。

比如阿里巴巴站点（china.alibaba.com）提供给注册的会员 3MB 的免费空间建立样品房。企业通过注册成为会员，就有了自己的样品房，可以展示产品并提供企业信息，满足最基本的电子商务需要。此外，还可以获得诸如免费《商情特快》、公司链接等其他服务。

这种方案通常成本较低，风格简洁，而且包括很多常用的特征。整个商店通过 Web 进行管理。企业不必安装任何软件；只需查看、管理一些设置，然后输入产品信息，就可以进行在线商务了。这种方式很适合于小型企业甚至由个人经营的虚拟企业。选择电子商务门户站点时，考虑的因素主要是租金和站点的访问量。

这种方案的缺点是可能不支持企业想要的视觉效果。虽然可以使企业避免安装和配置的复杂性，但是这只是为企业提供的一种推广形式，并不保证完全满足企业的需要。此外，这种方式开设的电子商务业务，企业没有独立的 IP 地址和域名，要想进一步发展将受制约。

3．使用组件自行建立站点。

规模较大的企业都有自己的信息部门。自行开发就是使用企业自身的技术力量，按照电子商务站点的计划书，逐步设计、开发、维护和推广站点。

这种方法可以实现企业想要的确切的方案，但是需要经验、时间和相当大的预算。优点是企业可以建立独特的和有竞争力的特征和功能。

有很多应用程序引擎可以帮企业实现这些特征，几乎可以用任何程序语言建立商业程序。评价这些不同的方案时，企业不应该只考虑方案的价格，而要考虑到把它定制到满足企业需求的代价。通常在开始时很便宜的方案，往往在增加新功能时，代价却很大。因此必须在实施方案前斟酌各种因素，最终确定站点的实施方案。

二、电子商务站点的域名申请

建立电子商务网站，要为站点确定名称，也就是申请域名。CNNIC 和 InterNIC 分别提供了国内和国外域名的免费检索服务。如果有人注册了某个域名，这些系统可以提供域名

使用者的信息。这里以通过中国互联网络信息中心申请域名为例加以说明。通过在 IE 浏览器的地址栏输入 http://www.cnnic.net.cn/可以进入其主页页面，见图 2-1-15。

图 2-1-15 中国互联网络信息中心主页

由于英文在中国普及率并不高，中国人对于通常的域名很不习惯。为了解决这个问题，CNNIC 于 2000 年 1 月 18 日开通了中文域名系统，并同时提供中文域名注册服务。该中文域名系统的顶级域名默认为“中国”，使用时可以键入“中国”，也可以不键入“中国”。比如：联想公司的中文域名注册为“中国·联想公司”；使用时可以直接用“联想公司”，默认为“中国·联想公司”。在中文域名系统开通的第一天，就有 36000 个域名申请注册。为防止恶意抢注，CNNIC 规定：个人不能申请中文域名，而且申请中文域名时必须已经拥有属于自己的英文域名。一个企业最多注册 50 个域名，一天最多能申请注册 5 个。另外，对政府、驰名商标、驰名企业和县级以上的地名，CNNIC 采取了保护措施。图 2-1-16 是一个域名注册申请表填写的范例，申请域名时可以直接在网上申请，也可以通过其他通讯方式申请。

还有些公司专门提供以服务商域名形式出现的子域名，采用服务商提供的子域名虽然成本较低，但有很多缺点：首先不能树立独立形象；其次，不便访问者记忆域名；再次更换服务商时会遇到很多麻烦，需要对宣传资料、广告上的域名进行更改。

Internet 上蕴涵着巨大市场，域名被喻为“网上商标”，是企业进入 Internet，也是用户访问和联络企业的唯一途径，它一方面可有效保护企业的公众形象和无形资产；另一方面是企业迈入信息化社会、融入国际大市场、进行电子商务应用的标志，有巨大的商业价值，是通向成功的一条高速公路。反之，因域名被抢注而带来的后果与损失也是巨大的。

因此，申请域名是电子商务实施过程中的重要一环。

CNNIC 域名注册申请表

（CN—1 共 1 页 REV 5.0）

1、申请选择：()注册()变更()注销	邮政编码：
2、域名申请目的理由和用途： 商业应用	电话：
3、域 名：	传真：
4、域名申请单位	电子邮件：
名称（中文）：	6、技术联系人
（英文）：	查询号：ZS6-CN
（拼音）：	7、承办人
单位名称缩写：	查询号：ZS6-CN
单位负责人：	8、缴费联系人
通讯地址（中文）：	查询号：ZS6-CN
（英文）：	9、域名服务器
邮政编码：	主域名服务器名：dns1.hichina.com
单位所在地点：	主域名服务器 IP 地址: 210.79.232.248
5、域名管理联系人	主域名服务器机型：Intel Pentium III 450
查询号：	主域名服务器操作系统：BSD/OS
姓名（中文）：	主域名服务器放置地点：北京
（英文）：	辅域名服务器名：dns2.hichina.com
单位名称（中文）：	辅域名服务器 IP 地址: 203.207.195.102
（英文）：	辅域名服务器机型：Intel Pentium III 450
通讯地址（中文）：	辅域名服务器操作系统：BSD/OS
（英文）：	辅域名服务器放置地点：北京

与此域名有关的一切法律责任由申请单位一方承担。

申请单位（盖章） 单位负责人签章或签字

年 月 日

图 2-1-16

三、电子商务站点的准备

1．Web 服务器建设

企业建设自己的 Web 服务器时需要投入很大资金，包括架设网络、安装服务器，运转时需要投入很大资金租用通信网络。因此，一般企业建设 Web 服务器时，都是采取服务器托管、虚拟主机、租用网页空间、委托网络服务公司代理等方式进行的。对于一些目前没有条件或暂时没有建立网站的企业也可以马上开展网络营销。这里主要介绍目前常用的几种形式：

（1）整机托管

这种方式是企业建设自己的网站，拥有自己独立的与互联网实时相连的服务器，只不

过服务器托放在 ISP 公司，由 ISP 代为日常运转管理。服务器可以租用 ISP 公司提供的服务器，也可以自行购买服务器。企业维护服务器时，可以通过远程管理软件进行远程服务。采取这种方式建设好的服务器，企业可以拥有自己独立的域名，可以节省企业架设网络和租用昂贵的网络通信费用。

（2）虚拟主机托管

这种方式是指：将一台 UNIX 或 NT 系统整机硬盘划分为若干硬盘空间，每个空间可以配置成具有独立域名和 IP 地址的 WWW、Email、FTP 服务器。这样的服务器在访问者进行浏览时与独立服务器并无不同。用户同样可以通过远程管理软件控制属于他的硬盘空间。这种方式，公司的网页将具有独立的域名，如：http://www.company.com.cn 或 http://www.company.com。ISP 服务商站负责域名服务器的建立和域名的解析。域名可以由 ISP 代理申请，也可由用户自己向 CNNIC 申请国内域名或 INTERNIC 申请国际域名。虚拟主机的数据上载、更新等日常维护工作由用户来完成，用户可以通过 FTP 的方式来自主维护网页。

目前，国内有很多的 ISP 提供虚拟主机托管服务。在众多的 ISP 中进行选择，要考虑如下因素：

① 速度。ISP 服务器的速度决定了企业站点的访问速度。就虚拟主机的速度而言，取决于两个因素：第一，虚拟主机放置的位置。按虚拟主机放置位置的不同，可以分为国内和国外。虚拟主机放在国外，国外用户访问速度较快而国内用户访问速度较慢；反之，国内访问速度较快而国外访问速度较慢。企业要结合自己的客户的地域分布来选择。当然，现在有的 ISP 提供国内国外多个镜像虚拟主机，可以同时使国内国外用户访问速度提高。比如创联公司提供的“双响炮”虚拟主机，同时为企业在国内和美国提供虚拟主机。第二，ISP 的网络连接速度。ISP 的网络连接速度当然是越快越好。如果虚拟主机放在国外，例如美国，并与美国的互联网骨干网相连，网络连接速度可以达到 155Mbps；如果放在国内，速度可达 10 Mbps。

② 服务。这是最值得企业关心的问题，一般来说，ISP 应提供的服务主要包括：一定数量的免费 Email 邮箱；具备数据库开发能力；支持 CGI 程序；支持在线加密传输；支持使用流行的站点管理软件；提供页面访问统计等等。当然，这些基本上成为 ISP 的服务标准，企业在选择虚拟主机服务商时，要进行比较。此外，一些大型的 ISP，还提供其他一条龙的服务，比如上文提到的创联公司，提供从域名注册到网站寄存、内容策划、网站维护甚至电子商务系列服务。

③ 价格。这可能是企业选择虚拟主机服务商时首先考虑到的。然而实际上却并没有想象的那么重要。因为比起企业进行整机托管，虚拟主机托管的租金不值一提。再者目前国内虚拟主机服务市场竞争激烈，租金较一开始下降很多。

此外，有的虚拟主机服务商采取其他的吸引客户的手段。如世纪互联公司宣布推出国际规范的服务品质协议（Service Level Agreement，简称 SLA）。SLA 是一种服务商与用户之间签署的、承诺用户在支付一定服务费后所应得到的服务品质的法律文件。世纪互联公司承诺：网络联通率一年内不低于 99.9%；电源持续供电率不低于 99.99%；24 小时技术支持和机房 24 小时开放。所有条款以服务品质协议的方式进行签署，若达不到上述承诺，世纪互联公司将予以用户经济赔偿。这样的 SLA 也是企业在选择虚拟主机托管商时应考虑的因素之一。

（3）租用网页空间

和虚拟主机类似而更为简单的方法是租用网页空间，甚至不需要申请正式域名，向网络服务商申请一个虚拟域名，将自己的网页存放在 ISP 的主机上，用户可自行上载、维护网页内容，自行发布网页信息。一般来说，租用网页空间的费用较虚拟主机更为低廉。

（4）委托网络服务商代理

如果企业缺乏网络营销的专门人才，最简单的方法就是把产品或服务的网上推广委托专业公司代理。在选择代理人的时候要进行慎重选择，类似的网络服务公司有很多，服务内容和收费方法也有很大差别。

2．准备站点资料

当 Web 服务器选择好后，网络营销站点建设的重点是根据站点规划设计 Web 主页（用 HTML 语言设计的包含多媒体信息页面）。如果建设一个能提供在线销售；产品或服务的网上推广；发布企业最新信息；提供客户技术支持等功能网络营销站点，需要准备以下一些资料：首先，要策划网站的整体形象，要统筹安排网页的风格和内容；其次，公司的简介、产品的资料、图片、价格等需要反映在网上的信息；第三，准备一些公司提供增值服务的信息资料，如相关产品技术资料、市场行情信息等。准备资料时，要注意到网站上的网页是多媒体，它可以包含文字、图像、动画、声音、影视等信息。

3．选择站点开发工具

自行开发设计网站时，必须准备相关工具软件进行开发设计。一般说来，需要这样几种工具软件：主页设计工具软件，如微软的 FrontPage；图像处理软件，如 Adobe 公司的 PhotoShop；声音、影视处理软件；交互式页面程序设计软件，如微软的 ASP 开发系统、支持 CGI 的 Perl 开发系统等。对于一些具有交互功能的（动态主页，即具有能接收数据和读写数据库等数据处理功能）主页设计，最好是请专业计算机人员开发设计；而对于一些简单的提供静态信息的 Web 页，在有规定好模式情况下，可以由企业内部员工通过培训来设计。

四、电子商务站点的开发

1．电子商务站点开发的组织机构

企业进行电子商务站点的建设，其内部组织结构也要相应有所调整。根据上面描述的建设模式，相应的有以下几种类型。

（1）如果将站点建设和维护的工作外包出去，企业并不需要在组织结构上进行改变，只需指定专门人员负责与专业公司的协调工作。

（2）如果企业自行建设商务站点，同时企业的规模不大，维护站点的工作量不大也不复杂，那么企业可以设置网络管理员（Web Master）一职。根据加拿大酿酒业龙头企业 Molson 网络项目负责人的观点，网络管理员的工作权限与杂志编辑类似。网络管理员应具备如下基本素质：

① 同时处理多项任务/品牌/创新的能力；

② 财务预算管理和规划能力；

③ 对各种 Web 设计语言和工具较为熟练；

④ 能与企业的信息系统相协调；

⑤ 较强的设计能力；

⑥ 较强的沟通能力；

⑦ 良好的人际关系。

（3）对于大型企业，可以设立网络资源管理部门（Web/Internet Resource Executive，简称 WIRE）实现公司整体协调。美国 Maloff 营销战略咨询公司主席 Joel Maloff 认为设立 WIRE 作为管理公司网络资源并协调其他部门是一个有创意的观点，认为只要一开始就明确其目的、地位和职能，它可以起到协调公司发展、提高公司整体效率的作用。

当然，WIRE 的合格人选要具备以下条件：

① 优秀的处理人际关系的能力；

② 较广的网络和电子商务知识；

③ 一定的商业知识；

④ 经得起考验的项目管理和协调能力；

⑤ 有效的配合高层管理阶层的工作；

⑥ 能同时担任领导者和促进者两种角色；

⑦ 优秀的倾听意见、吸取有用信息的能力。

2．电子商务站点的组成

企业电子商务站点一般分为主页、企业信息页面、新闻页面、产品服务页面、帮助页面、相关的虚拟社区等等。下面进行介绍相应的开发要点。

图 2-1-17 海尔集团公司主页

（1）主页

主页也称为首页，是访问者访问企业站点时浏览的第一个页面。访问者对于企业站点的第一印象就是由主页造成的，因此主页时企业的形象页面，企业必须对主页的设计给以重视。

目前，主页的设计主要是风格：导航型和内容展示型。

图 2-1-18 淘宝网站主页

导航型主要是为访问者提供企业站点结构信息，按信息类型和内容的不同，将站点分为若干较大部分，如新闻页面、产品页面、参考页面等等，在主页上为它们做链接，如海尔的主页上（www.haier.cn）提供产品中心、服务专区、海尔商城、人才招聘、新闻中心、关于海尔六大部分的导航，其网站结构比较清晰,如图 2-1-17 所示。而淘宝网站主页（www.taobao.com）则属于内容展示型，以比较大的页面空间展示淘宝在线销售的产品目录，并为访问者提供直接到达目的信息的链接，如图 2-1-18 所示。这两种主页设计风格各有优点，导航型有助于为访问者提供较为简洁清晰的站点结构，同时由于页面空间较为简洁，企业可以借助图像树立企业的网上形象，传统的大企业拓展网上业务时常常选择这种风格，以便与企业以往的 CIS 风格紧密结合；而内容展示型显然为访问者接触所需信息提供了直接、快捷的链接方式，可以一步到位而无须层层点击，节省了访问时间，因此具有大量分散商业信息的网上拍卖、商店基本采用这种风格。

但不论这两种风格有多大的不同，一般来说，主页应包括如下内容：

① 企业名称、标志、网站图标（Logo）等 CIS 要素；

② 企业站点的网址；

③ 企业站点的导航系统；

④ 企业产品和/或服务最新的信息、有关新闻；

⑤ 企业的联系方式如 Email、电话、传真等；

⑥ 相关站点的链接。

就主页设计的视觉效果来看，又可以分为文本型与图片型两种。文本型主要是指主要使用 HTML 语言编制的、通过 HTML 语言的标准元素达到预想效果的方式。文本型的最主要的优点是形成的页面空间不大，下载速度较快。许多访问量比较大的商务站点采用这种方式编制主页。图像型是指整个主页页面由一张或多张图片形成，通过在图片上设置热区建立链接，达到与文本型类似的效果，优点是可以显示企业站点与众不同的形象，给访问者深刻印象，缺点是占用的空间一般较文本型大，下载速度慢；要达到相同的访问速度，需要熟练的图形制作、压缩技巧。毕竟，在互联网上速度是决定一切的因素。

（2）新闻页面

在新闻页面中，企业可以给予访问者有关企业的最新信息，这样的最新信息包括：

① 产品和/或服务的最新信息，如品种、价格、实现方式等等；

② 新项目的进行情况；

③ 企业的内部变动情况；

④ 行业的最新动态；

⑤ 相关行业情况。

新闻页面可以作为企业的自有媒体，为企业的发展树立有利的公共形象。新闻页面也是企业站点的重要页面，同时也是站点维护和更新的关键页面。原因很简单，站点要保持吸引力，必须及时更新，作为企业发布最新信息的页面，其维护和更新的必要性更显然。

新闻页面设计的步骤是：

① 收集新闻资料；

② 按新闻制作的标准编制新闻稿件；

③ 将新闻稿件转换成可以用浏览器访问的形式。

（3）产品和/或服务页面

这显然是企业设立电子商务站点，进行在线业务的关键所在。根据在线业务的特点，该页面一般包括如下内容：

① 产品和/或服务目录

产品和/或服务目录所要提供的信息有：规格、尺寸、性能、价格、使用说明。成功的电子商务站点可以通过各种超媒体手段提供图片、音频、视频信息，而不仅仅是产品和/或服务的报价单。

② 访问者或客户对于产品和/或服务的评价

通过互联网的超级链接特性，可以将企业为客户设立的虚拟社区中同特定产品和/或服务相关的评价链接进来，增进潜在客户对产品和/或服务的了解和购买信心。同时可以将以往的客户信息发布在该页面。

③ 在线订购和支付

企业设计商务站点，归根到底是为了开展网上商务，因此在产品和/或服务页面提供便利、安全的在线订购、定制、支付功能，是最为关键的。各大商务站点均设置了如“购物篮”、“购物车”等形象的订购系统，方便客户选取、检查打算购买的产品和服务，并提供了货款、运费、手续费等计算功能。

④ 与产品和服务密切相关的信息

企业应当根据产品和服务特性，提供特色信息。互联网时代是开放的时代，及时与客户分享企业有关产品和服务的信息，将能显著地改变企业的竞争环境。

以上是产品和/或服务页面应该提供的内容或功能。在实际设计时，企业可以根据产品和服务范围规模的大小，按不同的产品和服务类别提供由粗到细的若干层页面，逐步引导客户到达特定的产品和服务。如果企业提供多品牌产品，那么根据品牌分层设计产品页面，也是可行的。

（4）企业信息页面

在电子商务站点的主页上，通常可以发现诸如"企业简介"、"关于我们"之类的链接图标。这些图标链接的就是这里所说的企业信息页面。正如一幅著名的互联网漫画所描述的那样，来自世界各个未知角落的访问者可能不能确知企业的状况，对于企业的信任感当然也就无从谈起。在宝贵的互联网空间设立企业信息页面的目的，正是为了改善这种局面。

企业在该页面上发布的信息一般包括：

① 发展历程；

② 企业大事记；

③ 业务范围；

④ 合作伙伴；

⑤ 发展计划。

此外，上市公司也许提供各种财务数据与投资控股关系，方便投资者查询，并吸引潜在的投资者。比如联想（www.lenovo.com.cn）就在其站点上提供了有关该集团的、投资者可能需要了解的信息页面。

设计此类页面时，可能需要寻求数据库支持。根据访问者在客户端发出的请求，由服务器从后台数据库中自动生成。而在界面设计上，力求与访问者熟悉的电子表格形式一致，提供图文并茂的信息。

（5）帮助页面

即使设计时考虑到访问者的便利，大型的电子商务站点因其内容庞杂，访问者仍然可能迷失于信息沙漠中。因而，提供整个网点的结构图（Site Map），帮助访问者找到沙漠中的绿洲，同样是必要的。但这仅仅是帮助页面所应提供内容的极少部分。

帮助页面提供的信息包括以下几点。

① 网站结构图

网站结构图提供关于企业站点的简洁图示，将站点的各大主要部分的关系与链接情况展现在访问者终端上，可以使其迅速到达目的页面

② 在线订购、定制的规则

电子商务是一种全新的商业模式。一方面，从整体上看，电子商务与传统商务的交易过程截然不同；另一方面，不同的企业都在探索电子商务具体模式，因此在各个企业站点上进行在线订购、定制的规则和程序不同，这一点在涉及不同行业时将更为明显。因此，企业有必要为其独有的在线订购、定制的规则和程序进行说明。比如某些网站上提供了集体砍价、限时抢购、逢低买进三种交易方式。初次访问该站点的访问者，不可能非常熟悉这些交易方式，因此对这些交易方式的规则和程序进行说明，显然成了该站点拓展电子商务的第一要素。

③ 在线支付的方式和具体方法

国内的网上支付正处于摸索阶段。各个电子商务站点提供的在线支付方式同样令客户

眼花缭乱。如何使客户找到合适的支付方式，显然是企业职责所在。为此目的，很多网站提供了有关支付方式的整版帮助页面。

④ 物流配送方式

⑤ 站点内容搜索

此外，一些站点的电子商务只对注册会员进行，因此提供了相应注册的帮助。

（6）虚拟社区

提供虚拟社区，主要是为了留住访问者。通过建立访问者之间的直接的群体联系，形成虚拟社区，交流选择产品和服务的经验和网上购物体验，可以增加网站的人性化氛围，聚集人气，为站点自身的推广和电子商务的远期利益奠定基础。

虚拟社区应该提供的功能有：

① 个人电子信箱；

② 电子公告栏；

③ BBS 自动转信；

④ 在线聊天室；

⑤ 在线实时通信 。

虚拟社区的建立，包括两方面。

① 选择独具特色的话题

话题的选择要与企业的产品、服务、经营方式相关，这样才能与企业设立电子商务的初衷相吻合。

② 选择合适的论坛主持人

论坛要能长期维持下去，必须有能干的主持人，由他来带动论坛的发展，引领论坛话题以配合站点拓展业务的需要。

以上简要介绍企业电子商务站点各种类型页面的设计。不同类型页面包括不同的内容，各有相应的设计开发方法，但仍然具有共同之处，简要列在下面：

① 站点页面的设计和开发要与企业 CIS 系统中的 VI 相一致；

② 使用模板和风格表来确保网站整体形象的统一，并简化开发和以后的维护工作；

③ 尽量使用成熟的技术，并使用多种浏览器进行检验，确保使用不同的浏览器浏览时没有太大反差；

④ 精简页面，提高访问速度；

⑤ 尽量为访问者和在线购物者提供方便，如亚马逊投资几百万美元开发新技术，仅仅为了顾客下单时可以节省几秒钟。

工作训练

学生以 5～6 人为一个工作小组，选出组长。由组长带领，组员共同讨论，以自建网站发布信息为目标，基于工作过程，以小组为单位，进行工作训练。

（1）设计工作情境，扮演工作角色，实施工作任务。

（2）汇报工作过程，进行工作任务自我评估，完成任务考核评价表。

工作训练

步骤	工作内容	工作方法	时间（120 分钟）
情境设计	**学生：**（以小组为单位） 由组长带领组员共同讨论，设计工作情境。 **教师：** 教师利用案例启发引导，强调工作情景设计时应注意的问题。	小组讨论法 案例引导教学法	10
任务确定	**学生：**（以小组为单位） 由项目组长确定工作情境，负责分配队员所扮演的角色，设定每个队员的工作任务，确定利用的发布信息的内容。 **教师：** 对各个小组的工作进度进行监督和指导。	小组讨论法	10
任务实施	**学生：**（以小组为单位） 登录自建网站，结合每个小组设计的工作情境及在工作中所扮演的角色，按照老师提出的发布信息的要求，收集利用网站后台管理系统发布信息的方法和规则。 **教师：** 对各个小组的工作进度进行监督、指导和评价。	角色扮演法	20
工作汇报	**学生：**（以小组为单位） 将收集到各种后台管理工具发布信息的方法，进行讨论，最终确定发布信息的内容。将内容进行整理，以小组为单位，进行工作情境设计与工作实施过程汇报。 **教师：** 点评学生的情境设计与任务实施过程，提出指导意见。	团队汇报法 讲授法	30

续表

工作训练			
步骤	工作内容	工作方法	时间（120分钟）
完善情境设计工作实施方案	**学生：** 学生在教师点评的基础上，对初次汇报的方案，进行反复的讨论和修改，形成方案修改稿；与（企业）教师进行再次的方案沟通与交流，双方认同方案，最终定稿，制成演示文稿。 **教师：** 评价每个小组在信息发布方案设计过程中的总体表现，并点出每个小组所存在的问题。	团队汇报法	20
工作任务评估	**学生：** 每个小组派一名队员进行工作项目汇报总结与交流，并对自己小组的最终工作结果进行客观评价，填写《学生——自建网站信息发布考核表》。 **教师：** 根据汇报情况进行提问、评价并简单总结；填写《教师——自建网站信息发布考核表》。	团队汇报法	30

学生——自建网站信息发布考核表

考核内容 / 队员姓名	分配任务是否按时完成（10%）	任务完成评价（20%）	团队讨论参与是否积极（20%）	方案设计所负责部分（20%）	是否积极参与企业沟通交流（30%）	得分（满分100）

教师——自建网站信息发布考核表

考核内容 序号	方案完成提交情况（15%）	方案结构是否完整（15%）	排版是否符合要求（20%）	PPT 制作情况（20%）	方案汇报情况（30%）	得分（满分 100）

1．自建网站和外包网站的区别？各有什么优势和劣势？

2．通过网络搜索提供网站建设的网站，登录查看网站建设的流程和提供的服务，以及网站建设的价格。

3．如何利用综合网站（阿里巴巴）、行业网站提供的服务建立企业的网站？

情境 2：综合网站信息发布

1．掌握综合网站信息发布的相关知识

2．会根据企业业务特点选择合适综合网站进行产品信息发布，并采用合适的方法提高信息发布的有效性。

3. 小组成员能够共同创设综合网站信息发布的工作情境，扮演相应角色，实现工作过程。

情境描述

海大公司位于山东威海，威海海上资源丰富，盛产各种海产品。公司经营的产品主要有：野生海带、海参、鲍鱼、海蜇皮、扇贝丁、虾酱等，经营多年，在行业内拥有一定的知名度。产品出口到韩国、日本等。为拓展市场，希望能通过互联网进一步增加公司的知名度，发布产品信息，扩大销售额。

角色扮演

扮演海产品销售企业的网上信息发布员，发布信息。

岗位职责

在互联网上发布合适的海产品供货信息，从而寻找潜在的采购商。

岗位能力

专业能力：

具备熟练运用信息发布的工具在综合网站上发布信息的能力，为企业寻找潜在的采购商。

社会能力：

1. 具备良好团队协作精神
2. 具备良好语言表达能力
3. 具备良好情感沟通能力

任务分析

（一）选择网站

根据本企业的自身特点和所处行业的特点，特别是产品的特点和潜在购买者电子商务应用的具体情况，考虑合适的信息发布方式，可以考虑选用综合网站进行信息发布。

（二）选择发布信息的方法

根据网站提供的功能，选择符合自身要求的信息发布方法。

（三）根据所选网站的信息发布方法和要求，做好信息发布的前期准备工作。

比如，注册用户名、企业认证等。结合网站提供的功能，对要发布的信息进行加工，以尽可能提高信息发布的效果。

（四）审核通过后，登录网站发布信息。

（五）评估发布信息的效果，并利用网站提供的其他工具，提高信息发布的有效性。

（六）利用网站提供的工具以及其他联系方式，随时保持和客户的联系。

任务实施

（一）综合网络人气，以及在多个方面的综合评价，首选在阿里巴巴网站进行信息发布。

（二）登录阿里巴巴网站，点击“注册会员”，注册用户信息。按要求填写登录的用户名、密码、公司名称、联系方式等，并选择普通会员类型（如图 2-2-1 至 2-2-5 所示）。

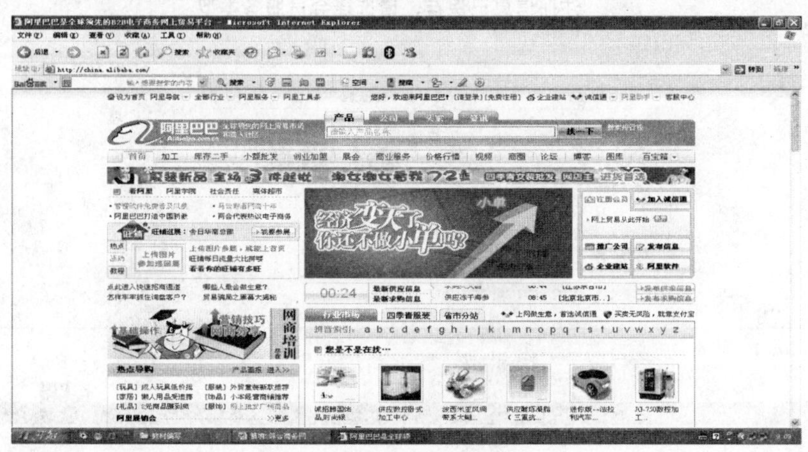

图 2-2-1　登录网站

图 2-2-2　用户注册

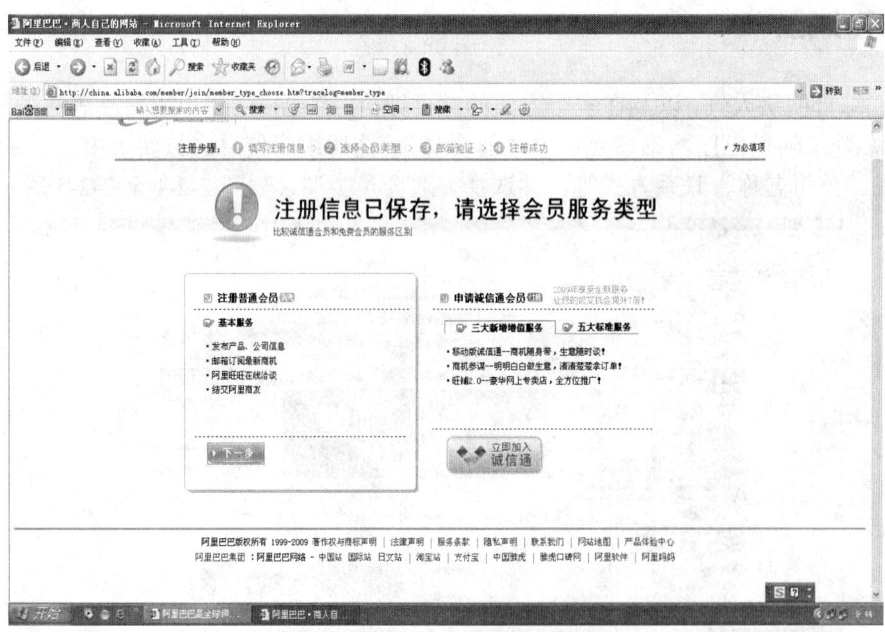

图 2-2-3　选择会员服务类型

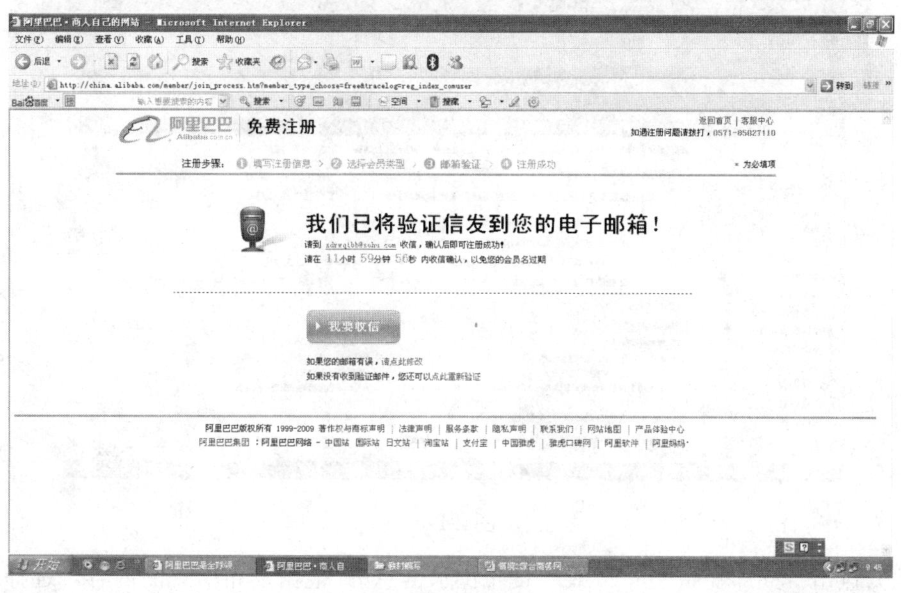

图 2-2-4　注册信息验证

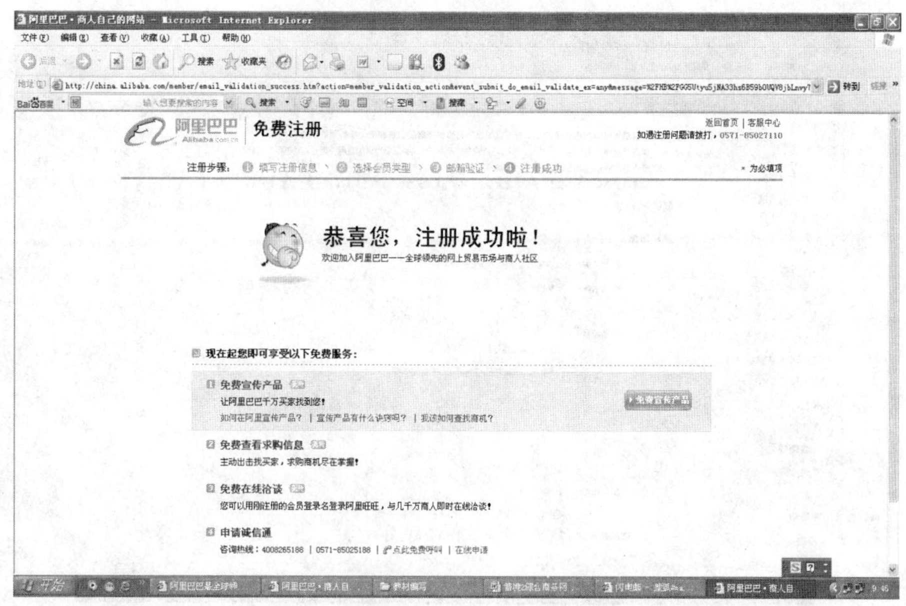

图 2-2-5　注册成功

（三）注册成功后，重新登录，就可以发布信息了（如图 2-2-6 所示）。

图 2-2-6

（四）点击“立即免费发布”或“发布供求信息”。根据发布信息的内容，选择“产品信息”。并按要求填写内容（如图 2-2-7 所示）。

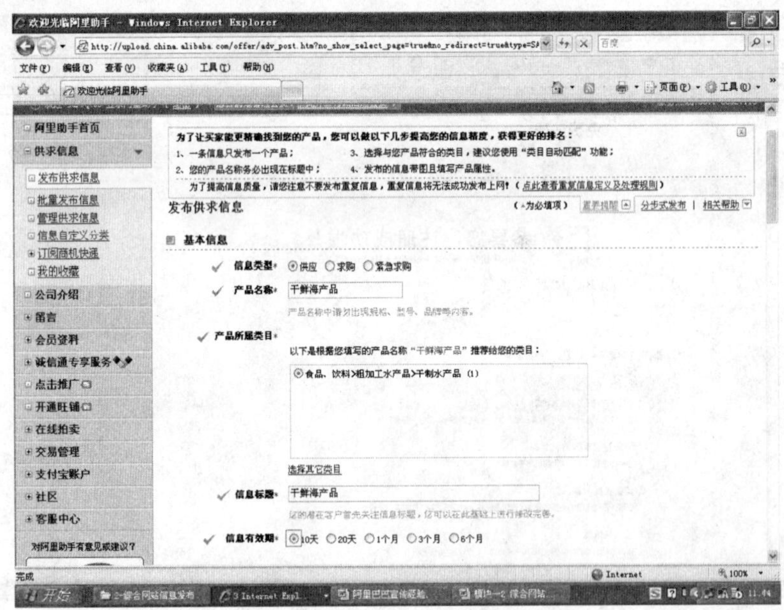

图 2-2-7

（五）经确认信息无误后，点击“一切完成，我要发布”进行提交（如图 2-2-8 所示）。

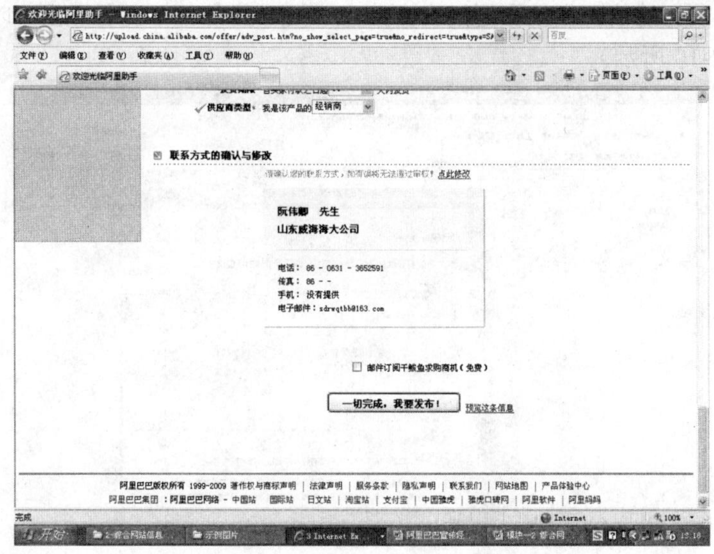

图 2-2-8

（六）显示信息发布成功。发布的信息需要经过阿里巴巴工作人员的编辑与审核。只要是在正常工作日 9：00——17：00 发布的信息，2 小时后就会在阿里巴巴网站上发布（如图 2-2-9 所示）。

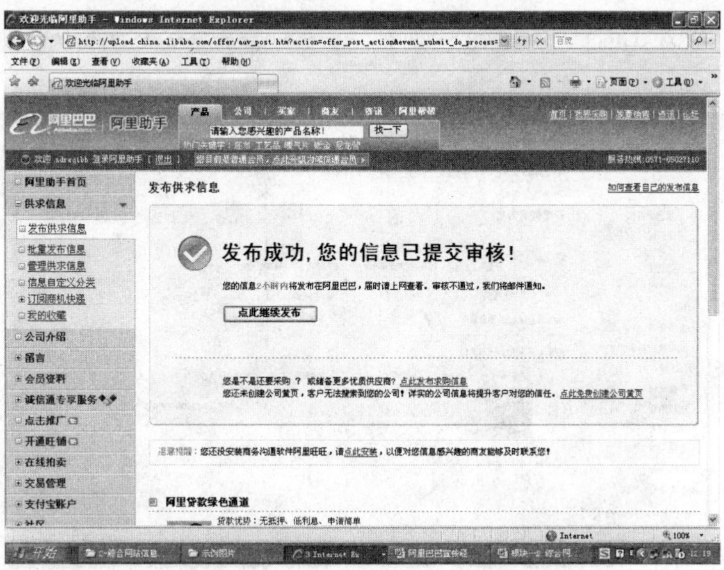

图 2-2-9

（七）如果发布的信息审核不通过，会给客户发一封邮件，说明理由，以便修改后重新发布（如图 2-2-10 所示）。

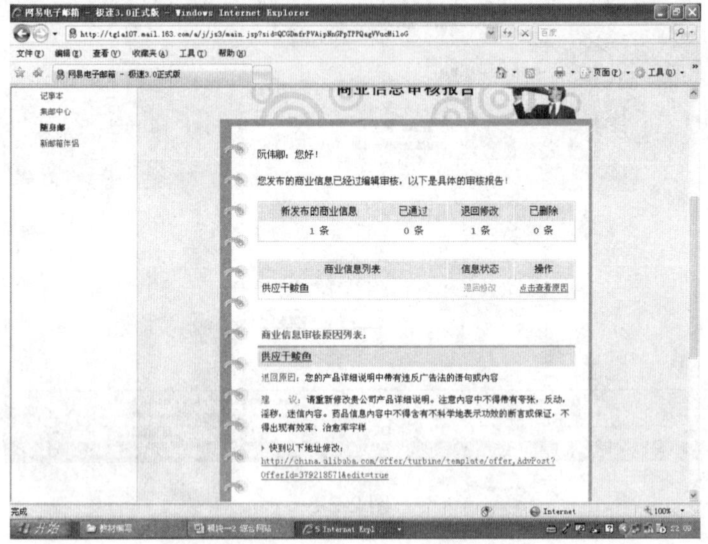

图 2-2-10

（八）进入“管理供求信息”可以查看发布信息所处的状态或更改信息（如图 2-2-11 所示）。

图 2-2-11

注意事项

在发布信息之前，要做好前期准备工作，收集文字资料、准备图片，做到图文并茂。选定合适的产品名称，做到清晰明确。选择与产品符合的类目，方便潜在的客户找到，也可以采用系统推荐的类目。一条信息只发布一个产品，信息标题中包含产品名称，增加曝光度。产品的参数要详细而全面，便于用户通过参数筛选找到产品。详细说明中，要尽可能的提供产品的详细描述，增加对客户的吸引力。

相关知识

（一）行业背景知识

一、综合网站发布信息时应该注意的问题

在综合网站上发布信息时，要注意：

1．标题简洁明了。

2．正确选择行业分类，可以使你的产品被正确的收录到网站内的行业目录里。

3．标题中或简介中出现的关键字的要注意采用买家所熟悉的、行业内约定俗成通用的词，且不要带有描述性的定语。

4．产品信息要尽量翔实，特点要突出，要配有图片的说明，信息尽量针对具体产品详细描述。对所经营的产品要有充分的介绍，如产品规格、型号等，泛泛的介绍对买家吸引力较小。

5．确保您的固定电话、传真、Email 地址、手机号码填写正确，避免因写错联系方式而造成联系失败。（至少要填写一个固定电话号码）

二、综合网站发布信息后应该注意的问题

发布信息后，如果想更好的推广信息，可以通过以下方式：

1．要保持在线，加强沟通，经常上网查询信息，并且信息要经常更新。

2．经常查询电子邮件、客户留言等信息，并及时回复。

3. 如要进一步提高信息发布的有效性，可以积极使用综合网站提供的各种推广工具和其他的推广功能。比如阿里巴巴中的贸易通、诚信通、旺铺、黄金展位等功能，也可以参加关键字竞价推广，即“点击推广服务”。

4. 利用好网站提供的论坛、博客，增加信息的曝光度，参加网站内不同的商圈，可以获得更进一步的推广。

发布者发布的信息在综合网站上的排序一般与发布的信息标题中的产品名称、搜索者搜索时使用的关键字、信息发布的时间、发布者在网站内的活跃度等有关。比如在阿里巴巴网站，发布者通过阿里巴巴与商友洽谈的活跃度、发布者的诚信通指数等，都可作为发布者发布的信息在阿里巴巴网站上排序的依据。

三、国内优秀综合网站概况

在中国，著名的电子商务类综合网站包括阿里巴巴网站、慧聪网、中国供应商等，同时也包括一些行业网站、区域性网站、门户网站（sohu、sina、163 等）。

大多数门户网站都有营销中心频道和分布各地的代理商，通过它们，可以在门户提交广告。一些行业网站通过收取会员会费的形式，发布会员的产品和企业信息。

“网上广交会”(e.cantonfair.org.cn)是中国对外贸易中心主办的唯一官方电子商务平台，与广交会现场业务紧密结合，是国内最权威的展会电子商务平台之一。其利用广交会数十年积累的参展商展品数据库和客商数据库资源，通过与现场广交会业务的紧密结合，实现“网上洽谈，现场成交”。“网上广交会”日均访问量达 60 万，在广交会期间日均访问量更高达 700 万。据统计，超过 75%以上的到会客商通过广交会网站提前查询关注的企业及产品信息。到目前为止网上广交会已成功吸引了来自 211 个国家和地区的 11 万家国际买家会员和 4 万多家中国供应商会员。“网上广交会”对加入的会员提供以下服务：“贸易撮合”实时询盘推荐、新入会享受首页产品图片展示（2 周）、新入会享受栏目内企业文字链接（2 个月）、中国供应商检索排名优先、企业网上展厅、自主发布维护企业资料、企业网址链接、自主发布更新产品信息、自主发布各类商情信息等，同时也提供一些增值服务，比如，行业分析报告等。

“食品商务网”（www.21food.cn） 食品商务网是目前食品行业具有影响力的 B to B 网站。拥有 350,000 多个食品行业的注册会员、35 万的供应信息库、42 万的采购信息库，分类清晰，内容翔实。食品商务网蝉联 2005、2006 年度电子商务网站百强，一直列居食品行业第一位；荣获 2007 中国行业网站百强，亦列食品行业第一名。用户通过注册会员，登录“发布信息入口”，可以发布公司信息、产品信息、商业信息和产品报价，也可以通过网站提供的关键字广告、会员推广、广告推广、网刊推广的形式提高信息的曝光度。

（二）基础理论知识

一、网络信息发布的优势

1．传播范围广

网络广告的传播不受时间和空间的限制，通过 Internet 把广告信息 24 小时不间断地传播到世界各地。只要具备上网条件，任何人，在任何地点都可以阅读。这是传统媒体无法达到的。

2．交互性强

交互性是互联网络媒体的最大的优势，它不同于传统媒体的信息单向传播，而是信息互动传播，用户可以获取他们认为有用的信息，厂商也可以随时得到宝贵的用户反馈信息。

3．针对性强

根据分析结果显示，网络广告的受众是最年轻、最具活力、受教育程度最高、购买力最强的群体，网络广告可以帮您直接命中最有可能的潜在用户。

4．受众数量可准确统计

利用传统媒体做广告，很难准确地知道有多少人接受到广告信息，而在互联网上可通过权威公正的访客流量统计系统精确统计出每个客户的广告被多少用户看过，以及这些用户查阅的时间分布和地域分布，从而有助于客商正确评估广告效果，审定广告投放策略。

5．实时、灵活、成本低

在传统媒体上做广告发布后很难更改，即使可改动往往也须付出很大的经济代价。而在互联网上做广告能按照需要随时变更广告内容。这样，经营决策的变化也能及时实施和推广。

6．丰富的实现方式

网络广告的载体基本上是多媒体、超文本格式文件，受众可以对某感兴趣的产品了解更为详细的信息，使消费者能亲身体验产品、服务与品牌。这种以图、文、声、像的形式，传送多感官的信息，让顾客如身临其境般感受商品或服务，并能在网上预订、交易与结算，将更大大增强网络广告的实效。

二、网络营销基础理论

网络营销区别于传统营销的根本之处在于网络本身的特性和消费者需求个性的回归，这导致传统营销理论不能完全胜任对网络营销的指导。网络营销的理论基础依托于网络的特征和消费者需求变化对网络营销的重新理解。

1．网络整合营销理论

由迈卡锡教授提出的 4P 组合，即产品（Product）、价格（Price）、渠道（Place）和促销（Promotion）。这种理论的出发点是企业的利润，而没有将客户的需求放到与企业的利润同等重要的地位上来。

网络整合营销理论认为网络发展使得客户可以直接与产品和服务的生产或提供者直接进行沟通，客户在营销过程中地位得到提升，客户对营销活动参与性增强，这要求企业改变传统被动了解市场和制订实施营销策略的 4P 模式，将其更改为以客户为中心的 4C 模式。所谓 4C 模式是指从客户需求的角度出发研究市场营销理论而提出的 4C 组合理论。即：消费者的需求和欲望（Consumer's wants and needs）、成本（Cost）、便利（Convenience）和沟通（Communication）。

网络营销首先要求把客户整合到整个营销过程中来，从他们的需求出发开始整个营销过程。不仅如此，在整个营销过程中还要不断地与客户交互，每一个营销决策都要从消费者出发而不是像传统营销理论那样主要从企业自身的角度出发。企业如果从 4P 对应的 4C 出发（而不是从利润最大化出发），在此前提下寻找能实现企业利益的最大化的营销决策，则可能同时达到利润最大和满足客户需求两个目标。这应该是网络营销的理论模式，即：营销过程的起点是消费者的需求；营销决策（4P）是在满足 4C 要求的前提下的企业利润最大化；最终实现的是消费者满足和企业利润最大化。

2．网络直复营销理论

从销售的角度来看，网络营销是一种直复营销。直复营销的“直”来自英文的“Direct”，即直接的缩写，是指不通过中间分销渠道而直接通过媒体连接企业和消费者，网上销售产品时客户可通过网络直接向企业下订单付款；直复营销中的“复”来自英文中的“Response”，即“回复”的缩写，是指企业与客户之间的交互，客户对这种营销有一个明确的回复，企业可以统计到这种明确回复的数据，不仅可以以订单为测试基础，还可获得客户的其他数据甚至建议。由此可对以往的营销效果做出评价。

网络营销的这个理论基础的关键作用是要说明网络营销是可测试、可度量、可评价的。有了及时的营销效果评价，就可以及时改进以往的营销努力，从而获得更满意的结果。

3．网络软营销理论

网络软营销理论认为客户购买产品不仅是满足基本的生理需求，还需要满足高层的精神和心理需求。传统的营销策略在满足顾客基本需求的前提下更多考虑的是企业自身营销目标的需要，因此在很多方面表现出“强势营销”的特征，如传统广告与人员推销。传统广告，通过在各种媒体上的连续出现，企图以一种信息灌输的方式在消费者心中留下深刻印象，它根本就不考虑你需要不需要这类信息；人员推销也是一样，根本就不事先征求推销对象的允许或请求，而是企业推销人员主动地“敲”开客户的门。而网络的交互性和虚拟性为企业和顾客之间提供了便捷的渠道，顾客可以主动有选择地与企业沟通，因此企业必须改变传统的以自我为主的方式，以加强企业内涵，增强企业吸引力，使消费者在某种个性化需求的驱动下自己到网上寻找相关的信息、广告。在这种条件下，消费者要求成为主动方，而网络的互动特性又使这种要求成为可能。

网络的信息共享、交流成本低廉、传递速度快这些特点的好处是形成了网上信息自由，但另一方面，如果没有良好的控制机制，又可能造成信息的泛滥，如个人的电子邮件信箱中经常会收到一大堆未经同意就发送过来的广告。网络的这个具有双刃性的特点决定了在网上提供信息必须遵循一定的规则，这就是“网络礼仪（Netiquette）”，是指在网上交流信息时被允许的各种行为，网络营销也不例外。“软”营销的特征主要体现在“遵守网络礼仪的同时通过对网络礼仪的巧妙运用从而获得一种微妙的营销效果”。

三、网络广告

网络广告是指广告主利用一些受众密集或有特征的网站以图片、文字、动画、视频或者与网站内容相结合的方式传播自身的商业信息，并设置链接到某目的网页的过程。

网络广告的主要形式有：

1．网幅广告包含旗帜广告、按钮广告、通栏广告、竖边/摩天楼广告、巨幅/画中画广告等，是以 GIF、JPG、Flash 等格式建立的图像文件，定位在网页中用来表现广告内容，同时还可使用 Java、JavaScript 等语言使其产生交互性，用 Shockwave、视频等工具增强表现力。

2．文本链接广告是以文字作为一个广告连接点，点击后可以进入相应的广告页面。这是一种对浏览者干扰最少，但却较为有效果的网络广告形式。有时候，最简单的广告形式效果却最好。

3．电子邮件广告具有针对性强、费用低廉的特点，且广告内容不受限制。它可以向针对具体某一类符合广告主要求的特定属性的用户发送特定的广告。

4．赞助式广告的形式多种多样，通常是广告主根据其自身的产品特点，结合网站的报道或专题进行冠名。

5．富媒体广告（Rich Media）一般指综合运用了 Flash、视频和 JavaScript 等脚本语言技术制作的，具有复杂视觉效果和交互功能的网络广告。

四、网络广告的特点

网络广告与传统的电视、广播、报纸、杂志等媒体广告相比，具有非常突出的特点：

1．交互性。网络广告的出现使广告从过去传统的单向传播、受众被动地接受信息，渐渐发展为互动模式，即受众可以主动地接受其需要的信息，使广告受众具有更大的主动性。网络广告的信息发布和反馈几乎是同步的，把传统广告中企业和消费者之间的单向式传播关系改变为平行的对话方式，这种以客户为中心的网络广告方式促进了广告主与消费者双方的沟通友善化、个性化。

2．非强迫性。网络广告具有类似报纸分类广告的性质，让受众自由查询，受众既可以只看标题，也可以从头浏览到尾。

3．实时性。Internet 具有随时更改信息的功能，因而网络广告可以按照需要随时变更或修改，广告主在任何时间都可以随时调整价格、商品及其他信息。

4．广泛性。在传播范围上，网络广告可以传播到世界各地上网的受众中；在信息内容上，网络广告的信息承载量基本不受限制，广告主可以提供自己公司以及公司的所有产品和服务，包括产品的性能、价格、型号、外观形态等一切详尽的信息；在广告形式上，可以包括动态影像、文字、声音、图像、表格、动画、三维空间、虚拟现实，并最大限度地调动各种艺术表现手段。

5．易衡性。是指广告效果易于评估。通过 Internet 发布广告能很容易地准确统计出每条广告的访问人数，同时还可以利用网络的即时检测功能为广告主提供浏览这些广告的网络用户的上网时间、地理分布等，从而有助于广告主和广告商评估广告效果。

五、网络广告效果测定的标准

网络广告效果测定主要是测量上网者对网络广告所产生的反应，即对网络广告产生的效果进行评估。网上点击率是一个非常重要的广告效果评估指标，但这并不是全部。还应包含广告的经济效果、广告的心理效果和广告的社会效果。比如对于通栏广告来说，上网者有如下三种选择：没注意，浏览但不点击，点击。网络广告效果监测在收集以上数据的基础上，再综合上网者的其他变量，从而得出一系列指标，作为衡量网络广告效果好坏的标准。其指标主要有：

1．被动浏览：主要是以浏览者进入广告页面的次数为标准

2．主动点击：这种效果评估标准是指网络广告效果的好坏关键要看浏览是否点击了该广告，点击的次数有多少。

3．交互：交互是网络媒体与传统媒体的又一重要区别，网络广告很好地体现了交互这一特点，浏览者在浏览广告的同时还要与广告赞助商形成信息的交流，这样的网络广告才是有效的。该指标评价广告效果的好坏就主要看目标受众主动与广告赞助商联系的次数的多少。

4．销售收入：广告能产生销售收入，那么广告当然是有效的。问题在于销售收入在多大程度上要依赖于网络广告。因为引起销售的因素是很多的，包括促销、公关、产品、价

格、销售渠道、消费者的消费行为特性等。所以，用销售效果为标准来衡量网络广告效果是困难的。

一般来说，达到四种衡量的标准的难易程度与广告衡量的准确程度是正相关的。即衡量广告效果的标准越易达到，这种衡量的准确程度就越低。所谓衡量效果的准确与否都是相对的概念，对于不同类型、不同目的的广告要选择不同的测量方法，如衡量企业形象广告效果，就应该用浏览率或点击率作为标准，采用销售效果为标准就不太适合。每种效果测定的标准都要通过具体的试验以及实践的经验来最终确定。试验是尤其重要的手段，比如，对于 Banner 广告来说，研究点击率和广告的面积、文件类型、广告与页面内容的相关性的关系是非常有意义的。

六、网络广告的计价模式

目前中国互联网广告的主要计价模式。是以广告在网站中出现的位置、时间段和广告形式为基础对广告主征收固定费用。这种计费模式是与广告发布位置、时间和广告形式挂钩的，而不是与显示次数和访客行为挂钩。在这一模式下，发布商是按照自己所需来制定广告收费标准的。

网络广告的收费标准：

1．CPM（Cost Per Mille，或者 Cost Per Thousand：Cost Per Impressions）每千人成本

指的是广告投放过程中，听到或者看到某广告的每一人平均分担到多少广告成本。传统媒介多采用这种计价方式。比如说一个广告横幅的 CPM 单价是 1 元，意味着每一千个人次看到这个广告就收 1 元，如此类推，如果此类网站的流量是 10，000 人次，则收费 10 元。

2．CPC（Cost Per Click：Cost Per Thousand Click-Through）每点击成本

以每点击一次计费。但是，此类方法就有不少经营广告的网站觉得不公平，比如，虽然浏览者没有点击，但是他已经看到了广告，对于这些看到广告却没有点击的流量来说，网站则没有任何利益。

3．CPA（Cost Per Action）每行动成本

CPA 计价方式是指按广告投放实际效果，即按回应的有效问卷或订单来计费，而不限广告投放量。CPA 的计价方式对于网站而言有一定的风险，但若广告投放成功，其收益也比 CPM 的计价方式要大得多。广告主为规避广告费用风险，只有当网络用户点击旗帜广告，链接广告主网页后，才按点击次数付给广告站点费用。

4．CPR（Cost Per Response）每回应成本

以浏览者的每一个回应计费。这种广告计费充分体现了网络广告“及时反应、直接互

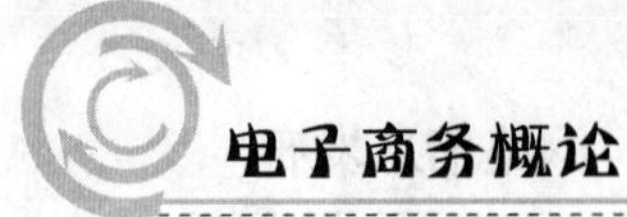

动、准确记录”的特点，但是，这个显然是属于辅助销售的广告模式，对于那些实际只要亮出名字就已经有一半满足的品牌广告要求，大概所有的网站都会给予拒绝，因为得到广告费的机会比 CPC 还要渺茫。

5．CPP（Cost Per Purchase）每购买成本

广告主为规避广告费用风险，只有在网络用户点击旗帜广告并进行在线交易后，才按销售笔数付给广告站点费用。

无论是 CPA 还是 CPP，广告主都要求发生目标消费者的“点击”，甚至进一步形成购买，才予以付费：CPM 则只要求发生“目击”（或称“展露”、“印象”），就产生广告付费。

6．包月方式

按照“一个月多少钱”这种固定收费模式来收费的，而不管效果好坏，不管访问量有多少，一律一个价。尽管现在很多大的站点多已采用 CPM 和 CPC 计费，但很多中小站点依然使用包月制。

7．PFP（Pay-For-Performance）按业绩付费

著名市场研究机构福莱斯特（Forrerster）研究公司最近公布的一项研究报告称，在今后 4 年之内，万维网将从目前的广告收费模式——即根据每千次闪现（impression）收费——CPM（这亦是大多数非在线媒体均所采用的模式）变为按业绩收费（pay-for-performance）的模式。

虽然基于业绩的广告模式受到广泛欢迎，但并不意味着 CPM 模式已经过时。相反，如果厂家坚持这样做，那么受到损失的只会是它自己。一位资深分析家就指出，假如商家在谈判中不能灵活处理，而坚持采取业绩模式，它将失去很多合作的机会，因为目前许多网站并不接受这种模式。

8．TMTW 来电付费广告

指的是展示不收费，点击不收费，只有接到客户有效电话才收费。

9．其他计价方式

某些广告主在进行特殊营销专案时，会提出以下方法个别议价：

（1）CPL（Cost Per Leads）：以搜集潜在客户名单多少来收费；

（2）CPS（Cost Per Sales）：以实际销售产品数量来换算广告刊登金额。

七、网络广告的发布

网络广告发布方式有许多种，广告主应根据自己产品所处的生命周期所应表达的信息、网络营销的整体战略，以及在传统媒体广告与网络广告间的人、财、物分配，合理地选择

网络广告组合方式。

1．自设公司网站做广告

建立企业自己独立的网站是一种常见的网络广告形式，同时企业网站本身就是一种活的广告。但企业的 WWW 网站不能只提供广告信息，而是要建成一种反映企业自身经营的形象网页，提供一些非广告信息，必须能给访问者带来其他利益，如可供下载的免费软件、访问者感兴趣的新闻等。从本质上讲，公司自设网站的广告是属于一种“软性广告”，即需要用户主动上网连接，才能达到发布广告信息的目的，因此这种广告方式更能符合现在理性成熟的消费者。比如联想公司在自己的主页上所作的广告。

2．在公共网站上发布广告

企业除了在自设网站上发布广告信息外，为了在更大范围内吸引用户，就必须通过各种网络信息服务机构，以付费的方式或部分免费的方式把本企业的广告在公共网站上发布。在公共网站上发布广告，要达到预期的效果，最关键的就是选择和确定投放广告的最佳网站。这可以从以下几个方面考虑确定：

（1）选择目标受众经常浏览的网站

选择网站的首要原则是所选网站必须是目标受众经常光顾的地方。比如某个网站的内容是吸引女性的，而自己的产品只有男士才用，显然不能将广告发布在这样的网站。但是很多网站的内容带有一定的综合性，很可能覆盖某个行业或一定年龄段的所有群体，对于这样的网站，就要审看网站的信息内容，看它适合哪个群体阅读。一般说来，广告内容与其放置的网站内容越是相同或相近，效果会越好。现在网上出现了越来越多的专业营销网站，专门从事某一类商品的营销，在这样的网站上发布广告，可以准确地定位目标顾客，而且因较为专业更能博得消费者信赖，是一种较为不错的选择。以专业房地产营销网站搜房网（www.soufun.com）为例,消费者只要输入所在区域、户型、价格等查询条件，就可以得到满足其需要的房产的各种细节。

（2）选择门户网站

门户网站是网民经常浏览的网站，它不但提供各类丰富的信息，而且提供网上搜索工具，是用户在网上浏览时最直接和最方便的途径。这类网站对于加入网络用户而言就像电话号码簿对于打电话的人一样重要，因而往往能够将成百上千从来没有访问过自己网站的目标受众吸引过来。用户的频繁访问使要求登广告的客户纷至沓来，各门户网站也都提供各种广告展位。在门户网站上发布广告，可以获得大量的浏览和点击，传播范围非常广泛，效果比较明显。

（三）深化拓展知识——网络营销的产品策略

一、网络营销产品特征

网络营销的特点决定了其营销策略与传统市场营销策略的明显差别。选择适合网络营销的产品，是企业制定其营销策略的基本要素之一。产品作为连接企业利益与消费者利益的桥梁，包括形态、服务、人员、地点、组织和构思等，目前从实际情况看，显然还不是所有的产品都可以利用网络营销这种新的经营方式。

1．网络营销产品及特征

传统的市场营销理论要求企业根据消费者的需求开发和销售产品或服务，而网络营销对企业提出了更高的要求，即其产品还必须适合利用 Internet 进行推广和销售。从目前国内外的情况看，在网络上销售的商品，可以分为两大类：即实体商品和虚体商品，其品种可分为普通商品、数字化商品和联机服务 3 种，见图 2-2-12。

产品形态	产品品种	营销方式	产品实例
实体商品	普通商品	网上产品目录浏览与订货，厂方送货上门	● 消费品（服装、食品） ● 工业品等实体商品 ● 计算机及周边设备
虚体商品	数字化商品	提供信息	● 金融信息查询、数据库检索 ● 网上新闻、报刊杂志 ● 研究报告、论文
		销售数字化服务产品	● 电脑软件、电子游戏下载 ● 视听产品、电子书籍下载
	联机服务	网上订购服务	● 航空、火车、影剧院入场券订票 ● 饭店、旅游服务、医院挂号预约 ● 电子彩票
		交互式服务	● 在线电脑游戏 ● 金融证券交易 ● 金融、法律、医疗咨询

图 2-2-12　网络营销产品分类及营销方式

这些产品通常具有以下两个明显的特征：

（1）以无形的服务产品为主

服务产品和实体产品有着质的差异。绝大多数服务产品的生产过程与消费过程是同时进行的，且一般由消费决定生产。服务产品的交易不存在所有权的转让，即只有服务的交换过程而无物流过程。服务产品的这些特征非常适合网上交易，因为生产者无须预先备有库存，需求者却可随时从网上直接获取产品，无需实物交割和中间媒介。因此，服务产品，尤其是信息提供和数字化服务产品，已成为网络营销的主体。

（2）以标准化商品为主

所谓匀质商品是指书籍这类的知识产品、计算机之类的高科技产品以及订票、股票之类的产品，匀质商品的特点是购买决策的做出无需经过对产品的尝试和直接观察，即商品的物理外表无关紧要，商品的内容和品牌即为其核心，如电脑及其周边设备、软件、视听产品和书籍等，消费者只要在网上了解了它们的品牌或内容，即可做出购买决策。

2．网络营销中产品策略的变化

在网络营销的环境下，产品策略中信息因素所占的比重越来越多。传统的产品策略开始发生变化，逐渐演变为满足消费者需求的营销策略。

产品的概念已由传统的实体或物质的产品转变为现代的产品概念，即：产品＝实物＋服务，就是说，企业售出的不光是一些物质型的产品，而是一种综合服务的理念。它包括：

① 直接消费市场或生产资料市场中的各类产品（商品）；

② 产品的售后服务或纯服务类型（虚体或无形）产品；

③ 产品形象、产品文化和后续产品的标准系列化；

④ 围绕消费者需求的新产品开发策略。

3．网络营销的产品组合策略

这里先介绍两个概念：产品线和产品组合。产品线是指在技术和结构上密切相关，具有相同使用功能，规格不同而满足同类需求的一组产品。产品组合是指一个企业所经营的全部产品线的组合方式，包括三个因素：产品组合的广度、深度和关联度，这三个因素的不同构成不同的产品组合。产品组合策略是指企业根据其经营目标、自身实力、市场状况和竞争态势，对产品组合的广度、深度和关联度进行不同的结合。由于产品组合的广度、深度和密度同销售业绩有密切的关系，因此，在网络营销中，确定经营哪些产品或服务，明确产品之间的相互关系，是企业产品组合策略的主要内容。

（1）扩大产品组合策略

也称全线全面型策略，即扩展产品组合的广度和深度，增加产品系列或项目，扩大经营范围，以满足市场需要。这将有利于综合利用企业资源，扩大经营规模，降低经营成本，提高企业竞争能力；有利于满足客户的多种需求，进入和占领多个细分市场。但扩大产品组合策略要求企业具有多条分销渠道，采用多种促销方式，对企业资源条件要求较高。

如 Amazon.com 在稳稳占领了图书这个主营商品市场后，Amazon 开始增加新的经营品种，其业务范围已经从图书和音像制品成功地拓展到其他利润丰厚的商品中去。

（2）缩减产品组合策略

缩减产品组合策略指降低产品组合的广度和深度，减少一些产品系列或项目，集中力量经营一个系列的产品或少数产品项目，提高专业化水平，以求从经营较少的产品中获得

较多的利润，故也称市场专业型策略。该策略有利于企业减少资金占用，加速资金周转；有利于广告促销、分销渠道等的目标集中，提高营销效率。

（3）产品延伸策略

每一个企业所经营的产品都有其特定的市场定位。产品延伸策略指全部或部分地改变企业原有产品的市场定位，具体做法有向上延伸（由原来经营低档产品，改为增加经营高档产品）、向下延伸（由原来经营高档产品，改为增加经营低档产品）和双向延伸（由原经营中档产品，改为增加经营高档和低档产品）三种。

向上延伸可提高企业及现有产品的声望。消费者购买商品，不但取得了产品的所有权及其附加的当期收益，而且包括各种远期收益。如现在大多数软件商都承诺用户可以享受免费的软件升级服务，我国一些软件公司就是通过自己的网站向用户提供免费的升级软件。

向下延伸可吸引受经济条件限制的消费者，扩大企业的市场规模。总资产和年销售额都曾创造过世界第一的美国通用汽车公司的网站（www.gm.com）上不仅销售新车，同时还提供旧车交易。对购二手车者，可进入标有"经 GM 认可确保质量的二手车"字样的网页进行选择。此举如今已被其他厂商以及日本、新西兰、新加坡等国的汽车经销商或网络公司仿效，纷纷利用网站进行旧车交易。另外，随着网上金融服务体系的逐步建立，网络银行的业务也会由传统的银行业务，延伸到电信、税务、水电、交通等行业，完成诸如代收电话费、传呼费、水电费、税费、交通罚款等代理业务。

原定位于中档产品市场的企业掌握了市场优势后，采取双向延伸策略，可使企业同时获得上述两种延伸所产生的效果。对于开展网络营销的企业来说，产品不但包括要出售的货物，还包括各种服务、各种商业过程以及信息在内，因此双向延伸也不仅仅是增加传统意义上的高档或低档产品，而是要在产品的各个组成部分中进行延伸，如企业可以为每个产品的客户制定一种相应的服务方案，包括送货服务方式、安装和培训服务以及维修服务等，以增加服务的价值；为所有客户提供一系列可增值的信息，如：供应商的生产能力、产品前景预测、产品设计、保修、交易和送货条款等。通过这些延伸达到提高产品的附加值和市场占有率的目的。

从今后的发展趋势来看，适合于网络营销的产品，不在于其形态、价格的高低或送货方式，而主要依据两个方面：网上交易的难易程度和网络营销对该产品的附加价值。某些商品或服务，由于其自身的特点，运用传统的经营方式，交易过程复杂、成本高、消费者获得全面的信息比较困难，或产品信息不对称性问题较突出。如购房、购车、查询金融信息等，这类商品或服务就比较适合网络营销方式；而有些商品和服务，运用传统方式营销本来就简单，如书籍、计算机软件、视听产品、订票服务等，若将这类商品和服务搬到网上，就必须设法增加这些商品的附加价值，如提供更多的选择品种、更低的价格、可靠的

质量以及良好的信誉等，这样才能吸引消费者。

二、新产品开发

所谓新产品，是指企业一切新开创的产品，包括全新产品、换代新产品、改进新产品、仿制新产品。企业必须根据市场需要、竞争态势和自身能力，正确选择开发新产品的策略。在网络营销中，企业的新产品策略不仅是指对现有产品进行改进、扩大现有产品或劳务的花色品种、扩大产品线、仿制等传统的策略，更重要的是，必须根据网络营销的特点，调整新产品的开发策略。

1．按照以用户为中心的策略进行新产品开发

由于Internet实现了信息的对称性，企业可以通过网络直接了解客户的需求意图，客户也可直接向企业提出自己对产品的各种要求，这种以用户为中心的产品开发策略，使生产出来的新产品更易于为用户所接受。

这种新产品开发策略还使传统的产品生命周期概念逐步淡化。在传统的环境中，厂家由于不直接接触消费者，所以很难把握住新产品研制的正确投向。另外，在掌握产品的饱和期和衰退期时总会不可避免地发生滞后。由于企业与客户在网上建立了直接的联系，满足大部分客户的需求就是新产品开发的正确投向，而且从产品一投入市场，就知道了应改进和提高的方向。于是，老产品还处在成熟期时企业就开始了下一代系列产品的研制。系列产品的推出取代了原有产品的饱和期和衰退期，使产品永远保持旺盛的生命力。

2．让客户直接参与到企业新产品的开发过程

在产品的开发过程中企业可随时与客户交流信息，向客户提供新产品的结构、性能等各方面的资料，让客户参与企业新产品的设计、改进、生产等过程，实现产品完全按客户需求来定制，从而缩短新产品进入市场的时间，赢得市场优势。

3．充分利用Internet这个新产品构思的重要渠道

一个成功的新产品首先来自于一个既有创见，又符合市场需求的构思。新产品构思来源于针对性地广泛搜集信息、敏锐地抓住每一个稍纵即逝的灵感。与工业化时代相比，在网络时代，产品构思的来源对象并未发生变化，如消费者和用户、经销商、国内外科技情报资料、国外样品、竞争对手的产品、科研部门和高等学校、本企业职工等，但搜集产品构思的信息渠道则发生了很大的变化，上述所有构思均可通过Internet这一条渠道获取。而且其广泛、迅速、便利和价廉是传统渠道所无法比拟的。

例如，作为新技术、新发明的发源地，国内外科研部门和高等学校每年都有许多科研成果需要转化成为新产品，企业可以从它们的网站上获得很多有创见的新产品设想、或成果转让信息，图2-2-13是中国教育科研网上的高校科技协作网“科技成果”专页，该网站

对用户进行分级管理，按用户的不同等级提供相应服务，部分涉及“科技成果”和“技术需求”的信息为有偿服务。在这里可以查询我国高校及科研院所的最新科研成果以及大量国外新技术、新产品。

图 2-2-13　高校科技协作网

一些企业在网上推出的新产品介绍网页，也是激发构思的重要来源，如曾经的科龙公司（现为海信科龙公司）的网站（www.kelon.com）专门介绍了公司的最新研发成果与新产品中的技术内涵。如冰箱类产品中的国内首台变频控制抽屉直冷式冰箱、异丁烷制冷剂的研发等前沿动态，以及企业采用的国际名牌芯片、先进的制冷剂及配套压缩机，尖端降噪技术，多层抗菌，“一键通”式控制，精确控温与超节能技术等，这对其他企业进行产品开发无疑是一个良好的启迪。

4．采用敏捷（AGILE）制造系统

实现按照顾客需求进行定制化生产的营销过程，必须有先进的生产制造系统做支持。在信息技术环境下，企业采用敏捷制造系统，就其本质而言是生产智能化和快速化。这也就是企业在制造产品或提供服务过程中，由过去完全依赖的物质资本，转向在制造中加入信息技术。而且这种过程是在高速度中进行的，通过对用户的直接反映缩短了企业与顾客的距离。这一方面提高用户的满意度；另一方面，使企业表现出很强的整体柔性，根据市场变化灵活地调整经营战略。

5．借助网络实现新产品的市场开拓

传统市场中推广一种新产品需要投入大量人力、物力和财力。而借助于 Internet 可使一

些新产品的推广变得轻而易举。例如，现在国内外许多电脑软件的一种重要销售方式，就是通过 Web 网站发行。Microsoft 公司在推出 Windows98/2000 等新操作系统软件时，都是先通过其网站向用户提供测试版或试用版，用户可免费下载试用，并通过网站反馈意见。对企业来说，这既是检验新产品的一种方式，也是一种将产品快速推向市场的重要渠道。

三、网上市场的品牌管理和开发

随着 Internet 网上市场的不断拓展，被称为"虚拟商标"的域名作为企业的标识作用日趋凸现，如何发挥域名的商业价值，如何在网上电子市场环境下进行品牌的管理与建设，是提高企业市场竞争力的重要手段。

1. 域名商标与管理

（1）域名的商业价值

企业在 Internet 上注册域名和设立网址，就可以被全球所有的 Internet 用户随时访问、查询，从而建立起广泛的商业联系，为自己赢得更多的机会。随着 Internet 上商业的增长，交易双方识别和选择范围增大，交易概率随之减少，因此在网上市场中也存在如何提高被识别和选择的概率、提高用户忠诚度的问题。传统的解决办法是借助各种媒体提高企业及品牌知名度，通过在消费者中树立企业形象来促使其购买企业产品，在这个过程中企业及产品的名称、商标或品牌就是用户识别和选择的对象。

对于开展网络营销的企业来说，域名是企业在网上电子市场中的一种标识，是企业在网上的联系地址。域名与企业或产品名称、商标等无直接关系，而且 Internet 域名管理机构没有赋予域名以法律上的意义，但由于域名在 Internet 上是唯一的，任何一家企业注册在先，其他企业就无法在注册同样域名，这样，域名实际上就与商标、企业标识物有了相类似的意义，所以有人把域名地址称为“网络商标”。

因此提高域名的知名度，就是提高企业站点的知名度，就是提高企业的被识别和选择概率。NetScape（www.netscape.com）和 Yahoo（www.yahoo.com）正是由于所提供的 WWW 浏览工具和检索工具享有极高的市场占有率和市场影响力，而成为网上用户访问最多的站点之一，其域名也成为网上最著名的域名之一，由于域名和企业名称一致，企业的形象在用户中的定位和知名度是水到渠成，胜过企业的专门形象策略和计划。事实上，域名已经是企业形象的一部分，是企业在网上的形象化身。企业商标的知名度和域名知名度在 Internet 上是统一和一致的，域名作为企业的商标资源，与企业传统商标一样其商业价值是不言而喻的。企业必须认识到域名这一商标资源的潜在价值和商机，以及丧失该资源对企业发展带来的影响。

（2）企业域名商标的开发和管理

认识清楚域名作为商标的价值和目前面临的问题，就必须采取措施申请注册域名，加强对其管理和发展的规划，使该营销资源与企业发展战略保持协调一致。

① 域名商标的命名

如果只考虑域名的标识功能，可能认为域名的选择只要符合国际标准和惯例，便于记忆使用即可。但考虑到域名的商标资源特性，域名的命名与一般商标名选择一样须审慎从事，否则与一般商标名选择不当一样会对企业发展产生不必要的负面影响。除要遵守有关国际标准外，从发挥域名商业价值的角度，还应考虑到下面几个方面：

- 与企业已有商标或企业名称具有相关性

将企业名称与域名统一，借助于企业原有的知名度，进一步在网上营造完整立体的企业形象，不但便于消费者在网上网下不同的环境中都能准确识别，而且可以起相互补充相互促进作用。如海尔集团的“Haier”本身在国内外就享有较高的声誉，因此，其网站www.haier.cn 自然有了一个较好的基础，目前许多著名企业都采用这种方法，如微软公司（www.mircosoft.com）、IBM 公司（www.ibm.com）、可口可乐公司（www.coca-cola.com）、日本丰田公司（www.toyota.com）、雀巢公司（www.nestle.com.cn）、我国的海信集团（www.hisense.com.cn）等。

- 简单易记易用

域名不但要容易记忆识别，还应当简单易用，因为域名作为一地址，可以方便用户直接与企业站点进行信息交换，如果域名过于复杂容易造成拼写错误，这将影响用户使用域名的积极性，因为在网上用户可以有很多选择和机会，而对企业网站来说只有一次，因此简单易记易用更容易博取用户的选择和访问机会。

- 多个域名

由于域名命名的限制和申请者众多，极易出现申请类似的域名，减弱域名的识别和独占性，导致用户的错误识别，因此企业一般可同时申请多个类似相关的域名以保护自己，另外，为便于用户识别不同服务，也可以申请类似但又有区别的域名，如微软公司的www.Microsoft.com 和 home.Microsoft.com 就提供不同内容服务。

此外对于产品多样化、生产规模大的企业，其某种产品有非常独特的个性并拥有较大规模市场忠诚度的时候，必须有个别域名，即为该品牌独立注册域名，以培养、尊重和强化用户的消费忠诚度。而且一旦企业生产的某一品牌产品出现信誉危机的时候，也不会因此妨碍其他产品的信誉度。

- 国际性

Internet 上的用户遍布全球，因此域名的选择必须能使国外大多数用户容易记忆和接受，以免失去开拓国际市场的大好机会。目前，英语是 Internet 上的事实标准语言，因此命名一般用英语为佳。

② 域名的申请注册

域名的申请注册必须向授权组织申请。随着 Internet 的发展，原来由 InterNIC 单独受理域名申请，现已发展为多个申请注册中心。如中国互联网络信息中心（CNNIC）可办理国内企业申请国际通用顶级域名.com、.org 和.net 等或国家顶级域名.cn 下的注册。

为体现一个企业的国籍，企业根据需要在本国顶级域名下申请注册是值得提倡的，如国内企业可以在.cn 下注册，这样即使发生冲突也可以在国内得到妥善解决。如果是国际性企业则应在国际通用顶级域名下申请注册，以体现企业的国际性。由于注册的时间优先原则和国际性，可能会碰到域名抢注之类的棘手问题，因此企业可根据规模和发展需要提前申请注册以保护自己未来利益。另外，如果企业暂时不想注册上网，可以利用申请时的 60 天域名公开期和对有争议的域名将不得批准的规定，定期上网检索并及时向有抢注问题的域名提出异议，以保护企业的商标名称及未来收益不被侵害。

③ 域名商标的管理

用户识别和使用域名是为了获取所需的信息和服务，网站的页面内容才是域名商标的真正内涵，因此域名商标的管理主要是针对域名所对应站点的内容管理。网站应有丰富内涵和服务，否则即使一时有众多的访问者也可能只是过眼云烟一视即消，难以真正树立域名商标的真正形象。要充分发挥域名的商标特性，保证域名使用和提高访问度，必须注意以下几点：

- 信息服务的定位

域名作为商标资源，必须注意与企业整体形象保持一致，提供信息服务必须与企业发展战略相整合，避免有损企业已建立的形象和定位。

- 内容的多样性

丰富的内容才能吸引更多访问者，才有更大的潜在市场，除提供一些与企业相关联的内容或站点地址，使企业页面具有开放性外，还应与许多不同站点建立链接，同时还应在有关搜索引擎如 Yahoo、Google 等注册，以提高网站的被访问率。此外要注意内容的表现方式，可充分利用多媒体技术，以声音、文字和图象的配合使用，提供生动活泼的信息。

- 信息的动态性

页面内容应该是动态的，更新的周期不要太长。因为固定页面用户访问一次即可，没必要回头访问，这一点非常重要，因为企业大部分收益是由少数固定用户消费实现的。此外，应加强用户的调查分析，如采取 Cookie 技术对用户的访问进行记录和分析，以便针对特定用户提供一对一的特殊服务，以提高与用户交互的质量和用户对其域名的忠诚度。

- 速度问题

目前 Internet 上信息的传输速度成为制约的瓶颈，据 Zona 的研究，电子商务必须遵守

“8 秒规则”，因为用户等待网页下载的时间最多是 8 秒。根据心理测试，计算机对用户的响应速度若不超过 3 秒时，用户感觉不到等待，如果不超过 6 秒用户感觉到计算机停顿了一下，如果超过 10 秒用户就可能感到烦躁，一般将会去选择另一站点。因此，网站的首页一般应设计简洁，以便用户可以很快看到内容，不致感觉等待太久。

● 信息内容的国际性

由于访问者可能来自世界各地，企业网站提供的信息必须兼顾各国用户，对于非英语国家一般应提供母语和英语两个版本，供用户选择使用。目前国内已有一些上网企业，通过建立中英双语或中、英、日等多语站点的方式，把市场扩展到全球范围。

● 成本效益分析

加强对域名使用带来的效益核算分析，以便确定企业下一步发展目标，不致于因投资不够延误域名带来的商机。由于企业上网动机和目的不一样，很难制定出标准的测算方法，但企业可根据上网前后的营销成本进行比较分析，如美国迪来公司将直邮和利用网站促销商品软件的有关数据进行对比，结果显示：上网促销活动的成本只有直邮的 30%，产生的销售线索比原先增加 50%；其中 75%的销售线索被认定合格，而直邮合格率为 18%；由于线索的收集是在计算机上进行的，后期管理费又节省 70%，因此公司认定网上销售提高了效率，降低了成本，需加大力度发展。

2．网络品牌及其建设

Internet 的交互、快捷、全球性、媒体特性等优势，对于提高企业知名度、树立企业品牌形象、更好地为用户服务等方面提供了有利的条件，网络的这些特性对于每一个企业都是公平的，因此，企业应该根据自身的产品与服务特点利用网络创建自己的网络品牌。

（1）注意力经济与网络品牌

有人说：信息经济是注意力经济。在势均力敌的商业环境中，企业之间的竞争筹码大同小异，产品的差异化可以在极短的时间内消除，配销方式与渠道也很容易遭到竞争者的效仿；并且产品的成本由于进货渠道的畅通与透明，使竞争者之间也不会有太大的差异；在销售的环节与零售商在定价策略上获得的优势也越来越不明显，因此，能够产生差异化利益的营销手段的，只有在流通与传播领域了。而传播的目的之一就在于吸引受众的注意力，并以此增强企业提供的产品与服务的品牌效应。

在传统的营销环境中，企业通过大量的广告投入控制大众媒体，以吸引大众的注意力，从而达到营销与广告的目的。而在网络商业环境中，受众对信息的选择、接收、处理等活动具有积极主动的特性，他们有较强地控制信息的获取与分发的能力。而且 Internet 的公平原则使竞争的企业在用户面前一览无余，无处遁形。比如，用户要在 Internet 的搜索引擎中查询“洗衣粉”，或许 P&G 的“碧浪”、“汰渍”与国产的“浪奇”会同时呈现在用户的计算机屏幕上。因此在网上市场环境中，消费者的购买依据已不是产品设计、价格、配销等营销变数的组合，而是在于商品与品牌的价值、商誉、服务等等。在网络商业模式的品牌策略中——营销即传播，沟通与传播将成为网络的营销主力。

（2）网络品牌的特性

网络品牌是传统品牌的延伸。在基于一对多的传统营销模式中，企业只是借助媒体提供信息、传播信息，消费者只能凭借单向式的宣传和消费尝试建立对企业及品牌的形象；在网络营销中大众传播变成了个人传播，大众营销演变为一对一营销，Internet 的交互性、超文本链接和多媒体操作的简易性，使网上传播更具操作性和可信性，更易建立品牌形象和加强与客户沟通，增强品牌的知名度、美誉度和忠诚度。

网站使品牌的内涵得到扩充。网络品牌的内涵已经延伸到售后服务、产品分销、与产品相关的信息与服务等方面，加拿大亨氏公司过去为了建设亨氏产品的品牌，设立了 800 免费客户服务热线、支持赞助“宝贝俱乐部”等活动。而现在该公司通过站点（www.heinzbaby.com）向用户提供丰富的婴幼儿营养学知识、营养配餐、父母须知等信息，展开传播与营销。通过这样的沟通方式，使用户在学习为人父母、照顾婴幼儿等常识的同时，建立起对亨氏品牌的忠诚度。这样，人们对亨氏品牌的理解就不仅局限于婴儿的营养产品，而且包含了丰富的营养学知识的内涵。

良好的公共关系是创建网络品牌的关键。网上的公共关系涉及的对象包括网站的访问者、企业的合作伙伴、行业协会等等。

网站的交互能力是维系品牌忠诚度的基础。与客户间及时有效的沟通是提高品牌生命力，维系品牌忠诚度的重要环节。网站的交互特性为营销中的交流和沟通提供了方便有效的手段。一方面，客户可以通过在线方式直接将意见、建议反馈给经营者；另一方面，经营者可以通过及时答复客户的意见赢得客户的好感和信任，从而增强客户对品牌的忠诚度。

网络品牌具有更广泛的包容性，一个企业甚至可与其他企业共同建设新的网络品牌，形成一个新的网络品牌联盟。

（3）网络品牌的建设

借鉴传统品牌营销方式，向传统媒体投放广告是手段之一。越来越多的企业开始利用电视、杂志、报纸、户外标牌广告等传统广告形式树立品牌形象，以使那些暂时还不是网民的消费者在上网前就接受其宣传的品牌，同时也增强网民在离线状态下对品牌的认知程度。如 Lycos 为其搜索引擎进行品牌宣传，为了达到最佳的宣传效果，“Get Lycos or get lost”的广告语曾在四个不同电视频道的黄金时间播出，并且持续了 12 周。除了 Lycos，其它如

AOL、Amazon 也在非网络媒体投入了大量的资金以塑造品牌。

借助专业的品牌管理策划人员。创建网络品牌的基础是建设企业的网站，但它的开发与运作却不应完全由技术人员来实施。因为品牌的创建、维护、管理需要专业的商业知识。1998 年，世界最大的电子邮件出版发行商 Mercury Mail 更名为 InfoBeat，为树立 InfoBeat 成为个人信息分发领导者的形象，该公司专门聘请了 P&G 公司一位有 22 年产品包装经验的资深策划人员进行策划。

借助原有的品牌优势。由消费者行为分析可以知道，虽然网上市场可以让消费者更方便、便宜购买到相同品质与数量的商品，但消费者仍愿意花更高的价格购买日常生活中熟悉的品牌商品，而这些商品品牌往往是传统业者透过经年累月的广告投入和店铺印象竖立起来的。因此，为了在网络中取得竞争优势，企业在进入网络这一新的经济环境后，除需制订一些特殊的品牌策略，让用户认识到网上市场的优越性外，还必须与既有品牌的传统业者合作，发挥原有品牌的优势，让用户通过网上市场获得与原有品牌相同的产品及服务。

以自己的经营特色创建品牌。Amazon 是电子商务的一面旗帜，其成功有多方面的因素，但其核心策略是以服务和广告迅速创出品牌，并产生品牌效应，进而占领市场。凭着这种品牌效应，Amazon 扩大售书之外的营业范围，销售礼品、CD 和录像带，并在 CD 的销售方面超过对手，成为网上最大的 CD 销售商。Amazon 的经验提示人们：要注重培养品牌。在网站建设的初期，规模宁可小些，但要有自己的经营特色，以形成品牌和品牌效应。

随着网络商业环境的形成，网络品牌将不再遥远。国内的知名企业纷纷建设站点，以进一步创建和巩固自己的品牌资产，为用户提供更好的、更方便的服务。

工作训练

学生以 5～6 人为一个工作小组，选出组长。由组长带领，组员共同讨论，以综合网站发布信息为目标，基于工作过程，以小组为单位，进行工作训练。

（1）设计工作情境，扮演工作角色，实施工作任务。

（2）汇报工作过程，进行工作任务自我评估，完成任务考核评价表。

工作训练			
步骤	工作内容	工作方法	时间（120 分钟）
情境设计	**学生：**（以小组为单位） 由组长带领组员共同讨论，设计工作情境。 **教师：** 教师利用案例启发引导，强调工作情景设计时应注意的问题。	小组讨论法 案例引导教学法	10
任务确定	**学生：**（以小组为单位） 由项目组长确定工作情境，负责分配队员所扮演的角色，设定每个队员的工作任务，确定发布商品的信息内容和综合网站的范围。 **教师：** 对各个小组的工作进度进行监督和指导。	小组讨论法	10
任务实施	**学生：**（以小组为单位） 登录综合网站，结合每个小组设计的工作情境及在工作中所扮演的角色，按照老师提出的收集信息的要求，利用综合网站发布信息的方法进行发布信息。 **教师：** 对各个小组的工作进度进行监督、指导和评价。	角色扮演法	20
工作汇报	**学生：**（以小组为单位） 将收集到的信息，进行遴选，最终确定发布信息的内容，将内容进行整理，以小组为单位，进行工作情境设计与工作实施过程汇报。 **教师：** 点评学生的情境设计与任务实施过程，提出指导意见。	团队汇报法 讲授法	30
完善情境设计工作实施方案	**学生：** 学生在教师点评的基础上，对初次汇报的综合网站信息发布情境设计与工作实施方案，进行反复的讨论和修改，形成方案修改稿；与（企业）教师进行再次的方案沟通与交流，双方认同方案，最终形成综合网站信息发布情境设计与工作实施方案定稿，制成演示文稿。 **教师：** 评价每个小组在设计综合网站信息发布方案过程中的总体表现，并点出每个小组所存在的问题。	团队汇报法	20

续表

工作训练			
步骤	工作内容	工作方法	时间（120 分钟）
工作任务评估	**学生：** 每个小组派一名队员进行工作项目汇报总结与交流，并对自己小组的最终工作结果进行客观评价，填写《学生——综合网站信息发布考核表》。 **教师：** 根据汇报情况进行提问、评价并简单总结；填写《教师——综合网站信息发布考核表》。	团队汇报法	30

学生——综合网站信息发布考核表

考核内容 / 队员姓名	分配任务是否按时完成（10%）	任务完成评价（20%）	团队讨论参与是否积极（20%）	方案设计所负责部分（20%）	是否积极参与企业沟通交流（30%）	得分（满分 100）

教师——综合网站信息发布考核表

考核内容 / 序号	方案完成提交情况（15%）	方案结构是否完整（15%）	排版是否符合要求（20%）	PPT 制作情况（20%）	方案汇报情况（30%）	得分（满分 100）

情境思考

1．请利用区域内的综合网站（威海供求信息网）发布海产品信息，体会其信息发布的工作过程。

2．信息发布后，如何采取有力的措施，提高信息的受众面，提高信息发布的有效性。

3．如何判断信息发布的效果？如何分析客户反馈的信息，提高其转为正式客户的比率？

情境 3：论坛信息发布

学习目标

1. 掌握利用论坛信息发布的相关知识。

2. 以产品的特点和目标客户群信息获取的方式为依据，选择合适的论坛进行产品信息的发布。特别是为客户在论坛中发布的疑难问题的帖子，要及时的沟通和回复，以提高客户满意度，维护企业的形象。

3. 小组成员能够共同创设论坛信息发布的工作情境，扮演相应角色，实现工作过程。

情境描述

金龙食品有限责任公司主要生产经营具有浓郁“威海特色”的系列海产品和旅游商品。依托威海本地丰富的渔业资源，采用胶东渔民传统的制作工艺，并运用现代科学技术，进行了海产品的精细加工，研制开发出具有渔家风味的系列海产品。已成功开发了烤黄花鱼、麻辣鱼片、及贝类食品等二十多个品种，形成了系列方便海产食品、风味海产食品等系列产品。目前，产品销售十几个省、市、自治区。现在想通过论坛社区的形式，宣传产品，提高公司的知名度。

角色扮演

扮演海产品生产企业的网络营销员，宣传产品，提高公司的知名度。

岗位职责

从互联网上发布信息，特别是通过论坛发布信息，达到宣传产品，提高企业知名度的目的；与客户交流，解答客户的疑难问题，做好客户的交流沟通工作，提高客户的满意度；处理那些来自论坛、博客的消费者对产品和服务的评价。

岗位能力

专业能力：

具备熟练运用互联网发布信息的方法，特别是在论坛上发布产品信息、解答客户的疑问的能力。

社会能力：

1．具备良好团队协作精神

2．具备良好语言表达能力

3．具备良好情感沟通能力

任务分析

（一）选择论坛

根据目标客户的分析，结合论坛的特点，综合评价，考虑选择合适的论坛进行信息发布。

（二）信息内容的准备

结合论坛的风格，做好信息内容的收集和整理，特别是标题和图片的设计。

（三）注册用户，获得发布信息的权利并发布信息。

（四）对于发布产品的促销信息，经常关注回帖，获得有价值的信息。

（五）关注论坛的规则，并采用合理的方式，提高信息的曝光率。

（六）利用网站的工具和其他方式，综合评价信息发布的效果，并改进信息发布的方法方式，进一步提高信息发布的有效性。

任务实施

（一）根据公司客户的分布和公司的销售策略，结合网站的特点和网站论坛的“人气”，以及其他方面的综合评价，首选在“爱威海社区论坛”，发布信息。

（二）登录 http://www.iweihai.cn/default.htm 网站，未注册用户，须注册，经审核后，方可登录社区、选择论坛发布信息；已注册用户可以直接登录网站社区论坛（如图 2-3-1 所示）。

图 2-3-1

（三）登录成功后，选择合适的论坛和板块发布信息。

选择威海社区—社区供求—供求信息板块——物品交易发布信息（如图 2-3-2 所示）。

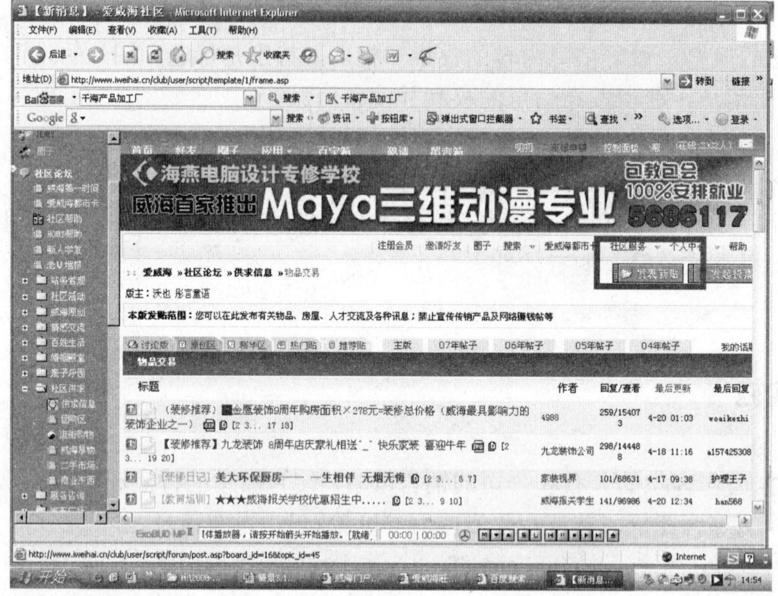

图 2-3-2

（四）点击“发表新帖”，填写“主题”，上传图片，录入信息（如图 2-3-3 所示）。

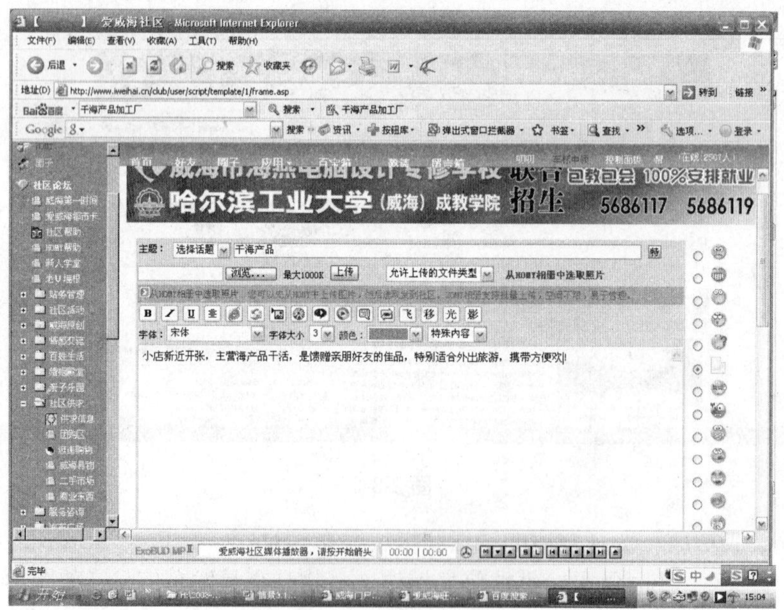

图 2-3-3

（五）点击“发表”，提交信息（如图 2-3-4 所示）。

图 2-3-4

（六）返回论坛，验证信息的发布（如图 2-3-5 所示）。

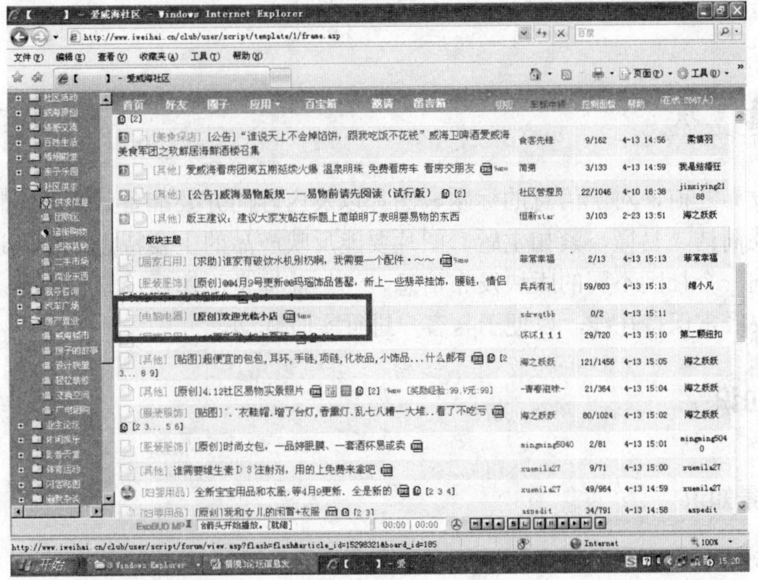

图 2-3-5

（七）加大信息推广的力度。如果要把发布的信息在每个论坛置顶，需要和网站联系，缴纳一定的费用。也可通过“回帖”，“顶贴”的方式，提高已发布的帖子的位置，提高曝光率（如图 2-3-6 所示）。

图 2-3-6

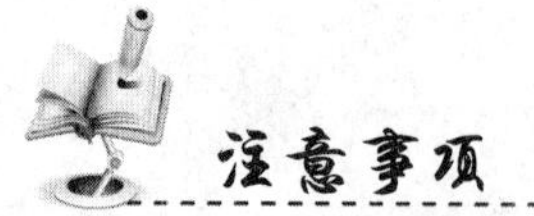

在信息发布之前，对于信息的标题、图片以及内容简介要准备好材料。特别是标题和图片，标题要简洁、易懂，紧扣主题，图片要能反映产品的主要特点和令人过目不忘的效果。可以在同一个社区不同的版块发布信息，当然前提是不违反论坛的规定。在论坛发布信息以后，要经常保持在线，以便于与客户进行实时联动。

（一）行业背景知识

一、论坛介绍

论坛也可以叫做社区、BBS（电子公告牌），其最大特点就是互动、交流。在中国，社区的分布极为广泛，既有大型的门户类、行业类、专业性、地区性网站建立的社区，也有人气旺盛的主题社区。社区内部又可以进一步把吃喝玩乐、兴趣爱好、业务探讨、职业交流、交友娱乐等等各类话题建立论坛。

百度的社区就是贴吧，是以关键字为单位，由网民自发建立的社区。以关键字为单位，让百度的社区覆盖广泛而又十分容易聚合。百度的社区还有“知道”、“空间”等重要产品。通过百度关键字搜索与这些社区的天然紧密联系，百度可以帮助广告主改善客户购买体验全部过程。举个例子，当消费者想买一部新上市的汽车，他先是通过关键字搜索找到这个汽车的介绍和价格，通过图片搜索看到这个汽车的外观，再到相关贴吧了解这款汽车的用户口碑，最后的疑问也可以通过“百度知道”得到解决，然后开始购买，购买之后的良好体验，又体现在“百度贴吧”，让更多的人分享，形成影响和改善客户体验的闭环。

二、论坛营销的步骤

论坛营销的步骤：

1．分析

分析产品的卖点和特点，结合产品和事件找到网民的兴奋点，策划好主题；分析目标客户的消费习惯和通过网络获得信息的习惯，结合论坛的分析，选择合适的论坛，采用合适的方式发布帖子。

2．资料准备

根据以上的分析，准备产品和企业文字资料、图片资料和视频资料，以及公司网站的建设，为论坛提供链接网址。

3．信息发布

注册论坛的账号，发布信息。同时，要多发高质量的帖子，树立自身在论坛的权威，争取成为某一方面的意见领袖，获得在该论坛的话语权；高质量的帖子，也增加了其他论坛转帖的可能性。

4．信息监控

保持在线，监控回帖。针对部分不友好的回帖，采取合理的方式予以处理。

5．分析反馈信息

分析回帖，提取合理的意见，作为产品或经营策略改进的依据。

6．改进提高

对论坛营销的效果、方式方法和具体的操作策略进行汇总、分析评估和改进。

论坛营销技巧：

1．论坛的选择：

首先要选择存在自己潜在客户且人气较旺的论坛，同时要有签名功能和链接功能的论坛；要研究论坛的特点和规章制度，确定该发什么样的贴子，不该发什么样的贴子，什么样的贴子才能收进精华；要找到目标市场高度集中的行业论坛。

2. 帖子的题目要新颖诱人，观点要新鲜，内容有独创性，能够得到大家的共鸣。帖子最好是原创，字数要适中，文字要简练。有主题有内容有思想短小精悍的帖子，一般都会认真读完，并从中可以得到赏识和共鸣。对于有非常强的争议的话题，往往更能激起大家讨论的热情。

3. 发贴质量第一，不宜过频。

帖子的质量特别重要，如果帖子质量好，很可能被别人转载。贴子里可以加入合适的图片，图文并茂，更能将内容丰富起来。贴子里的字体，颜色，大小都可以变换，重点的地方要着重突出，加强印象，并提供链接。

4. 利用回贴功能

在论坛，会根据回帖的多少，判断帖子的质量高低或是否置顶。因此要适当回帖，提高帖子的曝光率。也可以利用别人的帖子，如果在别人的回贴中发广告，一定要争取在前5位回贴，这样被浏览的概率要高一些。

5. 把握热点问题和和时间，结合节日和季节等因素，发布具有针对性的帖子。这样更容易引起大家的共鸣。

总之，论坛宣传很有效果的，但需要花费一定的时间和精力。

三、论坛营销的优势

1. 论坛营销覆盖面广泛，用户参与度高，效果明显；
2. 传播产品的最新动态与最新活动及其他信息；
3. 用户互动性比较强，可提高对产品认知度；
4. 产品与用户定位明确，在产品对应论坛开展营销可提高营销效率与转化率。

（二）基础理论知识

一、论坛营销

论坛营销是以论坛为媒介，通过论坛广告的形式或“灌水”的方式，在相关的论坛里发布产品和服务信息的帖子，宣传企业的产品和服务；也可以广泛参与论坛讨论，建立自己的知名度和权威度，以此为基础推广产品或服务。不过一般的论坛除了广告区以外的地方是不允许发广告的，只能发布合适的信息。

网络社区是网站所提供的虚拟频道，通过这个平台，把具有共同兴趣的访问者集中到一个虚拟空间，成员相互沟通，寻求着共同的价值归属感和情感体验，让网民产生互动、情感维系及资讯分享。通过网民共同的兴趣和爱好，制造话题，凝聚人气，稳定流量，提

升论坛的影响。

一个优秀的网络社区的功能包括电子公告牌（BBS）、电子邮件、聊天室、讨论组、回复即时通知和博客的功能。网络社区主要包括综合性的社区和专业性的社区，专业性的社区分为自己建设网络社区和通过其它网站的专业社区。如新浪网上社区内容囊括了社会生活的方方面面，而 Alibaba.com 内容定位是网上商人。

互联网正从大众行销转向精确行销，从广播受众转型至与受众互动沟通，密切关注用户的反馈，从而最终赢得真正的品牌口碑。社区能“人以群分”，从而为用户传达更准确相应信息。同时，社区人群也容易产生有效的口碑宣传。

据针对网民购买行为的研究表明，对网民购买行为影响最大的依次是社区、电视广告、互联网门户网站的广告、杂志广告、搜索引擎的推荐、公司主页的介绍、户外广告、店铺门面的宣传。而论坛是社区的一个非常重要的组成部分。

从 1997 年新浪上的第一个 Intel 广告开始，开辟了互联网广告的一个时代。我们经历了门户这种展示型品牌广告，经历了搜索引擎崛起后的精准广告，又要走进一种以人为本的社区营销（如图 2-3-7 所示）。

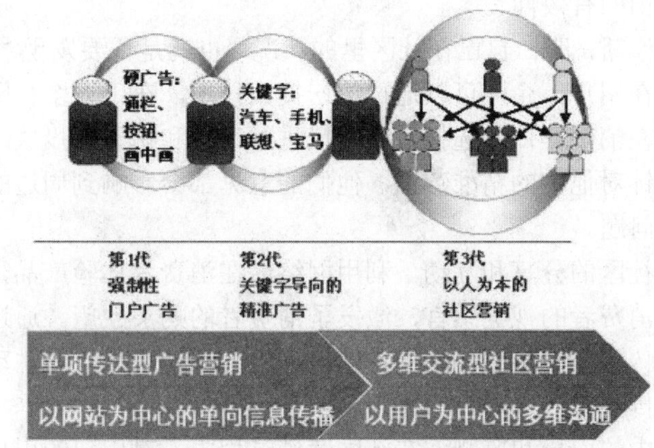

图 2-3-7

不难理解，当消费者想购买手机、化妆品、数码产品、汽车、房产等商品时，往往主动寻找相关论坛、社区，查看即有消费者的消费体验和信息反馈，以此形成对产品的主观印象，评估其品牌价值。从另外一个角度，这对企业来说是一个良好的营销契机，例如，奇瑞汽车，充分利用新浪汽车、新奇军（奇瑞车主自发建立的网上社区）等汽车专业论坛，与消费者进行互动、沟通，企业通过普通网民的身份，“润物细无声”将奇瑞品牌的特性、优点，在和消费者探讨和交流中得到认知、认同，甚至达到共鸣。这里，网络虚拟社区的营销使得企业由原来为消费者提供货物、制造商品的商业模式发展到为消费者提供服务，

最终与消费者实现共同体验的商业模式。

著名的4A广告集团电通公司就为此提出了一个营销的新理论，即：AISAS。 这个理论是说一个人的购买行为流程，首先是Attention（注意）到一个东西，然后产生Interest（兴趣），第三是去Search（搜索），第四个就是去Action（行动）去买，而买了用了之后就产生了第五个行为Share（分享），发表自己的使用体会，从而再影响其他人。

分享、信任、传播应该是网络社区的三块基石。论坛社区营销有着巨大传播效力的秘密在于，参与其中的每个人不仅是信息的接收者，更是进一步传递信息的节点，类似于俗语所谓的 “一传十，十传百”。与传统媒体时代的“口口”相传相比，论坛社区作为平台的介入降低了信息传播的成本，信息传播速度、信息量、便捷性大大加强。

论坛营销不同与其他的网络营销活动，既要设计有吸引力的主题和内容，鼓励网民自发自主的传播信息，参与营销活动；另一方面还需要对信息的传播路径和由此形成的网络舆论进行密切监测，实施有效引导，避免传播事态偏离预期轨道，谨防恶意攻击。

二、企业如何通过网络社区提高信息发布的有效性

如何提高论坛营销的有效性？

首先企业要学会诊断，明白自己在社区里的状况，也就是说要发现“势”。此外如何来影响现在的用户和潜在用户。企业可以通过论坛搜索技术，在千万个社区中发掘每个行业领域的意见领袖及潜在消费群体，选择专业论坛进行话题和帖子的投放，影响这部分网友的观点和购买判断。针对他们的精准营销，他们的意见都会影响到周边的人群，这样自然就能解决营销效果的问题。

第二，充分利用社区的分享和互动。利用网络潜在消费者体验产品，通过强有冲击力的产品曝光图，刺激消费者的视觉感官，激发了消费者的购买欲望。通过用户的参与、分享、互动，又将信息传播至网络更广阔的空间，这充分调动了用户的主动性和创造性，最终实现了网络的口碑传播。

第三，传播过程中的引导和监测。在社区营销过程中，对用户的引导和交流将会大大增强用户的共鸣。活动过程中的数据包括用户所留下的行为和反馈，都将会帮助企业更好的掌握消费者心理及市场导向。

第四，线上和线下营销相辅相成。若是网络上获得了一定的影响力，但线下却没有相应的结合，那么这种影响力就会逐渐消散。营销推广活动就会大打折扣。

在论坛发帖的过程中要注意以下几点。

1．不要直接发广告。这样的帖子很容易被当作广告贴被删除。

2．使用好头像、签名来提升形象。头像可以专门设计一个，宣传自己的品牌，签名可以加入自己网站的介绍和连接。

3．发贴要求质量第一。高质量的贴子会增加转帖的数量，通过转帖，可以花费较小的精力，获得较好的效果。

现代社区的管理已变得越来越严格、规范，要绕过社区管理机构进行社区营销几乎是不可能的。因此，建立稳定、融洽的社区关系是开展社区营销工作的基础，同时还可以带来以下便利：

（1）可以与社区管理机构合作开展社区营销工作；

（2）可以通过社区管理机构获得消费者及竞争对手的信息；

（3）可以利用社区管理机构压制竞争对手的营销活动。

社区论坛营销手段具有一定的适用范围，并不是所有商品都可用。大众消费品效果会好，专业性越强的商品效果会越差。建议要找到合适的社区论坛，在上面不断发表高质量的帖子。

（三）深化拓展知识——网络营销的定价策略

一、网上市场产品的价格特点

价格策略一直是营销理论研究中的一个难题。因为价格对企业、消费者乃至中间商来说都是最为敏感的问题。Internet 和网络营销的发展，为人们解决这一难题找到了一条出路。与传统市场的产品价格相比，网上电子市场产品的价格具有一些新的特点。

1．价格水平趋于一致

在 Internet 这个全球化的市场环境中，需求者和竞争者可以通过网络获得某企业的产品价格信息，并与其它企业的同类产品进行比较，它的最终结果是使某种产品变化不定、且存在差异的价格水平趋于一致，这对那些执行差别化订价策略的公司会产生重要的影响。

2．非垄断化

Internet 使企业面临的是一个完全竞争的网上市场，无论是市场垄断、技术垄断还是价格垄断，从垄断的时间和程度上都会更加短浅。

3．趋低化

网络营销使企业的产品开发、促销等的成本降低，企业可以进一步降低产品价格；另一方面，由于网络扩展了用户的选择空间，因此，要求企业以尽可能低的价格向用户提供产品和服务。

4．弹性化

网络营销的互动性使用户可以与企业就产品的价格进行协商，实现灵活的弹性价格。

5．智能化

通过网络，企业不仅可以完全掌握产品对用户的价值，而且可以根据每个用户对产品的不同需求，生产定制产品，由于在产品的设计与制造过程中，数字化的处理机制可以精确地计算出每一件产品的设计制造成本，企业完全可以在充分信息化的基础上建立起智能化的定价系统，实现根据每件定制的产品制定相应的价格。

二、网上市场定价策略

由于企业面对的是Internet这个全球市场，因此在制定产品和服务的价格策略时，必须考虑各种国际化因素，针对国际市场的需求情况和同类产品的价格情况，确定本企业的价格策略。

1．按满足用户需求定价

传统的产品定价一般为成本定价或使用竞争定价方法。前者的定价策略基本上是按“生产成本十生产利润十销售利润十品牌系数”的公式来确定的。在这种价格策略中，企业对价格起着主导作用。这种价格策略能否为消费者和市场接受是一个具有很大风险的未知数。后者是出于市场竞争环境的考虑，它要在竞争条件允许下获取最大的利润。然而在网络营销中这两种方式都不再是企业制定产品价格的主要策略了。

现代营销理论是根据消费者和市场的需求来计算满足这种需求的产品和成本，由这种成本开发出来的产品和制定出来的产品价格风险相对是较小的。这种满足需求定价的过程可表示如下：

用户需求→确定产品功能→确定生产与商业成本→市场可以接受的性能价格比

这种新的价格策略正在网络营销中得以充分的运用。网络市场环境中，传统的以生产成本为基础的定价正在被淘汰，用户的需求已成为企业进行产品开发、制造以及开展营销活动的基础，也是企业制定其产品的价格时首先必须考虑的最主要因素。

这种新的价格策略创造了价格优势，主要体现在：一、由于满足了用户的特定需求，可以在某种程度上降低用户对价格的敏感度，网络营销的特点使用户逐渐认识到了，合理的价格不仅仅表现为较低的价位，还表现为完善的服务和强大的技术支持；二、采用完全按用户的需求定制生产，这意味着减少了企业的库存压力，较低的库存可以使企业把由此降低成本带来的利益以其它方式与用户共享，从而获得价格优势。

2．新产品的定价策略

定价策略抉择正确与否，关系到新产品能否在市场上立足，能否顺利地开拓市场，尽快地从产品市场生命周期的导入期进入成长期。

目前在网络营销中，对于市场上没有类似产品或创新程度较高的新产品多采用如下三种定价策略：

（1）撇脂定价

撇脂定价也称取脂定价，指新产品一投入市场就以高于预期价格的价格销售，迅速赚取利润收回投资，再逐步降价。这种策略如同从鲜奶中撇取奶油一样，因此得名。在具体实施中，宜采用的方法有：迅速撇脂策略--高价格、高水平促销；缓慢撇脂策略---高价格、低水平促销；迅速渗透策略---低价格、高水平促销；缓慢渗透策略---低价格、低水平促销。

（2）渗透定价

即新产品一投入市场就以低于预期价格的价格销售，力争获得最高的销售量和最大的市场占有率，以尽快地占领市场。低价容易为市场接受，以吸引更多的顾客，迅速扩大市场；低价薄利能有效地阻止竞争者进入市场，能较长时间地占领市场；随着产品销量的增加和市场份额的扩大，就能获得大量利润。这种策略一般对在市场上存有代用品、竞争激烈、需求弹性大、销量大、市场寿命周期长的产品比较合适。

（3）满意定价

指新产品一投入市场就以适中的、买卖双方均感合理的价格销售产品，在长期稳定的销售量的增长中，获得按平均利润率计算的平均利润。这种介于上述两种定价之间的中价策略，既便于吸引客户，促进销售，防止低价低利给企业带来的损失，又能避免由于价格竞争带来的风险，在相对稳定的环境中获取满意的利润。一般适用于需求弹性适中，销量稳定增长的产品。

3．折扣价格策略

即销售者为回报或鼓励购买者的某些行为，如批量购买、提前付款、淡季购买等，将其产品基本价格调低，给购买者一定比例的价格优惠。具体办法有：数量折扣、现金折扣、功能折扣和季节性折扣等。在网上市场中这也是经常采用的一种价格策略。

Amazon 就是采用比一般书店更大的折扣作为促销手段来吸引顾客的，其销售的大部分图书都有 5%到 40%的折扣。由于不需要自己的店面，基本没有库存商品。较低的运营成本使 Amazon 有能力将节省的费用，通过折扣的形式转移到顾客身上，让顾客充分领略到网上购物的优越性，而成为 Amazon 的常客。高额的折扣当然会影响企业的短期效益，但在目前网络市场尚处发育期的情况下，为了培育和完善这个市场，这是一种十分有效的投资行为。

优惠卡也是网络营销中常用的折扣方式。优惠卡也称折扣卡，是一种可以以低于商品或服务价格进行消费的凭证。传统的促销方式中，常常使用一次性的优惠券，但在网络营销中，很难多次给某些顾客寄赠优惠券，因此网上商店大多采用电子优惠卡的办法。消费者可凭此卡获得购买商品或享受服务的价格优惠。优惠卡的折扣率一般从 5%到 60%不等。优惠卡的适用范围可由网上商店规定，如可以是一个特定的商品或服务，也可以是同一品牌的系列商品甚至可以是商家所有商品；有效期可以是几个月、一年或更长时间。

我国的一些商务订房类网站就是采用了优惠卡的促销方法。消费者可以通过网络参加这一酒店预定系统，登记注册后，在该系统内的所有酒店住宿均可享受 4～6 折的优惠。

还有的网上商店为了培养忠实顾客，对每一位有意消费的顾客发放一张积分优惠卡，该优惠卡按消费者在网上消费金额的多少打分，再按分数的多少赠送礼品。这样做不仅可以把消费者牢牢吸引在自己的网站上，而且还可以加深商店与消费者之间的情感。

4．免费策略

价格当然不能同免费扯到一起，但在网络营销中，一些企业确实通过实施免费策略来达到营销的目的。在网上，人们普遍使用“免费电子邮件”，获得各种“免费软件”、“免费电子报刊”……，这并不是传统市场中商家使用得那种“买一赠一”的销售手法，而是实实在在的经营行为，因此不妨将其称为“零价格策略”。这看来有悖常理的举措，却是企业在网上进行商务活动的策略之一。

有人说，在网上最稀缺的资源是人们的注意力。因此要吸引住顾客，提供免费产品和服务可能是最直接和最有效的手段。这种方法会产生对某种产品和功能的需求，进而挖掘其潜在的市场。例如，某个网站用提供免费电子邮件吸引客户，在积累了一定客户的具体资料后，其经营者便可将这些资料有偿提供给需要这些资料的厂商，以此来获利。从1994年开始发展，至今已成为世界著名的信息服务企业的Yahoo正是沿着这样一条道路成长的。作为一个ICP，Yahoo提供各种免费的信息和免费电子邮件吸引浏览者，以此换取访问人数的增加，扩大自己网站的宣传效果。当它成为Internet上的重要网站时，Yahoo便开始寻找广告商和资助人，并以此来促进企业的发展壮大，如今Yahoo网站以其日均巨大的访问量，在网络市场中获得了与IBM、DIGITAL等商业巨头合作的筹码。

拥有1000多万用户的“美国在线”（AOL）公司的发展，在很大程度上也得益于其推出的一系列免费的服务，如今其巨大的客户资源为众多的广告商所看中，由此也就不愁广告费不会滚滚而来。1998年，微软收购了Hotmail站点，看中的当然不是它那免费电子邮件系统，而是Hotmail的1000万用户。

不仅是网络商，对于软件制造商来说，通过免费下载和试用吸引用户，等后者了解和熟悉了该软件的功能或尝到一些甜头后，进一步的使用就需要向软件制造商支付费用了。这就是软件产品最独特的“锁定用户”作用。有的软件制造商还以极低的注册费在网上推销客户端软件，又以相当高的价格向硬件供应商、系统集成商或网站建立者销售他们的服务端软件，从而达到获利的目的。Bill Gates网上盈利战略的主要手段就是将自己的Internet浏览器与其它软件组合到一起，再附带一些免费的信息吸引上网者以此达到击败竞争者的目的。网景公司当初如果不是免费送出网景浏览器Navigater软件，就不会拥有强大的市场占有率。

免费也能赚钱，尤其是先免费，后赚钱，这或许正是网络营销独特的价格策略之一。

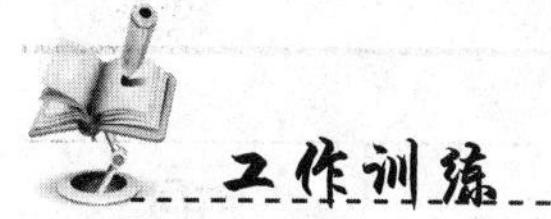

工作训练

学生以5～6人为一个工作小组，选出组长。由组长带领，组员共同讨论，以论坛发布信息为目标，基于工作过程，以小组为单位，进行工作训练。

（1）设计工作情境，扮演工作角色，实施工作任务。

（2）汇报工作过程，进行工作任务自我评估，完成任务考核评价表。

工作训练

步骤	工作内容	工作方法	时间（120分钟）
情境设计	**学生：**（以小组为单位） 由组长带领组员共同讨论，设计工作情境。 **教师：** 教师利用案例启发引导，强调工作情景设计时应注意的问题。	小组讨论法 案例引导教学法	10
任务确定	**学生：**（以小组为单位） 由项目组长确定工作情境，负责分配队员所扮演的角色，设定每个队员的工作任务，确定收集与产品有关的论坛信息。 **教师：** 对各个小组的工作进度进行监督和指导。	小组讨论法	10
任务实施	**学生：**（以小组为单位） 登录论坛，结合每个小组设计的工作情境及在工作中所扮演的角色，按照老师提出的发布信息的要求，利用论坛发布信息。 **教师：** 对各个小组的工作进度进行监督、指导和评价。	角色扮演法	20
工作汇报	**学生：**（以小组为单位） 将收集到的论坛信息，进行遴选，最终确定采用的论坛和发布信息的内容，将内容进行整理，以小组为单位，进行工作情境设计与工作实施过程汇报。 **教师：** 点评学生的情境设计与任务实施过程，提出指导意见。	团队汇报法 讲授法	30

续表

工作训练			
步骤	工作内容	工作方法	时间（120分钟）
完善情境设计工作实施方案	**学生：** 学生在教师点评的基础上，对初次汇报的论坛发布信息情境设计与工作实施方案，进行反复的讨论和修改，形成方案修改稿；与（企业）教师进行再次的方案沟通与交流，双方认同方案，最终形成方案定稿，制成演示文稿。 **教师：** 评价每个小组在设计论坛信息发布方案过程中的总体表现，并点出每个小组所存在的问题。	团队汇报法	20
工作任务评估	**学生：** 每个小组派一名队员进行工作项目汇报总结与交流，并对自己小组的最终工作结果进行客观评价，填写《学生——论坛信息发布考核表》。 **教师：** 根据汇报情况进行提问、评价并简单总结；填写《教师——论坛信息发布考核表》。	团队汇报法	30

学生——论坛信息发布考核表

考核内容 / 队员姓名	分配任务是否按时完成（10%）	任务完成评价（20%）	团队讨论参与是否积极（20%）	方案设计所负责部分（20%）	是否积极参与企业沟通交流（30%）	得分（满分100）

教师——论坛信息发布考核表

考核内容 序号	方案完成提交情况（15%）	方案结构是否完整（15%）	排版是否符合要求（20%）	PPT 制作情况（20%）	方案汇报情况（30%）	得分（满分 100）

情境思考

1. 请利用搜索引擎，搜索百强家具的论坛营销应用，总结其论坛营销的特点和体会。

2. 论坛营销和博客营销的异同点？

3. 社区营销发展历程和各种营销工具应用的优势和劣势？SNS 营销推广的应用和特点。

4. 未来网络营销的发展方向？

情境 4：搜索引擎信息发布

学习目标

1. 掌握搜索引擎信息发布的相关知识

2. 会根据企业产品、行业的特点选择合适的搜索引擎进行产品信息发布，并采用合适的关键字提高信息发布有效性。

3. 小组成员能够共同创设搜索引擎信息发布工作情境，扮演相应角色，实现工作过程。

情境描述

花苑花卉有限公司主要从事玫瑰、荷兰菊、康乃馨等花卉生产。公司总投资3000万美元，占地面积700余亩，建有25000多平方米的现代智能化温室，年产各种花卉200多万盆，鲜切花5000万支。产品凭借优良的品质畅销于国内外。公司一直想通过网络营销加大市场的开发力度，虽有网站，但效果不理想，最近，公司希望推过搜索引擎推广，提高公司网站的访问量。

角色扮演

扮演花苑花卉公司的网上信息发布员，推广公司的产品。

岗位职责

从互联网上寻找合适的搜索引擎发布供货信息，从而寻找合适的鲜花采购商。

岗位能力

专业能力：

具备熟练运用信息关键字的方法在搜索引擎上发布信息的能力，为企业寻找合适的采购商，推广公司的产品。

社会能力：

1. 具备良好团队协作精神
2. 具备良好语言表达能力
3. 具备良好情感沟通能力

任务分析

（一）选择网站

首先从 Baidu 或 Google 网站入手，综合评价和比较信息发布的有效性，选择合适的网站进行信息发布。

（二）选择信息发布的方法

考虑选用关键字、目录等信息发布的方法。

（三）对与产品信息有关的搜索引擎的关键字进行比较。

（四）对产品信息进行精确分析，确定其关键字。

（五）登录注册用户信息，确定关键字的竞价策略。

（六）付款。

（七）验证搜索引擎关键字的有效性。

任务实施

（一）根据搜索引擎的市场排名，以及其他多个方面的综合评价，首选在百度网站进行信息发布。

（二）登录百度网站，注册用户，确定采用关键词进行信息发布。

1. 登录百度网站，点击“加入百度推广”，进入百度的竞价排名页面（如图 2-4-1 所示）。

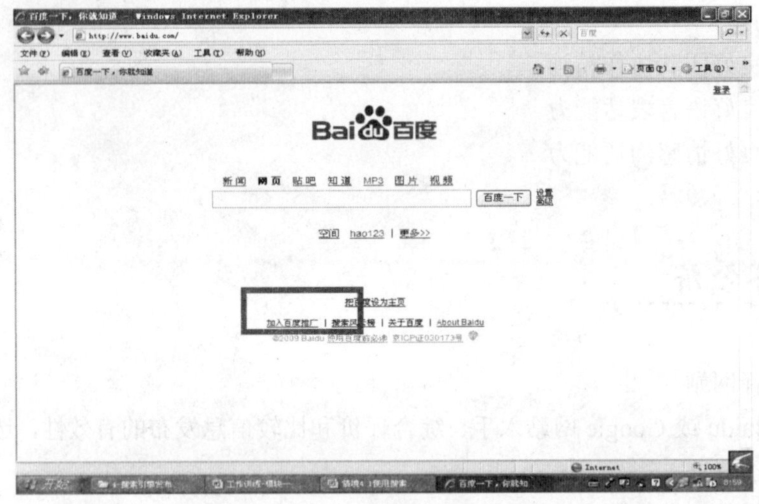

图 2-4-1

2．新用户点击“网上申请”，申请成功后，即可登录“客户登录”。已注册用户点击“客户登录”（如图 2-4-2 所示）。

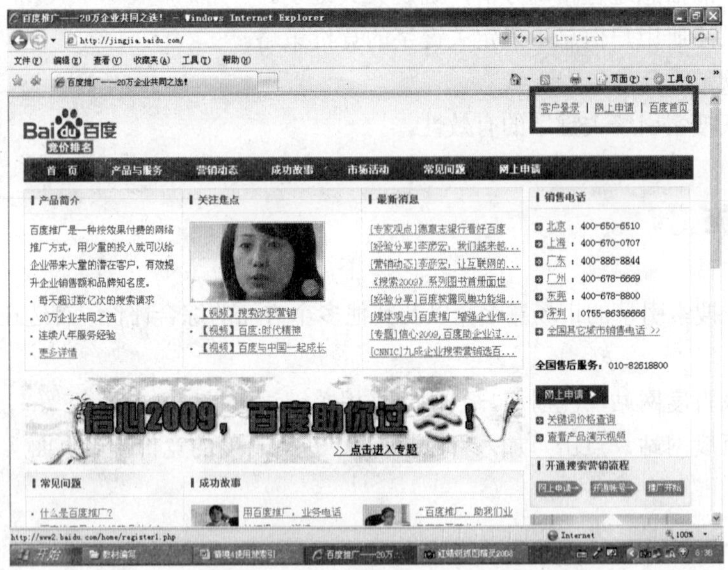

图 2-4-2

3．申请成功后，百度在收到款项并确认您的账户内已添加关键词后，两个工作日内将处理您的信息（如图 2-4-3 所示）。

提示：如所在地区已存在百度分公司或地区代理商，也可以直接联系他们办理竞价排名开户事宜。百度在收到款项并确认客户账户内已添加关键词后，两个工作日内将处理客户的信息。

图 2-4-3

（三）确定竞价排名的竞争策略以保证信息有效发布。

1．登录“百度竞价排名客户管理系统”（如图 2-4-4 所示）。

图 2-4-4

2．添加关键词。在竞价排名用户管理系统中点击“添加关键词”，添加关键词，撰写网页标题及描述等信息。四步即可完成添加关键词：填写关键词和创意→设置价格→确认和提交→成功（认证后，付费即可）

（1）填写关键词和创意：

① 点击导航栏的“添加关键词”链接，进入填写创意页面（如图2-4-5所示）。

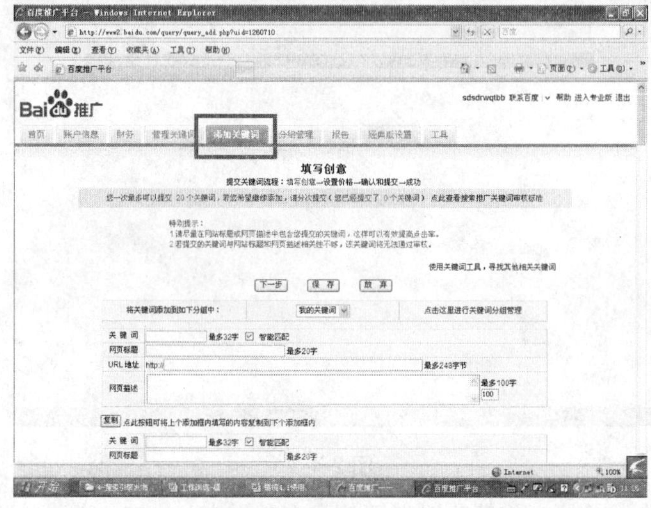

图2-4-5

② 参考页面提示，输入关键词、创意、链接地址等信息（如图2-4-6所示）。

图2-4-6

③ 填写完成后

● 若填写错误，可点击“放弃”，清空填写内容。

● 若想中断提交流程或者希望下次再提交，可点击“保存”，保存页面所有已填信息，下一次进入该页面时，将自动出现以前填写的信息。

● 若确认无误，点击“下一步”。

（2）设置价格：

① 为添加的关键词设置竞价价格、选择竞价方式（如图 2-4-7 所示）。

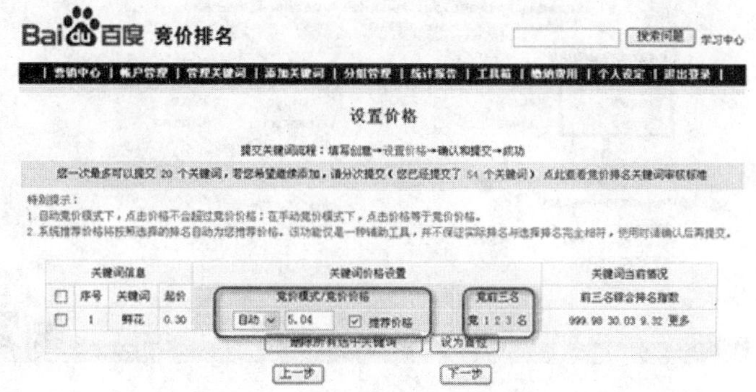

图 2-4-7

② 填写完成后，点击“下一步”

（3）确认和提交：

① 再一次确认关键词的价格信息（如图 2-4-8 所示）。

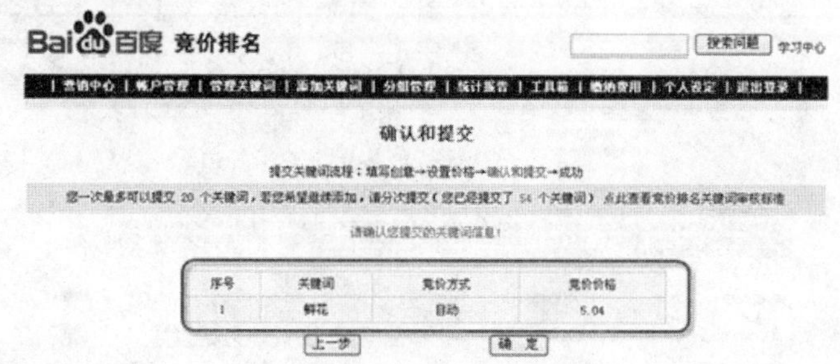

图 2-4-8

② 确认无误后，点击“确认”。

（4）成功页面：

① 系统将提示您成功添加了多少个关键词。

② 根据百度的推荐可以选择其他的关键词，点击“继续提交”可继续添加新的关键词（如图 2-4-9 所示）。

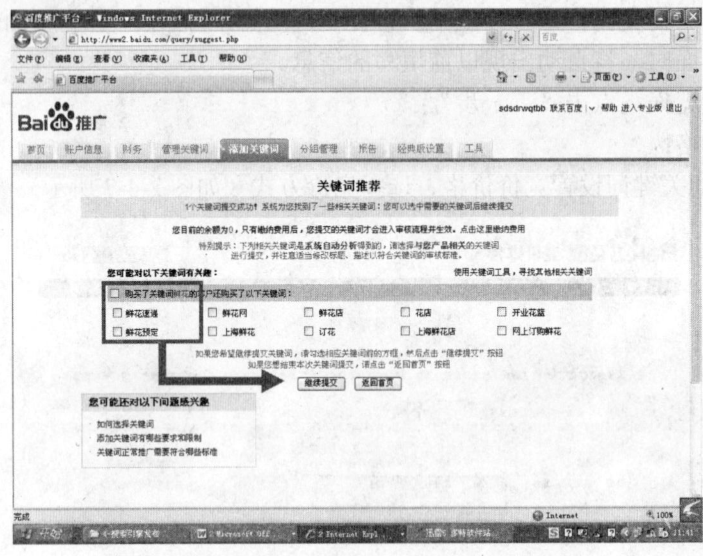

图 2-4-9

③ 等待审核，如通过即可缴纳费用。支付方式可以参考竞价排名用户管理系统中的“缴纳费用”，或拨打竞价排名服务热线进行咨询（如图 2-4-10 所示）。

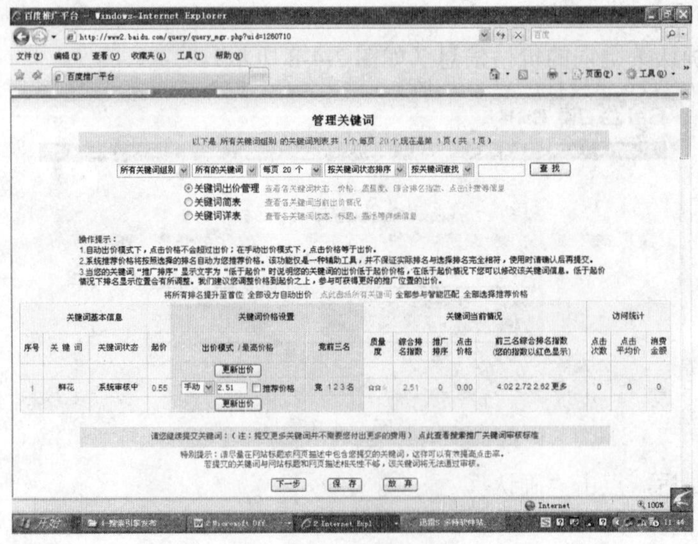

图 2-4-10

④ 邮件通知。百度发邮件通知提醒客户提交相关的证明文件，并注明在百度开设账户的有效期和进一步操作的说明（如图 2-4-11 所示）。

图 2-4-11

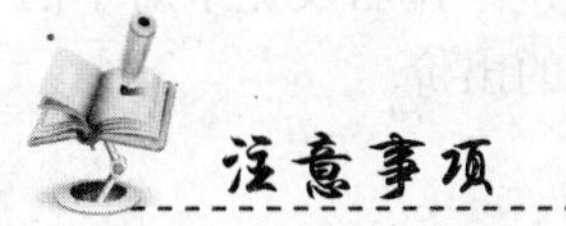

作为一名花卉信息发布员，在完成以上任务实施过程后，就能够利用搜索引擎发布产品信息，潜在的产品采购商就有机会搜索到你的产品。如果要提高点击率，还需要选择好关键词，利用好“百度竞价排名客户管理系统”提供的各种工具，例如：利用“工具箱”选好关键词，利用“统计报告”，分析整理各种有价值的信息，以进一步改进应用搜索引擎的策略，提高业绩。

（一）行业背景知识

一、搜索引擎推广的实用知识

搜索引擎推广为企业带来的是潜在客户的商业机会、企业品牌的网络曝光度和新的营销方法。通过搜索引擎及联盟平台的巨大流量，企业可以获得大量商业机会，大量的网络曝光率会提升企业的品牌。

提供搜索引擎的网站为了提高客户的营销效果，一般会提供搜索引擎营销分析工具，以及搜索引擎营销方法和经验的培训。会帮助企业做推广方案策划和咨询，对搜索引擎带来的网络流量进行分析和评估，以增加企业利用搜索引擎推广的有效性。

搜索引擎推广，一般是提供搜索引擎的网站按照给企业带来的潜在客户的访问数量计费的网络推广方式，主要是根据通过搜索引擎点击客户设定的推广信息的次数收费。每次点击的收费标准有两种：自动竞价、手动竞价。

自动定价的依据是关键词的质量度和下一名的竞价价格。如果推广信息排在最后一名，那么每次点击的计费为该关键词的智能起价。

手动定价是根据客户设定的竞价价格。

企业可以灵活控制网络推广投入，比如，每天的费用上限、搜索引擎推广的总投入等。

出价是指为关键词所设定的用于搜索引擎推广的金额，将直接影响关键词的排名位置。

较高的出价可以保证排名更靠前。例如：为"鲜花"这个词的出价是 2.00 元，如果竞争对手也创建了这个词并出价 1.90 元，并且关键词的质量度相同，那么当网民搜索"鲜花"时，搜索结果页上出价 2.00 元的推广信息的将排在竞争对手的前面。

点击价格是指关键词"每次发生访问"的计费金额。点击价格取决于排名及竞争对手的排名，通过计算得出每次最低计费金额，最高不会超过客户所设定的出价。

二、如何获得潜在的商业机会

潜在客户利用百度搜索引擎的流程如图 2-4-12 所示。

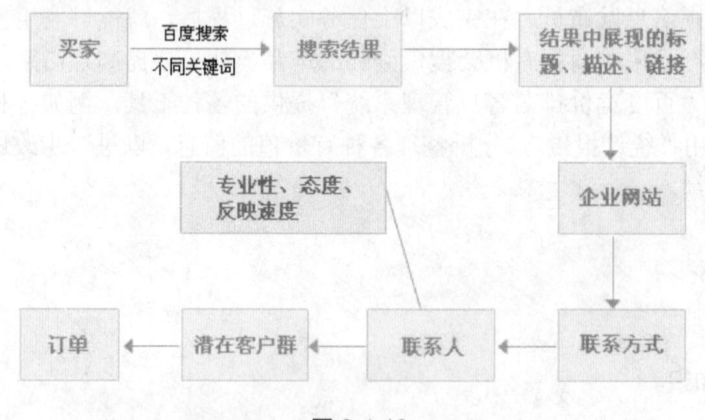

图 2-4-12

企业获得潜在客户的流程：

第一步：企业选择推广关键词，发布推广信息；

第二步：潜在客户通过搜索引擎，点击企业推广信息；

第三步：客户与企业进行联系洽谈，达成交易。

三、搜索引擎推广跟传统的报纸、电视等推广方式的区别

传统媒体推广费用一般较高，针对的是大众，无法控制受众面，一般属于被动营销，同时由于受到传统媒体的限制，宣传手段单一。搜索引擎推广最突出的特点在于按效果付费，只有搜索用户对推广信息产生兴趣并主动点击了解详细信息才收取推广费用，把企业的推广费用投入到高意向潜在客户身上，针对性强，效果好。另外，通过搜索引擎推广，可以把意向客户引导到企业网站，展示更加丰富的信息、提供更多互动功能，帮助企业达到更好的推广效果。

四、如何选择关键词

选择关键词的诀窍在于全面考虑词汇与产品或服务的相关性、网民关注程度、表现形式等等。

1．提交客户网站中尽可能多的商品名、产品名、服务名作为关键词，才能带来更多的潜在客户。

2．用各种形式体现产品的关键词

比如有的产品或服务本身更适合以英文来搜索，这时就应考虑选择英文作为搜索关键词。

3．推荐相关的热门关键词———深度扩展

除了用具体产品、具体服务名称，还可以提交行业中最常用的名称作为关键词，因为常用名称被搜索频率很高。网民可能使用的搜索关键词是千奇百怪的，因此要深入的调查，广泛征求意见。

4．发掘潜在客户购买产品的意图———广度扩展

有时网民搜索的关键词并不一定与产品名称有关，却与产品的应用或服务有关，因此要扩展关键词的范围。

例如：

一个网上卖鲜花的网站，除了提交跟鲜花、 花店相关的关键词外，还可以提交跟节庆和送礼相关的关键词。比如礼品、婚庆、店庆、宴会、生日礼物等这些热门词也建议提交。

（二）基础理论知识

一、搜索引擎营销

搜索引擎营销就是基于搜索引擎平台的网络营销，利用人们对搜索引擎的依赖和使用

习惯，在人们检索信息的时候尽可能将营销信息传递给目标客户。搜索引擎营销利用来自搜索引擎的访问量，挖掘企业的潜在客户，产生商业价值。

搜索引擎营销实现的方式主要有搜索引擎优化、关键词广告、付费搜索引擎广告、竞价排名、地址栏搜索、网站链接等。目前最常用的就是搜索引擎优化和竞价排名。

1．每天有数亿人次利用搜索引擎查找信息，企业在相关提供搜索引擎服务的网站注册与产品相关的关键词后，就会被查找这些产品的潜在客户找到。竞价排名是一种按效果付费的网络推广方式，顾名思义就是网站付费后才能出现在搜索结果页面，付费越高者排名越靠前；竞价排名服务，是由客户为自己的网页购买关键字排名，按点击计费的一种服务。客户可以通过调整每次点击付费价格，控制自己在特定关键字搜索结果中的排名；并可以通过设定不同的关键词捕捉到不同类型的目标访问者。

2．购买关键词广告，即在搜索结果页面显示广告内容，实现高级定位投放，用户可以根据需要更换关键词，相当于在不同页面轮换投放广告；

3．搜索引擎优化（search engine optimization，简称 seo）就是指遵循搜索引擎的搜索原理，对网站结构、网页文字、内容和站点间的链接等进行合理规划部署，以改善网站在搜索引擎的搜索表现，进而增加客户发现并访问网站的可能性的一个过程。搜索引擎优化具体包括网站内容优化、关键词优化、外部链接优化、内部链接优化、代码优化、图片优化等。即使是做了付费广告和竞价排名，也要对网站进行搜索引擎优化设计。

二、搜索引擎优化

搜索引擎的基本工作原理

1．抓取

搜索引擎首先会派出一种被称作“蜘蛛”或者是“机器人”的软件，根据一定规则扫描存在于互联网上的网站，并沿着网页上的链接从一个网页到另一个网页，从一个网站到另一个网站。为保证采集的资料最新，它还会回访已抓取过的网页。

2．索引

由分析索引系统程序对收集回来的网页进行分析，提取相关网页信息（包括网页所在URL、编码类型、页面内容包含的所有关键词、关键词位置、生成时间、大小、与其它网页的链接关系等），根据一定的相关度算法进行大量复杂计算，得到每一个网页针对页面文字及超级链接中每一个关键词的相关度（或重要性），然后用这些相关信息建立网页索引数据库。

3．排序

当用户输入关键词搜索后，由搜索系统程序从网页索引数据库中找到符合该关键词的所有相关网页。因为所有相关网页针对该关键词的相关度早已算好，所以只需按照现成的相关度数值排序，相关度越高，排名越靠前。

最后，由检索器将搜索结果的链接地址和页面内容摘要等内容组织起来，返回给用户。

利用搜索引擎工具要实现以下 4 个目标：

（1）被搜索引擎收录；

（2）在搜索结果中排名靠前；

（3）增加用户的点击（点进）率；

（4）将浏览者转化为顾客。

在这四个目标中，前三个可以理解为搜索引擎营销的过程，第四个才是目的。在一般的搜索引擎优化中，通过设计网页标题、META 标签中的描述标签、关键词标签等，通常可以实现前两个初级目标（如果付费登录，当然直接就可以实现这个目标了，甚至不需要考虑网站优化问题）。实现高层次的目标，还需要进一步对搜索引擎进行优化设计，或者说，设计从整体上对搜索引擎友好的网站。

影响搜索引擎排名有六大因素。

1．服务器

服务器的位置、服务器的稳定性对搜索引擎的排名有很大的影响；

2．导航结构

网站的导航结构要清晰明了(每个栏目用目录包含起来)、最好采用文本做导航链接；

3．域名

域名是否包含关键字、文件及路径名是否包含关键字也是决定搜索引擎排名的一个关键因素。另外，静态页面比动态页面有优势。

4．网页标题和标签

（1）每个网页的标题都要不同，并与自身的网页内容相符合；

（2）每个标题只突出 1~2 个关键词，不要太多；

（3）<meta name="description" content="内容">,

“内容”要求简单，与网页内容符合，为提高排名，可以适当在里面提高关键词密度 1-3 次，当作搜索显示结果；

（4）<meta name="keywords" content="关键词">,

“关键词”用空格或逗号隔开，确信这些词在文本中出现，不要重复，无关的关键词最好不写，防止被当作作弊。

5．网页内容

（1）各个页面之间的有效连接有利于提高各个页面在搜索引擎中的评分。

（2）用文本来描述网页内容，不要用或少用图片或者 flash 动画。

（3）文本内容在字数在 100~250 之间，文本中的关键词要加粗加重。

6. 关键词密度和位置

（1）关键词在页面中的密度，即在网页中出现的次数与其他文本内容的比例。密度一般在3~8之间，否则有可能被（关键词堆彻过滤器）惩罚。

（2）关键词出现位置应该在 title、meta、网页内容的大标题中、网页文本、图片注释标签（不能太长，否则被认为作弊且整个页面中不能用重复的 alt 描述）和超级连接注释。

三、搜索引擎的作弊

搜索引擎优化是改善站点本身的结构和内容，使得搜索引擎更容易理解站点，更能满足搜索引擎使用者的搜索需求。而搜索引擎作弊，是指为了在搜索引擎中展现机会和排名靠前的目的，利用搜索引擎的规则，采取非正当的手段，欺骗搜索引擎，以提高搜索引擎的排名从而获得较高的流量。最常见的作弊方法是重复关键词和利用其他网站的链接数量，欺骗搜索引擎。

搜索引擎作弊的一般分为内容作弊和链接作弊：

1. 内容作弊

（1）关键词堆叠

这种技术就是一种对合理内容优化实践的滥用。在搜索登录页面上使用关键词加载就是为了吸引搜索引擎标记网页。也有在网页里轮番出现的图形或者文字中堆积与前后文无关的关键词，或者在标签里加载关键词，也是这种技术的变体。

（2）隐藏文本

HTML 提供了很多机会来隐藏文本，比如在蜘蛛程序面前放置文本而让访客看不到，或是用难以置信的小尺寸展示文本，或者使用和背景颜色一样的字体颜色，或者是使用样式表在网页上写关键字，然后再被图片或其它页面成分覆盖。

（3）隐藏真实内容

隐藏真实内容指向用户和搜索引擎提供不同内容或网址的做法。如果基于用户代理提供不同的结果，可能使您的网站被认为具有欺骗性并从搜索引擎索引中删除。

（4）重复的标签

使用重复的标题标签或者其他的 meta 标签。同样的样式表方法可以隐藏文本也可以在此之上覆盖文本，这样做屏幕上只显示一次而在 HTML 文件上列出很多次。

（5）重复的站点

用稍许不同的内容将站点复制在不同的域名之下，并且让这些站点彼此链接。可能使站点在前 10 位的排名结果中占六个席位。

2. 链接作弊

（1）博客（blog）作弊

好的博客非常受欢迎并且文笔优美，搜索引擎将其重要性与制作精良的网页同样看待，读者可以订阅博客并且发表他们自己的评论——这就是出现问题的地方。博客作弊的人通常是发表不相关的信息，含有通往一些 URL 的链接，以便使作弊者达到推动搜索排名的目的。

（2）留言板作弊

这种作弊方法和博客作弊有些相似。留言板允许访客发布其联络信息以及对网站的意见。作弊者开始在留言板里发布他们网站的 URL 来引起搜索引擎的注意。利用留言板，作弊者通常都是使用程序来自动发布他们的 URL，使得他们增加几千个链接而不需要手工劳动。

（3）隐藏的链接

隐藏链接使得作弊者链接可以被蜘蛛程序看到而人看不到，因此可以在高排名的网页上堆积很多链接，指向作弊者想要推动排名的其他页面。

（4）伪造的双向链接

作弊者的站点会链接到某人的站点，前提是要求某人链接作弊者的站点作为回报，但是有些作弊者会试图使用搜索引擎看不到的链接来欺骗某人。通过这种方式，某人以为得到了链接，但是搜索引擎并不给某人相应的认可，而使某人的“合作伙伴”——作弊者从某人的站点得到了更有价值的单向链接。

（三）深化拓展知识——网络促销策略

一、网络促销的概述

1．网络促销的概念与特点

网络促销是指利用计算机及网络技术向虚拟市场传递有关商品和劳务的信息，以引发消费者需求，唤起购买欲望和促成购买行为的各种活动。它突出表现为以下几个特点：

第一，网络促销是在 Internet 这个虚拟市场环境下进行的。作为一个连接世界各国的大网络，它聚集了广泛的人口，融合了多种生活和消费理念，显现出全新的无地域、无时间限制的电子时空观。在这个环境中，消费者的概念和消费行为都发生了很大的变化。他们普遍实行大范围的选择和理性的消费，许多消费者还直接参与生产和流通的循环，因此，网络营销者必须跳出传统实体市场和物理时空观的局限性，采用虚拟市场全新的思维方法，调整自己的促销策略和实施方案。

第二，Internet 虚拟市场的出现，将所有的企业，无论其规模的大小，都推向了一个统一的全球大市场，传统的区域性市场的小圈子正在被逐步打破，企业不得不直接面对激烈的国际竞争。如果一个企业不想被淘汰的话，就必须学会在这个虚拟市场中做生意。

第三，网络促销通过网络传递商品和服务的存在、性能、功效及特征等信息。多媒体技术提供了近似于现实交易过程中的商品表现形式，双向的、快捷的信息传播模式，将互不见面的交易双方的意愿表达得淋漓尽致，也留给对方充分思考的时间。在这种环境下，传统的促销方法显得软弱无力，这种建立在计算机与现代通讯技术基础上的促销方式还将随着这些技术的不断发展而改进。因此，网络营销者不仅要熟悉传统的营销技巧，而且需要掌握相应的计算机和网络技术知识，以及一系列新的促销方法和手段，促进交易双方撮合。

2．网络促销的分类

网络促销活动主要分为网络广告促销和网络站点促销两大类。前者是指通过 ISP 或 ICP 进行广告宣传，开展促销活动；后者主要是指利用企业自己的网络站点树立企业形象，宣传产品，开展促销活动。这是两种不同的促销方法，各有其特点和优势。网络广告促销的特点是宣传面广、影响力大，但其费用相对偏高。网络站点促销具有快捷、方便，费用较低的特点，供求双方可直接在网上洽谈，成交的几率较高，但由于 Internet 上的网站日益增多，检索起来比较困难。因此合理地应用两种促销方法，是提高网络促销成功率的关键。

3．网络促销的作用

（1）告知功能

将企业的产品、服务、价格等信息通过网络传递给消费者，以引起他们的注意。

（2）诱导功能

网络促销的目的在于通过各种有效的方式，解除潜在消费者对产品或服务的疑虑，说服其坚定购买的决心。例如，在许多同类商品中，顾客往往难以察觉各种产品间的微小差别。企业通过网络促销活动，宣传自己产品的特点，使消费者认识到该产品可能给他们带来的利益或特殊效用，进而选择本企业的产品。

（3）创造需求

运作良好的网络促销活动，不仅可以诱导需求，而且可以创造需求，发掘潜在的消费者，拓展新市场，扩大销售量。

（4）反馈功能

结合网络促销活动，企业可以通过在线填写表格或电子邮件等方式及时地收集和汇总消费者的意见和需求，迅速反馈给企业的决策管理层。由此所获得的信息准确性和可靠性高，对企业经营决策具有较大的参考价值。

（5）稳定销售

在企业的产品销售量波动较大，市场地位不稳的情况下，通过适当的网络促销活动，树立良好的产品形象和企业形象，往往有可能改变消费者对企业及产品的认识，提高产品的知名度和用户对本企业产品的忠诚度，达到锁定用户，实现稳定销售的目的。

二、网络促销的实施

如何实施网络促销，对于绝大多数企业来说都是一个新问题。因此网络促销人员必须深入了解产品信息在网络上的传播特点，分析自己的产品信息的接收对象，确定合适的网络促销目标，制定切实可行的实施步骤，通过科学的实施，打开网络促销的新局面。根据国内外网络促销的大量实践，网络促销的实施过程包括六个方面。

1．确定网络促销的对象

网络促销对象主要是那些可能在网上实施消费行为的潜在顾客群体。随着 Internet 的日益普及，这一群体也在不断壮大。他们主要包括三部分人员：

（1）产品的使用者

即实际使用或消费产品的人。实际的需求是这些人实施消费的直接动因。抓住了这一部分消费者，网上销售就有了稳定的市场。

（2）产品购买的决策者

即实际决定购买产品的人。多数情况下，产品的使用者和购买决策者是一致的，尤其在虚拟市场上更是如此。因为大部分的网上消费者都有独立的决策能力，也有一定的经济收入。但是也有许多产品的购买决策者与使用者相分离的情况，例如，一位中学生在网上某个光盘站点发现了自己非常想要的游戏，但购买的决策往往需要他的父母作出。因此，网络促销也应当把购买决策者放在重要的位置上。

（3）产品购买的影响者

即看法或建议上可以对最终购买决策产生一定影响的人。通常在低值、易耗的日用品购买决策中，这部分人的影响力较小，而在高档耐用消费品的购买决策上，他（她）们的影响力可能会起决定性的作用。这是因为对高价耐用品的购买，购买者往往比较谨慎，一般会在广泛征求意见的基础上再做决定。

2．设计网络促销的内容

网络促销的最终目标是希望引起购买，这是要通过设计具体的信息内容来实现的。消费者实施购买是一个复杂的、多阶段的过程，促销内容应当根据消费者目前所处的购买决策过程的不同阶段和产品所处的生命周期的不同阶段来决定。在新产品刚刚投入市场的阶段，消费者对该产品还非常生疏，促销活动的内容应侧重于宣传产品的特点，以引起消费者的注意。当产品在市场上已有了一定的影响力，即进入成长期阶段，促销活动的内容则应偏重于唤起消费者的购买欲望；同时，还需要创造品牌的知名度。当产品进入成熟阶段后，市场竞争变得十分激烈，促销的内容除了针对产品本身的宣传外，还需要对企业形象做大量的宣传工作，树立消费者对企业产品的信心。当产品进入饱和期及衰退期时，促销活动的重点在于密切与消费者之间的感情沟通，通过各种让利促销，延长产品的生命周期。

3．决定网络促销的组合方式

促销组合是一个比较复杂的问题。网上的促销活动主要通过网络广告促销和网络站点促销两种促销方法展开。但由于每个企业的产品种类、销售对象不同，促销方法与产品、销售对象之间将会产生多种网络促销的组合方式。

企业应根据网络广告促销和站点促销两种方法各自的特点和优势，结合自己产品的市场状况和顾客情况，扬长避短，合理组合，以达到最佳促销效果。网络广告促销主要实施“推”战略，其主要功能是将企业的产品推向市场，获得广大消费者的认可；网络站点促销主要实施“拉”战略，其主要功能是紧紧地吸引住用户，保持稳定的市场份额。通常，日用消费品，如食品饮料、化妆品、医药制品、家用电器等，网络广告促销的效果比较好。而计算机、专用及大型机电产品等采用站点促销的方法比较有效。在产品的成长期，应侧重于网络广告促销，宣传产品的新性能、新特点。在产品的成熟期和饱和期，则应加强自身站点的建设，树立企业形象，巩固已有市场。企业可根据自身网络促销的能力确定这两种网络促销方法组合使用的比例。

4．制订网络促销的预算方案

网络促销实施过程中，使企业感到最困难的是预算方案的制订。Internet 上促销，对于任何人来说都是一个新问题。只有所有的价格、条件都需要在实践中不断学习、比较和体会，不断的总结经验。只有这样，才可能用有限的精力和有限的资金收到尽可能好的效果，做到事半功倍。

首先，需要确定开展网上促销活动的方式。网络促销活动的开展可以是在企业自己的网站上进行，其费用最低，但因知名度的原因，其覆盖范围可能有限，因此可以借助于一些信息服务商进行，但不同的信息服务商的价格可能悬殊很大。所以，企业应当认真比较投放站点的服务质量和价格，从中筛选适合于本企业促销活动开展、价格匹配的服务站点。

其次，要确定网络促销的目标，是树立企业形象、宣传产品，还是宣传服务？围绕这些目标来策划投放内容的多少，包括文案的数量、图形的多少、色彩的复杂程度；投放时间的长短、频率和密度；广告宣传的位置、内容更换的周期以及效果检测的方法等。这些细节确定了，对整体的投资数额就有了预算的依据，与信息服务商谈判就有了一定的把握。

第三，要确定希望影响的是哪个群体、哪个阶层、是国内还是国外的？因为不同网站的服务对象有较大的差别。有的网站侧重于消费者，有的侧重于学术界，有的侧重于青少年。一般来说，侧重于学术交流的网站其服务费用较低，专门的商务网站的服务费用较高，而那些搜索引擎之类的综合性网站费用最高。在使用语言上，纯中文方式的费用较低，同时使用中英两种语言的费用较高。

5．评价网络促销的效果

网络促销实施到一定的阶段，应对已执行的促销内容进行评价，看实际效果是否达到了预期的促销目标。

对促销效果的评价主要从两个方面进行：一方面，要充分利用 Internet 上的统计软件，对开展促销活动以来，站点或网页的访问人数、点击次数、千人印象成本等数字进行统计。通过这些数据，促销者可以看出自己的优势与不足，以及与其他促销者的差距，从而及时对促销活动的好坏作出基本的判断。另一方面，评价要建立在对实际效果全面调查分析的基础上。通过调查市场占有率的变化情况，销售量的变化情况，利润的增减情况，促销成本的升降情况，判断促销决策是否正确。同时还应注意促销对象、促销内容、促销组合等方面与促销目标的因果关系的分析，从中对整个促销工作作出正确的判断。

6．注重网络促销过程的综合管理

网络促销是一项崭新的事业。要在这个领域中取得成功，科学的管理起着极为重要的作用。在对网络促销效果正确评价的基础上，对偏离预期促销目标的活动进行调整是保证促销取得最佳效果的必不可少的一环。同时，在促销实施过程中，加强各方面的信息沟通、协调与综合管理，也是提高企业促销效果所必需的。

网络促销虽然与传统促销在观念和手段上有较大差别，但由于它们推销商品的目的是一致的，因此，整个促销过程的策划具有很多相似之处。网络促销人员一方面应当站在全新的角度去认识和理解这一新型的促销方式；另一方面应当通过与传统促销方式的比较去体会两者之间的差别，吸收传统促销方式的整体设计思想和行之有效的促销技巧，打开网络促销的新局面。

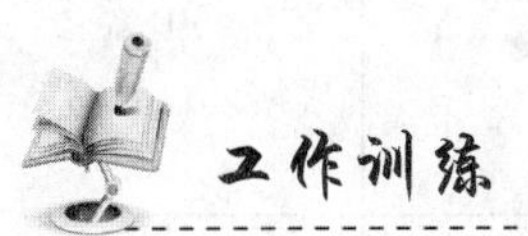

工作训练

学生以 5～6 人为一个工作小组，选出组长。由组长带领，组员共同讨论，以搜索引擎发布信息为目标，基于工作过程，以小组为单位，进行工作训练。

（1）设计工作情境，扮演工作角色，实施工作任务。

（2）汇报工作过程，进行工作任务自我评估，完成任务考核评价表。

工作训练			
步骤	工作内容	工作方法	时间（120 分钟）
情境设计	**学生：**（以小组为单位） 由组长带领组员共同讨论，设计工作情境。 **教师：** 教师利用案例启发引导，强调工作情景设计时应注意的问题。	小组讨论法 案例引导教学法	10
任务确定	**学生：**（以小组为单位） 由项目组长确定工作情境，负责分配队员所扮演的角色，设定每个队员的工作任务，确定利用的搜索引擎和发布信息的内容并进行情境设计。 **教师：** 对各个小组的工作进度进行监督和指导。	小组讨论法	10
任务实施	**学生：**（以小组为单位） 登录搜索引擎网站，结合每个小组设计的工作情境及在工作中所扮演的角色，按照老师提出的发布信息的要求，利用搜索引擎信息发布的方法，进行信息发布。 **教师：** 对各个小组的工作进度进行监督、指导和评价。	角色扮演法	20
工作汇报	**学生：**（以小组为单位） 确定发布信息的内容。将内容进行整理，以小组为单位，进行工作情境设计与工作实施过程汇报。 **教师：** 点评学生的情境设计与任务实施过程，提出指导意见。	团队汇报法 讲授法	30
完善情境设计工作实施方案	**学生：** 学生在教师点评的基础上，对初次汇报的方案，进行反复的讨论和修改，形成方案修改稿；与（企业）教师进行再次的方案沟通与交流，双方认同方案，最终形成搜索引擎信息发布情境设计与工作实施方案定稿，制成演示文稿。 **教师：** 评价每个小组在设计搜索引擎网站信息发布方案过程中的总体表现，并点出每个小组所存在的问题。	团队汇报法	20

续表

工作训练			
步骤	工作内容	工作方法	时间（120 分钟）
工作任务评估	**学生：** 每个小组派一名队员进行工作项目汇报总结与交流，并对自己小组的最终工作结果进行客观评价，填写《学生——利用搜索引擎信息发布考核表》。 **教师：** 根据汇报情况进行提问、评价并简单总结；填写《教师——利用搜索引擎信息发布考核表》。	团队汇报法	30

学生——搜索引擎信息发布考核表

考核内容／队员姓名	分配任务是否按时完成（10%）	任务完成评价（20%）	团队讨论参与是否积极（20%）	方案设计所负责部分（20%）	是否积极参与企业沟通交流（30%）	得分（满分100）

教师——搜索引擎信息发布考核表

考核内容／序号	方案完成提交情况（15%）	方案结构是否完整（15%）	排版是否符合要求（20%）	PPT 制作情况（20%）	方案汇报情况（30%）	得分（满分100）

情境思考

1．选择关键字进行网络信息发布应该注意哪些事项？

2．如何利用网站提供的各种工具，分析搜索引擎对网络信息发布的效果以及潜在客户的行为？

3．如何在其他网站，例如：淘宝网、阿里巴巴等综合类网站，利用关键字推广企业？

模块三

网络商品交易

情境 1：B to B 电子商务网络商品交易

学习目标

1. 掌握 B to B 电子商务网络商品交易的相关知识。
2. 能够熟练地在 B to B 电子商务平台上进行各种交易。
3. 小组成员能够共同创设 B to B 电子商务网络商品交易情境设计，并且能够完成角色任务。

场景一：合作型 B to B 电子商务网络商品交易

情境描述

在浙江省杭州市有一个服装生产企业，由于订单过多，需要寻找合作的加工企业。作为业务部的员工，需要通过知名的B to B电子商务平台来筛选合适的加工企业，进行贸易磋商，最终达成交易。

角色扮演

扮演业务部的业务人员，与合作企业进行贸易磋商。

岗位职责

1．筛选出合适的合作企业。
2．进行贸易磋商。
3．最终达成交易。

岗位能力

专业能力：
1．能够搜索到合适企业，并且熟练掌握谈判磋商的技巧。
2．熟练掌握B to B交易操作流程。
社会能力：
1．具备良好的语言表达能力
2．具备良好的自我学习能力

任务分析

（一）选择合适的B to B电子商务平台。

（二）寻找特定区域的加工企业。
（三）首选为杭州市，其次为浙江省其他区域。
（四）搜集符合条件的加工企业进行比较，并且进行贸易磋商。
（五）确定合作对象，完成交易。

任务实施

（一）选择合适的 B2B 电子商务平台

知名的 B to B 电子商务平台有阿里巴巴、慧聪网、环球资源内贸网、中国供应商等。阿里巴巴作为 B to B 电子商务行业的领头羊，拥有着丰富的信息资源和完善的交易体系，是开展业务的首选。

（二）寻找特定区域的加工企业

方法一：按照区域和类型逐级寻找

（1）进入阿里巴巴的首页（如图 3-1-1 所示）。

图 3-1-1

（2）选择“找加工”频道（如图 3-1-2 所示）。

图 3-1-2

（3）选择“服装加工”（如图 3-1-3 所示）。

图 3-1-3

（4）按照省市筛选结果（如图 3-1-4 所示）。

图 3-1-4

方法二：采用站内直接搜索的方法

（1）输入搜索关键字组合（如图 3-1-5 所示）。

图 3-1-5

（2）返回搜索结果（如图 3-1-6 所示）。

（三）搜集符合条件的加工企业进行比较，并且进行贸易磋商

（1）列出符合条件的企业。

（2）下载并安装交易沟通工具“阿里旺旺”，利用阿里旺旺进行在线磋商（如图 3-1-7 所示）。

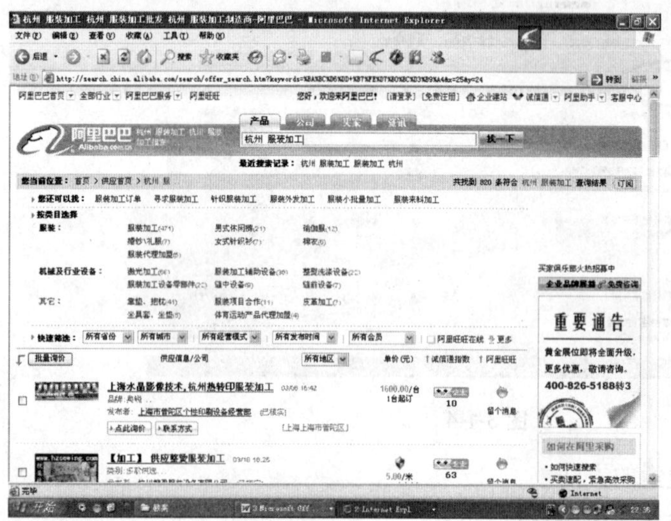

图 3-1-6

图 3-1-7

（四）确定合作对象，完成交易

（1）通过磋商，确定合作对象。

（2）由于是合作型 B to B 交易即交易双方是在寻求合作，因此根据实际情况，可以选择线上交易，也可以选择线下交易。

注意事项

为了确保合作对象的合法性和企业的实力，尽量选择具备诚信通的企业。

工作训练

学生以 5～6 人为一个工作小组，选出组长。由组长带领，组员共同讨论，以 B to B

寻求合作伙伴为目标，基于工作过程，以小组为单位，进行工作训练。

（1）设计工作情境，扮演工作角色，实施工作任务。

（2）汇报工作过程，进行工作任务自我评估，完成任务考核评价表。

工作训练			
步骤	工作内容	工作方法	时间（120 分钟）
情境设计	**学生：**（以小组为单位） 由工作组长带领组员共同讨论，设计工作情境。 **教师：** 教师利用案例启发引导，强调工作情景设计时应注意的问题。	小组讨论法 案例引导教学法	10
任务确定	**学生：**（以小组为单位） 由项目组长确定工作情境，负责分配队员所扮演的角色，设定每个队员的工作任务。 **教师：** 对各个小组的工作进度进行监督和指导。	小组讨论法	10
任务实施	**学生：**（以小组为单位） 结合每个小组设计的工作情境及在工作中所扮演的角色，按照老师提出的任务要求，利用 B2B 电子商务平台开始合作型 B to B 电子商务交易。 **教师：** 对各个小组的工作进度进行监督、指导和评价。	角色扮演法	20
工作汇报	**学生：**（以小组为单位） 将工作过程以及任务完成情况进行整理，以小组为单位，进行工作情境设计与工作实施过程汇报。 **教师：** 点评学生的情境设计与任务实施过程，提出指导意见。	团队汇报法 讲授法	30
完善情境设计工作实施方案	**学生：** 学生在教师点评的基础上，对初次汇报的情境设计与工作实施方案，进行反复的讨论和修改，形成方案修改稿；与教师进行再次的方案沟通与交流，双方认同方案，最终形成情境设计与工作实施方案定稿，制成演示文稿。 **教师：** 评价每个小组在设计方案过程中的总体表现，并点出每个小组所存在的问题。	团队汇报法	20

续表

工作训练			
步骤	工作内容	工作方法	时间（120 分钟）
工作任务评估	**学生：** 每个小组派一名队员进行工作项目汇报总结与交流，并对自己小组的最终工作结果进行客观评价，填写《学生——合作型 B to B 电子商务交易考核表》。 **教师：** 根据汇报情况进行提问、评价并简单总结；填写《教师——合作型 B to B 电子商务交易考核表》。	团队汇报法	30

学生——合作型 B to B 电子商务交易考核表

考核内容 / 队员姓名	分配任务是否按时完成（10%）	任务完成评价（20%）	团队讨论参与是否积极（20%）	方案设计所负责部分（20%）	是否积极参与企业沟通交流（30%）	得分（满分 100）

教师——合作型 B to B 电子商务交易考核表

考核内容 / 序号	方案完成提交情况（15%）	方案结构是否完整（15%）	排版是否符合要求（20%）	PPT 制作情况（20%）	方案汇报情况（30%）	得分（满分 100）

情境思考

在这种寻求合作的水平的 B to B 电子商务交易中，你会选择线上交易还是选择线下交易？为什么？

场景二：销售采购型 B to B 电子商务网络商品交易

情境描述

在生产企业中，原料的采购和产品的销售是企业开展电子商务的重要目的。作为业务部的人员，工作职责是熟练地利用 B to B 电子商务平台进行交易。

角色扮演

扮演业务部的人员，既要按照企业的需求进行买入交易，又要通过 B2B 电子商务平台进行产品的销售交易。

岗位职责

利用 B to B 电子商务平台进行原料的买入交易和产品的销售交易。

岗位能力

专业能力：

1．熟练掌握 B to B 电子商务的买入和卖出的交易流程。

2．能够熟练地使用 B to B 平台提供的交易辅助软件。

社会能力：

1．具备良好团队协作精神

2．具备良好语言表达能力

3．具备良好情感沟通能力

任务分析

（一）选择适合的 B to B 电子商务平台。

（二）作为卖家进行产品的销售。

（三）作为买家进行原料的采购。

任务实施

（一）选择适合的 B to B 电子商务平台

以国内影响最大的 B to B 电子商务平台——阿里巴巴中国网站为例，掌握 B to B 电子商务的交易过程，熟悉卖家和买家操作的基本流程。

（二）作为卖家进行产品的销售

1．注册

（1）在地址栏里输入 http://china.alibaba.com，进入阿里巴巴中国网站主页（如图 3-1-8 所示）。

图 3-1-8

（2）注册普通会员，了解诚信通会员（如图 3-1-9 所示）。

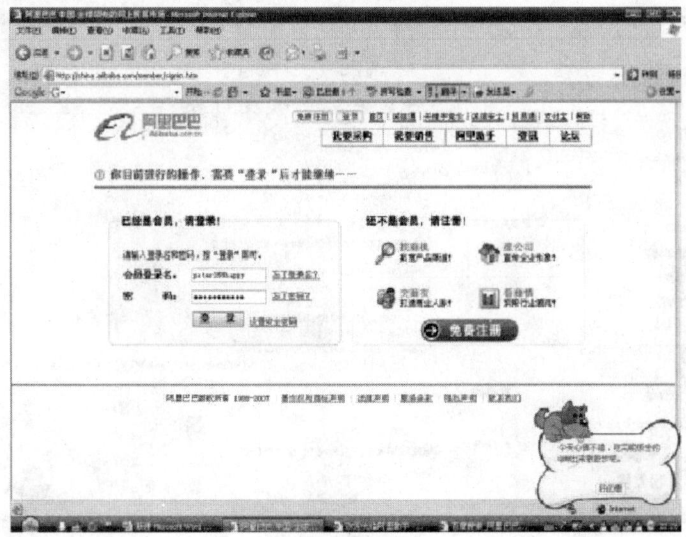

图 3-1-9

2．卖家发布商品

（1）登录后选择立即免费发布信息（如图 3-1-10 所示）。

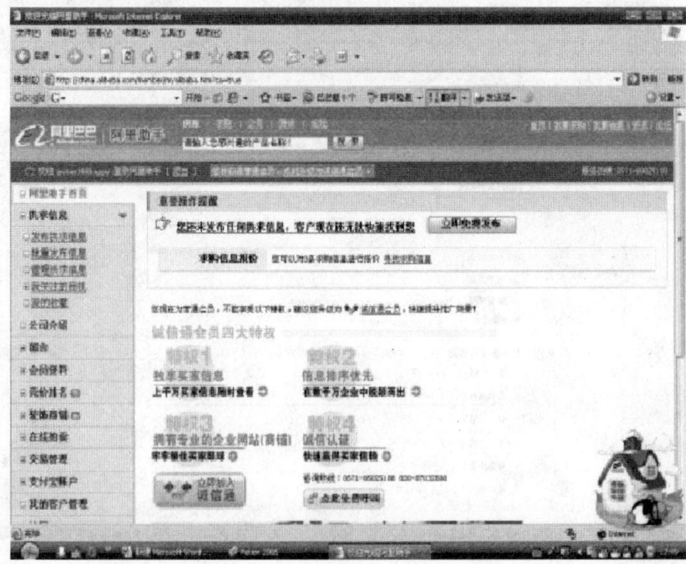

图 3-1-10

（2）填写产品信息、交易信息和联系方式（如图 3-1-11、图 3-1-12 所示）。

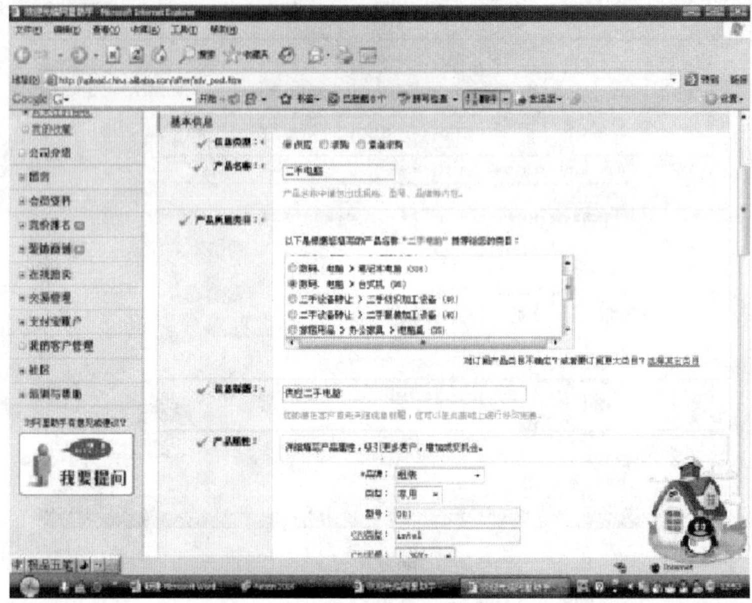

图 3-1-11　填写产品信息

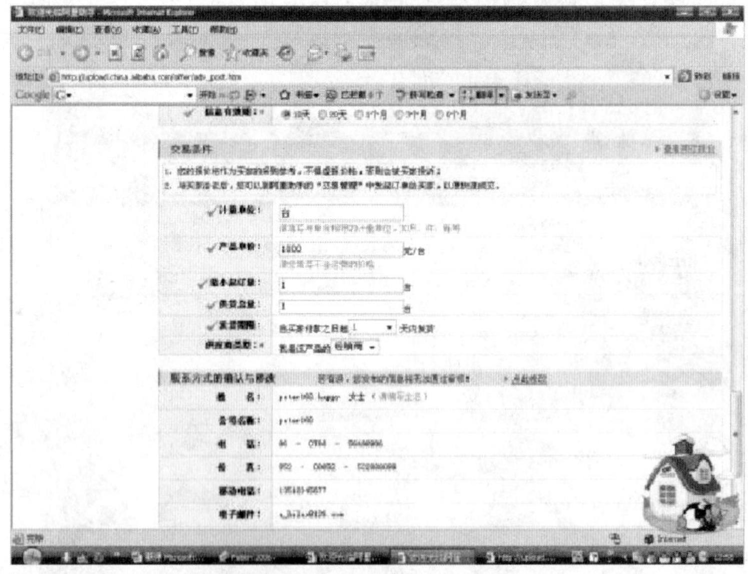

图 3-1-12　填写交易信息

（3）查看并检查填写的信息（如图 3-1-13 所示）。

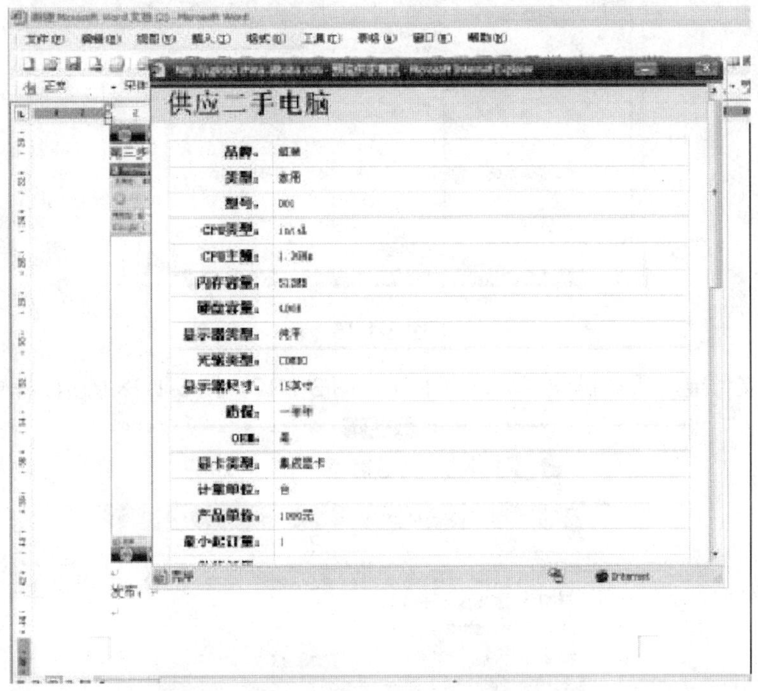

图 3-1-13

（三）作为买家进行采购的操作流程

1．确认购买的商品（如图 3-1-14 所示）。

图 3-1-14

2．买家购买商品，准备付款（如图 3-1-15 所示）。

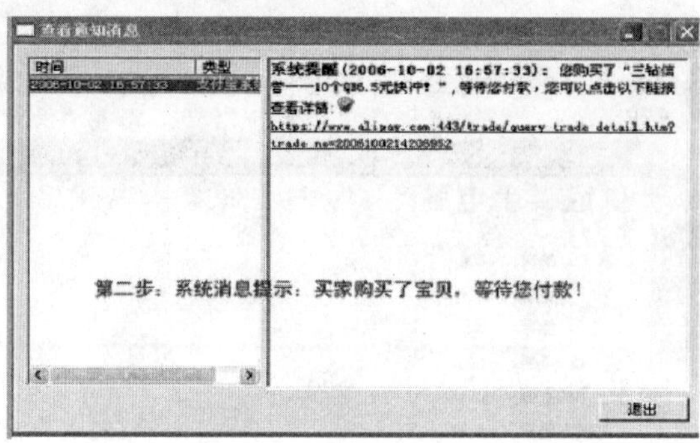

图 3-1-15

3．使用支付宝，买家付款（如图 3-1-16，图 3-1-17，图 3-1-18 所示）。

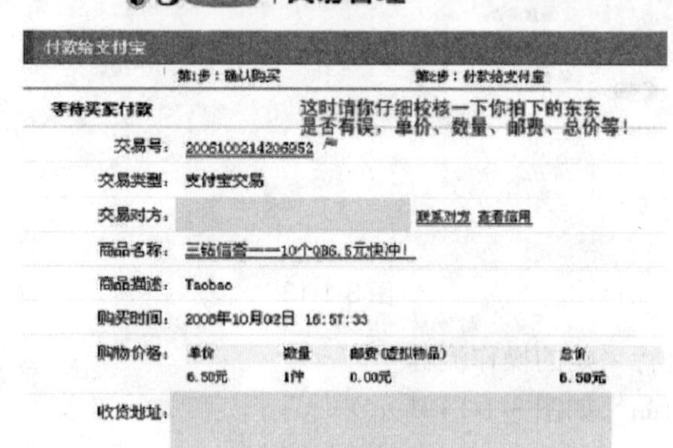

图 3-1-16　使用支付宝

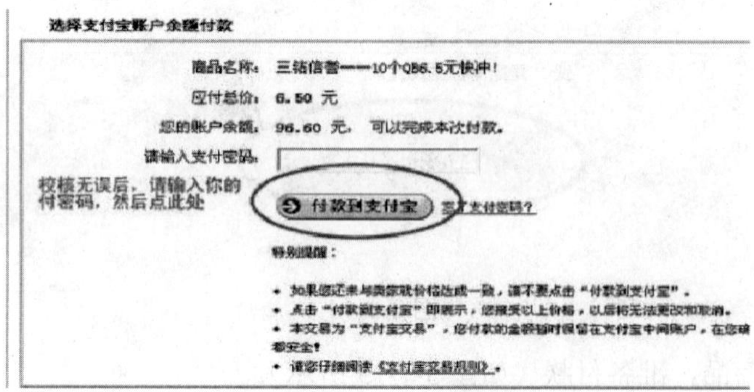

图 3-1-17　填写支付密码

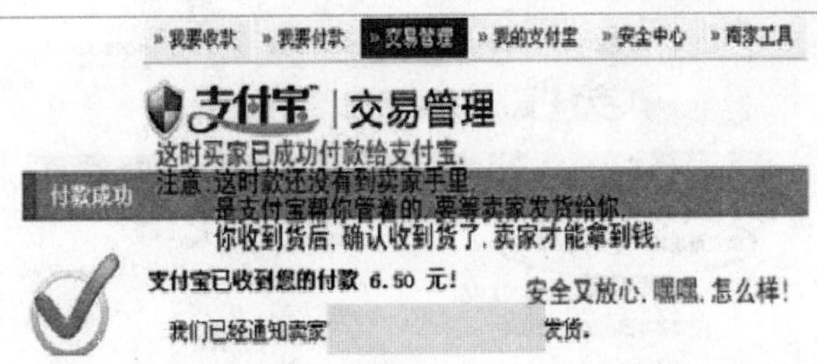

图 3-1-18　网上支付货款到支付宝成功

4．买家已付款，等待卖家发货（如图 3-1-19 所示）。

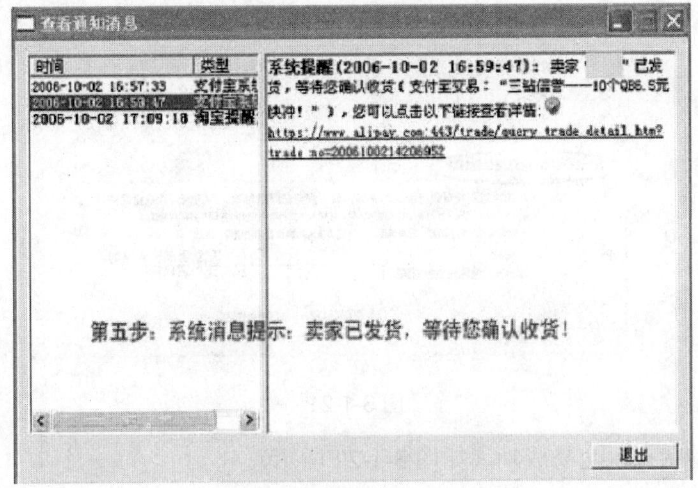

图 3-1-19

5．买家确认收货（如图 3-1-20 所示）。

图 3-1-20

6．确认收到货，通知支付宝付款（如图 3-1-21 所示）。

» 我要收款　» 我要付款　» 交易管理　» 我的支付宝　» 安全中心　» 商家工具

支付宝 | 交易管理

确认到货

第1步：确认购买　　第2步：付款给支付宝

卖家已发货，等待买家确认

交易号：2006100214206952

交易类型：支付宝交易

交易对方：　　联系对方 查看信用

商品名称：三钻信誉——10个QB6.5元快冲！

商品描述：Taobao

购买时间：2006年10月02日 16:57:33

购物价格：单价 6.50元　数量 1件　邮费（虚拟物品）0.00元　总价 6.50元

收货地址：

发货备注：

我已收到货，同意支付宝打款

- 如果您还没有收到卖家的物品，请不要点击同意付款。否则您可能钱货两空。
- 为了确保交易安全，请在收货确认以后，才输入"支付宝账户支付密码"并同意付款。
- 如果您对货物不满意，想申请退款，请在右上角的操作提示中选择"退款"。

输入支付宝账户支付密码：　　确认无误输入你的支付密码！

同意付款　忘了支付密码？

图 3-1-21

7. 查看交易状态，交易成功（如图 3-1-22 所示）。

图 3-1-22

8. 双方进行评价。

注意事项

（一）在支付环节中，作为卖家，一定要看到支付宝的货款再发货；作为买家，一定要收到货后检查符合要求后，再确认付款，以免造成不必要的损失。

（二）由于 B to B 电子商务交易的特点：交易次数少且交易金额大，所以根据实际情况可以采用在线支付，也可以采用线下支付。

（一）行业背景知识

一、选择 B to B 电子商务交易平台的方法

1．B to B 平台的搜索引擎营销水平：包括平台的搜索引擎友好性 SEO 及所在行业的关键词广告投放量情况。

2．站内信息指标，通过查看会员当天发布的信息数量及所在行业的供求信息量掌握情况。

3．Alexa 全球访问量排名分析：包括流量排名、频道访问量、用户来自哪些国家等数据，可反映知名度。

4. 网下市场推广能力，了解平台的行业背景资源情况，是否实施线下展会推广、目录、杂志广告宣传等。

5．价格、产品特色和配套服务。

6．试用考察：使用期间通过收到的询盘初步判断买家的数量和质量

二、B to B 全球行业模式

B to B 电子商务，即企业对企业（Business to Business）的电子商务，指的是企业对企业之间通过 Internet 或专用网等现代信息技术手段进行的商务活动。

B to B 电子商务是现代电子商务发展的主流。它通过增值网络上运行的电子数据交换以及供应链整合技术，使企业对企业的电子商务得到了迅速的扩大和推广。B2B 电子商务是电子商务中发展最快的模式，企业间成功运用它能使企业更清晰地掌握供销体系和财务状况，更快速地得到产品信息，有助于降低库存、降低价格、扩大市场、提高效益。

1．内联网模式

内联网模式是 B to B 电子商务模式的一种。

内联网模式指的是企业将内联网有限度地对商业伙伴开放，允许已有的或潜在的商业伙伴有条件地通过国际互联网进入自己的内部电脑网络，从而最大限度地实现商业信息传输和处理的自动化。

随着许多公司允许贸易伙伴和有选择的客户在一定程度上进入内联网，在线商品模式与内联网模式的界限也就愈来愈模糊。尽管许多公司担心内联网模式存在着安全隐患，但这一趋势仍然有增无减。有统计调查显示，一些大公司已经将内联网络有限度地开放，有些正积极策划在不久的将来允许商业伙伴进入企业内联网。

企业允许商业伙伴进入自己的内联网，这对公司的企业运作有一定的好处，特别是在客户需要录入相关交易信息的场合，内联网模式更是比较理想的模式。因为，企业可以将客户录入的表格放到网络服务器上，客户可以在线填制这些表格。由于商业伙伴和客户自己录入了交易信息，因而也就减少了企业业务人员对其信息的重复录入。

现阶段内联网模式的应用情况，可以从下面的例证中得到认识。

Marshall Industries 公司是一家制造工业品的公司。这家公司允许约 150 个供应商和数千名制造商的代表人进入其内部电脑网络。通过开放它的内联网，从而扩大了贸易伙伴，克服了原来增值网络的局限性。

美国乡村房屋贷款公司（Country Home Loans，Inc）允许银行和商业伙伴进入自己公司的内联网进行抵押申请。当这些第三者进入公司内联网时，它们只看到与自己有关的信息。公司的 500 家客户中约有 250 家通过该公司的网络服务器进入其主机的数据库，即内联网络。

Cervecrisa Quilmes 曾经是阿根廷最大的酿酒公司。这家公司使用内联网与供应商和经销商进行了信息交流，该网络同时连接公司的 6 个酿造厂和 4 个经销中心。这家公司网络开始有限地对外开放，经过一段时间运行后，公司全部交易信息的 35%都可以在网上交流。

需要指出的是，内联网对客户开放还可以对客户支持提供辅助手段。例如，美国联邦快递公司（Federal Express）让客户从该公司的网页上进入公司的内联网，输入信息就可以自动跟踪了解包裹的邮递进程。Well Fargo Bank 允许客户从网址上获取有关自己账户的状况。

2．专业网模式

专业网模式也是 B to B 模式中的一种典型模式。

专业网模式是网上机构通过标准化的网上服务为企业内部管理提供专业化的解决方案，使企业能够减少不必要的开支，降低运营成本和提高客户对企业的信任度和忠诚度。

企业管理涉及多个方面，其中，如何为员工提供高效和方便的工作环境，同时又如何有效地降低业务开支，维护客户关系，这是每个企业高层经理人员需要考虑的主要管理问题。在国际互联网上，近年来一些公司的企业网站，通过与客户进行相辅相成的协作业务，专门为企业提供管理解决方案，以标准化的网上服务为企业解决某一个层面的管理问题，这已成为专业网模式重要的服务内容。下面是内联网所提供的三种典型服务的典型例证。

（1）American Express——帮助企业开展网上信用卡服务与进行业务开支管理

在美国，众多的大公司都使用捷运公司的信用卡支付日常的业务开销。有关的开支账单被最终列在一份开支报告上。美国捷运公司由此看到了这一机会，即可以利用互联网将公司开支报告的处理过程自动化，以开展网上信用卡服务。同时，美国捷运公司（American Express）专门为大的公司企业设立了公司开支管理网站。该网站的软件可以将公司雇员开支的详细情况用加密的电子邮件直接发送到客户公司的财务部门，并且在线生成公司开支报告，而不再需要重新录入信息，从而解决了公司普遍存在的令人头痛的业务开支管理问题。

（2）Internet Travel Network——帮助企业进行商务旅程的预定安排

国际互联网旅行网络（Internet Travel Network）专门向公司、企业等商务机构提供商务旅程的预定安排服务。许多著名的公司或者企业都是该网络的会员，如 Varian Associates 公司及 Cisco 公司等。会员公司的雇员可以经授权进入该网络进行商务旅程的预定，如预定飞机票、饭店客房等。该网络由于专业服务定位准确，生意蒸蒸日上。现在每天的机票预定在几百张之上。有了 ITN 专业服务，方便了公司业务人员商务旅程安排，也为公司解决了商务旅程的管理问题。

（3）Federal Express——免费一揽子电子商务

联邦快递公司（Federal Express）曾被誉为是电子商务先驱者之一。这家公司在网上较早地实施了邮件网上自动跟踪系统，为使用该公司邮政快递业务的客户开发出免费一揽子电子商务服务。这种服务使客户可以在网上完成从订货、库存管理，到开立发票和电子支付的业务运作程序，并自动使用联邦快递公司的快递业务。

联邦快递公司的电子商务工具，使许多公司能以最小的代价实施切实可行的电子商务战略。这家公司通过向客户提供相辅相成的协作业务，加强了与客户之间的业务联系。

3．在线商店模式

在线商店模式（Online Stores Model）是 B to B 模式中的第三种模式，它是指企业在网上开设虚拟商店，以此宣传和展示所经营的产品和服务，进而提供网上交易的便利。这种模式与网上在线零售市场类似，只不过专业性更强。在线商店模式以下列两例为典型。

（1）美国安普公司（AMP）

美国安普公司专门生产线路连接器，是一家与电脑、汽车、通讯等有关的零部件公司。它拥有成千上万种不同零部件的库存，仅产品目录就长达 400 多页。对客户来说，要在这浩瀚的产品目录中找寻特定的产品，无疑是颇为困难的。但自从这家公司在网上发布在线产品目录后，客户只需要在网络上描述产品的特点，就能够方便快捷地找到想要采购的产品。显然，网上在线查询比实物目录查询要容易得多。这家公司的网上查询目录使用 8 国语言（西班牙语、意大利语、法语、德语、日语、汉语、朝鲜语和英语），服务于 114 个国家和地区的客户。由于采用采用网上查询之后，可以节省公司在印刷、通信和电话支持等方面的费用，公司初步预计网上发布在线产品的投资受益为 150～200 万美元。

美国安普公司鉴于自身的数据库相当庞大、一般的搜索器不足以对付的难度，专门请 SAQQARA Systems 公司开发了网址专用的软件，称之为 Step Search 软件。这一软件使美资安普公司的电子商务网址成功地吸引了大批公司造访，并共同探寻成功开发电子商务网址的途径。现在这家公司专门新成立了一家提供互联网电子商务解决方案的部门，向客户出售软件。

AMP 之所以成为世界上最大的连接器产商，应当归功于将上千用户和供应商与上万个产品在网上“连接”起来。

（2）贝尔法斯特纳公司（Bell Fasteners）

位于美国罗德岛的贝尔法斯特纳公司是一家拥有大量不同种类产品库存的公司。这家公司在建立互联网网址之前，每周均需向 2500 个客户寄送最新产品库存目录的磁盘，现在客户却可以在这家公司的网址上随时查询产品目录及库存情况，并可以实现在线成交。

贝尔法斯特纳公司使用的电子商务的核心软件是由 Spirntout Internet Services 公司特别开发的软件，名称为 Quanta/D。该软件也向其他公司出售，根据不同的产品库存大小情况，根据成本在 1～2 万美元之间。

4. 网上中介模式

B to B 模式的第四种典型模式是中介模式。中介模式是指一家中介机构在网上将销售商或采购商汇集在一起，商业机构的采购代表从中介机构的网址上就可查询到销售商所售的产品。多数的中介机构通过向客户提供会员资格收取费用，也有的中介机构向销售商收取月租或者按每笔交易收费。典型的中介模式如零部件中介等。

（1）Part Net——零部件中介

Part Net 最早于 1992 年就作为一个研究项目专门开发，主要目的是使工程师们能够在国际互联网上方便地找寻零部件。这一网络的零部件信息都是直接来自于供应商的数据库，所以所提供的信息非常准确。

Part Net 的动态数据库管理系统，将网上采购效率快速提高。

（2）Indrustry.Net——虚拟中介机构

Indrustry.Net 是位于美国匹兹堡的一家信息技术公司。这家公司设立的 Indrustry.Net 网址将众多制造厂商汇集起来，方便地与经销商或其他需要其产品的制造厂商建立联系，它们之间可以直接使用 EDI 成交。据这家公司统计，在该网址所提供产品销售的销售商就有 4200 多家，聚集的采购商多达 18 万家，这一虚拟市场的潜在采购能力预计可达 1650 亿美元。

该网址实行会员制，但取得会员资格是无需付费的。会员可以进入该网址浏览不同种类的信息资源，如在线虚拟市场、新闻、在线论坛和贸易协会的网址等。

Indrustry.Net 网站所提供的中介服务可以使采购商直接在网上在线确认订单，作为中介机构，Indrustry.Net 从中提取一定的佣金。该公司计划将其网址发展成为国际虚拟市场。后来，美国电话电报公司（AT&T）加盟 Indrustry.Net，将其发展成为名副其实的商业机构对商业机构的商业实体。

（3）The paper site——纸张业的报价网络中介

The paper site 也是一家组织商务交易的中介机构。它汇集了大量的纸张供应商和采购商，随时发布相关纸张的最新消息和新闻，向纸张制造商提供销售交易的机会，并以固定的费用运作。

The paper site 实行会员制，加入该网址的会员按现行收费标准，每月缴纳的服务费在10～250 美元之间，但一次需要缴纳半年的费用。销售商成为会员后，可以取得密码并按照所提供的软件自动将其库存产品上载到网页上。

客户可以在数据库里按产品的类型来搜寻制造厂家，并且可以比较不同的厂家所报出的销售价格，选择合适的厂家与之进行生意洽谈。

（4）Rowe Com，Inc.——图书采购中介

许多图书馆都与互联网连接。然而，如何应用互联网提高采购效率和降低采购成本却很少被大家所考虑。位于美国麻省贝芒特的 Rowe Com，Inc.公司则看到了这一空白点，所开发的软件使用基于互联网的 EDI，其运作程序是先将杂志的订单翻译为 X12 格式，然后将订单传送到位于俄亥俄州哥伦布斯市的 Bank One 银行去作订单和付款程序的处理。随后，付款手续被自动传到自动清理所（Automated Clearing House），该清算所将指示购买方向销售方的银行付款。通过这样的安排，图书馆从每笔订单中可以得到 5%的价格折让；Rowe Com，Inc.公司也可以在每笔订单中得到 5 美元的手续费。

（5）JTSIN——网上销售电力的中介机构

“联合传输服务信息网络”（JTSIN）是一家帮助美国电力机构在网上销售电力的网站。在美国，拥有过剩电力资源的电厂可以将过剩的电力销售给其他电力出现暂时短缺的电厂。“联合传输服务信息网络”连接美国 32 个州的 250 个电厂，使电力资源使用状况及时在网上反映出来，电厂会员可以用网络浏览器方便地进入动态的数据库，知道不同区域和电厂电力资源过剩的情况。该系统使用 Trade Wave 的安全系统，支持在线成交，每年潜在的交易总金额达 500 亿美元。有了网上电力销售中介，电力这个特殊商品市场，将一改传统的销售方式，使社会资源不再浪费。

（二）基础理论知识

一、B to B 的定义

B to B 指的是 Business to Business，商家（泛指企业）对商家的电子商务，即企业与企业之间通过互联网进行产品、服务及信息的交换。通俗的说法是指进行电子商务交易的供

需双方都是商家（或企业、公司），他们使用了Internet的技术或各种商务网络平台，完成商务交易的过程。这些过程包括：发布供求信息、订货及确认订货、支付过程及票据的签发、传送和接收、确定配送方案并监控配送过程等。

二、目前B to B的两种基本模式

1．面向制造业或面向商业的垂直B to B。

垂直B to B可以分为两个方向，即上游和下游。生产商或商业零售商可以与上游的供应商之间的形成供货关系，比如Dell电脑公司与上游的芯片和主板制造商就是通过这种方式进行合作。生产商与下游的经销商可以形成销货关系，比如Cisco与其分销商之间进行的交易。简单地说，这种模式下的B to B网站类似于在线商店，这一类网站其实就是企业网站，就是企业直接在网上开设的虚拟商店，通过这样（自己）的网站可以大力宣传自己的产品，用更快捷更全面的手段让更多的客户了解自己的产品，促进交易。或者也可以是商家开设的网站，这些商家在自己的网站上宣传自己经营的商品，目的也是用更加直观便利的方法促进、扩大交易。

2．面向中间交易市场的B to B。

这种交易模式是水平B to B，它是将各个行业中相近的交易过程集中到一个场所，为企业的采购方和供应方提供了一个交易的机会，像Alibaba、环球资源网等。这一类网站其实自己既不是拥有产品的企业，也不是经营商品的商家，它只提供一个平台，在网上将销售商和采购商汇集一起，采购商可以在其网上查到销售商的有关信息和销售商品的有关信息。

三、B to B电子商务的特征

1．交易的主体可以只有买卖双方，也可以有中介商的参与；

2．采购方式可以为实时采购，也可以是战略式采购；

3．交易市场有水平市场和垂直市场；

4．交易次数少，交易金额大。

四、B to B电子商务的优点

1．降低企业的经营成本

B2B电子商务在三个方面降低了公司的成本：首先，减少了采购成本，企业通过互联网能够比较容易的找到价格最低的原材料供应商，从而降低交易成本；其次，有利于较好地实现供应链管理；第三，有利于实现精确的存货控制，企业从而可以减少库存或消灭库存。这样，通过提高效率或挤占供应商的利润，B to B电子商务可以降低企业的生产成本。

2．缩短企业的生产销售周期

在目前的专业化分工时代，一个产品从设计到生产再到销售是许多企业相互协作的结

果，因此产品的设计开发和生产销售涉及许多关联的企业——从原材料供应商、科研单位，到生产厂商、批发商和零售商。通过电子商务可以减少过去由于信息交流手段落后而产生的信息滞后和差错等现象，从而加快企业现金和物资的流动，大大缩短企业的整个生产销售周期。

3．促进买卖双方信息交流

信息交流是买卖双方实现交易的基础。传统商务活动的信息交流是通过电话、电报或传真等工具，有些方式还需要具体的信息载体，时效性差、形式单一；而 B to B 可通过 Web 超文本格式进行信息传送，可采用文本、图像、音频、视频、动画等众多信息形式，或者以 EDI 电子数据格式传送，更具时效性。同时，采用全电子网络方式处理和传输信息，与传统的文件往来方式比较，极大地减少了处理时间和出现差错的可能。

4．增加商业机会和开拓新的市场

越来越多的企业将接受网络化的业务，B to B 电子商务将是未来企业商业活动的主流模式。Internet 无国界和无时限的特点为企业提供了理想和低成本的信息发布渠道，商业机会因此大大增加。

5．改善信息管理和决策水平

准确的信息和交易审计跟踪造就了更好的决策支持环境，协助发现潜在的大市场，发现不断降低成本的规律。

五、B to B 电子商务的基本交易流程

B to B 电子商务的各参与方：

- 商业客户：B to B 的一 B，即为电子交易的购买商家。
- 销售商：B to B 的另一 B，即为电子交易的销售商家。
- 运输商：运送货物的商家，即物流配送必不可少的一环。
- 供货商：生产产品的企业。
- 支付网关（Payment Gateway）：连接银行网络与 Internet 的一组服务器。主要作用是完成两者之间的通信、协议转换和进行数据加密、解密，以保护银行内部的安全。
- 银行：即网上银行。

B to B 的大致交易流程，为以下八个步骤。

第一步，商业客户向销售商订货，首先要发出“用户订单”，该订单应包括产品名称、数量等一系列有关产品问题。

第二步，销售商收到“用户订单”后，根据“用户订单”的要求向供货商查询产品情况，发出“订单查询”。

第三步，供货商在收到并审核完“订单查询”后，给销售商返回“订单查询”的回答。基本上是有无货物等情况。

第四步，销售商在确认供货商能够满足商业客户“用户订单”要求的情况下，向运输商发出有关货物运输情况的“运输查询”。

第五步，运输商在收到“运输查询”后，给销售商返回运输查询的回答。如：有无能力完成运输，及有关运输的日期、线路、方式等等要求。

第六步，在确认运输无问题后，销售商即刻给商业客户的“用户订单”一个满意的回答，同时要给供货商发出“发货通知”，并通知运输商运输。

第七步，运输商接到“运输通知”后开始发货。接着商业客户向支付网关发出“付款通知”。

第八步，支付网关向销售商发出交易成功的“转账通知”。

六、常见的电子支付形式

电子支付是通过信息流的传输来代替现金的交换，其各种支付方式都是通过数字化方式自动完成交易款项的支付。

1．银行卡网上支付方式

常见的银行卡一般分两种：借记卡和贷记卡。前者是储蓄卡，后者是信用卡。

借记卡〔Debit Card〕：它的特点是“先存款后消费”，不允许透支。

借记卡需在发卡行有对应的账户，与对应的活期存折通存通兑,十分灵活方便。不允许透支,对存款余额按活期存款计息。

贷记卡（Credit Card）：持卡人享有一定信贷额度的使用权,无需先在发卡机构存款，便可以在信用额度内“先消费，后还款”，且透支消费时一般有不超过一定天数的免息期。

可以利用现有的银行卡，开通网上支付业务。开通网上银行后，可将“一卡通”绑定为“一网通”，两个业务对应同一账户。即可实现网上支付。

2．电子支票支付方式

电子支票则是一个经付款人私钥加密的写有相关信息的电子文件。由于支票是银行见票即付的票据，因此客户开户行的授权十分重要。电子支票支付系统十分适合 B to B 模式中的货款支付。

电子支票的应用过程：

（1）购买电子支票

在提供电子支票的银行注册，注册时需输入信用卡和银行账户信息，获取银行的数字签名。

（2）电子支票付款

买方对电子支票进行数字签名,并加密电子支票。用 E-mail 或其他方式传向卖方。卖方收到加密的电子支票后，确认买方的数字签名，并向银行进一步认证电子支票。如果支票是有效的，卖方接收这宗业务，向买方发货。

（3）清算

即不同银行之间的转账，卖方把支票发送给银行，以兑换现金。电子支票支付系统通常有 NetCheque 电子支票系统和 FSTC 电子支票系统。

3．电子现金支付方式

电子现金（E-cash）又称为电子货币（E-money）或数字货币（Digital Cash）,是一种以数字形式流通的货币。

电子现金的种类：

（1）硬盘数据文件形式的电子现金

这是一种需要软件支持的电子现金支付方式,它用一系列的电脑磁盘数据文件来代表各种金额。其特点是客户端通常要装有“电子钱包”软件。

（2）IC 卡/磁卡形式的电子现金

这是一种需要新硬件支持并以其为核心的电子现金支付系统。它将货币金额数值存储在智能（IC）卡中，当从卡内支出货币或向卡内存入货币时，改写智能卡内的余额。如：公交 IC 卡、电话 IC 卡、购物卡、校园一卡通等。

七、网上银行

网上银行又称网络银行、在线银行，是指银行利用 Internet 技术，通过 Internet 向客户提供开户、销户、查询、对账、行内转账、跨行转账、信贷、网上证券、投资理财等传统服务项目，使客户可以足不出户就能够安全便捷地管理活期和定期存款、支票、信用卡及个人投资等。可以说，网上银行是在 Internet 上的虚拟银行柜台。

网上银行不受时间、空间限制，能够在任何时间（Anytime）、任何地点（Anywhere）、以任何方式（Anyhow）为客户提供金融服务。

1．网上银行在电子商务中的作用

银行作为电子化支付和结算的最终执行者，起着连接买卖双方的纽带作用。

2．网上银行的业务简介

一般说来网上银行的业务品种主要包括基本业务、网上投资、网上购物、个人理财、企业银行及其他金融服务。

八、网上银行业务介绍

1．基本网上银行业务

商业银行提供的基本网上银行服务包括：在线查询账户余额、交易记录，下载数据，

转账和网上支付等。

2．网上投资

由于金融服务市场发达，可以投资的金融产品种类众多，国外的网上银行一般提供包括股票、期权、共同基金投资等多种金融产品服务。

3．网上购物

商业银行的网上银行设立的网上购物协助服务，大大方便了客户网上购物，为客户在相同的服务品种上提供了优质的金融服务或相关的信息服务，加强了商业银行在传统竞争领域的竞争优势。

4．个人理财助理

个人理财助理是国外网上银行重点发展的一个服务品种。各大银行将传统银行业务中的理财助理转移到网上进行，通过网络为客户提供理财的各种解决方案，提供咨询建议，或者提供金融服务技术的援助，从而极大地扩大了商业银行的服务范围，并降低了相关的服务成本。

5．企业银行

企业银行服务是网上银行服务中最重要的部分之一。其服务品种比个人客户的服务品种更多，也更为复杂，对相关技术的要求也更高，所以能够为企业提供网上银行服务是商业银行实力的象征之一。

企业银行服务一般提供账户余额查询、交易记录查询、总账户与分账户管理、转账、在线支付各种费用、透支保护、储蓄账户与支票账户资金自动划拨、商业信用卡等服务。此外，还包括投资服务等。部分网上银行还为企业提供网上贷款业务。

6 其他金融服务除了银行服务外，大商业银行的网上银行均通过自身或与其他金融服务网站联合．的方式，为客户提供多种金融服务产品，如保险、抵押和按揭等，以扩大网上银行的服务范围。

九、电子商务交易安全协议

1. SSL 协议：安全套接层协议（会话层）——保证双方通讯连接安全。

SSL 协议位于 TCP/IP 协议与各种应用层协议之间，为数据通讯提供安全支持。SSL 协议可分为两层：SSL 记录协议（SSL Record Protocol）：它建立在可靠的传输协议（如 TCP）之上，为高层协议提供数据封装、压缩、加密等基本功能的支持。SSL 握手协议（SSL Handshake Protocol）：它建立在 SSL 记录协议之上，用于在实际的数据传输开始前，通讯双方进行身份认证、协商加密算法、交换加密密钥等。

SSL 协议提供的服务主要有三种。

(1) 认证用户和服务器，确保数据发送到正确的客户机和服务器；

（2）加密数据以防止数据中途被窃取；

（3）维护数据的完整性，确保数据在传输过程中不被改变。

SSL 协议的工作流程如下。

（1）服务器认证阶段

① 客户端向服务器发送一个开始信息“Hello”以便开始一个新的会话连接；

② 服务器根据客户的信息确定是否需要生成新的主密钥，如需要则服务器在响应客户的“Hello”信息时将包含生成主密钥所需的信息；

③ 客户根据收到的服务器响应信息，产生一个主密钥，并用服务器的公开密钥加密后传给服务器；

④ 服务器恢复该主密钥，并返回给客户一个用主密钥认证的信息，以此让客户认证服务器。

（2）用户认证阶段

在此之前，服务器已经通过了客户认证，这一阶段主要完成对客户的认证。经认证的服务器发送一个提问给客户，客户则返回（数字）签名后的提问和其公开密钥，从而向服务器提供认证。

SSL 协议可以有效地防止以下在 Internet 上进行欺骗的模式：

（1）采用假的服务器来欺骗用户的终端；

（2）采用假的用户来欺骗服务器；

（3）在信息的传输过程中截取信息；

（4）在 Web 服务器及 Web 用户之间进行双方欺骗。

2．SET 协议：安全电子交易协议（应用层）——对消费者、商户、收单行进行认证。

由于 SET 提供了消费者、商家和银行之间的认证，确保了交易数据的安全性、完整可靠性和交易的不可否认性，特别是保证不将消费者银行卡号暴露给商家等优点，因此它成为了目前公认的信用卡/借记卡的网上交易的国际安全标准。

SET 协议的作用：

（1）个人账号信息与订单信息的隔离。

（2）商家只能看到订货信息，而看不到持卡人的账户信息。

（3）对持卡人、商家和银行等交易者进行身份认证服务

（三）深化拓展知识——电子商务的安全管理

企业利用电子商务的最重要问题就是安全问题，保证安全是进行网上交易的基础和保障。电子商务的安全问题是一个系统性问题，它包括信息安全、身份认证和信用管理三个方面，需要从技术上、管理上和法律上来综合建设和完善的安全保障体系。

一、电子商务的安全问题

1. 电子商务交易带来的安全威胁

在传统交易过程中，买卖双方是面对面的，因此很容易保证交易过程的安全性和建立起信任关系。但在电子商务过程中，买卖双方是通过网络来联系的，而且彼此远隔千山万水。由于互联网既不安全，也不可信，因而建立交易双方的安全和信任关系相当困难。电子商务交易双方（销售者和购买者）都面临不同的安全威胁。

（1）销售者面临威胁

对销售者而言，他面临的安全威胁主要有以下几种。

① 中央系统安全性被破坏：入侵者假冒成合法用户来改变用户数据（如商品送达地址）、解除用户订单或生成虚假订单。

② 竞争者检索商品递送状况：恶意竞争者以他人的名义来订购商品，从而了解有关商品的递送状况和货物的库存情况。

③ 客户资料被竞争者获悉。

④ 被他人假冒而损害公司的信誉：不诚实的人建立与销售者服务器名字相同的另一个服务器来假冒销售者。

⑤ 消费者提交订单后不付款。

⑥ 虚假订单。

⑦ 获取他人的机密数据：比如，某人想要了解另一人在销售商处的信誉时，他以另一人的名字向销售商订购昂贵的商品，然后观察销售商的行动。假如销售商认可该定单，则说明被观察者的信誉高，否则，则说明被观察者的信誉不高。

（2）购买者面临威胁

对购买者而言，他面临的安全威胁主要有以下几种。

① 虚假订单：一个假冒者可能会以客户的名字来订购商品，而且有可能收到商品，而此时客户却被要求付款或返还商品。

② 付款后不能收到商品：在要求客户付款后，销售商中的内部人员不将订单和货款转发给执行部门，因而使客户不能收到商品。

③ 机密性丧失：客户有可能将秘密的个人数据或自己的身份数据（如账号、口令等）发送给冒充销售商的机构，这些信息也可能会在传递过程中被窃取。

④ 拒绝服务：攻击者可能向销售商的服务器发送大量的虚假订单来耗尽它的资源，从而使合法用户不能得到正常的服务。

2. 电子商务的安全风险来源

上面从交易双方分析了电子商务交易的安全威胁。如果从整个电子商务系统着手分析，

可以将电子商务的安全问题，归类为下面四类风险，即信息传输风险、信用风险、管理风险以及法律方面风险。

（1）信息传输风险

信息传输风险是指进行网上交易时，因传输的信息失真或者信息被非法的窃取、篡改和丢失，而导致网上交易的不必要损失。从技术上看，网上交易的信息传输风险主要来自五个方面：

① 冒名偷窃。如“黑客”为了获取重要的商业秘密、资源和信息，常常采用源 IP 地址欺骗攻击。

② 篡改数据。攻击者未经授权进入网络交易系统，使用非法手段，删除、修改、重发某些重要信息，破坏数据的完整性，损害他人的经济利益，或干扰对方的正确决策，造成网上交易的信息传输风险。

③ 信息丢失。交易信息的丢失，可能有三种情况：一是因为线路问题造成信息丢失；二是因为安全措施不当而丢失信息；三是在不同的操作平台上转换操作不当而丢失信息。

④ 信息传递过程中的破坏。信息在网络上传递时，要经过多个环节和渠道。由于计算机技术发展迅速，原有的病毒防范技术、加密技术、防火墙技术等始终存在着被新技术攻击的可能性。计算机病毒的侵袭、"黑客"非法侵入、线路窃听等很容易使重要数据在传递过程中泄露，威胁电子商务交易的安全。此外，各种外界的物理性干扰，如通信线路质量较差、地理位置复杂、自然灾害等，都可能影响到数据的真实性和完整性。

⑤ 虚假信息。从买卖双方自身的角度观察，网上交易中的信息传输风险还可能来源于用户以合法身份进入系统后，买卖双方都可能在网上发布虚假的供求信息，或以过期的信息冒充现在的信息，以骗取对方的货款或商品。

与传统交易不同的是，网上交易的信息传输风险更为严重。传统交易中的信息传递和保存主要通过有形的单证进行的，信息接触面比较窄，容易受到保护和控制。即使在信息传递过程出现丢失、篡改等情况时，也可以通过留下的痕迹查找出现偏差原因。而在网上传递的信息，是在开放的网络上进行的，与信息的接触面比较多，而且信息被篡改时可以不留下痕迹，因此网上交易时面临的信息传输风险比传统交易更为严重。

（2）信用风险

信用风险主要来自三个方面：①来自买方的信用风险。对于个人消费者来说，可能在网络上使用信用卡进行支付时恶意透支，或使用伪造的信用卡骗取卖方的货物行为；对于集团购买者来说，存在拖延货款的可能，卖方需要为此承担风险。②来自卖方的信用风险。卖方不能按质、按量、按时寄送消费者购买的货物，或者不能完全履行与集团购买者签定的合同，造成买方的风险。③买卖双方都存在抵赖的情况。

传统交易时，交易双方可以直接面对面进行，信用风险比较容易控制。由于网上交易时，物流与资金流在空间上和时间上是分离的，因此如果没有信用保证网上交易是很难进行的。再加上网上交易一般是跨越时空的，交易双方很难面对面交流，信用的风险就很难控制。这就要求网上交易双方必须有良好的信用，而且有一套有效的信用机制降低信用风险。

（3）管理方面的风险

网上交易管理风险是指由于交易流程管理、人员管理、交易技术管理的不完善所带来的风险。首先，交易流程管理风险。在网络商品中介交易的过程中，客户进入交易中心，买卖双方签订合同，交易中心不仅要监督买方按时付款，还要监督卖方按时提供符合合同要求的货物。在这些环节上，都存在着大量的管理问题，如果管理不善势必造成巨大的潜在风险。为防止此类问题的风险需要有完善的制度设计，形成一套相互关联、相互制约的制度群。

其次，人员管理风险。人员管理常常是网上交易安全管理上的最薄弱的环节，近年来我国计算机犯罪大都呈现内部犯罪的趋势，其原因主要是因工作人员职业道德修养不高，安全教育和管理松懈所致。一些竞争对手还利用企业招募新人的方式潜入该企业，或利用不正当的方式收买企业网络交易管理人员，窃取企业的用户识别码、密码、传递方式以及相关的机密文件资料。

第三，网络交易技术管理的漏洞也带来较大的交易风险。有些操作系统中的某些用户是无口令的，如匿名 FTP，利用远程登陆（Telnet）命令登陆这些无口令用户，允许被信任用户不需要口令就可以进入系统，然后把自己升级为超级用户。

传统交易经过多年发展，在交易时有比较完善的控制机制，而且管理比较规范。而网上交易还只经历了很短时间，还存在许多漏洞，这就要求加强对其进行管理和规范交易。

（4）法律方面的风险

网上交易信息系统的技术设计是先进的、超前的，具有强大的生命力。但必须清楚地认识到，目前还需要通过进一步完善法律来保护网络交易，因此还存在法律方面的风险。一方面，在网上交易可能会承担由于法律滞后而无法保证合法交易的权益所造成的风险，如通过网络达成交易合同，可能因为法律条文还没有承认数字化合同的法律效力而面临失去法律保护的危险。另一方面，在网上交易可能承担由于法律的事后完善所带来的风险，即在原来法律条文没有明确规定下而进行的网上交易，在后来颁布新的法律条文下属于违法经营所造成的损失。如一些电子商务公司在开通网上证券交易服务一段时间后，国家颁布新的法律条文规定只有证券公司才可以从事证券交易服务，从而剥夺了电子商务服务公司提供网上证券交易服务的资格，给这些电子中间商经营造成巨大损失。

二、电子商务的安全管理

1．电子商务的安全要求

电子商务发展的核心和关键问题是交易的安全性。由于 Internet 本身的开放性，使网上交易面临了种种危险，也由此提出了相应的安全控制要求。

（1）有效性。电子商务以电子形式取代了纸张，要对网络故障、操作错误、应用程序错误、硬件故障、系统软件错误及计算机病毒所产生的潜在威胁加以控制和预防，以保证贸易数据在确定的时间、确定的地点是有效的。

（2）机密性。作为贸易的一种手段，电子商务的信息直接代表着个人、企业或国家的商业机密。电子商务是建立在一个较为开放的网络环境上的（尤其是 Internet），维护商业机密是电子商务全面推广应用的重要保障。因此，要预防非法的信息存取和信息在传输过程中被非法窃取。

（3）完整性。电子商务简化了贸易过程，减少了人为的干预，同时也带来维护贸易各方商业信息的完整、统一的问题。贸易各方信息的完整性将影响到贸易各方的交易和经营策略，保持贸易各方信息的完整性是电子商务应用的基础。因此，要预防对信息的随意生成、修改和删除，同时要防止数据传送过程中信息的丢失和重复。

（4）真实性和不可抵赖性的鉴别。电子商务可能直接关系到贸易双方的商业交易，如何确定要进行交易的贸易方，正是进行交易所期望的贸易方，这一问题是保证电子商务顺利进行的关键。在无纸化的电子商务方式下，通过手写签名和印章进行贸易方的鉴别已是不可能的了。因此，要在交易信息的传输过程中为参与交易的个人、企业或国家提供可靠的标识。

2．电子商务安全管理思路

电子商务的安全管理，就是通过一个完整的综合保障体系，来规避信息传输风险、信用风险、管理风险和法律风险，以保证网上交易的顺利进行。网上交易安全性问题是电子虚拟市场中的首要问题。首先，它是保证市场运行规则顺利实施的前提，因为市场竞争规则强调的是公平、公正和公开，如果无法保证市场交易的安全，可能导致非法交易或者损害合法交易的利益，使市场运行规则无法贯彻执行。其次，它是保证电子虚拟市场交易顺利发展的前提，因为虽然网上交易可以降低交易费用，但如果网上交易安全性无法得到保证，造成合法交易双方利益的损失，可能导致交易双方为规避风险选择传统的更安全交易方式，势必制约电子虚拟市场的发展。因此，无论从市场本身发展，还是保护合法市场交易利益来看，确保网上交易安全是电子虚拟市场要解决的首要问题和基本问题，这需要各方配合加强对网上交易安全性的监管。

网上交易安全管理，应当跳出单纯从技术角度寻求解决办法的圈子，采用综合防范的思路，从技术、管理、法律等方面去思考。建立一个完整的网络交易安全体系，至少从三个方面考虑，并且三者缺一不可。一是技术方面的考虑，如防火墙技术、网络防毒、信息加密存储通信、身份认证、授权等。但只有技术措施并不能完全保证网上交易的安全。二是必须加强监管，建立各种有关的合理制度，并加强严格监督，如建立交易的安全制度、交易安全的实时监控、提供实时改变安全策略的能力、对现有的安全系统漏洞的检查以及安全教育等。在这方面，主要充分发挥政府有关部门、企业的主要领导、信息服务商的作用。三是社会的法律政策与法律保障，通过健全法律制度和完善法律体系，来保证合法网上交易的权益，同时对破坏合法网上交易权益的行为进行立法严惩，如尽快出台电子证据法、电子商务法、网上消费者权益法等。在这方面，主要发挥立法部门和执法部门的作用。

工作训练

学生以 5～6 人为一个工作小组，选出组长。由组长带领，组员共同讨论，以 B to B 销售采购为目标，基于工作过程，以小组为单位，进行工作训练。

（1）设计工作情境，扮演工作角色，实施工作任务。

（2）汇报工作过程，进行工作任务自我评估，完成任务考核评价表。

工作训练

步骤	工作内容	工作方法	时间（120 分钟）
情境设计	**学生：**（以小组为单位） 由工作组长带领组员共同讨论，设计工作情境。 **教师：** 教师利用案例启发引导，强调工作情景设计时应注意的问题。	小组讨论法 案例引导教学法	10
任务确定	**学生：**（以小组为单位） 由项目组长确定工作情境，负责分配队员所扮演的角色，设定每个队员的工作任务。 **教师：** 对各个小组的工作进度进行监督和指导。	小组讨论法	10

续表

工作训练			
步骤	工作内容	工作方法	时间（120 分钟）
任务实施	**学生：**（以小组为单位） 结合每个小组设计的工作情境及在工作中所扮演的角色，按照老师提出的任务要求，利用 B to B 电子商务平台开始销售采购型 B to B 电子商务交易。 **教师：** 对各个小组的工作进度进行监督、指导和评价。	角色扮演法	20
工作汇报	**学生：**（以小组为单位） 将工作过程以及任务完成情况进行整理，以小组为单位，进行工作情境设计与工作实施过程汇报。 **教师：** 点评学生的情境设计与任务实施过程，提出指导意见。	团队汇报法 讲授法	30
完善情境设计工作实施方案	**学生：** 学生在教师点评的基础上，对初次汇报的情境设计与工作实施方案，进行反复的讨论和修改，形成方案修改稿；与教师进行再次的方案沟通与交流，双方认同方案，最终形成情境设计与工作实施方案定稿，制成演示文稿。 **教师：** 评价每个小组在设计方案过程中的总体表现，并点出每个小组所存在的问题。	团队汇报法	20
工作任务评估	**学生：** 每个小组派一名队员进行工作项目汇报总结与交流，并对自己小组的最终工作结果进行客观评价，填写《学生——销售采购型 B to B 电子商务交易考核表》。 **教师：** 根据汇报情况进行提问、评价并简单总结；填写《教师——销售采购型 B to B 电子商务交易考核表》。	团队汇报法	30

学生——销售采购型 B to B 电子商务交易考核表

考核内容 队员姓名	分配任务是否按时完成（10%）	任务完成评价（20%）	团队讨论参与是否积极（20%）	方案设计所负责部分（20%）	是否积极参与企业沟通交流（30%）	得分（满分100）

教师——销售采购型 B to B 电子商务交易考核表

考核内容 序号	方案完成提交情况（15%）	方案结构是否完整（15%）	排版是否符合要求（20%）	PPT 制作情况（20%）	方案汇报情况（30%）	得分（满分100）

情境思考

1. 阿里巴巴的 B to B 平台与淘宝网的 C to C 平台有何区别？
2. 诚信通对建设网络诚信有何贡献？

情境 2：B to C 电子商务网络商品交易

学习目标

1. 掌握 B to C 电子商务网络商品交易的相关知识。

2. 能够熟练操作 B to C 电子商务交易流程。

3. 小组成员能够创设 B to C 电子商务网络商品交易工作情景，并且完成各自的角色任务。

情境描述

企业拥有自己独立的门户网站，并且已经运营了一段时间，有一定的流量。网站的内容包括：企业简介、新闻中心、产品信息、企业商城、服务专区等。要求利用企业现有的网上商城开展 B to C 电子商务交易。

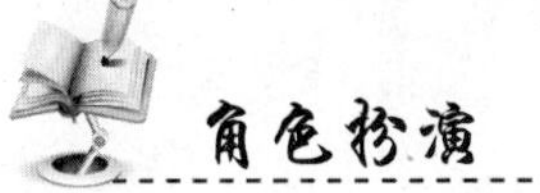

角色扮演

B to C 交易参与各方（如图 3-2-1 所示）。

角色一：个人消费者

角色二：网上商城管理员

图 3-2-1

岗位职责

角色一：个人消费者

1．申请个人数字证书并开通网上银行。

2．选购商品，并完成支付。

3．验收货物。

角色二：网上商城管理员

1．接收消费者在线填写的订单。

2．根据库存情况、配送情况来处理订单，并将订单处理结果反馈给用户。

3．开展售后服务。

岗位能力

专业能力：

1．熟悉网上商店后台业务管理。

2．熟练掌握 B to C 网上交易流程，并且能够协调货物配送掌握客户关系管理。

3．能够进行 B to C 电子商务交易客户管理.

社会能力：

1．具备良好团队协作精神

2．具备良好语言表达能力

3．具备良好情感沟通能力

任务分析

角色一：个人消费者

（一）进入 CA 认证中心申请个人数字证书。

（二）申请个人网上银行。

（三）进入网上商城选购商品。

（四）通过网上银行进行在线支付（需在在角色二确认订单后进行）。

（五）到货确认。

（六）购后评价。

角色二：网上商城管理员

（一）进行订单管理：确认订单信息，并查询订单状态。

（二）进行账务管理：应付款查询，确认收款。

（三）进行发到货管理：填写发货单

（四）物流公司：确认发货单。

（五）进行库存管理：填写出库单。

（六）进行发到货管理：确认货物到达。

（七）进行账务管理：生成销售账。

（八）进行账务管理：生成财务账。

任务实施

角色一：个人消费者

（一）申请个人数字证书

（1）填写个人CA证书用户申请表（如图3-2-2所示）。

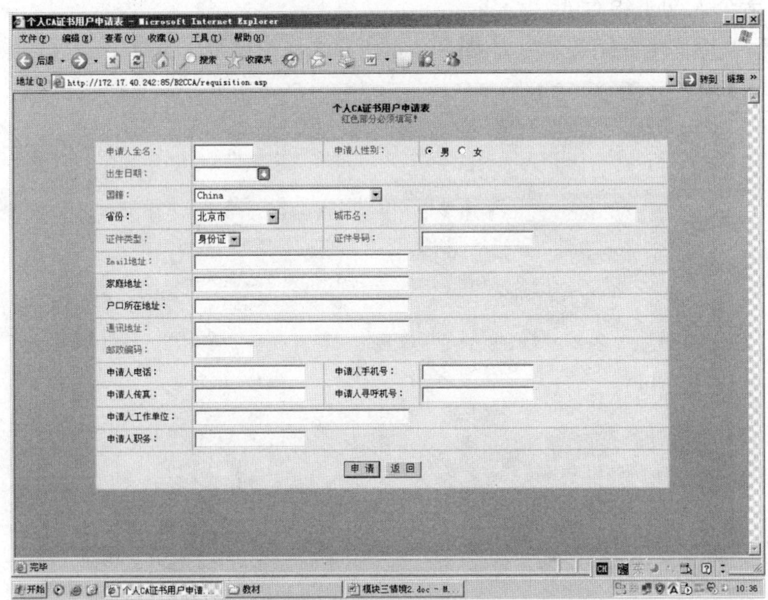

图 3-2-2

（2）获得公钥和密钥信息（如图 3-2-3 所示）。

图 3-2-3

（二）申请个人网上银行。

（1）阅读网上银行责任条款（如图 3-2-4 所示）。

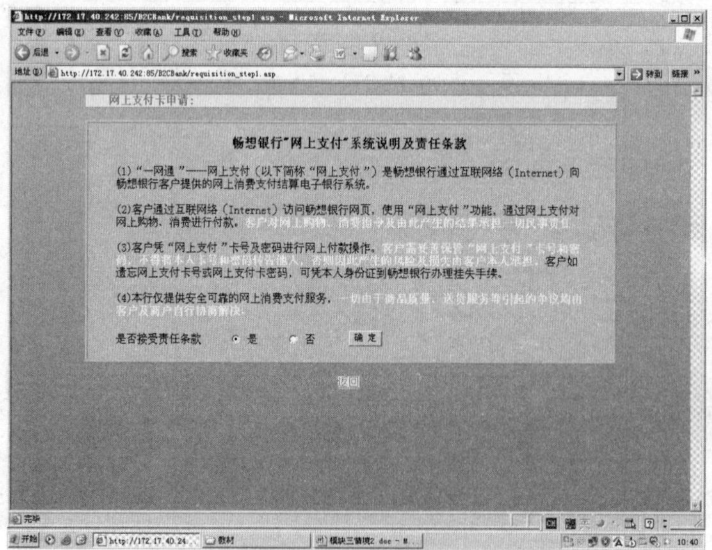

图 3-2-4

（2）申请人填写个人信息（如图 3-2-5 所示）。

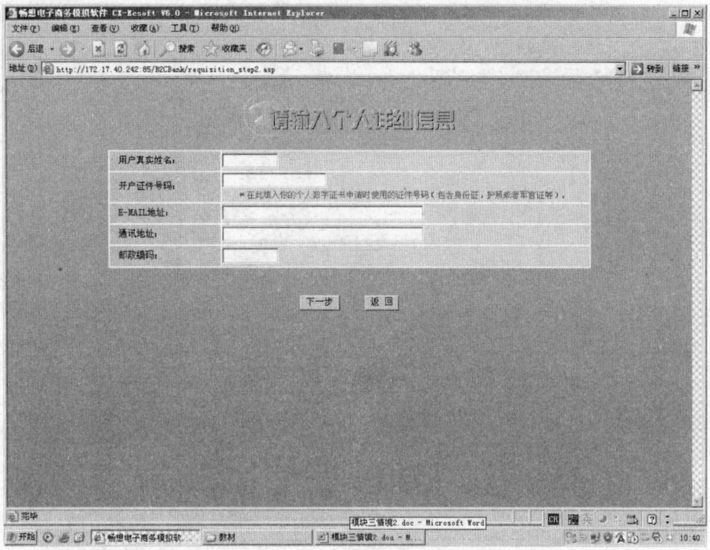

图 3-2-5

（3）填写公钥和密钥信息（如图 3-2-6 所示）。

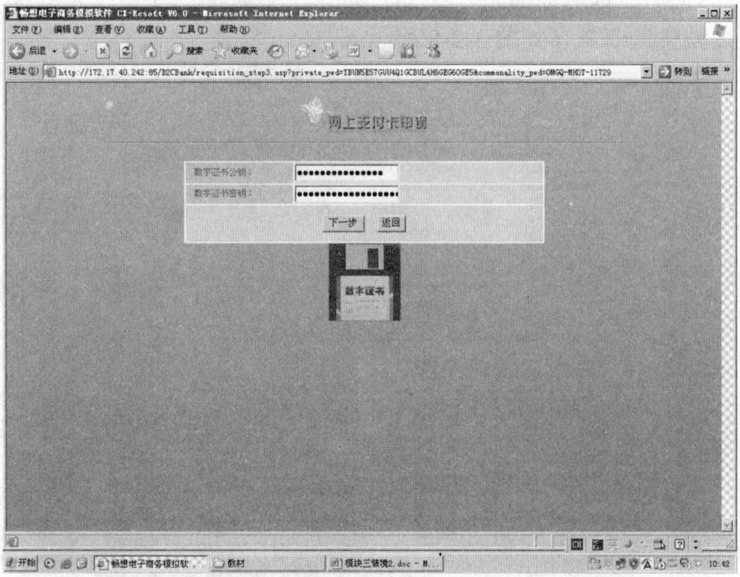

图 3-2-6

（4）设置支付卡密码，最终网上银行申请完毕（如图 3-2-7 所示）。

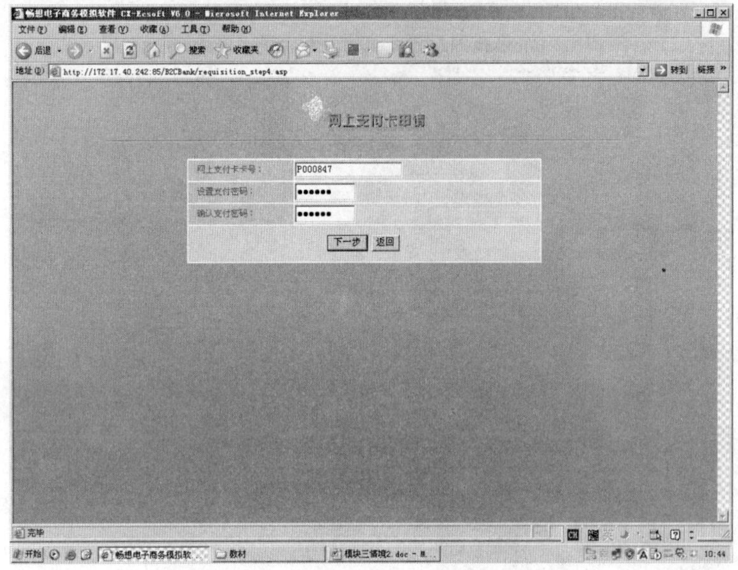

图 3-2-7

（三）进入网上商城选购商品。

（1）进入商城挑选商品（如图 3-2-8 所示）。

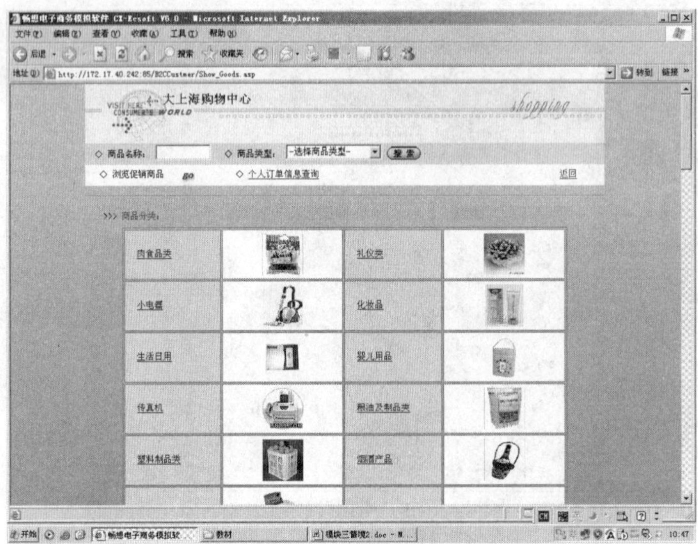

图 3-2-8

（2）点击订购填写订单（如图 3-2-9 所示）。

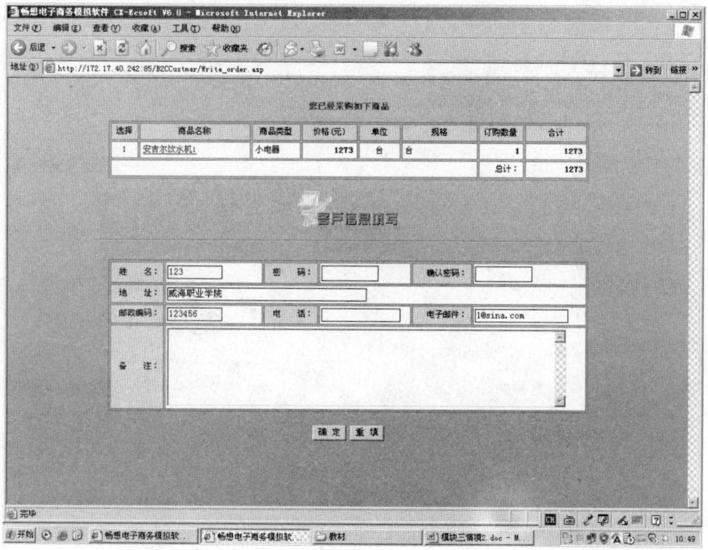

图 3-2-9

（3）确认订单信息（如图 3-2-10 所示）。

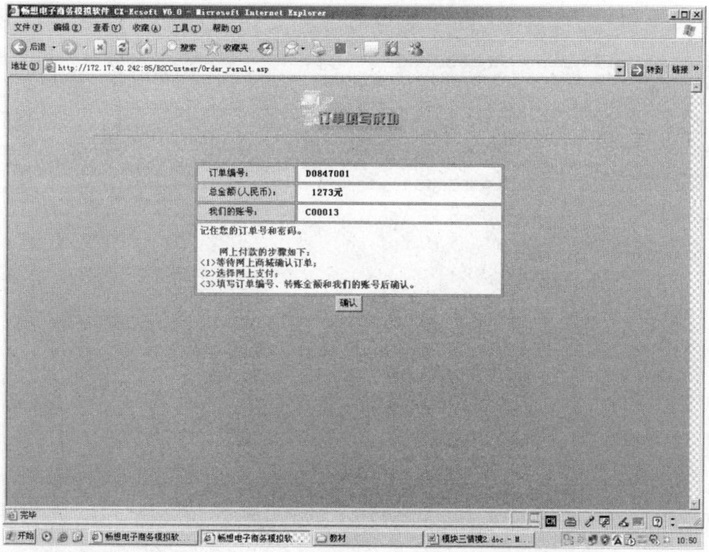

图 3-2-10

（四）通过网上银行进行在线支付。

（1）进入到网上银行支付界面，输入支付卡号和密码（如图 3-2-11 所示）。

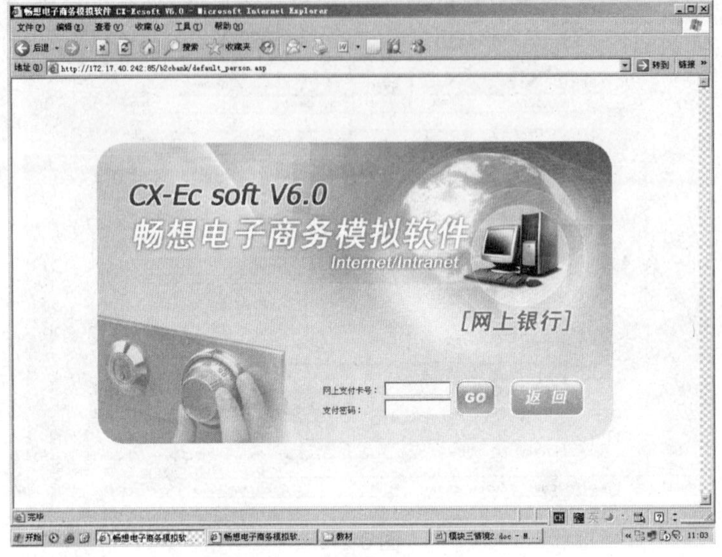

图 3-2-11

（2）选择在线支付功能，确认目标支付账号和支付金额（如图 3-2-12 所示）。

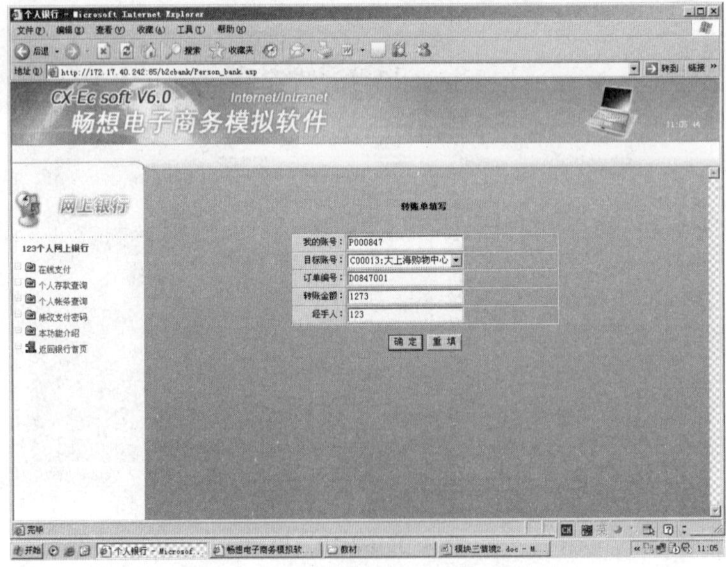

图 3-2-12

（五）进行到货确认（如图 3-2-13 所示）。

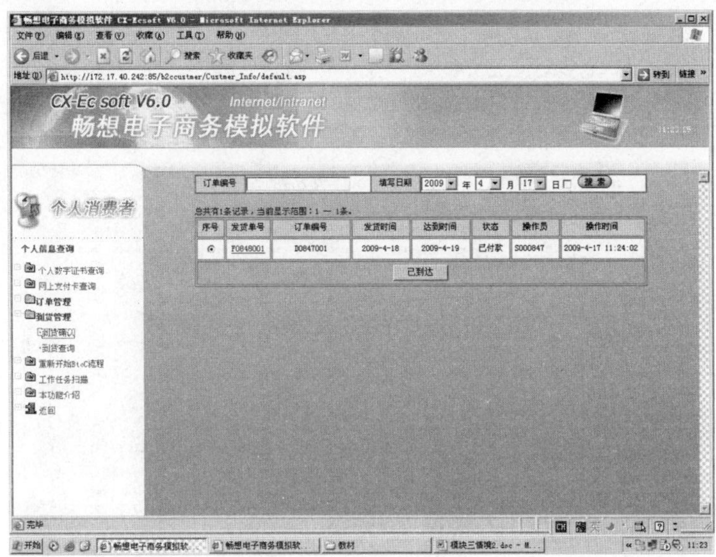

图 3-2-13

（六）进行购后评价。

角色二：网上商城管理员

（一）确认订单信息的有效性，并将确认信息反馈给消费者（如图 3-2-14 所示）。

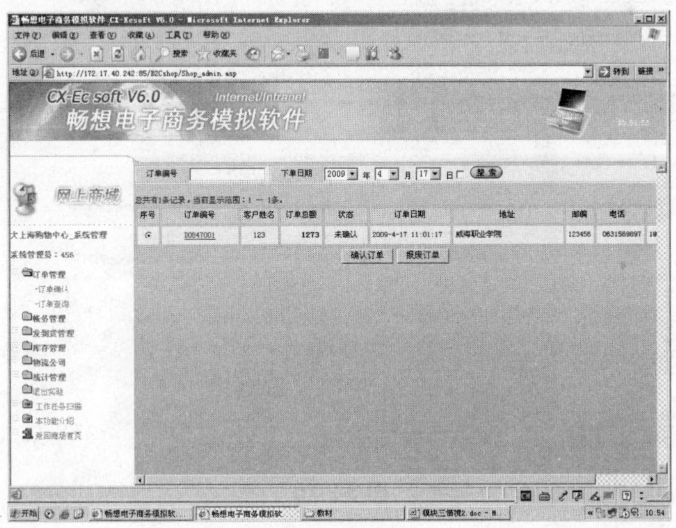

图 3-2-14

（二）查询客户支付信息，确认收款（如图 3-2-15 所示）。

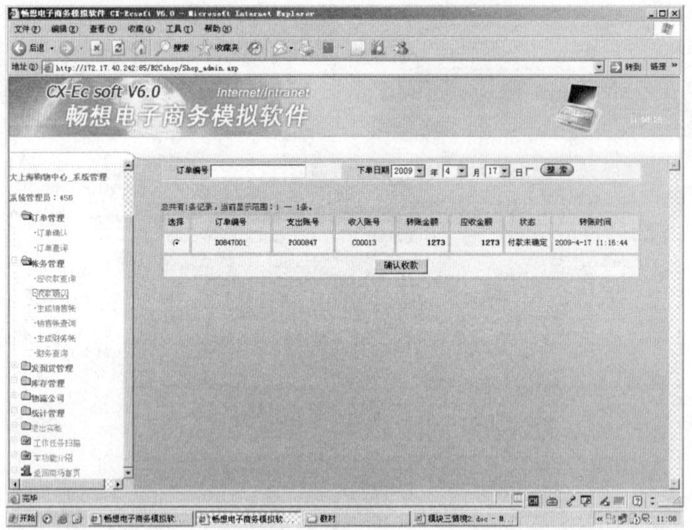

图 3-2-15

（三）进行发到货管理：填写发货单（如图 3-2-16 所示）。

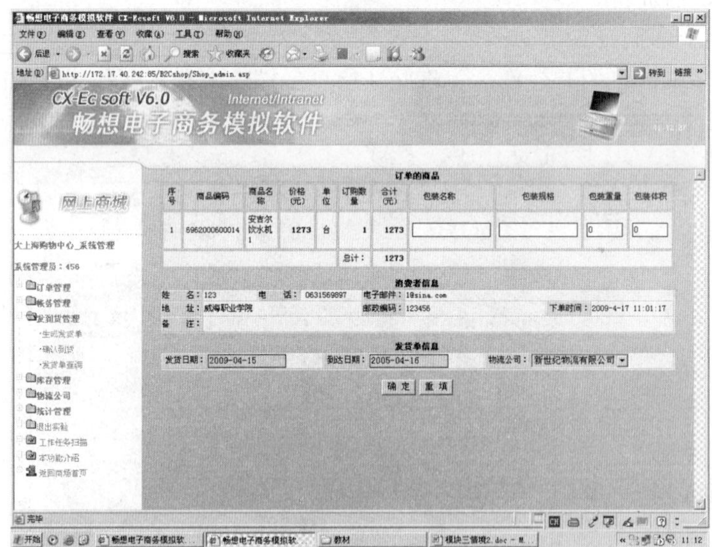

图 3-2-16

（四）物流公司：确认发货单。

（五）进行库存管理：填写出库单（如图 3-2-17 所示）。

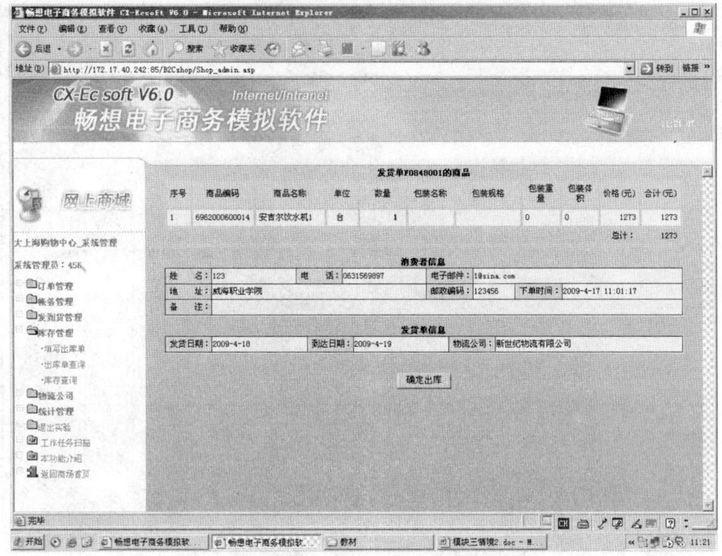

图 3-2-17

（六）进行发到货管理：确认货物到达（如图 3-2-18 所示）。

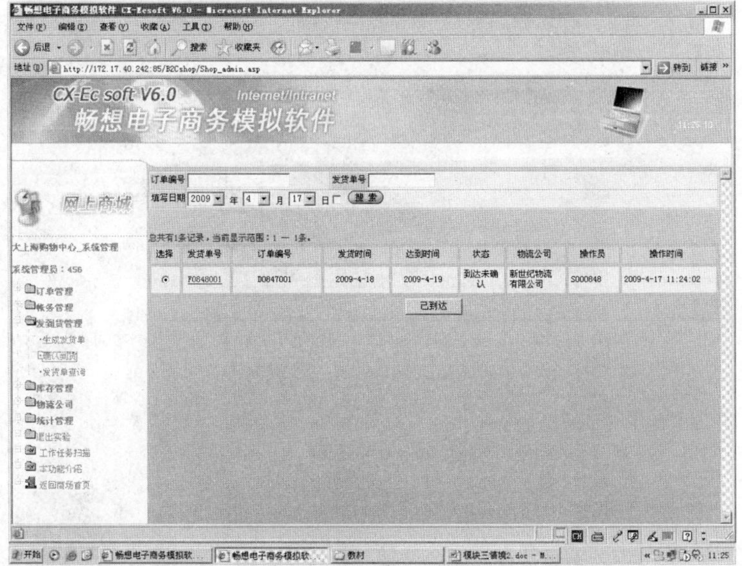

图 3-2-18

（七）进行账务管理：生成销售账（如图 3-2-19 所示）。

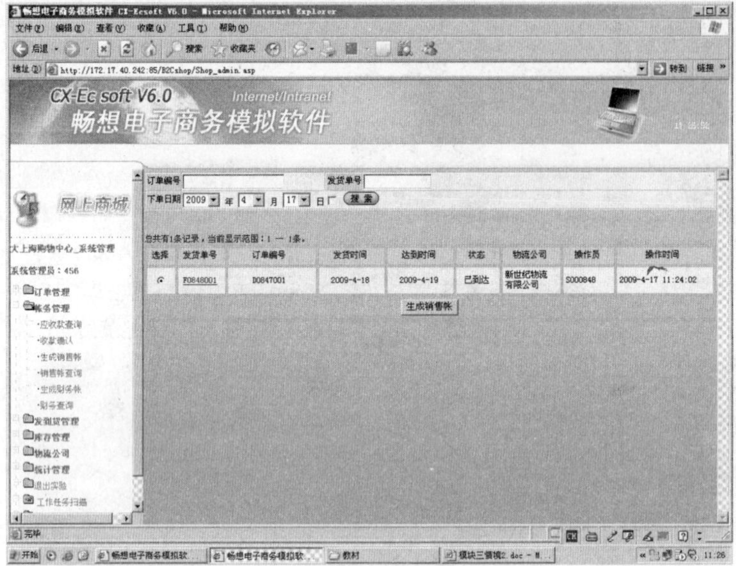

图 3-2-19

（八）进行账务管理：生成财务账。（如图 3-2-20 所示）。

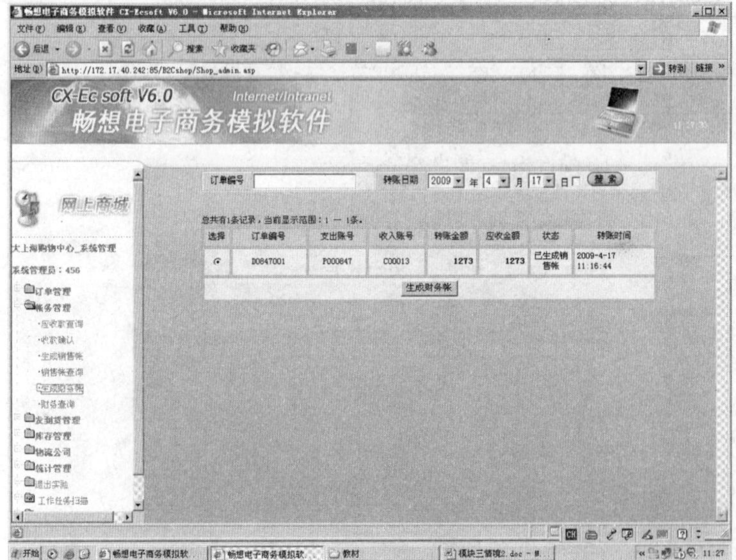

图 3-2-20

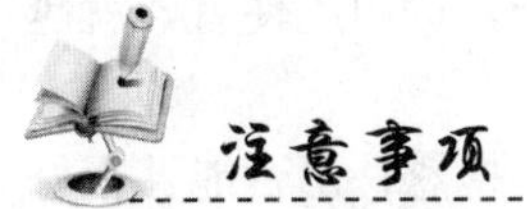

（一）商场管理员必须认真核实订单的信息，保证订单的有效性。

（二）消费者网上购物的过程中，一定要保留相关的发票，汇款单等等，一旦出现问题可以进行相关的处理。

（一）行业背景知识

一、B to C 电子商务的特点

1．从商品中介变为商品信息中介

2．由提供大众化服务变为提供个性化服务

3．变商品管理为用户管理

二、熟悉 B to C 电子商务交易平台

1．综合型 B to C 平台

这类网站销售的商品门类多、数量大，属于大型的网络商城。著名的综合型 B to C 平台有当当网、卓越网、百联巴士等。

2．专业型 B to C 平台

这类网站仅销售某类产品与服务，这类网站以其专、精、准的特点赢得了消费者的喜爱，如旅游类 B to C 网站携程旅行网、艺龙旅行网，服装类 B to C 网站 PPG 等。

三、选择合适的 B to C 交易网站

选择合适的 B to C 交易网站可以依据以下几条标准。

1．价格。相同产品在不同网站的价格，在一定程度上决定了消费者的购物平台选择。一般而言，价格不宜太低或太高。

2．产品的数量与种类。B to C 网站提供的产品种类和数量要多，尽量不要选择经常缺货的网站。

3．站内搜索。消费者通过 B to C 网站提供的站内搜索，能够在越短时间内、准确地、方便地获取到所需要的商品及信息，这样的网站越好。

4．物流配送。B to C 网站提供的物流配送方式越是更为多种多样，费用越便宜，就越能增加消费者的忠诚度。

5．客户服务。客户服务是否能够很好地解决客户所遇到的问题、抱怨，是否能够很好地为客户提供售前、售中、售后服务，也是选择 B to C 交易网站的标准之一。

（二）基础理论知识

一、B to C 电子商务交易概述

B to C 电子商务就是企业对消费者通过电子化、信息化的手段，尤其是 Internet 技术，把本企业或其他企业提供的产品或服务，直接销售给消费者的新型商务模式。这种模式基本上等同于电子化的零售，它随着 Internet 的出现而迅速发展起来。目前，各类企业在 Internet 上纷纷建立网上虚拟商场，从事网上零售业务。由于这种模式节省了客户和企业双方的时间，也扩展了空间，大大提高了交易效率，节省了不必要的开支，因此深受广大网民的欢迎。B to C 电子商务市场规模的扩大，一方面源于 Internet 用户数量的增加，使电子商务的用户基础有了明显扩大；另一方面，现有用户对于电子商务的接纳与认可也在逐渐改善。而支付、物流和信用环节的逐步完善，也为 B to C 电子商务的发展提供了越来越好的产业环境（如图 3-2-21 所示）。

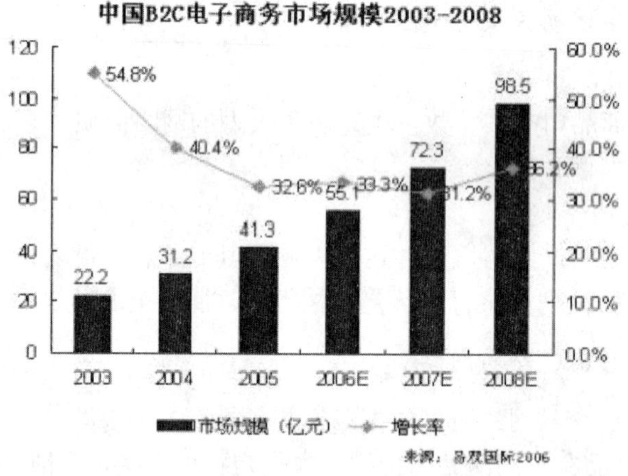

图 3-2-21

B to C 电子商务主要由三个部分组成：提供在线购物的网上商场；为所购商品进行配送的物流配送系统；货款结算及认证系统。

1．网上商场。网上商场是商家直接面向消费者的场所。网上商场中的商品与实际商场

中的商品不一样，实际商品是物理的实体，虚拟商品由文字和符号组成。随着电子商务的发展，目前已有部分网站将虚拟商品以三维立体形式显示，消费者可从多个角度观察商品。

2．物流配送。物流配送体系是关系到网上商场能否顺利发展的关键，同时也是难点。商家根据实际情况选择配送方式。配送方式主要有两种：直接送货，以及EMS或第三方物物流。

3．支付结算。支付方式决定了资金的流动过程。目前，在B to C电子商务模式中主要的支付方式有送货上门付款、汇款方式和网上支付。其中送货上门付款方式是最原始的付款方式，即货到再付款；汇款方式则是指客户完成订货后，通过邮政系统或银行系统付款；网上支付则是指通过互联网实现的电子支付形式。随着电子商务的发展，使用网上支付方式付款，已成为电子商务支付的主流。

二、B to C电子商务的分类

B to C电子商务实现的主要方式是网上虚拟商店，但是在网上销售无形产品和劳务与销售实物商品有很大不同，它们的方式有较大的区别。

1．无形产品的B to C模式

网络本身既有信息传递的功能，又有信息处理的功能，因此无形产品和劳务（如信息、计算机软件、视听娱乐产品等）就可以通过网络直接向消费者提供。无形产品和劳务的电子商务实现模式主要有四种：网上订阅模式、付费浏览模式、广告支持模式和共享注册模式。

（1）网上订阅模式。网上订阅模式是指企业通过网页向消费者提供网上直接订阅、直接信息浏览的电子商务模式。消费者通过网络订阅相关信息服务，并在网上支付相关费用，企业按用户要求的时间，将相关的信息发送到用户指定的地点，通常是用户的信箱。该模式主要用来销售报刊杂志、有线电视节目等，主要包括在线服务和在线出版、在线娱乐等。如中国邮政就通过中国邮政电子商务网（www.183.com.cn）与新华社主办的新华网（www.xinhuanet.com），推出报刊杂志的网上订阅。

（2）付费浏览模式。付费浏览模式是指企业通过网页向消费者提供计次收费性网上信息浏览和信息下载的电子商务模式。付费浏览模式让消费者根据自己的需要，在网上有选择地浏览一篇文章、一本书或者一份刊物的内容。如万方数据就向用户提供了付费浏览学术论文的有偿服务。

（3）广告支持模式。广告支持模式是指在线服务商免费向消费者或用户提供信息在线服务，以吸引广大的网民来访问在线服务商的网站，获得相应的服务，同时被动地接受网站上发布的商业广告信息，产生广告效应。网站可以用获得的广告收入支付其营业费用。

如 Yahoo 和 LyCOS 等在线搜索服务网站就是依靠广告收入来维持经营活动的。

(4)共享注册模式。共享注册模式是指企业借助于 Internet 全球广泛性的优势，向 Internet 上的用户赠送软件产品，扩大知名度和市场份额。这种模式实质是指“先试用，后购买”。用户先免费下载有关软件，试用一段时间后，再决定是否购买。通过网上注册并交付相关费用后获得产品正式使用权并获得相应的服务。这种模式已经成为软件公司和出版商的重要的营销模式。

2．实物商品的 B to C 模式

这种模式是指商品的购买是在 Internet 上成交的，而实际商品的交付仍然要通过物流配送系统，不能够通过网络的信息载体来实现。目前网上交易比较活跃并热销的商品有计算机产品、服饰、书籍、礼品和鲜花等。

三、B to C 网上购物流程

消费者通过 B to C 网上商场购物，主要是通过搜索浏览功能和多媒体界面寻找适合自己需要的商品。其流程如图 3-2-22 所示。

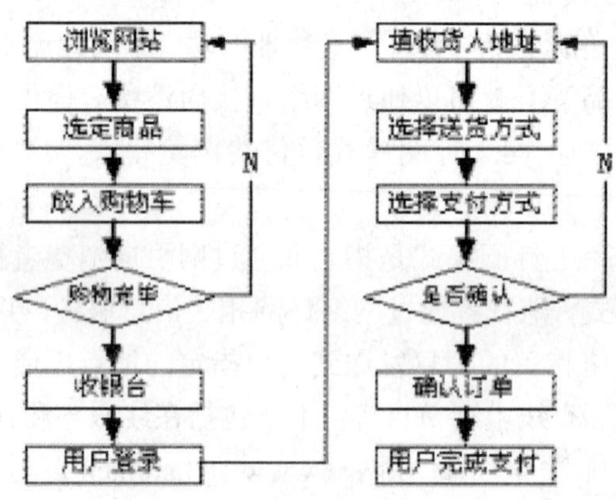

图 3-2-22

由图中可以看出，B to C 网上购物流程可以大致分为以下几个步骤。

（1）商品搜索选购

消费者通过网上商店提供的各种搜索方式，如产品组合、分类、品牌、关键字查询等，查看和浏览商店经营和自己需要的商品。

（2）下订单（放进购物车）

消费者查看和浏览商店经营的商品后，选择自己想购买的物品放入购物车内。

（3）去收银台

消费者填写商品种类、数量、价格等购买信息的订货单，订购商品。

（4）选择送货方式

消费者通过订货单选择送货方式如送货上门、自提、邮寄，以及送货时间及接货人。

（5）支付货款

消费者确认后，选择支付方式，如信用卡、借记卡、电子货币、电子支票等支付方式，输入自己的保密口令，开始付款；也可以采用货到付款、邮局汇款、银行汇款、网上支付等方式。

（6）购物完成

购物过程结束后，网上商店的客户服务器保存整个交易过程中发生往来的财务数据，并且提供一份电子订单位给消费者，按消费者提供的电子订货单将货物在收货地点交给指定的收货人手中。

（7）订单查询

消费者在结束购物后可以查询所购货物的单价、合计货款、支付方式、送货方式及订单状态等信息。

（三）深化拓展知识——B to C 电子商务商业模式研究

一、B to C 电子商务模式发展研究

企业与消费者之间的电子商务，实际上是需求方和供给方在网络所构造的虚拟市场上开展的买卖活动。它的最大特点是：供需直接“见面”、速度快、信息量大、费用低。用一句话来描述这种模式的电子商务：“它是以 Internet 为主要服务提供手段，实现公众消费和提供服务，并保证与其相关的付款方式的电子化，它是随着 WWW 技术的出现而迅速发展的，可以将其看作是一种电子化的零售”。

在 Internet 上遍布各种类型的商业中心，提供从鲜花、书籍到计算机、汽车等各种消费商品和服务。为了获得消费者的认同，网上销售商在“网络商店”的布置上往往煞费苦心。网上商品不是摆在货架上，而是做成了电子目录，里面有商品的图片、详细说明书、尺寸和价格信息等等。消费者对选中的商品只要用鼠标轻轻一点，再把它拖到网络的“购物手推车”里就可以了。在付款时消费者需要输入自己的姓名、家庭住址以及信用卡号码，一点回车，一次网上购物就算完成。为了消除消费者的不信任感，大多数网上销售商还提供免费电话咨询服务。

在实际进行过程中，从顾客输入订货单后开始到拿到销售商店出具的电子收据为止的全过程仅用 5～20 秒的时间。这种电子购物方式十分省事、省力、省时。购物过程中虽经

过信用公司和商业银行等多次进行身份确认、银行授权、各种财务数据交换和账务往来等，但所有业务活动都是在极短的时间内完成的。这种购物过程彻底改变了传统的面对面交易和一手交钱一手交货及面谈等购物方式，这是一种新的很有效的、保密性十分好的、非常安全保险和可靠的电子购物过程，利用各种电子商务保密服务系统，就可以在 Internet 上使用自己的信用卡放心大胆地购买自己所需要的物品。从整个购物过程看出，购物的顾客也仅仅就是输入电子订货单说明自己购买的物品，调出自己的电子钱包和电子信用卡，只要电子信用卡合法即可完成购物，并得到电子收据。这是一种与传统购物方式根本不同的现代高新技术购物方式。

为了充分利用互联网络达到最佳的商业效果，不同的企业利用电子商务的模式是不同的。就 B to C 来讲，其电子商务模式主要就是网上在线的商务模式。

实际上，多数企业网上销售并不是仅仅采用一种电子商务模式，而往往采用综合模式，即将各种模式结合起来实施电子商务。GolfWeb 就是一家有 3500 页有关高尔夫球信息的网站。这家网站采用的就是综合模式。其中 40%的收入来自于订阅费和服务费，35%的收入来自于广告，还有 25%的收入是该网址专业零售点的销售收入。该网址已经吸引了许多大公司的广告，如美洲银行、美国电报电话公司等。专业零售点开始两个月的收入就高达 10 万美元。

网上的一些零售商店之所以能吸引广告，就是因为虚拟商店本身的名气很大。而在传统的类似实物商店中，一般商店的广告都是与经营的商品有关，网上虚拟商店上的这种交叉广告并不十分常见。

由此可见，在网上销售中，一旦确定了电子商务的基本模式，企业不妨考虑一下采取综合模式的可能性。例如，一家旅行社的网页向客户提供旅游在线预订业务，同时不妨也接受度假村、航空公司、饭店和旅游促销机构的广告，如有可能还可向客户提供一定的折扣或优惠，以便吸引更多的生意。一家书店不仅销售书籍，而且可以举办“读书俱乐部”，接受来自于其他行业和其他零售商店的广告。在网上尝试综合的电子商务模式有可能会带来额外的收入。

实现电子商务的零售需要每个从事在线商务的企业都建立完善的交易机制。在线订购并不是在网页上点击一下“购买”按钮那么简单。整个过程其实非常复杂，并非适合所有产品和服务。尽管每个消费者的购买行为都不一样，但可把它们归类成若干种商业模式。针对消费者的商业模式决定了消费者与零售商间的交互方式，这就使零售商不必各自建立不同的业务流程而采用比较一致的模式，从而为消费者带来便利。如果没有统一的交易过程，每个从事在线商务的企业都建立不同的交易机制,那么电子商务就会陷于这种随意性导致的混乱中。

商业模式可以从两个角度进行界定。从消费者的角度来看，商业模式要明确购物者在

购买产品过程中所采取的行动的先后顺序，了解这种顺序有助于开发电子商务软件。从零售商的角度来看，商业模式要明确订货管理过程，即内部为履行顾客订单而必须采取的一系列步骤。为此，必须重组业务流程以尽可能加快整个在线交易的速度，这些流程包括购前的顾客交互、订单的输入和处理、订单的履行和售后顾客服务等。

在传统模式中，顾客居于主动地位，他们会走进商店寻找商品。而在线模式里则是零售商寻求顾客。目前零售商的成功说明大量顾客已接受了这种零售商走向顾客的模式。但是，为了正确制定在线商业战略，建立适当的业务模式的前提是形成差异，我们还需要考虑下列问题。

（1）产品/内容问题：什么样的商品适合在线零售?

（2）软件界面问题：什么样的特色才能组成有效的界面?什么样的特色会简化寻找和挑选商品的过程?

（3）流程问题：从消费者的角度来看，企业应开发什么样的流程来高效地履行订单?

（4）定价问题：消费者为了便利而愿意支付多少钱?

（5）结算问题：消费者愿意使用什么样的结算方法?

（6）市场渗透问题：在线渠道会受消费者欢迎吗?这样的系统要花多少时间才能吸引来重要的消费者并且有利可图?

要解决这些问题首先要具备 B to C 电子商务的基本要求。

二、B to C 电子商务的基本要求

从 B to C 电子商务的基本特征来看，这种模式的电子商务涉及到这样几项活动：信息交流、货源组织与送货、支付。因此 B to C 电子商务的基本要求包括通畅的信息基础设施、快捷经济的配送基础设施和方便安全的结算基础设施。

1. B to C 电子商务物流模式

（1）B to C 电子商务物流模式的现状

电子商务的发展及其对配送服务体系的配套要求，极大地推动了电子商务物流的发展，B to C 型企业的物流活动围绕企业所经营的商品的进、销、调、存、退进行，包括从采购所经营的商品、通过营销策划出售商品、到商品的售后服务等一切物流活动。与普通商务流程相比，B to C 电子商务物流流程在企业内部的微观物流流程上是相同的，都具有从进货到配送的物流体系。

只是电子商务更加要求宏观的配送体系能直接与用户连接起来，从而花费更大的代价进行物流管理，合理地规划配送路线，合理地调度配送日程，合理地利用配送车辆。B to C 电子商务企业的物流活动具体环节有商品采购物流、企业内部物流、销售物流和商品退货物流。

商业企业采购物流：将本企业所经营的商品以及销售商品所需的其他物品从生产厂家或其他商品据点运回公司，其中商业企业采购的商品有时由商品的生产厂商或配送中心负责运输。当商品运到时，企业的有关人员需要对所采购的商品进行验收，合格的商品入库，不合格的则需要组织退货。

商业企业内部物流：包括商品出库运输到本店的销售现场上柜或各分店及连锁店进行销售，以及从本店向其他商业企业的调拨运输。另外，企业的内部物流还包括对库存的商品进行合理的保管，以及对采购来的商品进行必要的拆包、分档和再包装等加工。

商业企业销售物流：商业企业的销售物流活动包括通过零售、批发以及配送将商品发送到消费者或购货单位手中。

商业企业退货物流：商业企业的退货物流包括在采购的商品进货验收时发现的商品不合格、以及在商品销售后客户发现所购商品的质量问题所发生的退货，退货的商品由商业企业暂存并运到生产厂家或其他的进货点。

物流配送作为电子商务“三流”——信息流、资金流、物流中十分重要的一部分，曾经被称为电子商务发展的“瓶颈之一”。送货难、售后服务的欠缺阻挡了相当一部分人参与电子商务。从电子商务的发展形势来看，必须抓好物流配送这一环节。因而许多实物连锁经营的批发和零售企业建立了自己的配送中心，为企业内部的连锁网点提供物流配送服务，并正在向社会化物流配送服务拓展。

（2）适应电子商务的全新物流模式——物流代理（第三方物流）

物流代理（TPL，Third Party Logistics），即由第三方专业物流公司为电子商务网站提供物流服务，其定义为：“物流渠道中的专业化物流中间人，以签订合同的方式，在一定期间内，为其他公司提供的所有或某些方面的物流业务服务。”

从广义的角度以及物流运行的角度看，物流代理包括一切物流活动，以及发货人可以从专业物流代理商处得到的其他一些价值增值服务。提供这一服务是以发货人和物流代理商之间的正式合同为条件的。这一合同明确规定了服务费用、期限及相互责任等事项。

狭义的物流代理专指本身没有固定资产但仍承接物流业务，借助外界力量，负责代替发货人完成整个物流过程的一种物流管理方式。

物流代理公司承接了仓储、运输代理后，为减少费用的支出，同时又要使生产企业觉得有利可图，就必须在整体上尽可能地加以统筹规划，使物流合理化。

2．B to C 电子商务信息平台

商业门户硅谷动力投资 3500 万元人民币推出了专为中国 IT 业伙伴精心打造的电子商务交易平台。作为中国 IT 电子商务公用平台，它在满足用户、经销商和厂商不同需求的同时，提供一个为买家“导购”、为卖家“促销”的平台。通过该平台提供的硅谷商城和动力网络，消费者、企业及政府可以进行多产品、多品牌的比较、选购及结算，轻松实现“货比千家”。另外，通过对商品、销售区域、配送方式、支付手段的整合，不仅可以扩大 IT 产品的流通与发布渠道，还可以实现 IT 产品的价值链中厂商—经销商—用户的“多赢”、“长赢”局面。

电子商务技术的应用使销售渠道从有形的市场空间转移到了虚拟的数字空间，不仅使企业和消费者之间的联系更加紧密和渠道通畅，而且也使得他们之间的联系更加广泛和不受时空限制。

电子商务网站搭建的信息平台成了企业和消费者之间沟通的桥梁。

（1）建立企业的基本信息库

在企业的经营过程中，无论是签订合同、开具发票，还是账款结算，都会用到企业的一些基本信息，如公司名称、公司地址、法人代表、联系人、电话号码、传真号码、开户银行、账号等。因此，我们需要建立一个企业的基本信息库，方便电子商店的经营管理。

（2）建立商品信息库

在商品信息库内，主要是输入电子商店经营的有关商品的基本信息，包括商品的类别、商品代码、商品名称、商品规格、计量单位，以及商品的进价、售价等。

建立商品信息库分为两个步骤，第一步要对所有商品进行分类，并对不同的类别进行编号，输入商品类别的名称和备注；第二步是进行商品目录定义。

（3）建立顾客信息库

由于网络营销需要经常与客户之间进行沟通，因此需要企业建立客户信息库，搜集客户的相关信息并加以整理。

（4）建立仓库相关信息

一般而言，实施网络营销的企业，其经营活动涉及的地域范围都比较广阔。为了保持物流的顺畅，这些企业大多都在不同地区建有多个仓库，这就需要对仓库进行统一管理，建立仓库的相关信息库。

（5）建立单据信息库

单据是企业进行经营活动的业务凭证。以库存管理为基点，将单据性质确定为出、入、调三种，分别代表出库、入库和仓库之间的调度。单据类型则分为采购单据、采购退货等预先设定的单据。

（6）建立部门和人员信息库

网络销售业务的完成，往往需要实施网络销售的企业不同部门之间的协作。因此，需要对参与网络销售业务的部门人员信息加以确认，并对不同人员授予相应的权限，从而有效地完成销售业务。

建立部门和人员信息库包含了三项内容：一是进行部门定义；二是业务员定义；三是

操作员定义。

3. B to C 电子商务货源组织

通用电气（GE）是美国最大的也是最成功的公司之一。它在世界各地从事各种各样的经营活动，包括电器、机电和电子产品、广播和各种金融与保险业务。GE 最古老的产品便是通用照明设备，它在北美和世界其他地方的 28 家工厂中生产 3 万多种电灯泡。生产电灯泡所用的原料都是标准配件，如玻璃、铝、各种绝缘塑料和灯丝等。灯泡的大部分生产成本是组装灯泡的机器所用的间接材料和配件，而这些间接材料和配件必须符合 GE 多达 3 百万张设计图纸所规定的技术规范。

由于制造灯泡的技术很成熟，因此 GE 照明设备公司可从多家供应商处招标购买间接材料和机器配件，这属于大批量、单晶价值低的业务。但 GE 照明设备公司的招标过程非常耗时，而且效率低下。每项交易都需要调出相关的设计图纸，影印后和其他规格文档一起邮寄给对招标感兴趣的供应商。采购人员一般要花四个星期以上来收集有关信息、发给潜在的供应商、评价供应商的标书、与选定的供应商谈判以及最终决定订货。这种时间延误限制了 GE 照明设备公司的灵活性和响应顾客需求的能力。

GE 照明设备公司将电子商务工具应用到这些采购业务中，改进了整个采购过程。现在采购人员可通过桌面计算机进入采购系统。当他们需要购买某个配件时，就建立一个采购档案，内有采购数量、交货日期和交货地点等信息，然后从不断更新的供应商数据库中选择供应商，最后将存在另一数据库中的设计图副本调出，点击鼠标就可将招标的全部文档以加密形式发给所选的供应商。现在，组织整套招标文档只需要几个小时。同时也要求供应商在很短的时间内（通常是一周）通过互联网做出反应。采购人员评估供应商的应标并在线签订合同，整个过程大约需要 10 天左右的时间。

对 GE 照明设备公司来说，最大的节省就是把整个过程从四周缩短到 10 天，并且消除了纸张以及纸张处理成本。另外还有其他效益，由于在线系统简化了发标，这样就可以向更多的供应商发标甚至以前因难以通过邮寄方式应标的国外供应商现在也可以参加招标了。竞争促成更低的价格，而在线招标过程也使公司节省了 10%到 20%的成本。供应商对从应标到确认是否获得合同所需时间的缩短也非常满意，这使他们更容易制订生产计划。

商业企业的管理包括进货—销售—调配—库存几方面的活动，商业企业的货源组织是在商品经营活动的第一步，即商品的进货。

商品进货是指商业企业采购商品的商业活动，是商业企业经营活动的初始环节，是商品流转的起点。按照商品流转计划的要求，商业企业由各业务单位制订进货计划，筹措进货资金，组织好进货业务人员，向商品生产者或其他商业企业采购商品。企业要根据自身资金运作情况，以及商品的销售业绩和消费需求，结合商品库存合理安排进货计划。

商品采购的过程中，有的是供货商送货上门，有的由供货商代办运输手续，商业企业到车站、码头、机场、港口取货，有的由商业企业自行取货，无论何种形式，都必须进行到货验收，按照订货合同或其他订货单据，与供货商核查到货商品品种、规格、数量、质量、到货时间等内容，根据到货验收情况结算货款。

在进货过程中，往往由于各种原因发生退货，如到货商品与订货单据不符，商品质量问题或市场情况变化而导致部分商品作退货处理。退货时也要进行登记，注明退货商品的品种、数量、规格、退货时间、退货原因等信息，如商品以入库，还要减少库存的账簿登记工作，将退货原始记录归档保存。

B to C 型电子商务企业如何用电子商务改进主要采购活动？乍一看，这些业务活动并不像创建 WWW 展示和在 WWW 上向新顾客销售那样让人激动，然而在采购活动过程中节省的成本和对业务流程的改进却是巨大的。

采购活动包括寻找卖主、评估卖主、选择特定产品、发订单以及解决收货后出现的问题（如延期交货、到货数量不符、到货商品不符以及商品质量问题）等。采购经理可以监控整个采购交易，从而在保持并改进产品质量和降低成本方面发挥重要作用。许多管理者要求这种专业采购同普通购买的最大区别在于所负责任范围要更广泛。采购一词涵盖所有购买活动以及对购买过程中所有活动的监控，还包括保持和发展与主要供应商的关系。

传统的购买模式是等级制结构的公司与许多类似结构的供应商洽谈合同，从中选择一个供应商。网络结构公司的采购部门则用各种工具以各种形式谈判。例如，一家采购企业可能同供应商合作应用降低产品成本的新技术，而这种技术或许是第三家公司利用第四家公司的研究成果而开发出来的。

许多情况下，采购人员必须有高水平的产品知识。这时，专业化的采购网站就特别有用。例如，为医院急诊室或手术室配齐设备一般要花半年时间。而健保资讯公司（Neoforma）等公司在其网站上罗列了大批相关医疗设备，使这种采购活动能够有效和高效地完成。因而，高效地寻找到合适的网络货源供应商并与之保持长期合作的关系，对于企业实施高效的货源组织是至关重要的。

工作训练

学生以 5～6 人为一个工作小组，选出组长。由组长带领，组员共同讨论，以 B to C 电子商务交易为目标，基于工作过程，以小组为单位，进行工作训练。

（1）设计工作情境，扮演工作角色，实施工作任务。

（2）汇报工作过程，进行工作任务自我评估，完成任务考核评价表。

工作训练			
步骤	工作内容	工作方法	时间（120 分钟）
情境设计	**学生：**（以小组为单位） 由工作组长带领组员共同讨论，设计工作情境。 **教师：** 教师利用案例启发引导，强调工作情景设计时应注意的问题。	小组讨论法 案例引导教学法	10
任务确定	**学生：**（以小组为单位） 由项目组长确定工作情境，负责分配队员所扮演的角色，设定每个队员的工作任务，确定交易产品的类型并设计工作情境。 **教师：** 对各个小组的工作进度进行监督和指导。	小组讨论法	10
任务实施	**学生：**（以小组为单位） 分别以企业商城和消费者的角色，结合每个小组设计的工作情境，按照老师提出的 B to C 交易要求，开始进行交易。 **教师：** 对各个小组的工作进度进行监督、指导和评价。	角色扮演法	20
工作汇报	**学生：**（以小组为单位） 以小组为单位，进行工作情境设计与工作实施过程汇报。 **教师：** 点评学生的情境设计与任务实施过程，提出指导意见。	团队汇报法 讲授法	30
完善情境设计工作实施方案	**学生：** 学生在教师点评的基础上，对初次汇报的 B to CC 电子商务交易情境设计与工作实施方案，进行反复的讨论和修改，形成方案修改稿；与（企业）教师进行再次的方案沟通与交流，双方认同方案，最终形成情境设计与工作实施方案定稿，制成演示文稿。 **教师：** 评价每个小组在设计 B to C 电子商务交易方案过程中的总体表现，并点出每个小组所存在的问题。	团队汇报法	20

续表

工作训练			
步骤	工作内容	工作方法	时间（120 分钟）
工作任务评估	**学生：** 每个小组派一名队员进行工作项目汇报总结与交流，并对自己小组的最终工作结果进行客观评价，填写《学生——B to C 电子商务交易考核表》。 **教师：** 根据汇报情况进行提问、评价并简单总结；填写《教师——B to C 电子商务交易考核表》。	团队汇报法	30

学生——B to C 电子商务交易考核表

考核内容 / 队员姓名	分配任务是否按时完成（10%）	任务完成评价（20%）	团队讨论参与是否积极（20%）	方案设计所负责部分（20%）	是否积极参与企业沟通交流（30%）	得分（满分 100）

教师——B to C 电子商务交易考核表

考核内容 / 序号	方案完成提交情况（15%）	方案结构是否完整（15%）	排版是否符合要求（20%）	PPT 制作情况（20%）	方案汇报情况（30%）	得分(满分 100)

情境思考

1. 如何提高订单的有效性？
2. 如何处理用户的网上投诉？
3. 选择不同的中介平台对产品销售会产生什么影响？
4. 辅助推广的方法有哪些？

情境 3：C to C 电子商务网络商品交易

学习目标

1. 掌握 C to C 电子商务网络商品交易的相关知识。
2. 掌握淘宝网上的开店及交易流程。
3. 熟练使用支付宝来处理商品交易。
4. 小组成员能够共同创设 C to C 电子商务网络商品交易情境设计，并且能够完成角色任务。

情境描述

服饰是淘宝网上最热销的商品之一，山东的王女士，利用自己在学校所学的专业知识，希望在网络个人交易平台上开店，经营自己比较精通的外贸服饰，从而拓宽自己的销售渠道，扩大自己的利润来源。

角色扮演

扮演需要在淘宝网开店的王女士，架设虚拟店铺，并且处理用户网上的交易。

岗位职责

（一）架设虚拟店铺。

（二）处理 C to C 电子商务的网络商品交易。

岗位能力

专业能力：

1．掌握 C to C 电子商务交易的特点。

2．熟练掌握 C to C 网上交易流程，并且能够协调货物配送及客户关系管理。

社会能力：

1．具备良好团队协作精神

2．具备良好语言表达能力

3．具备良好情感沟通能力

任务分析

（一）注册淘宝及支付宝账号。

（二）进行支付宝安全设置。

（三）进行支付宝个人实名认证。

（四）安装数字证书。

（五）发布商品信息，开设店铺。

（六）利用支付宝处理用户的商品交易。

任务实施

（一）注册淘宝及支付宝账号（如图 3-3-1 所示）。

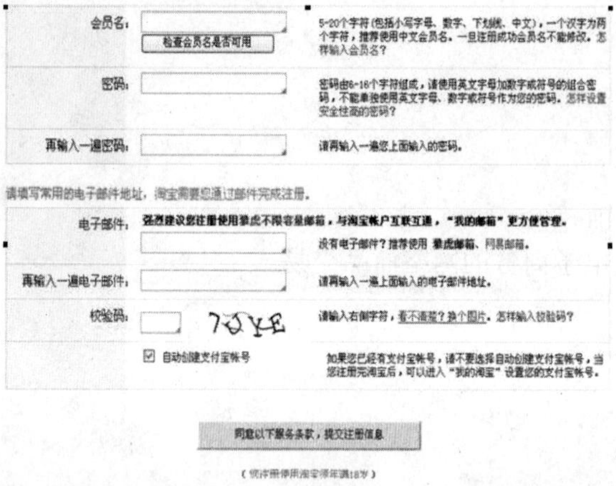

会员名：
检查会员名是否可用
5-20个字符（包括小写字母、数字、下划线、中文），一个汉字为两个字符，推荐使用中文会员名。一旦注册成功会员名不能修改。怎样输入会员名？
密码：
密码由6-16个字符组成，请使用英文字母加数字或符号的组合密码，不能单独使用英文字母、数字或符号作为您的密码。怎样设置安全性高的密码？
再输入一遍密码：
请再输入一遍您上面输入的密码。
请填写常用的电子邮件地址，淘宝需要您通过邮件完成注册。
电子邮件：
强烈建议您注册使用雅虎不限容量邮箱，与淘宝帐户互联互通，“我的邮箱”更方便管理。
没有电子邮件？推荐使用 雅虎邮箱、网易邮箱。
再输入一遍电子邮件：
请再输入一遍上面输入的电子邮件地址。
校验码：
请输入右侧字符，看不清楚？换个图片。怎样输入校验码？
自动创建支付宝帐号
如果您已经有支付宝帐号，请不要选择自动创建支付宝帐号，当您注册完淘宝后，可以进入“我的淘宝”设置您的支付宝帐号。
同意以下服务条款，提交注册信息

图 3-3-1

（二）进行支付宝安全设置（如图 3-3-2 所示）。

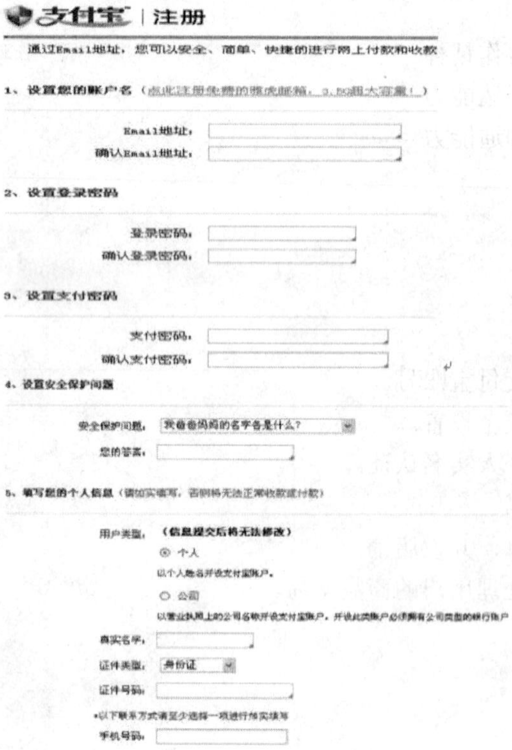

支付宝 | 注册
通过Email地址，您可以安全、简单、快捷的进行网上付款和收款
1、设置您的账户名
Email地址：
确认Email地址：
2、设置登录密码
登录密码：
确认登录密码：
3、设置支付密码
支付密码：
确认支付密码：
4、设置安全保护问题
安全保护问题： 我爸爸妈妈的名字各是什么？
您的答案：
5、填写您的个人信息（请如实填写，否则将无法正常收款或付款）
用户类型： （信息提交后将无法修改）
个人
以个人姓名开设支付宝账户。
公司
以营业执照上的公司名称开设支付宝账户，开设此类账户必须拥有公司类型的银行账户
真实名字：
证件类型： 身份证
证件号码：
•以下联系方式请至少选择一项进行如实填写
手机号码：

图 3-3-2

（三）进行支付宝个人实名认证（如图 3-3-3 所示）。

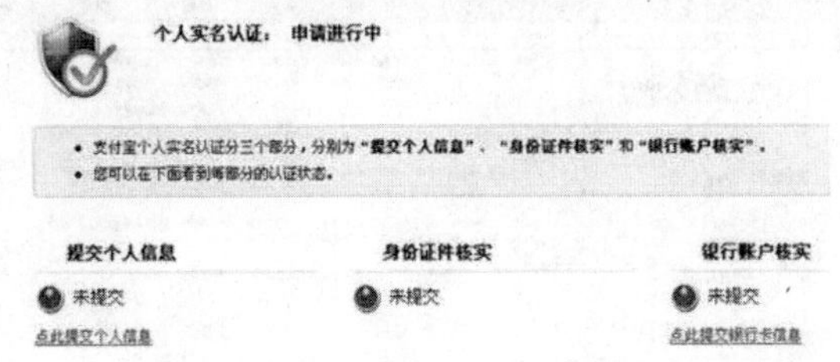

图 3-3-3

（四）安装数字证书（如图 3-3-4 所示）。

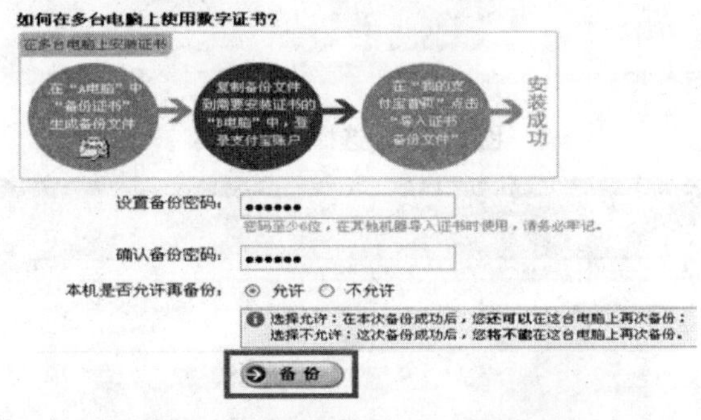

图 3-3-4

（五）发布商品信息，开设店铺（如图 3-3-5，图 3-3-6，图 3-3-7 所示）。

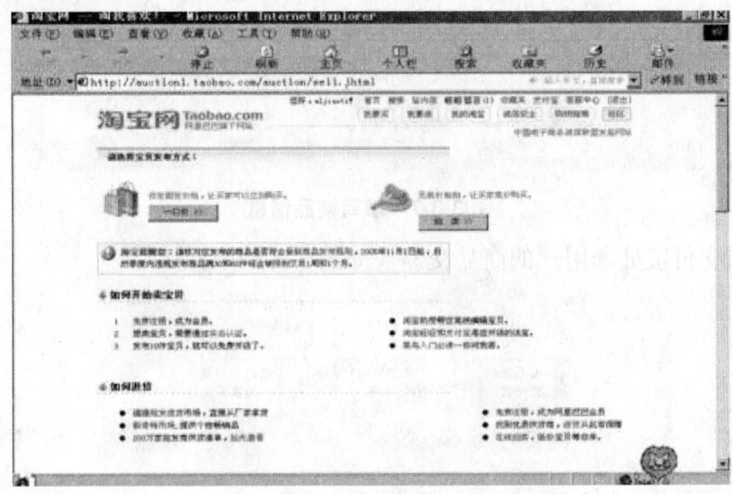

图 3-3-5　选择商品发布方式

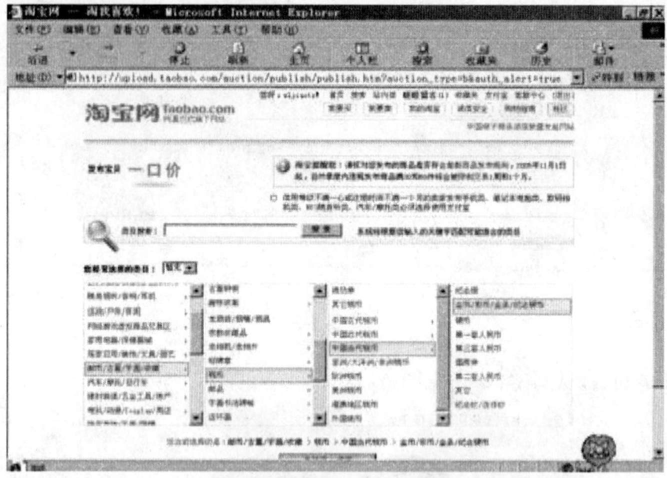

图 3-3-6　选择商品分类

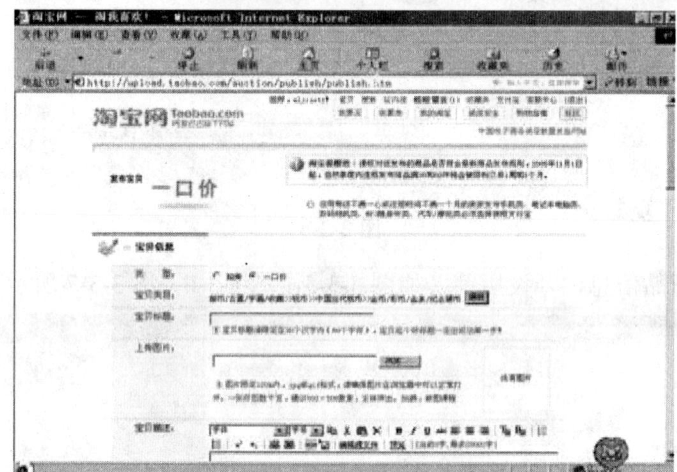

图 3-3-7　填写商品信息

（六）利用支付宝处理用户的商品交易（如图 3-3-8 所示）。

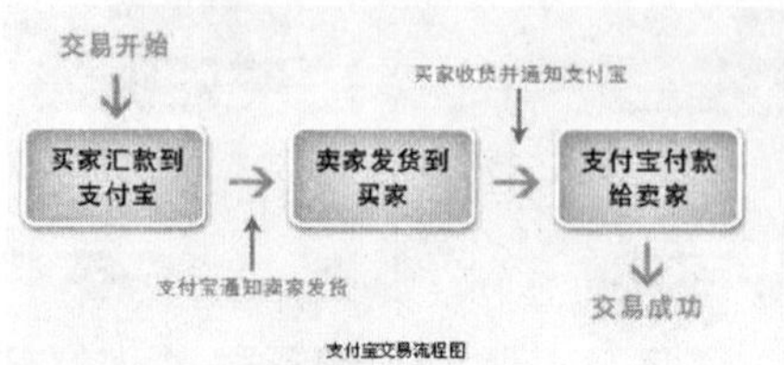

图 3-3-8

（一）商品名称要尽量多的包含关键字，方便用户搜索。

（二）商品的定价要稍低于传统市场，这是卖家有利于 C to C 网络商品交易的一般规律。

相关知识

（一）行业背景知识

一、熟悉 C to C 电子商务交易平台——淘宝网

淘宝网是国内最大的个人拍卖网站。支付宝账号和会员信息是淘宝网的网上通行证。正是支付宝在 C to C 交易中的引入，为 C to C 交易提供了良好的安全保障，作为卖方不用担心买方拿货不给钱，作为买方不用担心卖家拿钱不给货，或不能正常退货等。因此，淘宝网比其他 C to C 网站交易相对安全。但是，淘宝网也存在着一些不足，卖家或买家在交易时仍需谨慎，保障自身的权益。

二、淘宝网交易流程的优缺点分析

1．淘宝网交易流程中的优点

（1）以“淘宝旺旺”为载体，实现“拍前联系”。“拍前联系”是指买方与卖方沟通联系后再付款的方式，采用这种方式的网站必须同时提供便于买卖双方进行沟通的工具。“淘宝网”以“淘宝旺旺”为即时沟通工具，实现买卖双方付款前的交流。

电子商务在我国发展的时间还不长，网上交易双方的诚信监管、交易的安全性等诸多问题还未得到解决，因此仅通过网站上的商品文字介绍或图片就确定购买，买方必然会有所担忧，这种对网上交易流程的质疑进而必然影响了 C to C 电子商务的发展。“淘宝网”借助“淘宝旺旺”，使其网上交易的买卖双方可以对商品的特性、价格等先进行沟通探讨再进行交易，优化了交易流程，提高了 C to C 网络商品交易的服务质量。

（2）以第三方支付平台为中介，平衡买卖双方利益。“淘宝网”采用以第三方支付平台——“支付宝”为中介的交易流程，“支付宝”为买卖双方暂时保管货款，相对于货到付款、款到发货两种交易流程，这种交易流程平衡了买卖双方的利益。

货到付款交易流程是买方具有优势的交易流程，买方若不满意卖方提供的商品可以拒付货款。此外，卖方有可能无法收到买方支付的货款；款到发货交易流程则相反，它是卖方具有优势的交易流程，卖方收到买方支付的商品货款后有可能不发货，造成买方的损失。

"淘宝网"以"支付宝"为中介的交易流程平衡了买卖双方的利益，买方确定订单后将货款汇至"支付宝"而不是卖方，因此卖方、买方均不可使用这部分资金。卖方发货后，待买方收货确定后才通知"支付宝"与卖方结算划账，因此卖方必须在实物交易成功后才能获得货款，有力地保障了买方的利益。而这种模式下，由于"支付宝"第三方的监管，只要交易成功，卖方一定可以获得货款，有力地保障了卖方的利益。

（3）增加"信用评价"环节，提高交易安全。"淘宝网"网上交易流程不同于其他 C to C 网站，在其交易流程的最后一个环节是交易双方互相评定信用级别。评价分三种，好评+1 分，中评不加分，差评-1 分。若是买方或卖方对交易满意可给对方好评，反之则中评或差评。这种交易流程，使得"淘宝网"网上交易的双方的信用情况可视，若交易者存在欺诈行为，其信用级别必然较低，可以警示其他交易者与其交易时应慎重。

在交易流程的最后加上"信用评价"环节，提高了网上交易的安全性，是"淘宝网"在安全策略方面的突破，也是其较之其他 C to C 网站的一个优势。

2．淘宝网交易流程中的缺点

（1）卖方资金积压问题。买方收到商品通知"支付宝"后，"支付宝"才能与卖方结算，向卖方支付货款。因此，对于卖方而言，存在着支付周期过长、资金积压的问题。尤其是对于规模较小的卖方，资金的积压问题很有可能造成其无法持续经营，因此退出 C to C 市场。

（2）缺少退货情况的处理。"淘宝网"网上交易流程中未涉及对于退货情况的特殊处理，而退货情况是极为常见的。现在"淘宝网"交易流程中若买方对于商品不满意或有其他原因，买方需在"支付宝"要求的期限内申请"退款"，退款处理周期也较长。此外，若买方未在此期限内申请，那么"支付宝"将直接将货款汇至卖方账户，买方将无法追回此次交易的货款。

（3）缺少对卖方的约束。在交易流程中缺少对卖方的约束，卖方在网上发布的商品信息很有可能是其没有或缺货的商品，因此买方下了订单后，卖方才提示买方说自己缺货，造成此次交易失败。这种对卖方约束的缺少，必然在一定程度下降低了"淘宝网"向买方提供服务的质量。

（4）第三方平台无法处理交易纠纷。"支付宝"在交易中只起到中介的作用，对于买卖双方的交易纠纷，"支付宝"或"淘宝网"都无法处理。

（5）第三方支付平台信用等级低且存在一定的金融风险。"支付宝"等第三方支付平台的信用等级仅为一般的商业信用，较之于银行而言，其信用等级是较低的，其抵御各类风险的能力也相对较弱。因此，一旦"支付宝"在运作过程中出现问题，"淘宝网"网上交易流程即不可用。此外，买卖双方把资金暂存于"支付宝"上，"支付宝"有挪用资金的可能性，这在一定程度上降低了"淘宝网"交易流程的安全性。

三、适合网上销售的产品特点

通过对网上出售产品的细分发现，合适网上开店销售的商品一般具备下面的特点：

1．体积较小：主要是方便运输，降低运输的成本。

2．附加值较高：价值低过运费的单件商品是不适合网上销售的。

3．具备独特性或时尚性：网店销售不错的商品往往都是独具特色或者十分时尚的。

4．价格较合理：如果网下可以用相同的价格买到，就不会有人在网上购买了。

5．通过网站了解就可以激起浏览者的购买欲：如果这件商品必须要亲自见到才可以达到购买所需要的信任，那么就不适合在网上开店销售。

6．网下没有，只有网上才能买到，比如外贸订单产品或者直接从国外带回来的产品。

（二）基础理论知识

一、C to C 电子商务交易概述

C to C 电子商务是指消费者与消费者之间的电子商务，或者个人与个人之间的商务活动。这里所指的个人可以是自然人也可以是商家的商务代表。现代社会中的自然人或者由自然人组成的家庭中蕴藏着丰富的资源，不仅有物资资源而且有更多的知识资源，包括科技、文化、教育、艺术、医药和专门技能等资源，C to C 电子商务能够实现家庭或个人的消费物资再调配、个人脑力资源和专门技能的充分利用，从而最大限度地减少人类对自然资源和脑力资源的浪费。比如说，有个学生要毕业了，手上有一个旧的文曲星词典，他在网上发布卖旧文曲星的信息，通过网络交易平台，被另外一个新入学的大学生买去了。这种交易行为在电子商务里就称为 C to C 电子商务。

C to C 电子商务模式类似于现实商务世界中的跳蚤市场。其构成要素，除了包括买卖双方外，还包括电子交易平台供应商，也即类似于现实中的跳蚤市场场地提供者和管理员。在 C to C 交易中，电子交易平台供应商的作用举足轻重。这是因为：第一，它把 Internet 上无数的买家和卖家聚集在一起，为他们提供了一个平台；第二，它往往还扮演监督和管理的职责，负责对买卖双方的诚信进行监督和管理，负责对交易行为进行监控，最大限度地避免欺诈等行为的发生，保障买卖双方的权益；第三，它还能够为买卖双方提供技术支持服务，包括帮助卖方建立个人店铺，发布产品信息，制定定价策略等，帮助买方比较和选择产品以及电子支付等；第四，随着 C to C 模式的不断成熟发展，它还能够为买卖双方提供保险、借贷等金融类服务，更好地为买卖双方服务。目前国际上最有名的 C to C 网站是 eBay（www.ebay.com），国内则有淘宝（www.taobao.com）、易趣（www.ebay.com. cn）和拍拍网（www.paipai.com）等。

从理论上来说，C to C 模式最能体现 Internet 的精神和优势。数量巨大、地域不同、时间不一的买方和同样规模的卖方通过一个平台找到合适的对家进行交易，在传统领域要实

现这样大工程几乎是不可想像。同传统的二手市场相比，它不再受到时间和空间限制，节约了大量的市场沟通成本。从实际操作来看，其价值也显而易见。首先，C to C 能够为用户带来真正的实惠。过去，卖方往往具有决定商品价格的绝对权力，而消费者的议价空间非常有限；C to C 网站的出现，则使得消费者也有决定产品价格的权力，并且可以通过消费者相互之间的竞价结果，让价格更有弹性。其次，C to C 能够吸引用户。打折永远是吸引消费者的制胜良方。由于拍卖网站上经常有商品打折，对于注重实惠的中国消费者来说，这种网站无疑能引起消费者的关注。对于有明确目标的消费者（用户），他们会受利益的驱动而频繁光顾；而那些没有明确目标的消费者（用户），他们会为了享受购物过程中的乐趣而流连于 C to C 网站。

二、C to C 电子商务的特点

1. 个人与个人之间的大众化交易。
2. 利用专业网站提供的大型 C to C 电子商务平台，以免费或比较少的费用在网络平台上销售自己的商品。
3. 可以给客户带来价格便宜的商品。

三、C to C 电子商务的盈利模式

艾瑞市场咨询（iResearch）最新的研究成果显示，虽然现阶段的 C to C 电子商务网站为交易双方提供的各项服务主要以免费为主流，但是从长远来看，收费将是必然的趋势。针对卖家用户进行收费有利于 C to C 网站很好地保证买卖双方的信用，创建安全可靠的交易环境。综合来讲，未来 C to C 电子商务网站的盈利模式主要有店铺费用、交易服务费、广告费等方式（如图 3-3-9 所示）。

C2C 电子商务网站的盈利模式

赢利模式	收入的具体形式
店铺费用	年租费/月租费
交易服务费	按交易金额提成一定比例
商品登陆费	产品图片发布费、橱窗展示费
特色服务费	产品的特色展示费用
广告费	推荐位费用、竞价排名
搜索费用	关键字搜索
其它辅助服务收费	物流服务收费、支付交易费

©2006.12 iResearc Inc.　www.iresearch.com.cn

图 3-3-9

四、C to C 交易流程实例

消费者通过 C to C 网站交易，既可以成为买方，也可以成为卖方。下面以在易趣网上交易说明 C to C 电子商务的交易流程。

1．注册

在易趣网上交易，不论是买方还是卖方，都必须先注册成为会员。

（1）免费注册：进入易趣的主页后，首先点击网页右上角的“免费注册”的按钮（如图 3-3-10 所示）。

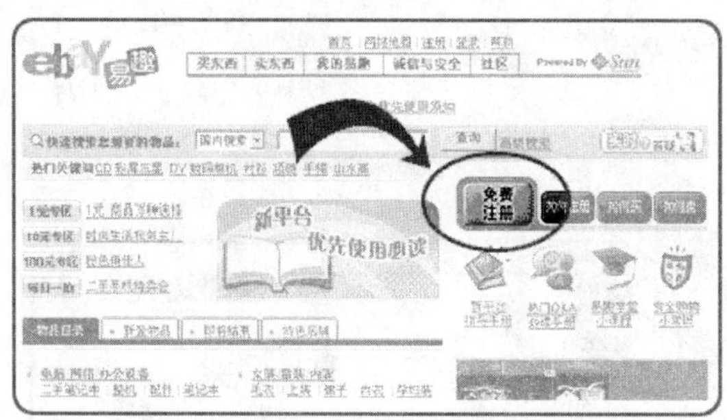

图 3-3-10　免费注册

（2）填写表格：然后按照网页要求填写个人信息，包括常用姓名、电子邮件、电话、地址等，所有项目均为必填。填完个人信息后，再仔细阅读服务条款，勾选全部选项并点击“我已阅读并接受上述条款，并继续”按钮后到下一步（如图 3-3-11 所示）。

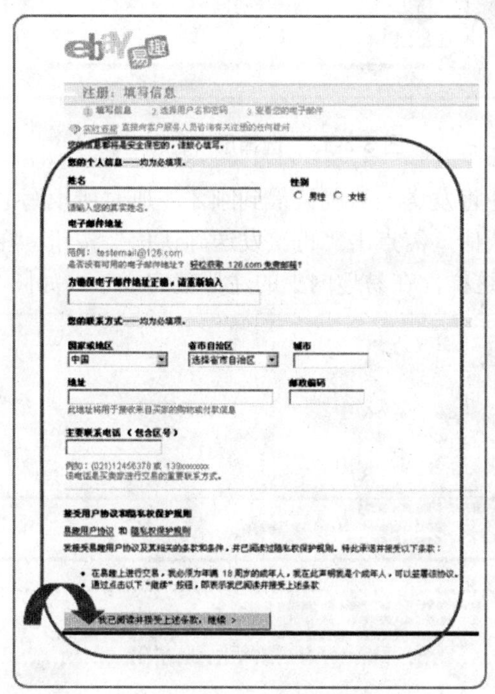

图 3-3-11　填写表格

（3）选择用户名和密码：填完个人信息后，接下来就是创建或选择在易趣上的用户名和密码了。用户名用于辨认在易趣上的身份，因此不能重复，而密码则是安全交易的保障基础（如图 3-3-12 所示）。

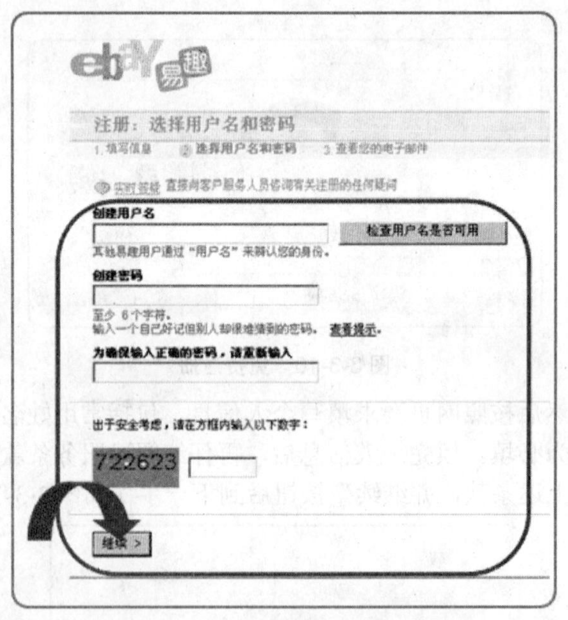

图 3-3-12　选择用户名和密码

（4）完成注册：易趣将发送一封确认信到刚才注册时所填写的邮箱中，此时不要关闭窗口，如果没有收到确认信，需点击“再次发送确认信”按钮。在收到确认信后点击信中“确认您的邮箱”按钮。这样，在易趣网上的注册就完成了（如图 3-3-13 所示）。

图 3-3-13　完成注册

2．购买物品

（1）寻找物品：既可以通搜索也可以通过物品分类来寻找。在任何页面的搜索框里，输入有关买家想要查询物品的关键字，即能得到所有相关物品的列表，然后就可以在搜索结果中再搜索或根据物品分类来筛选搜索结果，如 A 所标识位置；易趣网提供了全面、详尽的物品分类结构，只需按类点击就能找到自己需要的物品，如 B 所标识位置（如图 3-3-14 所示）。

图 3-3-14　寻找物品

（2）进行网上出价

在详细了解所需要的物品后，就可以在网上出价了。

有两种出价的方式可供选择，竞价购买：点击“出价”按钮，在出价框里填一个能接受的最高价格，随后系统会代买家自动出价，并以当前最低获胜价保持买家的领先（如图 3-3-15 所示）。

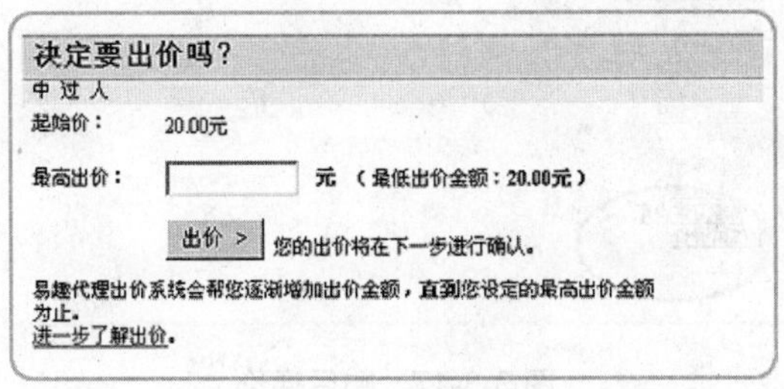

图 3-3-15　竞价购买

一口价购买：也可以按卖家所标出的“一口价”当场购买得到该物品（如图 3-3-16 所示）。

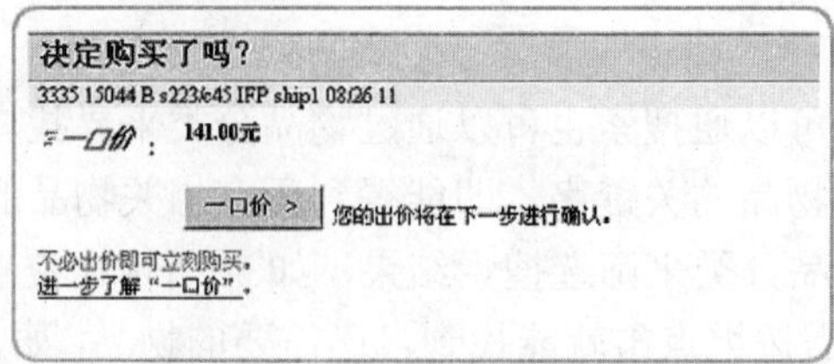

图 3-3-16 一口价购买

（3）网下交易：易趣提供给买家和卖家交易的平台，网上成交后，买家需向卖家付款，并联系收货。在网上竞拍成功后，易趣会 Email 给买家一封成交信，告知卖家的联系方式。同时买家也可以在“我的易趣”中的“已买入的物品”里查看卖家的联系方式，并与卖家联系成交。

（4）作出评价：如果买家与卖家在网下实际达成交易，那么就有义务为他做一个客观、真实的信用评价。累积起来的信用级别与信用度积分表示了买家交易信用程度的高低。不断提升买家的信用级别，对以后的成功交易有着重要作用（如图 3-3-17 所示）。

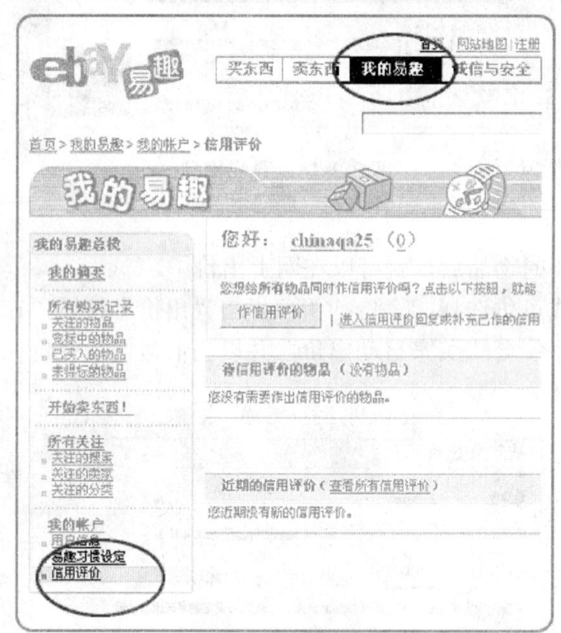

图 3-3-17 购后评价

3．出售物品

（1）准备出售商品：注册并通过卖家认证；点击导航栏上的“卖东西”，登录易趣（如图 3-3-18 所示）。

图 3-3-18　出售商品

发布商品信息：选择物品分类；填写物品信息，包括物品名称（尽量以关键字命名），描述、数量、所在地等；设定价格，如起始价、一口价、底价等；选择物品在线时间；确认交易联系方式；上传物品图片；附加支付、运货及保修信息。

（2）网上成交：可以方便地在“我的易趣”中查看卖家正在出售和已经出售的物品情况。有许多买家会在物品中留言提出问题，易趣也会 Email 提醒。如果买家用一口价买下卖家的物品，或卖家的物品在结束时有人竞标并达到卖家的底价，卖家的物品就可以在网上成交了。

（3）网下交易

在卖家与买家成交后，易趣将以 Email 方式给卖家送出一封成交信，告知买家的联系方式。卖家也可以在“我的易趣”中找到买家的联系方式。然后卖家就可以和买家约定如何付款，如何送货或当面交易等实物交付方式。如果卖家在发布商品信息时就表明了支付和发货方式，也需要卖家和买家再确认一下。

（4）作出评价

如果卖家与买家在网下实际达成交易，卖家就有义务为买家作出客观、真实的信用评价。同样，买家也会对卖家作出信用评价。所累积起来的信用级别与信用度积分代表了卖家交易信用程度的高低。努力提升卖家的信用级别，对以后的成功交易会有重要作用（如图 3-3-19 所示）。

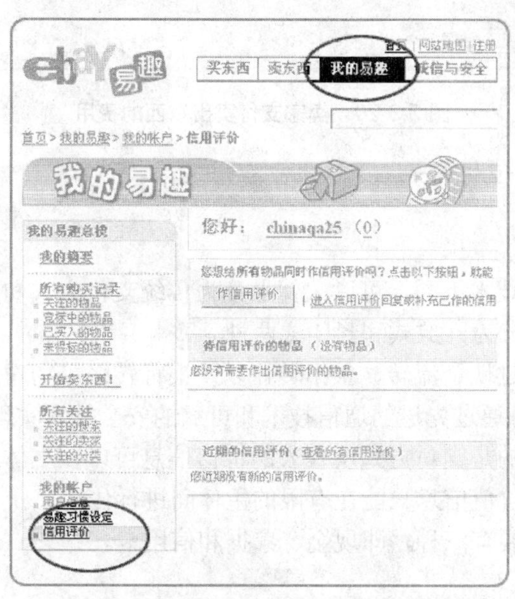

图 3-3-19　售后评价

（5）支付卖东西费用

卖家卖出东西，则应向易趣支付卖出东西的费用（如图 3-3-20 所示）

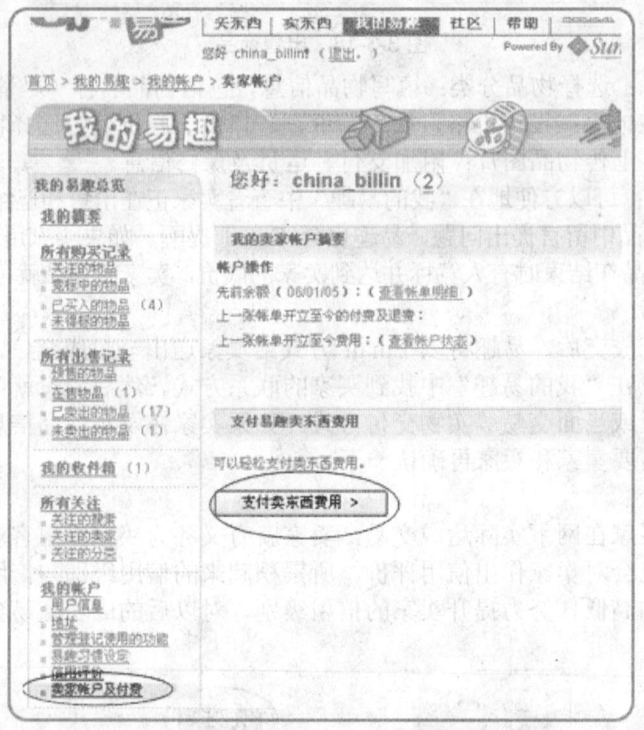

图 3-3-20　卖家支付卖出东西的费用

（三）深化拓展知识——支付方式

一、传统支付方式

支付方式按使用的技术不同，可以大体上分为传统支付方式和电子支付方式两种；按流通形态的不同，可以分为开放式和封闭式两种。

传统支付指的是通过现金流转、票据转让以及银行转账等物理实体的流转来实现款项支付的方式。电子支付是通过先进的通信技术和可靠的安全技术实现的款项支付结转方式。

开放式支付方式指的是支付方式所代表的价值信息可以在主体之间无限传递下去。而封闭式支付方式指的是价值信息只能在有限的主体间进行传递。

传统的支付方式主要有三种，即现金、票据和信用卡。

1．现金

现金有两种形式，即纸币和硬币，是由一国中央银行发行的。纸币本身没有价值，它只是一种由国家发行并强制流通的货币符号，但却可以代替货币加以流通，其价值是由国家加以保证的；硬币本身含有一定的金属成分，故而具有一定的价值。

在现金交易中，买卖双方处于同一位置，而且交易是匿名的。卖方不需要了解买方的身份，因为现金的有效性和价值是由中央银行保证的。同时，现金具有使用方便和灵活的特点，故而多数小额交易是由现金完成的。其交易流程一般是：一手交钱，一手交货。

显然，现金是一种开放的支付方式。任何人只要持有现金，就可以进行款项支付，而无须经中央银行收回重新分配。

现金交易也存在如下缺陷：

（1）受时间和空间限制。对于不在同一时间、同一地点进行的交易，无法采用这种方式交易。

（2）受不同发行主体的限制。不同国家的现金的单位和代表的购买力不同，这给跨国交易带来不便。

（3）不利于大宗交易。大宗交易涉及金额巨大，倘若使用现金作为支付手段，不仅不方便，而且不安全。

2．票据

票据分为广义票据和狭义票据。广义上的票据包括各种具有法律效力、代表一定权利的书面凭证，如股票、债券、货单、车船票、汇票等，人们将它们统称为票据；狭义上的票据指的是《票据法》所规定的汇票、本票和支票，是一种载有一定的付款日期、付款地点、付款人的无条件支付的流通凭证，也是一种可以由持票人自由转让给他人的债券凭证。这里所指的都是狭义票据。

票据正是为了弥补上文提到的现金交易的不足而出现的。通过使用票据，异地交易不必涉及大量现金，减少了携带大量现金的不便和风险。同时，票据使得交易中的物流和货币流的分开更有保障。

票据本身的特性使得交易可以异时异地进行，突破了现金交易同时同地的限制，大大提高了交易实现的可能性，由此而促进了交易的繁荣。

但票据也存在一些问题，比如易于伪造、容易丢失，商业承兑汇票甚至存在拒绝付款和到期无力支付的风险，因此，使用票据仍然具有一定的风险。

3．信用卡

信用卡是指具有一定规模的银行或金融公司发行的，可凭此向特定商家购买货物或享受服务，或向特定银行支取一定款项的信用凭证。

信用卡的大小与名片相似，卡面印有信用卡和持卡人的姓名、卡号、发行日期、有效日期、每笔付款限额、发卡人等信息，背面有持卡人的预留签名、磁条和发卡人的简要声明等。

信用卡起源于美国，早在1915年，美国的一些饭店和百货公司，为推销商品、扩大业务，开始发行信用卡。到了60年代，信用卡得到了广泛的运用，在英国、加拿大、日本以及西欧国家盛行起来，使用范围也拓宽了，大到买房置地、旅游购物，小到公用电话、公共汽车，均可使用信用证。我国自中国银行1981年将信用卡这一新型的支付方式引进国内后，其他银行也纷纷仿效。

信用卡的使用流程如下：

（1）持卡人用卡购物或消费并在购签单上签字；

（2）商家向持卡人提供商品或服务；

（3）商家向发卡人提交购签单；

（4）发卡人向商家付款；

（5）发卡人向持卡人发出付款通知；

（6）持卡人向发卡人归还贷款。

使用信用卡作为支付方式，高效便捷，可以减少现金货币流通量，简化收款手续，并且可以用于存取现金，十分灵活方便。但是，信用卡也存在一些缺点：

（1）交易费用较高。

（2）信用卡具有一定的有效期，过期失效。

（3）有可能遗失而给持卡人带来风险和麻烦。

如果根据上面关于开放式支付与封闭式支付的定义，那么现金属于开放式支付，而票据和信用卡属于封闭式支付。一般来说，开放式支付比较方便，因为支付工具不须由发行主体重新确认流通；而封闭式支付在这一点上显然不如开放式支付，重新回笼增加了作为支付工具本身的成本，也正因如此，票据才使用诸如背书转让的手段来增加其流通性。但由于技术条件所限，传统的开放式支付具有很大的风险和不便。正是这种权衡，才使得票据、信用卡等支付方式在电子支付出现以前在大额交易中频繁使用。

二、电子支付的特征

电子支付是指电子交易的当事人，包括消费者、厂商和金融机构，使用安全电子手段通过网络进行的货币支付或资金流转。与传统的支付方式相比，电子支付具有以下特征：

（1）电子支付采用现代技术通过数字流转来完成支付信息传输，支付手段均是数字信息；而传统的方式则是通过现金的流转、票据的转让以及银行的转账等实体形式的变化实现的。

（2）电子支付是基于开放的系统平台（即互联网）之中的；而传统支付则在较为封闭的环境中进行。

（3）电子支付使用最先进的通信手段，因此对软硬件要求很高；传统支付对于技术要求不如电子支付高，且多为局域网络，不须联入互联网。

的安全性。

向 Internet 站点提供后端付款和处理服务的 PaymentNet 可以处理电子支票。采用 SSL 标准保证交易安全，美国最大的支票验证公司 Telecheck 通过对储存在数据库中的购物者个人信息及风险可靠度进行交叉检验来确认其身份。

3. 电子货币

电子货币是指模拟现金进行交易的电子支付手段，目前主要有电子现金、网络现金电子钱包等。

（1）电子现金（E-Cash）

电子现金是一种以数据形式流通的货币。它把现金数值转换成为一系列的加密序列数，通过这些序列数来表示现实中各种金额的币值。用户在开展电子现金业务的银行开设账户并在账户内存钱后，就可以在接受电子现金的商店购物了。

当用户拨号进了互联网网上银行，使用一个口令（Password）和个人识别码（PIN）来验明自身，直接从其账户中下载成包的低额电子“硬币”时，这时候电子现金才起作用。然后 ，这些电子现金被存放在用户的硬盘当中，直到用户从网上商家进行购买为止。为了保证交易安全，计算机还为每个硬币建立随时选择的序号，并把这个号码隐藏在一个加密的信封中，这样就没有人可以搞清是谁提取或使用了这些电子现金。按这种方式购买实际上可以让买主无迹可寻，提倡个人隐私权的人对此很欢迎。

总部设在荷兰的 Digicash 公司就是在商业上提供真正的电子现金系统的公司，数字设备公司（DEC）也紧随其后。Digicash 公司于 1995 年 10 月就开始在美国圣路易 Mark Twain 银行试验一种名为 CyberBucks 的电子现金系统，大约有 50 家 Internet 厂商和 1000 名客户使用这种电子现金。据 Mark Twain 银行的高级副行长兼国际市场主管 Frank Trottert 称：“第一阶段是零售商业系统，然而真正的潜力在第二阶段，我认为这一阶段将形成一个全球性的面向商业的支付网络。”他还说，用户一直认为电子现金使用起来非常方便。目前使用该系统发布 E-Cash 的银行有 10 多家，包括 Mark Twain Eunet Deutsche Advance 等世界著名银行。IBM 公司的 Mini-pay 系统提供了另一种 E-Cash 模式。该产品使用 RSA 公司密匙数字签名，交易各方的身份认证是通过证书来完成的，电子货币的证书当天有效。该产品主要用于网上的小额交易。

电子现金的支付过程可以分为四步。

① 用户在 E-Cash 发布银行开立 E-Cash 账号，用现金服务器账号预先存入的现金来购买电子现金证书，这些电子现金就有了价值，并被分成若干成包的“硬币”，可以在商业领域中进行流通。

② 使用计算机电子现金终端软件从 E-Cash 银行取出一定数量的电子现金存在硬盘

上，通常少于100美元。

③ 用户与同意接收电子现金的厂商洽谈，签订订货合同，使用电子现金支付所购商品的费用。

④ 接收电子现金的厂商与电子现金发放银行之间进行清算，E-Cash 银行将用户购买商品的钱支付给厂商。

电子现金具有以下特点：

① 银行和商家之间设有协议和授权关系。

② 用户、商家和 E-Cash 银行都需使用 E-Cash 软件。

③ E-Cash 银行负责用户和商家之间资金的转移。

④ 身份验证是由 E-Cash 本身完成的。E-Cash 银行在发放电子货币时使用了数字签名。商家在每次交易中，将电子货币传送给 E-Cash 银行，由 E-Cash 银行验证用户支持的电子货币是否有效（伪造或使用过等）。

⑤ 匿名性。

⑥ 具有现金特点，可以存、取、转让，适用于小的交易量。

然而，电子现金支付方式也存在一些问题。

① 只有少数商家接受电子现金，而且只有少数几家银行提供电子现金开户服务。

② 成本较高。电子现金对于硬件和软件的技术要求都较高，需要一个大型的数据库存储用户完成的交易和 E-Cash 序列号以防止重复消费。因此，尚需开发硬软件成本低廉的电子现金。

③ 存在货币兑换问题。由于电子硬币仍以传统的货币体系为基础，因此德国银行中能以德国马克的形式发行电子现金，法国银行发行以法郎为基础的电子现金，诸如此类，因此从事跨国贸易就必须要使用特殊的兑换软件。

④ 风险较大。如果某个用户的硬盘损坏，电子现金丢失，钱就无法恢复，这个风险许多消费者都不愿承担。更令人担心的是电子伪钞的出现，美国联邦储备银行电子现金专家 Peter Ledingham 在他的论文《电子支付实施政策》一文中告诫说："似乎可能的是，电子'钱'的发行人因存在伪钞的可能性而陷于危险的境地。使用某些技术，就可能使电子伪钞获得成功的可能性将非常低。然而，考虑到预计的回报相当高，因此不能忽视这种可能性的存在。一旦电子伪钞获得成功，那么，发行人及其一些客户所要付出的代价则可能是毁灭性的。"

尽管存在种种问题，电子现金的使用仍呈现增长势头。Jupiter 通信公司的一份分析报告称，在10美元以下的电子交易中所占的比例将达60%。因此，随着较为安全可行的电子现金解决方案的出台，电子现金一定会像商家和银行界预言的那样，成为未来网上贸易方便的交易手段。

2．电子钱包

电子钱包是一个可以由持卡人用来进行安全电子交易和储存交易记录的软件，就像生活中随身携带的钱包一样。

电子钱包具有如下功能：

① 电子安全证书的管理。包括电子安全证书的申请、存储、删除等。

② 安全电子交易。进行 SET 交易时辨认用户的身份并发送交易信息。

③ 交易记录的保存。保存每一笔交易记录以备日后查询。

比如，持卡人在使用长城卡进行网上购物时，卡户信息（如账号和到期日期）及支付指令可以通过电子钱包软件进行加密传送和有效性验证。电子钱包能够在 Microsoft、Netscape 等公司的浏览器软件上运行。持卡人要在 Internet 上进行符合 SET 标准的安全电子交易，必须安装符合 SET 标准的电子钱包。

英国西敏寺(National-Westminster)银行开发的电子钱包 Mondex 是世界上最早的电子钱包系统，于 1995 年 7 月首先在有“英国的硅谷”之称的斯温顿市试用。起初，名声并不那么响亮，不过很快就在温斯顿打开了局面，被广泛应用于超级市场、酒吧、珠宝店、宠物商店、餐饮店、食品店、停车场、电话间和公共交通车辆之中。这是由于电子钱包使用起来十分简单，只要把 Mondex 卡插入终端，三五秒钟之后，卡和收据条便从设备付出，一笔交易即告结束，读取器将从 Mondex 卡中所有的钱款中扣除掉本次交易的花销。此外，Mondex 卡还大都具有现金货币所具有的诸多属性，如作为商品尺度的属性、储蓄的属性和支付交换的属性，通过专用终端设备还可将一张卡上的钱转移到另一张卡上，而且，卡内存有的钱一旦用光，一旦遗失或被窃，Mondex 卡内的金钱价值不能重新发行，也就是说持卡人必须负起管理上的责任。有的卡如被别人拾起照样作用，有的卡写有持卡人的姓名和密码锁定功能，只有持卡人才能使用，比使用现金安全一些。Mondex 卡损坏时，持卡人就向发行机关申报卡内所余余额，由发行机关确认后重新制作新卡发还。

Mondex 卡终端支付只是电子钱包的早期应用，从形式上看，它与智能卡十分相似。而今天电子商务中的电子钱包则已完全摆脱了实物形态，成为真正的虚拟钱包了。

网上购物使用电子钱包，需要在电子钱包服务系统中进行。电子商务活动中的电子钱包软件通常都是免费提供的。用户可以直接使用与自己银行账号相连接的电子商务系统服务器上的电子钱包软件，也可以通过各种保密方式利用互联网上的电子钱包软件。目前世界上有 Visa Cash 和 Mondex 两大电子钱包服务系统，其他电子钱包服务系统还有 Master Card Cash EuroPay 的 Clip 和比利时的 Proton 等。

使用电子钱包的顾客通常要在有关银行开立账户。在使用电子钱包时，将电子钱包通过有关的电子钱包应用软件安装到电子商务服务器上，利用电子钱包服务系统就可以把自己的各种电子货币或电子金融卡上的数据输入进去。在发生收付款时，如顾客需用电子信用卡付款，如用 Visa 卡或 Master 卡等收款时，顾客只要单击一下相应项目（或相应图标）即可完成。这种电子支付方式称为单击式或点击式支付方式。

在电子钱包内只能装电子货币，即装入电子现金、电子信用卡、在线货币、数字货币等。这些电子支付工具都可以支持单击式支付方式。

在电子商务服务系统中设有电子货币和电子钱包的功能管理模块，叫做电子钱包管理器(Wallet Administration)，顾客可以用它来改变保密口令或保密方式，用它来查看自己银行账号上的收付往来的电子货币账目、清单和数据。电子商务服务系统中还有电子交易记录器，顾客通过查询记录器，可以了解自己都买了什么物品，购买了多少，也可以把查询结果打印出来。

利用电子钱包在网上购物，通常包括以下步骤：

① 客户使用浏览器在商家的 Web 主页上查看在线商品目录浏览商品，选择要购买的商品。

② 客户填写订单，包括项目列表、价格、总价、运费、搬运费、税费。

③ 订单可通过电子化方式从商家传过来，或由客户的电子购物软件建立。有些在线商场可以让客户与商家协商物品的价格（例如出示自己是老客户的证明，或给出竞争对手的价格信息）。

④ 顾客确认后，选定用电子钱包付钱。将电子钱包装入系统，单击电子钱包的相应项或电子钱包图标，电子钱包立即打开；然后输入自己的保密口令，在确认是自己的电子钱包后，从中取出一张电子信用卡来付款。

⑤ 电子商务服务器对此信用卡号码采用某种保密算法算好并加密后，发送到相应的银行去，同时销售商店也收到了经过加密的购货账单，销售商店将自己的顾客编码加入电子购货账单后，再转送到电子商务服务器上去。这里，商店对顾客电子信用卡上的号码是看不见的，不可能也不应该知道，销售商店无权也无法处理信用卡中的钱款。因此，只能把信用卡送到电子商务服务器上去处理。经过电子商务服务器确认这是一位合法顾客后，将其同时送到信用卡公司和商业银行。在信用卡公司和商业银行之间要进行应收款项和账务往来的电子数据交换和结算处理。信用卡公司将处理请求再送到商业银行请示确认并授权，商业银行确认并授权后送回信用卡公司。

⑥ 如果经商业银行确认后拒绝并且不予授权，则说明顾客的这张电子信用卡上的钱数不够用了或者是没有钱了，或者已经透支。遭商业银行拒绝后，顾客可以再单击电子钱包的相应项再打开电子钱包，取出另一张电子信用卡，重复上述操作。

⑦ 如果经商业银行证明这张信用卡有效并授权后，销售商店就可交货。与此同时，销售商店留下整个交易过程中发生往来的财务数据，并且出示一份电子收据发送给顾客。

⑧ 上述交易成交后，销售商店就按照顾客提供的电子订货单将货物在发送地点交到顾客或其指定的人手中。

到这里，电子钱包购物的全过程就完了。购物过程中间虽经过信用卡公司和商业银行等多次进行身份确认、银行授权、各种财务数据交换和账务往来等，但这些都是在极短的时间内完成的。实际上，从顾客输入订货单后开始到拿到销售商店出具的电子收据为止的全过程仅用 5～20 秒的时间。这种电子购物方式十分省事、省力、省时。而且，对于顾客来说，整个购物过程自始至终都是十分安全可靠的。由于顾客的信用卡上的信息别人是看不见的，因此保密性很好，用起来十分安全可靠。另外，有了电子商务服务器的安全保密措施，就足以保证顾客去购物的商店必定是真的，不会假冒的，从而保证顾客安全可靠地购到货物。

总之，这种购物过程彻底改变了传统的面对面交易和一手交钱一手交货等购物方式，是一种很有效的而且非常安全可靠的电子购物过程，是一种与传统购物方式根本不同的现代高新技术购物方式。

工作训练

学生以 5～6 人为一个工作小组，选出组长。由组长带领，组员共同讨论，以 C to C 电子商务交易为目标，基于工作过程，以小组为单位，进行工作训练。

（1）设计工作情境，扮演工作角色，实施工作任务。

（2）汇报工作过程，进行工作任务自我评估，完成任务考核评价表。

工作训练

步骤	工作内容	工作方法	时间（120 分钟）
情境设计	**学生：**（以小组为单位） 由组长带领组员共同讨论，设计工作情境。 **教师：** 教师利用案例启发引导，强调工作情景设计时应注意的问题。	小组讨论法 案例引导教学法	10

续表

工作训练			
步骤	工作内容	工作方法	时间（120 分钟）
任务确定	**学生：**（以小组为单位） 由项目组长确定工作情境，负责分配队员所扮演的角色，设定每个队员的工作任务。 **教师：** 对各个小组的工作进度进行监督和指导。	小组讨论法	10
任务实施	**学生：**（以小组为单位） 登陆淘宝网，结合每个小组设计的工作情境及在工作中所扮演的角色，按照老师提出的要求，以 C to C 电子商务交易为目标，开始架设店铺并设计 C to C 电子商务交易情境。 **教师：** 对各个小组的工作进度进行监督、指导和评价。	角色扮演法	20
工作汇报	**学生：**（以小组为单位） 将开店的过程以及制定的方案，以小组为单位，进行工作情境设计与工作实施过程汇报。 **教师：** 点评学生的情境设计与任务实施过程，提出指导意见。	团队汇报法 讲授法	30
完善情境设计工作实施方案	**学生：** 学生在教师点评的基础上，对初次汇报的 C to C 电子商务交易情境设计与工作实施方案，进行反复的讨论和修改，形成方案修改稿；与（企业）教师进行再次的方案沟通与交流，双方认同方案，最终形成 C to C 电子商务交易情境设计与工作实施方案定稿，制成演示文稿。 **教师：** 评价每个小组在设计 C to C 电子商务交易方案过程中的总体表现，并点出每个小组所存在的问题。	团队汇报法	20
工作任务评估	**学生：** 每个小组派一名队员进行工作项目汇报总结与交流，并对自己小组的最终工作结果进行客观评价，填写《学生——C to C 电子商务交易考核表》。 **教师：** 根据汇报情况进行提问、评价并简单总结；填写《教师——C to C 电子商务交易考核表》。	团队汇报法	30

学生——C to C 电子商务交易考核表

考核内容 / 队员姓名	分配任务是否按时完成（10%）	任务完成评价（20%）	团队讨论参与是否积极（20%）	方案设计所负责部分（20%）	是否积极参与企业沟通交流（30%）	得分（满分100）

教师——C to C 电子商务交易考核表

考核内容 / 序号	方案完成提交情况（15%）	方案结构是否完整（15%）	排版是否符合要求（20%）	PPT 制作情况（20%）	方案汇报情况（30%）	得分（满分100）

情境思考

1．在互联网上比较适合销售哪些商品？

2．比较 C to C 交易平台淘宝、易趣、拍拍在经营上战略上的异同和效果？

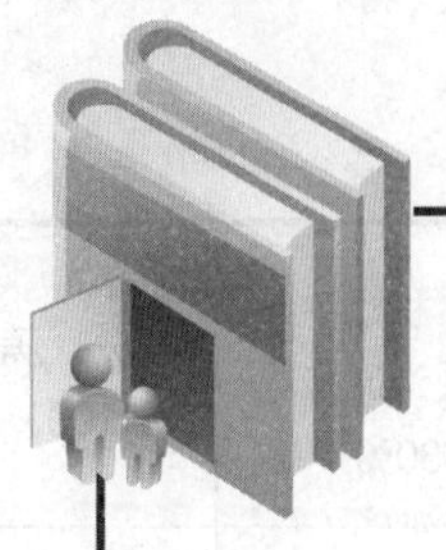

模块四 网络商品转移

情境 1：第三方物流实现网络商品转移

学习目标

1. 掌握第三方物流实现网络商品转移的相关知识。
2. 会根据客户需求选择合适的第三方物流实现网络商品的转移。
3. 小组成员能够共同创设第三方物流实现网络商品转移的工作情境，扮演相应角色，实现工作过程。

情境描述

山东某贸易公司专门从事图书和电子产品专卖，经营多年信誉良好，在同行业销售量一直遥遥领先，该公司不但拥有实体商店而且在网上开有几个店：淘宝网、易趣网、拍拍网都有，每月的营业额目前大约是 600 万元左右，每月物流费用在 10 万元左右。为了节省成本，公司没有专门的物流公司，公司的物流配送一直靠目前我国知名的快递公司——申通 E 物流等淘宝推荐的第三方物流公司来完成。

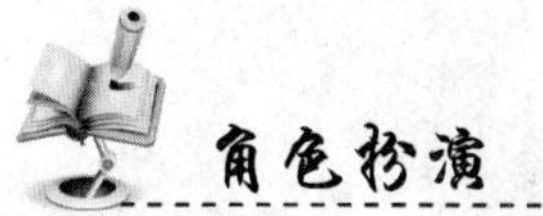

角色扮演

扮演该贸易公司网上商店的物流服务人员，选择合适的第三方物流进行网络商品的配送。

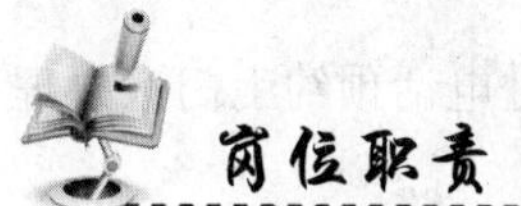

岗位职责

根据消费者（客户）的要求、商品的形状、性能和地区差异来选择一家合适的第三方物流公司来实现网络商品转移。

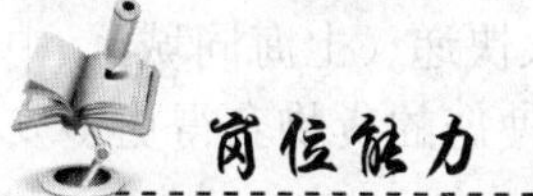

岗位能力

专业能力：

能够根据客户的要求，以及商品的特性来选择专门的第三方物流公司，同时能够通过第三方物流公司网站平台对商品转移的全过程进行控制与管理，从而方便快捷的实现网络商品转移。

社会能力：

1．具备良好团队协作精神

2．具备沟通和协调合作能力

3．具有高度负责的态度

4．具备持续创新能力

任务分析

（一）接到客户的订单后，根据经营产品和客户的要求选择合适的物流公司作为自己的合作伙伴。

（二）使用联系好的物流——申通物流公司进行货物运输。

（三）到申通快递网站随时查询跟踪货物流通的过程。

（四）最终把货物送达到消费者手中。

任务实施

（一）处理好发货的订单和已发货的订单，根据订单进行商品的分拣和配货，配齐货物后，确定起始地、目的地，货物的重量、体积和商品货物的一些特别注意事项进行物流公司的选择

（二）登录合作的第三方物流公司与在线客服进行沟通，或者通过电话预约上门来办理物流手续，填制快递详情单（起始地、目的地、货物的重量）

（三）选择合适的运输工具

（四）根据快递详情单的编号来查询货物现在所到达的位置。

我们以申通快递公司为例：

1. 处理好发货的订单和已发货的订单，使用推荐物流来运输货物，目前与淘宝合作的推荐物流公司有：EMS，e 邮宝，申通，圆通，韵达，宅急送，风火快递（上海同城），中通，天天；如果是使用以上物流公司发货，您可以选择线上下单，使您的货物获得更多安全保障。

2. 确定好用申通快递来配送货物，登录申通快递网站（如图 4-1-1 所示）。

图 4-1-1

（1）点击在线咨询，与客服在线交谈（如图 4-1-2 所示）。

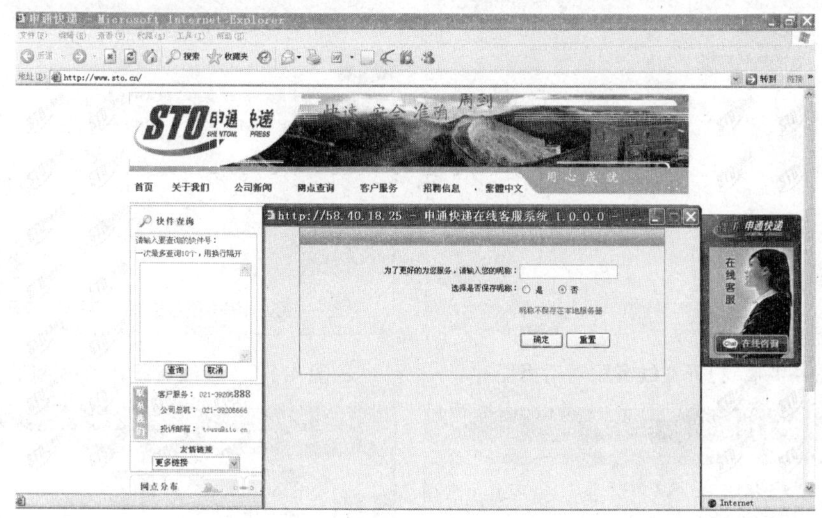

图 4-1-2

申通客服提示“为了更好的为你服务输入昵称”，键入昵称“贸易公司”然后确定（如图 4-1-3 所示）。

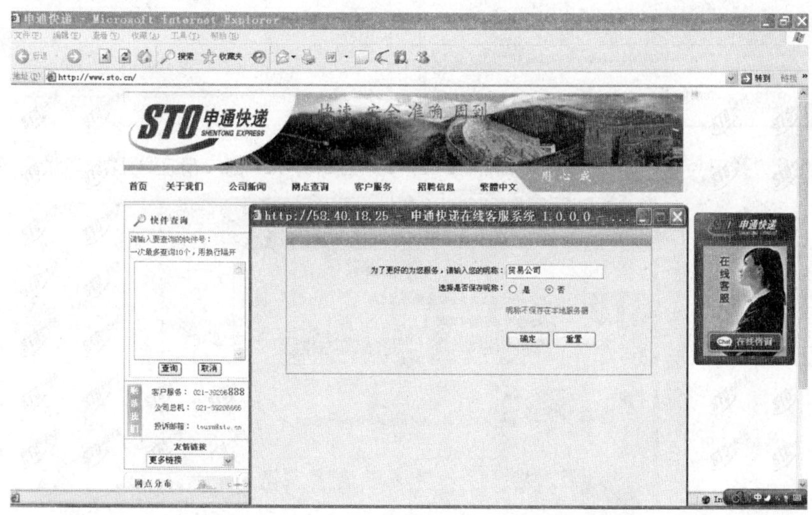

图 4-1-3

根据实际情况选择电子商务客服（淘宝网上下单业务）或者传统业务客服，然后开始与物流客服对话（如图 4-1-4 至 4-1-8 所示）。

图 4-1-4 打开在线客服对话页面

图 4-1-5 在线客服开始对话服务

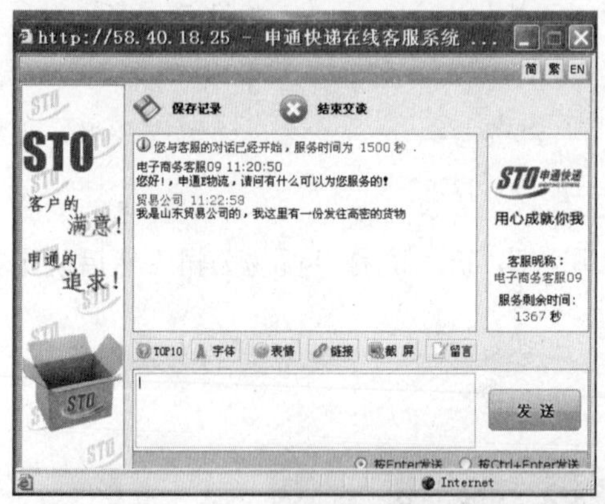

图 4-1-6 客户与在线客服对话交流开始

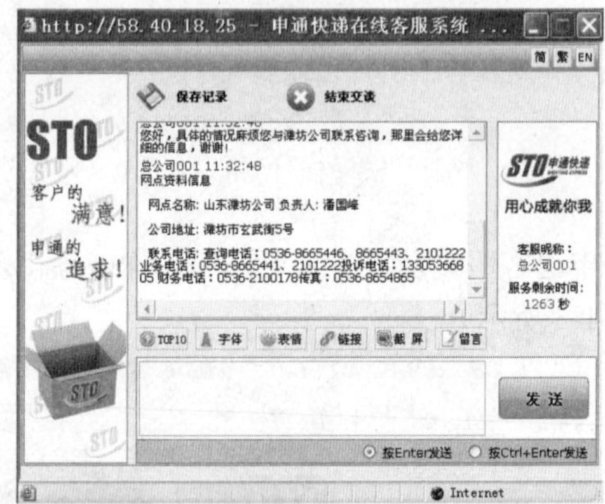

图 4-1-7 客户与在线客服对话交流中

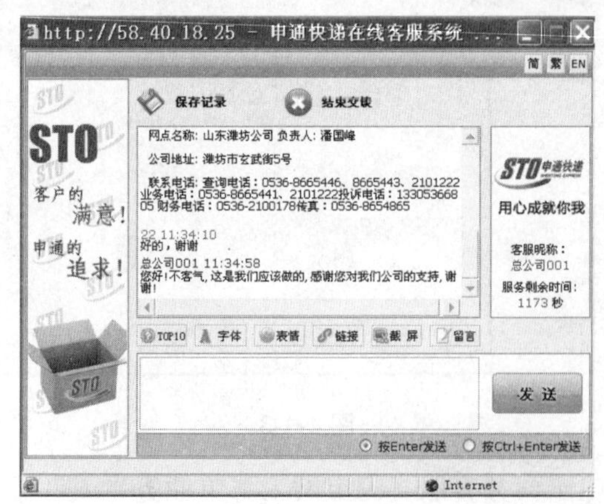

图 4-1-8 客户与在线客服对话交流结束

（2）也可以通过离线留言给申通客服（如图 4-1-9 至 4-1-10 所示）。

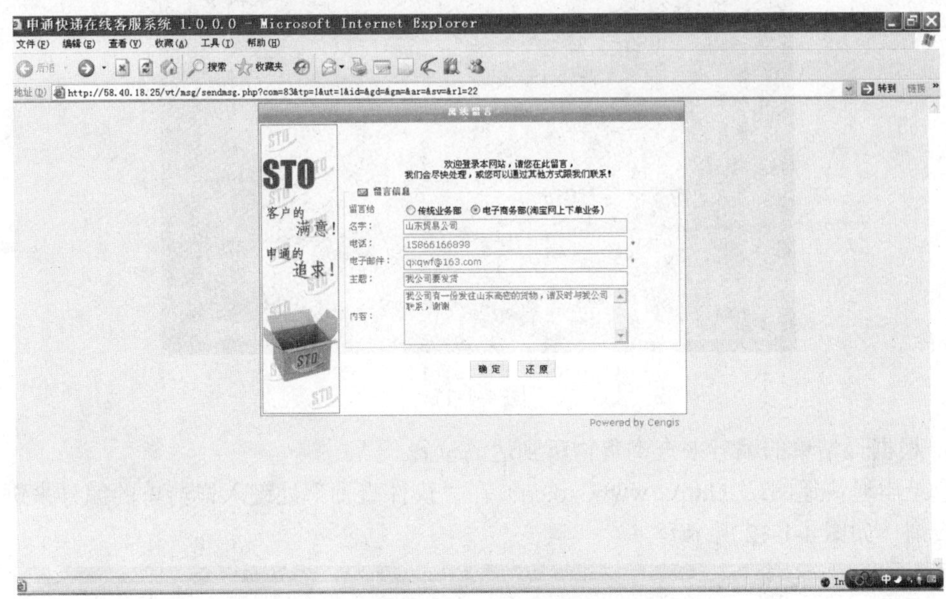

图 4-1-9　留言页面

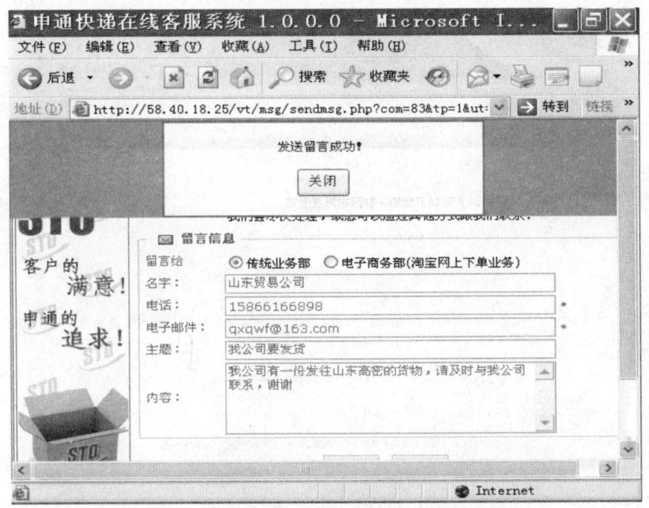

图 4-1-10　留言成功

与申通快递联系好后，申通的工作人员上门办理物流业务，填写好申通快递详情单（如图 4-1-11 所示）。

图 4-1-11

3. 根据详情单的编号来查询货物所到达的位置

登录申通快递网站（http://www.sto.cn）在“快件查询”处键入详情单的编号来进行货物的查询（如图 4-1-12 所示）。

图 4-1-12 输入查询编号

点击查询，得到货物流动的信息（如图 4-1-13 所示）。

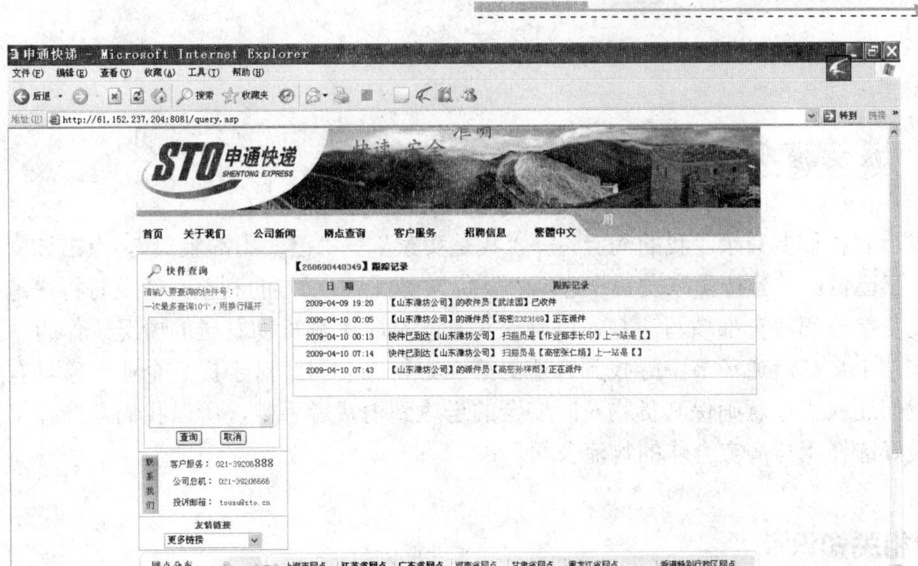

图 4-1-13　货物送达过程中查询得到的信息

货物安全到达消费者手中，配送完毕，得到的查询信息（如图 4-1-14 所示）。

图 4-1-14　货物送达消费者查询得到的信息

注意事项

发货后我们要登录“我的淘宝”→“我是卖家”→“已卖出的宝贝”，点击该交易状态栏“买家已付款，等待卖家发货”选择“发货”。为保护双方的利益，请及时将快递公司名称、发货单号码等全部填写清楚，以确保买家能及时了解货物发送的情况。作为一家大企业，在整个物品流通环节中寻找到合适的第三方物流公司，对于提高企业形象具有重要作用，我们还应当注意确保其货物及时安全的送达到消费者手中，所以我们在选择第三方物流时最好选择“与淘宝合作的物流公司”。

相关知识

（一）行业背景知识

一、第三方物流公司的基本情况

国内著名的第三方物流包括联邦快递、联合包裹、TNT、申通 E 物流、中国邮政 EMS、圆通速递、中通速递、天天快递、宅急送等。

“申通 E 物流”是专为中国电子商务配送而成立的新公司（原为申通快递），新公司依托于申通快递的强大网络系统，立足于传统快递业务，主要承接非信函、样品、大小物件的速递业务，专注新兴的电子商务配送市场，成为中国最大的专注于电子商务配送的企业之一。目前公司的总部位于上海，总公司现有员工近千人，下设 5 大片区、并将在全国首期成立 100 家专业承接电子商务配送的分公司。同时申通 E 物流逐步拓展到全国所有大、中、小城市及各县市，成为中国快递网络最全的专注于电子商务配送的物流企业。凭借着申通 E 物流满足了客户的需求，赢得了客户的好评。

“圆通速递”成立于 2000 年 5 月 28 日。经过八年的精心打造，现已成为集速递、物流、电子商务为一体的大型民营企业。公司总部位于上海市青浦区华新镇。八年来，公司业务迅速发展，网络覆盖全国，现拥有配送网点 1500 余个，各类运输、派送车辆 14800 余辆，员工 3 万余名，服务覆盖全国 500 多个城市。圆通速递致力于开拓和发展国际、国内快递、物流市场。我们的服务涵盖仓储、配送及特种运输等一系列的专业速递服务，并可以为您量身制定速递方案，提供个性化、一站式的服务。公司于 2005 年 10 月通过 ISO9001:2000

国际质量管理体系认证，被评为“中国行业十大影响力品牌”、“中国物流行业协会副会长单位”，上海快递行业协会副会长单位，被上海市共青团授予“青年文明号”示范单位。

“中国速递服务公司”为中国邮政集团公司直属全资公司，主要经营国际、国内 EMS 特快专递业务，是中国速递服务的最早供应商，也是目前中国速递行业的最大运营商和领导者。公司拥有员工 20,000 多人，EMS 业务通达全球 200 多个国家和地区以及国内近 2,000 个城市。EMS 特快专递业务自 1980 年开办以来，业务量逐年增长，业务种类不断丰富，服务质量不断提高。除提供国内、国际特快专递服务外，EMS 相继推出国内次晨达和次日递、国际承诺服务和限时递等高端服务，同时提供代收货款、收件人付费、鲜花礼仪速递等增值服务。EMS 拥有首屈一指的航空和陆路运输网络。依托中国邮政航空公司，建立了以上海为集散中心的全夜航航空集散网，现有专用速递揽收、投递车辆 20,000 余部。覆盖最广的网络体系为 EMS 实现国内 300 多个城市间次晨达、次日递提供了有力的支撑。EMS 具有高效发达的邮件处理中心。全国共有 200 多个处理中心，其中北京、上海和广州处理中心分别达到 30,000 平方米、20,000 余平方米和 37,000 平方米，同时，各处理中心配备了先进的自动分拣设备。亚洲地区规模最大、技术装备先进的中国邮政航空速递物流集散中心也将于 2008 年在南京建成并投入使用。EMS 还具备领先的信息处理能力。建立了以国内 300 多个城市为核心的信息处理平台，与万国邮政联盟（UPU）查询系统链接，可实现 EMS 邮件的全球跟踪查询。建立了以网站（www.ems.com.cn）、短信（5185）、客服电话（11185）三位一体的实时信息查询系统。EMS 一贯秉承“全心、全速、全球”的核心服务理念，为客户提供快捷、可靠的门到门速递服务，最大程度地满足客户和社会的多层次需求。2005 年先后荣获“中国消费者十大满意品牌”、“全国名优产品售后服务十佳”和“中国货运业快递信息系统和服务规范金奖”等奖项。

二、第三方物流公司的选择方法

信息流、资金流、物流是当今企业间流行最广的词汇，作为网上商店，物流配送是不可少缺的。随着企业竞争战略的变化和物流管理运作方式的发展，越来越多的企业为了优化企业资源配置和增强市场竞争优势，将不属于企业核心竞争力范畴的物流业务外包，使得所谓专业性的第三方物流服务（3PLS）应运而生，大行其道。在当今这个已是买方天下的市场面前，物流作为企业销售保障的生命线，显得更为重要。企业成本控制、销售完成包含了物流重大的贡献。

中国的物流行业起步不久，由于行业门槛低、相应法律法规不完备、物流概念模糊等原因，造成中国的物流业鱼龙混杂，队伍乱、素质低、信誉差。一些一张桌子一个电话一本笔记本的“信息部”“货运站”也打出旗号“××物流”。如何正确对待第三方物流并正确选择第三方物流服务商（3PLS）尤为关键。

1．共赢

第三方物流是企业外包物流作业或物流管理的产物，是企业间的互动协作过程、客户定制化服务、企业间的战略联盟。共赢是企业对待第三方物流的第一原则。

利润是企业的生命，很多企业在选择第三方物流服务商时首先考虑的是价格问题，企图利用控制物流服务商价格来降低企业成本。固然成本控制很是必要，但低于一定的利润底线的服务商将是企业运作的最大风险。

2．监控

企业必须在服务商取得相应利润下要求其提供完好的服务，如何保证物流服务商提供完好服务，关键是企业进行监控。数年来的工作经验发现，企业外包物流出现失败的很多原因是完全放手，任由第三方物流天马行空，或者企业没有完整的监控程序,监控执行不到位,以至于出现众多不可收拾的残局。企业必须有完善的监控、考核力度及强有力的执行，以保证物流服务商严格按照既定的方案稳步健康有效地提供服务。

3．共同发展

物流服务商有没有共同发展的可能，有没有共同发展的眼光，有没有共同发展的规划以及物流服务商过去的发展过程也是企业重点参考的依据。选择大型物流服务商及中小型物流服务商所付出的成本肯定不同，企业不是必须要选择大型物流服务商作为合作伙伴，适合自己需要的服务商就可以满足要求，所以用发展的眼光也是非常重要，物流服务商同企业共同发展是企业长久的保障。很多中小型物流服务商能随企业共同发展,企业也可以考虑发展为合作伙伴。某些以利益为根本出发点，有利可图的生意才做，一旦出现暂时的利益流失便离的无影无踪，这样的物流服务商只会使企业每时每刻都在面临考虑更换服务商的问题，严重影响企业的发展。

4．风险保障

风险保障是企业选择物流服务商最慎重的地方。企业必须严格考核物流服务商资质、实力、资源情况。

风险保障包含运作能力保障和违约赔偿保障。

运作能力保障要重点考察物流服务商日常资源调配能力及最大资源调配能力，以保证日常运作及业务突发时的运作保障。

违约保障要重点考察物流服务商资质、实际赔偿能力及保险情况。如干线运输外包，很多企业以为物流服务商购买了保险，而很大部分物流服务商所谓的车辆资源是整合了社会车辆，物流服务商将风险转嫁给了承运车辆驾驶员，导致货物灭失、交通事故出现后才发现谁也没有保险，驾驶员亦无赔偿能力，更有强者某些物流服务商此时消失的无影无踪，最终蒙受损失的还是企业。

按照目前的物流惯例，对于货值不高的产品，一般采取迟延支付物流费用的方法来保障利益；对于货值较高的产品，一般采取提前收取风险保证金的方法来保障利益，对于重大货值的还须另行提供信誉担保公司。

5．专业性强

企业在选择物流服务商时应考虑物流服务商的专业性能，从物流性质上可以分为仓储型物流服务商、干线运输型物流服务商、B to B、B to C 配送型物流服务商、综合型专业第三方物流；从物流范围上可分为国际物流、国内干线运输物流、省内市内区间配送、区内网络快运等；从运输方式可分为航空、航海、铁路、公路；从物流行业上可分医药类、快速消费品类、家电类、汽车类、鲜活食品类、特种类等；由于不同类型的物流服务商所掌握的资源不同，能提供优质服务的能力也不同，所以企业应选择适合自己的物流服务商。

6．增值服务

增值服务是根据企业的需要，在传统仓储、货运服务下，物流服务商借助全新的物流理念、完整的信息技术为企业提供超出常规的服务。增值服务是综合考虑一家物流服务商的必要条件。各企业所需要的增值服务内容不同，则需要物流服务商能提供不同的增值服务，当然所谓的增值服务是物流服务商在原有的服务基本上主动自愿和义务地提供，否则就谈不上增值所在了。

总之，第三方物流供应者是一个为外部客户管理、控制和提供物流作业服务的公司。其在货物的实际移动链中并不是一个独立的参与者，而是代表发货人或收货人未执行。选择第三方物流，对顾客来说主要是基于对第三方物流业的期望：作业利益、经济利益、管理利益和战略利益。

（二）基础理论知识

一、物流与物流产业

1. 物流的含义

对物流的定义学术界尚无一致的认识，比如在美国和我国就有不同的观点。到了 2001 年，中华人民共和国国家标准关于《物流术语》对“物流”一词才有了规范性的表述，之后，这一规范性表述开始在我国广泛流行。

（1）美国学术界的物流定义

美国物流管理协会关于物流的定义是：“物流（Logistics）是为满足消费者需求而进行的对原材料、中间库存、最终产品及相关信息从起始地到消费地的有效流动及存储的计划、实施与控制的过程”。这一定义特别强调有效流动与存储，强调信息及管理在物流中的作用,它特别关心运输可见性（Shipment Visibility）、库存可见性（Inventory Visibility）及电子商务在今日物流中的应用。这一定义反映了美国人在考虑物流时的宽广视野以及将其纳入系统工程的战略思维。

1998 年，美国物流管理协会（CLM）对物流又有新的定义是：“Logistics is that part of the supply chain progress that plans，implements，and controls the efficient，effective forward and reverse flow and storage of goods，services，and related information between the point of consumption in order to meet customers requirements。”（物流是供应链流程的一部分，是为了满足客户需求而对商品、服务及相关信息从原产地到消费地的高效率、高效益的正向和反向流动及储存进行的计划、实施与控制过程）。这一定义不仅把物流纳入了企业间互动协作关系的管理范畴，而且要求企业在更广阔的背景上来考虑自身的物流运作，即不仅要考虑自己的客户，而且要考虑自己的供应商；既要考虑到客户的客户，又要考虑到供应商的供应商；既要致力于降低某项具体的物流作业成本，又要考虑使供应链运作的总成本最低。总之，这一定义反映了随着供应链管理思想的出现，美国物流界对物流更加深入的认识，强调“物流是供应链的一部分”；并从“反向物流”角度进一步拓展了物流的内涵与外延。

（2）我国学术界对物流的定义

在我国，物流是一个外来词，在 20 世纪 70 年代末才从日本引进。1979 年 6 月，中国物资经济学会派代表团参加日本举行的第三届国际物流会议以后，物流的概念开始介绍到了国内，引起了学术界和管理部门的重视。此后，有关部门及专家学者展开了对物流的研究，并纷纷给出了定义。代表性的物流定义有：

1987 年，王嘉霖、张蕾丽教授在《物流系统工程》一书中指出：物流系泛指物资实体的场所（或位置）转移和时间占用，即物资实体的物理移动过程（有形的与无形的）。狭义地讲，物流包括从生产企业内部原材料、零部件的采购开始，经过生产制造过程中的半成品的存放、装卸、搬运和成品包装，到流通部门或直达客户后的入库验收、分类、储存、保管、配送，最后送达顾客手中的全过程，以及贯穿于物流全过程的信息传递和顾客服务工作的各种机能的整合。

1987 年，在李京文教授等人主编的《物流学及其应用》一书中，物流被定义为：“物质资料在生产过程中各个生产阶段之间的流动和从生产场所到消费场所之间的全部运动过程。”

1995 年，王之泰教授在《现代物流学》一书中，将物流定义为“按用户（商品的购买者、需求方、下一道工序、货主等）要求，将物的实体（商品、货物、原材料、零配件、半成品等）从供给地向需要地转移的过程。这个过程涉及到运输、储存、保管、搬运、装卸、货物处理和拣选、包装、流通加工、信息处理等许多相关活动。”

1996 年，吴清一教授在《物流学》一书中，将物流定义为：“指实物从供应方向需求方的转移，这种转移既要通过运输或搬运来解决空间位置的变化，又要通过储存保管来调

节双方在时间节奏方面的差别”。

1997 年，何明珂教授在《现代物流与配送中心》一书中，定义物流为“物质实体从供应者向需要者的物理性移动，它由一系列创造时间和空间效用的经济活动组成，包括运输、（配送）、保管、包装、装卸、流通加工及物流信息的处理等多项基本活动，是这些活动的统一”。

2000 年，宋华博士等在《现代物流与供应链管理》一书中，将物流定义为“为了实现顾客满意，连接供给主体和需求主体，克服空间和时间阻碍的有效、快速的商品、服务流动的经济活动过程”。

（3）《物流术语》关于物流规范表述

在上述研究成果的基础上，2001 年 4 月，由中国物资流通协会牵头组织编写的中华人民共和国国家标准《物流术语》（以下简称《物流术语》标准），由国家质量技术监督局正式发布。在充分吸收国内外物流研究成果的基础上，《物流术语》标准将物流定义为：“物品从供应地向接受地的实体流动过程。根据实际需要，将运输、储存、装卸、搬运、包装、流通加工、配送、信息处理等基本功能实现有机结合。”这一定义除了对概念准确性进行斟酌之外，还对现代物流理念进行了诠释。它已作为规范的定义为国内学术界和管理部门接受和采用。

2. 物流产业基本构架

（1）物流基础设施业

物流基础设施业由各种不同的运输线路、运输线路的交汇与节点以及理货终端所构成，是向各个经济系统运行所提供的物流基础设施。行业构成是：铁道、公路、水运、空运、仓储等。主要的物流设施是车站、货场、港口、码头、机场、铁路、公路、仓库等。

（2）物流服务业

物流服务业包括新型的、专业化的对货主全部物流活动进行系统的全程代理的第三方物流业；从事局部物流活动代理的传统仓库存货代理、运输代理、托运代办、通关代理等局部的代理业务；运输和承运服务业；营业仓库；物流设备、设施出租服务业等等。

（3）货主物流业

货主物流产业包括货主自办物流，部分从事第三方物流活动的行业。这一行业着重于建立和运作巨型企业内部物流系统，尤其是和连锁商业相互依存的配送、配送中心以及流通加工系统。目前已经形成的行业有：连锁配送业、分销配送业、流通加工业等等。

（4）物流装备制造业

物流装备制造业是向物流各项经营活动提供劳动手段的业种。大体可以划分为集装设备生产行业、货运汽车生产行业、铁道货车生产行业、货船行业、货运航空器行业、仓库设备行业、装卸机具行业、产业车辆行业、输送设备行业、分检与理货设备行业、物流工

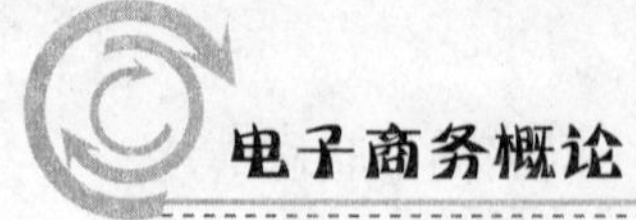

具行业等等。

（5）物流信息技术及物流系统业

物流信息技术及物流系统业由提供物流信息技术装备、物流系统软、硬件，提供系统管理等行业组成，是计算机技术系统和通信技术在物流领域的独特的组合。

二、物流价值

物流是物质资料从供给者到需求者的物理性运动，在这一运动过程中，价值发生增殖，表现为创造了时间价值、场所价值和一定加工价值。

1. 时间价值

“物”从供给者到需求者之间有一段时间差，改变这一时间差会使价值产生增殖。比如当物品由甲地到乙地时，乙地正处在供小于求的状态，由甲地抵达乙地的时间愈短，愈能获取地区差价。这种因为时间差而产生的价值，称作“时间价值”。时间价值通过物流所获得的形式有①缩短时间创造价值；②弥补时间差创造价值；③延长时间差创造价值。

（1）缩短时间创造价值

从全社会物流的总体来看，加快物流速度，缩短物流时间，是物流必须遵循的一条经济规律。物流和一般力学运动有一个重大区别，就是它不是简单地按自然科学规律所发生的运动，而是能动地取得时间价值的运动形式。

缩短物流时间，可获得多方面的好处，如减少物流损失，降低物流消耗，增加物流周转，节约资金等。马克思从资本角度早就指出过：“流通时间越等于零或近于零，资本的职能就越大，资本的生产效率就越高，它的自行增殖就越大”。（《马克思恩格斯全集》第 24 卷、第 142 页）。这里，马克思所讲的流通时间就包括物流时间，因为物流周期的结束是资本周转的前提条件。这一时间愈短，资本周转愈快，表现出资本较高的增殖速度。

现代物流学着重研究的一个课题，就是如何采取技术的、管理的、系统的等等方法来尽量缩短物流的宏观时间和针对性地缩短微观物流时间，从而取得更高的时间价值。

（2）弥补时间差创造价值

一般说来，需求和供给普遍地存在着时间差。比如粮食生产有严格的季节性和周期性，即使人类已有了改造自然的能力，创造人工条件使粮食种植不受季节影响，但周期性仍是改变不了的。这就决定了粮食的集中产出，但是人们的消费一年 365 天，天天有所需求，自然供给和需求之间便出现时间差。又比如水泥工厂一旦“点火”，生产就必须连续进行，每时、每天都在生产产品，但是其消费却带有一定的集中性，生产与消费存在一定的时间间隔。其典型的事例是在地球南北两个极区，由于存在适合施工季节的集中需求所产出的显著的时间差。再比如凌晨磨制的鲜豆浆在上午出售；前日采摘的蔬菜、鲜果在次日出售等等，这些都说明供给与需求之间所存在时间差。

时间差是一种普遍的客观存在。商品若是缩短或克服了供需之间的这个时间差，商品就能卖上高价，获得十分理想的效益。但是，商品本身是不会自动弥合这个时间差的，如果没有有效的方法，集中生产出的粮食除了当时的少量消耗外，就会损坏掉、腐烂掉，而在非产出时间，人们就会找不到粮食吃；如果无有效的方法，集中施工的季节就会出现水泥供给不足，造成停工待料，而其他不消费季节所生产出的水泥，便会无处可放，而最终损失掉。物流便是以科学的、系统方法弥补（有时是改变）这种时间差，以实现其“时间价值”。

（3）延长时间差创造价值

一般说来，作为一种特例，在某些具体物流中，也存在着人为地能动地延长物流时间来创造价值的现象。例如，配合待机销售的物流便是一种有意识地延长物流时间、有意识增加时间差来创造价值的。

2. 场所价值

除了少数的特例外，商品即物的供给与需求之间存在着一定的空间距离，“物”从供给者到需求者之间有一段空间差。由于改变这一场所的供给和需求的空间存在差异，而创造出新的价值，人们将这一价值称作“场所价值”。

物流创造场所价值是由供给和需求之间的空间差，商品在不同地理位置有不同的价值所决定的。通过物流，人们将商品由低价值区转到高价值区，便可获得价值差，即“场所价值”。场所价值具有从集中生产场所流入分散需求场所创造价值等多种具体形式。

（1）集中生产场所流入分散需求场所创造价值

现代化大生产的特点之一，往往是通过集中的、大规模的生产以提高生产效率，降低成本。在一个小范围集中生产的产品可以覆盖大面积的需求地区，有时甚至可覆盖一个国家乃至若干国家。通过物流将产品从集中生产的低价位区转移到分散于各处的高价位区，有时便可以获得很高的利益。例如，钢铁、水泥、煤炭等原材料的生产，往往以几百万甚至几千万吨的大量生产密集在一个地区，汽车生产有时也可达百万辆以上，这些产品、车辆都需通过物流流入分散需求地区，物流的“场所价值”也依此决定。

（2）从分散生产场所流入集中需求场所创造价值

与集中生产不同的分散生产在现代社会中也不少见。例如，粮食是在一亩地一亩地上分散生产出来的，而一个大城市的需求却相对大规模集中；一座大型汽车制造厂的零配件生产也分布得非常广，但却集中在某一大厂中进行装配。这在客观上形成了分散生产和集中需求的矛盾，即空间差异。在这种差异下，物流便依此取得了另一种场所价值。

（3）从甲地生产流入乙地需求创造场所价值

现代社会中，供应与需求的空间差异比比皆是，十分普遍，除了大生产所决定之外，还有不少是自然地理和社会发展因素来决定的。例如，农村生产粮食、蔬菜而异地于城镇消费，南方生产荔枝而异地于南北各地消费，北方生产高粱而异地于南北各地消费等等。现代人每日消费的物品几乎都是相距一定距离甚至十分遥远的地方所产生的。为此复杂交错的供给与需求的空间差都是靠物流来弥合的。物流从中取得了利益。

3. 加工附加价值

物流在一定条件下，也可以创造加工附加价值。加工是生产领域常用的手段，并不是物流本来的职能。但是，现代物流的一个重要现代特点，是根据自己的优势从事一定的补充性的加工活动，这种加工活动不是创造商品主要实体，形成商品主要功能和使用价值，而是带有完善、补充、增加性能的加工活动。这种活动必然会形成劳动对象的附加价值。虽然在创造加工附加价值方面，物流不是主要责任的承担者，其所创造的价值也不能与时间价值和场所价值比拟，但毕竟这是现代物流有别于传统物流的重要方面。

三、物流功能

物流的功能是指物流活动应该具有的基本能力，以及通过对物流活动的有效组合、达到物流的最终经济目的。物流的功能一般内运输、仓储、包装、装卸搬运、流通加工、配送，以及与上述功能相关的物流信息等构成。

1. 运输。运输是指是通过运输手段使货物在不同地域范围间以改变“物”的空间位置为目的的活动，创造场所效用，是实现空间效果的主要手段，是物流系统中最为重要的功能要素之一。运输在物流活动中占有重要的地位，是社会物质生产的必要条件之一，是“第三个利润源”的主要源泉。

2. 仓储保管。它包括存储、管理、保养和维护等活动，消除生产和消费之间的时间间隔产生时间功效，是产生时间效果的主要手段，用来克服需求与供给节奏不—致的矛盾，在物流系统中起着缓冲、调节和平衡的作用，保证物流活动的连续性与有效性。同时仓储还有调整价格的功能，防止产品过多导致价格的暴跌。因此，仓储具有以调整供需为目的的调整时间和价格的双重功能。

3. 包装。包装是指为保护“物”，或使之单元化，以利于运输、装卸搬运、保管和销售等的技术。“物”在进入物流系统之前，—般要进行某种程度的捆扎、包装或装入适当的容器，因此，包装被称为生产的终点，物流的起点，具有保护性、单位集中性和便利性三大特性，同时具有保护商品、方便物流、促进销售、方便消费四大功能。

4. 配送。配送是物流的一种特殊的、综合的活动形式，它几乎包括了物流的所有职能。是物流的一个缩影或在某一范围内全部物流活动的体现。一般来讲，配送是集包装、装卸搬运、保管、运输于一体，并通过这些活动完成将物品送达的目的。配送问题的研究包括配送方式的合理选择，不同物品配送模式的研究，以及与配送中心建设相关的配送中心地址的确定、设施的构造、内部布置和配送作业及管理等问题的研究。

5．装卸搬运。装卸搬运是指在同一范围内进行的、以改变“物”的存放状态和空间份量为主要内容和目的的活动。在生产领域中，装卸搬运常称为物料搬运．物流的各个主要环节和生产过程的各个阶段都要依赖装卸搬运活动进行衔接。装卸搬运是劳动密集型作业，内容复杂，消耗的人力与财力在物流成本中占有相当大的比重，常常是物流系统改善的难点之一。

搬运是指在物流过程中，对货物进行装卸、搬运、准垛、取货、理货分类等，或与之相关的作业，是应物流运输和保管的需要而进行的作业。搬运本身不创造价值，但搬运的质量影响着物流成本和物流效率。

6．流通加工。流通加工是流通中的一种特殊形式。它是指在物品从生产领域向消费领域流动的过程中，为促进销售，维护产品质量和提高物流效率，而对物品进行加工，使物品发生物理、化学或形状变化的活动。流通加工的主要作用是优化物流系统，表现为：增强物流系统服务功能；提高物流对象的附加价值，使物流系统可以成为“利润中心”；降低物流系统成本等。

7．物流信息。它是指获取表达物流活动的有关知识、资料、消息、情报、数据、图形、文件、语言和声音等信息，以及信息加工与处理的技术。信息流先于“物”流，信息流不仅伴随“物”流的全过程，而且贯穿其始终。与其他领域信息相比，物流信息有其特殊性，表现在：物流信息源点多，信用量大，信息缺乏通用性，这是由物流活动范围的广阔性及物流管理未统一化、标准化决定的；物流信息动态性能特别强，决定了信息的收集、加工、处理应及时、快速；物流信息种类繁多，不仅要收集处理本系统内部的各类信息，还要收集与之相关的生产、销售等系统的信息，这样物流信息的分类、研究、筛选难度加大。物流信息具有“中枢神经作用”和“支持保障作用”。因此，物流信息也是物流的重要组成部分。物流信息技术也是物流管理活动的基础。

四、物流的分类

社会经济领域中的物流活动无处不在，许多有本身特点的领域都有自己特征的物流活动、虽然物流的基本要素都共同存在，但是出于物流对象不同、物流目的的不同、物流范围、范畴不同，形成了不同类型的物流。尽管目前还没有统一的物流分类标准．但为便于研究，按照物流系统的作用、属性及作用的空间范围，可以从不同角度对物流进行分类。

1．按照实用价值分类

（1）宏观物流

宏观物流是指社会再生产总体的物流活动。从社会再生产总体角度认识和研究的物流活动：这种物流活动的参与者是构成社会总体的大产业、大集团，宏观物流也就是研究社会再生产总体物流，研究产业或集团购物流活动和物流行为。

宏观物流还可以从空间范畴来理解，在很大空间范畴购物流活动，往往带有宏观性。在很小空间范畴的物流活动则往往带有微观性，宏观物流也指物流全体，从总体看物流而不是从物流的某一个环节来看物流。因此，在物流活动中，下述物流应属于宏观物流，即：社会物流、国民经济物流、国际物流。

宏观物流研究的主要特点是综合性和全局性。宏观物流主要研究内容是物流总体构成，物流与社会之关系在社会中的地位，物流与经济发展的关系，社会物流系统和国际物流系统的建立和运作等。

（2）微观物流

消费者、生产者企业所从事的实际的、具体的物流活动属于微观物流。在整个物流活动之中的一个局部、一个环节的具体物流活动也属于微观物流：在一个小地域空间发生的具体的物流活动也属于微观物流。针对某 — 种产品所进行的物流活动也是微观物流。下述物流：企业物流、生产物流、供应物流、销售物流、回收物流、废弃物物流、生活物流等均属微观物流。微观物流研究的特点是具体性和局部性。由此可见，微观物流是更贴近具体企业的物流。其研究领域十分广阔。

2. 按照作用分类

（1）供应物流

为生产企业提供原材料、零部件或其他物品时，物品在提供者与需求者之间的实体流动；为供应物流也就是物资生产者、持有者至使用者之间的物流。对于生产领域而言，是指生产活动所需要的原材料、备品备件等物资的采购、供应活动所产生的物流；对于流通领域而言，是指交易活动中，从买方角度出发的交品行为中所发生的物流。企业的流动资金大部分是被购入的物资材料及半成品等所占用的。供应物流的严格管理及合理化对于企业的成本有重要影响。

（2）销售物流

生产企业、流通企业出售商品时，物品在供方与需方之间的实体流动称为销售物流。也就是物资的生产者或持有者到用户或消费者之间的物流。对于生产领域是指售出产品，而对于流通领域是指交易活功中，从卖方角度出发的交易行为中的物流。

通过销售物流，企业得以回收资金，并进行再生产活动。销售物流的效果关系到企业的存在价值是否被社会承认。销售物流的成本在产品及商品的最终价格中占有一定的比例。因此，在市场经济中为了增强企业的竞争力，销售物流的合理化是可以收到立竿见影的效果。

（3）生产物流

生产过程中，原材料、在制品、半成品、产成品等，在企业内部的实体流动，称为生产物流。生产物流是制造产品的工厂企业所持有的，它和生产流程同步：原材料、半成品等按照工艺流程在各个加上点之间不停顿的移动、流转形成了生产物流。如生产物流中断，生产过程区将随之停顿。

生产物流合理化对工厂的生产秩序、生产成本有很大影响。生产物流均衡稳定，可以保证在制品的顺畅流转．缩短生产周期。在制品库存的压缩，设备符合均衡化，也都和生产物流的管理和控制有关。

（4）回收物流

不合格物品的返修、退货以及周转使用的包装容器从需方返回到供方所形成的物品实体流动，叫回收物流。在生产及流通活动中有一些资料是要回收并加以利用的，如作为包装容器的纸箱、塑料筐、酒瓶等，建筑行业的脚手架也属于这一类物资。还有可用杂物的回收分类和再加工，例如，旧报纸、书籍通过回收、分类可以再制成纸浆加以利用，特别是金属的废弃物，由于金属具有良好的再生性，可以回收并重新熔炼成有用的原材料。目前我国冶金生产每年有3000万吨废钢铁作为炼钢原料使用，也就是说我国钢产量中有 30%以上是中间收的废钢铁重熔冶炼而成的。回收物资品种繁多，流通渠道也不规则，且多有变化，因此，管理和控制的难度大。

（5）废弃物物流

将经济活动中失去原有使用价值的物品，根据实际需要进行收集。分类、加工、包装、搬运、储存等。并分送到专门处理场所时形成的物品实体流动称为废弃物物流。生产和流通系统中所产生的无用的废弃物，如开采矿山时产生的土石，炼钢生产中的钢渣，工业废水，以及其他一些无机垃圾等。但如果不妥善处理，不但没有再利用价值，还会造成环境酒染，就地堆放会占用生产用地以致妨碍生产。对这类物资的处理过程产生了废弃物物流。废弃物物流没有经济效益，但具有不可忽视的社会效益。为了减少资金消耗，提高效率。更好地保障生活和生产的正常秩序，对废弃物资综合利用的研究很有必要。

3. 按照物流活动的空间范围分类

（1）地区物流

所谓地区物流，有不同的划分原则。首先，技行政区域划分，如西南地区、河北地区等；其次是按经济圈划分，如苏（州）（无）锡常（州）经济区，黑龙江边境贸易区；还有拉地理位置划分的地区如长江三角洲地区、河套地区等。

地区物流系统对于提高该地区企业物流活动的效率。以及保障当地居民的生活福利环境，具有不可缺少的作用。研究地区物流应根据地区的特点，从本地区的利益出发组织好物流活动，如果城市建设一个大型物流中心，显然这对于当地物流效率的提高、降低物流成本、稳定物价很有作用：单时也会引起由于供应点集中、货车来往频繁、产生废气噪音、交通事故等消极问题。由此，物流中心的建设不单是物流问题，还要从城市建没规划、地区开发计划出发，统一考虑，妥善安排。

（2）国内物流

国家或相当于国家的实体，是拥有自己的领土和领空的政治经济实体。它所制订的各项计划、法令政策都应该是为其自身的整体利益服务的。物流作为国民经济的一个重要方面，也应该纳入国家的总体规划的内容。我国的物流事业是社会主义现代化事业的重要组成部分。全国物流系统的发展必须从全局着眼，对于部门分割、地区分割所造成的物流障碍应该清除。在物流系统的建设投资方面必须从全局考虑，使一些大型物流项目能尽早建成，为社会主义经济服务。

国家整体物流系统化的推进，必须发挥政府的行政作用，具体说有以下几方面：

① 物流基础设施的建设，如公路、高速公路、港口、机场、铁道的建设，以及大型物流基地的配置等。

② 制订各种交通政策法规，例如铁道运输、卡车运输、海运、空运的价格规定。以及税收标准等。

③ 与物流活动有关的各种设施、装置、机械的标准化，这是提高全国物流系统运行效率的必经之路。为了使标准化有所依据，于是提出“物流模数”的概念。物流模数的定义是：为了实现物流的合理化、标准化，在决定物流系统的各个要素尺寸时，其数值应是某个基准尺寸的倍数（小数或整数倍）、这个基准尺寸称为物流模数。物流活动中各种票据的标准化、规格化也是重要的内容。

④ 物流新技术的开发、引进和物流技术专门人才的培养。

（3）国际物流

当前世界的发展主流是国家与国家之间的经济交流越来越频繁，任何国家不投身于国际经济大协作的交流之中，本国的经济技术就得不到良好的发展。工业生产也在走向社会化和国际化，出现了许多跨国公司，一个企业的经济活动范畴可以遍布各大洲。国家之间、洲际之间的原材料与产品的流通越来越发达，不同国家之间的物流，叫国际物流。因此，国际物流的研究已成为物流研究的一个重要分支。

4. 按照物流系统性质分类

（1）社会物流

社会物流一般指流通领域所发生的物流，是全社会物流的整体，所以有人称之为大物流或宏观物流。社会物流的一个标志是：它是伴随商业活动（贸易）发生的。也就是说物流过程和所有权的更迭是相关的。

就物流的科学整体而言，可以认为主要研究对象是社会物流。社会物资流通网络是国民经济的命脉，流通网络分布的合理性、渠道是否畅通至关重要。必须进行科学管理和有效控制，采用先进的技术手段，保证高效率、低成本运行，这样做可以带来巨大的经济效益和社会效益；物流科学对宏观国民经济的重大影响是物流科学受到高度重视的主要原因。

（2）行业物流

同一行业中的企业是市场上的竞争对手，但是物流领域也常常互相协作共同促进物流系统的合理化。例如日本的建设机械行业，提出行业物流系统化的具体内容有：各种运输手段的有效利用；建设共同的零部件仓库，实行共同集配送；建立新旧设备及零部件的共同流通中心；建立技术中心，共同培训操作人员和维修人员；统一建设机械的规格等。又如在大量消费品方面采用统一商品规格，统一法规政策，统—模数化等。

行业物流系统化的结果使参与的各个企业都得到相应的利益。各个行业物流作为主要的研究课题之一。

（3）企业物流

企业内部的物品实体流动称企业物流。企业视为社会提供产品或某些服务的一个经济实体。一个工厂、要购进原材料，经过若干工序的加工，形成产品销售出去。运输公司要按客户要求将货物输送到指定地点。在企业经营范围内由生产或服务活动所形成的物流系统称为企业物流。

5. 其他物流

除了上述分类之外，还有所谓的绿色物流、逆向物流、军事物流、第三方物流、第四方物流、定制物流、虚拟物流等。绿色物流——在物流过程中抑制物流对环境造成危害的同时，实现对物流环境的净化，使物流资料得到最充分的利用。逆向物流——商品从典型的销售终端向其上一节点的流动过程，其目的在于补救商品的缺陷，恢复商品价值或者对其实施正确处置。军事物流——用于满足军队平时与战时需要的物流活动。第三方物流——由供方与需方以外的物流企业提供物流服务的业务模式。第四方物流——一个调配和管理组织自身的及具有互补性的服务提供商的资源、能力与技术，来提供全面的供应链解决方案的供应链集成商（Fourth Party Logistics，简称 4PL 或者 FPL）。其主要作用是：对制造企业或分销企业的供应链进行监控，在客户和它的物流和信息供应商之间充当唯一“联系人”。定制物流——根据用户的特定要求而为其专门设计的物流服务模式。虚拟物流——以计算机网络技术进行物流运作与管理，实现企业间物流资源共享和优化配置的物流方式。

（三）深化拓展知识——运输、仓储

一、运输

现代物流的产生与发展，促进了运输业的日臻完善。在物流体系的所有动态功能中，运输功能是核心之一。运输是指货物通过运输工具在物流据点间流动，如把供应商的货运

送到配送中心。运输在物流系统中是最为重要的构成要素。运输具有扩大市场、稳定价格、促进社会分工、扩大流通范围等社会经济功能。现代的生产和消费，就是靠运输业的发展来实现的。通过运输货物从甲地运到乙地可以产生地点或场所功效。

1. 运输的功能

（1）产品转移。无论产品处于哪种形式，是材料、零部件、装配件、在制品，还是制成品。也不管是在制造过程中将被转移到下一阶段，还是更接近最终的客户，运输都是必不可少的。运输的主要功能就是产品在价值链中的来回移动。既然运输利用的是时间资源、财务资源和环境资源，那么，只有当它确实提高产品价值时，该产品的移动才是重要的。

运输的主要目的就是要以最低的时间、财务和环境资源成本，将产品从原产地转移到规定地点。此外，产品损坏的费用也必须是最低的。同时，产品转移所采用的方式必须能满足客户有关交付履行和装运信息的可行性等方面的要求。

（2）产品储存。对产品进行临时储存是一种特殊的运输功能，也即将运输车辆临时作为储存设施。如果转移中的产品需要储存，但在短时间内（例如几天）又将重新转移的话，那么，该产品在仓库卸下来和再装上去的成本可能会超过储存在运输工具中每天文付的费用。

在仓库空间有限的情况下，利用运输车辆储存也是一种较为合理的方法。一般是将产品装到运输车辆上，然后采用迂回线路或间接线路运往其目的地。对于迂回线路来说转移时间将大于比较直接的线路。当起始地或目的地仓库的储存能力受到限制时，这样做是合情合理的。本质上，这种运输车辆被当作一种临时储存设施，但它是移动的，而不是处于闲置状态。

概括地说，用运输工具储存产品可能是昂贵的，但当需要考虑装卸成本、储存能力限制或延长前置时间时，从物流总成本或完成任务的角度来看却是合适的。

2. 现代运输手段的类型和特点

现代运输是由铁路、公路、水路、航空和管道五种主要运输方式组成的。现代运输手段的主要特点如下表所示：从以往历史上看，各种运输手段，在相当长的一段时期内，铁路运输占据着运输的主导地位。随着汽车工业的发展，公路网建设加快以及货物结构的变化，汽车运输的比重逐渐提高。在发达国家，汽车运输由铁路运输的辅助运输手段发展成为重要的运输手段，进而成为主要的运输手段，运输手段的类型和特点见表 4-1-1。

表 4-1-1　运输手段的类型和特点

运输方式	优　点	缺　点
铁路运输	1. 可满足大量货物一次性高效率运输 2. 适合运输费负担能力较小的货物单位运费低廉，比较经济 3. 由于采用轨道运输，事故相对较少，安全性高 4. 铁路运输网完善，可以将货物运往各地 5. 运输上受天气影响小	1. 近距离运输费用较高 2. 不适合紧急运输要求 3. 长距离运输的情况下，由于需要货车配车，中途停留时间较长
公路运输	1. 可以进行门到门的连续运输 2. 适合于近距离运输，比较经济 3. 使用上比较灵活，可以满足用户多种需求	1. 运输单位小，不适合于大量运输 2. 长距离运输运费较高
水路运输	1. 适用于运费负担能力较小的大量货物运输 2. 适用于宽大、重量大的货物运输	1. 运输速度较慢 2. 港口装卸费用较高 3. 航行受天气影响较大 4. 运输的正确性和安全性较差
航空运输	1. 运输速度快 2. 适合于运费能力大的小量长距离运输	1. 运费高，不适合于低价值货物和大量货物运输 2. 重量受到限制 3. 机场所在地以外的城市在利用上受到限制
管道运输	1. 运输效率高 2. 适合于气体、液体的运输 3. 占用土地少 4. 适合于自动化管理	运输对象受到限制

3. 运输的参与者

（1）托运人（shipper）。托运人是货物的发运者。托运人在运输合同中有义务按装运单的规定将货物在指定的时间地点交给承运人。

（2）收货人（consignee）。收货人是在运输目的地负责接收货物的人。收货人在运输合同中有义务在货到目的地以后在运输合同规定的时间和地点接收货物。

（3）承运人（carrier）。承运人是指拥有交通工具并利用自己的交通工具提供各种运输服务的商业企业。承运人在货源地收到托运人的货物后向托运人出具运输单据，负责将货物安全地在规定的时间内运至目的地，并将货物交给运输单据的持有人。承运人是运输活动的实际承担者。

（4）货运代理人（Agent）。货运代理人是接受货主的委托，办理有关货物发运、报关、交接、仓储、调拨、检验、包装、转运、租船定仓等业务的人。在有运输代理人参加的运输活动中，先有货主与运输代理人签订一份代理运输合同，在运输合同中，货主是托运人，货运代理人是契约承运人。然后再由货运代理人与拥有运输工具的实际承运人签订另一份运输合同，货运代理人充当托运人，而合同中的承运人就是实际承运人。由此可以看出货运代理人与货主之间的代理关系与一般的委托代理关系有所不同，在两份合同中货运代理人都是以事主的身份出现，既非货主，也非承运人的代理人。

（5）政府与公共机构。政府机构主要是通过制定各种规章制度和法律来对国内的运输活动进行宏观调控和管理，维护国内运输市场的有序发展。同时，政府及行业协会等公共机构代表也参加各种运输相关的国际组织机构，并参与国际运输协定、条约的制定。政府部门在运输中的另一个重要作用就是投资修建、维护、管理国内的公共运输设施。在大多数国家，由于运输设施的投资额比较大，投资收回又比较慢，所以国家仍是运输设施的主要投资者。在我国，政府部门还是一些公共运输的经营者，或者垄断经营者，例如我国的铁路运输和航空运输。

（6）公众。公众及代表公众利益的机构也是运输市场上的重要影响力量。随着消费者权益意识的不断增强，公众的影响力也越来越大了。第一，随着产品市场上买方力量的不断增强，生产厂家用户至上的理念更加深入，因此对运输的需求就更加大，对运输的要求也更加高；第二，公众对运输质量也有了更高要求，不仅要在线路上得到满足，而且对服务质量要求也更高；第三，公众对运输的定价也有了更大影响，例如，在我国，铁路运输仍是由政府垄断经营的。但是与以前国家的垄断定价不同，现在铁路的调价需要通过有公众代表参加的公开会议进行协商才能调价，大大降低了定价的随意性。第四，公众环境意识的增强，使得国家不断制定各种法令法规来限制运输对环境的影响。

4. 运输手段的选择

运输手段的选择是物流合理化的重要内容，因此，对于进出货物必须选择最适合的运输手段。这种选择不仅限于单一的运输手段，而是通过运输手段的合理组合实现物流的合理化。选择运输手段主要考虑的因素是：货物的性质、运输时间、交货时间的适应性、运输成本、批量的适应性、运输的机动性和便利性、运输的安全性和准确性等。对于货主来说，运输的安全性和服确性、运输费用的低廉性以及缩短运输总时间等因素是其关注的重点。对于批发商和零售商来说，要重视运输的安全性和准确性以及运输总时间的缩短等运输服务方面的质量。

具体来说，在选择运输手段时：第一，考虑运输物品的种类。在运输物品种类方面，物品的形状、单件重量容积、危险性、变质性等都成为选择运输手段的制约因素。第二，

考虑运输量。在运量方面，一次运输的批量不同，因而选择的运输手段也会不同，一般来说，原材料等大批量的货物运输适合于铁路运输或水运。第三，考虑运输距离。货物运输距离的长短直接影响到运输手段的选择，一般来说，中短距离运输比较适合于汽车运输。第四，考虑运输时间。货物运输时间长短与交货期有关，应该根据交货期来选择适合的运输手段。第五，考虑运输费用。物品价格的高低关系到承担运费的能力，也成为选择运输手段的重要考虑因素。

虽然货物运输费用的高低是选择运输手段时要重点考虑的内容，但在考虑运输费用时，不能仅从运输费用本身出发，必须从物流总成本的角度联系物流的其他费用综合考虑。作为物流总成本，除了运输费用外，还有包装费用、保管费用、库存费用、装卸费用以及保险费用等。运输费用与物流其他费用之间存在着相互作用的效益背反关系。依此为原则，在选择最为适宜的运输手段的时候，在成本方面应该保证物流总成本最低。

当然，在具体选择运输手段的时候，往往要受到当时运输环境的制约，而且也没有一个固定的标准。必须根据运输货物的各种条件，通过综合判断来加以确定。

5. 运输合理化决策

运输方式的选择是实现物流运输合理化的重要内存。这种选择不会限于单一的运输方式，而是可以通过多种运输方式的有机组织来实现物流运输的合理化。

随着现代物流概念的提出，对物流运输也提出了更高的要求，就是在传统运输的基础上，更合理地选择运输方式和运输线路，做到运力省、速度快、费用低，更大程度上实现物流运输合理化。物流合理化在很大程度也依赖于运输合理化。影响物流运输合理化的因素很多，而起决定作用的有以下五个主要因素，称为合理运输的“五要素”。

（1）运输距离。运输过程中，运输时间和运输费用等技术经济指标都与运输距离有关，运输距离的长短是影响合理运输的一个基本因素。

（2）运输环节。每增加一个运输环节都会增加运输的辅助作业，如装卸、包装等，各项技术经济指标也会因此发生变化。所以，减少运输环节对合理运输有利。

（3）运输工具。各种运输工具都有其各自的优点。对运输工具进行优化选择，最大限度地发挥运输工具的特点和作用，是运输合理化的重要因素。

（4）运输时间。在全部物流时间中，尤其在远程运输中，运输时间占了绝大部分，因此，缩短运输时间对缩短整个流通时间有决定性的作用。此外，缩短运输时间还合利于加速运输工具的周转，有利于发挥运力效能，提高运输线路通过能力，还可不同程度地改善不合理运输状况。

（5）运输费用。运输费用在全部物流费用中占据很大比例，运输费用的高低是运输合理化的—个重要标志，也是各种合理化措施是否行之有效的判断依据之一。

采用下面的各种措施可以有效地提高运输合理化。

（1）提高运输工具实载率

提高实载率的意义在于充分利用运输工具的额定能力，减少车船空驶和不满载行驶的时间，减少浪费、从而求得运输的合理化。我国曾在铁路运输上提倡“满载超轴”。其中，“满载”的含义就是充分利用货车的容积和载重量，多载货，不空驶，从而达到合理化的目的。这种做法对推动当时运输事业的发展起到了积极作用。在铁路运输中，采用整车运输、整车拼装、整车分卸及整车零卸等具体措施，都是提高实载率的有效途径。

（2）减少劳力投入，增加运输能力

这种合理化的要点是少投入、多产：山，走高效益之路。运输的投入主要是能耗和基础设施的建设，在设施建设己定型和完成的情况下，尽量减少能源投入，是少投入的核心。做到了这一点就能大大节约运费，降低单位物品的运输成本，达到合理化的目的。

（3）发展社会化的运输体系

运输社会化是发挥运输的大生产优势，实行专业分工，打破一家一户自成运输体系的状况，实现物流运输社会化，可以充分利用运输资源，避免出现各种不合理的运输形式，还可以实现运输组织效益和运输规模效益。在社会化运输体系中，采用各种联运体系和联运方式，提高运输效率。

（4）选择合理的运输方式

根据运距的长短进行铁路、公路的分流。一般认为，公路的经济里程为 200-500km ，随着高等级公路的发展，高速公路网的形成，新型货车与特殊货车的出现，公路运输的经济里程有时可达 1000km 以上。另外还可以充分利用公路从门到门等便捷、灵活的优势，实现铁路运输无法达到的服务水平。

（5）分区产销平衡合理运输

在物流系统的规划中，努力使某一物品的供应区固定于一定的需求区。根据供需的分布情况和交通运输条件，在供需平衡的基础上，按照近产近销的原则，使运输里程最少而组织运输活动。它加强了产、供、运、销等的计划性，消除了过远、迂回、对流等不合理运输，在节约运输成本及费用后，降低了物流成本。

（6）尽量发展直达运输

这是指越过商业物资仓库环节或铁路、水路等交通中转环节，将物品从产地或起运地直接运到销地或目的地用户，以减少中间环节的运输。它减少了中间环节，可节省运输时间和运输费用，且灵活性较大。

（7）直拔运输

这是指商业、物资批发等企业在组织物品调运过程中，对当地生产或由外地到达的物品不运进批发站仓库，而是采取直拨的办法，将物品直接分拨给基层批发、零售中间环节甚至直接用户，以减少中间环节，并在运输时间与运输成本方面收到双重的经济效益。在实际工作中，通常采用就厂直拨、就车站直拨、就仓库直拨、就车船过载等具体运作方式，即“四就”直拨运输。

（8）合整装载运输

这主要是指商业、供销等部门的杂货运输中，由同一个发货人将不同品种发往同一到站、同一个收货人的少量物品组配在一起，以整车方式运输至目的地；或将同一方向不同到站的少量物品集中的配在一起，以整车方式运输到适当的中转站，然后分运至目的地。采取合整装车运输，可以减少运输成本和节约劳动力。实际工作中，通常采用零担拼整直达、零担拼整接力直达或中转分运、整车分卸、整装零担等运作方式。

（9）提高技术装载量

这也是组织合理运输提高运输效率的重要内容。它一方面要最大限度地利用车船载重吨位；另一方面又要充分使用车船装载客积。实际工作中可以采取：组织轻重配装，即将重货和轻货合理地配装在一起，这样既可充分利用装载容积，又能充分利用载重能力，提高运输工具的使用效率；实行解体运输，即将体大笨重、且不易装卸又易致损的物品拆卸后分别包装，使其便于装卸和搬运，提高运输装载效率；提高堆码技术，即根据运输工具的特点和物品的包装形状，采取有效堆码方法，提高运输工具的装载量等方法。

（10）通过物流加工，使运输合理化

有些货物的本身由于形态和特征问题很难实现运输的合理化，如果进行适当加工，就能够有效地实现运输的合理化。

二、仓储

1. 仓储的概念和作用

（1）仓储的概念

仓储是仓库储存和保管的简称，而储存与保管是两个既有区别又有联系的概念。

① 储存

储存是物品的储备，即库存，是在社会再生产过程中离开直接生产过程或消费过程，处于暂时停滞状态的那一部分物品，具有备用的性质。

根据功能的不同，企业库存可以分为以下几类：

- 在途库存。由于运送速度缨、距离长或运输要经过多个阶段，那么适当的途中库存就为流通的顺利进行提供有利支持。
- 季节性库存。需求有季节性，厂商必须在需求到来前准备适当存货，以平衡供需。
- 周期性库存。为了满足连续补货期间的平均需求而储存的必要存货。
- 投机性库存。由于某种产品价格的波动，为节省资金或使损失最小而预先增加的库存。

- 安全库存。订货至交货的时间不确定性及需求的变动难以预期，必须有额外的库存以备不时之需。

② 保管

保管是储存的继续，是保护物品的价值和使用价值的过程。保管的主要目标在于防止外部环境对储存物品的侵害，保持物品的性能完整无损。因此，只要有物品的储存，就需要对物品进行保管。

在储存过程中，由于自身的特性，以及自然因素和时间因素的影响和作用，物品的质量有可能发生变化，从而影响其使用价值。因此，必须掌握这些因素对物品质量影响的变化规律，并采取相应的措施．把可能的影响控制在允许的范围之内，这是保管工作的基本任务。

可能影响物品质量的因素包括以下几个方面。

- 温度。物品储存过程中通常有一个适宜的温度范围，若超过这度过高或过低，都会影响物品的内在质量。
- 湿度。过高的空气温度会使金属及金属制品发生锈蚀、化工产品失效，而过低的空气湿度则会使某些非金属制品操裂或失去弹性。
- 空气。空气中的氧会使金属氧化，二氧化碳等有害气体会导致金属和金属制品锈蚀。
- 日光、尘土等。例如，紫外线长期直射会使一些物品丧失使用价值，散落在金属上的尘土会加速金属的锈蚀。
- 储存时间。在一般情况下，物品储存的时间越长，其受上述因素影响的程度就越大。

综上所述，储存主要从经济（成本）管理的角度考虑，如存货的控制；而保管则主要从技术管理的角度考虑，如物品的保管与维护技术。将两者有机结合起来，才能实现仓储在物流系统中的时间效用。

（2）仓储的功能

① 实现地域专业化生产

存货的第一个功能就是单一的作业单位可以进行地域专业化生产。由于诸如能源、材料、水资源和劳动力等投入要素的需要，经济上的制造地点往往与主要市场的距离相差甚远。例如，轮胎、电池、动力传送器和各种弹簧等是汽车装配中的重要零部件，而它们的生产往往放在材料原产地附近，以便最大程度地缩短运输距离，从而能够使生产成本最小化。然而，地理上的分割需要内部的存货转移，以便将各种零部件集中到最后的装配过程中去。地理上的分割往往还需要对各种分割进行市场分类。在单一的仓库收集来自各地制造的物品，然后集合成一种组合产品进行装运。例如，PM 公司使用配送中心从其洗衣店、食品和保健部门组合产品，向顾客提供单一的综合性装运。

地理上的分割使一个企业可以在制造单位和配送单位之间实行经济上的专业化。当地域专业化被利用时，存货就会以材料、半成品或在制品，以及制成品的形式被引入到物流系统中去。除了每个地点需要一些基本存货外，还必须使用转移中的存货把制造和配送联系在一起。虽然地域专业化的优势难以衡量，但通过它获得的经济利益补偿预期大于所增加的存货成本和运输成本。

② 实现生产与需求的分离

存货的第二个功能是实现生产与需求的分离，它通过在生产作业之间储存在制品，在单一的制造工厂内最大程度地提高作业效率。各种分离过程允许各种产品按大于市场需求的经济批量进行制造和配送。在对产品产生需要之前就进行储备，可以用最低限度的运费成本大批量托运配送到顾客手中。在营销方面，分离使不同时间制造的产品可以按一个门类进行出售。于是，存货的分离功能就等于给企业的不确定生产提供了“缓冲”，或者给加了个“衬垫”。因此，分离与地域专业化的区别在于，前者是在单一的地点增加作业效率，而后者则包括了多重地点。

③ 实现供求的平衡

存货的第三个功能是平衡，它关系到消费和制造之间的时间匹配。最常见的平衡例子就是如何缓和季节性生产和全年消费、或全年生产与季节性消费之间的矛盾。

当需求集中在一个非常短暂的销售季节时，制造商、批发商和零售商会被迫在销售高峰期还没有到来之前就已采取了一定的存货。例如，在草坪家具制造中，每年到了初秋，各单位就必须加速生产，直到秋天或第二年的春天才进行出售。所以，在 1 月初和 2 月初，制造商的存货便达到了高峰。

尽管上面举的草坪家具是一个极端例子，但几乎所有产品的需求或供给或多或少都具有季节性变动因素。因此，存货储备可以使产品的大批消费或大批生产无视季节性因素。存货的平衡功能需要在季节储备中投入大量的资金，同时可期望在季节销售中得到充分的补偿。在制订计划时，至关重要的问题是要确定储备多少存货以享受最大限度的销售，并能以最低限度的风险转换到下一个销售季节。

④ 实现不确定因素的缓冲

安全储备功能或缓冲储备功能产生于未来销售量和存货补给的不确定性。只要有不确定因素的存在，就必须保持存货状态。在某种意义上，制订安全储备计划就类似于购买保险。

安全储备可以防止两种类型的不确定因素：第一种不确定因素与完成周期中存货需求量超过预测数有关；第二种不确定因素涉及到在完成周期内自身运作过程中的延误。顾客要求按一定计划增减的单位数，就是有关需求不确定因素的例子。在另一方面，完成周期的不确定性产生于接受订货、订单处理或运输服务等方面的延误。

（3）仓储的必要性分析

基于存货的上述功能，企业进行仓储主要出于以下四个基本原因。

① 降低运输、生产成本

仓储及相关的库存会增加费用，但也会提离运输和生产的效率。假如客户距离生产商较远，运输成本就会很高。但如在客户集中的地方设立仓库或租用仓库，有固定运输商负责运输，则客户只需短距离提货即可，这样就会降低运输成本。

② 满足供需平衡的需要

从需求角度考虑，有些企业的生产权具季节性，但需求是连续不断的，而且比较稳定，如生产水果田头的工厂就必须在作物的非生长季节贮存一定原料以备生产。一些企业的需求极具季节性，但生产是稳定的，因为这样可以使生产成本最小，同时储备足够的产品来应对相对较短的热销季节，如空调和月饼。

从商品价格考虑，某些原料和产品（铜、钢材、石油）的市场价格随时间波动很大，这促使一些企业为了低价采购而提前购买。这时，往往南要进行仓储，且仓储成本可以和购买商品的低价格相平衡。

③ 满足生产的需要

仓储可以看成是生产的一部分，有些商品（如酒类）在生产过程中需要储存一段时间使其变陈。仓库不仅在这一段时间储存产品，而且对于那些需要纳税的产品来说，仓库还起到保税的作用，使得企业将纳税时间推迟到产品售出以后。

④ 满足营销的需要

客户需求的不确定性迫使销售部门必须考虑是否有充足的产品，以随时供应市场。仓储就可用来增加产品这方面的价值，即仓储使产品更接近客户，运送时间常常会被缩短或使供给随时可得。通过加快交货时间，企业可以改善客户服务，并增加销售。

2. 仓库管理

仓库，是保管、存储物品的建筑物和场所的总称，它伴随着剩余产品的产生而产生，又伴随着社会大生产的发展而发展；当今，全球经济一体化的发展，以信息技术为引导的现代物流的迅速发展，储存保管的作用与功能已大大超出原有意义上的存储，而赋予了它更广泛、更丰富、更深刻的涵义。

（1）仓库的功能

仓库在整个物流系统中扮演着极其重要的角色，与其他业务这在一起向客户提供能够达到的服务，仓库一个最明显的功能就是存储物品，随着人们对仓库概念的深入理解，仓库也承担着处理破损、集成管理和信息服务的功能，其涵义已经远远超出了单一的存储功能，还有保管、移动以及信息传递功能。

① 保管功能

仓库最基本的功能就是保管物品。物品的暂时存储是指那些消耗较快需要及时补给的物品。不管仓库实际的存储周转量如何，物品的暂时存储都是必需的，它主要依赖于整个仓库合理系统的设计、产品需求的大小以及需求提前期的长短。物品的长久存储通常被认为是安全库存或缓冲库存，也可以是战略物资库存。导致物品长久存储的原因主要有：季节性的产品需求、稳定的市场环境、物品的个性化特征等。

② 移动功能

移动功能，一般包括以下步骤：收货验货、搬运放置、运输。收货是指从运输上只卸下货物，修改仓库的存货记录，检查产品的破损状况，确认产品的订单数目与运送记录是否 — 致，库内运输是指物品在仓库内部进行的物流过程，是考将所需物品筹集起来。进行必要的包装整理，然后批量运送出库，同时，更改仓库物品的库存记录，核实将要运输的订单。例如将物品移到指定的地点、顾客的选择和确定以及物品的包装配送等业务。

③ 信息传递功能

信息传递功能总是伴随着移动和存储两个功能而发生的。在努力处理有关仓库管理的各项事务时，总需要及时而准确的仓库信息，加仓库利用水平、进出货频率、仓库的地理位澄、仓库的运输情况、顾客需求状况以及仓库人员的配置等，这对一个仓库管理能否取得成功于关重要。目前，在仓库的信息传递方面，越来越多地依赖电子计算机和互联网络，例如通过使用电子数据交换系统（EDI）或条形码技术来提高仓库物品的信息传递速度和准确性，通过互联网及时地了解仓库的使用情况和物资的存储情况。

（2）仓库的种类

仓库形式多样，规模特异，从仓库保管的产品种类来看，可以划分为原材料仓库、半成品仓库和产成品仓库；从仓库所有权的角度来看，可以划分为公共仓库、自有仓库和合同仓库。

① 自有仓库

自有仓库是指由企业自己拥有并管理的仓库。企业使用自有仓库的优点是：能按照自己的意愿存储产品，从而对仓库具有较强的控制能力；从长期来看，自有仓库的运行成本相对较低，一般为物流总成本的 15%-25%，或者更低；自有仓库可以充分利用企业人力资源和利用专业化管理带来的优势等。使用自有仓库的缺点是：由于自有仓库一般具有固定规模、固定位置和技术水平，使得其缺乏一定的柔性；同时，由于建造仓库需要足够的资金实力，其属于长期的、高风险的投资项目；在大多数情况下，自有仓库与其他投资项目相比，投资回报率一般都很低。

② 公共仓库

公共仓库专门向客户提供保管、搬运和运输等服务，因而又被称为“第三方仓库”。目前，公共仓库已经获得很大的发展，它在企业的物流系统中扮演着极其重要的角色。企业使用公共仓库的优点是：可以节省资金的投人，减少企业财务方而的压力；对季节性敏感企业，能缓解市场需求高峰期的存储压力，同时，在需求淡季，企业不用租赁公共仓库，节省资金，从而带来明显的成本优势；减少仓库投资风险；短期的公共仓库合约使企业能够根据市场形势的变化，自由地作出公共仓库的租赁决策，因而具有较高的柔性。但是，公共仓库也有缺点：流通较困难，对公共仓库而言，并不是所有的计算终端接口和网络管理系统都是标准他的，它与企业进行数据传输和信息沟通时不一定协调，这就给仓库的信息化管理带来一定的阻碍；缺少个性化服务，在公共仓库里，有时可能得不到个性化（如严格的冷藏要求）的服务。

③ 合同仓库

合同仓库是指在一定时期内，按照一定的合同约束，使用仓库内一定的设备、空间和获得服务。这种合同约束协定可以给仓库所有者和使用者以更多的稳定性相对未来计划投资的确定性。合同仓库将以上两种仓库的优势有机地结合在一起，仓库所有者与使用者双方存在长期的合同关系和共担风险的责任，使得使用合同仓库的成本低于租赁公共仓库的成本。同时，合同仓库的经营能够加强双方的沟通和协调，提供较大的灵活性和共享信息资料。

（3）仓库管理

仓库管理的作业过程，一般分为入库管理、在库管理和出库管理三个阶段。每个阶段又分为若干步骤，每个步骤又包括若干内容。现代仓库（物流中心）内的具体作业和内容见表 4-1-2。

表 4-1-2　现代仓库（物流中心）内的具体作业和内容

业务	作业内容		主要作业内容
入库管理	进库检查 入库作业	核对入库凭证 入库验收准备 记账记录 保管场所标示	1 进货商品与进货清单的核对（质量核对、数量核对） 2 保管条形码的贴付（固定放贷时标示货架号） 3 在流动场所放置货物时，装入入库商品及物品的货架号后保管 4. 在固定场所放置货物时，在贴付条形码的货架中保管
在库管理	保管作业 发货准备	数量管理 质量管理 流通加工	1. 检查在库量是否适当，是否需补充发货 2. 保持正确的库存记录（核查库存实物与账目是否相符） 3. 把握库存物在库时间 4. 按照客户的要求进行包装作业 5. 根据客户的要求贴付价格等有关标签
出库管理	发货作业 配送	在库作业 备货 分拣包装 配车安排	1 根据装箱商品和小件商品划分备货 2. 备货品与客户订单核对（ 商品号、数量、配送对象 ） 3. 根据不同配送对象分拣包装 4. 制作发货单、远送单等单据 5. 根据发货数量进行派车 6. 装车后进行积载确认

(4) 仓库管理系统技术现代化

在过去，仓库被看成是一个无附加价值的成本中心，而现在仓库不仅被看成是无附加价值过程中的环节，而且被看成是企业成功经营中的一个关键环节。同时，仓库也是连接供需双方的重要纽带。从供应角度来看，作为流通小心的仓库从事有效的流通加工、库存管理、运输和配送等活动。从需求角度来看，作为流通中心的仓库必须以最大的灵活性和及时性满足各类客户的需要。仓库管理系统技术为物流中心的仓库功能顺利完成提供了支持和保证。

仓库管理技术由条形码技术（BT）、无线通讯技术（RF）、计算机系统和其他附属设备四个部分组成。将条形码技术和无线通讯技术结合在一起使用，能及时获得准确的信息，这是成功仓库管理系统技术的基础。更简单地说，通过扫描仪读取条码数据，通过无线通讯，传送给计算机管理控制系统，由计算机管理控制系统进行信息处理并启动下一个作业。仓库管理系统的附属设备包括自动识别设备、计算机平台、打印机和扫描仪等，这些附属设备往往与企业网络连接在一起。仓库管理系统包括计划职能和执行职能。计划职能包括词货、送货计划、员工管理和仓库面积管理等执行职能包括进货验收、分拣配货、发货运送等。

在供应链管理中，仓库管理系统技术的作用主要表现在，它使流通中心成为制造过程的外部延伸；它使流通中心在减少整个供应链的库存水平方面起着重要作用；它使流通中心在面对不断变化的环境时具有灵活性；它使流通中心与供应链参与各方通过电子通讯联系能进行跨企业的库存管理、商品管理和运输管理等；它能提供及时难确的信息及其连续的反馈。

3. 仓储业务作业的要求和仓储规划

(1) 仓储业务作业要求

仓储业务作业是一项技术要求高，组织严密的工作，必须做到及时、准确、严格、经济。

① 及时

到库货物必须在规定的期限内完成验收工作。因为，货物虽然到库，但是未经过验收的货物不能入库入账。只有及时验收，尽快提出检验报告，才能保证货物尽快入库，加快货物和资金周转。同时，货物的承付和索赔都有一定的期限，如果验收时发现货物不合规定要求，要提出退货、换货或赔偿等要求，均应在规定的期限内提出。否则，责任方不再承担责任，银行也将办理拒付手续。

② 准确

验收的各项数据或检验报告必须准确无误。验收的目的是要弄清货物数量和质量方面的实际情况，验收不准确，就失去了验收的意义。而且，不准确的验收还会给人假象，造成错误的判断，引起保管工作的混乱；严重者还可以危及营运安全。

③ 严格

仓库有关各方都要严肃认真地对待货物验收工作。验收工作的好坏直接关系到国家和企业利益，也关系到以后各项仓储业务州顺利开展，因此，仓库领导应高度重视验收工作，直接参与人员更要以高度负责的精神来对待这项工作。

④ 经济

货物在验收时，多数情况下，不但需要检验设备和验收人员，而且需要装卸搬运机具和设备以及相应工种工人的配合。这就要求各工种密切协作，合理组织调配人员与设备，以节省作业费用。此外，验收工作中，尽可能保护原包装，减少或避免破坏性试验，也是提高作业经济性的有效手段。

（2）仓储储位规划

储位规划即仓储空间的布置，它是有效进行仓储管理的基础。这是因为，必须事先规划留有大小不同的位置，以对应不同尺寸、不同数量和不同特征物料的存放。所以，储位规划的重点在于实现两个基本目标：一是如何增加储位空间的有效利用，二是如何促进物品出人流动的效率。为此，下列储位规划原则可供参考。

- 靠近出口原则：将刚到达的商品指派到离出入口最近的空储位上。
- 以周转率为基础原则：按照商品在仓库的周转串（销售量除以存货量）来排定储位。周转率愈高，则应离出入口愈近。
- 产品相关性原则：相关性大的产品在订购时经常被同时订购，所以应尽可能存放在相邻位置。这样可以减短提取路程，减少工作人员疲劳，简化清点工作。
- 产品类似原则：将类似品放在一起进行保管。
- 产品相容性原则：相容性低的产品绝不可同地放置，如烟、香皂、茶便不可放在一起。
- 先进先出原则：先保管的物品先出库。此原则商品，例如感光纸、胶片、食品等。
- 叠高原则：即像堆积木一般将物品叠高。从仓储效率来看，利用栈板等工具来将物品堆高，其容积效率要比平置方式来得高。
- 面对通道的原则：物品面对通道来保管，可使作业人员更容易识别物品的标号和名称。
- 产品尺寸原则：同时考虑物品单位大小及由于相同的一群物品所造成的整批形状，以便能供应适当的空间满足某一特定需要。

● 重量特性原则：按照物品重量之不同来决定储放物品于保管场所之高低位置上。一般而言，重物应保管于地面上或货架的下层位置，而重量轻的物品则保管于货架的上层位置。

4. 储存合理化管理

（1）储存合理化的主要标志

储存合理化是用最经济的办法实现储存的功能。储存的功能是对需要的满足，实现被储货物的“时间价值”，这就必须有一定储量。商品储备必须有一定的量，才能在一定时期内满足需要量，这是合理化的前提或本质。如果不能保证储存功能的实现，其他问题便无从谈起了。但是，储存的不合理往往表现在对储存功能实现的过分强调，即过分投入储存力量和其他储存劳动。所以，合理储存的实质是在保证储存功能实现前提下，尽量减少相应的投入，这是一个基本的投入产出关系问题。

储存合理化有如下六个标志：

① 质量标志。保证被储存物的质量，是完成储存功能的根本要求。只有这样．商品的使用价值才能通过物流之后得以最终实现。在储存中增加了多少时间价值或是得到了多少利润，都是以保证质量为前提的。所以，在储存合理化的主要标志中，为首的应当是反映储存物的质量。

② 数量标志。在保证功能实现前提下被储存物有一个合理的数量范围。目前管理科学的方法已经能在各种约束条件的情况下，对合理数量范围做出决策，但是较为实用的还是在消耗稳定、资源及运输可控的约束条件下所形成的储存数量控制方法。

③ 时间标志。在保证功能实现前提下，寻求一个合理的储存时间，这是和数量有关的问题。储存量越大而消耗速率越慢，则储存的时间必然长，相反则必然短。在具体衡量时往往用周转速度指标来反映时间标志，如周转天数、周转次数等。另外，在总时间一定的前提下，个别被储物的储存时间也能反映合理程度。如果少量被储物长期储存，成了呆滞物或储存期过长，虽然反映不到宏观周转指标中去，也标志储存存在不合理。

④ 结构标志。被储物不同品种、不同规格、不同花色的储存数量的比例关系，能反映储存合理与否尤其是相关性很强的各种物资之间的比例关系。由于这些物资之间相关性很强，只要有一种物资出现耗尽，即使其他种物资仍有一定数量，也会无法投入使用。所以，不合理的结构影响面不仅表现在某一种物资身上，而且有扩展性，结构标志重要性也可由此确定。

⑤ 分布标志。指不同地区储存的数量比例关系，可以此判断对当地需求的保障程度、也可以此判断对整个物流的影响。

⑥ 费用标志。仓库租赁费、维护费、保管费、损失费、资金占用利息支出等，都能从实际费用上判断储存的合理与否。

(2) 储存合理化的措施如下

① 进行储存物的 ABC 分析。在 ABC 分析基础上实施重点管理，分别决定各种物资的合理库存储备数量及经济地保有合理储备的方法，乃至实施零库存。

② 在形成了一定的社会总规模前提下，适当集中库存。适度集中储存是合理化的重要内容，所谓适度集中库存是指利用储存规模优势，以适当集中储存代替分散的小规模储存来实现合理化。

③ 加速总周转，提高单位产出。储存现代化的重要课题是将静态储存变为动态储存，周转速度一快，会带来一系列的合理化好处：资金周转快、资本效益高、货损小、仓库吞吐能力增加、成本下降等。具体做法诸如采用单元集装存储，建立快速分拣系统都有利于实现快进快出，大进大出。

④ 采用有效的“先进先出”方式，保证每个被储物的储存期不至过长。“先进先出”是一种有效的方式，也成为储存管理的准则之一。

⑤ 提高储存密度，提高仓容利用串。主要目的是减少储存设施的投资，提高单位存储面积的利用车，以降低成本、减少土地占用。

⑥ 采用有效的储存定位系统。储存定位的含义是被储物位置的确定。如果定位系统有，能大大节约寻找、存放和取出的时间，节约不少物化劳动及活劳动，而且能防止差错，便于清点及实行订货点等管理方式。

⑦ 采用集装箱、集装袋、托盘等储运装备一体化的方式。集装箱等集装设施的出现，也给储存带来了新观念。集装箱本身便是一栋仓库，不需要再有传统意义上的库房，在物流过程中，也就省去了入库、验收、清点、堆垛、保管、出库等一系列储存作业，因而对改变传统储存作业有重要意义，是储存合理化的一种有效方式。

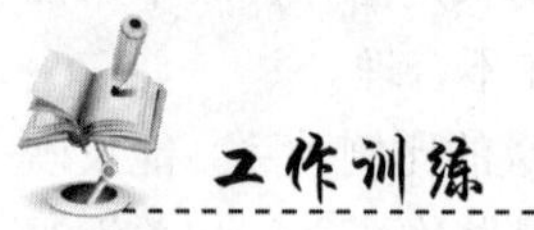

工作训练

学生以 5～6 人为一个工作小组，选出工作组长。由组长带领，组员共同讨论，以选择合适的第三方物流实现网络商品转移为目标，基于工作过程，以小组为单位，进行工作训练。

(1) 设计工作情境，扮演工作角色，实施工作任务。

(2) 汇报工作过程，进行工作任务自我评估，完成任务考核评价表。

工作训练

步骤	工作内容	工作方法	时间（120分钟）
情境设计	**学生：**（以小组为单位） 由工作组长带领组员共同讨论，设计工作情境。 **教师：** 教师利用案例启发引导，强调工作情景设计时应注意的问题。	小组讨论法 案例引导教学法	10
任务确定	**学生：**（以小组为单位） 由项目组长确定工作情境，负责分配队员所扮演的角色，设定每个队员的工作任务，确定送货的方式和送货范围。 **教师：** 对各个小组的工作进度进行监督和指导。	小组讨论法	10
任务实施	**学生：**（以小组为单位） 选择并登陆第三方物流网站，结合每个小组设计的工作情境及在工作中所扮演的角色，按照老师提出的货物配送的要求，开始选择并使用第三方物流实现网络商品转移的方法，进行任务实施。 **教师：** 对各个小组的工作进度进行监督、指导和评价。	角色扮演法	20
工作汇报	**学生：**（以小组为单位） 将任务实施过程进行整理，以小组为单位，进行工作情境设计与工作实施过程汇报。 **教师：** 点评学生的情境设计与任务实施过程，提出指导意见。	团队汇报法 讲授法	30
完善情境设计工作实施方案	**学生：** 学生在教师点评的基础上，对初次汇报的货物的配送情境设计与工作实施方案，进行反复的讨论和修改，形成方案修改稿；与（企业）教师进行再次的方案沟通与交流，双方认同方案，最终形成第三方物流实现网络商品转移情境设计与工作实施方案定稿，制成演示文稿。 **教师：** 评价每个小组在设计货物配送方案过程中的总体表现，并点出每个小组所存在的问题。	团队汇报法	20

续表

工作训练			
步骤	工作内容	工作方法	时间（120 分钟）
工作任务评估	**学生：** 每个小组派一名队员进行工作项目汇报总结与交流，并对自己小组的最终工作结果进行客观评价，填写《学生——第三方物流实现网络商品转移考核表》。 **教师：** 根据汇报情况进行提问、评价并简单总结；填写《教师——第三方物流实现网络商品转移考核表》。	团队汇报法	30

学生——第三方物流实现网络商品转移考核表

考核内容 队员姓名	分配任务是否按时完成（10%）	任务完成评价（20%）	团队讨论参与是否积极（20%）	方案设计所负责部分（20%）	是否积极参与企业沟通交流（30%）	得分（满分 100）

教师——第三方物流实现网络商品转移考核表

考核内容 序号	方案完成提交情况（15%）	方案结构是否完整（15%）	排版是否符合要求（20%）	PPT 制作情况（20%）	方案汇报情况（30%）	得分（满分 100）

情境思考

1．请利用中通速递来配送发往亲朋好友的物品，体会中通速递的工作过程。

2．通过工作情境设计，试对比申通快递与中国速递服务公司配送区域的区别。

3．通过淘宝推荐的物流公司外，还可以通过哪些物流公司来完成货物的流动？

情境 2：自营物流实现网络商品转移

学习目标

1. 掌握自营物流实现网络商品转移的相关知识。

2. 会根据客户、商品的要求和企业具体情况采用合适的运输方式来运输货物。

3. 小组成员能够共同创设自营物流实现网络商品转移的工作情境，扮演相应角色，实现工作过程。

情境描述

山东青岛海尔集团是世界第四大白色家电制造商、贸易进出口商、中国最具价值品牌。在全球建立了 29 个制造基地，8 个综合研发中心，19 个海外贸易公司，全球员工总数超过 5 万人，已发展成为大规模的跨国企业集团，2008 年该集团实现全球营业额 1220 亿元，2009 年，该集团实施全球化品牌战略进入第四年。该集团继续发扬“创造资源、美誉全球”的企业精神和“人单合一、速决速胜”的工作作风，深入推进信息化流程再造，建立从以用户为中心的信息化流程，搭建全球化运营的物流、资金流、信息流网络，该集团产品的配送完全靠自己的物流公司来完成，该集团物流成立于 1999 年，依托该集团先进管理理念及强大资源网络构建集团物流核心竞争力，为全球客户提供最具竞争力物流集成服务，成为全球最具竞争力的自营物流企业。该集团物流注重整个供应链全流程最优与同步工程，不断消除企业内部与外部环节重复无效劳动，让资源在每个过程流动时都实现增值，使物流业务支持客户实现快速获取与满足订单的目标；该集团物流凭借先进的管理理念及物流技术应用，被中国物流与采购联合会授予首家“中国物流示范基地”和“国家科技进步一等奖”，同时也先后获得“中国物流百强企业”、“中国物流企业 50 强”、“中国物流综合实力百强企业”和“最佳家电物流企业”等殊荣。

角色扮演

扮演该集团下属物流公司或物流部门业务人员，实现对客户订单的配送岗位职责，根据消费者（客户）的要求、通过物流管理软件系统，对产品进行集货、分拣、包装、运输、配送等，实现商品快速、安全地送达消费者。

岗位职责

根据消费者（客户）的要求、商品的形状、性能和地区差异，利用公司自有的物流软件系统来实现网络商品转移。

岗位能力

专业能力：

作为物流管理高素质人才，要求能够根据物质资料实体流动的规律，应用管理的基本原理和科学方法，对物流活动进行计划、指挥、协调和控制，使各项物流活动实现最佳的协调与配合，以降低物流成本，提高物流效率和效益。保证企业商品能够及时、安全地送达给消费者。

社会能力：

1．具备良好团队协作精神

2．具备沟通和协调合作能力

3．具有高度负责的态度

4．具备自我创新能力

任务分析

（一）获得订单
（二）进行商品包装
（三）进行商品分拣
（四）进行商品的配送运输
（五）商品送达客户
（六）完成商品转移

任务实施

（一）订单的获得

点击“查看订单”进入页面（如图 4-2-1 所示）。

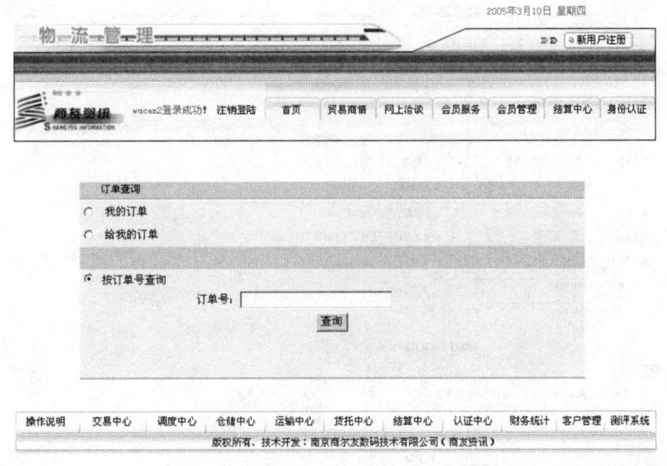

图 4-2-1

“按订单号查询”提供的是一种精确查询，选择查询方式后点击“查询”按钮。在选择“按订单号查询”的时候，输入要查询订单的订单号，得到查询结果。（如图 4-2-2 所示）。

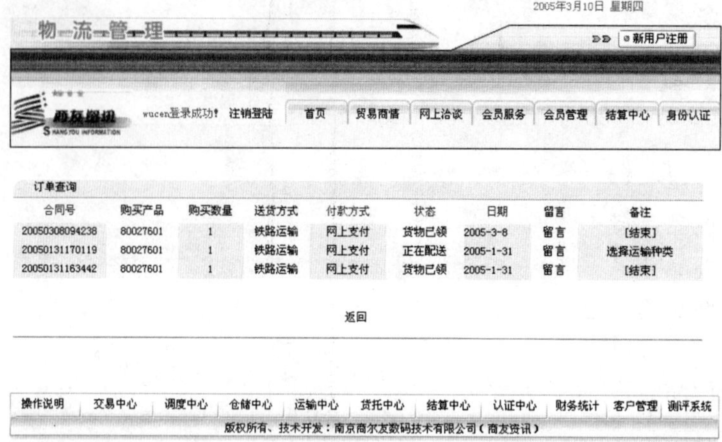

合同号	购买产品	购买数量	送货方式	付款方式	状态	日期	留言	备注
20050308094238	80027601	1	铁路运输	网上支付	货物已领	2005-3-8	留言	[结束]
20050131170119	80027601	1	铁路运输	网上支付	正在配送	2005-1-31	留言	选择运输种类
20050131163442	80027601	1	铁路运输	网上支付	货物已领	2005-1-31	留言	[结束]

图 4-2-2

送货通知发出后，此时货物转移到“调度中心”进行（如图 4-2-3 所示）。

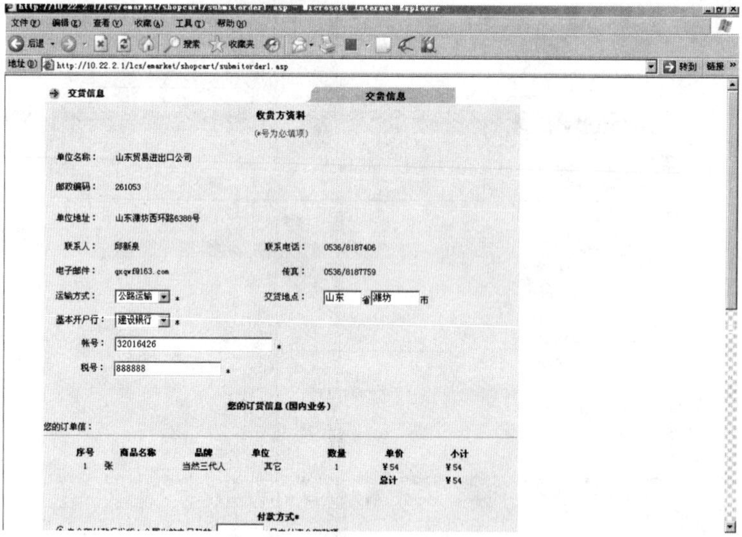

交货信息

收货方资料

(*号为必填项)

单位名称：山东贸易进出口公司

邮政编码：261053

单位地址：山东潍坊西环路6388号

联系人：邱新泉　联系电话：0536/8187406

电子邮件：gxqw@163.com　传真：0536/8187759

运输方式：公路运输 *　交货地点：山东 省 潍坊 市

基本开户行：建设银行 *

帐号：32016426 *

税号：888888 *

您的订货信息（国内业务）

您的订单信：

序号	商品名称	品牌	单位	数量	单价	小计
1	张	当然三代人	其它	1	¥54	¥54
					总计	¥54

付款方式*

图 4-2-3

确认订单信息，成功递交（如图 4-2-4 所示）。

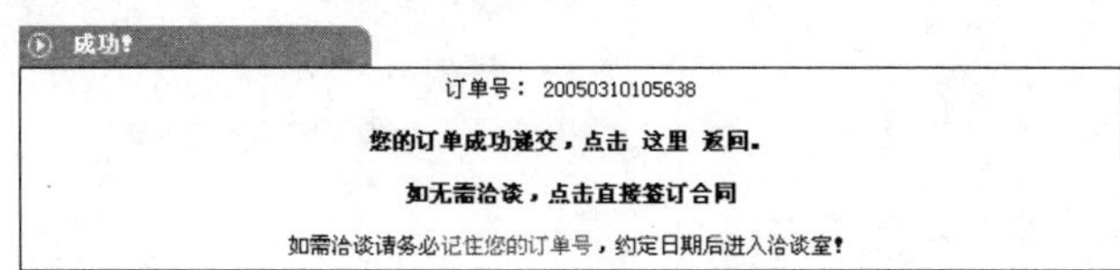

图 4-2-4

（二）进行商品的包装

收到调度中心的包装通知（如图 4-2-5 所示）。

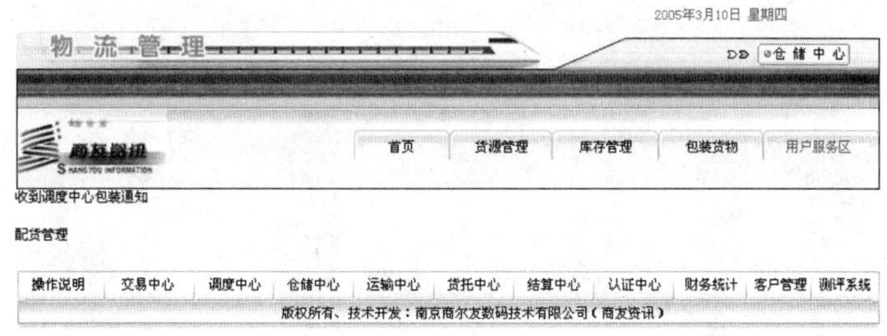

图 4-2-5

收到调度中心包装通知、配货管理后，必须先接受发送过来的配货通知（如图 4-2-6 所示）。

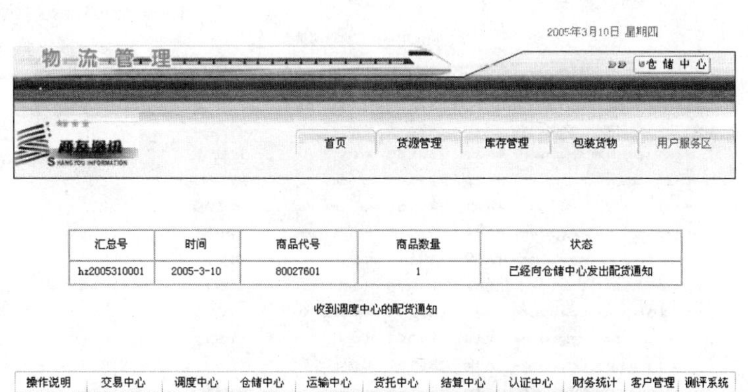

图 4-2-6

如需装配货物，则在配货管理模块中进行装配货物。

（三）进行商品的分拣（如图 4-2-7 所示）。

产品代号： 61003406 要取得数量： 2 件

该产品在仓库中的存放情况为：

商品代号	区	层	列	数量	取货
61003406	1	1	2	9696	2
总计： 9696 件					

取货完成　返回仓储中心

注：请正确填写取货数量，如果不填或填入的非数字类型都作为数字0处理！

图 4-2-7

1．分类包装（如图 4-2-8 所示）。

下面是需要仓储中心拣货的清单（调度中心汇总结果）：

-请选择- 年 -请选择- 月 -请选择- 日 查询

汇总号	时间	商品代号	商品数量	状态	操作
hz200521001	2005-2-1	80027601	1	拣货成功	出库单号为：ck200534005
hz200521001	2005-2-1	80028401	1000	拣货成功	出库单号为：ck200521002
hz200521002	2005-2-1	80028501	1000	拣货成功	出库单号为：ck200521003
hz200521003	2005-2-1	80028401	1000	拣货成功	出库单号为：ck200521004
hz200534001	2005-3-4	80028601	10	拣货成功	出库单号为：ck200534006
hz200534002	2005-3-4	80028601	1	拣货成功	出库单号为：ck200534007
hz200534003	2005-3-4	80028601	1	拣货成功	出库单号为：ck200534008
hz200534004	2005-3-4	80028601	2	拣货成功	出库单号为：ck200534009
hz200534005	2005-3-4	80028701	4	拣货成功	出库单号为：ck200534010
hz200538001	2005-3-8	80027601	1	拣货成功	出库单号为：ck200538012
hz2005310001	2005-3-10	80027601	1	收到仓储中心配货通知	拣货
hz2005131001	2005-1-31	80027601	1	拣货成功	出库单号为：ck2005131001
hz200534006	2005-3-4	80028701	6	拣货成功	出库单号为：ck200534011

图 4-2-8

2．填写装箱单（如图 4-2-9 所示）。

下面是调度中心跟踪订单的状态：

-请选择- 年 -请选择- 月 -请选择- 日：合同号 查询

跟踪号	汇总号	合同号	送货方式	送货地址	产品代号	数量	状态	操作
gz2005131001	hz2005131001	20050131141421	公路运输	上海省上海市	80028401	1000	收到仓储中心配货通知	
gz2005131002	hz2005131001	20050131163442	铁路运输	江苏省南京市	80027601	1	货物已到达	
gz200521001	hz200521001	20050131170119	铁路运输	江苏省南京市	80027601	1	印制发运标签完成	等待调度中心处理
gz200521001	hz200521001	20050201084759	铁路运输	上海省上海市	80028401	1000	货物已到达	
gz200521002	hz200521002	20050201092701	铁路运输	天津省天津市	80028501	1000	货物已到达	
gz200521003	hz200521003	20050201113257	水路运输	上海省上海市	80028401	1000	货物已到达	
gz2005310001	hz2005310001	20050310105638	公路运输	江苏省南京市	80027601	1	已拣货	第二步：下一步分类包装
gz200534001	hz200534001	20050304093456	公路运输	上海省上海市	80028601	10	货物已到达	
gz200534002	hz200534002	20050304093656	公路运输	江苏省南京市	80028601	1	已拣货	第二步：下一步分类包装
gz200534003	hz200534003	20050304093656	公路运输	江苏省南京市	80028601	1	已拣货	第二步：下一步分类包装
gz200534004	hz200534004	20050304095449	公路运输	江苏省南京市	80028601	2	货物已到达	
gz200534005	hz200534005	20050304135553	公路运输	北京省北京市	80028701	4	货物已到达	
gz200534006	hz200534006	20050304143132	公路运输	北京省北京市	80028701	6	印制发运标签完成	等待调度中心处理
gz200538001	hz200538001	20050308094238	铁路运输	江苏省南京市	80027601	1	货物已到达	

图 4-2-9

3．印制发运标签，等待运输中心来装运（如图 4-2-10 所示）。

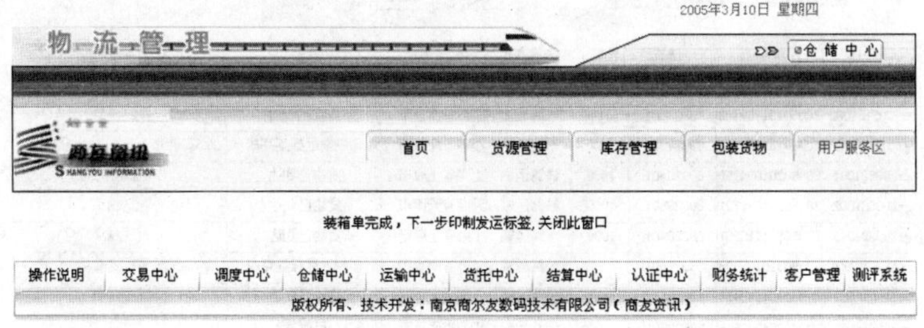

图 4-2-10

拣货过程介绍：

首先列出仓库中所需货物的所有库存位置，然后在相应位置选择一定量的货物进行出库。

在拣货的时候如果遇到库存产品不足的情况，拣货会中断，等待新产品入库。

运输指令调度介绍：

配送订单处于待运输状态时，需从调度中心对此配送订单进行运输任务的调度。在商家缴纳配送费用后，才能进行运输指令调度。商家配送费用的多少是由购买方的送货方式和商家选择的具体的运输种类计算得出（如图 4-2-11 所示）。

运输种类选择

合同号	20030918151152
运输路线	江苏省盐城 市 至 江苏省南京市
运输方式	水路运输
包装货物重量	1.2 T
运输种类	○ 固定吨次费100公里以下 1.2元/吨公里 ○ 固定吨次费100公里以上船位 1.0元/吨公里

图 4-2-11

确定运输种类后，由调度中心对其配送订单设置配送费用（如图 4-2-12 所示）。

配送费用由仓库保管费和运输费统加，运输费由运输种类和运输里程决定（如图 4-2-13 所示）。

费用设置好，就等待商家到结算中心进行“配送费结算”（如图 4-2-14 所示）。

订单详细资料

请选择查询类型：请选择... 确定

跟踪号	订单号	送货产品号		送货方式	配送地址	状态	备注
gz2005131001	20050131141421	80028401	1000	公路运输	上海省上海市	收到仓储中心配货通知	
gz2005131002	20050131163442	80027601	1	铁路运输	江苏省南京市	货物已到达	配送结束
gz200521001	20050131170119	80027601	1	铁路运输	江苏省南京市	印制发运标签完成	等待商家选择运输种类
gz200521001	20050201084759	80028401	1000	铁路运输	上海省上海市	货物已到达	配送结束
gz200521002	20050201092701	80028501	1000	铁路运输	天津省天津市	货物已到达	配送结束
gz200521003	20050201113257	80028401	1000	水路运输	上海省上海市	货物已到达	配送结束
gz2005310001	20050310105638	80027601	1	公路运输	江苏省南京市	印制发运标签完成	设置配送费用
gz200534001	20050304093456	80028601	10	公路运输	上海省上海市	货物已到达	配送结束
gz200534002	20050304093656	80028601	1	公路运输	江苏省南京市	已拣货	
gz200534003	20050304093656	80028601	1	公路运输	江苏省南京市	已拣货	
gz200534004	20050304095449	80028601	2	公路运输	江苏省南京市	货物已到达	配送结束
gz200534005	20050304135553	80028701	4	公路运输	北京省北京市	货物已到达	配送结束
gz200534006	20050304143132	80028701	6	公路运输	北京省北京市	印制发运标签完成	等待商家选择运输种类
gz200538001	20050308094238	80027601	1	铁路运输	江苏省南京市	货物已到达	配送结束

返回

图 4-2-12

20050310105638号订单已经包装好，等商家付配送费后，即可发货。所应交纳的配送费为

运输方式 ：公路运输整车运输（收费单位：元/吨公里）

仓储保管费：	元（包括场地租用费、包装费等）
运输里程：	公里
运输费：	元
总计：	元

提交 重填

图 4-2-13

…… 网上银行 理财新时尚 …… e路通 BANK

网上银行->配送结算

合同号	20050310105638
购买商银行帐号	32016006
配送中心账号	32016008
配送费	100.36元

配送费结算

图 4-2-14

结算成功后，调度中心“通知运输中心进行送货”（如图 4-2-15 至 4-2-16 所示）。

要运输的订单

跟踪号	合同号	送货方式	送货地址	产品代号	数量	状态
gz2005310001	20050310105638	公路运输	江苏省南京市	80027601	1	已经向运输中心发出通知

运输中心已收到通知 返回

备注：以上为调度中心发送给运输中心的订单，要求运输中心为其送货！

返回

图 4-2-15　运输中心收到的送货订单通知

已向运输中心开出送货通知

跟踪号	商品代号	商品数量	送货地址	送货方式	状态
gz2005310001	80027601	1	江苏省南京市	公路运输	已经向运输中心发出通知

返回

下一步以运输中心运输员身份登陆到运输中心的“接受运输通知”里去接受运输通知

图 4-2-16　运输中心开出的送货通知

（四）运输中心对货物进行运输配送（如图 4-2-17 所示）。

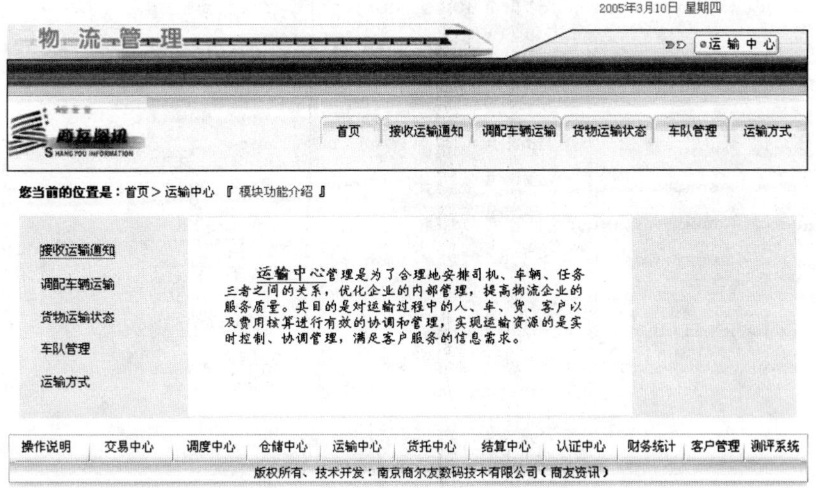

图 4-2-17

（1）操作角色：运输员；

（2）运输中心：负责接受调度中心的运输指令，按照跟踪号的配送地址进行送货。其操作如下：先是接收调度中心发出的运输通知调配车辆运输去进行装运（如图 4-2-18 所示）。

跟踪号	合同号	送货方式	送货地址	产品代号	数量	状态	指令
gz2005310001	20050310105638	公路运输	江苏省南京市	80027601	1	运输中心收到送货通知	装运

图 4-2-18

操作的时候根据指令栏的要求进行操作。如送货方式选择“公路运输”则开始装运，调度闲余的车辆和驾驶员接受运输任务，在车辆完成运输任务后（如图 4-2-19 所示），还需到运输中心的车队管理进行运输任务的回场签到（如图 4-2-20 所示），以完成一次运输出行任务；若选择除公路运输以外的运输方式（铁路运输、水路运输、航空运输）则需要委托第三方进行运输。若是委托运输，则需到委托中心对委托项目进行运输。（如图 4-2-21 所示）。

查询运送状况

-请选择- 年 -请选择- 月 -请选择- 日 查询

跟踪号	订单号	商品代号	数量	配送地址	运输方式	运输种类	出发时间	到达时间	状态	备注
gz2005131001	20050131141421	80028401	1000	上海省上海市	公路运输	固定吨次费	2005-1-31 14:59:05	2005-1-31 14:59:15	收到仓储中心配货通知	
gz2005131002	20050131163442	80027601	1	江苏省南京市	铁路运输	零担运输	2005-1-31 16:53:25	2005-1-31 16:54:09	货物已到达	运输结束
gz200521001	20050131170119	80027601	1	江苏省南京市	铁路运输		1900-1-1	1900-1-1	印制发运标签完成	
gz200521001	20050201084759	80028401	1000	上海省上海市	铁路运输	集装箱	2005-3-8 13:35:07	2005-3-8 13:36:01	货物已到达	运输结束
gz200521002	20050201092701	80028501	1000	天津省天津市	铁路运输	集装箱	2005-2-1 9:40:07	2005-2-1 9:41:02	货物已到达	运输结束
gz200521003	20050201113257	80028401	1000	上海省上海市	水路运输	固定吨次费	2005-2-1 11:44:31	2005-2-1 11:45:17	货物已到达	运输结束
gz2005310001	20050310105638	80027601	1	江苏省南京市	公路运输	整车运输	2005-3-10 15:10:21	1900-1-1	货物已出发	货物已到达
gz200534001	20050304093456	80028601	10	上海省上海市	公路运输	固定吨次费	2005-3-4 9:58:59	2005-3-4 9:59:06	货物已到达	运输结束
gz200534002	20050304093656	80028601	1	江苏省南京市	公路运输		1900-1-1	1900-1-1	已拣货	
gz200534003	20050304093656	80028601	1	江苏省南京市	公路运输		1900-1-1	1900-1-1	已拣货	
gz200534004	20050304095449	80028601	2	江苏省南京市	公路运输	零担货物	2005-3-4 10:13:24	2005-3-4 10:13:38	货物已到达	运输结束
gz200534005	20050304135553	80028701	4	北京省北京市	公路运输	整车运输	2005-3-4 14:18:35	2005-3-4 14:18:43	货物已到达	运输结束
gz200534006	20050304143132	80028701	6	北京省北京市	公路运输		1900-1-1	1900-1-1	印制发运标签完成	
gz200538001	20050308094238	80027601	1	江苏省南京市	铁路运输	零担运输	2005-3-8 13:40:54	2005-3-8 13:41:33	货物已到达	运输结束

图 4-2-19　查询运送情况

驾驶员基本资料　　车辆基本资料　　**任务调度**

驾驶员工号	驾驶车辆号	订单号	货物送往地	货物到达日	
100106	1002	20050310105638	江苏省南京市	2005-3-10 15:12:22	回场签到

图 4-2-20　回场签到

跟踪号	合同号	送货方式	送货地址	产品代号	数量	状态	指令
gz2005310002	20050310151755	铁路运输	江苏省南京市	80027602	1	运输中心收到送货通知	办理委托托运

图 4-2-21　委托运输

货物运输状态：负责对所有的运输任务进行跟踪操作与记录，其主要操作是当运输车辆到达目的地后，改变配送订单的状态为“货物已到达”，供提货方确认货物已收到，以结束整个流程操作。

相关知识

（一）行业背景知识

电子商务将是一场商务大革命，它打破了区域和国界，开辟了巨大的网上商业市场，作为保证电子商务运作的电子商务物流将有大发展。发展电子商务物流是我国企业参与国际竞争的需要，是缩短与发达国家物流业差距的一次机遇，具有良好的前景。

电子商务物流在我国具有广阔的发展空间。尽管我国电子商务起步较晚，但发展势态很好，国家和企业都十分重视发展电子商务，并在电子商务方面也取得了巨大的成绩，可在电子商务物方面却还几乎处于空白状态。电子商务的大发展必然带动我国电子商务物流的大发展。另外，电子商务贸易无国界，Internet 网可以在瞬间使处于全球任何范围内的双方达成交易，但买物的交割速度还得依赖于电子商务物流的发展。美国 Forrester 研究所在其《控制商务物流》的报告中指出，如果 2003 年全球电子商务贸易额达到 32000 亿美元的话。网上销售商将面临“物流混乱”的局面。在未来几年的电子商务交易额将以数十倍的速度增加，电子商务物流量也将以这个速度递增。

发挥大规模数字化定制经济，必须发展电子商务物流。随着买方市场的逐步形成，以及电子信息技术的高速发展及其在商务领域的广泛应用，大规模数字化定制经济正在迅猛发展。大规模数字化经济是以满足顾客需求为目的的全新的产业组织形式，它从根本上改变企业的组织管理形式、厂商与消费者的关系、竞争者之间的竞争方式以及企业之间的分工协作方式，是 21 世纪产业组织形式的主流。在大规模定制经济中，企业之间的竞争焦点在于速度，企业能否取得竞争优势的关键在于能否缩短向顾客提供产品和服务的时间，因此，企业必须保持其物流的通畅，这要求企业内部及其供应链伙伴之间通过信息传输系统和电子化物流网络系统来保证对其物流的控制。因此，电子商务物流不仅为网络交易进行配送服务，而且也是未来企业竞争战略的核心内容。

信息技术与物流技术的发展为电子商务物流提供了基础。我国的“金桥”、“金卡”、“金关”等“金字工程”为发展电子商务物流提供了良好的基础。最近几年来，我国的交通状况得到了很大的改观。高速公路网、铁路网、海运网络、航空网络的发展保证了物流的快速运输。另外，大量涌现的物流企业、以及先进的物流理论和现代物流技术将推动电子商务物流系统的发展。

大力发展第三方物流的增值服务。随着社会分工的不断细化和专业化程度的不断提高，第三方物流服务将借助电子商务的发展，在发展形式、速度和范围上有更大的突破。作为一种战略概念，供应链也是一种产品，而且是可增值的产品，其目的不仅是降低成本，更重要的是提供用户期望以外的增值服务，如配货、配送和各类提高附加值的流通加工服务项目，以及其它按客户的需求提供的服务。电子商务涉及到企业流程的再造和资源的重新配置，因此在进行物流信息系统需求分析时，需综合考虑合同、保险、单证、语言等诸多因素。具体来说，电子商务环境下的第三方物流企业应做好以下工作：综合应用电子信息技术，从顾客需求出发，开展第三方物流流程重新设计，注重综合集成管理，重视联运代理的组织功能，为“全能”型企业提供电子商务环境下的物流流程再造，为供应商、消费者提供灵活高效的物流服务。技术创新内容包括：在物流服务项目、组织结构、运行机制、服务规范质量等方面的技术创新，突出有吸引力的新物流服务项目；物流系统要素技术创新的商业化，通过技术创新提高服务活动效率，并取得满意回报；技术创新内容与创新活动之间的协同，使人员素质、组织结构、物流过程、管理水平得到发展。

（二）基础理论知识

一、电子商务与物流的关系

1. 现代物流特征

现代物流服务的核心目标是在物流全过程中以最小的综合成本来满足顾客的需求，因此，现代物流具有信息化、网络化及自动化等特征。

（1）信息化

物流信息化表现为物流信息的商品化，物流信息收集的数据库化和代码化，物流信息处理的电子化和计算机化，物流信息传递的标准化、实时化以及物流信息存储的数字化等。因此，条码技术（Barcode）、数据库技术（Database）、电子订货系统（EOS）、电子数据交换（EDI）快速反应（QR）及有效的客户反应（ECR）、企业资源计划（ERP）等技术将会在我国的物流系统中得到普遍的应用，在所有这些技术中，Internet 都将起着至关重要的作用。

（2）网络化

物流网络化有两层含义：一是物流与配送网点的网络化，企业根据自身的营销范围和

目标，通过详细的分析、选择与优化，逐渐建立全国范围的物流和配送网络，提高物流系统的服务质量和陪送速度；二是物流配送系统的计算机通信网络，包括外部网和内部网。外部网（基于 Internet 的电子商务网络平台）主要用于配送中心与上游供应商或制造商的联系，以及同下游顾客之间的联系；内部网（Intranet）主要用于企业内部各部门间的信息传输。

（3）自动化

物流系统的自动化可以提高劳动生产率，减少物流作业的差错；还可以方便物流信息的实时采集与追踪，提高整个物流系统的管理和监控水平等。物流自动化的设施包括条码自动识别系统、自动导向车系统（AGVS）、货物自动跟踪系统（如 GPS）等。GPS 与 Internet 的结合更是当前物流跟踪的一大热点。

2. 电子商务推动现代物流

现代物流的特点决定了电子商务必将在其中起到重要作用。随着电子商务的进一步推广与应用，物流的重要性对电子商务活动的影响日益明显；而信息技术和电子商务的发展，反过来又推动着传统的物流向现代物流的发展。电子商务在这一转变过程中起到了关键作用。电子商务在物流领域的应用导致了效率的极大提高，它加快了反应速度，使流通过程变快，优化电子商务系统的配送中心和物流中心网络，减少物流环节，简化了物流过程，提高了客户服务水平。

（1）电子商务降低了物流成本并有利于整合资源

电子商务的引入将物流的空间概念转化为时间概念，减少了硬件设施的投入，降低了成本，同时，更有利于对现有资源的整合。以著名的电子商务网站 8848 为例。8848 最近的一项举动是在北京建设一个 10000 平方米的大仓库，并配备最现代化的物流设施。下一步的工作是将这些设施复制到上海和香港。同时，上海各地也拟建设一些大型的物流配送中心。而基于互连网的物流信息的引入则完全可以避免这一大规模的硬件投入，只需利用 Internet 整合现有的硬件资源即可达到同样的目的。

（2）电子商务为物流企业的发展提供了机遇

从市场营销的角度来看，现在的顾客所要求的不单单是有形商品的质量、价格，而更需要的是无形的服务或一种连贯性的、自始自终的服务。物流服务追求高附加值。在客户服务要求激增的背景下，真正的竞争已不在单个的企业间，而是在供应链之间的竞争。企业通过对整个供应链的管理和控制，力求尽可能地降低总成本。因此，物流服务能力面临着新的问题：物流时间的延长、物流过程的复杂、物流成本的增加、库存的管理、风险的不确定性等等。要缓解这些矛盾的唯一途径是实现物流网络化。实践证明，只有通过物流网络合理化、物流资源共享化等措施，才能提升物流服务的竞争能力。

3. 现代物流给电子商务一个支点

如果电子商务能够成为21世纪的商务工具，像杠杆一样橇起传统产业和新兴产业，那么在这一过程中，现代物流产业将成为这个杠杆的支点。

（1）现代化物流和信息技术酝酿了电子商务

作为电子商务前身的电子数据交换技术（EDI）的产生就是为了简化信息流、商流和资金流处理上的繁琐、耗时所带来的对物流过程的延缓。电子商务最终是为了加快物流的速度，提高物资的利用率。在电子商务概念诞生时，就有强大的现代化物流作为支持，如各种机械化、自动化工具以及计算机和网络通信设备等的被使用，只须将电子商务与其进行对接即可。物流的电子化是电子商务实现的条件。

（2）电子商务离不开物流

电子商务中的任何一笔交易，都包含着集中基本的“流”，即信息流、商流、资金流、物流。其中信息流既包括商品信息的提供、促销行销、技术支持、售后服务等内容，又包括诸如询价单、报价单、付款通知单、转账通知单等商业贸易单证，还包括交易方的支付能力、支付信誉等；商流是商品在购销之间进行交易和商品所有权转移的运动过程，实际上是商品交易的一系列活动；资金流主要是资金的转移过程，包括付款、转账等过程。在电子商务条件下，这三“流”都可以通过计算机和网络通信设备得以实现。物流，作为最为特殊的一流，实际上是物质实体（商品或服务）的流动过程，是运输、储存、配送、装卸、保管、物流信息管理等各种活动。对于少数商品和服务来说，可以直接通过网络传输的方式进行配送，如各种电子出版物、信息咨询服务、有价信息、软件等。但绝大多数商品仍要通过物流过程完成从供应商到购买者的空间转移。

1999 年 9 月，我国的一些单位，组织了一次 72 小时的网上生存测验。测验中一个突出的问题就是物流问题，尤其是费尽周折填好订单后的漫长等待，使电子商务的跨时空优势丧失殆尽。此后的一次市场调查证实，人们最关注的热点问题是“物流”。它再次让人们认识到物流在电子商务活动中地位的重要，认识到现代化的物流是电子商务活动中不可缺少的部分。“电子”是虚拟的，“商务”却是现实的，物流是虚拟变为现实必需经过的“独木桥”，是电子商务过程的终结。

电子商务的发展离不开现代物流。早在1994年，国内一些公司开始投资电子商务，但它们大都沿袭了期货业务的思路，仅设计了网上查询、竞价撮合、银行结算划账的工作程序，几乎没有与之匹配的物流程序，也没有把物流企业当作自己的战略伙伴。六年之后，这些公司虽然花费了大量的资金，却未能成为电子商务企业家族中的一员，有的已经因资金匮乏、技术相对落后而悄无声息。究其至今未能取得成功的缘由，除了交易安全、全国统一结算、电子交易法规等问题没有根本解决之外，货物不能及时送达是其主要原因。

（3）物流是实现电子商务运作的保证

① 物流保障生产

无论在传统的贸易方式下，还是在电子商务条件下，生产都将是商品流通之本，而生产的顺利进行需要各类物流活动支持。生产的全过程从原材料的采购开始，便要求有相应的供应物流活动，将所采购的材料运送到位，否则，生产就难以进行；在生产的各工艺流程之间，也需要原材料、半成品的物流过程，即所谓的生产物流，以实现生产的流动性；部分材料、可重复利用的物资的回收，就需要所谓的回收物流；废弃物的处理则需要废弃物物流。可见，整个生产过程实际上就是系列化的物流活动。合理化、现代化的物流，通过降低费用从而降低成本、优化库存结构、减少资金占压、缩短生产周期，保障了现代化生产的高效进行。相反，在当代，缺少了现代化的物流，生产将难以顺利进行。因为，无论电子商务是多么便捷的贸易形式，终将是“无米之炊”。

② 物流服务于商流

在电子商务环境里，消费者通过上网点击购物，完成了商品所有权的交割过程，即商流过程。但电子商务的活动并未结束，只有商品和服务真正转移到消费者手中，商务活动才告以终结。在整个电子商务的交易过程中，物流实际上是以商流的后续者和服务者的姿态出现的。没有现代化的物流，电子商务活动终将是一纸空文。

电子商务通过快捷、高效的信息处理手段可以比较容易地解决信息流（信息交换）、商流（所有权转移）和资金流（支付）的问题，而将商品及时地配送到用户手中，即完成商品的空间转移（物流）才标志着电子商务过程的结束，因此，物流系统效率的高低是电子商务成功与否的关键。要发展电子商务，首先应建立与电子商务衔接的物流体系，否则，物流将会成为电子商务的最大的瓶颈。

二、电子商务的物流服务

1. 电子商务与物流

经验证明，适应电子商务的物流体系的完善，将会进一步推动电子商务的发展。从电子商务对物流要求的角度出发，需要物流在观念、规模、网络等等方面完成适应电子商务的变革和创新。

（1）观念

电子商务条件下要求物流观念更新。因为，电子商务公司对物流配送的理解是从电子商务本身要求的角度来提出的，解决电子商务的配送环节，不仅仅是物流企业的问题，更需要电子商务公司的积极参与和协助，电子商务公司不应过多地指责配送企业服务价格过高、不能及时送货以及不能提供遍布全国甚至全球的配送体系。

（2）规模

目前电子商务物流配送要求尚没有达到物流企业所需的最低量规模化运作要求。在少量的供给条件下，物流企业无法分摊较高的固定成本而难以降低服务价格，这也就是物流企业参与电子商务配送热情不高的原因之一。物流公司也不应等到电子商务达到规模经济以后再参与配送，而是应及早地介入电子商务以抢得先机。

（3）网络

因特网的无边界性特点，明显地导致了电子商务客户区域的分散与不确定性，但过于分散的配送网络，则不利于物流企业集中配送降低成本。过于分散的配送网络与过低的配送价格，却容易导致电子商务公司与物流企业间的矛盾激化！这也是电子商务尚未达到规模效益的另一种表现。从物流企业角度来看，电子商务公司应从区域与市场上对客户服务进行网络定位与相对集中，指定配送的地区与服务对象，这有利于物流企业将配送资源适度集中得以降低配送成本。

（4）资源

电子商务对物流的要求与物流企业所提供的供给这两者间的差距很大，从总体上看，尽管物流资源丰富，但仍存在着大量的、未被充分利用的配送资源；对物流企业而言，电子商务对配送要求的多样性与分散性，为物流企业整合系统内资源提供了内在的动力与外在的需求。从我国国情出发，成立全国性的、遍布城乡的物流配送体系，适应电子商务物流配送的需求已迫在眉睫。

（5）费用

在现实的经济生活中，对电子商务公司与物流配送企业来说，配送的需求与供给间的协议价格差距仍然较大，配送成本过高加剧了电子商务与配送企业间的费用分摊方面的矛盾。

（6）服务

电子商务公司希望物流企业提供的配送不仅仅是送货，而是最终成为电子商务公司的客户服务商，协助电子商务公司完成售后服务，提供更多增值服务内容。如跟踪产品订单、提供销售统计、报表等，进一步增加电子商务公司的核心服务价格。总之，物流企业要改变单一的送货概念。

（7）管理

电子商务的发展要求具有较高知识与管理水平的人才，对公司的配送要求也较为严格。物流企业也应考虑适应不同档次客户的要求，凡此种种都要求物流企业提高管理以适应电子商务高标准的要求。

（8）人员

一般地说，电子商务公司中的从业人员，多数接受过国内或国外的高等教育，相对于此，物流企业人员素质较低，这在一定程度上存在着两者之间沟通与交流方面的障碍，不利于双方的长远的合作与发展，物流企业应注意自身人员素质的提高。

（9）协议

现阶段，电子商务公司与配送企业签订的协议以短期居多，而长期协议几乎没有。短期协议制约着物流企业对配送体系的投入热情与新技术的采用，不利于降低配送成本，不利于物流企业制定长远的投资与服务计划。

电子商务作为一种新兴的经济形式，发展潜力是不容低估的。电子商务的配送与传统商务的配送共同化，有利于将分散的配送资源有效集中，优化物流配送网络，进而降低配送成本。电子商务公司也应充分利用第三方物流、配送服务体系，将有限的资金用于扩大电子商务网络建设，实现网络经济的规模效益。

2. 电子商务的物流服务

（1）一般物流服务

① 运输

无论是由网站经营者还是由第三方提供物流服务，都必须将消费者的订货送达消费者指定的地点。ISP、ICP 可以简单地购买或租用车辆送货，但这样做，物流成本肯定很高，比较理想的方案是将该业务外包给第三方经营物流者。第三方一般自己拥有或掌握有一定规模的运输工具，具有竞争优势的第三方物流经营者的物流设施不仅仅在一个点上，而是一个覆盖全国或一个大的区域的网络，因此，第三方物流服务提供商，首先可能要为客户设计最合适的物流系统，选择满足客户需要的运输方式，然后再具体组织网络内部的运输作业，在规定的时间内将客户的商品运抵目的地，除了在交货点交货需要客户配合外，整个运输过程，包括最后的市内配送都应由第三方物流经营者完成，以尽可能方便客户。

② 储存

电子商务既需要建立因特网网站，又需要建立或具备物流中心，而物流中心的主要设施之一就是仓库及附属设备。需要注意的是， 电子商务服务提供商的目的不是要在物流中心的仓库中储存商品，而是要通过仓储保证市场分销活动的开展，同时尽可能降低库存占压的资金，减少储存成本。因此，提供社会化物流服务的公共型物流中心需要配备高效率的分拣、传送、储存、拣选设备。在电子商务方案中，可以利用电子商务的信息网络，尽可能地通过完善的信息沟通，将实物库存暂时用信息代替，即将信息作为虚拟库存（Virtual Inventory），其方法可以是建立需求端数据自动收集系统（ADC：Automated Data Collection），在供应链的不同环节采用 EDI 交换数据，建立基于 Internet 的 Intranet，为用户提供 WEB 服务器便于数据实时更新和浏览查询，一些生产厂商和下游的经销商、物流服务商共用数据库，共享库存信息等等，目的都是尽量减少实物库存水平，但并不降低供货服务水平。那些能将供应链上各环节的信息系统有效集成， 并能取得以尽可能低的库存水平， 来满足营销需要的电子商务方案的提供商将是竞争的真正领先者。

③ 装卸搬运

为了加快商品的流通速度，装卸搬运是一般物流必须具备的功能。无论是传统的商务活动还是电子商务活动，都必须配备具备一定的装卸搬运能力。第三方物流服务提供商应该提供更加专业化的装载、卸载、提升、运送、码垛等装卸搬运机械，以提高装卸搬运作业效率，降低订货周期（OCT），减少作业对商品造成的破损。

④ 包装与流通加工

物流的包装作业目的不是要改变商品的销售包装，而在于通过对销售包装进行组合、拼配、加固，形成适于物流和配送的组合包装单元。

流通加工的主要目的是方便生产或销售，专业化的物流中心常常与固定的制造商或分销商进行长期合作，为制造商或分销商完成一定的加工作业，比如贴标签、制作并粘贴条形码等。

⑤ 物流信息处理

由于现代物流系统的运作现在已经离不开计算机，因此，将各个物流环节各种物流作业的信息进行实时采集、分析、传递，并向货主提供各种作业明细信息及咨询信息，这是相当重要的。

（2）增值性物流服务（Value-Added Logistics Services）

① 增加便利性的服务

一切能够简化手续、简化操作的服务都是增值性服务。在提供电子商务的物流服务时，推行一条龙、门到门服务、提供完备的操作或作业提示、免培训、免维护、省力化设计或安装、代办业务、一张面孔接待客户、24 小时营业、自动订货、传递信息和转账（利用 EOS EDI、EFT）、物流全过程追踪等都是对电子商务销售有用的增值性服务。

② 加快反应速度的服务

快速反应（Quick Response）已经成为物流发展的动力之一。传统观念和做法将加快反应速度变成单纯对快速运输的一种要求，但在需求方对速度的要求越来越高的情况下，它变成了一种约束，因此，必须想其他的办法来提高速度，所以第二种方法，也是具有重大推广价值的增值性物流服务方案，应该是优化电子商务系统的配送中心、物流中心网络，重新设计适合电子商务的流通渠道，以此来减少物流环节、简化物流过程，提高物流系统的快速反应性能。

③ 降低成本的服务

电子商务发展的前期，物流成本将会高居不下，有些企业有可能会因为承受不了这种高成本而退出电子商务领域，或者是选择性地将电子商务的物流服务外包出去，因此，在电子商务条件下，一开始就应该寻找能够降低物流成本的物流方案。这一方案包括：采取物流共同化计划。若企业具有一定的商务规模，这种具有一定的销售量的电子商务企业，可以通过采用比较适用但投资比较少的物流技术和设施设备，或推行物流管理技术，如运筹学中的管理技术、单品管理技术、条形码技术和信息技术等等来提高物流的效率和效益，降低物流成本。

④ 延伸服务

物流企业的服务向上可以延伸到市场调查与预测、采购及订单处理；向下可以延伸到配送、物流咨询、物流方案的选择与规划、库存控制决策建议、货款回收与结算、教育与培训、物流系统设计与规划方案的制作等。具体地说，向下延伸的服务主要体现在以下几个方面。

第一是结算功能。物流可以在从事代理、配送的情况下，物流服务商还可以替货主向企业收货人结算货款等。第二是需求预测功能。物流服务商应该负责根据物流中心商品进货、出货信息来预测未来一段时间内的商品进出库量，进而预测市场对商品的需求，从而指导订货。第三是物流系统设计咨询功能。第三方物流服务商要充当电子商务经营者的物流专家，因而，必须为电子商务经营者设计物流系统，代替它选择和评价运输商、仓储商及其他物流服务供应商。国内有些专业物流公司正在进行这项尝试。第四是物流教育与培训功能。物流系统的运作需要电子商务经营者的支持与理解，通过向电子商务经营者提供培训服务，可以培养它与物流中心经营管理者的认同感，可以提高电子商务经营者的物流管理水平，可以将物流中心经营管理者的要求传达给电子商务经营者，也便于建立物流作业标准。

三、电子商务物流的基本技术

物流技术是指与物流要素活动有关的所有专业技术的总称，它包括各种操作方法、管理技能等。比如，流通加工技术、物品包装技术、物品标识技术、物品实时跟踪技术等，此外，还包括物流规划、物流评价、物流设计、物流策略等。随着计算机网络技术的应用普及，物流技术中综合了许多现代技术，如 GIS（地理信息系统）、GPS（全球卫星定位系统）、EDI（电子数据交换）、条码等。

1. 条码技术及应用

条码技术是在计算机的应用实践中产生和发展起来的一种自动识别技术。它是为实现对信息的自动扫描而设计的。它是实现快速、准确而可靠地采集数据的有效手段。条码技术的应用解决了数据录入和数据采集的“瓶颈”问题，为供应链管理提供了有力的技术支持。

条码技术在物流中的运用，为我们提供了一种对物流中的物品进行标识和描述的方法，借助自动识别技术、POS 系统、EDI 等现代技术手段，企业可以随时了解有关产品在供应链上的位置，并即时做出反应。当今在欧美等发达国家兴起的 ECR、QR、自动连续补货

（ACEP）等供应链管理策略，都离不开条码技术的应用。条码是实现 POS 系统、EDI、电子商务、供应链管理的技术基础，是物流管理现代化、提高企业管理水平和竞争能力的重要技术手段。

实践证明，物流条码已经成为条码中的一个重要组成部分。它不仅在国际范围内提供了一套可靠的代码标识体系，而且为贸易环节提供了通用的语言，为 EDI 和电子商务奠定了基础。因此，物流条码标准化在推动各行业信息化、现代化建设进程和供应链管理的过程中起到了不可估量的作用。

2. EDI 技术及应用

EDI（电子数据交换）是指按照同一规定的一套通用标准格式，将标准的经济信息，通过通信网络传输，在贸易伙伴的电子计算机系统之间进行数据交换和自动处理，俗称“无纸化贸易”。以往世界每年花在制作文件的费用高达 3000 亿美元，所以“无纸化贸易”被誉为一场“结构性的商业革命”。

构成 EDI 系统的三个要素是 EDI 软件、硬件、通信网络以及数据标准化。一个部门或企业若要实现 EDI，首先必须有一套计算机数据处理系统；其次，为使本企业内部数据比较容易地转换为 EDI 标准格式，须采用 EDI 标准；EDI 标准是 EDI 技术的关键部分，由于 EDI 是以事先商定的报文格式形式进行数据传输和信息交换，因此，制定统一的 EDI 标准至关重要。世界各国开发 EDI 得出一条重要经验，就是必须把 EDI 标准放在首要位置。EDI 标准主要分为以下几个方面：基础标准，代码标准，报文标准，单证标准，管理标准，应用标准，通信标准，安全保密标准。要指出的是，运用 EDI 技术时，通信环境的优劣是关系到 EDI 成败的重要因素之一。改善通信环境是应用 EDI 技术的重要保证之一。

四、电子商务物流服务案例

1. 戴尔公司的电子商务物流

戴尔公司是商用桌面 PC 市场的第二大供应商，其销售额每年以 40%的增长率递增，这一递增是该平均增长率的两倍。她每年的营业收入达 100 亿美元，位居康柏、IBM、苹果和 NEC 之后的第五位。面对骄人的业绩，总裁迈克尔·戴尔不无自豪地说，这归因于物流电子商务化的巧妙运用。在戴尔的直销网站（http://www.dell.com）上，提供了跟踪和查询消费者订货状况的接口，供消费者查询已订购的商品从戴尔发送到消费者手中的全过程的情况。戴尔对待任何消费者（个人、公司或单位）都采用定制的方式销售，其物流服务也配合这一销售方式。

（1）订单处理

消费者可以拨打 800 免费电话叫通戴尔的网上商店进行网上订货；也可以通过浏览戴尔的网上商店进行初步检查：首先检查项目是否填写齐全，然后检查订单付款条件，并按付款条件将订单分类。采用信用卡支付方式的订单将被优先满足，其他付款方式则要更长时间得到付款确认，只有确认支付完款项的订单才会立即自动发出零部件的订货并转入生产数据库中，订单也才会立即转发到生产部门进行下一步作业。用户订货后，可以对产品的生产过程、发货日期甚至运输公司的发货状况等进行跟踪，根据用户发出订单的数量，用户需要填写单一订单或多重订单状况查询表格，表格中各有两项数据需要填写，一项是戴尔的订单号，二是校验数据，提交后，戴尔通过因特网将查询结果传送给用户。

（2）预生产

从接受订单到正式生产之前，有一段等待零部件到货的时间，这段时间叫做预生产。预生产的时间因消费者所订的系统不同而不同，主要取决于供应商的仓库中是否有现成的零部件。一般地，戴尔要确定一个订货的前置时间，即需要有等待零部件和将订货送到消费者手中的时间。该前置时间在戴尔向消费者确认订货有效时会告诉消费者。订货确认一般通过两种方式，即电话或电子邮件。

（3）配件准备与配置

当订单转到生产部门时，相关人员将零部件备齐传送到装配线上，所需要的零部件清单也就自动生产。组装人员将装配线上传来的零部件组装成计算机，然后进入测试过程。

（4）测试与装箱

检测部门对组装好的计算机，用特制的测试软件进行测试，通过测试的机器被送到包装间。测试完后的计算机被放在包装箱中，同时要将鼠标、键盘、电源线、说明书及其他文档一同装入相应的卡车运送给顾客。

（5）配送准备

一般在生产过程结束的次日完成送货准备，但大订单及需要特殊装运作业的订单，可能花的时间还要长些。

（6）发运

发送指顾客所订货物发出，并按订单上的日期送到指定的地点。为此，戴尔设计了几种不同的送货方式，由顾客订货时选择。一般情况下，订货将在2～5个工作日送到订单上的指定地点，即送货上门，同时提供免费安装和测试服务。

2. 凯利伯物流公司

凯利伯物流公司（Caliber Logistics Co., Ltd.）是美国较有影响的物流公司，该公司为客户（包括电子商务客户）提供的物流服务，包括一般物流服务和增值性物流服务，其网址是 http://www.caliber.com。

（1）JIT 物流计划

凯利伯物流公司通过建立先进的信息系统，为供应商提供培训服务及管理经验，优化运输路线和运输方式，从而降低了库存成本、减少了收货员人数及其成本，并且为货主提供了更多更好的信息支持。

（2）合同制仓储服务

凯利伯物流公司推出的此项服务减少了货主建设仓库的投资，同时，通过在仓储过程中采用 CAD 技术、执行劳动标准、实行目标管理和作业监控来提高劳动生产率。

（3）全面运输管理

凯利伯物流公司还开发了一套计算机系统，专门用于为客户选择最佳承运人，使用该系统客户可以得到许多好处：在选定的运输方式中选择最佳的承运人，使运输方式最经济，可以获得凯利伯运输会员公司的服务，可对零星分散的运输作业进行控制，减少回程车辆放空。

该套系统可以进行电子运单处理，可以对运输过程进行监控等。

（4）生产支持服务

凯利伯物流公司可以进行如下加工作业：简单的组装、合并与加固、包装与再包装、贴 JIT 配送标签等。公司使用一套专业化业务重组软件，可以对客户的业务运作进行诊断，并提出专业化的业务重组建议。

（5）专业化合同制运输与回程集装箱管理

该公司的此项功能可以为客户提供的服务有：根据预先设定的成本提供可靠的运输服务，提供灵活的运输管理方案，提供从购车到聘请司机直至优化运输线路的一揽子服务，降低运输成本，提供一体化的、灵活的运输方案。

公司提供的回程服务包括：回程集装箱的跟踪、排队、清洗、储存等，确保降低集装箱的破损率，减少货主的集装箱管理成本，保证货物的安全，对环保也有好处。

（三）深化拓展知识——物流管理

物流管理，从宏观上来讲就是要在社会主义市场经济体制下，运用管理的基本原理和方法，以物流系统为研究对象，研究现代物流活动中的技术问题和经济问题，以实现物流系统最佳经济效益，不断促进物流业的发展，更好地为社会主义现代化和提高人民生活水平服务。从微观上具体来说，现代物流管理就是运用计划、组织、控制三大管理职能，借助现代物流理念和现代物流技术，通过运输、搬运、存储、保管、包装、装卸、流通加工和物流信息处理等物流基本活动．对物流系统各要素进行有效组织和优化配置，来解决物流系统中物质供需之间存在的时间、空间、数量、品种、价格等等方面的矛盾，适时、适量、适质、适价、适地为物流系统各类客户提供满足要求的物流服务。

一、物流管理的主要内容

物流管理不仅是企业的微观问题，也是政府和社会的宏观问题。政府面临的物流管理

课题是如何创造现代物流发展的宏观环境，培育和发展物流市场，如物流基础设施的规划和建设，物流政策法规的制定执行，物流与环境和城市发展的矛盾协调等。这里主要讨论微观层面的物流管理内容。这里仅对物流活动环节和物流系统要素的内容作简要介绍。

1. 对物流活动各环节的管理

（1）运输管理，运输管理问题包括一系列计划和操作问题，其中包括；选择运输方式及服务方式、确定车队规模、设定行车路线、车辆调度与组织等。

（2）仓储管理，它包括原材料、半成品的储存方式；储存统计、库存控制、养护等。

（3）配送管理，它包括配送中心的选址及优化布局；配送机械的合理配置与调度；配送作业的制定与优化。

（4）包装管理，它包括包装容器和包装材料的选择与设计；包装技术和方法的改进；包装系列化、标准化、现代化等。

（5）装卸搬运管理，主要是设备规划与配置，装卸搬运作业。它包括装卸搬运系统的设计的组织等。

（6）流通加工管理，它包括加工场所的选定；加工机械的配置研究和改进；加工作业流程的制定与优化。

（7）物流信息管理，它是指对反映物流活动的信息、物流要求的信息、物流作用的信息和物流特点的信息进行搜集、加工、处理、存储和传输等。

（8）顾客服务管理，它是指对与物流活动相关服务的组织和监督。例如调查分析顾客对物流活动的反映，决定顾客所需要的服务水平和服务项目等。

2. 对物流系统要素的管理

（1）对人的管理，人是物流系统和物流活动中最活跃的因素。它包括对物流从业人员的选拔和录用；物流专业人才的培训与提高；物流教育和物流人才培养规划与措施的制定等。

（2）对财的管理，财是指物流企业的资金。它包括物流管理中有关降低物流成本，提高经济效益等方面的内容。它是物流管理的出发点，也是物流管理的归宿点。它主要包括物流成本的核算与控制；物流经济指标体系的建立；所需资金的筹措与使用；提高经济效益的方法等。

（3）对物的管理，物是物流活动的客体，即物质资料实体。对物的管理贯穿于物流活动的始终。它涉及物流活动各环节，即物品的包装、装卸搬运、储存、运输、流通加工、配送等。

（4）对设备的管理，它包括对各种物流设备的选型与优化配置；对各种设备的合理使用和更新改造；对各种设备的研制、开发与引进等。

（5）对方法的管理，它包括对物流技术的研究、推广普及；对物流科学的研究与应用；

对新技术的推广与普及；对现代管理方法的应用等。

（6）对信息的管理，信息是物流系统的神经中枢，只有做到有效地处理并及时传输物流信息。才能对物流系统内的人、财、物、设备、方法等要素进行有效管理。

3. 对物流层次的管理

（1）物流战略管理：企业物流战略管理就是站在企业长远发展的立场上，就企业物流的发展目标、物流在企业经营中的战略定位、物流服务水平相物流服务内容等问题做出整体规划。

（2）物流系统的设计与运营管理：企业物流战略确定以后，为了实施战略必须要有一个得力的实施手段，即物流运作系统。作为物流战略制定后的下一个实施阶段，物流管理的任务是设计物流系统和物流网络，规划物流设施，确定物流运作方式和程序等。形成一定的物流能力，并对系统运营进行监控，及时根据需要调整系统。

（3）物流作业管理：在物流系统框架内，根据业务需求，制定物流作业计划，按照计划要求对物流作业活动进行现场监督和指导，对物流作业的质量进行监控。

二、物流管理的职能

物流管理的职能包括合理组织生产力和不断巩固、完善生产关系两种基本职能。这是对整个物流活动职能在理论上的抽象概括。实际上，物流活动过程反映了生产力和生产关系的统一，人与物的关系同人与人的关系是紧密结合而不可分割的。这两种基本职能是结合在一起发生作用的。对物流管理的职能说法不一、但一般认为有五种职能。

1. 计划职能

计划是对企业未来物流活动所作出的安排和筹划。物流管理的计划职能是指为适应物流市场需要，通过对企业的外部环境和内部条件的调研、预测，对物流企业经营目标、经营方针作出决策。制定长期规划和短期规划及确定措施和方法，并将计划指标层层分解落实到物流企业各部门、各环节的职能。

2. 组织职能

它是指为实现物流企业经营目标而把企业物流活动的各个要素和各个环节，从劳动分工与合作上，从纵横交错的相互关系上，从时间与空间的相互衔接上，合理地组织起来，以形成一个有机整体，从而有效地进行物流活动的职能。

3. 指挥职能

它是指对企业各层次、各类物流人员的领导、沟通或指挥，保证企业物流活动正常进行和实现既定目标的职能。

4. 协调职能

它是协调企业内部各层次、各环节的工作，协调各项物流活动，使它们能建立良好的协作关系，消除和减少工作中的脱节现象和存在的矛盾，以有效地实现物流企业经营目标的职能。

5．控制职能（或监督职能）

它是指按预定计划或目标、标准，对企业物流活动各环节的实际完成情况进行检查，考察实际完成情况同原定计划、标准的差异，并分析原因、采取对策、及时纠正偏差，保证物流计划目标实现的职能。

以上物流企管理的各项职能，构成了一个有机整体。通过计划职能，明确企业物流的目标与方向；通过组织职能，建立实现物流目标的手段；通过指挥职能，建立正常物流活动秩序；通过协调职能，及时解决内外矛盾，和谐一致地进行物流活动；通过控制职能，检查物流计划的实施情况，保证计划的实现。上述五种职能相互联系，互相渗透，相互制约，缺一不可。

三、物流管理的特征

1. 以客户满意为首要目标。物流是以客户需要为出发点，是基于企业经营战略基础上从客户服务目标的设定开始，追求客户服务的差别化战略，以满足客户个性化需求。物流通过提供客户所期望的服务、在积极追求自身交易扩大的同时，强调实现竞争企业在客户服务方面的差别化，在了解竞争对手的战略基础上，努力提高客户的满意度。

在现代物流中，客户服务的设定优先于其他各项活动，并且为了使物流客户服务能有效地开展，在物流体系的基本建设上，要求物流中心、信息系统、作业系统和组织构成等条件的具备与完善，如在物流系统中必须做到物流作业效率化，即在配送、装卸、加工等过程中应当运用最恰当的方法、手段使企业能最有效地降低物流成本。

2. 以整个流通渠道的商品运动为管理过程。以往认为的物流是从生产阶段到消费阶段的货物流动，也就是说物流管理的主要对象是“销售物流”和“生产物流”，而物流管理的范围不仅包括销售物流和生产物流，还包括采供物流、回收物流以及废弃物流。这里需要注意的是，现代物流管理中的销售物流概念也有新的延伸，即不仅是阶段的销售物流（如厂商到批发商、批发商到零售商、零售商到消费者的相对独立的物流活动），而且是一种整体的销售物流活动，也就是将销售渠道的各个参与者（厂商、批发商、零售商和消费者）结合起来，以保证销售物流行为的合理化。

3. 以追求企业整体最优为主要目标。充分的分工与合作是当今市场的发展趋势，如果企业物流仅仅追求“部分最优”或“部门最优”，将无法在日益激烈的企业竞争中取胜。从原材料的调拨计划到向最终消费者移动的物的运动等各种活动，不只是部分和部门的活动，而是将各部分和各部门有效结合发挥出综合效益。也就是说，物流管理所追求的费用、效益，是针对调拨、生产、销售、物流等整体最优而言的。应当注意的是，追求整体最优并不是可以忽略物流的效率化，物流部门在充分知晓调拨理论、生产理论和销售理论的基础上，在强调整体最优的同时，应当与现实相对应，彻底实现物流部门的效率化。

4. 以重视效率和效果并重。物流从原来重视物流的设备等硬件要素转向重视信息等软件要素；从以前运输储存为主的活动转向物流的全过程；从原来的作业层次转向管理层次；从原来强调运力确保、降低成本等企业内需求的对应，转变为强调物流服务水平的提高等市场需求对应．进而更进一步地发展到重视环境等社会需求的对应。因此，物流管理重视效率方面的因素，更强调整个流通过程的物流效果，也就是说，从成果的角度来看，有些物流活动虽然使成本上升，但如果它能有利于整个企业战略的实现，那么这种物流活动仍然是可取的。

5. 以信息为核心来满足市场实际需要。物流活动已不是单个生产、销售部门或企业的事，而是包括供应商、批发商、零售商等有关联企业在内的整个统一体（供应链）的共同活动，因而现代物流通过这种供应链强化了企业间的关系。如果部门间的采购、生产、销售、物流结合追求的是企业内经营最优的话，那么供应链管理则是通过所有市场参与者的联盟追求全过程效率的提高。这种供应链管理带来的一个直接效应是产需的结合在时空上比以前任何时候都要紧密，并带来了经营方式的改变。即从原来的投机型经营（生产建立在市场预测基础上的经营行为）转向实需型经营（根据订单生产），同时伴随着这种经营方式的改变，在经营管理要素上，信息已成为物流管理的核心，因为没有高度发达的信息网络和信息支撑，实需型经营是无法实现的。

6. 对商品运动的一元化管理。伴随着商品实体的运动，必然会出现“场所移动”和“时间推移”这种物流现象。在当今产销紧密联系、流通整体化、网络化的过程中，“时间推移”已成为一种重要的经营资源。因为现代经营的实需型发展模式，不仅要求物流活动能实现经济效率化和客户服务化，而且还必须及时了解和反映市场的需求。并将之反馈到供应链的各个环节，以保证生产经营决策的正确和再生产的顺利进行。所以说，缩短物流时间，不仅决定了流通全过程的商品成本和客户满意，而且通过有效的商品运动为生产提供全面准确的市场信息。只有这样才能创造出流通网络或供应链价值，并保证商流能持续不断地进行。

从物流时间形态上看，只有整体地、全面地把握控制相关的各种要素和生产经营行为，并将它们有效地联系起来，才能实现缩短时间的目标。显然，这要求物流活动的管理应超越部门的层次，实现高度的统一管理。现代物流所强调的就是如何有效地实现一元化管理，真正把供应链理念和企业整体理念贯彻到管理行为中。

工作训练

学生以 5～6 人为一个工作小组，选出工作组长。由组长带领，组员共同讨论，以自营物流实现网络商品转移为目标，基于工作过程，以小组为单位，进行工作训练。

（1）设计工作情境，扮演工作角色，实施工作任务。

（2）汇报工作过程，进行工作任务自我评估，完成任务考核评价表。

工作训练

步骤	工作内容	工作方法	时间（120 分钟）
情境设计	**学生：**（以小组为单位） 由工作组长带领组员共同讨论，设计工作情境。 **教师：** 教师利用案例启发引导，强调工作情景设计时应注意的问题。	小组讨论法 案例引导教学法	10
任务确定	**学生：**（以小组为单位） 由项目组长确定工作情境，负责分配队员所扮演的角色，设定每个队员的工作任务，确定送货的方式和送货范围。 **教师：** 对各个小组的工作进度进行监督和指导。	小组讨论法	10
任务实施	**学生：**（以小组为单位） 登录公司物流管理软件，结合每个小组设计的工作情境及在工作中所扮演的角色，按照老师提出的货物配送的要求，利用自营物流实现网络商品转移的方法，开始任务实施。 **教师：** 对各个小组的工作进度进行监督、指导和评价。	角色扮演法	20
工作汇报	**学生：**（以小组为单位） 将工作实施内容进行整理，以小组为单位，进行工作情境设计与工作实施过程汇报。 **教师：** 点评学生的情境设计与任务实施过程，提出指导意见。	团队汇报法 讲授法	30

续表

工作训练			
步骤	工作内容	工作方法	时间（120分钟）
完善情境设计工作实施方案	**学生：** 学生在教师点评的基础上，对初次汇报的货物的配送情境设计与工作实施方案，进行反复的讨论和修改，形成方案修改稿；与（企业）教师进行再次的方案沟通与交流，双方认同方案，最终形成自营物流实现网络商品转移情境设计与工作实施方案定稿，制成演示文稿。 **教师：** 评价每个小组在设计货物配送方案过程中的总体表现，并点出每个小组所存在的问题。	团队汇报法	20
工作任务评估	**学生：** 每个小组派一名队员进行工作项目汇报总结与交流，并对自己小组的最终工作结果进行客观评价，填写《学生——自营物流实现网络商品转移考核表》。 **教师：** 根据汇报情况进行提问、评价并简单总结；填写《教师——自营物流实现网络商品转移考核表》。	团队汇报法	30

学生——自营物流实现网络商品转移考核表

考核内容 队员姓名	分配任务是否按时完成（10%）	任务完成评价（20%）	团队讨论参与是否积极（20%）	方案设计所负责部分（20%）	是否积极参与企业沟通交流（30%）	得分（满分100）

教师——自营物流实现网络商品转移考核表

考核内容 / 序号	方案完成提交情况（15%）	方案结构是否完整（15%）	排版是否符合要求（20%）	PPT 制作情况（20%）	方案汇报情况（30%）	得分（满分 100）

情境思考

1．通过市场调查，请分析海尔物流的经营模式，并体会其工作过程。

2．通过实地或网络调查，试对比威海家家悦与青岛利群在物流配送上的异同点。

3．企业自营物流的优势是什么？

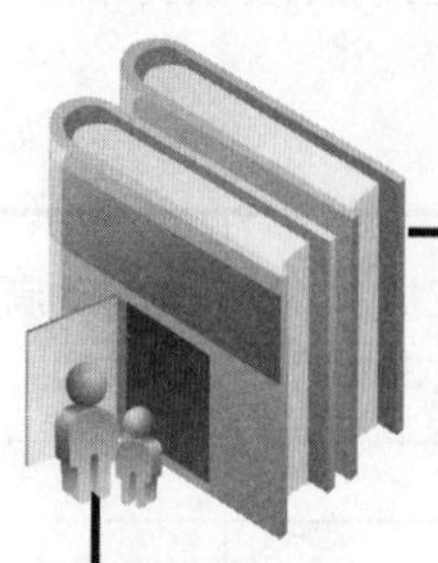

模块五

网络客户关系管理

情境 1：网站自带的客户关系管理软件实现网络客户关系管理

学习目标

1. 掌握网站自带的客户关系管理软件实现网络客户关系管理的相关知识

2. 掌握网站自带的客户关系管理软件的基本操作，对客户进行管理、维护和关怀，维系与客户之间的关系

3. 小组成员能够共同创设网站自带的客户关系管理软件实现网络客户关系管理工作情境，扮演相应角色，实现工作过程。

情境描述

小王是一名淘宝网站的店主，2008 年 3 月份在淘宝注册了一家店铺，主要经营具有地

方特色的工艺品，在他的精心管理下，客户已经超过200位，但是他因为工作原因，只能晚上上线，他用了淘宝推出的“钱掌柜”客户管理软件对他的客户关系进行管理，效果明显。

角色扮演

扮演淘宝店主，利用“钱掌柜”客户管理软件对自己的客户进行客户关系管理

岗位职责

利用网站自带的客户关系管理软件，向新老客户提供及时、周到的服务，来吸引和保持更多的客户从而达到维系老客户、挖掘新客户的目的。

岗位能力

专业能力：

能够利用网站自带的客户关系管理软件进行客户关系管理，具备客户关系管理的相关技能。

社会能力：

1．具备良好团队协作精神

2．具备良好语言表达能力

3．具备良好情感沟通能力

任务分析

（一）对客户进行分类

将客户按照新老程度、忠诚度、联系频率、是否回访等指标进行分类

（二）对当天付款的客户进行维护

（三）对当天过生日的客户进行维护

（四）对一个月没联系的客户进行维护

（五）对收到货物一周后的客户进行维护

任务实施

（一）登录淘宝网站，进入我的淘宝（如图 5-1-1 所示）。

图 5-1-1

（二）点击图中红框所示位置进入钱掌柜网店管理软件页面（如图 5-1-2 所示）。

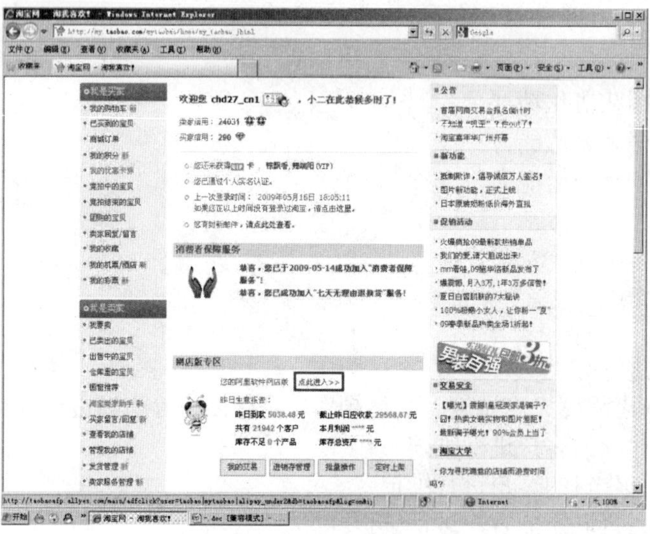

图 5-1-2

（三）进入“钱掌柜”网店管理软件页面后，点击客户（如图 5-1-3 所示）。

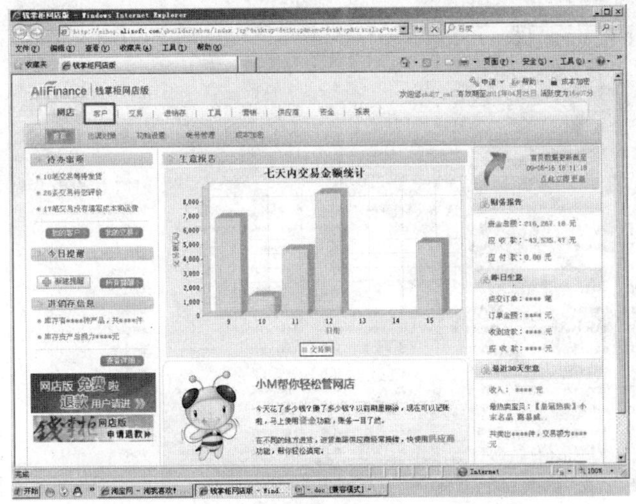

图 5-1-3

（四）在客户管理项中可以看到系统已经将客户自动分成了所有客户、忠实客户、新客户、待回访客户、久未联系客户、最近联系客户、黑名单客户。其中忠实客户是有过两次交易的客户，新客户是当天认识的新客户，待回访客户是收到出售的商品 7 天以上的客户，久未联系客户是一个月以上没有联系的客户，最近联系客户是最近 7 天联系过的买家，黑名单客户是不受欢迎的客户（如图 5-1-4 至 5-1-5 所示）。

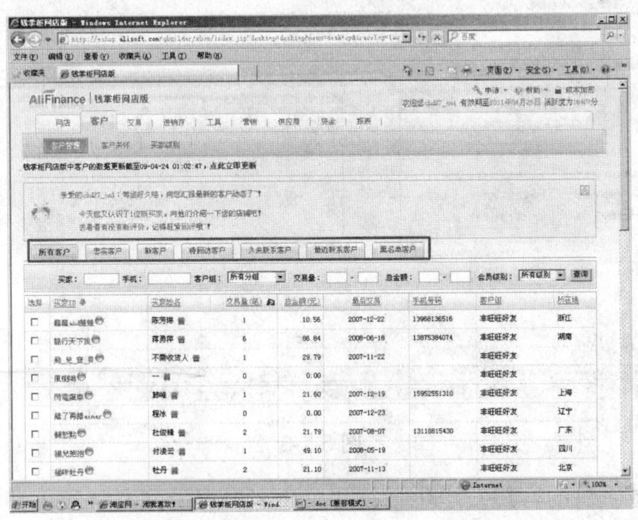

图 5-1-4　所有客户

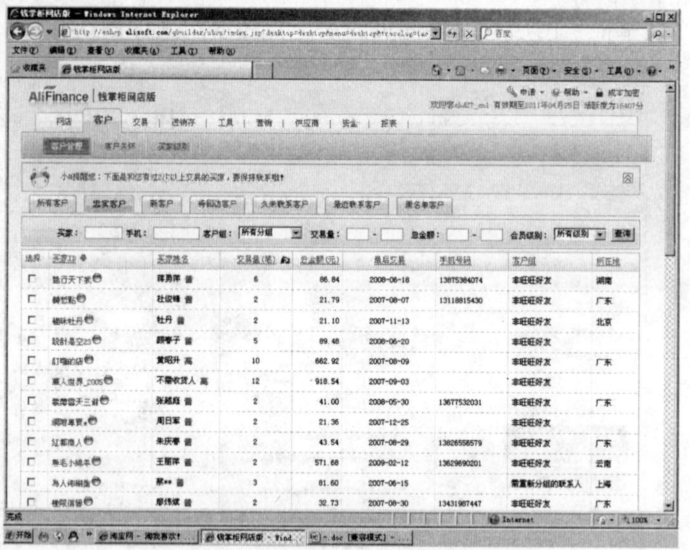

图 5-1-5　忠实客户

（五）点击客户关怀，可以对当天付款的用户发送客户关怀（如图 5-1-6 所示）。

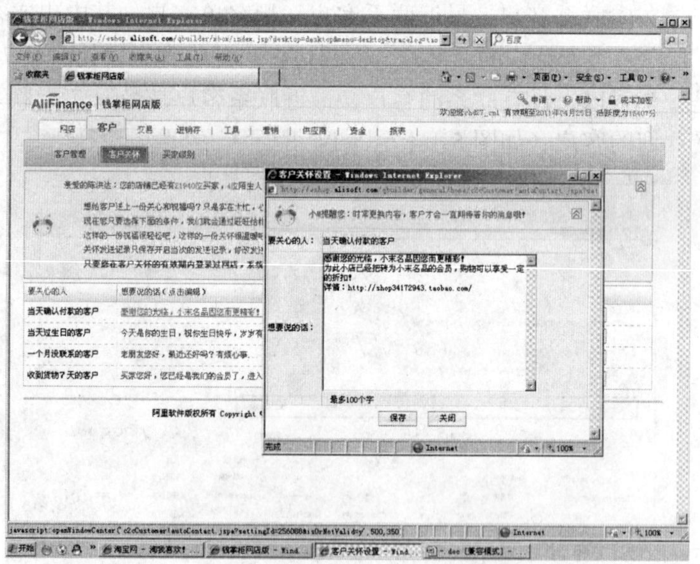

图 5-1-6

（六）对当天过生日的客户发送生日祝福，让客户感受到温暖和关怀，让客户对店铺产生归属感（如图 5-1-7 所示）。

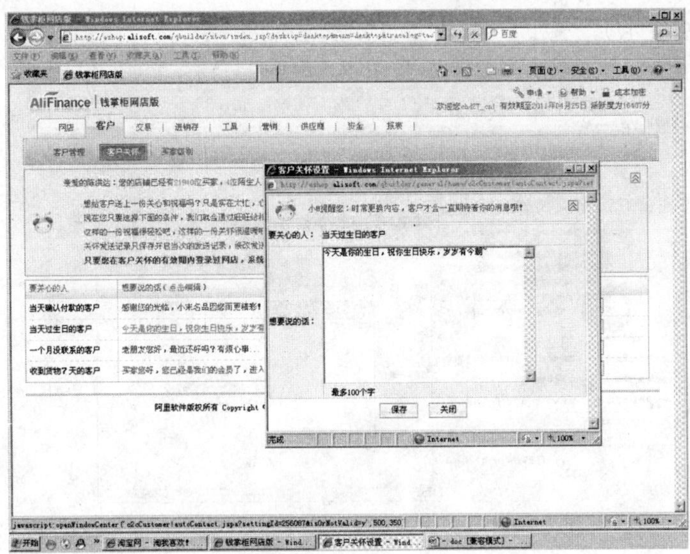

图 5-1-7

（七）对一个月没有联系的客户发送问候信息，增强联系。同时可以把店铺过去开展的活动或新增的商品进行宣传（如图 5-1-8 所示）。

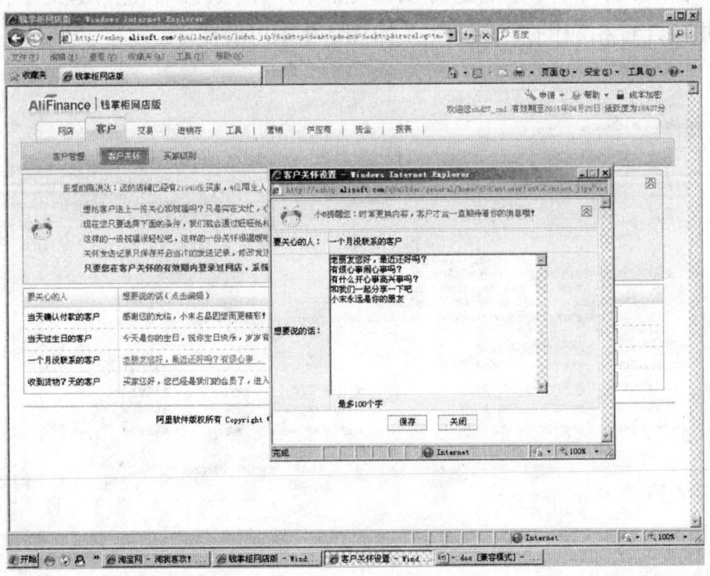

图 5-1-8

（八）对收到货物一周的客户进行满意度回访，增加客户对店铺的信任，提升客户的忠诚度（如图 5-1-9 所示）。

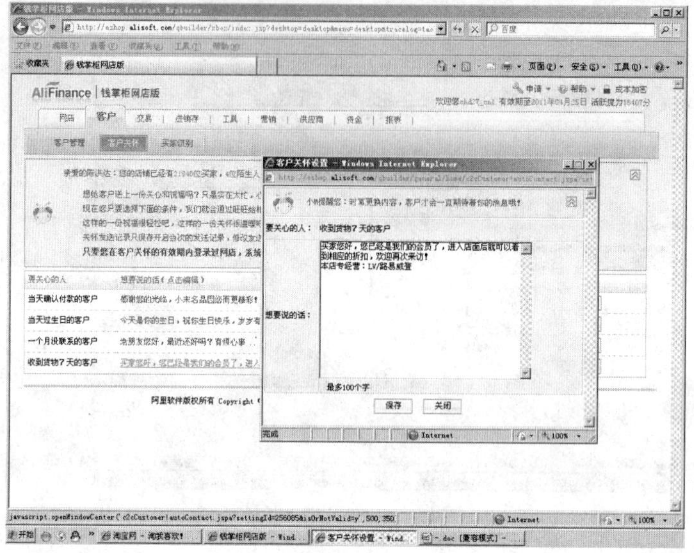

图 5-1-9

注：每一种客户关怀的内容都是可以自定义的，用鼠标右键点击文字内容可以进行相应的编辑，也可以查看相应的发送记录（如图 5-1-10 所示）。

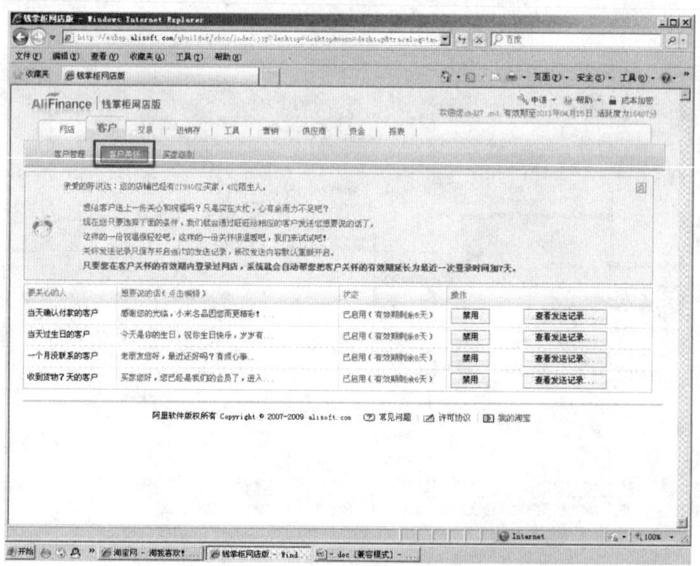

图 5-1-10　客户关怀列表

图 5-1-11　客户关怀发送记录

对客户关系的管理不能只是流于形式，也不能因为系统有自动发送的功能，在一次设置之后就再也不去管理，对待客户要真诚，只有真诚的态度才能真正让客户感到关怀，客户满意度才能提高，从而也就提高了客户服务水平。

（一）行业背景知识

"钱掌柜"管理软件

2008 年 4 月 27 日下午，阿里软件宣布，将面向淘宝用户推出免费管理软件——"钱掌柜"网店版，从即日起，"三心"级别以上淘宝卖家均可以申请使用"钱掌柜"服务，在线管理自己的淘宝店铺。

3 月底，阿里软件刚刚在北京宣布，投资十亿元，面向中小企业推广管理软件，并承诺未来三年免费，号称在三年内发展 1000 万中小企业客户。

阿里软件表示，免费管理软件“钱掌柜”推出以来，截止 4 月 12 日，“钱掌柜”新增注册用户在两周的时间内已经突破 15 万大关。

阿里软件根据不同阶层的客户定位，进行了产品划分。“钱掌柜”网店版是为网店卖家量身打造的专业级服务，包含销售业务管理、采购管理、客户管理、资金管理等服务。”

（二）基础理论知识

一、客户关系管理的含义

就其功能来看，CRM 是通过采用信息技术，使企业市场营销、销售管理、客户服务和支持等经营流程信息化，实现客户资源有效管理的管理软件系统。

其核心思想是以“客户为中心”，提高客户满意度，改善客户关系，从而提高企业的竞争力。

二、客户关系管理软件的基本功能

CRM 软件的基本功能包括客户管理、联系人管理、时间管理、潜在客户管理、销售管理、电话销售、营销管理、电话营销、客户服务等，有的软件还包括了呼叫中心、合作伙伴关系管理、商业智能、知识管理、电子商务等。

1. 客户管理

主要功能包括：客户基本信息；与此客户相关的基本活动和活动历史；联系人的选择；订单的输入和跟踪；建议书和销售合同的生成。

2. 联系人管理

主要功能包括：联系人概况的记录、存储和检索；跟踪同客户的联系，如时间、类型、简单的描述、任务等，并可以把相关的文件作为附件；客户内部机构的设置概况。

3. 时间管理

主要功能包括：日历、设计约会、活动计划，有冲突时，系统会自动提示；进行事件安排，如约会、会议、电话、电子邮件、传真；备忘录；进行团队事件安排；查看团队中其他人的安排，以免发生冲突；把事件的安排通知相关的人；任务表；预告/提示；记事本；电子邮件；传真。

4. 潜在客户管理

主要功能包括：业务线索的记录、升级和分配；销售机会的升级和分配；潜在客户的跟踪。

5. 销售管理

主要功能包括：组织和浏览销售信息，如客户、业务描述、联系人、时间、销售阶段、业务额、可能结束时间等；产生各销售业务的阶段报告，并给出业务所处阶段、还需的时

间、成功的可能性、历史销售状况评价等信息；对销售业务给出战术、策略上的支持；对地域（省市、邮编、地区、行业、相关客户、联系人等）进行维护；把销售员归入某一地域并授权；地域的重新设置；根据利润、地域、优先级、时间、状态等标准，用户可定制关于将要进行的活动、业务、客户、联系人、约会等方面的报告；提供类似BBS的功能，用户可把销售秘诀贴在系统上，还可以进行某一方面销售技能的查询；销售费用管理；销售佣金管理。

6．电话营销和电话销售

主要功能包括：电话本；生成电话列表，并把它们与客户、联系人和业务关联；把电话号码分配到销售员；记录电话细节，并安排回电；电话营销内容草稿；电话录音，同时给出书写器，用户可作记录；电话统计和报告；自动拨号。

7．营销管理

主要功能包括：产品和价格配置器；在进行营销活动（如广告、邮件、研讨会、网站、展览会等）时，能获得预先定制的信息支持；把营销活动与业务、客户、联系人建立关联；显示任务完成进度；提供类似公告板的功能，可张贴、查找、更新营销资料，从而实现营销文件、分析报告等的共享；跟踪特定事件；安排新事件，如研讨会、会议等，并加入合同、客户和销售代表等信息；信函书写、批量邮件，并与合同、客户、联系人、业务等建立关联；邮件合并；生成标签和信封。

8．客户服务

主要功能包括：服务项目的快速录入；服务项目的安排、调度和重新分配；事件的升级；搜索和跟踪与某一业务相关的事件；生成事件报告；服务协议和合同；订单管理和跟踪；问题及其解决方法的数据库。

9．呼叫中心

主要功能包括：呼入呼出电话处理；互联网回呼；呼叫中心运行管理；软电话；电话转移；路由选择；报表统计分析；管理分析工具；通过传真、电话、电子邮件、打印机等自动进行资料发送；呼入呼出调度管理。

10．合作伙伴关系管理

主要功能包括：对公司数据库信息设置存取权限，合作伙伴通过标准的Web浏览器以密码登录的方式对客户信息、公司数据库、与渠道活动相关的文档进行存取和更新；合作伙伴可以方便地存取与销售渠道有关的销售机会信息；合作伙伴通过浏览器使用销售管理工具和销售机会管理工具，如销售方法、销售流程等，并使用预定义和自定义的报告；产品和价格配置器。

11．知识管理

主要功能包括：在站点上显示个性化信息；把一些文件作为附件贴到联系人、客户、事件概况等上；文档管理；对竞争对手的Web站点进行监测，如果发现变化的话，会向用户报告；根据用户定义的关键词对Web站点的变化进行监测。

12．商业智能

主要功能包括：预定义查询和报告；用户定制查询和报告；可看到查询和报告SQL代码；以报告或图表形式查看潜在客户和业务可能带来的收入；通过预定义的图表工具进行潜在客户和业务的传递途径分析；将数据转移到第三方的预测和计划工具；柱状图和饼图工具；系统运行状态显示器；能力预警。

13．电子商务

主要功能包括：个性化界面、服务；网站内容管理；店面；订单和业务处理；销售空间拓展；客户自助服务；网站运行情况的分析和报告。

三、CRM系统的定义

CRM系统是以对客户数据的管理为核心，客户数据库是企业重要的数据中心，记录企业在市场营销与销售过程中和客户发生的各种交互行为，以及各类有关活动的状态，提供各类数据模型，为后期的分析和决策提供支持。通俗地说，CRM系统就是利用软件、硬件和网络技术，为企业建立一个客户信息收集、管理、分析、利用的信息系统。

具体地说，一个合格的CRM系统能够做到以下内容：

1．帮助记录、管理所有公司和客户打交道过程中的记录，并且能够通过分析，辨别哪些客户是值得努力的，以及这些客户都有哪些特点、哪些趋势。这对充分理解客户很有用。

2．实现自动化管理，动态地跟踪客户需求、客户状态变化到客户订单，记录各种客户意见系统。

3．CRM系统可以通过某些自动的电子渠道（如短信、Email、网站等）承担某些“机械化”的任务。例如，当你要向客户推销某个新产品，你可能一个人无法向很多客户进行说明，或者拜访他们，你可能希望有很多下属，按客户进行分工，按照你期望的方式、在期望的时机、采用统一的说法来说明或者拜访客户。这个时候，CRM系统可以帮助你将这些说法、方式、时机等用电子方式表达出来，并且帮助你将这些东西分配到你的下属那儿去，让他们按照要求执行，并通过IT系统自行将结果反馈给你。

四、客户关系管理的核心思想

在当前的环境下，市场竞争的焦点已经从产品的竞争转向品牌的竞争、服务的竞争和客户关系的竞争。与客户建立和保持一种长期的、良好的伙伴关系，掌握客户资源，赢得客户信任，分析客户需求，提供满意的客户服务等客户关系管理的核心思想在实践中的具体运用是企业提高市场占有率，获取最大利润的关键。客户关系管理的核心思想主要包括以下几个方面：

1．客户让渡价值是建立高质量客户关系的基础

客户让渡价值是指客户购买产品或服务的总价值与客户购买该项产品或服务付出的总成本之间的差额。客户实现购买的总价值指客户购买产品或服务时所获得或期望获得的利益总和，包括产品的价值、服务的价值、消费活动的价值和潜在价值等。客户购买总成本指客户为购买该项产品或服务所消耗的货币、时间、精神和体力等成本的总和。企业只有实现了客户让渡价值的增值，才能保证客户真正满意。

2．重视客户的个性化特征，实现一对一营销

进入信息时代，随着竞争的不断加剧以及产品和服务的极大丰富，特别是信息工具和渠道的快速发展，使得客户对产品和服务的选择范围不断扩大，选择能力不断提高，同时选择欲望也日益加强，因而客户的需求都是唯一的。因此，可以将其视为细分市场，对每一位客户实行“一对一营销”。这就要求企业与每一位客户建立一种学习型关系，尤其是那些对企业最有价值的“金牌客户”。企业通过与客户的交往不断加深对客户的了解，根据客户提出的需求不断地改善产品和服务，从而提高客户满意的能力。

3．提高客户满意度，留住老客户，争取新客户

客户满意度是指客户通过对一个产品或服务的可感知的效果与他的期望值向相比较后，所形成的愉悦或失望的感觉状态。企业不断追求客户的高度满意，缘于这样一个事实：一般情况下，满意程度较低的客户发现更好的产品后，会很快地更换产品供应商。只有那些高度满意的客户才不会更换供应商。客户的高度满意会产生一种对产品品牌的依赖和喜爱，正是这种满意度创造了客户对产品品牌的高度忠诚。

当今各行业的竞争都非常激烈，企业要获得新客户的成本正不断地上升，因此，保持原有的客户就显得越来越重要。客户可以分为三类：第一类是无价值或低价值的客户；第二类是不会轻易走掉的有价值的客户；第三类是不断地寻找更优惠的价格和更好的服务的有价值的客户。传统的市场活动是针对前两类客户的，而现代客户关系管理认为，第三类客户才是特别需要用市场手段来维护的，也就是说提高这类客户的忠诚度。

在低度竞争的行业，客户满意程度对客户忠诚感的影响较小。因为竞争程度低，不满的客户没有太多的选择，所以他们只得继续购买企业的产品和服务。但是客户心理并不是喜欢这家企业的产品和服务，他们在等待机会，一旦有更好的选择出现，这批客户就会很快流失。因此，这种表面的忠诚是虚假的，有一定的欺骗性。处于低度竞争情况下的企业应居安思危，努力提高客户的满意度。而在高度竞争的行业中，完全满意的客户远比满意的客户忠诚。只要客户满意度稍稍下降一点，客户忠诚的可能性就会急剧下降。这表明，要培育客户忠诚度，企业必须尽全力使客户完全满意。

4．客户关怀贯穿营销的全过程

客户关怀的历史可以追溯到企业试图扩大其售后服务的范围。在早期，企业向客户提

供售后服务是作为对其特定产品的一种支持，逐渐产生了把售后服务合并到完全产品包装的概念，可以说产品由于有了售后服务才得到了增值。事实证明，那些在售后服务方面做得好的公司，其市场销售就处于上升的趋势，反之，那些不注重售后服务的公司其市场销售则处于不利的地位。

最初，客户关怀发展的领域是服务领域。由于服务的无形特点，注重客户关怀可以明显地增强服务的效果，为企业带来更多的利益。于是客户关怀不断地向实体销售领域扩展。目前，客户关怀可以说贯穿了市场营销的所有环节，即客户从购买前，到购买后的客户体验的全部过程。客户关怀主要包括客户服务、产品质量、服务质量和售后服务等几个方面，购买前的客户关怀是建立在公司与客户之间的桥梁，鼓励和促进客户购买产品或服务。购买期间的客户关怀则与公司提供的产品或服务紧紧联系在一起，包括订单的处理，都将与客户的期望相吻合，满足客户的需求。购买后的客户关怀则集中于圆满地完成产品的维护和修理的相关服务，使客户能够重复购买公司的产品或服务。

五、客户关系管理的运作流程

1．环境分析

分析客户关系管理环境，以 3C 分析为基础：

（1）客户（Customer）

（2）竞争者（Competitor）

（3）自己公司（Company）

这一阶段是以竞争者分析为中心来进行的，包括测定基准分析、最佳执行方法分析、核心竞争力分析。在研究制定客户关系管理理念与目标或策略前，必须进行这种客观分析，以比较其他竞争公司与自己公司的状况。其次在客户分析方面，侧重于客户分级分析或客户满意度分析。在满意度的评估上，也以核心客户的满意度为主，核心客户的不满必须优先处理。有关自己公司分析方面，在此阶段要分析公司内的信息技术问题，认清本身的需求。最后，再从 3C 分析的结论中，依其发现来制定假设。这个假设对以后的阶段极为重要，没有合理的假设，客户关系管理方案就不会成功。

2．构建理念与目标

构建客户关系管理理念与目标，分为以下 3 项：

（1）界定事业/重新设定事业领域

（2）检讨客户关系管理愿景选项

（3）完成客户关系管理理念与目标

客户关系管理活动本身就是一种重新探讨事业本质的发起点，需要有超越以往事业范围的准备。现在虽是制造商（批发商），但今后可能直接参与零售；以往是贩卖物品，但

今后也可能参与以因特网提供信息服务的新事业，如果不和供应商进行策略合作，就不能存活。这可谓事业模式革命的实现。昨日的敌人是明日的朋友，若不和竞争对手联手，就可能被客户抛弃。并非以自己公司或业界为中心，而是需要倾听市场或客户的声音，在这种真诚的态度下，才有建立新事业模式的机会。

在检讨希望在哪个事业领域成为何种企业时，必须用以数字来表示的定量目标（客户忠诚度、提高重复率）和以文字表达的定性目标作为参考。并不是需要立即决定，而是准备 3～5 个选项，经过检讨多数的可能性之后，再做最后的抉择。

3．制定策略

完成了客户关系管理的愿景后，就需要有可实现的策略。

所谓策略，就是为了经常获胜，而将要做的事赋予明确的特征，以及“焦点与深化”，亦即明确地规划有限的经营资源，进行投资的基本方向策略，还提倡依据基本策略，进行个别策略、计划制定、个人目标管理等一贯策略方案的重要性。

在制定客户关系管理的策略上，将交叉进行客户接触渠道分析和客户服务过程分析，以形成客户关系管理策略的各种选项。检讨选项后，再决定策略模式、事业模式，然后细分为作业模式与收益模式，展开行动计划。

4．企业流程重建

美国在 20 世纪 80 年代把企业流程重组引进企业，日本在 20 世纪 90 年代也跟进了，当时作为所谓重组工具的企业资源规划的应用软件开始普及。如果说以这种企业资源规划为中心的企业流程重组是“重视生产力的防守型”企业流程重组，那么这一波的客户关系管理/企业流程重组就可谓“重视客户忠诚度的攻击型”企业流程重组。

在“不带给客户负担，使客户变得轻松愉快”为最优先课题之上，进行事业流程的重新评估，同时在过程中建立能自动收集客户资料，并进行客户服务过程分析和电话、拜访、网站等经营途径的最佳方法设定分析的架构。

5．系统建立

所谓客户关系管理系统，就是把客户关系管理的策略，活用信息技术工具来展开的信息系统体系，其中当然牵涉到客户关系管理套装软件的引进，因此阶段 5 是以下 3 项信息技术的评估为核心的阶段：

（1）信息技术工具的探讨/决定。

（2）以信息技术实际模拟。

（3）以信息技术正式运转/运用。

6．分析信息

在使用客户关系管理信息时，主要任务是分析既有核心客户、非客户与前客户（核心客户）、数据挖掘的规则化与回馈化。

要分析既有客户最近消费时间、消费频率和消费形态，并将其细分，进而执行核心客户的行动分析等，这些都是从日常收集资料开始的。有些客户资料是一定要收集的，就是离去的前客户（尤其是核心客户）及在其他公司下的非客户（特别是其他公司的核心客户）信息。这些如果不另外调查，就无法收集。

如果仅输入日常累积的既有客户信息，就没有意义，应该利用所谓数据挖掘的技术，把堆积如山的资料变成有意义的智慧。由此才能了解核心客户喜欢或想要何种一对一的规则。此外，将客户的评价等信息回馈到开发团队或营业的现场服务人员，也可活用在改良、改善、提升与加强上。

7. 知识管理

最后是客户关系管理知识管理的 3 种周期化：

（1）建立客户关系管理合作的架构；

（2）知识管理的构建与活用；

（3）客户关系管理基础人力资源管理（HRM）以及人力资源发展（HRD）体系（教育、评估、目标管理）。

必须在组织内流通可作为随时查询的动态循环，不能阻塞不通。经常发生的情况是做完问卷调查后就丢在一边，也不加以活用。问卷调查或面谈等，是和客户建立关系的手段。在进行问卷调查或面谈时，除了应对的用语等需要注意之外，之后有无进行追踪，将决定公司实行客户关系管理的程度深浅。所谓“已听到意见，打算如何处置，请告知”，这是应有的双向沟通。客户不爱和只会一味地听、一味地接受、一味地说的企业打交道，因为当企业的客户关系管理理念沦为口头禅时，那就有危机了。

尽管如此，为使所有公司员工以坚定的客户关系管理态度来行动，仍需有一定程度的评估系统，最好是要有独创的诱导方式。做好客户关系管理的报酬并非只是金钱而已，所谓做对事心情自然会变好。因此，保持着正确客户关系管理想法的员工，将会在行动或态度上表现出来，为此目标，管理或教育均需体系化。这并非仅依赖个人的资质，亦需要组织鼓励，建立能让彼此拿出智慧、相互赞美的架构，使组织充满积极“情绪”，形成充满正面企业基因的公司文化。在阶段 7 中，想法与执行系统将会有相乘的效果，亦即以平常心整合有关客户关系管理的知识，使正确的企业基因提升而形成周期，就是客户关系管理方案的最终目标。

综观以上阶段，前 3 个阶段并非是随时必须进行的工作。但处在环境激变的社会中，即使隔 3 年才进行，也必须每年进行重新评估，最好可以建立随时都能开始作业的熟练状态。要达到这一状态，公司内部就必须建立从分析客户关系管理环境，检讨企业理念，收集策略所需资料的种种架构和格式化的程序。

后 4 个阶段必须把和客户沟通所得的意见、要求，早日转成公司弹性的对应力与扩张性，借此带动整体效果的提升。

六、客户关系管理的主要内容

1．客户识别

（1）客户识别的定义

客户识别就是通过一系列技术手段，根据大量客户的特征、购买记录等可得数据，找出谁是企业的潜在客户，客户的需求是什么、哪类客户最有价值等，并把这些客户作为企业客户关系管理的实施对象，从而为企业成功实施 CRM 提供保障。

客户识别是在确定好目标市场的情况下，从目标市场的客户群体中识别出对企业有意义的客户，作为企业实施 CRM 的对象。由于目标市场客户的个性特征各不相同，不同客户与企业建立并发展客户关系的倾向也各不相同，因此他们对企业的重要性是不同的。

（2）识别潜在客户

潜在客户是指存在于消费者中间，可能需要产品或接受服务的人。也可以理解为潜在客户是经营性组织机构的产品或服务的可能购买者。

识别潜在客户需要遵循以下原则：

① 摒弃平均客户的观点。

② 寻找那些关注未来，并对长期合作关系感兴趣的客户。

③ 搜索具有持续性特征的客户。

④ 对客户的评估态度具有适应性，并且能在与客户的合作问题上发挥作用。

⑤ 认真考虑合作关系的财务前景。

⑥ 应该知道何时需要谨慎小心。

（3）识别有价值客户

客户大致分为两类：交易型客户和关系型客户。交易型客户只关心价格，没有忠诚度可言。关系型客户更关注商品的质量和服务，愿意与供应商建立长期友好的合作关系，客户忠诚度高。交易型客户带来的利润非常有限，结果往往是关系型客户在给交易型客户的购买进行补贴。

识别有价值的客户实际上需要两个步骤：首先，分离出交易型客户，以免他们干扰你的销售计划。其次，分析关系型客户。

我们将有价值的关系型客户分为三类：

① 给公司带来最大利润的客户。

② 带来可观利润并且有可能成为最大利润来源的客户。

③ 现在能够带来利润，但正在失去价值的客户。

对于第一种客户最好进行客户关系管理营销，目标是留住这些客户。你也许已经从这些客户手中得到所有的生意，但是与这些客户进行客户关系管理能保证你不把任何有价值的客户遗留给你的竞争对手。

对于第二种客户，开展营销同样重要。这类客户也许在你的竞争对手那里购买商品，所以针对这类客户开展营销的直接目的是提高你公司在他们购买的商品中的份额。

对于第三类客户，经过分析，逐渐剔除即可。

（4）识别客户的需求

“需要”是我们生活中不可缺少的东西，“需求”则是我们想要得到满足的方面。过去人们往往认为必须满足客户的需要，但在今天竞争的社会里，满足需要是不够的——为了留住客户，我们应该让他们感到愉悦，因此我们必须了解他们的需求，找出满足客户需求的方法。

① 会见头等客户

客户服务代表和其他人员定期召集重要客户举行会议，讨论客户的需求、想法和对服务的期望。

② 意见箱、意见卡和简短问卷

很多公司在客户看得见的地方设立意见箱。他们把意见卡和简短问卷放置到接待区、产品包装上、商品目录服务中心或客户易于接近的地方，以征求客户对产品或服务的意见。

③ 调查

可以通过邮寄、打电话和网上发布等方法进行调查。

④ 客户数据库分析

客户数据库提供了丰富的客户信息，可以通过分析客户信息，了解客户的需求。

⑤ 个人努力

因为客户代表的工作需要直接跟客户打交道，他们可以询问客户对自己和企业的看法。这些反馈将指导客户服务代表与客户的交往行为，并指导公司对产品或服务的选择。

⑥ 考察竞争者

访问竞争对手可以获得有关价格、产品等有价值的信息。

⑦ 兴趣小组

与顶级客户联合访谈，以收集怎样改进特定产品或服务的信息，参加访谈的所有成员组成一个兴趣小组。

⑧ 市场调研小组

市场调研小组为雇用他们的公司组织单独会面和团体会面。他们也通过电话、邮件和互联网进行调查，以了解客户的需求。

2．客户关系的建立

（1）客户关系的定义

客户关系是指企业为达到其经营目标，主动与客户建立起的某种联系。这种联系可能是单纯的交易关系、通讯联系，也可能是为客户提供一种特殊的接触机会，还可能是为双方利益而形成某种买卖合同或联盟关系。客户关系不仅仅可以为交易提供方便、节约交易成本，也可以为企业深入理解客户的需求和交流双方信息提供需求机会。

客户关系具有多样性、差异性、持续性、竞争性、双赢性的特征。

（2）客户关系的类型及选择

企业在具体的经营管理实践中，建立何种类型的客户关系，必须针对其商品的特性和对客户的定位来作出抉择。著名的营销学家菲利浦·科特勒在研究中把企业建立的客户关系分为五种不同的类型。

① 基本型。这种关系是指企业把产品销售出去后就不再与客户接触。

② 被动型。企业的销售人员在销售产品的同时，还鼓励客户在购买产品后，如果遇到问题或有意见，及时向企业反馈。

③ 负责型。产品销售完成后，企业及时联系客户，询问产品是否符合客户的要求，有何缺陷和不足，有何意见或建议，以帮助企业不断改进产品使之更加符合客户需求。

④ 能动型。销售完成后，企业不断联系客户，提供有关改进产品的建议和新产品的信息。

⑤ 伙伴型。企业不断协同客户，努力帮助客户解决问题，支持客户的成功，实现共同发展。

这 5 种客户关系类型之间并不具有简单的优劣对比程度或顺序，因为企业所采用的客户关系类型取决于它的产品以及客户的特征。企业可能根据其客户的数量和边际利润水平，选择合适的客户关系。

如果企业在面对少量客户时，提供的产品或服务边际利润水平相当高，那么它应当采用“伙伴型”的客户关系，力争显现客户成功的同时，自己也获得丰厚的回报。如果产品或服务的边际利润水平很低，客户数量极其庞大，那么企业会倾向于采用“基本型”的客户关系，否则它可能因为售后服务的成本较高而出现亏损。因此，一般来说，企业对客户关系进行管理或改进的趋势，应当是朝着为每个客户提供满意的服务，并提高产品的边际利润水平的方向转变的。

（3）发展客户关系

要留住客户，提高客户的忠诚度，可以在正确识别客户的基础上按照以下三个步骤发展客户关系。

① 对客户进行差异分析

不同的客户之间的差异主要在于两点：第一，客户对于公司的商业价值的不同。第二，客户对于产品的需求不同。因此，对客户进行有效的差异分析，可以帮助企业区分客户、了解客户需求，进而更好地配置企业资源，改进产品和服务，牢牢抓住客户，取得最大的利润。

② 与客户保持良好的接触

客户关系管理的一个主要组成部分就是降低与客户接触的成本，增加与客户接触的收效。前者可以通过开拓“自助式”接触渠道来实现，用互联网上的信息交互来代替人工的重复工作。后者的实现需要更及时充分地更新客户的信息，从而加强对于客户需求的透视深度，更精确地描述需求画面。具体的讲，也就是把与客户的每一次接触或者联系放在“上下”的环境中，对于上一次接触或者联系何时何地发生，都应该清楚了解，从而可以在下次继续下去，形成一条连续不断的客户信息链。

③ 调整产品或服务以满足每个客户的需要

要进行有效的客户关系管理，将客户锁定在“学习型关系”之中，企业就必须因人而异提供“个性化”的产品或服务，调整点不仅仅是最终产品，还应该包括服务，如提交发票的方式、产品的包装样式等。

（4）提升客户关系

客户关系的进展程度与企业客户管理和服务水平紧密相关，客户关系提升的过程是营销和管理精细化和信息化的过程。由此我们认为 CRM 可以通过实现客户的忠诚度提升客户关系。

在客户关系管理条件下，通过网络技术与客户建立互动式管理，创造并稳定客户关系，实现客户忠诚。

用 CRM 来维护客户关系，应遵循四个原则：

① 给客户以亲切感并进行感情投资。

② 给客户更多方便和更多选择。

③ 提供个性化的服务，更有效地满足客户需求。

④ 提供快速、有效的服务，建立快速反应机制。

（5）客户关系生命周期

客户关系生命周期，通常指的是一个客户与企业之间从建立业务关系到业务关系终止的全过程，是一个完整的关系周期。它从动态角度研究客户关系，描述了客户关系从一个阶段向另一个阶段运动的总体特征。

客户关系生命周期分为考察期、形成期、稳定期和退化期。下面简要介绍各阶段的特征。

① 考察期——关系的探索和试验阶段

在这一阶段，双方考察和测试目标的相容性、对方的诚意、对方的绩效，考虑如果建立长期关系双方潜在的责任、权利和义务。双方相互了解不足、不确定性是考察期的基本

特征，评估对方的潜在价值和降低不确定性是这一阶段的中心目标。在这一阶段，客户会下一些尝试性的订单。

② 形成期——关系的快速发展期

双方关系能进入到这一阶段，表明在考察期双方相互满意，并建立了一定的相互信任和交互依赖。在这一阶段，双方从关系中获得的回报日趋增多，交互依赖的范围和深度也日益增加。双方逐渐认识到对方有能力提供令自己满意的价值和履行其在关系中担负的职责，因此愿意承诺一种长期关系。

③ 稳定期——关系发展的最高阶段

这一阶段，双方或含蓄或明确地对持续长期关系作出了保证。这一阶段有如下特征：双方对对方提供的价值高度满意；为能长期维持稳定的关系，双方都作出了大量的有形和无形的投入；进行高水平的资源交换。因此，在这一阶段双方的交互依赖水平达到整个关系发展过程中的最高点，双方处于一种相对稳定的状态。

④ 退化期——关系发展过程中关系水平逆转阶段

关系的退化并不是总发生在稳定期后的第四阶段，实际上，任何一个阶段关系都可能退化，有些关系可能永远越不过考察期，有些关系可能在形成期退化，有些关系则越过考察期、形成期而进入稳定期，并在稳定期维持较长时间后退化。引起关系退化的可能原因很多，如一方或双方经历了一些不满意，发现了更合适的关系伙伴，需求发生变化等。退化期的主要特征有：交易量下降，一方或双方正在考虑结束关系，甚至物色候选关系伙伴等。

3．客户保持

客户保持是指企业通过努力来巩固及进一步发展与客户长期、稳定关系的动态过程和策略。客户保持需要企业与客户相互了解、相互适应、相互沟通、相互满意、相互忠诚，这就必须建立客户关系的基础上，与客户进行良好的沟通，让客户满意，最终实现客户忠诚。

（1）客户保持的原因

客户保持所带来的不仅仅是客户的保留，之所以会保持这些客户，就因为客户对企业的满意并忠诚。事实上，客户很愿意把这种感觉告诉所认识的人，而这种“宣传”的效果绝对胜过企业花巨资拍摄广告所带来的强烈吸引。对企业而言，客户保持比吸引新客户更能够带来企业的低成本。据统计，吸引一个新客户所需要花费的成本是维护一个老客户所需成本的5～10倍。

（2）客户保持的方法

① 注重质量

长期稳定的产品质量是保持客户的根本。高质量的产品本身就是优秀的推销员和维护客户的强力凝固剂。这里的质量不仅是产品符合标准的程度，还应该是企业不断根据客户的意见和建议，开发出真正满足客户喜好的产品。因为随着社会的发展和市场竞争的加剧，客户的需求正向个性化方向发展，与众不同已成为一部分客户的时尚。

② 优质服务

在激烈的市场竞争中，服务与产品质量、价格、交货期等共同构成企业的竞争优势。由于科技发展，同类产品在质量和价格方面的差距越来越小，而在服务方面的差距却越来越大，客户对服务的要求也越来越高。虽然再好的服务也不能使劣质产品成为优等品，但优质产品会因劣质的服务而失去客户。

大多数客户的不满并不是因为产品质量本身，而是由于服务问题。客户能够用双眼观察到的质量往往比产品或服务的质量重要得多。他们往往把若干因素掺杂在一起：产品或服务的可信度、一致性、运货的速度与及时性、书面材料的准确度、电话咨询时对方是否彬彬有礼、员工的精神面貌等，这些因素都很重要，其中一些甚至非常关键。有人提出，在竞争焦点上，服务因素已经逐步取代产品质量和价格，世界经济已进入服务经济时代。

③ 品牌形象

面对日益繁荣的商品市场，客户的需求层次有了很大的提高，他们开始倾向于商品品牌的选择，偏好差异性增强，习惯于指名购买。客户品牌忠诚的建立，取决于企业的产品在客户心目中的形象，只有让客户对企业有深刻的印象和强烈的好感，他们才会成为企业品牌的忠诚者。

④ 价格优惠

价格优惠不仅仅体现在低价格上，更重要的是能向客户提供他们所认同的价值，如增加客户的知识含量，改善品质、增加功能，提供灵活的付款方式和资金的融通方式等。如客户是中间商，生产企业通过为其承担经营风险而确保其利润也不失为一种具有吸引力的留住客户的方法。

⑤ 感情投资

一旦与客户建立了业务关系，就要积极寻找商品之外的关系，用这种关系来强化商品交易关系。如记住个人客户的生日、结婚纪念日，企业客户的厂庆纪念日等重要的日子，采取适当的方式表示祝贺。对于重要的客户，其负责人要亲自接待和走访，并邀请他们参加本企业的重要活动，使其感受到企业所取得的成就离不开他们的全力支持。对于一般的客户可以通过建立俱乐部、联谊会等固定沟通渠道，保持并加深双方的关系。

对于以上客户保持的各种方法，企业既要认识到这五个方面都很重要，忽视任何一个方面都会造成不利的后果，同时又应该权衡这五个方面不同的侧重点。客户保持的第一层次是注重质量，品牌形象和优质服务是第二层次，在此基础上构建起价格优惠和感情投资是第三层次。

（3）客户保持管理的内容

尽管越来越多的企业管理层意识到维护企业客户的重要性，但是，究竟应该从哪些方面着手来实施这一理念呢？

① 建立、管理并充分利用客户数据库

企业必须重视客户数据库的建立、管理工作，注意利用数据库来开展客户关系管理，应用数据库来分析现有客户情况，并找出客户数据与购买模式之间的联系，以及为客户提供符合他们特定需要的定制产品和相应服务，并通过各种现代通讯手段与客户保持自然密切的联系，从而建立持久的合作伙伴关系。

② 通过客户关怀提高客户的满意度与忠诚度

客户关怀应该包含在客户从购买前、购买中到购买后的客户体验的全部过程中。购买前的客户关怀活动主要是在提供有关信息的过程中的沟通和交流，这些活动能为以后企业与客户建立关系打下基础。购买期间的客户关怀与企业提供的产品或服务紧密地联系在一起，包括订单的处理以及各个相关的细节都要与客户的期望相吻合，满足客户的需求。购买后的客户关怀活动，主要集中于高效地跟进和圆满地完成产品的维护和修理的相关步骤。售后的跟进和提供有效的关怀，其目的是促使客户重复购买行为，并向其周围的人多作对产品有利的宣传，形成口碑效应。

③ 利用客户投诉或抱怨，分析客户流失原因

为了留住客户，必须分析客户流失的原因，尤其是分析客户的投诉和抱怨。客户对某种产品或服务不满意时，可以说出来也可以一走了之。如果客户拂袖而去，企业连消除他们不满的机会都没有。

投诉的客户仍给了企业弥补的机会，他们极有可能再次光临。因此，企业应该充分利用客户投诉和抱怨这一宝贵资源，不仅要及时解决客户的不满，而且应该鼓励客户提出不满意的地方，以改进企业产品的质量和重新修订服务计划。

（4）影响客户保持的因素

① 客户购买行为受到文化、社会环境、个人特性和心理等方面的影响。这部分因素是企业无法控制的，但是对于了解客户的个体特征有着重要的意义。由于来自同一类社会阶层或具有同一种心理、个性的客户往往具有相似的消费行为，企业可以通过这些因素对客户进行分类、对不同类的客户实施不同的营销策略。另一方面，企业可以将不同客户的销售结果与客户特性作对比，了解它们之间的关联。

② 客户满意与客户保持有着非线性的正相关关系。企业可以从建立顺畅的沟通渠道、及时准确地为客户提供服务、提高产品的核心价值和附加价值等方面来提高客户的满意度。

③ 客户在考虑是否转向其他供应商时必须要考虑转移的成本。转移成本的大小直接影响客户维护。转移成本的大小要受到市场竞争环境和客户建立新的客户关系的成本的影响。

④ 客户关系具有明显的生命周期的特征，在不同的生命周期中，客户保持具有不同的任务，一般来说，在考察期客户的转移成本较低，客户容易流失。而随着交易时间的延长，客户从稳定的交易关系中能够获得越来越多的便利，节省了转移成本，客户越来越趋于稳定，客户容易保持原有的交易关系。这使企业需要一如既往地提供令客户满意的服务或产品。

（三）拓展深化知识——客户关系管理系统

一、CRM 系统的概念

1．CRM 系统的定义

CRM 系统是以对客户数据的管理为核心，客户数据库是企业重要的数据中心，记录企业在市场营销与销售过程中和客户发生的各种交互行为，以及各类有关活动的状态，提供各类数据模型，为后期的分析和决策提供支持。通俗地说，CRM 系统就是利用软件、硬件和网络技术，为企业建立一个客户信息收集、管理、分析、利用的信息系统。

具体地说，一个合格的 CRM 系统能够做到以下内容：

① 帮助记录、管理所有公司和客户打交道过程中的记录，并且能够通过分析，辨别哪些客户是值得努力的，以及这些客户都有哪些特点、哪些趋势。这对充分理解客户很有用。

② 实现自动化管理，动态地跟踪客户需求、客户状态变化到客户订单，记录各种客户意见系统。

③ CRM 系统可以通过某些自动的电子渠道（如短信、Email、网站等）承担某些“机械化”的任务。例如，当你要向客户推销某个新产品，你可能一个人无法向很多客户进行说明，或者拜访他们，你可能希望有很多下属，按客户进行分工，按照你期望的方式、在期望的时机、采用统一的说法来说明或者拜访客户。这个时候，CRM 系统可以帮助你将这些说法、方式、时机等用电子方式表达出来，并且帮助你将这些东西分配到你的下属那儿去，让他们按照要求执行，并通过 IT 系统自行将结果反馈给你。

2．CRM 系统的主要特征

CRM 系统是以最新的信息技术为手段，运用先进的管理思想，帮助企业最终实现以客户为中心的管理模式。一个完整的客户关系管理系统应当具有综合性、集成性、智能化和精简性、高技术等特征。

（1）综合性

客户关系管理系统首先综合了大多数企业的客户服务、销售和营销行为优化和自动化的要求，其标准的营销管理和客户服务功能由支持多媒体和多渠道的联络中心处理来实现，同时支持通过现场和数据仓库提供服务。销售功能由系统为现场销售和远程销售提供客户

和产品信息、管理存货和定价、接受客户报价和订单来实现。统一的信息库下开展有效的交流管理和执行支持，使得交易处理和流程管理成为综合的业务操作方式。无论在新兴行业还是传统行业，CRM 都使企业拥有了基于畅通有效的客户交流渠道、综合面对客户的业务工具和竞争能力，从而能帮助企业顺利实现由传统企业模式到以电子商务为基础的现代企业模式的转化。

（2）集成性

企业资源规划（ERP）等应用软件系统的实施给众多企业带来了内部资源的优化配置，客户关系管理（CRM）则将从根本上改革企业的管理方式和业务流程。更为重要的是，CRM 在电子商务背景下，将努力实现企业级应用软件尤其是与企业资源规划、供应链管理、集成制造和财务等系统的最终集成。CRM 解决方案因其具备的强大的工作流引擎，可以确保各部门各系统的任务都能动态协调和无缝完成。以 CRM 与后台 ERP 的集成为例，CRM 的销售自动化子系统，能够及时向 ERP 系统传送产品数量和交货日期等信息，营销自动化和在线销售组件，可使 ERP 的订单与配置组件功能发挥到最大，客户可以真正实现按需要配置产品，并现场进行订购。事实上，企业经营者都明白倘若他们不能把销售和服务部门的信息和后台联系在一起，那就会导致许多潜在营业额的流失，只有将 CRM 与 ERP 集成、前后端应用软件完全整合才可能成为未来的赢家。而且，CRM 与 ERP 的集成还可确保企业实现跨系统的商业智能，这将是 CRM 系统的下一个特点。

（3）智能化和精简性

客户关系管理应用系统还具有商业智能的决策和分析能力。CRM 的成熟将使得它不光仅能实现商业流程的自动化，而且能为管理者提供分析工具或代为决策。CRM 系统中包含并深化了大量有关客户的信息，CRM 通过成功的数据仓库建设和数据挖掘，对市场和客户需求展开了完善和智能的分析，并为管理者提供决策的参考。CRM 的商业智能还可以改善产品定价方式、提高市场占有率、提高客户忠诚度、发现新的市场机会。一个优化的 CRM 系统在整合 ERP 系统后，其商业智能将大大增强。同时，商业智能要求对商业流程和数据应采用集中管理的办法，这样可简化软件的部署、维护和升级工作；而基于 Internet 部署的 CRM 解决方案，包括通过 Web 浏览器可以实现用户和员工随时随地访问企业的应用程序和知识库，节省了大量的交流成本。

（4）高技术特征

客户关系管理系统应用涉及种类繁多的信息技术，如数据仓库、网络、语音、多媒体等多种先进技术，同时为实现与客户的全方位交流，在方案布置中要求呼叫中心、销售平台、远端销售、移动设备以及基于 Internet 的电子商务站点的有机结合，这些不同的技术和不同规则的功能模块和方案要被结合成为一个统一的 CRM 环境，就要求不同类型的资源和专门的先进技术的支持。以多媒体的企业客户联络中心为例，以 CTI 技术支持的呼叫中心中，要能让 Web 用户通过使用 Internet、在线聊天系统或视频会议系统来与它实时进行交互式的交流，它的实施就要求有关人员具备呼叫中心和 Web 环境等多方面的技术知识。此外，CRM 为企业提供的数据知识的全面解决方案中，要通过数据挖掘、数据仓库和决策分析工具的技术支持，才能使企业理解统计数据和客户关系管理模式、购买行为等，在整合不同来源的数据并以相关的形式提供给业务管理者或客户方面，IT 技术的影响是巨大而又是最终的。不过，技术终归是使商业目标实现的工具。除非一个企业理解了实施客户管理策略的业务驱动力量和影响力，否则拥有多少专门技术都不能保证它取得成功。

3．CRM 系统的创新与作用

（1）CRM 系统的创新

传统的 CRM 系统是基于客户机/服务器（C/S）架构的系统。它受到技术的局限，一般多应用于局域网，如果通过互联网远程使用，一般会很慢，并且只能支持少量用户的远程使用，用户一多，系统将无法正常使用，甚至可能会崩溃。传统的 CRM 系统既要安装服务器端，又要安装客户端，哪个环节出了问题都不行，它不仅安装繁琐，以后升级也很麻烦。传统的 CRM 一般都是按照用户数收费，这样不仅在增加用户的时候麻烦，也会大幅度增加企业的投入成本。

随着世界经济和企业的不断发展，传统的 CRM 系统无法再满足企业高效率、低成本的发展需求。这就要求我们要根据企业的不同要求不断地进行创新。

①功能创新

CRM 系统应具备销售管理、营销管理与客户服务和呼叫中心等功能。根据企业的需求我们可以从不同的功能加以创新。

第一，销售管理创新，销售力量自动化。针对销售类公司，CRM 系统创建了销售力量自动化（Sales Force Automation，SFA）。SFA 通过对人员权限、销售阶段、客户类别、销售区域、行动规范等业务规则和基础信息（如产品）的设置，使得销售人员在其授权范围内，对所管理的客户、联系人、机会等按统一的业务规范进行有序的管理。在销售过程中，通过具体的客户、联系人、机会关联的行动安排和行动记录，建立详细的跟踪计划并自动生成人员工作日程表（按日、周、月、年），实现了按每一个客户、每一个机会（项目）的基于具体行动的人员日程、跟踪记录，并提供了丰富的统计分析与工作支持，从而实现了对销售过程基于行动的量化管理。SFA 能够有效支持销售主管、销售人员对客户的管理、对销售机会的跟踪，能够有效执行销售规范、实现团队协同工作，帮助销售人员与潜在客户的互动行为、将潜在客户发展为真正客户并保持其忠诚度。SFA 改变了以往不能准确了解客户的具体状态与阶段，无法配置适合的手段、方法、人员，不能有效地满足客户需求的缺点。

第二，营销管理创新，消费积分管理。针对快速消费品行业，CRM 系统增设了消费积

分管理。该系统包括了积分管理平台与积分互动门户两个系统，以积分管理为核心，实现会员办卡（会员档案管理，会员升级，会员挂失，会员存款，会员结账，会员延期），会员消费（预付费消费，会员赠送，退货，内部员工提成）和积分返点（赠送礼品，赠送代金券）等会员管理功能。快速消费品企业普遍重视对经销商资源的管理和维护，而对于数量庞大的消费者则普遍地缺乏有效联系和沟通。消费积分管理能够帮助企业有效地把握消费者更多个性化需求，了解到更多有价值的消费需求信息，从而作出更为有效的营销决策。

第三，客户服务创新。向客户提供主动的客户关怀。客户关怀包括两个方面：一是提醒客户享受应得的服务（主动提醒客户享受应得的服务，可避免产品的误用，保护客户利益。同时，主动提醒还会给客户留下企业诚实、可信的良好印象）；二是提供增值服务（建立在基本服务基础之上，企业“额外”提供的服务，会让客户大喜过望，有利于赢得客户高度满意并建立客户忠诚）。根据营销和服务历史向客户提供个性化的服务，在知识库的支持下向客户提供更专业化的服务和严密的客户纠纷跟踪，这些安排都成为企业改善服务的有力保证。新型的 CRM 系统改变了企业以往采取等客户上门，只能解决客户不满意问题的缺陷，使得企业“比客户自己更了解客户”不再成为口号。

第四，呼叫中心创新，创建基于 CTI 技术的呼叫中心。现代呼叫中心采用了计算机电信集成技术（CTI）。它将计算机的信息处理功能、数字程控交换机或带语音板的计算机的电话接入和智能分配、自动语音处理技术、因特网技术、网络通信技术、商业智能技术与实际业务系统紧密结合在一起，将通讯系统、计算机处理系统、人工业务代表、信息等资源整合成统一、高效的服务工作平台，充分利用计算机和电信通信网的先进功能，集成并与企业连为一体，是一个完整的综合信息服务系统。为用户提供系统化、智能化、个性化、人性化的服务。传统的呼叫中心仅由话务员接听，由于其不一定是专业人员，常常难以提供专业的、满意的服务。现代呼叫中心改善了与顾客的反馈信息，提高了为顾客服务的质量，在为企业带来良好经济利益的同时，也为企业树立了良好的外部形象。

② 技术创新

针对现代企业的需求，CRM 系统引入了数据挖掘技术。数据挖掘是从大量的、不完全的、有噪声的、模糊的、随机的数据中提取隐含在其中的、人们事先不知道的，但又是潜在有用的信息和知识。数据挖掘能够辨别潜在客户群，并提高市场活动的响应率，可以帮助企业从以前购买行为的信息中分析这个客户下一次购买行为的关键因素，并支持企业对已有的客户进行交叉销售（交叉销售是指企业向原有客户销售新的产品或服务的过程）。数据挖掘技术的引入改变了传统的 CRM 系统在产品方面不能对不同的产品进行分析，不能多角度（客户类别、地域、时间、社会因素等）了解公司产品销售情况、销售变化情况的缺点，并帮助企业保持较高的客户获取和保持率，并维持企业的可盈利性，降低行销费用。

③ 创新应用

创新应用即 CRM 系统和 ERP 系统的整合。ERP 系统是一个“事务处理”系统，强调准确记录企业中人、财、物各项资源的轨迹，无缝集成企业生产、库存、仓库、财务等管理末端，提高企业的"自动化"能力，从而极大地降低人力需求及差错，提高效率。而 CRM 的体系设计以客户关系发展和维系为目标，系统以统一的客户数据库为中心，为系统用户提供客户的统一视图和对客户的分析、预测等工具。CRM 系统和 ERP 系统两者的有效整合可以实现资源的共享。CRM 系统中的市场信息、客户信息、订单信息、产品和服务的反馈信息等通过系统的处理分析，及时地传递给 ERP 系统和企业实际部门。使 ERP 系统实现理想的订单生产模式，迅速满足客户个性化需求；同时，ERP 系统中的产品信息、生产进度、库存情况和财务结算等信息也可以及时传递到 CRM 系统中，为客户提供整个交易过程中全程跟踪服务，提高客户满意度。CRM 系统和 ERP 系统的整合，最终使企业的利益实现最大化、长久化，使投资回报率最高。

（2）CRM 系统的作用

实施客户关系管理的目标就是了解企业的客户、满足客户的要求和保持客户，建立企业与客户之间的长期、稳定关系，实现从客户更高的满足中获利。在我国实现两个根本转变的过程中，加强客户关系管理对于企业更好地满足客户需求，充分利用客户资源，提高企业经济效益和市场竞争力具有十分重要的作用。

① 为客户提供更好的满足，实现企业承诺

企业对客户承诺的实质是使客户的利益得到最大限度的满足。在消费趋势从"大众趋同化、数量增长型"转向"多样化、个性化"的形式下，通过客户关系管理，可以实现对具体客户的具体分析和有针对性地满足，并随时收集和分析客户反应，及时调整产品或服务策略，从而大大提高为客户服务的效率和质量，使客户得到更高程度的满足。

② 提高企业长期经济效益

尽管进行客户关系管理需要一定投入，但是却可以有效地提高企业的长期经济效益。首先，通过客户关系管理可以有效地保证客户的重复购买。其次，确保老客户可以大大节省营销费用，显然，维持关系比建立关系更容易。在市场竞争激烈的情况下，争取新客户不仅费用高，而且有更大的风险。最后，通过客户关系管理还可以降低服务成本。已经有很多企业注意到，企业从一些客户及其交易中获得的利润水平经常大大高于另一些客户及其交易的利润水平。具体了解每个客户获利的多少，分析这种差距产生的原因，对于降低成本，提高企业利润水平是十分重要的。通过对客户利润水平的分析，还可以识别盈利和亏损的客户，并根据具体情况采取相应的对策，以提高企业的长期利润水平。

③ 提高企业的市场竞争力

通过加强客户关系管理，使企业从争取更多客户转向更好地满足有限的客户，不仅可以提高企业的盈利水平，还可以集中使用和合理调配企业资源，在一定客户群体中形成竞争优势，并逐渐建立良好的 B2B、B2C 等方面的客户关系，从而有效地提高企业的市场竞争能力。从另一个方面看，在激烈的市场竞争中，避免失去客户的最有效措施，既关心客户和更有针对性地满足客户，加强企业与客户的长期稳定关系，不断提高客户的忠诚度。一旦企业使客户获得高度满足，并赢得很高的忠诚度，就会永远留住客户。

④ 开发利用客户资源

加强客户关系管理还是开发利用客户资源的重要途径。通过双向的信息交流，建立客户档案和开展与客户的合作等，可以从客户的反馈中获得有关产品特征、需求变动和潜在客户等方面的信息。这些来自客户的信息往往具有有针对性和可靠性强的特点，与其他来源的市场信息相比，对企业营销策略具有更为重要的参考价值。通过加强客户关系管理，可以充分发挥消费者的积极性，开发他们的知识与经验资源，获得新产品开发构思和改进服务的设想，促使企业为客户提供更好的产品或服务。

二、CRM 系统的一般模型

1. CRM 系统的一般模型

集成了 CRM 管理思想和最新信息技术成果的 CRM 系统，是帮助企业最终实现以客户为中心的管理模式的重要手段。CRM 系统的一般模型（如图 5-1-12 所示）反映了 CRM 最重要的一些特性。

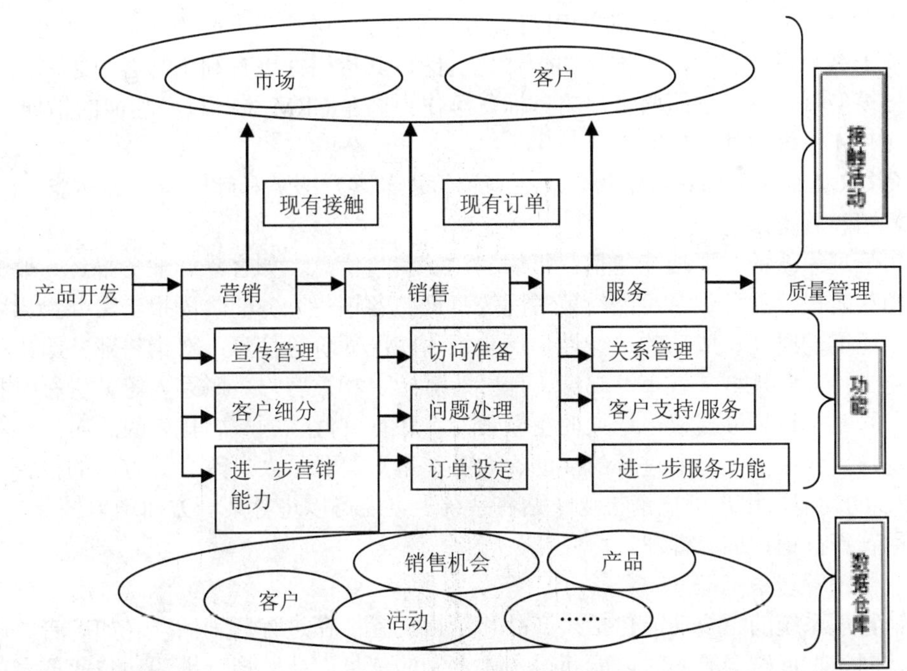

图 5-1-12　CRM 系统的一般模型

从图中可以看出，这一模型阐明了目标客户、主要过程以及任务功能之间的相互关系。CRM 的主要过程为对营销、销售和客户这三部分业务流程的信息化。首先，在市场营销过程中，通过对客户和市场的细分，确定目标客户群，制定营销战略和营销计划。其次，销售的任务是执行营销计划，包括发现潜在客户、信息沟通、推销产品和服务、收集信息等，目标是建立销售订单，实现销售额。最后，在客户购买了企业提供的产品和服务后，还需对客户提供进一步的服务与支持，这主要是客户服务部门的工作。产品开发和质量管理过程分别处于 CRM 过程的两端，由 CRM 提供必要的支持。

在 CRM 系统中，各种渠道的集成是非常重要的。CRM 的管理思想要求企业真正以客户为导向，满足客户多样化和个性化的需求。而要充分了解客户不断变化的需求，必然要求企业与客户之间要有双向的沟通。因此，拥有丰富多样的营销渠道是实现良好沟通的必要条件。

CRM 改变了企业前台业务运作方式，各部门间信息共享，密切合作。位于模型中央的共享数据库作为所有 CRM 过程的转换接口，可以全方位地提供客户和市场信息。过去，前台各部门从自身角度去掌握企业数据，业务割裂。而对于 CRM 模型来说，建立一个相互之间联系紧密的数据库是最基本的条件。这个共享的数据库也被称为所有重要信息的“闭环”。由于 CRM 系统不仅要使相关流程实现优化和自动化，而且必须在各流程中建立统一的规则，以保证所有活动在完全相同的理解下进行。这一全方位的视角和“闭环”形成了一个关于客户以及企业组织本身的一体化蓝图，其透明性更有利于与客户之间的有效沟通。这一模型直接指出了面向客户的目标，可作为构建 CRM 系统核心功能的指导。

2．CRM 系统的基本功能

一套 CRM 系统大都具备销售管理、营销管理与客户服务和呼叫中心等功能。

（1）销售管理系统

销售管理系统的主要功能包括：组织和浏览销售信息，如客户、业务描述、联系人、时间、销售阶段、业务额、可能结束时间等；产生各销售业务的阶段报告，并给出业务所处阶段、还需的时间、成功的可能性、历史销售状况评价等信息；对销售业务给出战术、策略上的支持；对地域（省市、邮编、地区、行业、相关客户、联系人等）进行维护；把销售员归入某一地域并授权；地域的重新设置；根据利润、领域、优先级、时间、状态等标准，用户可订制关于将要进行的活动、业务、客户、联系人、约会等方面的报告；提供类似 BBS 的功能，用户可把销售秘诀贴在系统上，还可以进行某一方面销售技能的查询；销售费用管理；销售佣金管理。

（2）营销管理系统

营销管理系统的主要功能包括：产品和价格配置；在进行营销活动（如广告、邮件、研讨会、网站、展览会等）时，能获得预先定制的信息支持，把营销活动与业务、客户、联系人建立关联；显示任务完成进度；提供类似公告板的功能，可张贴、查找、更新销售资料，从而实现营销文件、分析报告等的共享；跟踪特定事件，如研讨会、会议等，并加入合同、客户和销售代表等信息；信函书写、批量邮件，并与合同、客户、联系人和业务等建立关联；邮件合并；生成标签和信封。

（3）客户服务系统

客户服务系统可以帮助企业以更快的速度和更高的效率来满足客户的独特需求，可以向服务人员提供完备的工具和信息，并支持多种与客户的交流方式，帮助客户服务人员更有效率、更快捷、更准确地解决用户的服务咨询，同时能根据用户的背景资料和可能的需求向用户提供合适的产品和服务建议。

（4）呼叫中心（Call Center）

呼叫中心将销售与客户服务系统整合成为一个系统，使得服务人员可以根据客户提出的需求提供售后服务支持，也可以提供销售服务。这大大方便了客户与公司的交流，使顾客增加了对公司服务的依赖。

工作训练

学生以5～6人为一个工作小组，选出工作组长。由组长带领，以利用网站自带的客户关系管理软件实现网络客户关系管理为目标，基于工作过程，以小组为单位，进行工作训练。

（1）设计工作情境，扮演工作角色，实施工作任务。

（2）汇报工作过程，进行工作任务自我评估，完成任务考核评价表。

工作训练

步骤	工作内容	工作方法	时间（120分钟）
情境设计	**学生：**（以小组为单位） 由工作组长带领组员共同讨论，设计工作情境。 **教师：** 教师利用案例启发引导，强调工作情景设计时应注意的问题。	小组讨论法 案例引导教学法	10
任务确定	**学生：**（以小组为单位） 由项目组长确定工作情境，负责分配队员所扮演的角色，设定每个队员的工作任务，确定客户关系管理的内容。 **教师：** 对各个小组的工作进度进行监督和指导。	小组讨论法	10

续表

工作训练

步骤	工作内容	工作方法	时间（120 分钟）
任务实施	**学生：**（以小组为单位） 使用淘宝网站，登录自己的店铺，结合每个小组设计的工作情景及在工作中扮演的角色，按照流程对不同客户进行管理。 **教师：** 对各个小组的工作进度进行监督、指导和评价。	角色扮演法	20
工作汇报	**学生：**（以小组为单位） 将各个类别的客户进行分类整理，以及对不同的客户进行的关系维护情况进行整理，以小组为单位，进行工作情境设计与工作实施过程汇报。 **教师：** 点评学生的情境设计与任务实施过程，提出指导意见。	团队汇报法 讲授法	30
完善情境设计工作实施方案	**学生：** 学生在教师点评的基础上，对初设计的情景与工作实施方案，进行反复的讨论和修改，形成方案修改稿；小组成员之间互相交流，按照教师的修改意见，对方案的不妥之处进行修改，最终形成网站自带的客户关系管理软件实现网络客户关系管理情境设计与工作实施方案定稿，制成演示文稿。 **教师：** 评价每个小组在客户关系管理方案过程中的总体表现，并点出每个小组所存在的问题。	团队汇报法	20
工作任务评估	**学生：** 每个小组派一名队员进行工作项目汇报总结与交流，并对自己小组的最终工作结果进行客观评价，填写《学生——网站自带的客户关系管理软件实现网络客户关系管理考核表》。 **教师：** 根据汇报情况进行提问、评价并简单总结；填写《教师——网站自带的客户关系管理软件实现网络客户关系管理考核表》。	团队汇报法	30

学生——网站自带的客户关系管理软件实现网络客户关系管理考核表

考核内容 队员姓名	分配任务是否按时完成（10%）	任务完成评价（20%）	团队讨论参与是否积极（20%）	方案设计所负责部分（20%）	是否积极参与企业沟通交流（30%）	得分（满分 100）

教师——网站自带的客户关系管理软件实现网络客户关系管理考核表

考核内容 序号	方案完成提交情况（15%）	方案结构是否完整（15%）	排版是否符合要求（20%）	PPT 制作情况（20%）	方案汇报情况（30%）	得分（满分 100）

情境思考

1．请利用“钱掌柜”软件进行买家级别的设置。

2．通过本情景的学习，体会利用网站自带的客户关系管理系统对客户进行管理的维护与传统的客户关系管理的方式在方法和效果上有什么区别。

情境2：专业的客户关系管理软件实现网络客户关系管理

学习目标

1. 掌握专业的客户关系管理系统软件实现网络客户关系管理的相关知识。

2. 掌握专业的客户管理软件的操作流程，能够对对客户信息进行全面的管理，包括客户资料管理、客户交互管理、客户跟近管理、客户提醒管理、客户回款管理、流失客户管理、客户贡献管理、合同文档管理等。

3. 小组成员能够共同创设专业的客户管理系统软件实现网络客户关系管理、工作情境，扮演相应角色，实现工作过程。

情境描述

山东省一家玻璃工艺品加工公司，由于其产品独具特色，客户范围十分广泛，产品销售情况很好，公司业务一再扩大，招聘了许多业务员负责各地区市场，也采用了网络、展销会等很多宣传方式，但由于没有合理的进行客户关系管理，导致一部分客户流失，新客户也不能有效把握住，使企业陷入一个尴尬境地。后来，公司领导引进了一套客户关系管理系统，并聘请李明作为客户部门的负责人，主要负责客户关系的管理，使公司效益有了显著增长，同时也对宣传方式和各业务员的工作情况进行了有效的评价。

角色扮演

扮演李明，利用专业客户关系管理软件对公司的客户进行管理。

岗位职责

利用专业的客户关系管理软件对客户关系进行维护，包括保持老客户的忠诚度，对潜在客户进行跟进，对客户的回访进行记录，使老客户的忠诚度更高，使潜在客户能够尽快成长为真正客户。

岗位能力

专业能力：

熟练掌握客户关系管理的相关知识，能够熟练操作计算机，利用专业的客户关系管理软件对客户关系进行管理。

社会能力：

1．具备良好团队协作精神

2．具备良好语言表达能力

3．具备良好情感沟通能力

任务分析

（一）添加客户

（二）对客户进行管理，包括客户资料管理、客户联系管理、客户跟进管理、客户提醒管理、客户回款管理、流失客户管理、文档合同管理、客户信息管理。

（三）对客户往来进行管理，包括联系反馈回访、相关联系人、产品销售、客户提醒、合同文档备注、其他等功能。

（四）进行统计分析，包括客户分析、产品销售分析、利润贡献分析、业务员业绩分析。

任务实施

（一）添加客户，点击左上角添加客户按钮（如图 5-2-1 所示）。

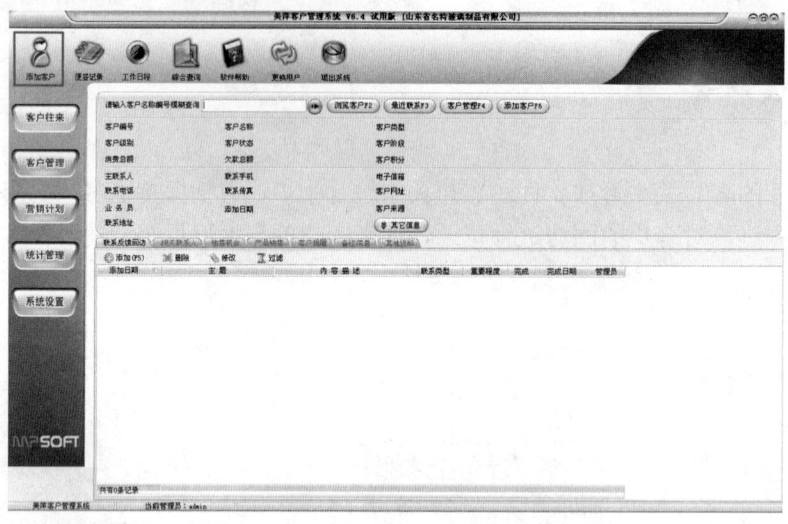

图 5-2-1

弹出界面（如图 5-2-2 所示）。

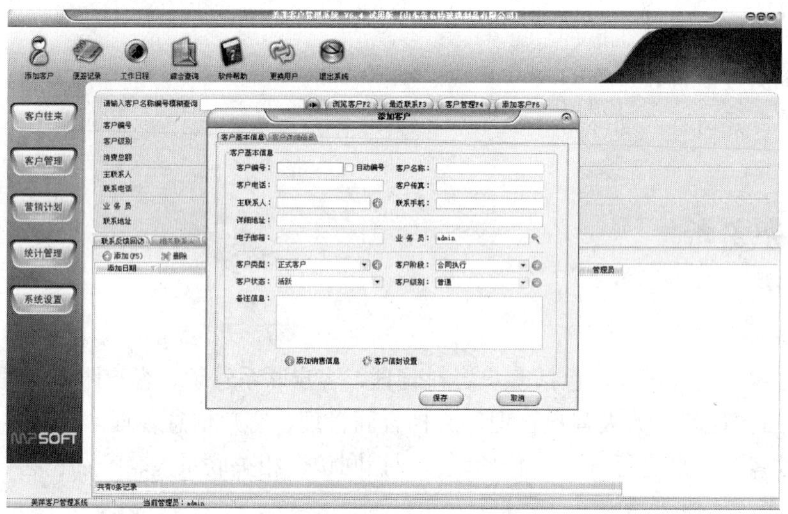

图 5-2-2

将客户相关内容添加上，图中按钮是修改键，可对相关内容进行修改。

（二）点击左侧客户管理按钮，进入客户关系管理界面（如图 5-2-3 所示）。

在此界面下，我们可以选择客户资料管理、客户联系管理、客户跟进管理、客户提醒管理、客户回款管理、流失客户管理、文档合同管理、客户信息群发等操作。

图 5-2-3

1．客户资料管理（如图 5-2-4 所示）。

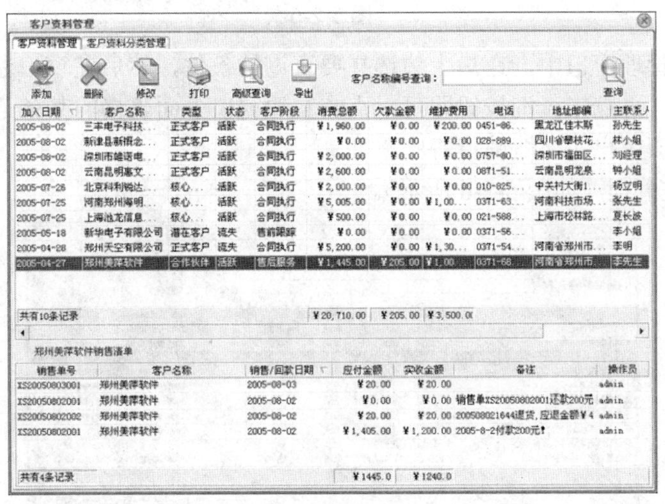

图 5-2-4

在客户资料管理窗口中，在客户资料管理页里，如果您要添加（删除，修改）客户信息，您只点击添加（删除，修改）按钮即可。点击上面表格的某条记录，在下面的表格里会显示出该客户的销售清单。在客户资料分类管理页里，只要您点击左边的分类类型，在右边的窗口里就会显示出该类别的所有客户的详细信息。双击客户信息的某条记录，就会弹出该客户的详细信息窗口，您也可以进行相应的修改。

2．客户联系管理（如图 5-2-5 所示）。

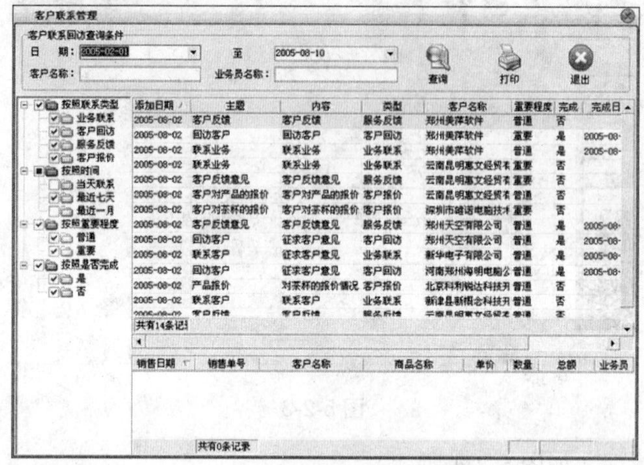

图 5-2-5

在客户联系管理窗口中，在最上边选择要查询的条件，然后在窗口左边详细条件里选择您所要的条件，再点击查询按钮即可。点击右边窗口上面表格的某条记录，在下面的表格里就会显示出该客户的详细销售清单。

3．客户跟进管理（如图 5-2-6 所示）。

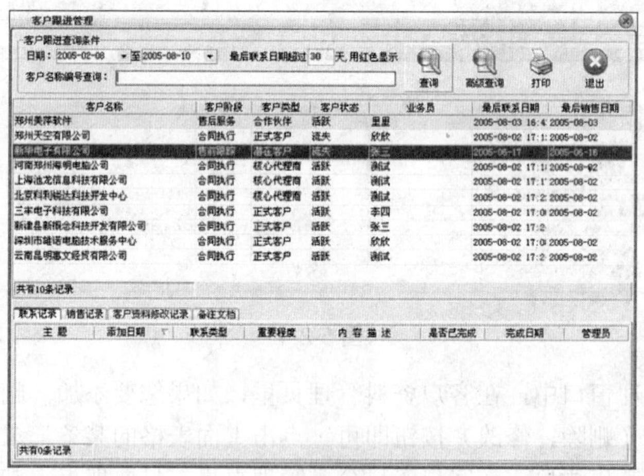

图 5-2-6

在客户跟进管理窗口中，点击最上面表格中的某条记录时，在下面的表格中会显示出该客户的联系记录、销售记录、客户资料修改记录和该客户的备注文档等详细信息。如果要查询某个客户的信息，只需在查询条件框内输入相应的条件，然后点击查询按钮即可。

如果要按业务员、客户类型等条件查询，只需点击高级查询按钮，在弹出的窗口中输入相应的查询条件，然后点击确定即可。

4．客户提醒管理（如图 5-2-7 所示）。

图 5-2-7

在客户提醒管理窗口中，如果选择的是显示近 7 天的提醒则显示的数据是从今天开始往后的 7 天的记录。点击添加（删除，修改）按钮，就可以对客户提醒信息进行添加（删除，修改）操作。如果点击表格中的某条记录，在下面的窗口中就会显示该客户的详细信息，联系人信息和联系记录等信息。

5．客户回款管理（如图 5-2-8 所示）。

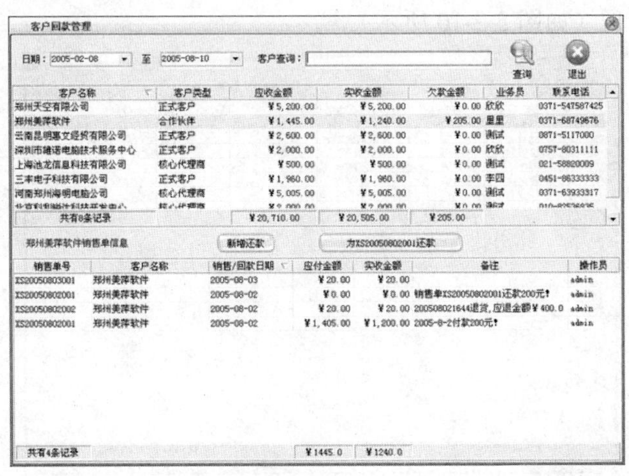

图 5-2-8

在客户回款管理窗口中，如果点击上面客户信息列表里的某条记录，在下面的表格里就会显示出该客户的详细销售清单。在销售清单里选择要回款的客户记录，然后点击为某单还款的按钮，将会弹出回款窗口。只需在该窗口中填入相应的信息即可。如果不是针对某份销售单还款，只需点击新增还款按钮即可。

6．流失客户管理（如图 5-2-9 所示）。

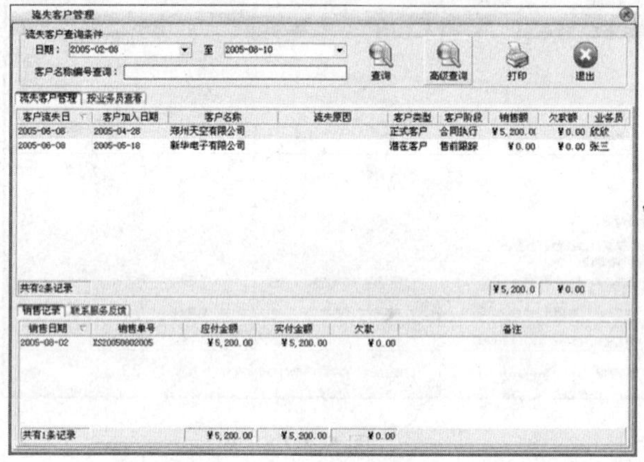

图 5-2-9

在流失客户管理窗口中，上面表格显示的是流失客户的信息，点击某条记录时，在下的表格里会显示该客户的销售记录和联系记录。在按业务员查看页里，会显示本公司所有业务员的流失客户数，添加客户数和销售额等信息，点击某业务员的记录时，在下面的窗口里会显示该业务员流失客户的详细信息。

7．文档合同管理（如图 5-2-10 所示）。

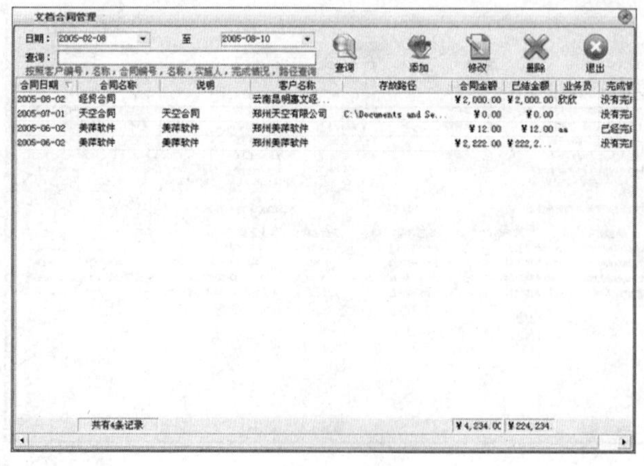

图 5-2-10

在文档合同管理窗口中，可以点击添加（删除，修改）按钮，进行添加（删除，修改）操作。如果双击某条记录，也可以对该记录进行修改操作。

8．客户信息群发（如图 5-2-11 所示）。

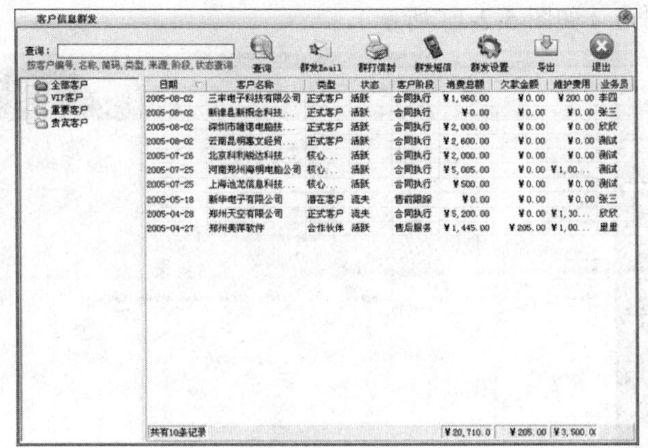

图 5-2-11

在客户信息群发窗口中，要先点击群发设置按钮，进行相应的设置，然后在右边的窗口中将客户添加到相应的类别里（操作：选择某条记录后，点击鼠标右键，点击“添加客户到群发列表”这项即可）。如果要想查看某个类别里有哪些客户，只需点击左边窗口中相应的类别名称，在右边的窗口中就会显示出该类别的所有客户信息。如果要发送电子邮件等，只需在左边的窗口中选择好类别，然后点击发送按钮即可。

（三）对客户往来进行管理，点击左侧客户往来按钮，进入客户往来界面（如图 5-2-12 所示）。

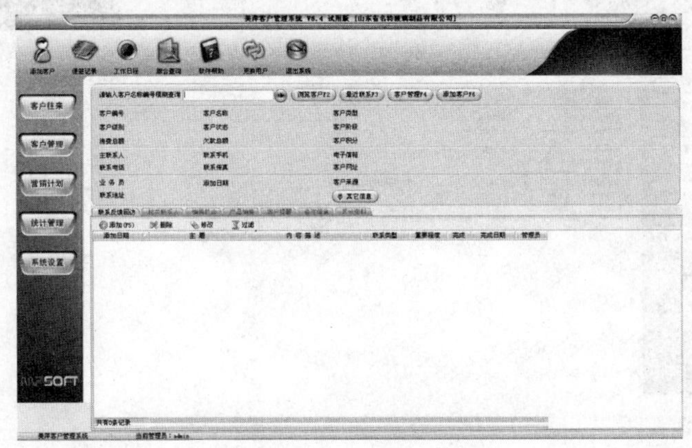

图 5-2-12

在此界面下，可以进行包括联系反馈回访、相关联系人、销售机会、产品销售、客户提醒、备注信息、其他资料等功能。首先要查询出某个客户，只需点击查询按钮或点击查询按钮前的查询图标即可。

1．联系反馈回访（如图 5-2-13 所示）。

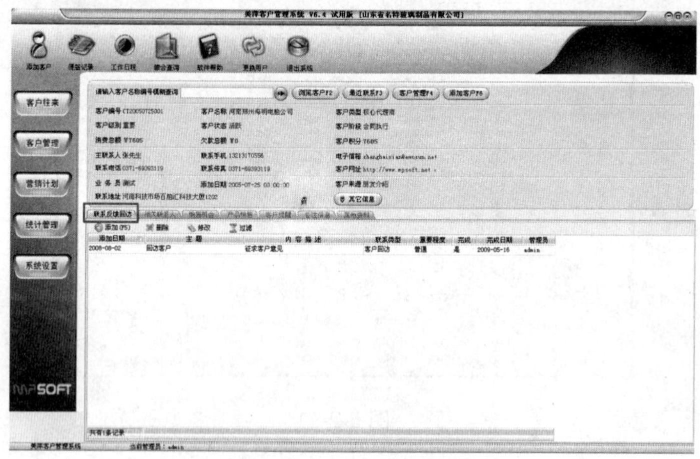

图 5-2-13

在图的下方，显示的是该客户的联系记录，可以点击添加（删除，修改）按钮，对该客户的联系记录添加（删除，修改）操作。过滤按钮里可以只显示某个类型的联系记录和全部的联系记录。

2．相关联系人（如图 5-2-14 所示）。

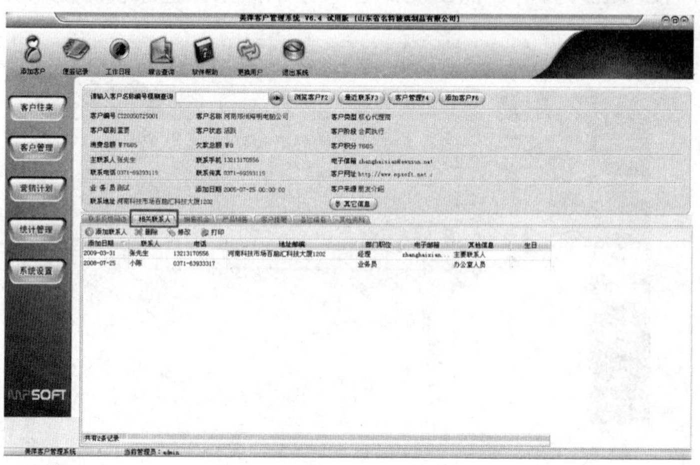

图 5-2-14

在图的下方，显示的是该客户的联系人数据，可以点击添加（删除，修改）按钮，对该客户的联系人进行相应的添加（删除，修改）操作。

3．销售机会（如图 5-2-15 所示）。

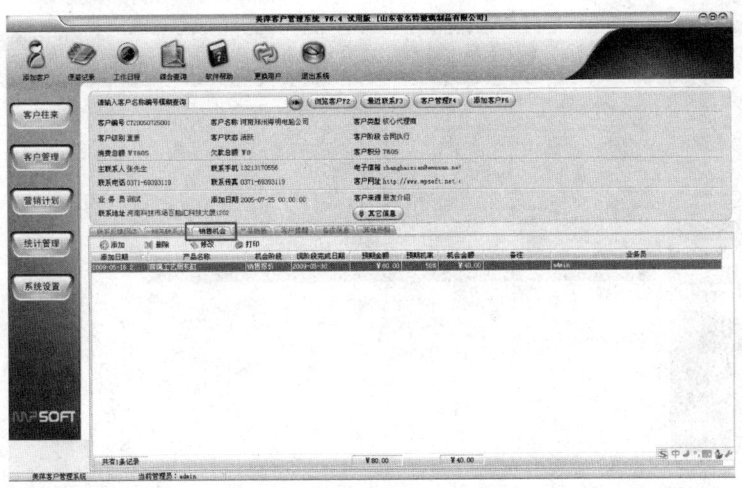

图 5-2-15

在图的下方，显示的是该客户的预期的销售机会，可以点击添加（删除，修改）按钮，对该客户的销售机会进行相应的添加（删除，修改）操作。

4．产品销售（如图 5-2-16 所示）。

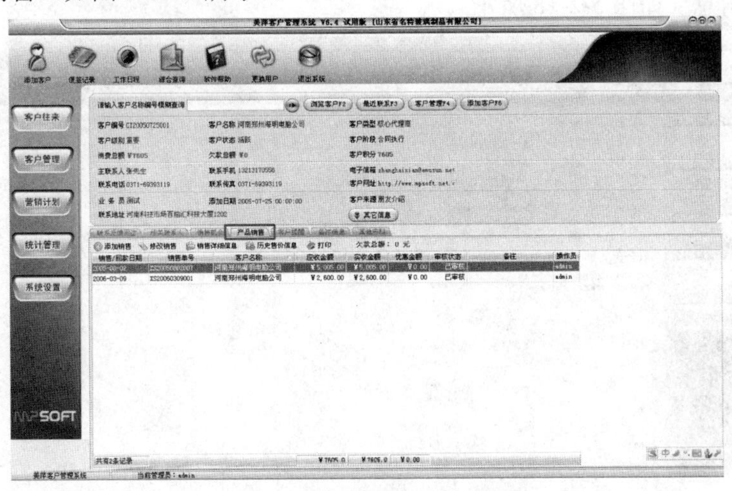

图 5-2-16

在图的下方，显示的是该客户的产品销售记录。点击添加按钮，可以添加该客户产品销售记录。点击产品销售详细信息，可以查看客户的详细销售记录。

5．客户提醒（如图 5-2-17 所示）。

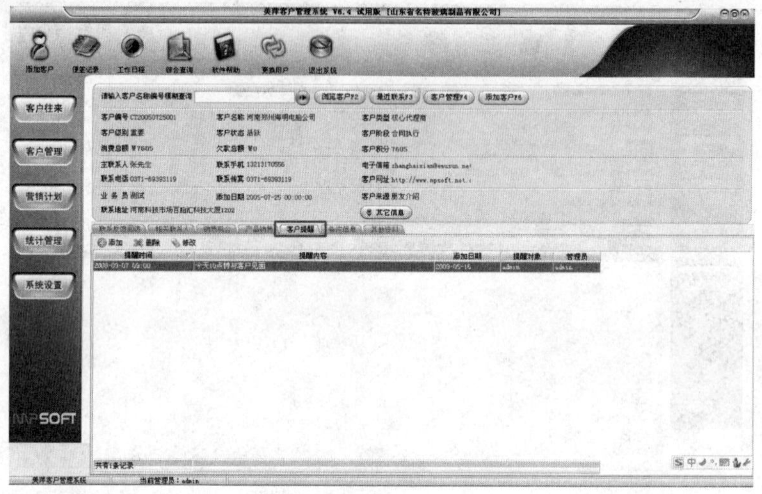

图 5-2-17

在图的下方，显示的是该客户的提醒记录。可以点击添加（删除，修改）按钮，对该客户的提醒信息进行添加（删除，修改）操作。

6．备注信息（如图 5-2-18 所示）。

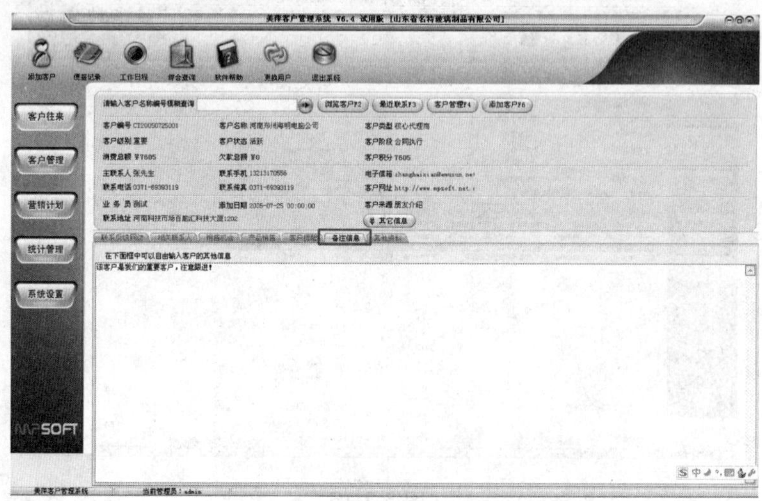

图 5-2-18

在下面白色的文本框中可以添加客户的备注信息。

7．其他资料（如图 5-2-19 所示）。

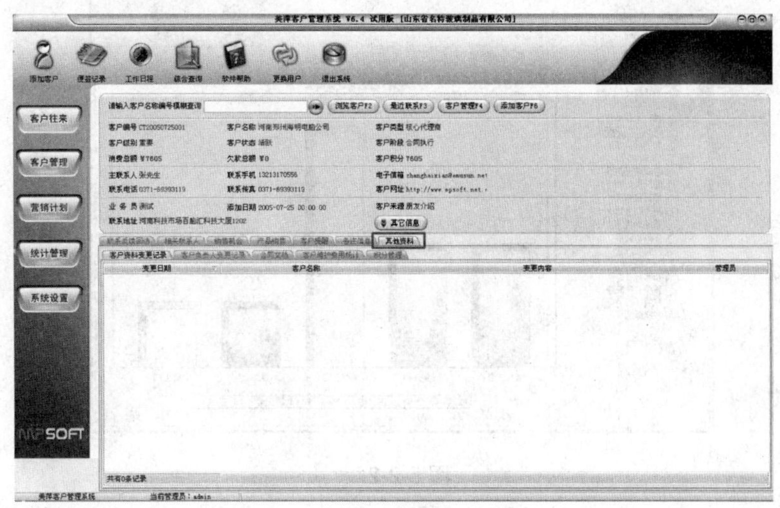

图 5-2-19

在其他资料中，包括客户资料变更记录、客户负责人变更记录、合同文档、客户维护费用统计和积分管理等选项。

（四）点击左侧统计管理按钮，进入统计管理页面（如图 5-2-20 所示）。

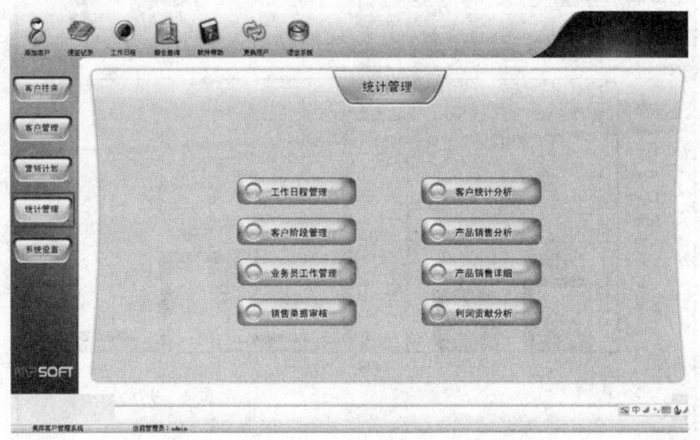

图 5-2-20

在此界面下，可以进行客户统计分析、产品销售分析、利润贡献分析、业务员工作管理等操作。

1．客户统计分析（如图 5-2-21 所示）。

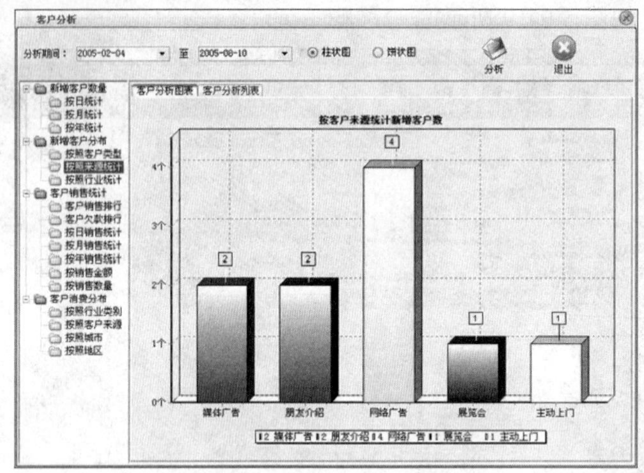

图 5-2-21

在统计分析模块里点击客户分析按钮即可弹出此界面。在窗口左边的分类里，只需点击要分析的类别，在右边的窗口中就可以显示出相应的图利和详细的数据库记录。

2．产品销售分析（如图 5-2-22 所示）。

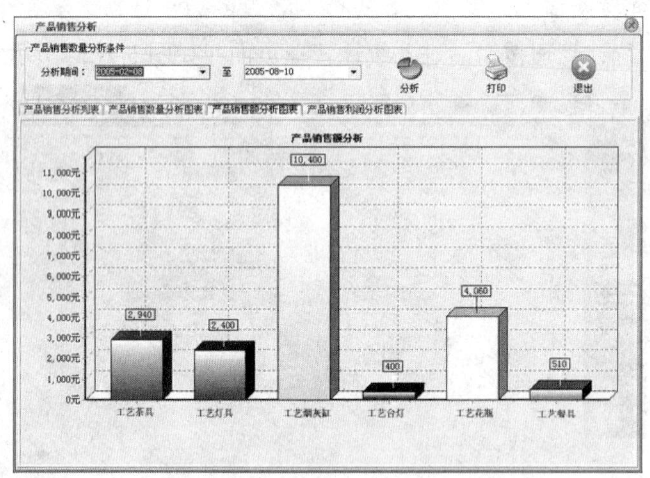

图 5-2-22

在统计分析模块里点击产品销售分析即可弹出此窗口。选择相应的时间段后即可点击分析按钮进行分析。在第一个表格点击相应的记录，在下面的表格里会显示出此商品相关的详细销售记录。点击产品销售数量分析图（产品销售额分析图、产品销售利润分析图）

可以查看相关的图例分析。

2．利润贡献分析（如图 5-2-23 所示）。

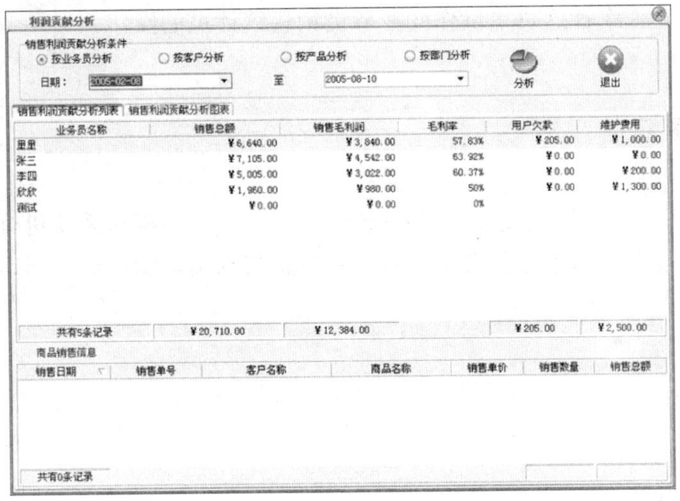

图 5-2-23

在利润贡献分析窗口中，先选择好分析条件，然后再点击分析按钮进行分析。点击上面表格的某条记录，在下面的表格会显示相应的商品销售的详细信息。点击销售利润贡献分析图表这页可以查看相关的图表分析。

4．业务员业绩分析（如图 5-2-24 所示）。

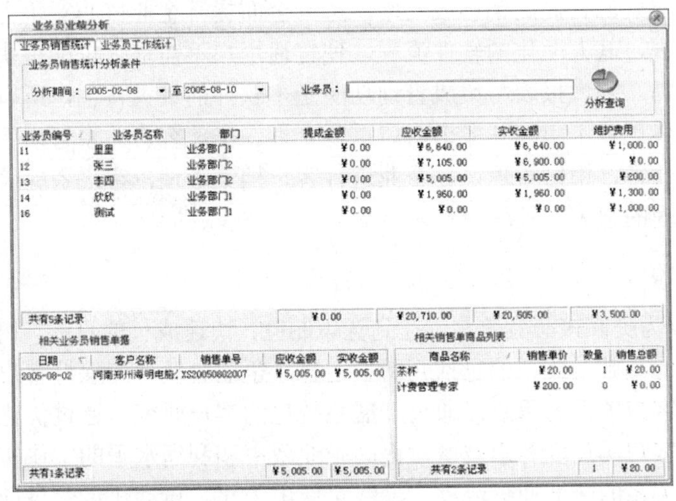

图 5-2-24

在业务员业绩分析窗口中，在业务员销售统计这页里，先选择分析条件，然后点击分析查询按钮。在上面的表格里点击某条纪录，在下面的表格里会显示相应的详细商品销售信息。在业务员工作统计这页里操作同业务员销售统计页的操作。

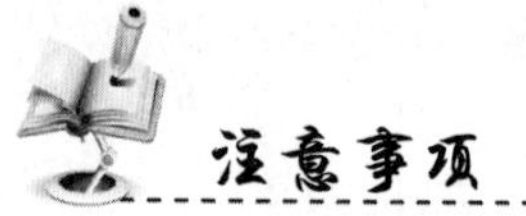

注意事项

在使用客户关系管理系统之前，必须要根据公司实际情况对系统进行设置，包括基础资料设置、系统设置、初始化数据库、数据库备份与恢复、操作员管理、商品管理与员工提成设置。

相关知识

（一）行业背景知识

一、美萍客户管理系统

本情境是根据美萍客户管理系统为例进行讲解，该软件是一款专业的客户关系管理软件（CRM 管理系统），软件以客户为中心，把科学的管理与信息技术结合起来，实现市场、销售、服务协同工作统一管理。帮助企业规范业务流程、提高客户挖掘能力和客户服务质量、有效管理客户资源、提高销售成功率，达到全面提升企业核心竞争力的目的。软件界面设计简洁，美观，其人性化的软件流程，使普通用户不需培训也能很快掌握软件操作使用方法，上手极易。强大报表与集成查询功能是本软件的最大特色，所有功能在用户需要的使用地方自然体现，不用打开多个窗口重复查询。美萍客户关系管理系统广泛适用于各个行业进行客户管理，销售管理，是企业进行客户档案管理，客户资料管理，客户服务管理，客户信息管理的强大工具。

二、客户关怀的作用

CRM 是企业为提高核心竞争力，达到竞争制胜，快速成长的目的，树立客户为中心的发展战略，并在此基础上展开的包括判断、选择、争取、发展和保持客户所需的全部商业过程；是企业以客户关系为重点，通过开展系统化的客户研究，通过优化企业组织体系和业务流程，提高客户满意度和忠诚度，提高企业效率和利润水平的工作实践；也是企业在不断改进与客户关系的全部业务流程，最终实现电子化、自动化运营目标的过程中，所创造并使用的先进的信息技术、软硬件和优化管理方法、解决方案的总和。

1. 客户关怀是 CRM 的中心

在最初的时候，企业向客户提供售后服务是作为对其特定产品的一种支持。原因在于这部分产品需要定期进行修理和维护。例如，家用电器，电脑产品、汽车等等。这种售后服务基本上被客户认为是产品本身的一个组成部分。如果没有售后服务，客户根本就不会购买企业的产品。那些在售后服务方面做的好的公司其市场销售就处于上升的趋势。反之，那些不注重售后服务的公司其市场销售则处于不利的地位。

客户关怀贯穿了市场营销的所有环节。客户关怀包括如下的方面：客户服务（包括向客户提供产品信息和服务建议等），产品质量（应符合有关标准、适合客户使用、保证安全可靠），服务质量（指与企业接触的过程中客户的体验），售后服务（包括售后的查询和投诉，以及维护和修理）。

在所有营销变量中，客户关怀的注意力要放在交易的不同阶段上，营造出友好、激励、高效的氛围。对客户关怀意义最大的四个实际营销变量是：产品和服务（这是客户关怀的核心）、沟通方式、销售激励和公共关系。CRM 软件的客户关怀模块充分地将有关的营销变量纳入其中，使得客户关怀这个非常抽象的问题能够通过一系列相关的指标来测量，便于企业及时调整对客户的关怀策略，使得客户对企业产生更高的忠诚度。

2. 客户关怀的目的是增强客户满意度与忠诚度

国际上一些非常有权威的研究机构，经过深入的调查研究以后分别得出了这样一些结论，“把客户的满意度提高五个百分点，其结果是企业的利润增加一倍”；“一个非常满意的客户其购买意愿比一个满意客户高出六倍”；“2/3 的客户离开供应商是因为供应商对他们的关怀不够”；“93%的企业 CEO 认为客户关系管理是企业成功和更有竞争能力的最重要的因素”。

如同企业的产品有生命周期一样，客户同样也是有生命周期的。客户的保持周期越长久，企业的相对投资回报就越高，从而给企业带来的利润就会越大。由此可见保留客户非常非常重要。保留什么样的客户，如何保留客户是对企业提出的重要课题。

企业的客户成千上万，企业对如此多的客户又了解多少呢?不了解客户就无法对客户加以区别。应该采取何种措施来细分客户，对细分客户应采取何种形式的市场活动，采取何种程度的关怀方式，才能够不断地培养客户的满意度，这是企业传统客户关系管理面临的挑战。

（二）基础理论知识

一、CRM 项目实施前的评估

CRM 具体实施前需要评估公司现有的基础，看看 CRM 项目的实施是否准备充分。我们可以从以下一些问题来考虑，这些问题不仅包括与项目经理相关的问题，也包括与企业准备充分与否的相关问题。

1. CRM 资金是否已经到位

如果企业仅是把 CRM 停留在一种构想上，那么即使做出一个近乎完美的 CRM 项目的整体规划，也毫无意义。因此，首先要确保不同实施阶段资金都能到位。

2．是否确定了企业的 CRM 战略，以及相应的 CRM 战略目标和战略实施计划

该问题主要用来检验企业对 CRM 是否具有一个总体的长远规划，用它来作为 CRM 实施的方向，具体的 CRM 项目要与企业的 CRM 战略相一致。而只有确立了 CRM 战略实施计划，才能确保不同阶段的 CRM 项目的衔接性。

3．项目经理是否已经对实施步骤“胸有成竹”

项目经历的工作角色体现在定义并确认 CRM 需求、管理项目的执行，并协助定义成功的标准，而这些工作都应当为企业领导所知。

4．项目团队是否已经定义好企业的 CRM 需求

CRM 需求分析对于 CRM 以后的实施工作以及所实现的功能至关重要。需求分析需要项目团队和企业领导层、企业最终 CRM 用户来共同完成。在这里经常出现一个误区：让软件供应商一方来定义企业对 CRM 的业务需求。因为软件供应商毕竟不会比企业自己更了解自己。

5．是否已经建立了成功的标准

企业将怎样知道 CRM 项目是否获得成功？实施 CRM 项目的成功标准很重要，它是对系统的评价依据。

6．企业所有部门是否对“客户”有一个共同的定义

在 CRM 项目实施之前，应该对“客户”和其他一些关键术语有一个统一的定义，不能再出现不同部门（例如营销部门和呼叫中心）对“客户”有不同的定义。这样才可能最终实现统一的客户信息管理。

7．当前的工作站开发环境是否支持 CRM 产品的客户化

对 CRM 进行客户化需要一定类型的工作站配置环境。在进行二次开发时，需要考虑所使用的开发工具的类型。

8．企业是否已经确定哪些应用软件或系统，必须与 CRM 产品进行集成

在 CRM 选型时，应预先弄清楚其他企业系统对 CRM 应用系统的影响，以及数据如何在公司各个系统件有效地传递。因此，企业所选择的 CRM 软件系统应当确保与企业其他系统间的集成性。

二、成功应用 CRM 系统给企业带来的显著效益

客户关系管理（简称 CRM）是信息行业用语，指有助于企业有组织性地管理客户关系

的方法、软件以至互联网设施。譬如说，企业建造一个客户数据库充分描述关系。因此管理层、营业员、服务供应人员甚至客户均可获得信息，提供合乎客户需要的产品和服务，提醒客户服务要求并可获知客户选购了其它产品。

CRM 是一种基于 Internet 的应用系统。它通过对企业业务流程的重组来整合用户信息资源，以更有效的方法来管理客户关系，在企业内部实现信息和资源的共享，从而降低企业运营成本，为客户提供更经济、快捷、周到的产品和服务，保持和吸引更多的客户，以求最终达到企业利润最大化的目的。

成功应用CRM系统将给企业带来可衡量的显著效益。美国独立的IT市场研究机构ISM（Information Systems Marketing）持续 13 年跟踪研究应用 CRM 给企业带来的影响，通过对大量实施 CRM 企业的跟踪调查，得出了详细的、可量化的利益一览表，从而证明在 CRM 系统上的资金、时间、人力的投入是正当的。

1．在实施系统的前三年内，每个销售代表的年销售总额至少增长 10%。之所以能够获得这样的收益，是因为销售人员提高了工作效率（例如：有更多时间去拜访客户和实施策略），工作更富成效（例如：因销售人员更加关注有价值的客户、更了解客户需求从而提高了他们的销售访问质量）。

2．在实施系统的前三年内，一般的市场销售费用和管理费用至少减少 5%。因为公司和市场人员可以更有针对性地对目标客户发放他们所需要的资料，选择沟通渠道，而不必象以往那样，去大量散发昂贵的印刷品和资料给所有现有和潜在的客户，由于传统方式针对性不强，必然广种薄收，成本居高不下。

3．在实施系统的前三年内，预计销售成功率至少提升 5%。因为销售员辨别和选择机会时可以更仔细，及早放弃那些不好的机会，从而全神贯注于那些高成功率的机会。

4．在应用系统的过程中，每笔生意价值至少增加 1%的边际利润。由于销售员可以与那些经过仔细选择的客户群更紧密的合作，这些客户群象注重折扣一样注重价值销售，所以销售员趋向于更少打折。

5．客户满意率至少增加 5%。因为那些能够更快得到所需信息的客户，获得了更好服务的客户和那些乐于建立关系营销而销售员又能够提供的客户感到更满意。

三、CRM 系统选择的一般方法

客户关系管理（CRM）在我国正在逐步从概念走向应用，从理论走向实践。因此不同行业中的不同企业，不论规模大小，都越来越重视 CRM 的应用，而正确选择 CRM 系统是企业实施 CRM 的基础和关键，下面就 CRM 系统选择方法作一简单介绍。

1．明确企业实施 CRM 的目标

明确企业实施 CRM 的目标的重点是企业管理的理念能够得到相应的调整。CRM 的核心理念是“以客户为中心”，而大多数的国内企业，已逐渐认识到这一理念能够为企业自身所能够带来的颠覆性的变化，正在朝着让“以客户为中心”成为企业的核心竞争力而努力。企业的上、下各级人员首先学习并运用这一理念，随后落实到日常工作的每一个环节中，而高层领导的参与能够更好地推动企业建立“以客户为中心”的企业文化。与此同时，企业的营销模式要实现从“以产品为中心”到“以客户为中心”的转变，在企业实施 CRM 之前，要明确制定企业正确的 CRM 目标，即保证企业的每个部门、每个环节都能够高效、准确、亲切地和客户打交道，不断积累客户经验，延伸客户的忠诚性，在最大限度上获得客户终生价值，最终取得真正的竞争优势。

2．分析实现企业目标的方法和途径

实现企业目标最好的方法和途径是规范企业内部流程。要达到利用系统进行管理，而不是依靠具体操作人员的责任心或素质，最关键的问题是建立明确的流程制度，并将岗位的激励措施和软件应用结合起来。在企业实施 CRM 的过程中，难免会有部门与部门、员工与员工之间的矛盾与摩擦，如何正确处理出现的问题，是对企业 CRM 实施能力的重要评判标准。因此让 CRM 管理成为企业内部一致的目标是关键所在，而要让不同的利益体达成共识，最主要的还是要看企业内部的沟通能力。

成功实施 CRM 需要不断地进行沟通。在任何一个需要组织多方面资源的项目中，沟通都具有其独特的地位和作用，CRM 也不例外。CRM 咨询小组会与其客户的各级负责人共同将每次讨论的结果形成书面记录，并对成员发布，对于讨论形成的新的规范和流程，反复沟通上、下级的意见，直到能够为各级人员真正接受。这样在完成实施工作的时候，往往在企业内部已经形成了决策流程，对于 CRM 的持续的细化调整，首先反映到企业内部的负责人，然后经过决策人同意，并以书面方式通知，某些工作细致的企业还会附加调整后的操作手册，让新员工也可以按照步骤来完成操作。规范化的流程在建立的初期需要良好的沟通技巧，在建立了之后就会有强大的生命力，并能够延续到企业的分支机构，大大提高管理效率。

3．多渠道了解各家 CRM 厂商的解决方案

多渠道了解各家 CRM 厂商的解决方案需要选择有经验的实施顾问。由于 CRM 是全新的管理思想，因此在众多 CRM 厂商所提供的解决方案中找到真正对 CRM 有着深刻理解，能够指导企业正确并有效实施 CRM，同时提出切实可行的实施建议，具有全方位培训机制的企业并不多。有经验的实施顾问的价值体现在：（1）对 CRM 理念有着深刻的理解和实践中提取的应用经验；（2）对如何控制实施进程和质量有强有力的方法和手段；（3）能够快速了解并提出改善客户关系的建议；（4）能够组织企业各层人员，协调时间和人员安排，完成转变。选择 CRM 解决方案应该长期打算，不能只看重眼前的短期利益。那种只求“低价”的做法是绝对错误的做法，但是，企业一定要根据其自身的实力和具体情况选

择“适合”的 CRM 解决方案，具体问题、具体对待，多方位、多角度和多渠道了解各家厂商的 CRM 解决方案。

4．全面了解备选的软件厂商

根据企业自身特点确定软件厂商，更全面了解所选择的软件厂商，进而选择适合的技术平台。CRM 软件的选型可分为定制和购买套装软件两种。对于行业特征比较突出的企业，例如电信、金融、证券、民航、物流、旅游等行业，由于客户数据和企业后台的计费系统、业务系统等紧密相连，而且这些行业的客户数据庞大，需要专业的数据挖掘工具才能充分进行分析，因此选择定制的或专业的行业版 CRM 是较好的选择；在制造业、汽车销售业、调查服务业、高科技业等提供标准产品或无实体产品的行业中，都需要大量的广告投入，需要对客户反馈进行登记和处理，通用 CRM 软件完全可以解决类似的前端业务。不论是通用 CRM 还是定制 CRM 在选择时都要注意结合企业自身具体情况，具体来说，选择通用的 CRM 软件可以降低成本，满足需求，但是在套装产品的选择时，要注意那些自身具有灵活性、开放性的通用软件是比较容易进行客户化定制的。

四、选择 CRM 产品时应注意考虑的问题

1．选择 CRM 产品须考虑的问题

（1）CRM 产品的可行性。CRM 产品的可行性即 CRM 产品是否适合企业自身特点，是企业选择 CRM 产品的基础。

（2）CRM 产品的方便易用性。由于接触 CRM 软件的主要是业务人员，CRM 软件的简便易用对于这些人员来说是最重要的。

（3）CRM 产品的可定制性。CRM 软件同样需要提供一对一的定制化服务，以满足企业的不同需求。

（4）CRM 产品的实施周期。为避免人员流动性给项目实施所带来的不便和影响，因此企业应当选择实施周期短的解决方案。

（5）CRM 产品的投资回报率。CRM 软件应该符合企业的当前业务需求，满足目前的业务模式；企业所投入的资金，能获得预定的回报，而且希望投入越少所获得的回报越多——即企业期待高投资回报率。当然，投资回报率的问题我们不能单单从财务的角度进行分析，它还会涉及一些非财务指标，对于这一点在第 14 章中已经作了陈述。

（6）CRM 产品的开放性。由于企业可能同时采用了多个厂商的产品，并且企业内部有不同的部门，因此 CRM 软件的开放性易于系统整合。

（7）CRM 产品支持互联网以及多种通讯模式。

（8）CRM 产品的成本。

2．选择 CRM 厂商须考虑的问题

（1）CRM 厂商的业务咨询分析能力是厂商实力的基础，也是企业选择 CRM 厂商的先决条件。

（2）CRM 厂商的技术实施能力是厂商实力的保证，也是企业选择 CRM 厂商的首要影响因素。

（3）CRM 厂商的成功实施案例企业可以在厂商的成功案例中寻找与企业自身相似的情况作比较，并可以从中寻找经验和教训。

（4）CRM 厂商的信誉度。

（5）CRM 厂商能够分配给企业的开发人员。厂商分配给企业开发人员的多寡决定着企业受重视的程度。

（6）CRM 厂商的服务体系。厂商服务体系是否完善是企业选择厂商不得不考虑的问题，并且完善的服务体系可以解除企业的后顾之忧，尤其是本地化的服务和升级服务。

（7）CRM 厂商提供的软件基本功能测试。这点是目前多数企业容易忽视的，厂商提供的软件基本功能测试包括性能测试、数据安全测试和接口设置等方面，而这些基本功能决定着企业 CRM 系统的实施是否能够顺利进行。

（三）深化拓展知识——客户关系管理的类型

客户关系管理是企业经营管理的一种模式，但是，要有效地实现这种模式的管理，是需要客户关系管理系统的有力支撑的。例如，在客户关系管理中需要识别有价值的客户，就需要对客户数据进行分析，挖掘出对企业真正有价值的客户，而完成这样的过程，如果没有现代的信息处理技术是无法实现的。再如，企业要经常与客户沟通，落实企业制定的营销策略和销售目标，这就需要在整个企业共享客户信息，这就要求企业信息的完整性和一致性，这也需要现代信息技术的支持。而客户关系管理系统正是这些技术和手段的集成体，这也正是我们学习这一章的目的。客户关系管理系统是辅助企业实现客户关系管理的重要手段，根据企业应用需求的不同，实现的辅助目标不同，客户关系管理系统有多种不同的应用形式，而根据企业的规模不同，需要的客户关系管理系统的级别也不同。本篇深化拓展知识将主要介绍运营型（Operational）CRM 系统，帮助我们理解 CRM 系统的业务功能和应用范围。

一、CRM 系统的分类

不同的企业对客户关系管理系统有不同的要求，不同的开发商所提供的客户关系管理系统的功能也不尽相同。但从 CRM 的功能和应用形式来划分，可以将客户关系管理系统划分成呼叫中心、运行型 CRM、分析型 CRM、协作型 CRM 以及基于 Web 的 eCRM。

1．呼叫中心

呼叫中心这个名词的产生其实比 CRM 早得多，我们常说的热线电话（如服务热线、投诉热线等）、客户电话联系中心等都是呼叫中心的别名。到 20 世纪 80 年代，基于科学技术的不断发展和公司客户关系管理理念的不断提升，欧美等国的电信、航空公司、商业银行等为了密切与客户联系，应用计算机的支持，利用电话作为与用户交互联系的媒体，设立了呼叫中心，也可叫做电话中心，实际上就是为用户提供服务的服务中心。这种呼叫中心基于原有的呼叫中心，在服务内容、服务方式、服务技术以及服务领域方面都有很大的拓展。为了与原有的呼叫中心进行区别，业界和学术界将由此开始的呼叫中心称为现代呼叫中心。我们在本章主要介绍的呼叫中心都是指现代呼叫中心。

现代呼叫中心使用计算机电话集成技术（CTI），实现了语音和数据的集成，成为了 CRM 应用的一个主要“客户接触点”，为客户提供最快、最有效的呼叫服务。同时，现代呼叫中心也承担着为企业获取客户信息的重任。企业使用商业智能技术对呼叫中心得到的客户信息进行分析预测，以改善企业内部流程，实现各个环节的自动化。

2．运营型 CRM

运营型 CRM（也称为操作型 CRM）主要用于针对企业的销售（业务部门）、市场营销（决策部门）、客户服务和支持（银行客户中心）等与客户有关的部门，使企业业务处理流程的自动化程度和效率更高，从而全面提高企业同客户的交流能力。利用运营型 CRM 可以实现企业的自动销售管理、时间管理、工作流的配置与管理、业务信息交换等功能，还可以将企业的市场、销售、咨询、服务、支持全部集成起来，并与企业的管理与运营紧密结合在一起，形成一个市场导向、以客户服务为中心、工作流程驱动、分析与跟踪控制的高效市场营销环境，还可以提高企业的市场反应速度、应变能力和市场竞争力。通过企业 CRM 集成系统，将来自与核心业务系统的客户交易数据和来自于其他客户渠道所获得的客户资料信息和服务信息有效地集成在一起，建立统一的客户信息中心。

3．分析型 CRM

分析型 CRM（也称战略 CRM）通过分析运营型 CRM 的客户数据，为企业的经营决策提供可靠的量化依据。与运营型 CRM 不同，分析型 CRM 系统不直接同客户打交道，而是通过运营型在前台运作积累的客户信息资源进行提取，获得有价值的信息，利用一系列的分析方法或挖掘工具，对将来的趋势作出必要的预测或寻找某种商业规律，它是企业的决策支持工具。

分析型 CRM 需要用到许多先进的数据管理和数据分析工具，如数据仓库、OLAP 和数据挖掘等。目前，在银行业、保险业，以及零售业中利用较广，它们可以利用这种系统挖掘出重要的决策信息。

4．协作型 CRM

协作型 CRM 是一种综合性的 CRM 解决方式，它将多渠道的交流方式融为一体。协作型 CRM 主要是对各种沟通渠道的整合和协调各个部门之间的联系，其处理流程为：先利用 CRM 的运营功能从客户的各种“接触点”将客户的各种背景数据和行为数据收集并整合在一起，这些运营数据和外来的市场数据经过整合和变换，装载进数据仓库。然后，运用在线分析和数据挖掘等技术从数据中分析和提取相关规律、模式或趋势。最后，利用相应的动态报表系统和企业信息系统使有关客户的信息和知识在整个企业内得到有效的流转和共享。这将转变企业的战略和战术行动，可以提高同客户的交互的有效性和针对性，把合适的产品服务，通过合适的渠道，在适当的时候，提供给适当的客户。

5．eCRM

随着 CRM 在大服务量系统中的应用，服务渠道中出现了新的瓶颈，该瓶颈源于传统交流方式的局限。与此同时，互联网的迅猛发展，促进了企业电子商务的兴起，形成了基于互联网的交流渠道。这一新的交流渠道和以此为基础的应用系统可以缓解服务瓶颈，并为客户及其合作伙伴提供扩展 CRM 优势的方法。这种在 CRM 系统上进行的电子化扩展就是电子客户关系管理 eCRM。

eCRM 的产生和发展完全归功于网络技术的发展。企业对 CRM 概念的关注集中在客户的及时交互上，而互联网在它之上运营的电子商务提供了最好的途径，企业正在把 Web 作为实现客户个性化自助服务的技术与工具，所以 eCRM 是企业通过高品质的电子化服务实现客户保留的重要手段。

二、运营型（Operational）CRM

1．运营型 CRM 的定义

运营型 CRM 建立在这样一种概念上，客户管理在企业成功方面起着很重要的作用，它要求所有业务流程的流线化和自动化，包括经由多渠道的客户“接触点”的整合、前台和后台运营之间的平滑的互相连接和整合。

运营型 CRM，也称为“前台”CRM。它与客户直接发生接触。运营型是 CRM 系统的“躯体”，它是整个 CRM 系统的基础，它可以为分析客户和服务提供支持依据。运营型 CRM 主要包括销售、市场和服务三个过程的流程化、规范化、自动化和一体化。

2．运营型 CRM 的功能

客户关系管理初期是偏重于对企业的前台管理的业务流程（包括市场、销售、服务等方面）进行重新规划和调整，以最佳的工作方法来获得最好的效果。无论是销售自动化（SFA），还是利用呼叫中心的交互式客户关怀，都比较注重流程的管理。在 CRM 从无到有的过程中，运营型 CRM 对许多企业及整个软件产业起到了非常重要的作用。它使得销

售、市场营销及客户服务这些前台不同的部门能够进行统一的自动化运作，有利于企业决策层可以全方位思考。

运营型 CRM 使企业在网络环境中能够以电子化方式完成从市场、销售到服务的全部商务过程。它主要包括以下三个方面的功能：

（1）销售自动化（SFA）

销售团队自动化（Sale Force Automation）能够适应激烈的市场竞争中销售机构提高本身管理水平的要求，可以帮助企业获得竞争优势。一般而言，它可以帮助销售部门和人员高质量地完成日历和日程表安排、联系人和客户管理、销售机会和潜在客户管理、销售预测、建议书制作与提交、定价和折扣、销售地域分配和管理，以及报销报告制作等工作。按照最常见的分类方法，SFA 的功能将集中体现在联系人管理、销售预测和机会管理这三个方面，SFA 将这三类不同的功能集成为销售套件。

① 联系人管理

联系人管理具有稳定销售和市场自动化的功能，它能够将客户地址、电话等相关资料存入联系人数据库，并把举办过的活动的记录以及产品资料等进行可检索的数据流，从而提供极易生成的联系人资料、日程表、工作计划的工具。同一销售组可以通过网络共享联系人、日程安排等数据资料以方便团队销售。

② 销售预测

销售预测功能可以帮助销售部门和人员跟踪产品、客户、销售定额及其前景，管理销售机会、在现有销售基础上分析销售工作情况和预测未来收入。销售预测软件常具有图形功能，以帮助销售经理分析销售业绩并按照一定的原则如地区、推销员或产品作出统计报告。而利用销售预测功能，企业的决策者可以及时地了解销售部门的定额完成情况，审核或预计每个销售经理将来的工作计划，并制定下一步的市场策略。

③ 机会管理

机会管理在一定范围内曾被某些企业的销售人员视作 SFA 的代名词。但实质上，由于企业的销售是一个复杂的过程，常常涉及众多的部门协调、分步完成，要经历漫长的销售周期，因此机会管理只是 SFA 系统的重要组成部分。机会管理系统能够跟踪计划的发展，为销售经理和其他销售人员提供反馈意见，从而制定出实现交易的策略，使销售有序化。

（2）营销自动化（MA）

营销自动化（Marketing Automation）也称作技术辅助式营销，是 CRM 领域中比较新的功能，其着眼点在于通过设计、执行和评估市场营销行动和相关活动的全面框架，赋予市场营销人员更强的工作能力，使其能够直接对市场营销活动的有效性加以计划、执行、监视和分析，并可以应用工作流技术，优化营销流程，使一些共同的任务和过程自动化。营销自动化的最终目标是，企业可以在活动、渠道和媒体间合理分配营销资源以达到收入最大化和客户关系最优的效果。营销自动化能够实现以下功能：

① 增强市场营销部门执行和管理通过多种渠道进行的多个市场营销活动的能力。比如，基于 Web 和传统的市场的营销宣传、策划和执行。

② 可对营销活动的有效性进行实时跟踪，并对活动效果作出分析和评估。

③ 帮助市场营销机构管理、调度其市场营销材料、库存的宣传品及其他物资。

④ 实现对有需要客户的跟踪、分配和管理。

⑤ 集成到销售 SFA 和服务 CSS 项目中，从而实现同具有特殊要求客户进行交互操作（个性化营销）。

（3）客户服务与支持（CSS）

客户关系管理的客户服务与支持（Customer Service and Support）子系统可以帮助企业以更快的速度和更高的效率来满足客户的独特需求，负责保持和发展客户关系。它可以向服务人员提供完备的工具和信息，并支持多种与客户的交流方式，可以帮助客户服务人员更有效率、更快捷、更准确地解决用户的服务咨询，同时，能根据用户的背景资料和可能的需求向用户提供合适的产品和服务建议。CSS 是企业业务操作流程中与客户联系最频繁的部门，对保持客户满意度至关重要。运行型 CRM 中的 CSS 由于与消费者的互动关系比较复杂，需要一个可扩展并且高度集成的联络中心和相关技术设施的支持，通过联络中心环境或 Web 布署并且实现自助服务。由于在多数情况下，客户忠诚度和是否能从客户身上盈利取决于企业能否提供优质的服务，因此，客户服务和支持对企业来说变得十分关键，决不能低估 CSS 应用的重要性。

客户服务与支持的工作内容不仅集中在售后活动上，即由面向企业总部的联络中心指令并回应，同时也面向市场开展服务，比如提供一些售前信息等。产品技术支持是客户服务最重要的功能之一，提供技术支持的客户代表需要与驻外的服务人员和销售力量合作。总部客户服务与驻外服务机构的合作以及客户交互操作数据的统一使用是现代 CRM 的一个重要特点。CSS 应用还能帮助各企业将其客户服务机构由成本耗费中心转变为盈利中心。当这些应用软件与销售和营销应用软件集成为一体后，它们便能为企业创造出一些特别的机遇，企业便能通过向上销售和交叉销售的方式将额外的产品卖给客户。

3．运营型 CRM 的现状与应用

（1）运营型 CRM 的现状

目前，市场上大多数的 CRM 产品关注的焦点是运营型 CRM 产品，主要涉及自动化管理、销售、营销以及客户服务支持等领域的与客户关系有关的业务流程处理，运营型的 CRM 产品占据了 CRM 市场大部分的份额。运营型 CRM 解决方案虽然能够基本保证企业业务流程的自动化处理、企业与客户间沟通以及相互协作等问题。但是随着企业的不断发展，客户信息的日趋复杂，对于一个企业长远发展来说，如何使 CRM 解决方案拥有强大的业务智能和分析能力才是最重要的。

运营型 CRM 产品主要解决企业市场、销售、服务过程中的协作问题，并使这些过程有效集成且自动化。其主要作用是构造一个面向客户的协作环境，帮助企业的各个触角（部门与人员）发掘市场机会，并促进其转化为企业收益。其代表性厂商及产品有 Siebel，SAP 的 mySAP.com，Oraclelli，PowerCRM，Onyx，Saleslogix，TurboCRM，联城互动 MyCRM，中圣 SellWell，合力金桥 HollyCRM 和用友 iCRM 等。

（2）运营型 CRM 的应用

我们以运营型 CRM 在银行业的应用为例介绍运营型 CRM 的应用。

利用运营型 CRM 可以使银行实现客户数据交换、业务流程化，销售部分自动化，建立前台和后台运营之间平滑的相互连接和整合，跟踪、分析、驱动市场导向，为银行的运营提供决策支持。如图 5-2-25 所示，银行的运营型 CRM 包括了 7 个子模块。

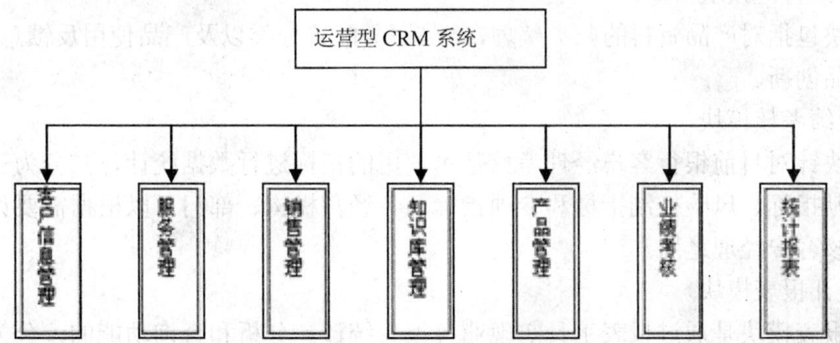

图 5-2-25　银行运营型 CRM 功能示意图

① 客户信息管理模块

客户信息管理的重点在于对客户信息的识别、收集、存储、管理、共享及应用。客户信息模块包括客户基本信息、客户事件信息、客户关联信息、客户签约信息、客户价值等级评定及细分、金融账户信息、联系人信息以及客户利润贡献度分析等功能子模块。

② 服务管理模块

该模块包括两类业务：一是活动管理，主要用于记录客户经理的日常活动及与客户的交互活动，以及为客户经理生成和分配活动，并且实现对客户经理的提醒功能。活动分为五类：通知类、与客户的交互活动、对其他客户经理的通知活动、提醒活动、日程类。二是提醒服务，包括客户提醒、提醒分类、系统自动生成的提醒、纪念日提醒、贷款到期提醒、存款到期提醒等等。

③ 销售管理模块

销售管理模块中客户营销计划是一个年度或中长期营销方案，以文本文件保存，客户营销计划方案制定的对象主要是与银行发展有较大关系的重点客户和集团客户。商机管理是指客户关系管理系统为客户经理提供的处理商机全过程的机制。在该模块中，可灵活地对客户信息、活动创建的模块进行调用，实现对客户信息的查询和创建并分配的活动，系统通过对客户经理记录的商机信息进行汇总，实现对各机构的商机信息统计，生成商机统计报表，供管理人员对经营活动进行分析和指导。

④ 知识库管理模块

知识库是在对行内、行外信息进行全面采集、汇总和分类归并的基础上建立的全行业知识共享平台。知识库中的信息类型分为十一类：行业指引、行业分析报告、法律或规章、信贷政策、金融同业信息、营销指引、营销案例、培训课件、产品信息、标准类信息、其他信息。

⑤ 产品管理模块

该模块包括对产品资料的归类整理，产品服务配置分类以及产品使用反馈意见等功能，以促进产品创新。

⑥ 业绩考核模块

本模块针对目前银行客户经理考核基本使用的指标进行数据统计，共分为三大类，包括利润贡献指标、风险控制指标和专项指标。各经营机构、部门可以根据需要计算考核数据，供考核客户经理之用。

⑦ 统计报表模块

统计报表模块是通过报表工具实现业务报表统计、分析和查询功能的，分为固定报表功能和自由报表查询功能两部分。固定报表由系统定期自动生成并保存在数据库中，客户经理、客户经理主管、各级领导等系统用户可以根据需要随时登录系统进行查看。利用报表输出功能，各用户可根据业务需要转成自己需要的类型进行保存。自由报表通过系统自带的报表工具提供更为强大的多维度、多条件组合查询功能，用户可随时登录系统自由选择查询维度和查询条件进行相关业务数据的组合查询。选定组合条件后，报表系统自动生成用户所需要的综合数据。自由报表还提供较强的图表分析功能，根据用户选定条件并生成所需要的报表后，点击相关图表生成功能键，系统自动为用户生成所需要的分析图。

（3）运营型 CRM 的使用人员

运营型 CRM 应用系统是客户关系管理软件中最基本的应用模块，它为以下几种人员提供便利：

① 销售人员

销售自动化（SFA）要求销售人员及时提供客户的详细信息。运营型 CRM 的销售套件为销售人员提供销售信息管理、销售过程定制、销售过程监控、销售预测、销售信息分析等强大的功能。这可以成为销售人员关注客户、把握机会、完成销售的有力工具，并可以帮助销售人员提高销售能力。

② 营销人员

营销自动化（MA）是运营型 CRM 的主要模块，营销人员可以利用营销套件中的市场营销活动信息管理、计划预算、项目追踪、成本明细、回应管理、效果评估等功能，清楚了解所有市场营销活动的成效与投资回报。

③ 现场服务人员

客户服务支持（CSS）利用服务套件，提供自动派活工具、设备管理服务合成及保质期管理、维修管理等功能。使服务人员以最低的成本为客户提供周到、及时、准确的服务，从而帮助企业留住老客户、发展新客户。

应用运营型 CRM 主要的目的是加强和客户之间的联系和交流，通过有效的运作，运营型 CRM 将来自销售部门、市场营销部门、客户服务部门、技术支持部门等多个部门的信息加以汇总加工，形成企业的客户中心。

运营型 CRM 收集了大量的客户信息、市场活动信息和客户服务的信息，并且使得销售、市场、服务一体化、规范化和流程化。但是，对于大量的客户信息将如何处理，如何从数据中得到信息，从信息中得到知识，并对我们的决策和政策制定加以指导是十分重要的。因此，运营型 CRM 向分析型 CRM 的过渡势在必行。

工作训练

学生以 5～6 人为一个工作小组，选出工作组长。由组长带领，以利用专业的客户关系管理软件实现网络客户关系管理为目标，基于工作过程，以小组为单位，进行工作训练。

（1）设计工作情境，扮演工作角色，实施工作任务。

（2）汇报工作过程，进行工作任务自我评估，完成任务考核评价表。

工作训练			
步骤	工作内容	工作方法	时间（120 分钟）
情境设计	**学生：**（以小组为单位） 由工作组长带领组员共同讨论，设计工作情境。 **教师：** 教师利用案例启发引导，强调工作情景设计时应注意的问题。	小组讨论法 案例引导教学法	10

续表

工作训练			
步骤	工作内容	工作方法	时间（120分钟）
任务确定	**学生：**（以小组为单位） 由项目组长任客户关系经理，确定工作情境，负责分配队员所扮演的角色，设定每个队员的工作任务，组员扮演业务员开展业务。 **教师：** 对各个小组的工作进度进行监督和指导。	小组讨论法	10
任务实施	**学生：**（以小组为单位） 登录专业的客户关系管理软件系统，按照设计的任务，组员（业务员）与自己的客户进行联系，将客户分类，然后报告给组长，组长对资料进行录入，然后给每位组员安排销售目标，然后每位小组成员去完成销售目标，同时要对客户的类别不同进行不同的回访和跟进。 **教师：** 对各个小组的工作进度进行监督、指导和评价。	角色扮演法	20
工作汇报	**学生：**（以小组为单位） 将软件的操作情况进行汇报，通过各种不同类别的客户进行不同的客户关系维护，达到熟练操作和使用软件的目的。 **教师：** 点评学生的情境设计与任务实施过程，提出指导意见。	团队汇报法 讲授法	30
完善情境设计工作实施方案	**学生：** 学生在教师点评的基础上，对初设计的情景与工作实施方案，进行反复的讨论和修改，形成方案修改稿；小组成员之间互相交流，按照教师的修改意见，对方案的不妥之处进行修改，最终形成货物的配送情境设计与工作实施方案定稿，制成演示文稿。 **教师：** 评价每个小组在客户关系管理方案过程中的总体表现，并点出每个小组所存在的问题。	团队汇报法	20
工作任务评估	**学生：** 每个小组派一名队员进行工作项目汇报总结与交流，并对自己小组的最终工作结果进行客观评价，填写《学生——专业的客户关系管理软件实现网络客户关系管理考核表》。 **教师：** 根据汇报情况进行提问、评价并简单总结；填写《教师——专业的客户关系管理软件实现网络客户关系管理考核表》。	团队汇报法	30

学生——专业的客户关系管理软件实现网络客户关系管理考核表

考核内容 / 队员姓名	分配任务是否按时完成（10%）	任务完成评价（20%）	团队讨论参与是否积极（20%）	方案设计所负责部分（20%）	是否积极参与企业沟通交流（30%）	得分（满分 100）

教师——专业的客户关系管理软件实现网络客户关系管理考核表

考核内容 / 序号	方案完成提交情况（15%）	方案结构是否完整（15%）	排版是否符合要求（20%）	PPT 制作情况（20%）	方案汇报情况（30%）	得分（满分 100）

情境思考

1．传统企业的客户关系管理和电子商务类企业的客户关系管理有什么不同？

2．客户关系管理软件与网站自带的客户管理软件在功能上有什么差异？

参 考 文 献

[1] 邵兵家．电子商务概论[M]．北京：高等教育出版社，2003．

[2] 牟彤华，汪治．电子商务应用[M]．大连：东北财经大学出版社，2006．

[3] 张润彤．电子商务[M]．北京：科学出版社，2005．

[4] 马刚．客户关系管理[M]．大连：东北财经大学出版社，2008．

[5] 史达．网络营销[M]．大连：东北财经大学出版社，2006．

[6] 王新利．物流管理[M]．北京：中国农业出版社，2007．

[7] 王之泰．物流学[M]．北京：中国物资出版社，2004．

[8] 张铎．电子商务物流发展现状和趋势[J]，电子商务物流篇[J]．2004．

[9] 陈俊．电子商务在中国的现状研究——对电子物流的分析[J]．2005．

[10] 杨桦．电子商务基础与实操[DB/OL]．http://classroom.dufe.edu.cn/jp/C384/Course/Index.htm．

[11] 王新利．物流管理[DB/OL]．http://www.43pp.cn/jks/093211146569537.html．

[12] 张润彤．电子商务[DB/OL]．http://col.njtu.edu.cn/course/xnjp/jgxy/dzsw/netcource/htmlcontent/default.htm．

[13] 马刚．客户关系管理[DB/OL]．http://classroom.dufe.edu.cn/jp/C113/zcr-1.htm．